U0165783
凝煉知識品味閱讀

文白之爭

——語文、教育、國族的百年戰場

王嘉弘／王慧茹／江惜美／朱家安／林淑貞／高大威／徐培晃／翁聖峰
陳昌明／陳萬益／陳達武／陳鴻逸／萇瑞松／游勝冠／萬胥亭／廖崇斐
蔡明原／蔡明諺／潘麗珠／盧其薇／謝世宗——著

五南圖書出版公司 印行

校長序

國語文教育的理想與落實

逢甲大學於103學年度成立「國語文教學中心」，以實際的行動證明對國語文教學的重視，並且思索，學生從國小開始經歷12年的國語文教學之後，到了大學階段，「大學國文」所承擔的責任與理想。

進一步問，語文教育最終的理想是什麼？對此，《論語》提及，學詩可以言、可以授之以政、可以使於四方、可以興觀群怨、可以事父事君、可以多識於鳥獸草木之名。

從中便明白昭示了語文藝術的多重價值，既是個人的感發、也是群體的心聲。除此之外，還具備使於四方的表達實用功能、體現事父事君的倫理價值、並延伸觀察世界的觸角，更甚者還能溝通凝聚眾人、落實執行政務。即便當今社會的發展愈趨多元，諸如環境、科技等議題非古人所能預料，但是以現今的眼光來看，前賢所高舉的語文教育目標，仍是何其恢弘的胸襟！兼容個人與社會、感發與實用。

這幾年臺灣社會藉著12年國教課綱調整的契機，各界不斷反思國語文教學的目標、方法，不同的理想不斷交互辯證，最終以「文白之爭」為爆發點，討論的既是文言白話文的比例、以及選文篇章的問題，但又不限於此，不同的觀點，遙遙指向各自理想中國語文教育的目標，再以此規劃達到目標的方法。

既是如此，何不平心靜氣，好好交流各自理想的藍圖、進而討論執行時可能遇到的考驗。為此，本校國語文教學中心以「文白之爭」為主題，辦理「第三屆建構／反思國文教學學術研討會」，以國語文教學為出發點，透過不同的子議題，多面探照，既有古今語文脈絡的反思，也有不同學制的教學現場情況；既邀請參與課綱制定的專家，娓娓詳述課綱演變始末，也從外文、哲學、出版社等不同領域切入剖析。

在AI、影音的時代，人與人的溝通、共鳴越發顯得困難而重要，大學兼具教學與研究之責任，本校國語文教學中心試圖以此研討會，回應社會的議題。感謝各界先進能蒞臨本校，共同研商國語文教學之大計。今集結會議成果，本人謹代表逢甲大學，感謝與會的學者、站在國語文教學第一線的教師，並真切相信，在爭議中沉澱的經驗，都能化成後續的養分，讓國語文教學更進一步。

逢甲大學校長

李秉乾

主任序

慣看秋月春風

語言與文字隨時代而變遷，不同年代有各自歷史使命。「約定俗成謂之宜」《荀子・正名》語意及語用是建立在互為主體性的溝通系統之中，不是從規則與對錯的角度思量。同樣的，歷史上文白之爭也各自有著支持的理據，分庭抗禮。

從文化傳承角度，文言文的洗練貫串古今，讓中華文化數千年來歷時不衰。但從語文學習角度，白話文對知識普及、教育傳播而言功不可沒。但兩者是否互斥呢？以提倡白話文學運動最重要的五四運動為例，胡適在致陳獨秀、1917年刊登在《新青年》的〈文學改良芻議〉一文揭示了八不主義，開啓白話文學運動。然而，唐德剛先生指出胡適在1923年自述文學革命主張的〈逼上梁山：文學革命的開始〉一文，標題「逼上梁山」本身不折不扣就是八不反對的典故。事實上，胡適等提倡白話文學的大師都是熟讀古書、擅長文言的學者。胡適白話寫的好，是因為他有深厚文言和古書的底韻、十歲背資治通鑑、博學強記古典文化，讓他一輩子受用。

因此，白話／文言不應是絕對二分，而要視討論的脈絡決定其間意義。時至今日，我們沒有過去對白話／文言歷史上的糾結，也沒有政治上意識型態的壓力，應該更能客觀中性討論白話／文言在不同層面上的意義。無論是語文教學、文化傳承、現實應用等，都可以更為深入地探究。

逢甲大學國語文教學中心，針對國文教學為出發點，探討文白之爭，以利建構／反思國文教學。目前已辦理第三屆學術研討會，並能集結出書。相信，論文討論不但能帶領學界重新省思白話／文學的重新定位，更能有效改善本校國文教學。本人相信，這種反思與建構的歷程，不但能有效提昇逢甲國文教學深度，更能對教師團隊研究能量有所啓發。時值五四白話文學運動百年紀念，在此謹代表學校對國語文中心及所有論文撰寫人致上誠摯的祝福。

逢甲大學通識教育中心主任

翟本瑞

2019/5/4

李威熊老師序

多元、整合、翻新的國語文教學——百年文白之爭敘言

民國八年（1919）由北京的學生發起的「新思潮」、「新文化」運動，與胡適關係密切，他們倡導「民主」、「科學」，後人稱為「五四新文化運動」，至今（民國108年）正好一百年。其實應上溯一年（民國7年）胡適已極力鼓吹新文學運動，他主張用每個人在日常生活中所使用的語言（口語、白話文）來談話、演說和作文章；這個觀點深深影響當時國語文的教育政策，從國語文課程標準（課程綱要）、教育目標的訂定，到編選教材（教科書），常因仁智之見各有不同。尤其文言文與白話文的比例，更是爭執不斷，反而忽略了如何提升學生品質和語文素養的核心問題。

一提到白話文，胡適當然是重要的關鍵人物。其實白話文學歷代都有。在民國元年（1912）所頒行的各級學校「課程施行細則」，就明訂中學的「國文教學要旨」是在「通解普通語言、文字，能自由發表思想，並使略解高深文字，涵養文學之興趣，兼以啓發知德。」已注意到文言、白話兼顧的問題。胡適對此要旨並不完全贊同，他認為國文應包括下列三項目標：（見《胡適文存》第一冊）

一、人人都能用國語（白話）自由發表思想——作文、演說、談話——都能明白、曉暢，沒有文法上的錯誤。

二、人人能看平易的古文書籍。

三、人人有懂得古文文學的機會。

後人討論國語教材，常會認為胡適是主張用白話文，反對文言文，這是一大誤解。胡適不是國語文專家，他所說的三項國語文教育目標，並不周延，但可做討論國文教材白話文、文言文時的參考。

多元且要有價值，又價值有大小的先後順序，這是處理事情的重要原則。國語文教育事關國民素質的提升，和國家未來的發展，多元

價值的認知更是重要。每個國家都有自己的傳統文化，與外國、地區文化，同是人類珍貴遺產，都應加以珍惜。語文是儲存文化和傳播文化的主要載具；文言文（古文）是過去的當代文學，現在白話文也將成為未來的古文，價值等同。國族是多數，區域是少數，但宇宙生物，都是生命共同體，你中有我，我中有你，透過作品，可相互認知。在擬訂「國文課綱」（課程標準）時，依此多元價值觀，便有原則可循。但因主張不同，或不明原委而遭誤解，引發爭執，在所難免。例如在討論十二年國教國文課綱時，就引發不同聲音。（見陳昌明教授〈文白爭什麼？——素養教學與課程體制的省思〉、陳萬益教授〈舊體制與新思維——我看文白之爭〉）兩位教授最後都感慨的說：「廢了課綱吧！」但廢了課綱是否就能解決問題？是值得深思。臺灣升大學要考試，考試要有標準，考試引導教材、教法，所以「廢了課綱」，可能引發更多問題。陳教授在文中提到，以前教育部對大學課程是有部訂標準，規定大學共同必修課的基本學分，其中國文八學分，後來在大學民主化的聲浪下，廢了大學課程標準，讓各大學自主設計課程，如今臺灣各大學的國文課沒有一所是開足八學分的，一般降為四學分或三學分，甚至有些大學停開國文課。雖然學分數與國文程度的高低未必有必然的關係，但形式會影響實質，連國文課都沒開，如何提升學生本國語文的程度？又如以前小學、國中、高中的國語文課本，是由國立編譯館統編，後來開放由各書局編纂，經審定通過即可發行，統編本、審定本各具有利弊，如何從多元價值來看審定本的長處，是否改善了我們中小學的語文教育，才是我們真正要探討的課題。

採多元價值觀，可讓生命豐富多彩，但過猶不及，過分的多元難免會流於混亂，國語文教育亦是如此。因此，有關國語文課綱的訂定、教材編寫、教學方法、效果評量，都要以語文的核心價值加以統整，學生才能獲得完整的學習，「全人」的培養便是語文教育的核心價值。「文」以氣為主，氣化萬物，讓宇宙生生不息，語文教育必須復歸生命「元氣」原本混沌的生命活力。又文章要講義理，朱子提出「理一分殊」，用「月印萬川」加以詮釋，理便是本體。文章也要美，不管內容、形式、文詞要自然「真善」才完美。所以「元氣」、「義理」、「真善美」都是語文教育整合的要件。因此教材編選，無論古今、中外、本土他鄉，只要元氣充沛，義理形式真善美，便是好教材。「全人」的人文語文教育觀，或可做為我們統整語文教育問題時的參考。

人類的生命是一代傳一代，文明、文化的開展，也是連繫不斷，但時空不斷的在變化，適者生存，必須合作共生，應變求通。今天談國語文教育，當然要考慮目前的時空環境背景，做一些變革，但改革是為了鼎新，所有的改革都是為了走出困境的需要，必須把握「時中」原則，獲得大家的信任才能成功。因此，我們的新課綱、新教材，都要具有本土特色，又能接軌傳統、交通世界，展現仁心人文，且具中文特質。它是舊裡開新，而非無中生有的新。

民國107年由逢甲大學人文社會學院中文系、國語文教學中心舉辦第三屆「建構／反思國文教學」學術研討會，邀請許多國語文教育專家學者，以及從事語文教育的專業教師，採多元觀點，跨領域發聲。個人從事國小、國中、大學國文教育六十年，期間擔任國文編立編譯館主編的國小國語課本，國、高中國文課本的編輯委員，和編纂大學國文選，也參加過國語文課程標準的修訂；又國語課本開放民間編纂後，擔任首任四年的審查委員會的召集人，對半個多世紀以來臺灣語文教育感受頗深，本次討論會又能躬逢其盛，深感榮幸。很敬佩諸位學者專家和老師們對語文教育的關心與熱誠，在大作和研討會上對語文教育提出一些高見，深感受益良多，在論文集出版前，徐培晃主任要我寫點敘言，只好贅文為序。

逢甲大學榮譽教授

李威熊

目　錄

不同體系的教學現場

多元觀點，跨域發聲

語文教育背後的國族構圖

專題演講

文白爭什麼？
素養教學與課綱體制的省思

陳昌明

廖美玉教授：

陳昌明教授還有在座所有關心國文教學的先進、同好和朋友，大家早安。大會很榮幸邀請到陳昌明教授發表第一場專題演講，我也很榮幸介紹陳教授——和我有三十年交情的老同事、老朋友以及好夥伴。

我習慣用四個字形容陳昌明教授，那就是「宜古宜今」，不僅大量閱讀古典文獻，也長時間浸潤在現代文學裡，除了詩、散文之外，對大部頭長篇小說的掌握度，即使在現代小說的教學領域，也罕逢對手。

陳老師在大量閱讀以後，有很多想法，我曾問：你爲什麼不開課？他說，開課太麻煩了。所以對陳老師來講，閱讀是一個很理所當然的享受。我也曾聽陳老師演講西方理論，聽完以後我的評語是四個字：如數家珍。所以請陳老師針對文白之爭的議題，發表演講，肯定適才適所，很令人期待。

文白之爭不純然是專業的問題，也會涉及不同立場。陳老師在成功大學擔任過文學院長、博物館館長，同時是國家文學館創館的副館長，也曾在國立編譯館擔任過國文教科書審定主任委員，以及PISA國家中心共同主持人，除此之外，也投身大專院校的國文改革等諸多計畫。所以不管從專業還是行政經歷的角度，陳教授今天演講「文白爭什麼？」不論是從素養教學、或者課綱體制切入，肯定可以給我們很多啓發。

陳昌明教授：

謝謝廖院長，我們是幾十年的老朋友，所以她這樣介紹，我感覺怪怪的，因爲我們平常講話比較輕鬆。

今天很榮幸來進行演講。原先收到e-mai的演講邀約時，心裡還在想說：講這樣的題目，是誰要害我啊！也就不管了，完全當作沒看見。過了兩、三個禮拜，余美玲教授打電話給我，我們講著講著，也就迷迷糊糊答應了邀約。

我們大會在闡述會議理念時提到，文白之爭這個議題是「語言教育：不同理念拔河的場域」，點出了文道之辨、國族文化、道德涵養、美學薰陶等討論，即便限縮在形式上，也可以是實用性跟人文精神的辨證，因此，這個議題當然值得思考。

首先，所謂的文白之爭，到底焦點是什麼？對此，我們來思考文白之爭的根源到底是什麼？始作俑者到底是誰？

坦白說，這不是人的問題，而是體制性的問題。文白之爭的根源，來自於「十二年國民基本教育課程綱要」的修訂。所以基本上來說，文白之爭的根源來自於課綱。至於課綱該不該修？我覺得課綱要修，但不論誰，都修不好。

教育部曾邀請我擔任課綱委員，聘書都寄到家了，我還是把聘書寄回去。我心裡面想的是：課綱眞的沒辦法修好。爲什麼呢？這是一個先天體制的問題。我一直覺得課綱是非常傳統的東西、是黨國體制的遺留、是一個緊箍咒。課綱要告訴編者，課本該怎麼編——世界上哪有這種東西？可以有一群人，想說課本應該要這樣編，然後就可以讓另外一群人把課本編得好。我從不這樣想。這樣的體制本身有問題，所以我把課綱委員的聘書寄回去。

至於課綱裡面有沒有好東西？有的。課綱委員花了很多工夫，建構了非常好的理想跟思維，譬如說，我們可以看到十二年國教新課綱談到，以核心素養爲課程發展主軸：「『核心素養』是指一個人爲適應現在生活及未來挑戰，所應具備的知識、能力與態度。」、「核心素養的表述可彰顯學習者的主體性，不以『學科知識』爲學習的唯一範疇，強調其與情境結合並在生活中能夠實踐力行的特質。」[1]這講得非常正確，而且也是未來教育應該發展的方向。

可是我剛剛說，課綱本身是很奇怪的產物，因為只要做了什麼，方向就會偏掉。——為什麼？當你很多理想，卻有可能忽略編選者的理想，以及實務上的困難，執行上反而會出問題。所以就我說，要嘛就廢除課綱，要嘛就規定得很寬鬆，好像沒規定一般，才會是一個好課綱。

如果課綱一定要做什麼，執行上就會出狀況。我舉一個例子，因為我自己擔任過教育研究院或者說國編館的中學課文審查召集人，所以非常了解課綱，知道課綱裡的好東西有時候也會變成困擾。譬如課綱裡列出十九項議題學習目標[2]，性別平等教育重不重要？重要。人權教育應不應該？應該。環境教育、海洋教育、科技教育、能源教育、家庭教育、原住民教育、品德教育、生命教育、法治教育、資訊教育、安全教育、防災教育、生涯規劃教育、多元文化教育、閱讀素養教育、戶外教育、國際教育，每一樣都非常重要，也是現代人應該具備的知識跟常識。

可是當我們希望國文課本容納這些東西的時候，就感覺怪怪的，要找什麼選材對應？國文課本能不能充分表達這些議題？

我一直認為，現今的教材沒編好，原因很多，譬如早期的課本還有很多翻譯文章，現在很少了。又或者現在很多選文是文學性著作，但其實我們的小孩子未來可能是物理系、化學系、電機系、生科系，卻缺乏相應的語言素養；延伸觸角的概念，在執行上卻有很大的困難。

假設今天要我們教法治教育，而法治教育還有很多很多細節，其中課綱最主要提到的是「理解法律與法治的意義；習得實體程序基本知能；追求人權保障與公平正義的價值。」——我們知道國文課本要納入法治教育，但找不到好的課文可以用啊！應然跟實然有極大的落

---

1 編案：〈十二年國民基本教育領域課程綱要——核心素養發展手冊〉

2 編案：〈十二年國民基本教育課程綱要——國民中小學暨普通型高級中等學校（語文領域—國語文）〉（107.1）

差，造成課綱要我們這樣做，可是我們做不到。

或者譬如資訊教育：「增進善用資訊解決問題與運算思維能力；預備生活職涯知能；養成資訊社會應有的態度與責任。」我心裡想說，現在的小孩子不都有上資訊教育嗎？幹嘛國文課教資訊教育？而且國文課能把資訊教育做好嗎？課綱訂了這些東西，雖然只是方向，可是實然就有困難。再例如國際教育：「養成參與國際活動的知能；激發跨文化觀察力與反思力；發展國家主體的國際意識與責任感。」這些都講得很好，但不易達成。

也就是說，所有的課綱都在想像課本要怎麼編，可是實然在編課文的時候，會覺得許多的規定其實沒有幫助，反而是限制；眞要落實，反而很困難。所以我們可以看到，課綱本身對於編課本幫助並不大；看起來是一個引導，可是我要說：沒有引導更好。

這次課綱文白之爭的焦點，就是我們所講的課文編選建議，其實是列在小小的不醒目的地方：古典選文以35%—45%爲原則[3]，不仔細看還不知道，可是變成軒然大波，只是一個像建議性的話語，可是大家已經吵成一團了。因爲即使是原則，審查委員會用這個原則審定教材，如果教科書不照原則走，便會退回，所以會產生困擾。

說坦白話，我不覺得這個原則有影響這麼大，可卻是爭端之所在。眞正影響比較大的其實是：「推薦選文十五篇，提供編選參考。」[4]從三十篇降到十五篇，選文的問題影響更大，因爲誰來選文都不會讓人滿意！每一個人都有自已的十五篇。

十五篇選文的影響是什麼？其實古文跟白話文之爭，對中學老師

---

3 編案：〈十二年國民基本教育課程綱要-綜合型高級中等學校（草案）105.10〉：「文言選文以45%～55%為原則」。

〈十二年國民基本教育課程綱要——國民中小學暨普通型高級中等學校（語文領域－國語文）〉（107.1）：「（高級中等學校教育階段）文言文除中華文化基本教材外，其課數比率須符合3年平均35%至45%。文言選文以兼顧不同時代、不同作者、不同文類為原則。」

4 編案：〈十二年國民基本教育課程綱要——國民中小學暨普通型高級中等學校（語文領域－國語文）〉（107.1）：「附錄四之「普通型高級中等學校（第五學習階段）推薦選15篇」，提供編選參考。」

來說是考試。如果是三十篇選文，這三十篇古文是超級選文——你知道是什麼意思嗎？考試題目可以從裡面出。因爲大考怕圖利特定出版社，如果考課本選文的篇章，只要有一個版本不選，坦白說，大考中心不會考；反過來說，就是沒版本選中的篇章，反而有機會命題。這是所有人都知道的祕密！特定版本的選文天經地義的不會考，老師在教學的時候是多麼沮喪，教一個課外選文說不定還能猜題，課本裡面的教材卻絕對不會考，這樣不是很奇怪嗎？

現在把建議選文變成十五篇，這十五篇就成爲超級選文，其他在課本裡的古文有可能就變成未來考試不被命題的範疇。

但是有很多人以爲文白比例調整，所以白話文占便宜——白話文哪有占便宜啊？大家都誤解了，除非各版本都選入，否則不會考啊！所以被選進課本的白話文大部分都不會考。

我們當然知道課本的編選不是爲了考試，可以透過這一篇，引導出其他的篇章，教出很豐富的內容。可是中學老師有自己的壓力，在教書的時候必須面對課本的限制，以至於覺得明明不會考爲什麼要教？只好一天到晚跟學生說：「這個不會考。」我們不得不考試、考試、考試，考很多其他的東西，這是一個弔詭的現象。所以我說課綱的設計有問題，要嘛廢除課綱，要嘛不做這些規定，這類規定都會有問題。

我一直都反課綱，我覺得課綱是封建體制的遺留。弔詭的是，課綱規定了很多東西，可是很多東西反而沒有規定，譬如說「課文的篇數」。大概在十多年前，我發現怎麼國中課文越編越少，從十幾課變到十課，有一次我收到一個版本，竟然只有八課！我看到以後就很難過，打電話給所有審查委員說：「我們都不要審了，直接退回。」

我還打電話給國立編譯館，也就是現在的國教院，說這個課本退回去，不審了。國教院過幾分鐘後打電話來說：「陳老師，你看課綱又沒有規定要編幾課，怎麼可以用這個理由把人家退回去？」

課綱有沒有規定？課綱裡說，每冊課數由編選者依照選文深淺長短，自行斟酌調整。除各冊教材課文之外，教師可依學生所需選文供學生自行閱讀。可以多一點、可以少一點，這本來就是編課本的彈性；可是我們發現這個問題其實還滿嚴重，越編越少，課文、題解、注釋講完以後，剩下那麼多時間要做什麼？考試考試考試。這樣你就知道問題很嚴重。

我那時候打電話給國教院說，如果不退回，那我就辭掉召集人，否則還有一個辦法，就是召開聯席會商討此事。我向所有出版社的主編表示，一冊課本如果只編八課，是對不起學生，薄到這樣的地步不合理，當課本沒有閱讀量的時候，文白的比例或者選什麼文都沒意義了。一旦沒有閱讀，怎麼教導都沒有用。

我跟這些出版社說，我知道你們都很痛苦，有的中學老師傾向課本編得少，可以課文教得少；除此之外，競價的時候，低標的價格容易被採用。在這樣的情況底下，編得越少的反而越吃香。

我那時候跟他們講，我了解你們互相競爭，但是如果編到八課以下，實在對不起學生。我說：「至少十二課可不可以？」其實我那時候本來想提十五課或者二十課，但是二十課講不出來；我本來講十五課，可是看他們也面有難色。從此之後，課文至少都有十二課，有一兩個版本後來多了兩、三課當作附錄，結果那年該出版社就跟我說賣得比較不好。

照理說是不應該規定的，但是從實務的角度，我覺得乾脆規定每一本都至少二十課，是否教完都沒關係，至少學生可以看一看嘛。再者，規定了就沒有競爭的問題，大家基礎點相同。當時我說十二課的時候，所有出版社都鬆了一口氣說：我可以不往下調——其實他們不一定喜歡往下改，只是為了市場趨勢，其實大家不必一直往下競爭。由此可見，大家在講文白之爭，到底爭執點在哪裡，其實要重新思考。

且要說文白之爭，我們回過頭來想一個議題——其實回到大學國文來看你就懂，沒有課綱，其實改變更大。當然，改變不一定都是好的，也可能很壞，可是至少海闊天空。

說坦白話，我們大學老師去說高中課綱如何如何的時候，也是自打嘴巴——大學國文崩潰到一蹋糊塗。

大學國文在81學年度以前，其實是八個學分，可是到了81學年度改成六學分，然後83學年度《大學法》修訂以後，就讓各校決定。這樣一改之後，大學國文的改變大家心知肚明。

你看臺大從八個學分改到六個學分，現在必修國文三學分，其他選修。成大還好一點，堅持六學分很多年，現在變成四學分。師大標榜教育、教學，國文科在師大是多麼重要，四個學分而已。政大呢？政大號稱人文爲主，三個學分。清華大學雖然以理工爲主，但也很用心想把國文科辦好，甚至還有寫作課程等等，花了很多工夫，可是到了現在，清華大學國文課必修兩個學分，而且大學入學學測前百分之十，國文免修。

也就是說，國文課本身就是語文能力而已，其他功能都消失了，那更不要談像交通大學，英文科是必修，國文科則否；陽明大學也是類似；科技大學很多都通識化了。

我要說的是什麼？大學本身沒有課綱，也沒有文白之爭，崩潰得比高中厲害太多了。整個崩毀的程度，是大學老師自己修理的，與教育部無關，很多學科的老師就是說：「上大一國文幹什麼？」他們在質疑這個問題。

有一次在走廊上，聽到老師在說現在學生怎麼那麼難教，我心裡想說：要嘛是國文課出了問題，要嘛是老師教學有問題。就學生來說，我覺得沒有問題。

從高中國文到大學國文，本身有體制化的問題。你看高中國文，平時考試與月考，除了極少數很優秀的老師自己出題以外，很多是用出版社的題目重新組合，那些題目有些還是錯的。

所以我們可以看到，高中的教學本以評量爲導向，不是以整篇課文的情意內涵爲主，反而變成句子的注釋、題解，各種分割，形成考試的教學。

更不要說選材比較偏重抒情，缺少議題式的討論，所以在引導學生的面向上，可能有一些狀況。

所以我對教學有很大的感觸：怎麼樣教學？近十幾年來我參與靜宜大學進行閱讀書寫計畫。一開始擔任課程顧問，去各校課堂觀課，了解大學國文的教學問題，並參加許多的工作坊，開設教師與TA培力課程。這個教學書寫計畫，一開始很多老師反對，因爲有很多教學方法要重新調整，第一年大家都被剝了一層皮，痛苦不堪，可是第二年的時候，就發現好多老師回來說：我從來不知道教國文可以這麼有尊嚴。學生突然不玩手機了，他們眞的願意上課了，運用教學的回饋系統，讓學生可以用google查詢、用活動讓學生回應。我就覺得應該要持續下去。

所以因為靜宜的實質成果，明明只是2011年到2015年的計畫，教育部後來答應繼續辦理，陸續影響了十六萬學生跟兩千多位老師。但是我們也可以發現，大部分參與的學校，都是科技大學，或是私立綜合型大學，有的國立學校自詡是頂尖大學，以研究為重，認為教學型大學才需要重視教學——您可以看到這樣的迷失——教學不是才是最重要的嗎？

我也要說，我們也曾迷惘，因為有的老師很會做PPT、很會帶活動，但主題就沒有掌握住，所以這個計畫從2011年開始，以「生命教育」為主軸，強調利他精神。

我與陳明柔老師在顧問室報告這個議題的時候，所有人都問：什麼是生命教育？什麼是利他精神？其實很簡單，就是為別人設想。這樣的精神，一定要貫串人文教育，語文教學當然很重要，但國文課不只是語文教學。

第二期除了「全校型中文閱讀書寫課程革新推動計畫」之外，還同時辦理「專業知能融入敘事力之新創群組課程計畫」，讓語文的敘事力，與專業課程結合；以敘事為載體，發展跨領域課程，同時還融入了利他精神，因為不管什麼專業，最終還是要服務人群。至於敘事教育的內涵，還可以分成不同的推展方向，包括如何吸引聽眾、怎麼樣積極表述、創意溝通、參與議題等等，即便是理工學科，也需要溝通表達能力。

所以我們看到，很多參與「專業知能融入敘事力之新創群組課程計畫」的學校，不論公私立大學，都有很精采的表現，跟其他科系的連結讓我們看見了人文學科的曙光。

所以我們一些老師又幫教育部規劃了一個新的議案——「議題導向跨領域敘事力培育計畫」。為什麼？因為第一期的計畫是告訴老師，我們原來可以用不同的教學法；第二期是告訴老師，怎麼跟別的科系合作完成課程；第三期的計畫是要告訴老師，現在到底有哪些重要議題，譬如高齡化、生態或者海洋議題，在各種不同的議題中跨領域合作，讓學生也覺得很有深度與挑戰性。

先前我在工作坊參觀高中課程時，看過地理老師跟英文老師合作，要討論英國脫歐的議題，既是英文課，也是地理課，所以學生必須要把地理的人文環境、社會背景、產業經濟等很多資料通通收納進來，加以思考。老師、學生都各有觀點，我看的成果，精彩的不得了，每一個學生都用英文報告，針對英國脫歐的議題各呈己見。學英文如果只是背單字、學文法那多無聊，可是透過議題去思考問題，自然而然能增加英文能力，而且還可以培養國際觀。

我再舉一個例子，先前我去某大學觀課，該校招生其實很勉強，本來對課堂的期待不高，可是在那位女老師的班級，聽那些學生的發問、作業，全都井然有條，而且課堂的對應很活潑，可以討論很多很深入的議題。我在下課的時候對那個老師說：「你們這些學生竟然這麼厲害！」那個老師跟我們說：「這是我教出來的學生。」她又講了一次：「這是我教出來的學生。」我雞皮疙瘩都起來了，你知道那是什麼意思，她說的是，這是我認眞教出來，然後才開花結果。因爲有這個計畫教他們怎麼去教學、怎麼帶動課堂、課程機制怎麼做，讓我們看見這樣的回饋。

所以沒有一個學生是不能教的，有沒有用心而已。偏遠地區例如金門，他們學生英文好得很；澎湖長期以來重視教育，所以十幾年來大考都考得很不錯；雲林也有很多私立學校辦得很好。

我參與教學磐石獎的評審時發現，得獎學校的校長，調派到另一所學校，該校也會得獎。這是什麼意思？會教書的老師、會帶校園風氣的校長，眞的願意把教學帶好。

回到文白之爭。我要講的是：其實所有的爭論不就是在學生身上嗎？如果只是一個虛幻性的議題，講文言重要？白話文重要？——現在大學國文在教什麼？沒有課綱的規定，大學國文大部分都在教白話文，爲什麼？因爲學生需要。所以重點不在於怎麼規定，而是這個時代的學生到底需要什麼。

所以我覺得課綱的規定根本是多餘的，或者規定就一個很寬鬆的方向就好了，像大學國文，沒有課綱，大學反倒海闊天空，可以重新規劃，自然的發展，說不定會生長出新的天地，對於我們的學生會更有收穫。

廖美玉教授：

謝謝陳教授精彩的演講，從課綱談起，陸續討論教材選編、教學現場、大學國文、教育部課程改革計畫的情況，其中我和陳教授有很多經驗交集，所以聽來特別心有戚戚焉。我聽到最後，有兩個感覺：第一個就是「文白之爭」，或者可以說是「非關文白」；第二個就是「文白之外」，還有更多的問題需要我們關懷。例如陳教授在教育部計畫提出來的生命教育、利他精神。同時也由是可知，文白之爭的內裡，有更多需要討論、更多可以努力的空間。

最後我們再度以熱烈的掌聲感謝陳昌明教授。

舊體制與新思維
我看「文白之爭」

陳萬益

施懿琳教授：

陳萬益老師從清大退休以後，不曾中斷對臺灣文學的關懷，也持續對國文教育投注心血。陳老師身為95暫定課綱的召集人，也是98課綱的重要參與者，始終站在第一線；對於「文白之爭」的議題，陳老師不僅在臺灣文學大會參與對談，也在臉書上發表非常多的文章。今天主辦單位特別邀請陳老師舉行專題演講，讓陳老師能深入說明他對文白之爭的看法，進而在舊體制裡頭，思考我們如何提出新的思維。

陳萬益教授：

謝謝施老師的介紹。我的講題是「舊體制與新思維」，副題是「我看文白之爭」，這是我個人過去參與課綱修訂、以及近期觀察「文白之爭」所整理出來的看法。

先說為什麼會有文白之爭？我先稍微描述這次論爭的現象。

歷史上各個階段都曾經發生文學論戰，我們都會加以命名，譬如所謂的「鄉土文學論戰」。臺灣文學史曾有三次鄉土文學論戰，1930、1947、1977這三次鄉土文學論戰其實各有偏重，但是如果都以「鄉土文學論戰」稱之也沒錯，然而三次論戰的關鍵詞、重點，各有所不同，所以如果只是含糊地用同一個方便的命名，就容易看不清差異。

因此，我們稱這次為「文白之爭」也沒有錯，但是如果一定要聚焦在「文、白」，我個人倒是比較喜歡用顏擇雅在網路所稱的「文言占比」——「文言占比之爭」，我覺得更清楚。又或者說，其實這是：課綱爭議—國文課綱的爭議——高中國文課綱的爭議——再講清楚一點的話：十二年國民基本教育高中國文課綱爭議。這些必須先講清楚。

為什麼會有課綱爭議？因為要修訂課綱。課綱的修訂是從95課綱開始，95課綱意指民國95年開始施行——那前先呢？當時叫做課程標準，方便來說，有84課綱、再來是88課綱，之後就是所謂的95課綱。我是當時修訂小組的召集人，也因為這樣的因緣，後來又參與修訂了九年一貫國語文課綱。

這次的課綱爭議，是十二年國民基本教育高中國文課綱的修訂——說「修訂」其實不一定正確，因為這次的課綱是「十二年國民基本教育」，前此則非十二年國教，所以要先分清楚。

十二年國教並非國民義務教育，為什麼？因為義務教育不收學費，高中階段因為政府的財源問題，所以只能稱十二年國民教育，我們必須要有這樣的認識。這一次的爭議為什麼會這麼大？因為大家對於新階段的國民教育有期待，結果落空了。因為我們現在的課綱，並非重新思考十二年國民基本教育的國語文教學，而是延續先前的課綱，從95課綱之後，後續還有98課綱、101課綱等，修修補補而來。

其實除了國文課綱之外，還有另一個課綱爭議——普通高級中學中華文化基本教材課綱的爭議。在95課綱的時候，完全是因為時間的因素，高中國文的鐘點數，從過去每週五鐘頭改成四鐘頭，所以把中華文化基本教材改成「論孟選讀」選修。當時我們的評估，雖然改成選修，大概各校都會開這一門選修課，並且在95課綱裡面增加了文化經典，包含《老》、《莊》、《韓非》等，以先秦諸子百家為思維方向，設計高中國文每冊都要增列一篇文化經典。

但是95課綱公布以後，我個人觀察，《聯合報》以頭版頭條，三版整版批判95課綱是去中國化。因為我們把中國文化基本教材改成選修，就扣上「去中國化」帽子。

除此之外，還有文言文比例的調降。當時在研擬的時候，有兩個極端：一個極端是主張文言占65%—70%；另外一個極端是文言占比下修到30%。

最後的定案是文言比例高一40%、高二45%、高三50%，平均45%，但是可以上下增減5%，所以基本上是文白各半。當時是思考國中階段到了國三的時候，文言的比例是35%，爲了九年一貫的延續性，所以高一40%、高二45%、高三50%，平均比例差不多各半。

這麼訂下來以後，就是被冠上去中國化的罪名，一直到現在還是在沿用。《聯合報》還以頭版頭條，三版整版加以批判——戰後的報業從來不曾這麼重視國文教科書。隔年我們就看到「搶救國文聯盟」成立，針對這個95課綱，批判國文課綱。

教育部當時聲稱中華文化基本教材，是獨立的課綱，跟國文沒有關係。但實際上，還是由國文老師授課。如果大家有興趣的話，課綱北、中、南、東的公聽會都有逐字稿，非常詳細。然而這個爭議好像沒有被大家重視。

再來就是103的課綱微調，首度看到學生站出來，甚至是近乎運動性質地，認爲這是黑箱課綱。其實該次課綱修訂是透明的，所有的逐字稿都公開查閱。

文白之爭的課綱爭議，便是在這次的課審會引爆——課審會爲什麼會成爲爆炸的中心點呢？正是因爲課綱微調被認爲是黑箱作業，所以教育部長將課審會的組成法律化，明訂學生參與，在當時所謂的公開透明之下召開課審會；但是另一股聲音開始就質疑、批判，認爲學生怎麼有權力審查課綱？由是可見，課綱的爭議、或者文白之爭，之所以從課審會引爆，跟學生參與有關聯。

所以表面上，是從95、98、101、103課綱、文化基本教材的爭議，一直延續到這次（編案：108）課綱的修訂——但實質上，108課綱屬十二年國民基本教育，與先前不同，如果視爲舊體制的延續，會沒完沒了，不合時宜，所以昨天陳昌明教授的演講提到：課綱廢了吧，這個體制廢了吧。我深有同感。

所以這是體制的問題，因爲這個遠因：舊的體制一直延續下來，然後才會有這一次所謂的文白之爭。

什麼是近因呢？剛才提到了，課審會對於文白的比例、文言選文的問題，引爆了這次的爭議。

檢視開始爭議的時間點、及其論點，脈絡就很清楚。

去年（編案：2017年）八月二十號，《聯合報》三版以近乎整版的篇幅討論，其中還有這樣的標題：〈高中國文課綱選文有嫖妓、歧視，師批：浩劫時刻來臨〉。

八月二十一號，臺灣文學館廖振富館長在臉書發文：〈高中文言選文調整，是浩劫嗎？〉回應。

八月二十四號，臺灣文學學會記者招待會，標題叫做：〈支持大幅調整十二年國教國語文課綱〉。

八月三十號，以中國文學學會為代表，由幾位中研院院士領頭發表宣言：〈國語文是我們的屋宇〉，要求課審會謹慎研修。

九月六號，《文學臺灣》以及一百多位臺灣作家聯署：〈支持調降文言比例，強化臺灣新文學教材——臺灣作家對本國語文教育改革的主張〉

九月九號，賴和基金會發表聲明：〈革新高中語文教育，讓臺灣新生代面向當代社會自由成長〉

九月十號——請大家特別注意，這是由高雄中學、新竹中學、彰化高中、彰化女中的學生，發表聯合聲明：〈致課審會的一封信〉——兩天後召開課審會。

從八月二十號到九月十號，聚焦在這幾個聲明底下，就看到這次課綱爭議的輪廓——說文白之爭也沒錯，有好幾個聲明都強調文言占比的問題；但並不只是文言、白話的爭議。所以有論文提到，支持調降的就是去文言文化，這是完全沒有的，絕對沒有這麼一回事。

這次的文白之爭為什麼會這麼沸騰？第一，參與者眾。《聯合報》在95課綱以後，幾乎三年一次的大幅報導，非常重視這個領域；就這部份來說，我們要高度推崇《聯合報》持續不斷重視課綱研擬的議題。但這次的文白之爭，不只《聯合報》關注，在紙媒來講，《中國時報》更加的旗幟鮮明。但其實這次爭議的場域在網路。

主要聚焦在臉書，不只是關心語文教育的國、高中國文老師，還包括中文、華文、臺文的學術界、文學界，或者大專教師、高中校長等等都參與其中。所以這樣全面的、各方的發言，引起社會的關注，遠超過往年，影響也會更加的深遠。

在爭端開始的時候，臺灣文學學會就開始蒐集相關文獻，將來也許可以考慮出書。我這次的專題演講，秘書長給我很多資料。我相信未來會有這方面的學位論文。

我現在只能夠簡單來講，從95課綱延伸到現在這次的課綱爭議，是有文白的問題沒錯——但基本上，是十二年國民基本教育的高中國文課綱的爭議。

我覺得可以仔細觀察中文學會的聲明稿：〈國語文是我們的屋宇〉，這是比較早期的聲明，內容分為四點：第一點主張「白話／文言不應有如此巨大分別」，認為把古典文學、現代文學一刀兩斷是不對的；第二點談到「考試引導教學的狀況一時難以改變，推薦選文篇目的作法，實有保護學子學習之必要。」，談到推薦選文的爭議；第三點是「文化經典是一國文明素養的重要內涵」，提到文化經典的問題；第四點跟臺灣文學學會的聲明稿一樣，都認為十二年國教的國語文課綱應當泯除中文、臺文、華文的領域差異，必須共同合作，面對語文教育的問題。

相對之下，《聯合報》則用聳動的標題：〈高中國文課綱選文有嫖妓、歧視，師批：浩劫時刻來臨〉，稱文言選文的調整是浩劫。其所稱的嫖妓、歧視選文，是指兩篇臺灣古典散文的建議選文，當時還沒有定案[1]，一篇是蔣渭水的〈送王君入監獄序〉，乃是模仿韓愈〈送李愿歸盤谷序〉之作，被指說是嫖妓文章。另外一篇則是中村櫻溪〈七星墩山踏雪記〉，《聯合報》則稱是一個女性灣生所寫的媚日文章。

對此，臺灣文學館廖振富館長指出，中村櫻溪既非灣生，也不是女性；內容是講他在臺北教書，帶著學生前往七星山，目睹下雪的奇景。至於蔣渭水〈送王君入監獄序〉根本不是嫖妓文章，文章裡面有嫖賭兩個字[2]，但實是蔣渭水反殖民被逮捕後的獄中之作，怎麼會是浩劫呢？

---

1 編案：〈十二年國民基本教育課程綱要・國民中小學暨普通型高級中等學校・語文領域——國語文〉（民國107年1月），「附錄四：普通型高級中等學校（第五學習階段）推薦選文15篇」選入三篇臺灣古典散文，依序是鄭用錫〈勸和論〉、洪繻〈鹿港乘桴記〉、張李德和〈畫菊自序〉。

2 編案：蔣渭水〈送王君入監獄序・仿「送李愿歸盤古序」於臺北監獄〉：「與其有譽于官。孰若無毀于其民。與其有榮于身。孰若無害于心。官祿不食劣紳不為。嫖賭不近服飾不華。大丈夫為民請命者之所為也。而我則行之。」

也因爲如此，臺灣文學學會召開記者會，引爆了這次的文白之爭。

我剛才提到，開始的階段，臺文、中文學會的聲明，基本上沒有人說不要文言文；除了關心文言占比的問題之外，還有文言選文的問題。爲什麼《聯合報》會強烈的批判，說是浩劫呢？在我們來講，其實是針對臺灣的古典選文要不要選入、選哪些篇章的問題。

這個部分我就要說明一下，回到95課綱，一是把中國文化基本教材改成選修，二是推薦文言參考選文四十篇——推薦文言選文四十篇是從那時候開始的。

98課綱降爲三十篇，這次的課綱修訂提出二十篇文言選文，最後討論結果是十五篇。所以溯及源頭，就是95課綱的四十篇推薦選文——不過請大家注意，推薦文言參考選文，是整理歷年高中國文的選文所得；四十篇也遠超過當時所規範的文言占比。

從四十調降到二十篇，我不曉得其考量點爲何，但我個人承認，四十篇參考選文的結果，落實到出版社、教學端，就變成四十篇必讀，一定要教，也是要考。所以95課綱的文言占比雖然是調降，但是實際上的結果，學生研讀文言的負擔卻加重了。大概也因爲這樣思考，才會調降篇數。

推薦文言參考選文，後來被錯誤理解，變成一定要選，所以被稱爲核心選文、經典選文。我在臉書一再說：「不是，這只是推薦參考選文，可由出版社決定選取。」但結果仍是在爭議何爲經典。

沒有編輯過課本的人，往往錯誤的理解，認爲代表作家的代表性的文章，才能選入課本，但編過教科書的人都知道，選文還要思考篇幅、題材、整體表現種種問題，各方面都要斟酌，選文未必是該作家最好、具代表性的文章。因此，說是經典、核心選文，是一大誤導。

再回到所謂的文化經典的問題。「中華文化基本教材」的文化經典其實就是《四書》。我當時考慮，文化經典除了儒家之外，還要納入先秦諸子，以思考性的文章爲主。我個人認爲，文化經典不僅是中國的文化經典，還包括西方的文化經典、或者聖經、佛經，但可能會引發宗教的爭議，最後只選先秦諸子。

從整體脈絡來看，這也是延續95課綱的思考模式，錯誤的延伸，在舊體制裡持續修訂，站在現在的時間點上，我呼應陳昌明老師昨天的演講：課綱這個舊體制就廢了吧。

再回到命名，「文白之爭」實際上是十二年國民基本教育高中國文課綱的爭議。對此，我只有一個想法：該怎麼面對孩子的語文教育——這是語文教育的問題，不是課綱的問題。

我從95課綱的時候，就不贊成國語、國文教材的稱呼。以中國、香港、新加坡爲例，都稱語文教材，爲什麼臺灣堅持稱國文？我們不細講的時代因素，但是沒有回歸到語文本身，就沒辦法實質面對的語文教育的問題。

攤開課綱都知道，不管怎麼修，在課綱的「基本理念」都會提到兩個很重要的觀點，第一：國文（或者說語文）教材，不只是文學，而是包含語言、文學、文化三個層面。第二：國語文教育有四個面向——聽、說、讀、寫。

但我們的語文教育是什麼？有聽、說嗎？有寫作嗎？每兩個禮拜就要寫作一次，但是我們有寫作教學嗎？沒有。所以我們的國文教育就變成只有讀，讀什麼？從戰後一直到現在，課文基本上都是散文，散文又以文言文爲主，所以文言占比這麼高。再者，過去的教學就是背誦，經典的文言文怎麼可以不背呢？所以背誦、然後解釋、翻譯，就是知識性、記憶式的學習。

我們的「讀」，是沒有閱讀教育的記誦式教學，閱讀教育不僅僅是理解文章、掌握這篇文章的歷史；我推薦大家看簡媜《老師的十二樣見面禮》，看美國的社區學校如何發展他們的閱讀教育。

我們的國文教育重視讀，卻是要學生去記誦文言篇章，然後說這樣文章才會寫得精練——其實還有一個目標：才能夠體認中華文化——這樣教育的目標是在這裡——沒有寫作、沒有聽、說的教學。

我在臉書提到，中國的高中國文，每一冊都有表達與交際，首先就提到口語，口語的交際包括聽、說，懂得聽、能夠說，都不是簡單的事。此外還有朗讀、論辯、演講等等各種聽、說的教學。反觀我們幾十年來都沒有這一塊，聚焦在文言文，跟全球化的時代完全背離。

我編過國中國文、編過高中國文，清清楚楚地感受到，我們的老師強烈拒絕翻譯文章，所以我寫了一篇網路貼文〈麥克阿瑟還在臺灣祈禱〉，那是多少年以前的選文，到現在學生還在跟他一起爲子祈禱。

我編國中國文時，好不容易選了一篇都德〈最後一課〉，早年曾經選入的舊文再次選用，只用了一次，國中老師就向出版社反映，如果你們明年還放這篇文章，就不用你的教材。這篇是談小孩子面對語言轉換的問題，都不能選喔！那更不用講新的選文，太難太難了。

所以如果不能回歸語文教育，回歸到聽、說、讀、寫的教學，談那麼多文白佔比的問題，都是背離現代語文教育的現實。

過去夏丏尊、葉聖陶、朱自清等人，他們出版了很多有關國文、語文教育的書籍，例如《閱讀與寫作》、《文心》等等，這類的參考書很多，我們應該加以重視。如果你還在講文言比例的問題，葉聖陶等人合編《開明新編國文讀本》甲種全都是白話文，乙種全都是文言文。他們認爲文白混雜的教科書編寫雖有一定的道理，但是搞到後來會文言、白話都半吊子，都失敗，於是乎分別編選。[3]其他像朱自清談文學、夏丏尊《文心》、《閱讀與寫作》等，到現在都還是很合宜的文章。

我在參與95課綱的時候，就很想要了解中國語文教育的情形，結果赫然發現，中國在1997年以《北京文學》雜誌爲核心，引發了一場非常大的中國語文教育論爭，裡面最關鍵的人物，是北大中文系的錢理群教授。後來錢理群跟友人合編《新語文讀本》，初中、高中各六冊。我曾邀請他到清華舉辦座談會，談兩岸語文教育的問題。我向他提到臺灣文白比例的爭議，結果他給我一個答案，我赫然就醒了。他說，文言、白話的問題，中國叫「三三三」，我問什麼叫三三三？就是古典文學占三分之一，現代文學占三分之一，外國文學、翻譯占三分之一。中國的課程設計不一定都對，但跟臺灣相比之下，我們的國文教材何止落後十年、二十、五十年，我們在舊課綱的

---

3 編案：《開明文言讀本．編輯例言》：「也許有人要說，很多文言詞語都已經在現行的國語讀本裏出現，這樣漸漸學會文言並不難，何必還要無中生有的去辨別異同？我們承認有這種趨勢，可是我們要指出，它的不良的效果已經昭昭在人耳目，就是產生了一種陸志韋先生說的，『八不像』的白話文。」

體制裡吵個半天；臺灣已經進步到完全民主、言論自由的時代，卻還在吵文白之爭，有沒有搞錯啊！所以我的結論，呼應昨天昌明老師演講所說的：「課綱廢了吧。」文白之爭就此停下來吧，拜託。謝謝。

施懿琳教授：

謝謝陳老師爲我們鉅細靡遺地，歷數課綱的發展沿革，也告訴我們文白之爭眞正的引爆點及其經過，並以非常詳實的資料爲我們分析，指出文白之爭是舊體制的課綱思維，應該把課綱取消了吧。

最後陳老師講到，該留意聽、說、讀、寫，並參考中國怎麼樣編輯他們的語文教材。這是陳老師很善意的建議，我們可以站在臺灣的位置，思考如何選編語文教材的問題。

下一場研討會將是陳老師演講議題的延續，謝謝各位的參與，謝謝陳老師這麼細心的爲我們說明。我們就到此結束，謝謝。

議題討論

傳統文學脈絡的語文反思

以譯為戲
「古代廢文」的口語改作現象*

高大威
國立暨南國際大學中文系教授

摘要

2015年，臺灣的網路出現所謂「古代廢文」的說法，指的是經過語譯後內容顯得沒有意義的古典詩文，網路上可見到許多將知名作品語譯並附和的說法，間有引伸至中學國文課程文言存廢的討論。這和其他網路話題的情況類似，在一呼百應的轉貼、戲謔後漸漸歇止，然而對國語文領域而言，其所觸及的問題應從專業去探討，而非任其止於日常的眾聲喧嘩。

緣此，本文針對「古代廢文」而回歸文言語譯本身的專業探討，論析其乃是刻意導向戲謔、逗趣的口語化改作，亦即「以譯為戲」，此在文學上屬於「戲仿」的手法，比較特別的是它透過語譯來表現，在這個過程中加以過度簡化或誇張、扭曲。

本文主要論證「古代廢文」一詞所真正指涉的並非古典原文，亦非一般正常意義下的譯文，而是搞笑式的再創作。但是，其中某些作法和古典詩文的意譯式白話翻譯亦有相近之處，其間因不同尺度所帶來的相異效果值得關注。再者，社會上，尤其是網路上許多和語文、文學的相關討論，無論其因何而生，就專業立場而言，在作價值判斷之外，更應思考如何客觀看待網路上的種種反應，由於討論的聲音源自於真實生活場域，若將之納入相關課程的教學，正可落實並深化語文及文學教學。

關鍵詞：網路、廢文、文言、白話、語譯、翻譯、超譯、戲仿

* 本文是科技部專題研究計畫「新學科建構的嘗試：作為中文『語內翻譯』的文言語譯（2/2）」（編號：MOST-106-2633-H-260-001）的部分研究成果。

壹、問題緣起

2015年11月，臺灣的網路上對所謂「古代廢文」討論十分熱烈[1]，此前，網路上即已存在性質相關的貼文，這次受到普遍關注則起於2015年的幾則：一是8月3日批踢踢實業坊（PTT）的Gossiping版作者m821014（Mickey）的「Re：〔問卦〕古代晚上肚子餓怎麼辦？？？？？？？」[2]；另一是11月19日署名「郎言廢」的網民在噗浪（PLURK）所貼「說到廢話體」的一系列文字[3]，11月22日，後者又被批踢踢實業坊joke版署名brianzzy（BK）者所摘錄，標題爲「把古人的詩詞翻譯成白話文其實滿廢文的」[4]，間有網友在自己的臉書摘引或轉貼，經新聞媒體報導，遂引起了更多的迴響。

這次討論和多數網路議題一樣於短時間內旋起旋滅，日常網路上本來就存在「認眞，你就輸了」的說法，意謂在訊息充斥、隨意貼文、匿名留言錯雜的網路世界，對各種聲音都應見怪不怪，不必嚴肅看待，特定議題的討論總是迅速被新的話題洗版、覆蓋。有關「古代廢文」的討論，興起時即夾雜著回應者的笑聲，其後擴散的平臺則是PTT的「joke」版，本是爲了博君一粲。網路文本，從「讀者反應」的角度去看，尤具個人自由聯想的特性，眾聲喧嘩、各是其是而各非所非，亦屬常態。那麼對這些聲音，究竟適不適合認眞去思考？

2015年11月21日，臺灣大學電機系葉丙成教授在其臉書轉貼了朋友傳給他的兩首「古代廢文」，他留言：「這兩篇眞的超廢的，讓我笑得東倒西歪！XDDDDDD」[5]，XD這個表情符號在網路使用上極頻繁，功能等同古人在書信中開了玩笑後標明的「一笑」，表示

---

1 為便於論述，本文援用「古代廢文」、「網路廢文」的名稱以謂古典詩文的戲謔式語譯。又，在一般使用上，「廢文」是相對於「優文」，指沒有意義或重點的文章，甚至被視為垃圾文章；相關的討論可參胡又天：〈廢文現象—這一切不會沒有意義〉，http://www.storm.mg/article/401900，2018/2/5。

2 https://disp.cc/b/163-8Slu，2015/8/3。

3 https://www.plurk.com/p/lc1xqv，2015/11/19。

4 https://www.ptt.cc/bbs/joke/M.1448190323.A.75A.html，2015/11/22。

5 https://www.facebook.com/prof.yeh/posts/705809282882915，2015/11/21。

語在逗趣，僅屬戲言。不過，言者無心未必能杜絕觀者有意，有網友說：「我個人看這個事件，葉教授認爲他不過po了個他自認的笑話，但卻無意間得罪了古文愛好者，這的確是無妄之災。但他身爲臺灣大學教授，又同時是臺灣『翻轉教育』的倡議者，他這種發言若能得到臺灣大多數學生的認同，也代表臺灣學生的古文能力非常的低落，甚至已經到了低能的地步，這是一個非常可悲的現象。」[6]既是玩笑，則「認同」玩笑無非是同感好笑，怎麼既是「無妄之災」，又「代表臺灣學生的古文能力非常的低落，甚至已經到了低能的地步」？思路明顯不通。葉則在其臉書留言：

> 有朋友私下表示覺得大家把唐詩白話後覺得是廢文很不妥，完全忽略了文學之美。其實我的想法反而不同。我反而覺得就是因為把唐詩翻成白話後覺得很廢，才能真正凸顯出原本詩詞表現形式的美。
> 小時候背這些唐詩，就只是背。但如果先讓大家透過把唐詩翻成白話後的趣味性，大家才會感嘆原本一個很普通、大家平常都有可能碰到的事情跟情懷，詩人可以用五言絕句二十個字就能呈現出來，還餘韻不絕。那形式真的是美啊～
> 與其一開始就把五言絕句丟給學生，不如先將其白話之後比廢，才能欣賞由廢文轉變成藝術品的文學家功力～[7]

「就是因爲把唐詩翻成白話後覺得很廢，才能眞正凸顯出原本詩詞表現形式的美」，這個概念值得思考，但未見深究。此外，2015年11月30日，作家朱宥勳也在網路撰文，他結合了前述「古代廢文」以及張大春批評林彥助《桃機賦》的事件，說道：

---

6 引自陳政君語，http://www.moneygod.net/article/yehchingyun/oracle/2015/11/3749.html，2015.11.25。

7 https://www.facebook.com/prof.yeh/posts/705809282882915，2015/11/21。

> 這兩件事情的討論不少，但我認為有趣的不是這些「古文」本身，而是這些古文材料引起的反應。這些反應，顯現出臺灣中學文學教育的某些癥候：我們在中學六年的國文科當中大量置入古文教材，但普遍受過中學教育的人們，對「文言文」依然充滿著疏離和誤解，教學成果十分失敗。而這樣失敗的教學結果，卻讓我們的公民花費大量的時間去學習，排擠了真正的閱讀能力、文學品味的養成。這才是最可怕的事情。[8]

他在文章中提到的一些意見，比如：「文學作品的文字操作，非常重視『歧義性』」、「文學作品的形式和內容必須同時評估」、「在翻譯的過程中，原义和譯义不可能百分之百等同」，這些都是文學常理，不成問題，然而以下的理路有待商榷：

> 這兩件事情的討論不少，但我認為有趣的不是這些「古文」本身，而是這些古文材料引起的反應。這些反應，顯現出臺灣中學文學教育的某些癥候：我們在中學六年的國文科當中大量置入古文教材，但普遍受過中學教育的人們，對「文言文」依然充滿著疏離和誤解，教學成果十分失敗。[9]

這一點，許多網友紛紛回應，如：

1. 這篇寫的是不錯，但是跟「鄉民」「認真」，就輸了。（Lukas Yu）
2. 拿鄉民的玩笑當一回事，認眞古文教育和文學教育失敗，有點錯點鴛鴦了。（彭天福。又按：「披評」當爲「批評」之誤。）
3. 人家惡搞就是「刻意耍廢」

---

8 https://opinion.udn.com/opinion/story/7344/1346607，2015/11/30。

9 https://opinion.udn.com/opinion/story/7344/1346607，2015/11/30。

作者偏要指著說「爲什麼現在的教育這麼廢」（魏銘良）
4. 不過既然都是創作惡搞文了
本來就是刻意惡搞刻意遺忘刻意創作的（魏銘良）
5. 古代廢文大賽是DCARD上大家玩起來在鬧誕生的東西
留言裡大家還直接看白話文翻回文言文
還可以自己延伸出別的東西
如果不夠熟悉看到哪會想笑？（勝華姚）
6. 這樣翻對文組老師來說～大概也是打擊～但，認眞翻就不好笑了～XD（yorurou）
7. (1)廢文翻譯搞KUSO而已，不必認眞。
(2)你高興也可以KUSO翻譯西洋名著，想必也是廢得很。（CY Chiu）
8. 並不只是非常多的網友其實非常清醒，開文者自身就是清醒的，不過都說是廢文大賽了，想當然不會有太正經的翻譯XD（Sengo Hung）[10]

這些回應的基調站得住腳，追溯其緣，既然那些「古代廢文」肇自於網友KUSO、「刻意耍廢」，即是意圖扭曲原文以製造變形後的樂趣，笑點正來自從A文本變爲B文本，若分不清兩者似是而非，就不會感覺有趣。因此，不能以文言文教學成果十分失敗云云一概而論。

貳、古代詩文的「翻譯」及其多義

這些爲了搞笑而被改造的古代詩文除了好笑與否之外，也有値得思索之處，比如前述葉丙成教授的說法——「……就是因爲把唐詩翻成白話後覺得很廢，才能眞正凸顯出原本詩詞表現形式的美。」以及「與其一開始就把五言絕句丟給學生，不如先將其白話之後比廢，才

---

10 以上所引，俱見於https://opinion.udn.com/opinion/story/7344/1346607，2015/11/30，引文後括弧內所示，即貼文者所署名。

能欣賞由廢文轉變成藝術品的文學家功力～」。唯其所謂「翻成白話後覺得很廢」、「將其白話之後」涉及的概念尚待釐清，因爲從其字面，難以確定他是指一般意義（本於原意）還是特殊意義（逸於原意）之下的白話「翻譯」。

文言翻成白話，一般稱作「白話翻譯」，亦稱「語譯」，屬於同一語種當中的翻譯，語言學上歸爲「語內翻譯」，它如同「語際翻譯」一般，也有「直譯」和「意譯」之別。另外，近年臺灣受日本翻譯讀物的影響，出現了「超譯」一詞，其非嚴謹的專業概念，卻成爲年輕一代的常用語，在有關「古代廢文」的網路討論中也屢見提及。

討論「直譯」、「意譯」、「超譯」等概念，必須理解實際上並不存在不失原味的譯文──此於語際翻譯、語內翻譯皆然。從溝通、傳播角度去看，翻譯乃是一種不得已卻必要的存在物，意寄於文，文變則意變，對最講求文字精鍊的詩體而言，文字對詩意的牽動更是明顯，所以學界對此頗有持保留乃至質疑態度的，朱光潛就曾表示：

> 凡詩都不可譯為散文，也不可譯為外國文，因為詩中音義俱重，義可譯而音不可譯。成功的譯品都是創造而不是翻譯。英人費茲傑拉德所譯的奧馬康顏的《勸酒行》差不多是譯詩中唯一的成功，但是這部譯詩實在是創作，和波斯原文出入甚多……。記得郭沫若先生曾選《詩經》若干首譯為白話文，成《卷耳集》，手頭無此書可考，想來一定是一場大失敗。詩不但不能譯為外國文，而且不能譯為本國文中的另一體裁或是另一時代的語言，因為語言的音和義是隨時變遷的，現代文的音節不能代替古代文所需的音節，現代文的字義的聯想不能代替古文字義的聯想。比如《詩經》：「昔我往矣，楊柳依依；今我來思，雨雪霏霏」！四句詩看來是極容易譯為白話文的。如果把它譯為：「從前我去時，楊柳還在春風中搖曳；現在我回來，已是雨雪天氣了」。總算

> 可以勉強合於「做詩如說話」的標準，卻不能算是詩。一般人或許說譯文和原文的實質略同，所不同者只在形式。其實它們的實質也並不同。譯文把原文纏綿悱惻、感慨不盡的神情失去了，因為它把原文低徊往復的音節失去了。專就義說，「依依」兩字就無法可譯，譯文中「在春風中搖曳」只是不經濟不正確的拉長，「搖曳」只是呆板的物理，而「依依」卻帶有濃厚的人情。原文用驚歎的語氣，譯文是敘述的語氣。這種語氣的分別以及用字構句的分別都由於譯者的情思不能恰如作者的情思。如果情思完全相同，則所用的語言也必完全相同。善談詩的人在讀詩可以說是在用詩人自己的語言去譯詩人的情思，這也是一種創造的工作。[11]

茲據朱光潛所舉之例，將《詩經》原文與其語譯對照如下[12]：

原文	語譯
昔我往矣，	從前我去時，
楊柳依依；	楊柳還在春風中搖曳；
今我來思，	現在我回來，
雨雪霏霏！	已是雨雪天氣了！

兩相比較，可發現語譯嚴謹，原文和譯文的詞語呈現了一對一的對應，沒有無故省略，原詩的基本意涵亦未走樣。不過，所選用的譯詞與原文的詞語或許相近，卻不代表完全相同，不同文詞所表現出的

---

11 朱光潛：〈替詩的聲律辯護——讀胡適的《白話文學史》後的意見〉，附於其《詩論》第十二章之後，該書收錄於《朱光潛全集》（合肥：安徽教育出版社，1987），第3冊，頁233-234；相關的討論亦見同書，頁112-113。

12 此引《詩經·採薇》原文見《詩經注疏》，收錄於〔清〕阮元校勘：《十三經注疏》（臺北：藝文印書館，1997），冊2，頁334。

聲腔也必有出入，《論語．顏淵篇》中，子貢「文猶質也，質猶文也」的概念用於理解此理，也正相通[13]，這就是何以朱光潛認爲前述的語譯勉強合於「做詩如說話」的標準卻仍不算是詩。藉此，亦可明瞭爲什麼古代雖有將文言予以語譯的事實，而多半只用在典籍原文的「串講」，著重在對原文的「理解」，以此爲基礎再去求對原文的「體會」，前者側重「知」，後者強調「感」，換言之，古代乃是把語譯當成輔助理解原文的鷹架，閱讀之際，對讀者至多具有輔助功能，並不被人認爲可逕以取代原文。不過，近代許多學者鑑於一般大眾難以直接閱讀古典，故提倡今譯，即以《詩經》爲例，郭沫若選譯了《詩經》四十首詩，1923年以《卷耳集》付梓，縱白蹤就《詩經》挑選了三十七首詩語譯，1931年以《關雎集》爲名印行，陳漱琴也編選了諸家所譯《詩經》情詩，在1932年出版了《詩經情詩今譯》。這些，都是將舊酒注進了新瓶，而各個新瓶的具體樣貌卻不相同，各個新瓶、各種翻譯在此後陸續出現。原始文本是單數的原樣，它的各種譯文則爲複數的變形，依不同譯者的手眼，必然形成各種不同的樣子，這裡即以《詩經．關雎》爲例，比較儲皖峰、縱白蹤、程俊英以及臺灣當代網路廢文的「翻譯」[14]：

一、關關雎鳩，在河之洲，窈窕淑女，君子好逑。

儲皖峰譯文：

　一雙雙的水鳥集在環水的沙汀，關關地發出唱和的歌聲；

　那玲瓏，活潑的人兒喲，我也要在她的胸中撥取共鳴。

縱白蹤譯文：

　一匹高一聲低一聲失侶的孤鳥，在一座沙洲上淒涼，幽怨地哀叫。

13　「文猶質也，質猶文也」語見《論語注疏》，收錄於〔清〕阮元校勘：《十三經注疏》，冊8，頁107。

14　以下所引，《詩經》原文據〔清〕阮元校勘《詩經注疏》本，見其《十三經注疏》，冊2，頁20-22；譯文部分，儲皖峰的出自陳漱琴編著：《詩經情詩今譯》（上海：女子書店，1932）頁1-3 懷 蹤的則出自其《關雎集》（上海：經緯書局，1931），頁1-2；程俊英的出自其《詩經譯注》（上海：上海古籍出版社，1996），頁3-4；網路廢文則見於https://www.plurk.com/p/lc1xqv，2015/11/19。

那洲邊上站立一位俊美的少女，我想她做我愛人的念兒在狂燒。

程俊英譯文：

雎鳩關關相對唱，雙棲河裡小島上；

純潔美麗好姑娘，眞是我的好對象。

網路廢文：

雎鳩在沙洲叫，好想要窈窕女孩喔。

二、參差荇菜，左右流之，窈窕淑女，寤寐求之。

儲皖峰譯文：

那些長短不齊的荇菜，我將用手兒任意採取；

那玲瓏，活潑的人兒喲，我不論醒時夢裏都在那兒追逐！

縱白踪譯文：

河水裏參差不齊的，不齊的荇菜，隨著那活潑的流水左右地動擺。

那洲邊取採荇菜的俊美的少女，我切切地懷想她呀夢中或醒來。

程俊英譯文：

長長短短鮮荇菜，順著水流左右採；

純潔美麗好姑娘，白天想她夢裡愛。

網路廢文：

水菜高低不齊，正妹的身影讓我整晚都翻來翻去。

三、求之不得，寤寐思服，悠哉悠哉，輾轉反側。

儲皖峰譯文：

我明知道不能達到追求的目的，可是她終於纏繞我的心頭沒有片時獲釋；

我抱著這種虔誠脈脈的悠思，使得我翻來覆去不能安息。

縱白踪譯文：

我愈是空空地懷想她不成佳偶，愈是醒夢之中爲她顚倒而憂愁；

壓根兒翻來轉去地睡不著了呀！我爲得懷想，懷想起那天底一幕：

程俊英譯文：

追求姑娘難實現，醒來夢裡意常牽；

相思深情無限長，翻來覆去難成眠。

網路廢文：

好想要喔，翻來翻去還是睡不著。

四、參差荇菜，左右采之，窈窕淑女，琴瑟友之。

儲皖峰譯文：

那些長短不齊的荇菜，我將用手兒任意採取；

那玲瓏，活潑的人兒喲，我將調那微妙的琴瑟來把她挑動。

縱白蹤譯文：

河水裏參差不齊的，不齊的荇菜，有一位少女在洲邊左右地取採；

那一位取採荇菜的俊美的少女，我想彈奏著琴瑟和她終生同居。

程俊英譯文：

長長短短荇菜鮮，採了左邊採右邊；

純潔美麗好姑娘，彈琴奏瑟親無間。

網路廢文：

水菜隨便都可以採，但是正妹要彈吉他彈得好才採得到。

五、參差荇菜，左右芼之，窈窕淑女，鐘鼓樂之。

儲皖峰譯文：

那些長短不齊的荇菜，我將用手兒任意採取；

那玲瓏，活潑的人兒喲，我將敲那諧和的鐘鼓來使她樂意。

縱白蹤譯文：

河水裏參差不齊的，不齊的荇菜，有一位少女在洲邊左右地取採；

那一位取採荇菜的俊美的少女，我想撞擊著鐘鼓和她永樂不已。』

程俊英譯文：

長長短短鮮荇菜，左採右採揀揀開；

純潔美麗好姑娘，敲鐘打鼓娶過來。

網路廢文：

水菜隨手都摸得到，可是正妹要敲鐘打鼓才摸得到。

對照以上諸文，可以發現：

1. 儲皖峰、縱白蹤、程俊英的譯文和原文的語句皆可一一對應，至於所謂的網路廢文則摶揉在一起，原詩每章四句，網路廢文則各以兩句翻譯。網路廢文往往只取原文大意，並在當代生活語境尋找類似的意思和詞語來替代，比如：「求之不得，寤寐思服，悠哉悠哉，輾轉反側」，廢文是：「好想要喔，翻來翻去還是睡不著。」原文三句「求之不得」、「寤寐思服」、「悠哉悠哉」直接合併成了一句極爲直白的「好想要喔」。在個別詞語上也有類似狀況，如：「琴瑟友之」的「琴瑟」，本文所引三家都逕用「琴瑟」原詞，網路廢文則以現代樂器「吉他」替代，這也是被視爲「超譯」的部分原因。

2. 幾種譯文之間有明顯出入，如：「關關雎鳩」，儲皖峰譯成：「一雙雙的水鳥集在環水的沙汀，關關地發出唱和的歌聲」，而縱白蹤譯爲「一匹高一聲低一聲失侶的孤鳥，在一座沙洲上淒涼，幽怨地哀叫」。其中，「雎鳩」究竟是一雙雙還是單隻？「關關」除了是單鳴抑或相和之外，原詩只表現出單純的叫聲還是意味著淒涼、哀怨的哀叫？兩種譯文有所牴觸而各具其理，縱白蹤的理解相對曲折，然無法論斷其必然有誤。同樣，「左右流之」的「流」也有歧解，一解爲採摘，一解爲擺動。這些因非本文所側重，可以毋論。
3. 當作定語的「窈窕」一詞，除了網路廢文直接沿用之外，其他則分別譯爲「玲瓏，活潑的」、「俊美的」、「純潔美麗」，這些都用來形容「淑女」，詞義皆屬正向，彼此蘊含卻不無出入，這是翻譯的常態，除非明顯致誤，否則就在容許的詮釋範圍。至於「淑女」一詞，翻成「人兒」、「少女」、「姑娘」，感覺不一，但屬於同一類，網路廢文則用了當前年輕世代俚俗的「正妹」去替代，詞味的落差較大，但不能認定是誤譯，而換詞的過程中，原本「淑女」的蘊意流失、變味了，而這正是刻意搞笑所要的效果。
4. 在諸家的譯文裡，常見增補字詞的狀況，例如主語的「我」，原文皆無，古代詩文經常省略主語，翻譯時補上則屬常態。此外，增加了一些轉折詞等也是如此。
5. 網路廢文時見刻意扭曲，比如：「鐘鼓樂之」，儲皖峰譯爲「我將敲那諧和的鐘鼓來使她樂意」，縱白蹤譯爲「我想撞擊著鐘鼓和她永樂不已」，意思相近，程俊英則翻成「敲鐘打鼓娶過來」——鐘鼓的意思更進一步表示用以迎娶。參照原詩，這些理解可以並存，也不能算是誤譯。轉觀網路廢文：「水菜隨手都摸得到，可是正妹要敲鐘打鼓才摸得到。」刻意摶揉了「參差荇菜，左右芼之」和「窈窕淑女，鐘鼓樂之」，並且把具有「揀擷」意思的「芼」解譯爲「摸」，乃是爲了打諢逗趣的刻意操作。

以上的現象透露了網路廢文的三項明顯特徵：一是摶揉原文的含意，乃至過度簡化；一是針對其中某個特定詞語，刻意以當代俚俗的語詞替代，致使詞味改變；一是藉著偏誤來製造笑料。

我們可根據上述特徵檢視網路上其他在《詩經》之外所製造的廢文，先就陳子昂的〈登幽州臺歌〉討論，原詩是：「前不見古人，後不見來者；念天地之悠悠，獨愴然而涕下。」以下取用邱燮友的翻譯來和網路廢文對照[15]：

邱燮友譯文	網路廢文
前面看不見古時的人，	前面沒有人
後面看不見將來的人，	後面也沒人
想到天地的長遠無窮無盡，	這世界好大呀
不覺獨自悲傷地掉下了眼淚。	於是我就哭了

前兩句的「不見」，廢文都省略了，原文「古人」、「來者」也直接用「人」一個字去概括，流失了部分的意涵。第三句的「念」，意思也省去了，而「悠悠」本來主要指涉時間義，「好大」則扭曲爲空間義。末句的「獨」字在這首詩中很重要，廢文也省略了，副詞「愴然」形容心情，廢文則跳過不譯。原詩四句在廢文當中全都被故意摶揉、扭曲了。原文與廢文對照、邱燮友的譯文與廢文對照，不難發現廢文的搞笑效果並不是來自古文翻譯成白話而理所當然的，乃是翻譯成白話過程中刻意加工、改作的結果。

再看賀知章的〈回鄉偶書〉，原詩云：「少小離家老大回，鄉音

---

15 邱燮友的譯文見其《新譯唐詩三百首》（臺北：三民書局股份有限公司1999），頁84；陳子昂〈登幽州臺歌〉原文亦沿據邱著所用。網路廢文的貼文者署名郎言廢，見https://www.plurk.com/p/lc1xqv，2015/11/19。

無改鬢毛摧；兒童相見不相識，笑問客從何處來。」（按：「摧」字，另有作「衰」者）這仍採取對照方式，但左邊選錄沙靈娜的譯文[16]，其右則是網路廢文[17]：

沙靈娜譯文	網路廢文
少小時離開了家鄉， 年紀老大才踏上歸途。	年輕的時候到外地賺錢 四十好幾才回家
鄉音依然無半點改變， 鬢髮卻早已稀稀疏疏。	講話的腔頭還在就是鬍子白了不少
兒童看見我都不認識，	在家巷口遇到幾個小鬼 想當年我在地頭上也很有名 居然不識相的問我是誰
笑著問：「客人你來自何處？」	

原文「離家」譯成了「到外地賺錢」，「到外地」沒有問題，「賺錢」則是引伸到當代日常語境的習見說法，至於「老大」變成「四十好幾」則沒有根據，是任意的說法。「鬢毛」譯成「鬍子」亦不準確，應是「髮鬢」[18]。「兒童」譯成「幾個小鬼」不能算錯，唯口吻差別很大，而「在家巷口」、「當年我在地頭上也很有名」亦都是轉入當代日常情境所憑空創造出來的，原詩「笑問」的「笑」省去了，安上的「不識相的」則是原詩所無的意思。整個文本的笑點是最末的「在家巷口遇到幾個小鬼／想當年我在地頭上也很有名／居然不識相的問我是誰」，除了加油添醋之外，原詩第三、四兩句也被整合了。以上，正是網路廢文加工製造的慣技。或許有人懷疑這屬於「意譯」，其實不然，不妨參考賴芳伶對同一作品的白話翻譯：

[16] 沙靈娜：《唐詩三百首全譯》（修訂版，貴陽：貴州人民出版社，2008），頁360；賀知章〈回鄉偶書〉原文亦沿據沙著所用。

[17] 郎言廢貼文，見https://www.plurk.com/p/lc1xqv，2015/11/19。

[18] 對此，網友aluba90544的貼文也提出：「你的國文老師應該要哭泣，鬢毛你翻譯做鬍子……」見https://www.plurk.com/p/lc1xqv，2015/11/19。

> 我年紀輕輕的就離開家鄉去闖天下，一直到年華老大才又重回舊地。在外這麼多年，說也奇怪，一口濃重的鄉音始終沒有改變，倒是兩鬢的鬚髮爭先恐後地花白了。一走進鄉里，一大群可愛的孩子見了我卻沒有一個認識的，有的竟然笑嘻嘻地問我：「客人，你打哪兒來的呢？」[19]

引文中，我加上底線的部分是表示這些話是譯者所增補的，其中，「闖天下」的意思看似和廢文所加的「賺錢」相近，實則不同，「闖天下」是泛指，「賺錢」是專指。「爭先恐後」爲的可能是表現歲月匆匆催人老的情致，乃是譯者創造的，但並未乖悖原詩。「一走進鄉里」亦看似與廢文的「在家巷口」相近，其實不同，前者泛指而後者專指。原詩只說「兒童」，究竟是單數還是複數，並不清楚，這是中文古典詩歌的常態，在中詩英譯時也常造成困擾，「一大群」自然也有可能，不過，「兒童」之前加上形容詞「可愛的」則是文本所無，亦屬意譯的想當然耳。同爲賀知章〈回鄉偶書〉一詩的白話翻譯，相較之下，沙靈娜的近於直譯，賴芳伶的偏向意譯。再比較賴芳伶的意譯文字以及網路廢文，後者的變造痕跡十分明顯，兩者自難等量齊觀，換言之，賴譯可歸爲意譯，後者則否，也因此，網民有稱廢文爲「超譯」的。

「超譯」一詞來自日本出版界，日人白取春彥的《超譯尼采》是其代表，在該國暢銷逾百萬冊，在臺灣銷路亦廣，而遭受的批評也多[20]。「超譯」並非嚴格定義下的用語，流風所扇，臺灣坊間使用的狀況已非常普遍，許多中、外思想或文學類的書籍都冠上了這個詞，也常見於網路貼文，也有從負面看待這個概念的，如臉書上就有人說：「『超譯』是什麼呢？簡單來說就是『隨你高興的翻譯』，

---

19 賴芳伶：《大唐文化的奇葩——唐代詩選》（臺北：時報文化出版事業有限公司，1981），頁55-56。

20 可參https://www.ptt.cc/bbs/book/M.1352108350.A.044.html，2012/11/5，對其陸續回應的時間不一，檢索時間為2018/7/10。

而且不是一般常見『直譯』與『意譯』的差別而已……。」[21]大致來說，「超譯」在一般人的理解中，視同「二次創作」[22]，其中存在著譯者的任意詮釋，多半割裂原義並著墨於引伸、附會，遠於「我注六經」而近於「六經注我」。「超譯」，不妨這麼看待：其基本特性並非朝向「述而不作」，它有「述」有「作」，一方面必須有來源文本，另一方面它呈現出的目的文本非僅不求忠實再現，反追求某種新的認知或感受。這裡，針對古典詩文的網路「超譯」，依其譯文跳躍的不同程度舉兩個例子，一是漢代古詩十九首當中的〈明月何皎皎〉，其原文是：

> 明月何皎皎，照我羅牀幃，憂愁不能寐，攬衣起徘徊。客行雖云樂，
> 不如早旋歸，出户獨彷徨，愁思當告誰。引領還入房，淚下沾裳衣。[23]

署名snowymint的網友譯爲：

> 月亮怎麼這麼亮，把我的席夢思床墊照得跟白天一樣是要叫我怎麼睡啦，憂鬱症都要發作了，只好起來穿衣服出門走走。雖然大家都說和朋友揪團出遊很快樂，我還是覺得早點回家比較好。唉可是我現在一個人大半夜的在外面閒晃，想找人發發牢騷也找不到人，還是回房間洗洗睡好了。嗯?我的領子怎麼濕濕的……[24]

---

21 語見Wondero，https://www.facebook.com/WonderoaBlogForWonder/posts/380796448687450，2013/7/16。

22 語見奕山，http://monopage.blogspot.tw/2015/02/blog-post.html，2015/2/19；嚴格說來，翻譯也可視為「二次創作」，此處引述網路所指，是意謂透過翻譯形式進行變造。

23 〈明月何皎皎〉一詩的原文見逯欽立輯校：《先秦漢魏南北朝詩》（臺北：學海出版社，1984），上冊，頁334。

24 snowymint之語見https://www.plurk.com/p/lc1xqv，2015/11/19。

這是原文和譯文可以逐句對應的「超譯」，其中，「羅床幃」譯成了「席夢思床墊」，「憂愁」說成了「憂鬱症」，「客行」變成了「和朋友揪團出遊」，「引領還入房」也加工成了「還是回房間洗洗睡好了」。語境改變而原詩的意境也已消失，不過，譯文與原文仍保持逐一對應的關係，跳躍程度較小。大幅跳躍的例子，可舉網友對陶潛〈五柳先生傳〉作的超譯，古文原本是：

> 先生不知何許人也，亦不詳其姓字，宅邊有五柳樹，因以為號焉。閑靜少言，不慕榮利。好讀書，不求甚解，每有會意，便欣然忘食。性嗜酒，家貧，不能常得，親舊知其如此，或置酒而招之。造飲輒盡，期在必醉，既醉而退，曾不吝情去留。環堵蕭然，不蔽風日；短褐穿結，簞瓢屢空，晏如也。常著文章自娛，頗示己志。忘懷得失，以此自終。
> 贊曰：黔婁之妻有言：「不戚戚於貧賤，不汲汲於富貴。」其言茲若人之儔乎？酣觴賦詩，以樂其志。無懷氏之民歟！葛天氏之民歟！[25]

署名愛爾＊的網友則把它譯爲：

> 就別說是誰了，強者我朋友他家門口有五棵柳樹，他喜歡讀書，然後喝酒喝酒喝酒喝醉喝爛醉被朋友灌醉發，窮得要命也要發發廢文，這樣超讚der，做人就是不該在意有錢沒錢！[26]

原文大部分都被譯文省略了，勉強對應的原文只有「先生不知何許人也」、「宅邊有五柳樹」、「好讀書」、「性嗜酒」、「造飲

[25] 陶潛〈五柳先生傳〉原文見〔清〕陶澍注，戚煥塤校：《靖節先生集》（臺北：華正書局有限公司，1993），頁12-13。

[26] 愛爾＊之語見https://www.plurk.com/p/lc1xqv，2015/11/19。

輒盡，期在必醉」、「環堵蕭然，不蔽風日；短褐穿結，簞瓢屢空」、「常著文章自娛」、「忘懷得失」。不僅經過跳躍、壓縮，而且透過多個當今臺灣年輕族群的日常用語進行時空置換，如：「強者我朋友」、「發發廢文」、「這樣超讚der」，這樣的處理方式與原文間的距離較大，也是網路上視爲典型的「超譯」。原文和超譯文本間的距離，往往與譯者發揮、變造、刻意搞笑的空間成正比。

參、網路廢文與「戲仿」

無論直譯、意譯，都是順著來源文本的脈絡展開，網路所視爲超譯的則是在某個詞或句上故意用過度簡化、扭曲方式去製造笑點，這樣的處理就逸出了來源文本的脈絡，重要的是，其所以令人發噱，就在於來源文本與目標文本在閱讀效果上的明顯反差，以下透過幾則網路廢文加以分析：

一、王維〈竹里館〉：「獨坐幽篁裏，彈琴復長嘯；深林人不知，明月來相照。」

邱燮友譯文：

我獨自坐在幽靜的竹林子裏，
撥弄著琴弦，又學古人的呼嘯；
住在深林裏有誰知道我呢？
只有明月不時地來相照。[27]

網路廢文：

獨自坐在竹林裡
邊彈琴邊唱歌
沒有人知道我在幹嘛
還有月亮幫我打燈[28]

---

27 邱燮友的譯文見其注譯：《新譯唐詩三百首》，頁428；王維〈竹里館〉原文亦據邱著。

28 貼文者署名小山羊，見https://www.plurk.com/p/lc1xqv，2015/11/19。

網路廢文把「長嘯」譯爲「唱歌」是錯誤的，原詩的「人不知」乃存在義，網路廢文省略了前面的「深林」之外，用大白話譯成「沒有人知道我在幹嘛」，指涉的是行爲義，亦自原本的意思逸出了。即使如此，到這裡，轉譯的文字仍然顯得平淡無奇，其所製造的笑點在最末一句——「還有月亮幫我打燈」，關鍵詞是「打燈」。成功逗趣的網路廢文常運用這類技巧，其略似傳統詩學所說的「詩眼」，不同的是古典詩藉此表現美感，網路廢文則用它製造笑果，重點是：讀者閱讀時，腦海必須有原詩參照，也就是必須預存相應的、特定的「前文本」（pre-text），其與目標文本意境的反差愈大，於意料之外產生的趣味才愈強烈。換言之，讀者是伴著「獨坐幽篁裏，彈琴復長嘯；深林人不知，明月來相照」的殘影去看「獨自坐在竹林裡／邊彈琴邊唱歌／沒有人知道我在幹嘛／還有月亮幫我打燈」，如果一個讀者在未曾接觸過廢文前文本的情況下閱讀廢文，就不會有太特別的感受。類似狀況，可再以馬致遠的〈天淨沙〉爲例，原文是：「枯藤老樹昏鴉，小橋流水人家，古道西風瘦馬。夕陽西下，斷腸人在天涯。」[29]網路廢文版是：「樹藤、樹、烏鴉、橋、河、沙灘／太陽下山了／內臟出血的人在很遠的地方」。其中，原作的「人家」消失了，出現的是不相干的「沙灘」，並跳過「古道西風瘦馬」而直接到末句的「斷腸人在天涯」，又刻意把「斷腸人」說成「內臟出血的人」，「內臟出血的人」就是搞笑版的關鍵短語，得到許多網友喊推[30]。同樣，這在原文與廢文間的反差中製造出了笑果。

二、王維〈雜詩〉：「君自故鄉來，應知故鄉事。來日綺窗前，寒梅著花未？」

邱燮友譯文：

你來自故鄉，
應知道故鄉的一切。

---

29 原文見〔元〕馬致遠：《馬致遠集》（太原：山西古籍出版社，1993），頁198。

30 https://www.plurk.com/p/lc1xqv，2015/11/19，並參https://www.ptt.cc/bbs/joke/M.1448190323.A.75A.html，2015/11/22。

不知道你動身前來的時候，我家的窗前，
那株梅花可曾開花了沒有？[31]

網路廢文：

你從我家來
應該知道我家的事
口以跟我說我房間窗前的
阿那個梅花是開了沒[32]

從用詞的對應去檢視這則廢文，沒有太多省略，詞的置換幅度也不大，較大的頂多是「故鄉」換成「我家」。整體而言，它近於直譯。至於其笑點，不是像詩眼般在單一之處，而是表現在全部文字的口語特色，不僅直白，而且明顯帶有臺灣的日常腔調，比如：「可以」用「口以」表音，「阿那個梅花是開了沒」用的也是在臺灣常聽到的表達方式。帶著前文本「君自故鄉來，應知故鄉事」的印象去讀「你從我家來／應該知道我家的事」，並不覺得突兀，但是，從對「來日綺窗前，寒梅著花未」的記憶出發去讀「口以跟我說我房間窗前的／阿那個梅花是開了沒」，詞句指涉的基本對象沒變，原本的詩意則篩除殆盡了，一雅一俗，其間的反差產生了笑果。

三、杜秋娘〈金縷衣〉：「勸君莫惜金縷衣，勸君惜取少年時。花開堪折直須折，莫待無花空折枝。」

邱燮友譯文：

奉勸你不必愛惜金縷衣，
奉勸你能愛惜年少青春的時光！
花開時可以攀折，就必須直接折取，
不要等花兒謝了，只有攀折空枝。[33]

---

31 邱燮友的譯文見其注譯：《新譯唐詩三百首》，頁430；王維〈雜詩〉原文亦據邱著。

32 貼文者♪暖羊羊♪署名，見https://www.plurk.com/p/lc1xqv，2015/11/19。

33 邱燮友的譯文見其注譯：《新譯唐詩三百首》，頁534；杜秋娘〈金縷衣〉原文亦據邱著。

網路廢文之一：

阿罵尼就是要拿來穿的，
七逃就趁少年時；
花開了就直接摘下來就好，
不要到花謝了還在那邊折樹枝破壞路樹。[34]

網路廢文之二：

你不要太寶貝你的名牌衣。
你不如珍惜點你的年少青春！
啊花就是要在有花的時候摘不是嗎？
花都掉了你摘個樹枝有屁用。[35]

這兩則網路廢文的「超譯」方式更爲明顯，尤其是廢文之一——比如「七逃就趁少年時」以及最末增加的「破壞路樹」。另外，喻爲貴重的「金縷衣」，廢文之一置換爲Armani，並故意取漢字「阿罵泥」爲音，廢文之二則作「名牌衣」，換詞的同時，場景跟著改變，這樣的取詞超譯已預存了插科打諢的企圖。兩則文字都用了臺灣青少年日常的口語，連「空折枝」的「空」都轉成了當今日粗俗的「有屁用」。若詩的修辭與所創意境經過了陌生化，大白話的超譯廢文則是反向把原本陌生化的詩境予以熟悉化、通俗化，在來源文本做爲前文本的認知下，每一行既含原調成分，又出現變調，笑點隨而從此縫隙出現。

網路上，「古代廢文大賽」中的諸多廢文也有高下之別，與嚴肅意義下的文學作品相異處在於：笑聲即掌聲。廢文是二次創造，它必須要生根於某個前文本，讀者閱讀這個二次文本時須對它的前文本有印象，兩個文本關係若合若離，反差則是在「合」的基礎上展現出來的「離」。這可以說明爲什麼網路出現諸多超譯的廢文不僅皆有所本，而且都是廣爲人知的經典作品，如果選擇的是一般大眾未接觸過的生僻古詩，就無法成功因廢而搞笑了。在文學理論上，

---

34 署名流水(J・`ω・）J之貼文，見https://www.plurk.com/p/lc1xqv，2015/11/19。

35 署名小山羊之貼文，見https://www.plurk.com/p/lc1xqv，2015/11/19。

這屬於「戲仿」（parody；又譯作「戲擬」、「嘲仿」、「諧仿」、「諧擬」，也有直接名之爲「惡搞」的），這樣的手法本來就是一種遊戲文體，依照艾布拉姆斯（M.H. Howard Abrams）的界定，它乃是——「模仿某篇文學作品嚴肅的手法或特徵，或某一作家獨特的文體，或某一嚴肅文學類型的典型文體和其他特色，並通過表現粗俗的或滑稽的風馬牛不相及的主題來貶低被模仿者。」[36]它具有嘻笑、調侃、遊戲、顛覆等性質。這樣的性質也頻繁出現在現代網路世界，巴赫金（M. M. Бахтин）曾提到西方中世紀的大量戲仿文學與民間節慶的詼諧形式有關，這種詼諧的表現甚至被人視爲「人的第二本性」，巴赫金並說：

> 對於中世紀的戲仿者來說，一切都是毫無例外的可笑，詼諧，就像嚴肅性一樣，是包羅萬象的：它針對世界的整體、針對歷史、針對全部社會、針對世界觀。這是關於世界的第二種真理，它遍及各處，在它的管轄範圍內什麼也不會被排除。這好像是在其所有的因素中看待整個世界的節慶觀點，好像是在遊戲和詼諧中對世界的第二次新發現。[37]

目光轉移至現代網路，很容易發現與此相類的現象，古代廢文的口語改作正可從這個角度去理解，以譯爲戲的改作者抱持的心態與其說是對古代詩文的「不滿意」，不如說是「不滿足」，種種戲仿並非否定「第一種眞理」，而是想要揭示與其相對的「第二種眞理」，若以中國傳統的「陰／陽」概念爲說，則揭示「陰」並不即意謂否定

---

36 〔美〕艾布拉姆斯（M.H. Howard Abrams）著，吳松江等編譯：《文學術語詞典》（北京：北京大學出版社，2009），頁53；相關解釋並可詳參張錯：《西洋文學術語手冊》（臺北：書林出版有限公司，2005），頁215。

37 〔俄〕巴赫金（M. M. Бахтин）著，李兆林、夏忠憲等譯：《拉伯雷的創作與中世紀和文藝復興時期的民間文化》，收錄於《巴赫金全集》（石家莊：河北教育出版社，1998），第6卷，頁87、97-98。

「陽」，而是一種補充。在古代廢文諸種改作的鄉民回應中，我們一再體會到所謂「好像是在遊戲和詼諧中對世界的第二次新發現」。

在近代中國的報刊中，這類文本已可常常見到，比如：杜甫的〈江南逢李龜年〉一詩，1918年的漫畫月刊《上海潑克》就刊出了題爲〈野雞〉的戲仿之作，茲將兩者對照列下：

〈江南逢李龜年〉	〈野雞〉
岐王宅裡尋常見	貴州路口尋常見
崔九堂前幾度聞	樓外樓頭幾度聞
正是江南好風景	馬路排班怕巡捕
落花時節又逢君	清蓮閣下又逢君

這類的文本甚多，而且不限於詩體，傳、賦、贊、賀、銘、檄等，現代的廣告、演說、電報、章程等等亦所在多有，雷勤風（Christopher Rea）的《大不敬的年代：近代中國新笑史》即見相關論述。[38]戲仿的運用在當代更多，而且不囿於文學作品，達文西的〈蒙娜麗莎〉、孟克的〈吶喊〉等畫作亦常被人戲仿，周星馳主演的電影中也頻頻運用它來製造笑果。不過，以古典作品的翻譯形式進行戲仿比較特別。一般對古典詩文的直譯、意譯是指向原本意境的「間接再現」，屬性在「立」；超譯所產生的廢文則不同，它乃是指向原本意境的「直接不見」，屬性在「破」。網路廢文是新出現的現象，「戲仿」則否，其早已廣泛運用於不同的文藝作品，本質上並非新的東西。這種超譯雖然是對原作的扭曲、變造，但做得出色其實並不容易，它有賴好的語感、逗趣及再創造的能力。

趣味化的語譯，過去曾出現在民間的歌謠當中，《論語．先進篇》記載孔門弟子各言其志，子路、冉有、公西華分別說完，孔子問

---

[38] 詳〔美〕雷勤風（Christopher Rea）著、許暉林譯：《大不敬的年代：近代中國新笑史》（臺北：麥田．城邦文化出版，2018），頁116-120；本文前引〈野雞〉，亦見該書，頁117。

正在鼓瑟的曾皙有什麼想法——

> 「點！爾何如？」鼓瑟希，鏗爾，舍瑟而作。對曰：「異乎三子者之撰。」子曰：「何傷乎？亦各言其志也。」曰：「莫春者，春服既成。冠者五六人，童子六七人，浴乎沂，風乎舞雩，詠而歸。」夫子喟然歎曰：「吾與點也！」[39]

這段話曾被轉成歌謠形式：

> 『點兒點兒你幹啥？』『磞』的一聲來站起，我可不與你三比。——比不比，各人說的各人理。
> 三月裡三月三，各人穿件藍布衫，
> 也有大，也有小，跳在河裡洗個澡。
> 洗洗澡，乘乘涼，回頭唱個《山坡羊》。
> 先生聽了哈哈喜，『滿屋子，學生不如你。』

文字收錄在朱自清的《中國歌謠》，是俞平伯提供的，據稱流行於中國北方，朱自清稱它為「《論語》的譯文」，也已接近現在所謂的「超譯」了。朱自清並根據趙永餘的話，說：「陝西漢中也唱這一段是用三絃和著的。」[40]這裡，試著拿它與原文逐句對照：

論語原文	民間歌謠
「點！爾何如？」	『點兒點兒你幹啥？』
鼓瑟希，鏗爾，舍瑟而作。	『磞』的一聲來站起，

39　《論語注疏》，收錄於〔清〕阮元校勘：《十三經注疏》，冊8，頁100。

40　詳朱自清：《中國歌謠》，收錄於婁子匡編校：《國立北京大學中國民俗學會民俗叢書》（臺北：東方文化書局，1977年復刊），冊153，頁46；另收錄於朱喬森編：《朱自清全集》（南京：江蘇教育出版社，1996），冊6，頁361。

論語原文	民間歌謠
對曰：「異乎三子者之撰。」	我可不與你三比。
子曰：「何傷乎？亦各言其志也。」	比不比，各人說的各人理。
曰：「莫春者，春服既成。	三月裡三月三，各人穿件藍布衫，
冠者五六人，童子六七人，	也有大，也有小，
浴乎沂，風乎舞雩，詠而歸。」	跳在河裡洗個澡。洗洗澡，乘乘涼，回頭唱個《山坡羊》。
夫子喟然歎曰：「吾與點也！」	先生聽了哈哈喜，『滿屋子，學生不如你。』

類似而字句有異的歌謠也見於魏建功引述[41]，這裡也以同樣方式對照：

論語原文	民間歌謠
「點！爾何如？」	夫子說：「你說啥？」
鼓瑟希，鏗爾，舍瑟而作。	曾皙在那彈琵琶；彈得琵琶ㄖㄣㄖㄣ響：
對曰：「異乎三子者之撰。」	「夫子在上聽我講，我跟他們不一樣。」
子曰：「何傷乎？亦各言其志也。」	夫子說：「那怕啥！各人說能各人的話。」
曰：「莫春者，春服既成。	曾皙說：「當今日，三月天，新做起的大布衫；
冠者五六人，童子六七人，	大的大，小的小，
浴乎沂，風乎舞雩，詠而歸。」	同上南坑去洗澡；洗罷澡，乘風涼；回家唱個《山坡羊》。」
夫子喟然歎曰：「吾與點也！」	夫子聞聽心歡喜：「我的徒弟就數你！」

41 魏建功：〈談文翻白〉，收錄於其《魏建功文集》（南京：江蘇教育出版社，2001），冊伍，頁283。魏建功並表示這是河南東部民間通行的戲曲，是其妻背給他聽的。

這個經過再創造的歌謠在過去中國某些地區流布很廣，魏建功即於文中提及：「據說還有山東方言的譯作。」[42]2017年在香港的學術研討會上[43]，與會的前北京大學歷史系董正華教授提供我一則大陸北方歌謠，他憑著記憶，當場寫下其部分內容：

二月二，三月三，穿上新縫大布衫。
老的老，小的小，
一起到南河洗個澡，
洗過澡，乘晚涼，
回頭唱個《山坡羊》。

董教授籍貫山東，五歲時家遷北京，他表示這首歌是聽自山東，當時很流行。這與前面所引的歌謠應該有共同淵源，都是口傳文學。這三個版本的敘述框架來自《論語・先進篇》，但是，原文的「春服」改成了後世具體的「藍布衫」或「大布衫」，「冠者」與「童子」的古代指稱也直接說成「大」與「小」，「浴」譯為「洗澡」，「風」譯為「乘涼」。特別的是不把「詠」譯為「哼唱」或「唱歌」等，三個版本都是以「山坡羊」代換；「山坡羊」是元曲曲牌，用在春秋時代是遙遙的「穿越」，歌謠作者當然明白，由於「山坡羊」能讓當時民眾理解而且覺得具體、親切，因此改作者就直接換詞轉境。這樣的翻譯，旨在追求通俗親切與有趣，沒有嘲弄或諷刺之意[44]，但已略略帶有「超譯」以及「戲仿」的色彩。

[42] 詳魏建功：〈談文翻白〉，收錄於其《魏建功文集》，冊伍，頁284。

[43] 2017年5月13日，香港珠海學院主辦「第二屆中華文化人文發展國際學術研討會」。

[44] 同屬戲仿而具有嘲諷意味的，如：魯迅一九三三年以筆名在《申報・自由談》上發表的剝皮詩，他為諷刺國民黨政府遷走古物並不准大學生逃難，於是仿唐人崔顥的〈黃鶴樓〉詩，作詩云：「闊人已騎文化去，此地空餘文化城。文化一去不復返，古城千載冷清清。專車隊隊前門站，晦氣重重大學生。日薄榆關何處抗，煙花場上沒人驚。」見其《偽自由書》中的〈崇實〉，收錄於《魯迅全集》（北京：人民文學出版社，1991），第5卷，頁12-13。

另外，倪海曙於1949年出版了《蘇州話詩經》[45]，用蘇州方言翻譯了《詩經》的六十首〈國風〉，學者郭紹虞並爲該書撰寫了長序，並從方言文學的觀點肯定其價值[46]。倪海曙譯文往往以蘇白將原句大意轉換爲含意相當的新事物的名稱，如《詩經・鄭風・山有扶蘇》，原文是：

> 山有扶蘇，隰有荷華，不見子都，乃見狂且。
> 山有喬松，隰有游龍，不見子充，乃見狡童。

倪海曙語譯時，增題爲〈尋開心〉，內容譯爲：

> 山浪有扶蘇，谷裡有荷花，弗看見美男子，只看見小癩子!
> 山浪有青松，谷裡有紅草，弗看見尖頭饅（gentleman），倒看見小癟三！[47]

「美男子」、「小癩子」、「尖頭饅」、「小癟三」都是直接轉成翻譯當時的流行語。又，《詩經・王風・君子于役》，他增題爲〈阿毛篤爺〉，原詩第二章是：

> 君子于役，不日不月，曷其有佸？雞棲于桀，日之夕矣，羊牛下括，君子于役，苟無饑渴。

倪海曙語譯爲：

> 抗戰結束又要內戰，
> 嘸不日腳俚好回轉！

---

45 倪海曙：《蘇州話詩經》（上海：方言出版社，1949）。

46 郭紹虞的〈序〉，見倪海曙：《蘇州話詩經》，頁9-19。

47 倪海曙：《蘇州話詩經》，頁100-101。

雞曉得進棚，
太陽曉得落山，
牛羊曉得歸欄；
阿毛篤爺眼淚汪汪開仔出關，
但望呀！
但望多吃白飯，
少碰著砲彈！[48]

王力曾寫了一篇〈讀《雞格嚨咚》〉，肯定倪海曙的翻譯方式，他引的例子一是倪用蘇州話譯的《詩經・王風・君子于役》一段，另一是倪用普通話譯的杜甫〈月夜〉詩，王力說：「如果讓別人翻譯，不會翻譯得這樣好的。」並引伸出他的體會：「譯詩，無論是今譯古，中譯外，外譯中，都應該以意譯爲主，不要求字字對譯。字字對譯，反而不能把原詩的神韻表達出來。」[49]從這樣的說法可知道王力認爲倪海曙譯的《詩經》屬於意譯。回到倪海曙的譯詩，「少碰著砲彈」是增句，「抗戰結束又要內戰」是「君子于役」之轉，這種運用新事新語（砲彈、抗戰、內戰）的「轉喻爲譯」已可視爲超越「意譯」而算是加工的「超譯」了，這和前述將〈五柳先生傳〉「常著文章自娛」譯爲「發發廢文」並無二致，此外，署名winnietslock的網友說：「洛陽紙貴就是現在CD壓製不及的意思」[50]，亦屬轉喻爲譯的超譯。

肆、結論

網路上出現的「古代廢文」現象，由前述探討可以大致得到以下

48　倪海曙：《蘇州話詩經》，頁80-81。

49　王力：〈讀《雞格嚨咚》〉，收錄於其《王力文集》（濟南：山東教育出版社，1991），第20卷，頁372-374。重視意譯以傳達原文神韻的類似看法，也見諸前引魏建功的文章中（魏稱之為「神譯」，與「直譯」相對），參詳魏建功：〈談文翻白〉，收錄於其《魏建功文集》，冊伍，頁284。

50　Winnietslock之語見https://www.ptt.cc/bbs/joke/M.1448190323.A.75A.html，2015/11/22。

的認識：

一、所謂「古代廢文」現象，與國語文教育的成敗並沒有太深的關係；從網路上的眾多貼文去看，這個議題的不同迴響反映了個別之間參差的國語文素養，無法一概而論。

二、文言與白話是兩種語體，在其轉譯過程中，隨著符號及其結構形式的改變，語感、意境、神韻必然產生程度不等的變異，卻不必然造成「廢文」逗趣的效果。網路上所稱的「古代廢文」，其所以「廢」，並非出自於原本的詩文，而是以白話刻意曲譯的結果，即有意導向「廢境」。署名vinc81者曾在批踢踢實業坊貼文表達：「這不是翻譯成白話文，是翻譯成廢文。」另一署名swera的網友說：「翻成白話文（x）翻成廢文（o）」PonEdesu則表示：「故意亂翻，看不下去」[51]。類似的貼文把「白話文」和「廢文」視爲二事，頗中肯綮。網路上搞笑的超譯成白話的同時，故意往「耍廢」的方向偏斜，刻意「矯正過枉」；因此，並非古典詩文在翻譯成白話後就變成「廢文」，而是在語體化過程中刻意改作。

三、「古文廢文」是戲謔的結果，屬於文藝上常常使用的「戲仿」手法，目的在逗趣、搞笑。它不是無心的誤譯，而是意圖經過扭曲而造成趣味變形，表現出近似於「哈哈鏡」效果——折射出的影像既源自某一前文本，卻又有明顯失真的錯置感。

四、語內翻譯領域裡，過去的民間歌謠與方言文學也可見到與當代網路上「古文廢文」現象相近的例子，但當今上網貼文者尤其誇大突梯滑稽的效果，雖屬嬉戲，能夠一如預期地博人一笑並非易事。

五、就國語文教學而言，對網路的「古文廢文」現象，與其抨擊擯斥或視若無睹，不如把它當作培養語文素養的憑藉，在相關教學中比較文言、語譯在感知上的異同，並分析一般語譯和刻意超譯間的分野。

---

51 三段引文見https://www.ptt.cc/bbs/joke/M.1448190323.A.75A.html，2015/11/22，其皆為回應文字，時間分別為：vinc81，2015/11/23；swera，2015/11/22；PonEdesu，2015/11/23。

此外，同樣值得反思的是國語文教師對類似課題所持具的態度，無論社會對國語文相關問題有什麼樣的反應，都應以問題爲導向並實事求是地探討，即使當中有意見不成熟的或語帶揶揄的，乃至屬於誤解的，都是客觀現象，甚至並非僅僅代表少數。對此，專業者應掌握造成問題的原委並嘗試揭其底蘊，這樣的求知求眞的取徑方式，其本身既是學術的又是教育的。那麼，每當一種相關的聲音在社會出現，就是對既有知識的「重新檢視」；以網路廢文爲例，有些討論是透過古典的超譯在「定性」，如：

一、王維〈相思〉：「紅豆生南國，春來發幾枝。願君多採擷，此物最相思。」

【網路貼文】

你知道紅豆是長在南國，那你知道春天是紅豆花開得最漂亮的時候嗎？
時下最夯的相思定情禮品，歡迎大家多多來摘取！
《南國紅豆季》
現在也開放團體報名喔！
這是一個業配文的概念

二、崔顥〈黃鶴樓〉：「昔人已乘黃鶴去，此地空餘黃鶴樓。黃鶴一去不復返，白雲千載空悠悠。晴川歷歷漢陽樹，芳草萋萋鸚鵡洲。日暮鄉關何處是，煙波江上使人愁。」

【網路貼文】

得道的人已經駕著黃鶴升天去了
這裡只剩下黃鶴樓其他啥都沒有
黃鶴一去就沒有飛回來
白雲經過一千年還在飄
晴天時漢陽地區的樹林看的很清楚
還可以看到鸚鵡洲上一整片的野草
黃昏時發現不知道回家的路要怎麼走
只好望著起霧的江邊一個人開始發愁
這難不成是唐代的協尋專線的廣告詞？

三、王建〈新嫁娘〉：「三日入廚下，洗手作羹湯；未諳姑食性，先遣小姑嘗。」[52]

【網路貼文】

嫁進來第三天準備煮菜。

不知道婆婆的口味就叫小姑先試味道了。

根本打卡文

四、蘇軾〈題西林壁〉：「橫看成嶺側成峰，遠近高低總不同；不識廬山眞面目，祇緣身在此山中。」[53]

【網路貼文】

有座山橫著看側著看到處看都不太一樣，其實我看不太清楚，因爲我人在這座山裡面ㄚ

……其實好像都不錯廢話（rofl）

這是該配眼鏡的節奏

以上標有底線之處是針對古詩超譯所發，「業配文的概念」、「協尋專線的廣告詞」、「打卡文」、「該配眼鏡的節奏」等都是經由聯想而生的戲謔；與此類似的情形，古代詩話裡也常常見到，例如宋代葛立方《韻語陽秋》記載：

> 《五代史補》載羅隱〈題牡丹〉云：「雖然不語應傾國，任是無情也動人。」曹唐曰：「此迺詠子女障子爾。」隱曰：「猶勝足下作鬼詩。」乃誦唐〈漢武宴王母詩〉曰：「洞裏有天春寂寂，人間無路月茫茫。」豈非鬼詩。」[54]

---

52 王建〈新嫁娘〉原文據喻朝剛主編：《全唐詩廣選新注集評》（瀋陽：遼寧人民出版社，1994），冊5，頁523。

53 蘇軾〈題西林壁〉原文據張志烈等主編：《蘇軾全集校注》（石家莊：河北人民出版社，2010），冊4，頁2578。

54 〔宋〕葛立方：《韻語陽秋》，收錄於〔清〕何文煥輯：《歷代詩話》（臺北：漢京文化事業有限公司，1983），冊2，頁496。

又，宋代歐陽修《六一詩話》記載胡旦曾譏呂蒙正的「挑盡寒燈夢不成」，謂「乃一渴睡漢耳」，又聞梅聖俞說有人譏笑「眼前不見市朝事，耳畔惟聞風水聲」爲「患肝腎風」，復譏「盡日覓不得，有時還自來」是「人家失卻貓而詩」[55]。嚴羽的《滄浪詩話・考證》也嘲弄曹唐詩作〈買劍〉中的「青天露拔雲霓泣，黑地潛驚鬼魅愁」，指其「但可與師巫唸誦耳」[56]。此外，楊萬里《誠齋詩話》載諸妓歌魯直〈茶詞〉「惟有一盃春草，解留連佳客」，蘇東坡善於戲謔，云：「卻留我喫草！」[57]清朝袁枚在其《隨園詩話》也就王安石所得意的「青山捫蝨坐，黃鳥挾書眠」兩句，說：「余以爲首句是乞兒向陽，次句是村童逃學。」[58]這些，都是有關文本在讀者端的聯想，而且種種聯想皆乖離了作者的原始意圖，並帶著戲謔色彩。回觀前引的四則網路貼文，亦屬同類事例，其間的差別主要在於網路貼文之例是透過超譯刻意偏移原始文本的指向。

網路的貼文中，時見對文學的討論，比如：網路上所謂的「藍色窗簾」，追問的是詮釋的公共邊界，涉及詮釋與過度詮釋的問題[59]；

---

55 〔宋〕歐陽修：《六一詩話》，收錄於〔清〕何文煥輯：《歷代詩話》，冊1，頁268。

56 〔宋〕嚴羽：《滄浪詩話》，收錄於〔清〕何文煥輯：《歷代詩話》，冊2，頁706。

57 該則文字後云：「諸妓立東坡後，憑東坡胡床者，大笑絶倒，胡床遂折，東坡墮地。賓客一笑而散。」並稱是蜀人李珪所述，見〔宋〕楊萬里：《誠齋詩話》，收錄於丁福保輯：《歷代詩話續編》（臺北：木鐸出版社，1983），上，頁149。

58 〔清〕袁枚：《隨園詩話》，收錄於王英志編纂校點：《袁枚全集新編》（杭州，浙江古籍出版社，2015），第8冊，頁180。

59 「藍色窗簾」的說法源自網路，2013年6月15日，署名Dooo (豆~)的網友在PTT的Gossiping看板貼文，標題是：「[問卦]史上最強錯誤解讀的八卦?」，裡面說：「在一篇文章裡寫道：『窗簾是藍色的。』國文老師就解釋成：『藉由窗簾的顏色引出作者的被束縛以及憂鬱的傷感。』但原作者只想：『窗簾就他媽的是藍色而已！』」並將文本的解釋區分為「作者想表達的」以及「你的國文老師認為作者想表達的」。署名Alwen者回應：「很多都是後人腦補的阿作者其實沒想這麼多」（https://ppt.cc/oS1P）。其後，「藍色窗簾」就指個人想當然的過度詮釋，又常被網友借日本動漫中的話將之稱為「腦補」，網路上討論國文課文的解釋時經常使用這個詞；相關意見可參2017年6月14日，PTT的Cfantasy版署名ulfsaar (邊緣金城武)的「[閒聊]高考閱讀理解難原作者：我怎知我想表達」，見https://www.ptt.cc/bbs/CFantasy/

「梨花體」、「烏青體」的詩究竟算不算是詩[60]，牽涉了詩的本質與定義。這些都是來自現實場域的疑惑，擴而充之，都是文學的根本課題。2016年諾貝爾文學獎頒給美國創作型歌手巴布・狄倫（Bob Dylan），流行歌詞是否屬於文學掀起了正、反兩面的討論[61]，也屬於同一類的扣問，唯後者相形之下，其產生的場域較顯嚴肅莊重而已。以上所論，都是國語文教學範疇的活教材，未必有其定論，卻值得教師引入相關課程，讓學生開放地思考、探討，這對協助學生透過思辨將文學知識融入現實生活不無現實意義。

M.1497455084.A.1E5.html，2017/6/14。

60 梨花體，「梨花」是「麗華」的諧音，引伸為趙麗華風格的詩，趙的作品被許多人指為僅僅是分行形式呈現的日常敘事。烏青是鄭功宇的筆名，他所寫的作品被譏為大白話的廢話體。趙麗華、鄭功宇所寫的究竟算不算詩，在網路上引起了很大的爭論。

61 相關討論可參梁東屏：〈巴布・狄倫：我認為自己是詩人，其次才是音樂家〉一文，https://sosreader.com/n/user/@dongpingchinatimes/article/5a121bc9eceaed97b4026c9c，2016/11/4；以及許昊仁：〈諾貝爾文學獎頒給Bob Dylan　理由可能不是你想像的那樣〉，https://thestandnews.com/philosophy/%E8%AB%BE%E8%B2%9D%E7%88%BE%E6%96%87%E5%AD%B8%E7%8D%8E%E9%A0%92%E7%B5%A6-bob-dylan-%E7%90%86%E7%94%B1%E5%8F%AF%E8%83%BD%E4%B8%8D%E6%98%AF%E4%BD%A0%E6%83%B3%E5%83%8F%E7%9A%84%E9%82%A3%E6%A8%A3/，2017/4/6。

名言概念與真實的存在
從熊十力《新唯識論》「文言本」到「語體本」的改寫說起

廖崇斐
逢甲大學中文系助理教授、元亨書院總幹事[1]

摘要

在當代哲人中，能夠運用古典話語進而與時俱進，又能自鑄偉詞創構體系的哲學家，熊十力應該是最具代表性的一位。他強調的「見體」之學，在繁複的名相以及複雜的哲學系統背後，指引出一條回歸根源之路，對於心靈意識的反省，亦極為深切。本文無意對《新唯識論》如何由「文言本」改寫為「語體本」的背景進行考索。本文關心的是，在熊十力改寫的過程中對於名詞概念的運用與反省，在語言軌跡的重疊、交織、暈散當中產生的意義的凝聚、擴散、伸展，而這些都將指向一目的，即如何更清楚地顯示「本體」的意涵。最後指出熊十力對話語活動的反省，揭示出一種「帶有實踐意義的言說活動」。

關鍵詞：熊十力、《新唯識論》、語體文、語言、本體

壹、語言文字的工具性及其價值

語言文字，有其工具性。工具，強調其效用。語言之效用，在能傳達意義，促進溝通；語言文字也是學習的工具，自求多多益善。所學多寡，亦隨個人之性分機緣而已，不必強求。然此工具重在傳達意義，促成理解。其所以能發揮效用，必當落於社會群體中，形成共識，確立其操作的合理性。這就是所謂的約定俗成、因時制宜，因

---

1 筆者現任逢甲大學中文系助理教授、元亨書院總幹事。通訊信箱：cflaiw@fcu.edu.tw

為它必須考量具體的時宜環境，以呈現最適切的表達形式。就此來說，語言工具的運用，必然有社會的意義。另外，語言文字，固然有其工具性的部份，也有其表現精神價值的部份，肩負著文化承載的功能，也就是所謂的「文以載道」。它展現了一個族群在長久的使用過程中，幾經汰除洗練而逐漸留下的某些共同記憶，成為了理解的基底。[2]而此共同的理解基礎，又在具體的情境當中不斷豐富其自己，這樣的與時俱進，因文而明，正是一個族群豐沛生命力的展現。工具性、合理性、價值性，在具體的語境中，總是相互關聯為一體，如此而構成了人文活動的樣貌。

然而在華人儒釋道的文化傳統中，更有一種超越於話語言說之上的嚮往。例如莊子有「得意而忘言」之語（《莊子・外物》），佛家則有「文字般若」之說，《繫辭傳》載「書不盡言，言不盡意」，又曰「默而成之，不言而信，存乎德行」。消極方面是對語言即於經驗界中的侷限性有所反省，積極方面則是表現出對於價值意義的肯定。為何要反省語言之侷限？其侷限，又如何關聯到價值意義的肯定？

當知，語言之所以有限，固然是在工具效能上之有限，然而也必須對它產生的作用進行限制。這是因為，語言產生之力量甚強大，伴隨勢力所及，卒能眾口鑠金、積非成是。是以語言工具，雖由心靈所掌控，亦將障蔽侷限人之心靈，造成對於心靈的反控，使人隨勢所趨而離其自己。因此，一方面必須在客觀層面尋求理性的約制，另一方面必須在價值層面有所貞定。所謂價值之貞定，乃因面對紛紜的現象中勢力的牽引而起惑障，因而必須自覺地追求恆常的價值以確立自我的存在意義。這也是為何昔賢要強調「載道」之言。由載道、忘言進

---

2 海德格爾提出的「前理解」概念，可以作為此處進一步的延伸思考。他認為「理解」是在世界的「因緣整體性」中來把握「在者」，而這種因緣關係整體，是以一種比語言邏輯系統更深層的，先於語詞並與語言樣原始的「意蘊性」（Bedeut-samheit）來作為其明了性的存在論根據。此種因緣整體性乃是解釋的本質基礎。也就是說，解釋是奠基於一種先把握之中。請參考洪漢鼎：《詮釋學－它的歷史和當代發展》（北京：人民出版社，2001年9月），頁204-206。

而歸於無言，終於默契道妙。回歸到話語的源頭去，而非競逐於不知所云的話語流轉，逼問那久經世故的動機。

在當代哲人中，能夠運用古典話語進而與時俱進，又能自鑄偉詞創構體系的哲學家，熊十力應該是最具代表性的一位。他強調的「見體」之學，在繁複的名相以及複雜的哲學系統背後，指引出一條回歸根源之路，對於心靈意識的反省，亦極爲深切。熊十力（1885-1968）是當代新儒學的開山始祖，被譽爲「二十世紀中國最具原創力的哲學思想家」。[3]《新唯識論》則是其哲學體系的代表作。從一九二三年在北大講授唯識學的講義《唯識學概論》到一九五三年的《新唯識論》（壬辰刪定本），可說其一生學問皆致力於此。[4]其中，一九三二年的《新唯識論》文言本是其代表作，也是研究熊十力哲學最基本、最重要的文獻。一九四三年的《新唯識論》語體本，體系更加精密，標誌其哲學體系的最終完成。[5]從「文言本」到「語體本」，一方面關聯著現代化過程中從文言文轉換到白話文的時代背景；一方面是熊十力藉由改寫更加精審地論述他對「證體」的思解。關於《新論》之作，熊十力在〈與唐君毅書〉中提到：「此土著述，向無系統，以不尙辯論故也。緣此而後之讀者，求了解乃極難。亦緣此，而淺見者流，不承認此土之哲學或形而上學得成爲一種學。《新論》劈空建立，卻以系統嚴謹之體製，而曲顯其不可方物之至理。」[6]語體文本在思辯及論述上又更加精密。他在〈與黎邵西教授書〉中提到：「《新論》語體本，比文言本，精密得多。此書極重要。」又曰：「《新論》語體本，辨析嚴明。」[7]足見語體文本的改

3　郭齊勇：《天地間一個讀書人——熊十力傳》（臺北市：業強出版社，1994年11月），頁3。

4　熊十力自稱「七十年來所悟、所見、所信、所守在茲。」氏著：《新唯識論》（刪定本）〈贅語〉收入蕭萐父主編：《熊十力全集》第六卷（武漢：湖北教育出版社，2001年8月），頁4。

5　請參考郭齊勇：《天地間一個讀書人——熊十力傳》，頁59-61。

6　熊十力〈答唐君毅書〉收入蕭萐父主編：《熊十力全集》第八卷，頁127。

7　熊十力〈與友論新唯識論〉收入蕭萐父主編：《熊十力全集》第八卷，頁331、335。

寫，將其《新唯識論》的「見體」之學，表達得更加嚴密。熊十力的重點在重建儒學的形而上學基礎，其改寫除了表現在哲學的表達上所運用的話語工具當與時俱進、隨緣施設的現實意義外，並能清楚地覺知哲學表達的過程中語言文字的限制。更進一步地說，熊十力藉由《新唯識論》所建立的體用哲學，並非以理論邏輯的建構爲自足，而是要彰顯「存有之源」如何經由人的觸動而開顯其自已。[8]如此說的顯與隱、言與默、已說與未說，乃是經由連續性的開展歷程而相關聯在一起的。

本文無意對《新唯識論》如何由「文言本」改寫爲「語體本」的背景進行考索。本文關心的是，在熊十力改寫的過程中對於名詞概念的運用與反省，在語言軌跡的重疊、交織、暈散當中產生的意義的凝聚、擴散、伸展，而這些都將指向一目的，即如何更清楚地顯示「本體」的義涵。以下將以《新唯識論》首章〈明宗篇〉爲核心來探討。

貳、從「文言本」到「語體本」的改寫

在《新論》「語體本」〈序言〉中提到：「本書雖是語體文，然與昔人語錄不必類似。此爲理論的文字，語錄只是零碎的記述故。又與今人白話文尤不相近。白話文多模倣西文文法，此則猶秉國文律度故。大抵此等文體不古不今，雖未敢云創格，要自別成一種作風。」[9]熊十力寫作中國哲學的語言──語體文，基本上就是這種不古不今的風格，它乃是介於文言文與白話文之間的文體。相對於昔人語錄，更重視理論結構；相對於時人白話，更保留古文的韻律感。在當時以「白話文」爲時尚的情境中，確實是自成一格。1920年北洋政府的教育部通令全國國民學校，將國文改爲語體文，使得之後

---

8 林安梧教授認為，熊十力《新唯識論》所構成的體用哲學，並非是以一般的方式去架構形而上學，而是以一種強調「回到事物自身」、「回到存有之源」的「現象學式的形而上學」。參考氏著：《存有．意識與實踐》（臺北市：東大圖書發行，1993年5月），頁55-57。

9 熊十力：《新唯識論》（語體文本），收入蕭萐父主編：《熊十力全集》第三卷，頁6。《新唯識論》以下簡稱《新論》。

的白話文教育，正式進入了常規的體制當中。[10]然而這裡所謂的「語體文」是與「文言文」相對而拉鋸的概念，與熊十力所說的有別於「白話文」的「語體文」，仍是不同的概念。[11]

「語體本」的改寫，在「文言本」已有端倪可循。在「文言本」中爲了讓文義更容易理解，熊十力採用了「自註」、「附識」的形式，自稱：「書中用自註，以濟行文之困。或有辭義過繁、不便分繫句讀下者，則別出爲附識，亦註之例也。每下一註，皆苦心所寄，然時或矜慎太過，失之繁瑣。又間用語體文，期於意義明白。」[12]這種隨文註解的方式常見於古籍當中，只是熊十力又加上了語體文來輔助理解。在「文言本」的〈明宗〉篇開宗明義道：

> 今造此論，為欲悟諸究玄學者，令知實體非是離自心外在境界，及非知識所行境界，唯是反求實證相應故。（實證即是自己認識自己，絕無一毫蒙蔽。）是實證相應者，名之為智，不同世間依慧立故。[13]

此段在說其作《新論》，旨在爲探究眞理者，說明「實體」的特質並指出「反求實證」的修養工夫。其中括弧中本爲小字，爲熊十力「自註」，用來解釋「實證」的意義。這樣的形式在「文言本」中大量出現，文言本〈明宗篇〉包含標點共計2088字，其中附加自註的部分超過篇幅一半以上。所用語詞雖較文言簡易，仍保有文言的語感。在「語體本」中，這種自註的形式仍然十分常見，即便語體本的

---

10 江明：〈民國時期課程綱要介紹（二）影響中國20世紀的語文課程綱要〉收入《語文教學通訊》（山西：山西師範大學）2005年08期，頁65。

11 吳曉峰：〈國語文教科書中的文言白話之爭〉，統計20世紀20年代的《新學制國語文教科書》中的文言文、語體文的比例，可以看出其對比。收入《學術論壇》（廣西：廣西社會科學院）2005年第10期，頁200-203。

12 熊十力：《新唯識論》（文言文本），收入蕭萐父主編：《熊十力全集》第二卷，頁7。

13 熊十力：《新唯識論》（文言文本），蕭萐父主編：《熊十力全集》第二卷，頁10。按：括弧符號為筆者所加。

字數增加了將近三倍之多（約6036字），自註的形式仍然占了相當的比例。「語體本」的〈緒言〉中提到：「書中用自注。或有辭義過繁，不便繫句讀下者，則別出為附識，亦注之類也。每下一注，皆苦心所寄。（今本上卷有譯者按及繙者按等文，為上卷以下所無者，蓋錢、韓兩君所附加者。此亦與附識同例，無須改削。）」[14]無論「文言本」或「語體本」，熊十力皆強調「自註」為「苦心所寄」，顯示它在義理的理解上扮演著關鍵角色。自註的形式與語體文的搭配，不僅在「文言本」中屢見，更在「語體本」的改寫中靈活運用，使得文言中的意義獲得了釋放，概念也進一步得到強化。

例如在上段引文中，對於「實體」的概念，僅以「非是離自心外在境界」及「非知識所行境界」兩句提示，之後就順著「實證」的概念繼續往下論證。但是在「語體本」中，又增加了兩段「譯者按」來解釋，也就是熊十力的學生錢學熙所附加的部份。[15]以下對比「語體本」，同樣的一段內容，可以看出增加了相當多篇幅：

> 今造此論，為欲悟諸究玄學者，令知一切物的本體，非是離自心外在境界、及非知識所行境界，唯是反求實證相應故。
> 譯者按：本體非是離我的心而外在者。因為大全（大全，即謂本體。此中大字，不與小對。）不礙顯現為一切分，而每一分，又各各都是大全的。……各人的宇宙，都是大全的整體的直接顯現。不可說大全是超脱於各人的宇宙之上而獨在的。譬如大海水（喻本體）顯現為眾漚。（喻眾人或各種物。）即每一漚，都是大海水的全體的直接顯現。……
> 又按：本體非是理智所行的境界者，熊先生本欲於〈量

14 熊十力：《新唯識論》（語體文本），蕭萐父主編：《熊十力全集》第三卷，頁8。

15 郭齊勇：「一九三八至一九三九年間，先生指導錢學熙、韓裕文譯文言本《新唯識論》為語體文，經黃艮庸校核，完成上卷。其中主要是熊先生口授或由熊先生改寫的。爾後各卷，皆先生親筆改寫。」收入蕭萐父主編：《熊十力全集》第三卷〈編者後記〉，頁1110。

論〉廣明此義。但〈量論〉既未能作，恐讀者不察其旨。茲本熊先生之意而略明之。學問當分二途：曰科學，曰哲學。（即玄學。）……科學所憑藉的工具即理智，拿在哲學的範圍內，便得不著本體。這是本論堅決的主張。[16]

首段文字與「文言本」看似差異不大，其實在關鍵概念上將「實體」一詞改爲「一切物的本體」。突顯「實體」在哲學上的「本體」的概念。此外，兩段「譯者按」分別針對「文言本」中「非是離自心外在境界」與「非知識所行境界」的意義詳加解釋，這是「文言本」中所沒有的。前者運用「大海水」與「眾漚」的比喻，說明「本體」如何爲「一切物」的本體；後者藉由「科學」、「哲學」兩種學問類型的分途，指出「理智」爲「科學」所憑藉的工具，此種工具不適用於「哲學」所欲窮究的「本體」。並且將「知識所行」改爲「理智所行」，更強調人是認識的主體。從這段引文可以看出「語體本」的改寫方式，並非僅針對原來文句的修飾，而是透過類似經典中依文註解的方式，將文言中的意義不斷地釋放與伸展，期能充分表達其思想概念。除了「按語」、隨文「自註」的形式，在「語體本」的正文行文當中也可以看到，哲學表達中最重要的「概念式語言」，如何在改寫過程中得到進一步的對比、釐清。例如「文言本」中爲了解釋「實證」概念，運用「智」、「慧」的概念來區隔比較，在「語體本」中則改爲性智與量智的對比，使得義理更加鬯顯。「文言本」寫道：

是實證相應者，名之為智，不同世間依慧立故。云何分別智、慧？智義云者，自性覺故，本無倚故。（吾人反觀，炯然一念明覺，正是自性呈露，故曰自性覺。實則覺即自性，特累而成詞耳。又自性一詞，乃實體之異語。賅宇宙萬有而言其本原，曰實體。剋就吾人當躬而

---

16 熊十力：《新唯識論》（語體文本），蕭萐父主編：《熊十力全集》第三卷，頁13-14。

> 言其本原，曰自性。從言雖異，所目非二故。無倚者，此覺不倚感官經驗，亦復不倚推論故。）慧義云者，分別事物故，經驗起故。（此言慧者，相當於俗云理智或知識。）此二當辨，詳在〈量論〉。[17]

「本體」不離一切物之外，又非「理智」所能推論，而是必須通過「實證」來探尋。這個「實證」之「智」，不是科學理智的推論，而是自性的明覺，與感官經驗與理智推論不同。後者，熊十力名之爲「慧」。「文言本」以「智」、「慧」對比，區別實證之智與世間之慧的不同。「智義云者，自性覺故，本無倚故。」、「慧義云者，分別事物故，經驗起故」兩句皆爲以下解上，藉由古文中常見的對偶句法，在現代標點的輔助下，呈現非常清楚簡潔的對比。而此處重在解釋「智」的意義，因此在「自註」中，特別又針對「自性覺」、「無倚」的意義加以說明，層次相當清楚。

「語體本」中，將這一段改寫爲：

> 是實證相應者，名為性智。（性智，亦省稱智。）這個智是與量智不同的。云何分別性智和量智？性智者，即是真的自己底覺悟。此中真的自己一詞，即謂本體。在宇宙論中，賅萬有而言其本原，則云本體。即此本體，以其為吾人所以生之理而言，則亦名真的自己。即此真己，在〈量論〉中說名覺悟，即所謂性智。此中覺悟義深，本無惑亂故云覺，本非倒妄故云悟。申言之，這個覺悟就是真的自己。離了這個覺悟，更無所謂真的自己。此具足圓滿的明淨的覺悟的真的自己，本來是獨立無匹的。以故，這種覺悟雖不離感官經驗，要是不滯於感官經驗而恆自在離繫的。他元是自明自覺，虛靈無礙，圓滿無缺，雖寂寞無形，而秩然眾理已畢具，能為一切知識底根源的。量智，是思量和推度，或明辨事物

---

[17] 熊十力：《新唯識論》（文言文本），蕭萐父主編：《熊十力全集》第二卷，頁10。

> 之理則，及於所行所歷，簡擇得失等等的作用故，故說名量智，亦名理智。此智，元是性智的發用，而卒別於性智者……此二之辨，當詳諸〈量論〉。今在此論，唯欲略顯體故。（本體亦省言體。后凡言體者倣此。）[18]

文言文的表達方式，固然有其清楚與簡潔的優點，但是往往也容易受限於形式。語體文的表達顯然更加靈活，在行文當中，概念與概念之間得以更容易連結起來，而無須借重「自註」的形式來補充說明。這段文字中最重要的概念，也由「智」、「慧」這對常見的單音詞改成「性智」、「量智」這對具有特殊意義的複詞，不但能較合理地表達兩種智的區別與關連，而且也更適合用來表達哲學概念。這段文字的重點仍在說明「實證」之「智」爲何。原先的理論結構並沒有太大的差異，但是在論理的表達上顯然更加地充分。茲由「性智」來說，「文言本」中以「自性覺」說明「自性」與「實體」之關連，進一步對比出「智」、「慧」二者之殊異。「語體本」直接名之爲「性智」，更凸顯此「智」乃根於「本體」，爲吾性所固有。又強調「覺悟」的深層意義，進一步指出其「不離感官」又「不滯於感官」，具有本體「寂寞無形」而「眾理畢具」的特性，因此能爲「一切知識底根源」。這裡不但將「文言本」以「無倚」來註解「智」的意義發揮的更加清楚，也爲之後解釋「性智」與「量智」的關係留下伏筆。關於「量智」，在「文言本」中的解釋不多，但是在「語體本」中確有極長的篇幅論述「量智」的特質。其中提到「量智」「元是性智的發用，而卒別於性智」，將「量智」視爲「性智」之發用，但是此發用卻伴隨著「習」與「官能」之執著性，卒造成「性智」之背反，也就是「惑亂」、「倒妄」的狀態。這些都是根源「文言本」中所論述的「慧」的「向外求理」的特性的進一步發揮。[19]藉由以上對比，可以看出「語體文」的運用，在義理的發揮上

---

18 熊十力：《新唯識論》（語體文本），蕭萐父主編：《熊十力全集》第三卷，頁15-17。

19 熊十力在《新唯識論》文言本〈明宗〉篇，自註云：「所謂慧者，本是向外看物而發展的。因為吾人在日常生活的宇宙裏，把官能所感攝的都看做自心以外的實在境物，從而辨別他，

提供了更多的延展。對於概念的表述也更加明確，其產生的結構相對地更加緊密而複雜。但是就概念的對比清晰與行文的簡潔來說，文言本仍有其不可磨滅之處，更遑論文言形式的對稱與音韻的流動之美感。就哲學系統之精密與用詞之精覈來說，語體文之改寫使得《新唯識論》的義理更加完善，[20]然而其「活生生實存而有的體用哲學」，實爲文言本所奠定。[21]也難怪郭齊勇、王守常等熊十力研究專家強調：「研究熊十力哲學，最基本和重要的文獻仍是《新論》文言本。這是爾後任何一種熊著都無法替代。」[22]

參、對話語工具的反省及回歸根源之路

熊十力的學問以證見「本體」爲終極的追求。《新唯識論》的改寫，在繁雜的名言概念的結構當中，指引一條回歸根源之路。然而對於無法以名言概念來直接表達的物事，以及對於表達所能及的對象，在《新唯識論》中也有清楚的辨析，足以提供我們反省名言概念在表達上的限制。在「語體本」中，熊十力屢次批評語言文字作爲哲學表達工具的不足：

> 大凡談理至玄微之境，便覺語言文字都是死的工具，不堪適用。[23]
>
> 我們要知道，哲學上的用語，是非常困難的。語言文字，本是表示日常經驗的事理。是一種死笨的工具。我

處理他。慧就是如此發展來。所以慧只是一種向外求理的工具。」蕭萐父主編：《熊十力全集》第二卷，頁12。按：此段例子也可以看出，在「文言本」中的「自註」已採用語體文之一例。

20 熊十力自稱其改寫，乃「義有據依，（非由意想妄搆故。）詞必精覈，（詞必足以完全表達其所詮之義，無有漏略，且正確而不容誤解，乃云精覈。）要歸無苟，則非文章之士所與知也。」氏著〈初印上中卷序言〉收入蕭萐父主編：《熊十力全集》第三卷，頁7。

21 林安梧先生：《存有·意識與實踐》，頁17。

22 蕭萐父主編：《熊十力全集》第二卷〈編者後記〉，頁754。

23 熊十力：《新唯識論》（語體文本），蕭萐父主編：《熊十力全集》第三卷，頁250。

> 們拿這種工具，欲以表達日常經驗所不能及到的、很玄微的、很奇妙的造化之理。……其間不少困難是可想而知的。[24]

此種不足，一方面是語言文字的特性；一方面是哲學在表達上的需求。語言文字能表述經驗所及的事物，對於非認知對象的存有之源，語言文字不得不顯出它的限制。如熊氏所說：

> 一切名言的緣起，是吾人在實際生活方面，要應用一一的實物。因此，對於一切物，不能不有名言，以資詮召。（召者，呼召，如火之一名，即對於火之一物，而呼召之也。詮者，詮釋，於火之一物，而立火名，即已詮釋火是具有能燃性的東西，不同水和金等有濕潤和堅剛等性也。故名必有所詮。）此名言所由興。我們試檢查文字的本義，都是表示實物的。雖云文字孳乳日多，漸漸的抽象化，但總是表示意中一種境相，還是有封畛的東西，離不了粗暴的色采。我們用表物的名言來表超物的理。（此中超物的理，即謂至一的理。此理，本不是超越於一切物之外而獨存的，而今云超物者，因一切物都是此理的顯現，而此理畢竟不滯於任何物。我們不能把他當做一件事來看，故義說為超物。）這是多麼困難的事。你想把這理當做一件物事來看，想逕直的表示他是什麼，那就真成戲論了。所以，玄學上的修辭，最好用遮詮的方式。[25]

名言概念之所以產生是爲了表物。所謂物，熊十力認爲：「從眞理的觀點來說，所謂一切物，都是依著眞實即本體顯現之跡象，而假

24 熊十力：《新唯識論》（語體文本），蕭萐父主編：《熊十力全集》第三卷，頁117-118。

25 熊十力：《新唯識論》（語體文本），蕭萐父主編：《熊十力全集》第三卷，頁78。

說名物。」[26]因此所謂物，只是本體顯現的跡象而已，非眞正有一定執的實在的物事。然而在世俗生活方面，需有名言，以便於分別其性質，認知其存在。如林安梧先生所說：「經由名言概念的決定，而使得那原先未對象化之前的存在成了一執著性的對象化的存在，名言概念有一決定的定象作用。」[27]本體所顯之跡象，本是無執著性、未對象化的，但是經由人的「取境的識」所展開的「名言概念的活動」，將原先「無執著性、未對象化前的存有」開啓爲「執著性、對象化的存有」。故而之所以有名言概念的活動，之所以有表達的活動，乃是源於此「取境的識」。境是指對象，識是指主體。然此「取境的識」就熊十力的哲學來說，並非「本來的心」，而只是「妄執的心」。[28]這個妄執之心，是在日常生活中接觸與處理事務的經驗發展出來的。是對境而起的。認識所及的對象，其實是經由此「取境的識」所置定的「概念的對象」，並非存有的本然樣態。它是一暫定的，非實在性的，是不離於此「取境的識」的對象化的存在。而這個「取境的識」，它其實是無自體的。因之而施設的對象，只是經由此「取境的識」所裁剪、製造以符合自己期待的「現似境之相」[29]，而人的名言概念、表達活動，乃即於此「現似境之相」而採取的記號，以此爲「封畛」，使得此對象化之存在得以暫時被確定。因此，停留在名言概念、表達的活動，乃至順此而追溯至話

26 熊十力：《新唯識論》（語體文本），蕭萐父主編：《熊十力全集》第三卷，頁107。

27 林安梧：《存有・意識與實踐》，頁100。

28 熊十力：「妄執的心，雖亦依本來的心而始有，但他妄執的心是由官能假本心之力用，而自成為形氣之靈，於是向外馳求而不已。故此心（妄執的心）是從日常生活裏面，接觸與處理事物的經驗累積而發展，所以說他是虛妄不實的，是對境起執的。他與本來的心，畢竟不相似的。」熊十力：《新唯識論》（語體文本），蕭萐父主編：《熊十力全集》第三卷，頁25。

29 熊十力：「心的取境（此中心字、通五識和意識而總名之。）不能親得境的本相，而是把境製造或剪裁過一番，來適應自己底期待的。（此中自己一詞，設為心之自謂。）總之，心現似境之相而作外想，根本是要合於實用的緣故。」熊十力：《新唯識論》（語體文本），蕭萐父主編：《熊十力全集》第三卷，頁33。

語、表達的源頭，並不足以觸及眞實的「存在」。[30]

就熊先生的哲學來說，眞實的「存在」，不能通過客觀的知識去認知，也無法經由語言文字去論定或概念的思考去把握它，而是必須通過人的「實證」活動才能相應。但是人也通過了概念言說、話語表達的活動去進到這個世界中，因此說「不能不有名言」。只是名言表達的活動，往往伴隨著執著性而導致「存有的封閉」，失去了存有的開放性與無限的可能。熊十力的「見體」之學，提醒我們必須反省名言表達活動的限制，了解所謂「執著性、對象化的存在」，只是對境而起的，而「取境的識」亦是無自體的。然而熊十力也強調，言說固然無法直揭此眞實的「存在」，卻也可以透過「遮詮的方式」來「即用顯體」：

> 我以為所謂體固然是不可直揭的，但不妨即用顯體。（用者，具云功用。）因為體是要顯現為無量無邊的功用的。……用是有相狀詐現的，（相狀不實，故云詐現。）是千差萬別的。所以體不可說，（言說所表示是有封畛的，體無封畛，故非言說所可及。）而用卻可說。（上來已云，用是有相狀的，是千差萬別的，故可說。）用，就是體的顯現。……體，就是用的體。……無體即無用，離用元無體。所以，從用上解析明白，即可以顯示用的本體。[31]

藉由「體用不二」的哲學來說，用是本體的顯現，體是用的本體。無執著性的絕對眞實的本體，藉由千差萬別的跡象詐現顯示其作用的無量無邊。本體雖不可說，而用卻可說。從可說之用的千差萬別，可以顯示那不可說的本體的豐富無限。

可說之用，畢竟不是實在的東西，它是無自體的，它是依本體而

---

[30] 林安梧先生稱之為「概念機能」，不足以為「存在的根源」。氏著：《存有・意識與實踐》，頁83-84。

[31] 熊十力：《新唯識論》（語體文本），蕭萐父主編：《熊十力全集》第三卷，頁79。

爲體，因此必須透過「遮詮」的方式，破解人心對於用的執著性，而證會絕對眞實的本體。換而言之，吾人實得以跨越此對象性的表達活動，邁向一超乎表達的境域，而證會眞實的存在。如此的名言概念、表達的活動，方爲眞正帶有實踐意義的言說活動。[32]

肆、結語

名言概念因表物而興，故是因現實而起。然工具性、合理性、價値性，在具體的語境中，總是相互關聯爲一體而構成了人文活動的樣貌。就工具來說，關心的是效驗。然話語工具之所以有效，必需能具有客觀性爲基礎，如此方能約定俗成。然而所謂合理性，亦不止是現實上的物勢權宜取其平衡，而必須有對於恆常悠久之價値嚮往，也就是要能通極於道。故而所謂合理，實有物理與道理這兩層。人文之所以能「因文而明」，就在於能在人文活動中彰顯其道理。

熊十力之學以「見體」爲究極關懷。他所使用的「語體文」，在現代化的思潮當中，展現出藉由古典話語與現代話語的交融來表達哲學話語的可行性。所謂見體，乃即於生生不息、變化密移當中識得恆常的眞實存有。他不僅在繁複的名相以及複雜的哲學系統背後，指引出一條回歸根源之路，對於名言概念與此眞實存有之關聯，更提出深刻的反省。針對名言概念的源起，他強調名言概念密切地關聯著人的實際生活，而這也同時影響著人的心靈意識。面對乍變萬殊的現象，身處物勢角逐之際，人藉由意識的推求與想像，將複雜的現實需求與價値理想連結在一起，剪裁出符合自我存在經驗的覺知對象，這就是熊十力所說的「取境的識」。換而言之，認識所及的對象，其實是經由此「取境的識」所置定的「概念的對象」，並非存有的本然樣態。它是一暫定的，非實在性的，是不離於此「取境的識」的對象化的存在。所有的名言概念及表達活動，都是即於此「現似境之相」而

---

32 熊十力所要證會的「存有之根源」，乃是作為一實踐的理念而非認知的對象。因此其所用之語言表達，可以說是一種「啓發性的話語」，其言說活動，可說是「啓導存有的活動」，或者可說是「帶有實踐意義的言說活動」。請參考林安梧：《存有．意識與實踐》，頁125-140。

採取的記號，因而不足以觸及眞實的「存在」。熊十力將即於現象的名言與不滯於任何物的「超物的理」劃定了界線，也必須瞭解此對象化認知的限制，才能進一步觸及開放性與無限的眞實存有。

根據熊十力「體用不二」的哲學，眞實存有是即於生活世界當中，並非高懸于無何有之虛境，一切物可說都是本體的顯現。然而「眞實的存有」，乃是一實踐的理念而不是作爲認知的對象。它是越過了經驗性、對象化活動的豐富可能。這樣的可能，並非透過言說的活動所能觸及，卻可以透過「遮詮的方式」來「即用顯體」。此種「遮詮」的表達方式不是一般對象性的表達活動，而是一種「實踐意義的言說活動」。對象性的言說，即於人所經驗的物事，而經驗的物事變動不居，人們僅能據其經驗推求、想像其片段，而不能得其整全。欲根據此種推求、想像來構造「本體」，這就落入了熊十力所批評的「戲論」了。更何況是玩弄話語、操持權柄，耽溺於權衡物勢之際，以欲境爲可樂。「遮詮」所以撥去一切取境的執著，啓發人的「性智」，於是豁然徹悟本體「非離我的心而外在者」。故而所謂「遮詮」的方式，實爲一種啓發性的語言。而此言說之活動，亦爲「啓導存有的活動」，或者說是「帶有實踐意義的言說活動」。從人的存在經驗來說，言有當於所指，因此必須重視現實生活經驗中的話語，這就是所謂的「名以定形，言以成物」，但是也不能因此而封限了「眞實的存在」的開顯之路，而是要能確保其開放與通暢。以此來理解傳統所謂的「文以載道」，或許我們也可以說「道顯爲文」，它表達的是一種存有的開顯，而此種開顯，必須建立在「文以載道」的自覺承當上。我們可以進一步說：道與文言之所以產生連結，關鍵在於個體能否啓動自我存在意義的醒覺。至於能否啓動此「自我存在意義的醒覺」，顯然不只是語文的問題，而是關聯著整體的語境，關聯著價值的確定。具體的語境，構造出人文世界。而人之所以能因文而明，而非往而不返，正是由於它總是指向著根源的價值。

臺灣／當代文學脈絡的語文反思

國文課本裡的臺灣文學
以賴和作品爲例*

蔡明諺
成功大學臺灣文學系副教授

摘要

本文分析了高級中學教科書開放審定本以來（1998-2018），高中國文課本中賴和選文的詮釋發展，及其背後隱藏的政治意識形態。本文認為，長期以來高中國文課本對於賴和的詮釋，以及對於殖民地時期臺灣新文學史的敘事建構，始終籠罩在一九七〇年代的中國民族主義陰影底下。這個陰影就是「抗日愛國」的政治意識形態，其所塑造的「抗日史觀」決定了國文課本對於作者賴和、小說〈一桿「稱仔」〉以及整個殖民地時期臺灣社會圖像的建構。這個政治意識形態的操作，使得賴和變成了「民國作家」，主人公秦得參的複雜個性被扁平化成為「善良農民」，警察被狹隘地框限成為「日本人」.，小說主題被粗糙地詮釋為「反抗日本統治」。本文從歷史材料與賴和手稿，嘗試揭露「抗日」的政治意識形態如何在國文課本中具體運作，並且希望將來的國文課本終於能夠擺脫政治意識型態的干涉，重建作者賴和、小說〈一桿「稱仔」〉，以及整個殖民地時期臺灣社會豐富而且複雜、矛盾的歷史面貌。

關鍵字：抗日史觀、臺灣文學史、課本選文、國文課綱

---

* 本文所引用之近年高中國文教科書版本（2017-2018），主要是由翁柏川博士（成大臺文系）提供。其餘早期版本，則取材於國家教育研究院（臺北院區）館藏。本文在宣讀時，承蒙阮美慧教授提供許多精闢的建議，書面論文審查時，兩位委員同樣提供了許多深刻的見解。謹此向他們的協助表達誠摯的謝意。

壹、

1997年3月11日，教育部決定開放國中、高中教科書市場[1]，並且讓高中教科書從88學年度起（1999年7月）全面開放民間編纂。1999年8月，南一版與翰林版高級中學教科書正式發行，賴和的小說〈一桿「穪仔」〉獲選進入國文課本（第一冊）。從此之後，〈一桿「穪仔」〉基本上成爲了高中國文教科書的固定選文（請參閱本文附表：教科書裡的賴和1999-2018）。

但是，爲什麼選擇「賴和」做爲日本殖民統治時期臺灣新文學的代表？以及，爲什麼是以〈一桿「穪仔」〉作爲賴和文學（甚至是整個殖民地時期臺灣新文學）的典範？

在賴和之前，殖民地時期臺灣新文學的代表作家，能夠進入國民黨教育體制下的中學語文教科書，其實並不乏先例。而其中最廣爲人知的「典範」，當然是1976年1月，以小說〈壓不扁的玫瑰〉，人選國中國文第六冊的楊逵。從1976年到1982年，在國民黨戒嚴體制下的普通國中生，竟然都能夠認識並且是「被迫」閱讀楊逵（在國文課本中採用的是其本名：楊貴），這無疑是個非常有趣，但同時更值得深思的「現象」。問題的關鍵在於：爲什麼楊貴能夠「通過檢驗」進入國中國文課本？爲什麼1976年的國民黨「需要」楊貴？這個問題或許也可以反過來問：國民黨在國文課本中「塑造」的楊貴，究竟是「怎樣的」一個楊逵？

小說〈壓不扁的玫瑰〉在訴說的，是一個在殖民地狀態下臺灣人民堅持「抗日」的愛國（中國）故事。所以這個故事的紀年「必須是」民國，而不是昭和。這篇小說原名〈春光關不住〉，是1957年6月發表在綠島《新生月刊》上的作品。作爲小說的主要象徵，這個從水泥塊下被發現的玫瑰花，「象徵著在日本軍閥鐵蹄下的臺灣人民的心」。最後這朵玫瑰花被種在「黃花缸」上（明顯寓意：黃花崗），成爲了許多「轟轟烈烈的革命故事」之一[2]。很顯然，國民黨

---

1 張瓈，〈告別政府統編民間百家爭鳴高中教科書88學年全面開放〉，《中國時報》，1997.03.12，7版。

2 楊逵，〈春光關不住〉，《楊逵全集：小說卷v》，（臺南市：國立文化資產保存研究中心

教科書在七〇年代後期所「塑造的」楊貴，不可能是「左翼的」楊逵，而只能是抗日的「中國民族主義」者楊貴。1975年8月28日，寒爵寫信通知楊逵入選國文課本，其所持理由便是「大作文情並茂，更富民族意識」[3]。

因此，被「壓在」國中國文課本裡面的〈壓不扁的玫瑰〉，其所召喚的是本省族群在殖民地體制下仍然「心向祖國」的「集體記憶」，其所塑造的是「反日」、「抗日」甚至是「仇日」的政治意識形態。1972年9月中華民國政府與日本斷交，1976年1月中學課本放上了〈壓不扁的玫瑰〉。國民黨政府需要的（以及展示的），是抗日的、「新生後」的楊貴，而不是左翼的、農民運動與社會運動的行動者楊逵。2006年8月，在解嚴將近二十年之後，翰林版的國中國文課本「放回」了小說〈壓不扁的玫瑰〉（出版至2012年2月），這是一個讓人難以理解的歷史倒置。

〈壓不扁的玫瑰〉進入國中國文，楊逵成爲課本作家，這個事件應該是導致一九七〇年代後期，楊逵「突然」成爲殖民地時期臺灣新文學的代表人物，並且獲得普遍接受的主要原因之一。但是，隨著在一九七〇年代後期，臺灣社會逐漸擴展對「日據時期臺灣新文學」的探索，以及對「臺灣人抗日政治社會運動史」的書寫、建構[4]，殖民地時期臺灣新文學的「典範」也逐漸出現了轉移。順著楊逵繼續往前延伸，人們後來發現了那個把楊貴改名楊逵的「命名者」，楊逵成名小說〈送報伕〉的批改者賴和。

在一九七〇年代後期，就如同其他殖民地時期的臺灣新文學作家，賴和也有一個「出土」或者「被發現」的過程。1976年3月底到4月初之間，《自立晚報》製作聯合採訪專輯「臺灣史編入教科書之研究」，賴和首次被置入了「教科書」的討論視野。1976年9月，《夏潮》1卷6期集中而且大量地登載了賴和作品〈不如意的過

籌備處，2000.12），頁235-241。

3 林梵，《楊逵畫像》，（臺北：筆架山出版社，1978.09），頁40。

4 蕭阿勤，《回歸現實：臺灣1970年代的戰後世代與文化政治變遷》，（臺北市：中研院社研所，2008.06）。參閱第三章與第五章。

年〉、〈前進〉、〈南國哀歌〉、〈覺悟的犧牲〉，並且發表了梁景峰的重要長文〈賴和是誰？〉。這篇文章全面的展示了戰後世代的臺灣年輕知識份子，對於賴和生平的追索與理解。1977年3月，《夏潮》2卷3期刊出賴和小說〈一桿秤仔〉[5]。同年6月，在鄉土文學論戰期間，《夏潮》2卷6期選用了賴和作爲雜誌封面，並且重刊小說〈善訟的人的故事〉。1979年3月，李南衡主編「日據下臺灣新文學：明集」共五冊，由明潭出版社印行。其中，列爲叢書卷首的《賴和先生全集》，也是唯一被獨立出來的個人文集[6]，賴和地位因此被特別的獲得彰顯。這一本全集的出版，翻譯、發明並且確立了賴和作爲「臺灣新文學之父」的歷史定位。

1984年2月，賴和獲得「平反」，重新入祀忠烈祠（1959年移出）。1993年8月，林瑞明完成首部賴和研究專著《臺灣文學與時代精神》，獲得當時文壇注目[7]。人們不應該忘卻，前此在一九七〇年代，《大學雜誌》陳少廷與《夏潮》主編蘇慶黎，能夠推展賴和與楊逵的作品，背後都有年輕的編輯者林瑞明的參與。1994年1月，賴和文教基金會在彰化成立。4月，北京作協舉辦賴和百歲誕辰紀念會，5月賴和基金會主辦一系列「賴和百週年誕辰紀念活動」。賴和成爲了統、獨政治意識形態相互追逐（以及追認）的「傳統」。11月，在陳萬益、呂興昌等人籌劃下，「賴和及其同時代的作家：日據時期臺灣文學國際學術會議」在清華大學舉行，文建會主委申學庸在開幕致詞。新聞報導在當時賦予這個事件的標題是「臺灣文學第一次當主角[8]」，「四國學者發表29篇論文，主攻賴和[9]」。至此，也就是

5　1977年《夏潮》刊出賴和小說時標題為「一桿秤仔」。

6　這六冊套書依序是：《賴和先生全集》、《小說選集一》、《小說選集二》、《詩選集》、《文獻資料選》。

7　周美惠，〈「臺灣魯迅」賴和專論誕生〉，《聯合報》，1993.08.25，12版。

8　本報訊，〈臺灣文學第一次當主角，文建會主辦國際研討會，讓後人知道賴和那一代人的努力〉，《民生報》，1994.11.18，15版。

9　臺北訊，〈日據臺灣文學開講，四國學者發表29篇論文主攻賴和〉，《聯合報》，1994.11.26，35版。

在1994年清華大學確立了「賴和及其同時代的作家」這樣的標題之後，賴和作爲殖民地時期臺灣文學「最重要的」代表作家，這個學術地位已經鞏固穩定。

於是，當1997年教育部決定開放中學教科書改採審定本，而1999年8月，民間編輯的高級中學教科書正式登場之後，賴和就成爲了涵蓋所有版本的國文教科書中，「日治時期」或「日據時期」臺灣新文學作家的主要代表，甚至在很多時候也是唯一的、僅有的代表。

貳、

然而，高中國文教科書裡的賴和，究竟是一個「怎樣的」賴和？1999年8月，南一版高中國文第一冊的賴和簡介是：

> 賴和的本行是醫生，故能以悲天憫人的胸襟，透視日治時代臺灣同胞受壓迫、受摧殘剝削的情形。他熱愛寫作，在日本統治臺灣的時代，都以漢文發表，不稍妥協。作品從現實生活出發，表現不屈不撓的抗議精神。在抗議強權、同情弱者、追求人性尊嚴、反映民生疾苦方面，賴和堪稱為日治時期臺灣人抗日的典範、知識分子的良心、臺灣的民族詩人。就作品的價值和地位來說，更是現代臺灣白話小說的開山祖師，被譽為「臺灣現代文學之父」，與楊逵等人共同開創了臺灣近代抗議文學的傳統。[10]

1999年同時通過審定的翰林版高中國文第一冊的簡介則是：

> 民國六年（西元一九一七年）他到廈門博愛醫院工作，

---

[10] 賴和，〈一桿「稱仔」〉，《高中國文第一冊》，（臺南市：南一書局，1999.08），頁168。

兩年後回臺從事抗日運動和文學創作，同時為貧苦百姓治病，仁心仁術，素有仁醫之稱，民間甚至以彰化媽祖稱之。終其一生，賴和以文學作品對抗日本的殖民統治，是社會運動的中間人物，也是臺灣新文學的先驅，有「臺灣新文學之父」的美譽。賴和作品具有強烈的反日情緒，同時也有濃厚的反封建、反迷信的色彩，他以白話創作小說和詩歌，著有《賴和先生全集》。[11]

從這兩段引文，可以很清楚地看出，在1999年的高中國文課本裡，不同版本的編輯想要「傳達」的賴和形象卻很「同一」（identity），這個形象的核心是「抗日」。南一版說：「賴和堪稱爲日治時期臺灣人抗日的典範」，賴和的文學作品「表現不屈不撓的抗議精神」。翰林版則說：「賴和作品具有強烈的反日情緒」，「終其一生，賴和以文學作品對抗日本的殖民統治」。

人們如果比較往後其他教科書版本的賴和生平，就可以更完整地看到這種「抗日」核心的塑造。2002年東大版的簡介有：「小說以現實爲題材，旨在揭露日本殖民政府的暴虐，表彰弱者的反抗精神，語言樸素而富鄉土色彩[12]」。同年，龍騰版的生平記載：「（民國）十年，加入臺灣進步知識分子所組織的文化協會，並當選爲理事，此後即積極投入抗日的文化、社會運動[13]」。2012年康熹版說：「（新文學品）內容多在抗議強權、同情弱者、追求人性尊嚴、反映民生疾苦的，具有強烈的抗日意識，語言素樸而富有鄉土色彩[14]」。

如果以2018年今日使用的翰林版教科書，再往回對照1999年的最初版本，那麼賴和形象這「二十年間」的「變化」，就會更爲清

[11] 賴和，〈一桿「稱仔」〉，《高中國文第一冊》，（臺南市：翰林出版事業，1999.08），頁143。

[12] 賴和，〈一桿「稱仔」〉，《國文（一）》，（臺北市：東大圖書公司，2002.04），頁184。

[13] 賴和，〈前進〉，《國文（六）》，（臺北市：龍騰文化事業，2002.01），頁111。

[14] 賴和，〈一桿「稱仔」〉，《國文3》，（臺北市：康熹文化事業，2012.11），頁167。

楚。以下引文把「差異較大」的字句，加上底線表示：

> （前略）素有仁醫之稱，民間尊稱為彰化媽祖。因長期從事抗日運動，曾兩度入獄。終其一生，以文學作品對抗日本的殖民統治，是社會運動的中間人物。賴和作品具有強烈的抗日意識與寫實精神，同時也有濃厚的反封建、反迷信的色彩，有「臺灣魯迅」之稱。[15]

應該可以認爲，翰林版把「反日情緒」改爲「抗日意識與寫實精神」，這是一個趨向客觀評價的改動（刪除「情緒」字眼），但是整體來說，在2018年翰林版的這個範例中，賴和的「抗日」形象實際上是被更爲增強了。「長期從事抗日運動」的這條新增描述，也獲得了「兩度入獄」的「事實」作爲重要的佐證。

但是，爲什麼我們在2018年的國文教科書中需要塑造的，還是一個「抗日」的賴和？爲什麼我們對於賴和文學的理解，直到今天還是從「抗日史」的角度，在宣揚一種停滯在戒嚴時代的「抗日文學」？

我們今天在教科書上看到的這個「抗日」的賴和，有其長久的敘事傳統。1976年4月，當賴和首次出現在教科書的討論時（當時在討論「臺灣史」的問題），楊雲萍就明白推崇賴和是「眞正的抗日志士[16]」，黃得時則稱讚賴和「所著抗日小說最爲有名[17]」。人們應該可以理解，1976年的賴和是一個被逐出忠烈祠的「臺共份子」，楊雲萍與黃得時需要「抗日」，甚至是「眞正的抗日」修辭，才能符合國民黨正在推展的「抗日愛國」意識形態，把賴和搬回公共討論的空間。

這個「抗日」的賴和形象，在1984年的平反事件中，達到了最極端的發展。例如《聯合報》所製作的報導標題是：〈抗日文學

---

15 賴和，〈一桿「稱仔」〉，《國文2》，（臺南市：翰林出版事業，2018.02），頁107。

16 林森鴻，〈臺灣史編入教科書之研究〉，《自立晚報》，1976.04.02，2版。

17 魏淑貞，〈臺灣史編入教科書之研究〉，《自立晚報》，1976.04.06，2版。

家，重返忠烈祠〉[18]，而《中國時報》的內容，則可以看出更完整的面貌：

> 賴和先生之終獲平反，非僅為其個人榮譽之恢復，亦為本省文藝歷史地位的重光，更是本省同胞抗日愛國精神的再肯定，意義實在重大。[19]

在這個敘事裡頭，官方的「抗日愛國」意識形態是所有表述的核心。這個「抗日愛國精神」已經超越了賴和個人，擴及整個「本省文藝歷史地位」（臺灣文學史），甚至涵蓋整個殖民地時期所有的臺灣民眾（本省同胞）。對於1984年的國民黨官方來說，賴和的「平反」取決於「抗日」，以賴和爲首的「本省文藝歷史地位」（此時賴和是「臺灣新文學之父」的稱號已經確立），同樣取決於「抗日」，「本省同胞」的「被殖民」經驗則再次被肯定地等同於「抗日」。

人們當然可以理解，戒嚴時期國民黨官方對於「抗日史」的建構，有其意識形態塑造上的需要。同時期的民間知識份子，例如黨外政治運動者，對於抗日史的「接受」，同樣有其策略上（以及現實上）的需要。蕭阿勤的研究已經指出，以康寧祥爲代表的黨外參與者，是藉由「日據時期臺灣人抗日史」，來「正當化黨外運動[20]」。本文前述在1976年，首次將賴和納入教科書的那一場討論：「臺灣史編入教科書之研究」，其引發者就是時任立法委員的康寧祥。或者例如在1984年「賴和平反」事件中，陳若曦甚至在紀念賴和的集會中公開說出：

> 希望政府能對「二二八」事件，再予重新評估，若有類

---

18 臺北訊，〈抗日文學家，重返忠烈祠〉，《聯合報》，1984.01.27，3版。

19 臺北訊，〈賴和蒙冤獲平反，靈位入祀忠烈祠〉，《中國時報》，1984.02.12，3版。

20 蕭阿勤，《回歸現實：臺灣1970年代的戰後世代與文化政治變遷》，（臺北市：中研院社研所，2008.06）。頁311。

> 似蒙冤者，以這種心胸予以平反。[21]

當陳若曦把「平反賴和」，拉升到「平反二二八」的高度時，我們清楚地看到在戒嚴體制下的臺灣知識份子，其實也「利用」了這個「抗日的賴和」。

是的，我們都可以理解，在戒嚴時期（1987年以前），官方對「抗日史」的塑造，與民間對「抗日史」的接受，是一種同床異夢、各取所需的矛盾狀態。但是爲什麼我們在2018年的國文教科書中看到的對於賴和的評價，還是跟一九七〇年代沒有顯著差別，甚至還是跟1984年爲賴和「平反」的官方說詞沒有兩樣呢？爲什麼我們今天（在已經解嚴三十年之後），還需要在國文課本中去塑造「臺灣人民抗日史」？還是簡單地（甚至是理所當然的）把賴和視爲「抗日作家」？把賴和的文學視爲「抗日文學」？

在這一點上，歷史學界的自省或許值得文學研究借鏡。翁佳音在1990年總結「抗日史」研究的發展時，就曾經說過：

> 如果日治時期臺灣史的研究只將焦點集中在分析殖民政策或臺灣的抗日上，實不無簡化此段歷史之嫌。日治時期是臺灣社會、經濟乃至國民心性（Mentality）重大變化的時期之一，甚至是與戰後歷史的發展息息相關，……於是乎國內就產生了今天仍然存在的現象：官方或史家的日治時期歷史圖象與民間的歷史圖象，兩者並不一致，甚至是南轅北轍。[22]

如果挪用翁佳音的觀點，作爲文學研究者，我們是否也應該自省：在高中國文課本中所塑造的那個「抗日」的賴和圖象，是否也符合

[21] 臺北訊，〈賴和蒙冤獲平反，靈位再入忠烈祠，文化界人士集會慶賀〉，《中國時報》，1984.02.13，3版。

[22] 翁佳音，〈簡介國內的「臺灣抗日史及其相關題目」研究狀況〉，《近代中國史研究通訊》10期（1999.09），頁126。

「民間」流傳的賴和形象呢？例如，在賴和家族間廣爲流傳的，廈門時期賴和與日本護士戀愛的故事。以及後來賴和平日在洗澡時，或者苦悶時反覆唱的日本歌，失戀的日本歌[23]。這個「戀日的賴和」如何等於「抗日的賴和」？與翁佳音相似的，周婉窈在1997年也曾經說過：

> 過去在戒嚴時代，日本殖民時代歷史偏重早期的武裝抗日運動，近年來臺灣史研究蔚為風潮，各式各樣的題目都有人在研究，官方色彩的「抗日史觀」已不再時興。[24]

但是從高中國文課本的發展來看，我們可以很肯定地說，在周婉窈做出前述判斷（1997）之後，從1999年審定本教科書出版開始，「抗日史觀」就持續而且穩固地附著在國文教科書裡，甚至在2018年的翰林版還正持續獲得的增強。「抗日史觀」或許離開了歷史教育，卻在國文教育中繼續滋長。而這就是我們所建構的「臺灣新文學」。

參、

在一九七〇年代，「抗日」（抵抗日本）的背後宣揚的當然是「擁護祖國」，抗日史觀所據以建立的背後基礎，顯然就是中國民族主義。這個「抗日的」中國民族主義的興起，有其外在的現實因素（例如1972年日本政府與中華民國政府斷交），也有其內在的主觀動機（例如戰後世代追溯殖民地時期臺灣的政經史）。但是，當這個「中國民族主義」意識形態所建立的「抗日」框架，被框置在「文學」上的時候，其影響卻是非常顯著的，而且是「負面的」顯著。例如蕭阿勤所觀察到的結果：

---

23 劉素蘭，〈從關係人追憶生前賴和〉，《口述歷史（三）》，（彰化市：彰化縣立文化中心，1998.06），頁143-144。

24 周婉窈，《臺灣歷史圖書》，（臺北市：聯經出版社，1997.10），頁109。

> 一旦中國民族主義的國族歷史敘事模式成為建構集體記憶的主要意義參考架構，整個日據下臺灣新文學或者籠統概括地描述為全部具有認同祖國的抗日性質，……或者被武斷的區分為抗日的或不抗日的。[25]

當「抗日」成爲文學的「標籤」，甚至成爲文學的「標準」時，文學就陷入了一個動彈不得的僵化窘境。或者文學必須抹去個性，抹去差異，全部一體化變成抗日的烈士（例如賴和），或者文學就必須被逐出文學史，被趕出「抗日的」理想國（例如皇民文學）。當皇民文學被理所當然的認爲「沒有價值」、「不值一提」的時候，這裡判斷皇民「文學的價值」標準絕對不是文學，而是政治意識形態。這就是「抗日史觀」最後導致的文學（或者文學史）的扭曲。

我可以舉一個例子，來說明這種「抗日史觀」，及其背後的民族主義意識形態，「介入」賴和所造成的扭曲。在我所看到的現行版本（2018）國文教科書中，對於賴和「生卒年」，三民版、南一版、翰林版、龍騰版是一致的寫法：

> 生於清德宗光緒二十年（西元一八九四年），卒於日據時代昭和十八年（民國三十二年），年五十。（三民版）
> 生於清德宗光緒二十年（西元一八九四年），卒於日治昭和十八年（民國三十二年），年五十。（南一版）
> 生於清光緒二十年（西元一八九四年），日治時期昭和十八年（民國三十二年）因心臟病逝世，年五十。（翰林版）
> 生清德宗光緒二十年（西元一八九四年）。卒日據時期昭和十八年（民國三十二年），年五十。（龍騰版）

---

25 蕭阿勤，《回歸現實：臺灣1970年代的戰後世代與文化政治變遷》，（臺北市：中研院社研所，2008.06）。頁178。

不同版本的教科書，對於賴和生卒年的敘事模式卻如此一致，充分證明了這個敘事模式是現行版本的「共識」。但是，對於「一個賴和」的生平，竟然可以寫出「四種紀年」，這個「共識」讓我著實感覺到震驚。

我想到了1979年要幫賴和「改墓碑」的故事。1979年3月，李南衡主編的《賴和先生全集》出版，因爲有傳言此書可能被查禁，鄭學稼在《中華雜誌》上撰文支持李南衡。此時鄉土文學論戰（1977-1978）的餘波仍然蕩漾，鄭學稼在文章的最後總結說：

> 苦難的中華民族，還要走一條不短的路。我希望繼承賴和、楊華諸先生的鄉土文學家們，繼續先賢為民族獨立和統一而奮鬥；同時也希望反鄉土文學家們，改變立場，和鄉土文學家們合作。合作之一表現是重為賴和先生立新墓碑，改昭和年號為國號。[26]

這段敘事的開頭是「苦難的中華民族」，結尾是「改昭和年號爲國號」。必須幫賴和改墓碑，這就是中國民族主義意識形態「具體化」的結果。鄭學稼的文章發表之後，尉天驄在隔期撰文呼籲〈請爲賴和先生更換墓碑〉：

> 賴和先生不僅是日據時代臺灣新文學的開拓者，同時更是英勇的反抗日本統治者的民族英雄，他的行為便是民族精神最具體的表現——他一生都以中文寫作，而且在敵人刺刀下懷有強烈的故國之思，……像這樣的先賢，這些年來一直漸漸為知識界忘卻，這是我們民族精神教育的失敗，也是殘餘的漢奸們所得意之處。……希望先生能在中華雜誌發動為賴和先生更換新碑，讓賴和先生的靈魂以回到祖國懷抱為榮。[27]

---

26 鄭學稼，〈李編「日據下臺灣新文學」讀後〉，《中華雜誌》190期（1979.05），頁49。

27 尉天驄，〈請為賴和先生更換墓碑〉，《中華雜誌》191期（1979.06），頁58。

尉天驄的文章充滿「民族精神」的激昂情緒，但同時也是把「抗日」框架，直接「枷在」賴和身上最具有代表性的展現：這封短信充滿著「英勇、英雄、刺刀、漢奸、靈魂、祖國懷抱」等史詩般的詞彙。緊接其後，《賴和先生全集》的主編李南衡，同樣撰文支持：「茲寄上五千元作更換賴和先生墓碑基金，希望愛民族愛國家的朋友多多響應，否則，一位抗日先賢的墓碑竟然是昭和年號，豈非天大笑話？[28]」

我們可以理解，甚至感受到鄭學稼、尉天驄、李南衡等人撰文的眞誠。我們也著實的感念在1979年，這群知識份子（包括黃順興、王曉波）自己身處戒嚴體制下，卻願意爲賴和（當時仍被官方視爲臺共份子）發聲的果敢勇氣。但是我個人確實無法接受，因爲我們「現在的」民族主義意識形態的需要，所以要把一個生於1894年，卒於1943年的臺灣知識份子加上「民國」的年號，而且甚至要刨去一塊立於「昭和18年」的墓碑，改立於「民國32年」。尤其是直到今日（在2018年），我們的高中國文教科書的「共識」是：賴和死於「昭和18年＝民國32年」。我們的教科書硬是把一個不屬於賴和的紀年，塞在賴和的生平裡。我覺得1979年幫賴和改墓碑的倡議失敗了，但這個倡議卻在我們今天的國文教科書裡面成功了。而且是幾乎全面的成功了。「一個賴和」卻同時有「四個紀年」，這就是民族主義意識形態造成的歷史扭曲，同時也是對賴和的扭曲。後來的教科書研究者，直接把賴和視爲「民國賴和」[29]，就是這種意識形態扭曲的另一次典型的展現。

我所看到的現行版本僅有的例外是康熹版的寫法：

> 生於清光緒二十年（西元一八九四），卒於日治時期昭和十八年（西元一九四三），年五十。[30]

---

[28] 李南衡，〈響應為賴和先生換碑〉，《中華雜誌》192期（1979.07），頁58。

[29] 蘇雅莉，〈高中國文課程標準與國文課本選文變遷之研究〉（臺北市：政治大學中國文學系國文教學碩士班，2005.06）。頁253，256-257。

[30] 賴和，〈一桿「稱仔」〉，《國文3》，（臺北市：康熹文化事業，2017.03），頁167。

我因此覺得我們未來的工作，還是有擺脫「抗日史觀」的可能。因為我們不可能每經歷一次改朝換代，都必須先刨去祖宗的墓碑。

肆、

高中國文教科書裡的賴和選文，幾乎毫無疑義的都選用了小說〈一桿「稱仔」〉。從本文「附表：教科書裡的賴和（1999-2018）」中，可以清楚地看出來，不同版本的民間編輯教科書，卻長期的共同選用〈一桿「稱仔」〉的集體偏向。

在這個附表中，人們可以先考慮幾個「例外」的現象。首先，在2001年2月，南一版的國小國語課本（第十冊），曾有選文〈令人懷念的賴和〉，這篇選文到隔年2月仍然選用，應該是到2003年才廢止。

其次，2001年8月，國立編譯館印行的國中選修國文（第三冊），曾經選用賴和小說〈豐作〉。但是這個版本後來旋即廢止。

最後，相較於其他高中國文選本全數採用〈一桿「稱仔」〉，2002年1月，龍騰版高中國文課本（第六冊），曾經選用賴和〈前進〉。一直到2013年2月，龍騰版才捨棄〈前進〉，改從〈一桿「稱仔」〉。其實，2002年龍騰版選文，還有一個值得令人注意的現象。那就是當其他版本都把〈一桿「稱仔」〉選在國文的第一冊（南一、翰林），龍騰版卻把〈前進〉放在國文的第六冊，顯然龍騰版認為，賴和的文章應該適合中學高年級學生閱讀（高三，12年級），而不是低年級學生（高一，10年級）。

相對的東大／三民版的〈一桿「稱仔」〉，就顯得比較不穩定，賴和小說先是被放在第一冊（2002），後被移動到第五冊（2003），然後又被放回第一冊（2005），轉移到第二冊（2007，高職國文）。南一後來將〈一桿「稱仔」〉移動到第三冊（2005），再移動到第二冊（2007），翰林同時也移動到第二冊（2007）。2012年康熙版將〈一桿「稱仔」〉放在第三冊，從此大概確立了〈一桿「稱仔」〉的位置。以2017-2018年的教科書版本來說，南一版、翰林版、三民版在高中第二冊，康熙版、龍騰版則是在高中第三冊。

為什麼高中國文教科書會有這麼高的「共識」，一起選用賴和小說〈一桿「稱仔」〉作為範文呢？應該可以認為，是在同樣的「抗日史觀」，及其背後同樣的民族主義意識形態底下，1999年以來審定本高中國文教科書，普遍的採用了〈一桿「稱仔」〉。

與對賴和的接受史相似，〈一桿「稱仔」〉同樣有一個被詮釋，或者被賦予意義的發展。例如1977年《夏潮》編者對於這篇小說的定性就是：「強烈反抗日本帝國主義者無情壓迫的著名小說[31]」。在這裡首先遇到的問題是：這篇小說的標題究竟該怎麼寫？在賴和最初的手稿裡（沒有標題），小說內文寫的是「秤仔」。在1926年的《臺灣民報》上，標題與內文都寫為：一桿「稱仔」。顯然捨棄「秤仔」，而使用「稱仔」是一個賴和在字詞上的刻意選擇。1977年，《夏潮》重刊這篇小說使用的是〈一桿「秤仔」〉。但是，在1999年審定本教科書出版之後，賴和小說的題目卻同時被不同版本的教科書都改用為〈一桿「稱仔」〉。但這種「稱仔」其實是錯誤的寫法，賴和沒有使用過「稱仔」。

如果按照時間排列，這個詞彙的演變應該是：賴和把「秤仔」（手稿）改為「稱仔」（刊稿），而教科書卻把「稱仔」改為了「稱仔」。那麼應該考慮的問題是：賴和選用「稱」的用意何在？其實「稱」就是「稱」的古字。賴和選用這個古字「稱」，是為了表示其「古音」，也就是說這個字應該用臺語發音。賴和從小說〈鬪鬧熱〉開始，就很在意用字的「發音」。這個寫作習慣同樣表現在〈一桿「稱仔」〉這個題目的寫法裡。三民版解釋賴和在題目上「刻意加上引號，借以反諷執政者的失衡失準、統治者的不公不義[32]」。康熹版的解釋同樣如此[33]。但這應該是過度衍伸的錯誤詮釋。

1999年開始進入教科書中的〈一桿「稱仔」〉，是如何被賦予

---

31 賴和，〈善訟的人的故事〉，《夏潮》2卷6期（1977.06），頁29。本段對〈一桿秤仔〉的評介文字寫在小說〈善訟的人的故事〉之前的「編者按」。

32 賴和，〈一桿「稱仔」〉，《國文第二冊》，（臺北市：三民書局，2017.02），頁62。

33 賴和，〈一桿「稱仔」〉，《國文3》，（臺北市：康熹文化事業，2017.03），頁166。

意義的呢？我們還是可以先看最初的兩個例子：

> 〈一桿「稱仔」〉一文中，作威作福的日本警察、安份守法但遭遇悲慘的秦得參，這兩個人物，一強一弱，刀俎對魚肉，人物造型的對比十分鮮明。[34]
>
> 這篇小說藉著貧苦賣菜小販秦得參（閩南語「真得慘」的諧音）可悲身世的描述，反映了日本殖民統治下，當時臺灣農村社會破敗的景象，指控了日警欺凌善良百姓的殘酷行徑，這也凸顯了被壓迫人民不屈的反抗意志和奮鬥精神。[35]

在這兩個不同版本的解釋中，「秦得參」（安份守法、善良百姓）與「日本警察」（作威作福、殘酷行徑）都是被清楚地對立起來理解的。這兩個人物的設計（臺灣小販與日本警察），以及這個故事的情節安排（秦得參殺警），也都是符合「抗日史觀」。簡單來說，這就是一個臺灣的賣菜小販，反抗（甚至是在最後成功擊殺了）「日本」警察的故事。

如果對照現行的國文教科書，這種「抗日」的意識同樣並沒有消退。我們還是可以比較2018年翰林版對這段文字的改動，並且把明顯增加的字詞加上底線：

> 這篇小說藉由貧苦賣菜小販秦得參（閩南語「真得慘」的諧音）悲苦的身世，指控了日警欺凌善良百姓的殘酷行徑，<u>並強烈批判殖民體制的剝削與掠奪</u>。不僅反映出臺灣人民的苦難，更凸顯其不屈的反抗意志和奮鬥精神，<u>故被推為日治時期臺灣抗議文學的重要作品</u>。[36]

---

[34] 賴和，〈一桿「稱仔」〉，《高中國文第一冊》，（臺南市：南一書局，1999.08），頁188。

[35] 賴和，〈一桿「稱仔」〉，《高中國文第一冊》，（臺南市：翰林出版事業，1999.08），頁142。

[36] 賴和，〈一桿「稱仔」〉，《國文2》，（臺南市：翰林出版事業，2018.02），頁106。

從翰林版的這個「範例」來說，就如同在賴和生平的改動中所能看到的那樣，「抗日史觀」在2018年實際上是被增強了，而且是被明顯的增強了（強烈批判殖民體制的剝削與掠奪、反映出臺灣人民的苦難）。現行各種版本的教科書，對於賴和這篇小說的解釋，幾乎都彼此相似：

> 在日本殖民政府統治下，臺灣人淪為次等國民，受到不公平的待遇，……作者從現實中取材，創作這篇小說，以控訴統治者的蠻橫，呈現臺灣人的反抗精神。本文主題鮮明，主角名字「秦得參」是閩南語「真得慘」的諧音，文中文中透過他受到警察凌辱的遭遇，以小見大，反映殖民地政府的暴虐統治，更期待臺灣人應該覺悟，對統治者加以反擊。[37]
>
> 務農的貧苦小販「秦得參」（諧音「真的慘」）無端遭到欺凌與監禁，充分顯示日本殖民政府不公不義，任意殘害百姓的暴虐真相。[38]

應該可以確認，現行的國文教科書仍然是熟稔地挪用著「抗日史觀」的歷史詞彙，去解釋賴和的小說〈一桿「稱仔」〉。而如前所述，「抗日」的背後隱藏著的是「擁護祖國」，這是建立在民族主義意識形態上對文學作品進行的分析。國文課本最後附上的「問題與討論」，很能夠集中的表現出這一特點：

> 由文中哪些情節可以看出日治時代日本警察苛虐百姓？[39]
>
> 文中哪些情節，可以看出日據時期日本警察苛虐臺灣百

---

[37] 賴和，〈一桿「稱仔」〉，《國文3》，（臺北市：康熹文化事業，2017.03），頁166。

[38] 賴和，〈一桿「稱仔」〉，《國文（六）》，（臺北市：龍騰文化事業，2017.04），頁156。

[39] 賴和，〈一桿「稱仔」〉，《國文2》，（臺南市：翰林出版事業，2018.02），頁125。

姓的現象？[40]

在「抗日」與「民族主義」的框架下，〈一桿「稱仔」〉被理所當然地看作是「日本警察」欺負「臺灣人民」的故事。我們的教科書無一例外的，都是在這種先驗的「民族偏見」下，對賴和的小說進行理所當然的解釋。

但是，如果這個小說中的「警察」，不是日本人警察，而是臺灣人警察呢？

如果人們願意仔細地閱讀賴和的小說，關於「警察」這個人物的登場，賴和所寫的是：

> 這一天近午，一下級巡警，巡視到她擔前，目光注視到他擔上的生菜。[41]

賴和對於這個警察的描述，只有說他是「下級巡警」，並沒有明白說出這個警察是日本人或者臺灣人。在整個〈一桿「稱仔」〉的故事中，賴和始終沒有對這個警察的身份做出說明。也就是說，這個「下級巡警」，可能是日本人，當然也可能是臺灣人。這個警察的身份是不確定的，他並非「一定是」日本人。

如果我們比對〈一桿「稱仔」〉的原始手稿，賴和對這個「警察」人物登場所描述的是：

> 廿七那一天，將近過午的時後，一位本地人的巡查大人，來到她擔前，慢慢地行著，目光注視到他擔上的生菜。[42]

---

40 賴和，〈一桿「稱仔」〉，《國文（六）》，（臺北市：龍騰文化事業，2017.04），頁176。

41 賴和，〈一桿「稱仔」〉，《臺灣民報》，1926.02.14、21。「她、他」混用，原文如此。

42 林瑞明編，《賴和手稿集：筆記卷》，（彰化市：賴和文教基金會，2000.05），頁216。「她、他」混用，原文如此。

從這裡可以很明顯地看出，在〈一桿「穪仔」〉的原始手稿裡，賴和設定的這個警察，就是「本地人的巡查大人」。也就是說，賴和原先所設想的故事，就是一個臺灣人欺負臺灣人的故事，一個在殖民地體制下取得了警察權力的本地人，欺負其他本地人的故事。

賴和有沒有可能在〈一桿「穪仔」〉中所設想的「警察大人」，其實就是那些「獲得權力」的臺灣人呢？1927年7月，賴和在楊雲萍主編《新生》上，發表小說〈補大人〉，就是在諷刺本地人巡查仗勢官威，檢舉到自己的家門口，最後竟與母親扭打在一起的荒謬喜劇。小說的結尾是補大人的母親的控訴：「到衙門作一箇什麼狗官來，就是什麼……就可用職權來打母親了[43]」。

1928年7月，也就是在〈一桿「穪仔」〉發表的兩年之後，賴和還寫有自傳性的文章〈無聊的回憶〉，賴和說自己從公學校畢業時：

> 還有人勸我去做補大人，當時的畢業生，要是去志願，官廳也很歡迎，總盡數錄用，我自己看他們在威風的過著享福的日子，要有些心癢，無如自己生成羞恥心強些，怕被人笑話。因為那時代的補大人，多是無賴，一旦得到法律的保障，便就橫行直撞，為大家所側目，說起大人，簡直就是橫逆罪惡的標本，少知自愛的人，皆不願為。我心裡雖在欣慕，實鼓不起實踐的勇氣，今日眼睜睜看他們有錢有勢，只怨恨自己生來缺少膽力。[44]

賴和其實自己差一點就變成了「補大人」。賴和回憶的這些「畢業生」，這些「威風的過著享福的日子」，這些「一旦得到法律的保障，便就橫行直撞」，這些「橫逆罪惡的標本」，這些「有錢有勢」的補大人（差一點就是賴和自己），應該都是「本地人」警察，而不是日本人警察。換句話說，賴和在〈一桿「穪仔」〉中所設

---

43 賴和，〈補大人〉，《賴和全集：小說卷》，（臺北市：前衛出版社，頁73-77。

44 賴和，〈無聊的回憶（四）〉，《臺灣民報》，1928.08.12，9版。

想的那個「下級巡警」的最初原型，就是賴和當年這些「畢業生」同學。

當然，正式刊出後的〈一桿「稱仔」〉，賴和刪除了「本地人」，因此賦予了這個「下級巡警」可以是日本人，也可以是臺灣人的更多的詮釋空間。但是，因爲我們的「抗日」意識與「民族主義」立場，已經不證自明的需要這個「下級巡警」是日本人警察了，所以〈一桿「稱仔」〉裡的警察始終被理解成日本人，這篇小說的主旨也始終被侷限的解釋爲「反抗」日本警察，甚至是「擊殺」日本警察。課文前面的題解如此，課文後面的問題與討論如此，大小紛雜的國文考試題目也是如此。民族主義意識形態顛倒了「下級巡警」這個小說人物，至少是刻板化了，或者樣板化了「下級巡警」這個人物。教科書於是理所當然地宣稱：這就是日本警察欺負臺灣人民的故事。

但如果這個「下級巡警」是臺灣人呢？我們是否能夠，或者我們能不能夠終於擺脫「抗日史觀」，而賦予賴和小說另外一種詮釋的可能？

伍、

驅散民族主義意識形態迷霧的關鍵，仍然在於賴和最後所寫的一段附記：

> 這一幕悲劇，看過好久，每欲描寫出來，但一經回憶，總被悲哀填滿了腦袋，不能著筆。近日看到法朗士的克拉格比，才覺這樣事，不一定在未開的國裡，凡強權行使的地上，總會發生，遂不顧文字的陋劣，就寫出給文家批判。[45]

這段附記的核心關鍵在於「凡強權行使的地上，總會發生」。南一版

[45] 賴和，〈一桿「稱仔」〉，《臺灣民報》，1926.02.14、21。

的教師手冊對這句話的解釋是：

> 這段文字看似畫蛇添足，但實則是為了避免過於赤裸、尖銳，刺激殖民地政府聯想作者有「武力抗爭」的意圖，故借用法國法朗士克拉格比的小說題材作類比，一方面為其取材的現實性做了現身旁白，目的在使「言之者無罪，聞之者足以戒」，另一方面又欲藉抗暴的無獨有偶，稀釋殖民政府的猜疑，可謂用心良苦。[46]

教科書編輯者拐彎抹角的勉強說明，可謂良苦用心。但如果按照這個解釋，賴和就是把「法朗士」當成保護傘，把「克拉格比」當作煙霧彈。賴和先寫了一個「殺警」的結尾，然後再寫了一個爲了「稀釋殖民政府猜疑」的附記。但如果賴和眞的需要稀釋（或者擔心）「殖民政府的猜疑」，那麼他不要設計「殺警」的情節就好了啊。爲什麼需要自找麻煩的先寫了一個殺警的結尾，然後再「畫蛇添足」的、手忙腳亂的「對著」殖民政府解釋一番呢？

這個問題也聯繫到，我們如何理解〈一桿「穪仔」〉的結尾，賴和「需要」設計讓秦得參殺警？如果按照整個小說的人物塑造與情節安排，秦得參在故事的最後有沒有獲得足夠的「動機」殺警？有沒有被賦予足夠的「能力」殺警？南一版教師手冊對於殺警結尾的解釋是：

> 雖然一桿「稱仔」中，秦得參選擇了以暴制暴，但這是殖民統治下，被殖民者受盡屈辱、萬不得已才作出的反抗。參照賴和手稿，他對於這個同歸於盡的悲劇收尾反覆修改多次，可見賴和看待抗暴的方式有多麼慎重。[47]

---

[46] 賴和，〈一桿「稱仔」〉，《國文第二冊教師手冊》，（臺南市：南一書局，2017.02），頁159。

[47] 同前註，頁159。

但是，賴和的小說手稿只有一個乾淨、清楚的結尾（只有銀紙冥紙備辦在別的沒有）[48]，根本沒有寫到「殺警」，哪裡來的「反覆修改多次」？教科書的編輯者究竟在哪裡看到了賴和「反覆修改多次」？換句話說，「殺警」的結尾是賴和後來才加上去的，是在發表前小說家另外添上去的蛇足。從整個小說的結構來說，這個結尾是非常突兀的。殺警的這個「行動」，既不符合小說人物秦得參的個性，也不符合小說家賴和的個性。那麼爲什麼賴和要特意加上這一個看似小說敗筆的事件呢？我自己在讀這段結尾的時候，常常想起魯迅1922年所寫的《吶喊》自序：

> 但或者也還未能忘懷於當日自己的寂寞的悲哀罷，所以有時候仍不免吶喊幾聲，聊以慰藉那在寂寞裡奔馳的猛士，使他不憚於前驅。……但既然是吶喊，則當然須聽將令的了，所以我往往不恤用了曲筆，在《藥》的瑜兒的墳上平空添上一個花環，在《明天》裡也不敘單四嫂子竟沒有做到看見兒子的夢，因為那時的主將是不主張消極的。至於自己，卻也並不願將自以為苦的寂寞，再來傳染給也如我那年青時候似的正做著好夢的青年。[49]

我相信1926年正在寫小說〈一桿「穪仔」〉的賴和，也是「不主張消極的」，所以他與魯迅同樣「不恤用了曲筆」，賦予了秦得參「殺警」的設計，並因此讓小說的結尾重新具有了希望。小說手稿的結尾收在「自殺」，小說刊稿的結尾停在「殺警」，這兩個結尾的意義完全不同，甚至可以說是完全相反。但是賴和以犧牲整個小說的完整結構作爲代價，刻意的給這個結尾添加了上光明的色彩。這個「反抗的」結尾因爲刻意而顯得虛假，但是秦得參的自殺卻因此獲得了正面的意義。在這個結尾的「正面」效果上，賴和的「虛假」是成

---

48 林瑞明編，《賴和手稿集：筆記卷》，（彰化市：賴和文教基金會，2000.05），頁216。

49 魯迅，〈自序（吶喊）〉，《魯迅全集第一卷》，（北京市：人民文學出版社，2005.11），頁441。

功的。但是從小說的情節設計來說，這個結尾卻是失敗的。因爲這個結尾完全不符合秦得參的人物個性（character）。

就如同已經被樣板化了的「下級巡警」那樣，高中國文教科書對於「秦得參」的人物分析，也是顯得非常扁平化。例如現行（2017）南一版對秦得參的描述是：

> 文中描述貧苦善良的菜販秦得參（諧音閩南語「真的慘」）無端遭受日警凌辱，導致罰款和監禁，在忍無可忍下，憤而殺警後自殺，作為沈痛的反擊。[50]

現行（2018）翰林版教師手冊對秦得參人物形象的詮釋則是：

> 秦得參屬於老實勇敢的人，他不懂巡警玩的虛偽把戲，更不知卑躬屈膝，哀求賠罪，忍辱偷生，所以才有激烈的衝突與壯烈的悲劇。[51]

但是在小說〈一桿「稱仔」〉裡，賴和筆下的主人公秦得參，其實是一個性格非常複雜的人物。秦得參到鎭上賣菜，做上「生意」的第一天，就賺了「一塊多錢」」，這已經超過金花典當換來的本錢（三塊）的三分之一。幾天之後，過年的糧食就攢足了，秦得參買了新的觀音畫像、門聯、「不可缺的金銀紙、香燭」（這個物件關係到小說結尾）。再過幾天，蒸年糕的糖米也都買回來了。秦得參的妻子勸他應該要積蓄贖回金花，但秦得參想到要給孩子做新衫，「就剪了幾尺花布回去。把幾日來的利益，一總花掉」。

秦得參不是單純、老實的鄉下農民，秦得參非常會做「生意」，他熟悉市場交易的法則（傳統慣習），非常善於「算計」。在遇到下級巡查之前，秦得參已經買足了過年所需的全部用品，包括生活必需

---

50 賴和，〈一桿「稱仔」〉，《國文第二冊》，（臺南市：南一書局，2017.02），頁64。

51 賴和，〈一桿「稱仔」〉，《國文2教師手冊》，（臺南市：翰林出版事業，2018.02），頁509。

品與非必需品。我們首先要知道秦得參賣菜所獲得的「收益」，這個收益同時包含著物質上與精神上的勝利（這是他首次靠個人努力獲得了家庭幸福）。然後我們才能明白當這個「巨大的」利益失去時，才會對秦得參造成如此毀滅性的衝擊。否則小說結尾秦得參的選擇（自殺），將是難以理解的。

接下來就是小說最關鍵的情節設計，也就是秦得參與巡警的「相遇」：

> 這一天近午、一下級巡警、巡視到她擔前、目光注視到他擔上的生菜、他就殷勤地問：「大人、要什這不要？」「汝的貨色比較新鮮、」巡警說。
> 得參接著又說：「是、城市的人、總比鄉下人享用、不是上等東西、是不合脾胃。」「花菜賣多少錢？」巡警問。「大人要的、不用問價、肯要我的東西、就算運氣好。」參說。他就擇幾莖好的、用稻草貫著、恭敬地獻給他。
> 「不，稱々看！」巡警幾番推辞著說，誠實的參，亦就掛上「稱仔」稱一稱說：「大人、真客氣啦！纔一斤十四兩。」本來、經過秤稱過、就算買賣、就是有錢的交關、不是白要、亦不能說是贈與。
> 「不錯罷？」巡警說。「不錯、本來兩斤足、因是大人要的⋯⋯」參說。這句話是平常買賣的口吻、不是贈送的表示、「稱仔不好罷，兩斤就兩斤，何須打扣？」巡警變色地說。「不，還新新呢！」參泰然地回答。「拿過來！」巡警赫怒了。「稱花（度目）還很明瞭」！參從容地捧過去說。巡警接在手裡、約略考察一下說：「不堪用了、拿到警署去！」[52]

賴和是站在秦得參的立場，在描寫這段「相遇」。賴和仔細地描寫

---

[52] 賴和，〈一桿「稱仔」〉，《臺灣民報》，1926.02.14、21。他、她混用，原文如此。

了秦得參的態度（以及立場），但是對於巡警的心態卻顯得高深莫測。秦得參初次見到巡警的態度是「殷勤地」（賴和用語），機巧的（吹捧城內的人，這就是他平常做生意的手法），諂媚的（大人要的、不用問價、肯要我的東西、就算運氣好），而且是「主動」賄賂巡警的（他就擇幾莖好的、用稻草貫著、恭敬地獻給他）。

從這裡看起來，翰林版完全誤解了小說人物秦得參。秦得參懂得「巡警玩的虛僞把戲」，更知道要「卑躬屈膝」。因爲事實上他就是靠著這些把戲，在市集上獲得利益。賴和非常熟悉這一套在秦得參身上，所反映出來的傳統市集上的慣習：「一切的虛僞、狡詐、無恥」，因爲他自己就是「不慣生活在這欺詐之中」，最後逃離了做「生意」的工作[53]。翰林版教師手冊幾次說，推動小說發展的主要情節是「巡警索賄不成」[54]，但是這個判斷是難以理解的。因爲賴和的敘事剛好完全相反，小說寫的明明是：「秦得參賄賂不成」。

秦得參是「誠實的」，對於賴和來說，主動賄賂巡警的秦得參依然可以是「誠實的」。因爲問題的關鍵在於，秦得參所依循的「法則」，與警察所奉行的「法律」，是不一樣的兩套東西。賴和其實寫得很清楚，對於秦得參來說：「本來、經過秤稱過、就算買賣、就是有錢的交關、不是白要、亦不能說是贈與」。換句話說，秦得參所依循的是本地人的「傳統慣習」，他的「殷勤」態度、他的虛僞（吹捧城內人）、他的諂媚（賄賂巡警）、他的話術（少算斤兩），都是符合傳統市場的「慣習」。所以在巡警變了臉色之後，秦得參的態度依然是「泰然地」、「從容地」，因爲秦得參從頭到尾都沒有認爲自己「違法」，在口頭上「少算斤兩」就是他「平常買賣」的手法。

小說人物的衝突在於，秦得參依循的是「傳統慣習」，而巡警執行的卻是「現代法律」（度量衡法）。對於賴和來說，眞正的問題在於：爲什麼傳統的那一套「慣習」就是錯的，現代的這一套「法律」就是對的？誰能夠決定「合法」或者「非法」呢？到底誰（以及

---

53 賴和，〈無聊的回憶（五）〉，《臺灣民報》，1928.08.19，9版。

54 賴和，〈一桿「稱仔」〉，《國文2教師手冊》，（臺南市：翰林出版事業，2018.02），頁488、509。

憑藉著什麼）可以裁決「對、錯」？傳統與現代的矛盾，其實是賴和整個文學創作最重要的主題。所以賴和才會寫下那個著名的句子：「啊！時代的進步和人們的幸福原來是兩件事」。賴和充滿質疑地問出：「時代說進步了、的確！我也信牠很進步了、但時代進步怎地轉會使人陷到不幸的境地裡去？[55]」秦得參就是跌入了這個新、舊交替之間的縫隙，最終造成了自己的悲劇。

明治39年（1906）7月公布的「臺灣度量衡規則」，以及明治44年（1911）8月實施的「臺灣度量衡規則施行規則」，就是這種「時代進步」的明顯象徵。事實上，從1904年以來，《臺灣日日新報》對於市場上「不正衡器」的報導，就已經時有所聞。最初這個問題是出現在茶葉商界，後來取締則擴展到傳統市集。例如1918年7月，臺南市警務課檢查市內市場與主要日用品雜貨商，結果堪用（合格）僅15件，需要修正（不合格）有248件，檢舉告發（不合格）有11件。保安課長召喚各關係人（臺灣人73名、日本人2名），當面嚴厲告諭「商業道德」的重要性[56]。1931年12月24日，報載〈不正衡器、發見二千點、就中菜販最多〉：

> 臺北州及度量衡所。臺北市役所。南北兩署等。共同檢查度量衡器。至夜十八日告終。取締件數一萬一千二百七十二點中。不正器物。實達二千六百六點。即檢查總數之二成三分。屬不正衡器。對此不注意者沒收。而對受嚴重說諭。尚不改悛者五十七名。全部告發。就中菜販最多。甚或差去半斤。或一斤。次為雜貨商。菓子商其他等。或於秤錘內插入小石其他不正重量品。以瞞斤量。而米商使用之升斗。亦多不正。間有故意於內部。粘著污物者。[57]

---

55 賴和，〈無聊的回憶（四）〉，《臺灣民報》，1928.08.12，9版。

56 未署名，〈不正衡器使用者嚴戒〉，《臺灣日日新報》，1918.07.03，4版。

57 未署名，〈不正衡器　發見二千點　就中菜販最多〉，《臺灣日日新報》，1931.12.24，8版。

從以上報導可知，市集上的度量衡器，尤其是菜販「秤仔」的問題，在當時臺灣社會是具有普遍性的現象。小說〈一桿「穪仔」〉是在1926年2月發表，因此可以說，賴和還是非常敏銳地抓出了一個典型人物秦得參，藉此討論這個普遍性的「不正衡器」現象。對於賴和而言，這個問題始終在於：到底是誰，憑藉著什麼，可以決定「合格」或者「不正」？

最後附帶一提的是，在小說的前半部分，賴和在指稱秦得參時，明顯混用了第三人稱代名詞「她」與「他」。如果比較手稿與刊稿，這可以知道這個現象並非《臺灣民報》誤排，而是賴和自己有意的混用。目前看起來，陰性第三人稱代名詞「她」，在賴和的小說情節上並沒有產生功能，因此只能看做是賴和不熟練地引入這個新創的陰性代名詞。通常認爲「她」這個詞彙，是劉半農在1920年所確立。後來的研究者甚至認爲，「她」的發明是「這個時期（從晚清到五四）所發明的最迷人的新詞語之一[58]」。賴和在1926年刻意在小說中引入「她」，其實是一個具有性別意識的寫作手法，但很可惜教科書的編排者後來都逕自「改正」了賴和的「錯字」。事實上，如果人們願意仔細地閱讀〈一桿「穪仔」〉，應該可以發現這篇小說無庸置疑的「正面」人物，都是女性角色，那就是秦得參的母親與妻子。相較之下，秦得參的個性非常複雜，而且顯然並不「正面」。

陸、

回過頭來說，〈一桿「穪仔」〉的主旨還是在「凡強權行使的地上，總會發生」這句話上。在1926年賴和撰寫這篇小說之前，他所可能看過了的法朗士小說〈克拉格比〉（クランクビーユ），已經有兩個日文翻譯本。分別是1922年出版，大関柊郎編譯《現代仏蘭西戲曲傑作叢書第1編》（東京：文泉堂書店）。這個譯本是劇本形式的〈クレンクビイユ〉。另外一個譯本是1924年出版，山內義雄翻譯《影の彌撒》（東京：新潮社）。這本書是フランス的短篇小說選。我個人認爲賴和看到的〈クレンクビイユ〉，更有可能是大関柊

58 劉禾，《跨語際實踐》（宋偉傑等譯），（北京市：三聯書店，2002.06），頁49-52。

郎編譯的劇本。因為賴和在〈一桿「稱仔」〉的後記，寫的是「這一幕悲劇」。而且賴和早期小說的創作，確實都是藉由劇本形式的「對話」展開練習（例如〈僧寮閒話〉、〈鬥鬧熱〉）。

如果我們閱讀法朗士的原著，應該可以知道，〈克拉格比〉主要在討論的是警察權力的問題，是一個沒有名字只有編號的警察（巡查第六十四號），但是他所說的話，他對於菜販克拉格比的任何指控，都直接成為了法院判決的依據。法院忽視克拉格比的辯駁，法院甚至不必理會旁人的證詞（ダビドッ・マテウ博士），就完全以警察的陳述進行判決。克拉格比最後失去了市集上的人們對他的信任，走上了窮途末路。

在法朗士的小說裡，警察向法院指控菜販辱罵了他（巡査の畜生），但是在賴和的小說裡，這個辱罵被顛倒了過來，變成警察辱罵了秦得參。在法朗士的小說裡，法院的判決完全取決於警察的陳述，而在賴和的小說裡，秦得參的「稱仔」，只是「巡警接在手裡，約略考察一下說：不堪用了，拿到警署去！」然後法官就判決秦得參違反「度量衡規則」。秦得參向法官說：「這事是冤枉的啊！」法官回答：「但是，巡警的報告，總沒有錯啊。」在這個情節安排上，賴和完全挪用了法朗士的設計。

對於賴和來說，同時也是對法朗士來說，錯的地方就是在於：「巡警的報告，總沒有錯啊。」為什麼被司法制度所承認的警察說的「總是沒有錯」？為什麼擁有權力的警察說：你的秤不合格，那麼法官就認定不合格，不需要任何查勘的程序或檢驗的標準。「巡警接在手裡，約略考察一下」，然後法院就採信了警察的說法，判定秦得參違法。與其說賴和質疑的是「法的標準」，不如說賴和挑戰的是警察的「權力」。

而當「本地人」巡警同樣擁有這個「權力」時，他就代表「法的標準」。當本地人畢業生「一旦得到法律的保障，便就橫行直撞」，就成為了「橫逆罪惡的標本」，就變身為「有錢有勢」的補大人。這個補大人並不一定是日本人，在賴和的原始設定裡，他本來應該是臺灣人。如果有所謂的「反抗」，〈一桿「稱仔」〉不是在「抗日」，賴和反抗的是現代法律制度所保障的「權力」。如果用他自己的話，就是由現代法律制度所保障的「橫逆」，這就是「強權行使的地上」。

我最後想引述2017年南一版對賴和生平的簡介，以及對這篇小說的評價做爲結尾。南一版對於賴和的描述是：

> 賴和畢生堅持用漢文寫作，新舊文學兼長，其著作除了舊詩之外，還有新詩、散文和小說，是臺灣新文學的奠基者，後人尊為「臺灣新文學之父」。作品風格寫實，內容具有強烈的反殖民意識，時常流露出可貴的人道主義精神。[59]

對於小說〈一桿「稱仔」〉的評價則是：

> 這樣的時代悲劇，既反映了日本殖民政府戕害臺灣百姓的現象，也展現作者為殖民地處境發聲，以及為弱者尊嚴辯護的抗議精神，是日治時期臺灣反殖民文學的重要作品。[60]

從這兩段引文我們可以清楚地看到，南一版的國文課本已經明確地走出了「抗日史觀」，而要改以「反殖民」的概念，重新詮釋賴和。我並不一定贊同這樣的概念，我尤其不能確定這樣的概念最終會把賴和帶向何方，但是我確實相信只有走出民族主義的迷霧，只有看到那個人道主義的賴和，看到賴和的「抗議」是爲了弱者的尊嚴辯護，而不是爲了「抗日」那種簡單的敵我意識、二元對立，我們才有可能最終找到那個更趨於眞實的賴和，那個既不是「媽祖」，也不是「之父」，而是作爲「人」的，在堅持鬥爭的同時常常顯得更爲軟弱悲觀的賴和，然後我們才能發現那個更豐富、多元，富有想像力與創造力的賴和「文學」，那些賴和所虛構的「虛假的希望」。將來的有一天，我們的文學教育才終於能夠驅散那些縈繞在我們中學課本裡的民族主義幽靈。

---

[59] 賴和，〈一桿「稱仔」〉，《國文第二冊》，（臺南市：南一書局，2017.02），頁65。
[60] 同上註。

附表：教科書裡的賴和（1999-2018）

時間	階段	科目	冊次	篇名	出版者	課程依據
1999.08	普通高中	國文	第1冊	一桿「稱仔」	南一	民國84年高級中學課程標準
1999.08	普通高中	國文	第1冊	一桿「稱仔」（節錄）	翰林	民國84年高級中學課程標準
2000.08	普通高中	國文	第1冊	一桿「稱仔」	南一	民國84年高級中學課程標準
2000.08	普通高中	國文	第1冊	一桿「稱仔」（節錄）	翰林	民國84年高級中學課程標準
2001.02	國民小學	國語	第10冊	令人懷念的賴和（略讀）	南一	民國82年國民小學課程標準
2001.07	普通高中	國文	第5冊	一桿「稱仔」	正中	民國84年高級中學課程標準
2001.08	職業學校	國文III	第3冊	一桿〔稱仔〕	東大	民國87年職業學校課程標準
2001.08	國民中學	選修國文	第3冊	豐作（上、下）	國立編譯館	民國83年國民中學課程標準
2001.08	普通高中	國文	第1冊	一桿「稱仔」	南一	民國84年高級中學課程標準
2001.08	普通高中	國文	第1冊	一桿「稱仔」（節錄）	翰林	民國84年高級中學課程標準
2001.08	普通高中	國文	第5冊	一桿「稱仔」	三民	民國84年高級中學課程標準
2002.01	普通高中	國文	第6冊	前進	龍騰	民國84年高級中學課程標準
2002.02	國民小學	國語	第10冊	令人懷念的賴和（略讀）	南一	民國82年國民小學課程標準

時間	階段	科目	冊次	篇名	出版者	課程依據
2002.04	普通高中	國文	第1冊	一桿「稱仔」	東大／三民	民國84年高級中學課程標準
2002.08	普通高中	國文	第1冊	一桿「稱仔」	南一	民國84年高級中學課程標準
2002.08	普通高中	國文	第1冊	一桿「稱仔」（節錄）	翰林	民國84年高級中學課程標準
2002.12	普通高中	國文	第6冊	前進	龍騰	民國84年高級中學課程標準
2003.02	職業學校	國文IV	第4冊	一桿〔稱仔〕	東大／三民	民國87年職業學校課程標準
2003.08	普通高中	國文	第1冊	一桿「稱仔」	南一	民國84年高級中學課程標準
2003.08	普通高中	國文	第1冊	一桿「稱仔」（節錄）	翰林	民國84年高級中學課程標準
2003.08	普通高中	國文	第5冊	一桿「稱仔」	三民	民國84年高級中學課程標準
2003.11	普通高中	國文	第6冊	前進	龍騰	民國84年高級中學課程標準
2004.08	普通高中	國文	第1冊	一桿「稱仔」	南一	民國84年高級中學課程標準
2004.09	普通高中	國文	第6冊	前進	龍騰	民國84年高級中學課程標準
2005.08	職業學校	國文V	第5冊	一桿「稱仔」（節錄）	翰林	民國87年職業學校課程標準
2005.08	普通高中	國文	第1冊	一桿「稱仔」	南一	民國84年高級中學課程標準
2005.08	普通高中	國文	第3冊	一桿「稱仔」（節錄）	翰林	民國84年高級中學課程標準

時間	階段	科目	冊次	篇名	出版者	課程依據
2005.04	普通高中	國文	第1冊	一桿「稱仔」	東大／三民	民國84年高級中學課程標準
2007.02	普通高中	國文	第2冊	一桿稱仔	南一	民國94年普通高級中學課程暫行綱要
2007.02	普通高中	國文	第2冊	一桿稱仔	翰林	民國94年普通高級中學課程暫行綱要
2007.02	職業學校	國文II	第 2冊	一桿「稱仔」	東大	民國94年職業學校群科課程暫行綱要
2008.02	普通高中	國文	第4冊	一桿稱仔	三民	民國94年普通高級中學課程暫行綱要
2008.02	普通高中	國文	第2冊	一桿稱仔	南一	民國94年普通高級中學課程暫行綱要
2008.02	普通高中	國文	第2冊	一桿稱仔	翰林	民國94年普通高級中學課程暫行綱要
2008.02	職業學校	國文II	第 2冊	一桿「稱仔」	東大	民國94年職業學校群科課程暫行綱要
2009.02	普通高中	國文	第2冊	一桿稱仔	南一	民國94年普通高級中學課程暫行綱要
2009.02	普通高中	國文	第2冊	一桿稱仔	翰林	民國94年普通高級中學課程暫行綱要
2010.02	普通高中	國文	第2冊	一桿「稱仔」	南一	民國94年普通高級中學課程暫行綱要
2010.02	普通高中	國文	第2冊	一桿稱仔	翰林	民國94年普通高級中學課程暫行綱要
2010.11	職業學校	國文II	第2冊	一桿「稱仔」（節選）	泰宇	民國97年職業學校群科課程暫行綱要

時間	階段	科目	冊次	篇名	出版者	課程依據
2011.02	職業學校	國文II	第 2冊	一桿「稱仔」	東大	民國97年職業學校群科課程暫行綱要
2011.04	職業學校	國文III	第 3冊	一桿稱仔	翰林	民國97年職業學校群科課程暫行綱要
2012.02	職業學校	國文II	第 2冊	一桿「稱仔」	東大	民國97年職業學校群科課程暫行綱要
2012.08	職業學校	國文III	第 3冊	一桿稱仔	翰林	民國97年職業學校群科課程暫行綱要
2012.11	普通高中	國文	第3冊	一桿稱仔	康熹	民國99年普通高級中學課程綱要—國文
2013.02	普通高中	國文	第2冊	一桿稱仔	三民	民國99年普通高級中學課程綱要—國文
2013.02	普通高中	國文	第2冊	一桿「稱仔」	南一	民國99年普通高級中學課程綱要—國文
2013.02	普通高中	國文	第2冊	一桿「稱仔」	翰林	民國99年普通高級中學課程綱要—國文
2013.02	普通高中	國文	第3冊	一桿「稱仔」	龍騰	民國99年普通高級中學課程綱要—國文
2013.08	職業學校	國文III	第 3冊	一桿稱仔	翰林	民國97年職業學校群科課程暫行綱要
2015.02	職業學校	國文II	第 2冊	一桿「稱仔」	東大	民國97年職業學校群科課程暫行綱要
2015.02	普通高中	國文	第2冊	一桿稱仔	三民	民國99年普通高級中學課程綱要—國文
2015.02	普通高中	國文	第2冊	一桿「稱仔」	南一	民國99年普通高級中學課程綱要—國文

時間	階段	科目	冊次	篇名	出版者	課程依據
2015.02	普通高中	國文	第2冊	一桿「稱仔」	翰林	民國99年普通高級中學課程綱要—國文
2015.04	普通高中	國文	第3冊	一桿「稱仔」	康熹	民國99年普通高級中學課程綱要—國文
2015.05	職業學校	國文	第 5冊	一桿「稱仔」（節選）	龍騰	民國97年職業學校群科課程暫行綱要
2015.08	職業學校	國文III	第 3冊	一桿「稱仔」	翰林	民國97年職業學校群科課程暫行綱要
2017.02	普通高中	國文	第2冊	一桿「稱仔」	南一	民國99年普通高級中學課程綱要—國文
2017.03	普通高中	國文	第3冊	一桿「稱仔」	康熹	民國99年普通高級中學課程綱要—國文
2018.02	普通高中	國文	第2冊	一桿「稱仔」	翰林	民國99年普通高級中學課程綱要—國文

移動中的邊界
白話詩如何現代？如何是詩？

徐培晃
逢甲大學國語文教學中心助理教授

摘要

雖說國語文教科書中有文白占比之爭，乃至於延伸出文言選文、中華文化基本教材等議題，但是對學生的寫作訓練而言，只有如何白話的問題。本文由是發軔，探討白話詩的發展，其肌理與現代性不可分割，因此，「如何現代」便成為其核心命題。

文學反應現實，語文教育也應當如是。因此，本文以21世紀臺灣現代詩為考察範疇，探討創作者如何在時代題材、心態風格、形式技巧面，回應當前社會的處境。進而指出，在形式技巧面上，有些創作者致力開墾詩的邊界，從而引發「如何是詩」的思辨。

在文白之爭的大框架底下，實際上文言、白話內在的肌理，都是多層次的沉積，職是之故，傳統與現代應該是多層次的交鋒、匯流，對於文白之爭，應該先釐清，究竟是哪個層面、哪種詩學理念的對話。

關鍵字：現代詩、現代化、詩學、概念化故事

壹、前言

雖說國語文教科書中有文白占比之爭，乃至於延伸出文言選文、中華文化基本教材等議題，但是對學生的寫作訓練而言，只有如何白話的問題。

然而「如何白話」之問，終究必須考量文體的差異。考諸前賢，《典論．論文》分為四科八目，《昭明文選》則在排除經典、子史等選材後之後，將文體分為37類，既選實用之作，也列抒情感發之篇，「各體互興，分鑣並驅」，可見不同的文體各有其對應的功

能、表現出不同的特色，一方面以文體特色作爲分類的準則；另一方面也以試圖以選文廓清文體的畛域。

著眼當今的語文教學，該如何評估文體的功能、特色，而進從選文閱讀連結到文體寫作，箇中仍有許多需要集思廣益的空間；兼之時代流衍，不僅新的需求派生出不同的寫作取向，既有文體內部也是隨時衍異，誠如《昭明文選》所言：「物即有之，文亦宜然。隨時變改，難可詳悉」，因此，以文體爲切入點，是語文教學重要的一環，思考文體的特質，則爲語文教學的前導。職是之故，爲聚焦討論，本文以現代白話詩爲範疇，討論其「隨時變改」之處，申述現代詩如何拓展其取材，在傳統的範式之外，闖蕩新的可能。從而分兩部分討論，一是著眼「隨時」，先勾勒時代背景，其二則著眼「變改」，從發聲心態、語言風格、表現題材，審視現代詩在當前的嘗試。

盱衡早年，蘇雪林〈新詩壇象徵派創始者李金髮〉[1]討論新詩壇象徵派時指出，象徵派的上焉者，如杜衡、戴望舒，所作比李金髮更多一層工力，然而下焉者：「各校學生，及所謂文藝青年，提起筆來，你也『之』，我也『而』，他也『於是』與『且夫』，已經是萬分可厭，說的話更是像巫婆的蠱詞，道士的咒語，匪盜的切口，更要叫人搖頭。」流波所致，與覃子豪等人激起一番辯證。

吳姍姍〈蘇雪林之舊詩創作與新詩評論〉[2]則指出蘇氏幾項核心論點：強調辭藻與氣勢、情感與哲理、東方風情、反對象徵詩、以眞實爲基礎而加以想像。我們該進一步追問的是，何謂東方風情？在當時的討論中，中國、古典、傳統、東方、民族、現實，這些詞彙時有混用的傾向，何謂現實往往也是個言其是，其內裡，都是指向時代的命題：傳統與現代。

衡諸詩藝發展，傳統與現代之辨證，乃詩學上之大哉問，今昔之間的流派傳衍、風格創新、文體變革等，其內裡都是如何創新的

---

1 蘇雪林：《文壇話舊》（臺北：文星書店，1967），頁152-160。

2 吳姍姍〈蘇雪林之舊詩創作與新詩評論〉《東華人文學報》（花蓮：東華大學人文社會科學學院，2010年7月）第十七期，頁89-126。

問題。然而將目光轉向近世，時代劇變不僅促發文言白話的載體變頻，涉及的內裡還有現代化的焦慮、國族的認同、文化主體的凝塑等，文學與文化、政治、經濟、社會等層面交織得愈深，一句縱的傳承、橫的移植於是激起千堆雪。

在這過程中，還是得回頭問：究竟什麼是中國、古典、傳統的美學？確認這一座標，相對之下，便於釐清臺灣現代詩如何嘗試創新，不斷往外墾殖詩的邊界。對此，劉正忠（唐捐）指出：

> 拓展到詞彙學的層次，則如「靠北」、「踹共」、「凍蒜」等借音詞，亦在臺灣擴張中。這些異種的生成原理仍與漢語法則若合符節，不過就當代書寫體系而言，有幾個現象值得注意：第一，句法學與構詞學遠較文字學重要，當代詩人與其說是字思維，不如說是詞思維或句思維。……第三，方言即是次系統，閩南語及粵語固屬之，網路語言或特定群組的用語亦屬之。
> 如何「操作話語」其實比造字原理更重要，當代詩人藉由添加雜質去生產詩意的取向，有時更接近於「潑灑」，而非「錘鍊」。[3]

文中明白的展示，詩學、詩藝乃是動態的發展。與蘇氏所言相較，立即可看出觀點的衍異。在蘇雪林眼下，「巫婆的蠱詞，道士的咒語，匪盜的切口」乃是被比擬的對象，「要叫人搖頭」。但是用當前的、劉正忠的眼光，蠱詞、咒語、切口都是語言的次系統，類同方言，都是可運用的素材。如此以「添加雜質」、「潑灑」的方式產生詩意取向，完全異乎傳統強調「錘鍊」式的詩美學。

至於什麼是雜質呢？自然又是另一番深邃的提問，其相對應的座標，則是對詩語言純粹性的輪廓勾勒。

與此同時，鄭毓瑜則從文法、詞義的觀點來看，直接表明：

---

[3] 劉正忠：〈漢字詩學與當代漢詩：從葉維廉到夏宇〉《中山人文學報》（高雄：中山大學，46期，2019.01），頁48。

> 從晚清民初以來，漢語幾乎是從沒有文法體系到要求國語文法，接著再求反省文法，並聚焦於『多義性』來突破詞類、句法的侷限……『多義性』不只是一個語言的問題，而更是一個『如何現代』的感覺或思考樣式的問題。[4]

文中一者強調，自晚清民初以降，漢語並非但不以文法爲圭臬，甚至轉將心力放在突破詞類、句法的侷限；二者強調，現代漢語的發展，反映出「如何現代」的議題。因此，我們可以反過來說，現代漢語既是面對現代化的衝擊、調整、反應，自然流露出現代人的感受與思考模式，論詩、論世自有部分重合之處。

因此，本文以21世紀臺灣現代詩爲考察範疇，本文先著眼當前社會的現代性，再轉而切入寫作該「如何現代」的問題，從三方面加以討論，首先詮釋時代背景與對應的集體心態，以「沒意義：從命運轉向生活」爲題，討論在民主、經濟發展失衡的情況下，魯蛇失敗感，衍生爲去意義、去中心的生活感受，敘述的題材也從命運、人性的大敘事，轉向日常生活的小片段。

其次討論主體心態與敘述風格的問題，以「太委屈：敘述心態的風格」反躬自省的心態，對應含蓄內斂的風格，然而，也不一定要如此壓抑委屈，換個心態，也可哭之笑之藐之安之，當然也會呈現不同的風格。

最後從技術面著手，以「誰說的：這也是詩的可能」爲題，從語言學觀點中論傳統眼光下的詩語言，討論在詩語言的表現，除了形象化語言、選擇組合軸的多義性，是否還有其他的形式，進而指出有一寫書寫者，以籠統的情節爲發想，呈現故事概念詩的可能。至此，已然逸離傳統對詩語言的義界，走到詩邊界，由是再度逼顯古老的命題：如何是詩。

職是之故，所謂的現代，應該就多重層次來理解，首先是題材面如何對應現代的生活，其次就心境風格面來說，走出含蓄內斂的大傳

---

4 鄭毓瑜：〈姿與言：詩國革命新論〉（臺北：麥田，2017），頁264-265。

統之外，也可盡情的哭之笑之。第三就技術面來看，詩與故事的結合自是源遠流長，然而當前另有創作者，嘗試表現概念化的故事，跨出形象語言的範疇，摸索詩的邊界。

最後，回到語文的教學端，則可以思考，既然當代的書寫者不斷回應「如何現代」的議題，那麼，教科書又該如何對應現代的情境？所謂白話，不該只是平面的色塊，而該是多層次的沉積，是以面對「如何現代」、「如何是詩」的議題也該有更多層次的思考。

貳、沒意義：從命運轉向生活

文變染乎世情，藝術的題材、風格，一方面受到內部的驅迫力，透過典範的確立、對話，輾轉推動典範的再造，打造新的風尚，進而達到典範的移轉。另一方面則與外部世界共振，社會聚焦的眼光、藝術凝視的題材，二者往往有相互加乘的效果，在風格面，同樣也因題材的條件、媒介的差異、讀者視聽習慣的改變等元素，影響了藝術的風格。

一、魯蛇：無意義的日常

「民主、法治、市場經濟，可說是構成現代民主國家政治經濟體制的三大神。」[5]陳長文、羅志強指出，當代社會一方面深化民主平等，但在經濟面，貧富差距的鴻溝也愈趨嚴峻。比起封建世襲制度，民主平等有助於創造階級的流動，讓社會的能量依循體制內的管道正常釋放，然而在此同時，在高度資本化的時代，卻鞏固了階級的壁壘，《父酬者》以瑞典爲例，考察了18世紀以降，醫師、律師、貴族學校學生的身份，得到了令人詫異的結果：「現代瑞典的政治選舉權擴大以及普及的福利國體制，包括免大學教育和無持給學生的補貼，都對提高社會流動率沒有幫助。」[6]——菁英階級的世代階級維

---

5 陳長文、羅智強著：《受縛的神龍：太陽花學運後的民主反思》（臺北：天下遠見，2014），頁12。

6 葛瑞里・克拉克（Gregory Clark）著，吳國卿譯：《父酬者：姓氏.階級與社會不流動》（The son also rises surnames and the history of social mobility），（臺北：時報，2014），頁53。

持率大約0.74——從正面來講，只能說幸好沒有惡化。

從政治面來說，民主體制愈趨深化；從經濟面來說，貧富差距擴大、階級複製率維持，政治經濟交擊的結果，產生了兩種現象：

> 其一，民主實踐的前階段中，人們已經習慣一個相對民主實踐後階段較小的階級差距，所以，……因貧富差距而擴大的階級差距，就會顯得難以容忍。
> 其二，民主社會改變的不只是階級差距的縮小，也喚起了尊嚴意識，一旦尊嚴意識被喚起，尊嚴意識會喚起更強烈的尊嚴意識，在這樣的召喚下，人們對階級差距的容忍度會變得更小。[7]

陳長文、羅志強便由此指出，政治面的平等、經濟面的不平等，激盪出所謂的「魯蛇」文化，質疑不公平的遊戲規則、質疑「人生勝利組」。

自稱魯蛇，以失敗者自居，並非承認自己才有不及，而是深沉的抗議階級壁壘，訴諸當前的社會現實，勞動與報酬未必成正比。正如臺灣勞工陣線理事長林進勇所言：「工作與貧窮，在臺灣的主流價值中被視爲不可能同時存在的現象，如今卻赤裸裸的存在我們身旁」[8]

當天道酬勤、愛拚才會贏的傳統主流價值，面對當前社會高勞動、低報酬的職場現況，連帶影響所及，勞動價值的貶值，導致勞動意義的弱化，影響所及，勞動者的存在感也跟著失去意義。以魏安邑〈一塊一塊〉[9]末二段爲例：

---

7 陳長文、羅智強著：《受縛的神龍：太陽花學運後的民主反思》，頁50。陳長文、羅志強從階級壁壘、尊嚴意識，歸結出魯蛇仇富、去魅化的情結。文中分明在討論魯蛇眼中「不公平的遊戲規則」，卻以「仇富」蓋括之，措辭當詞當然也就流露出作者的意識形態。

8 林進勇：〈預見「崩世代」〉，收入林宗弘等著：《崩世代：財團化、貧窮化與少子女化的危機》（臺北：臺灣勞工陣線協會，2011），序。

9 魏安邑：《到下一個周日》（新北市：小小書房， 2014），無頁碼。〈一塊一塊〉共五段。

在辦公室裡
水壺空白電話螢幕筆筒
筆記本文件滑鼠咖啡杯
地板地板人手地板地板
一塊一塊

他們會在那裏很久
也許暫時離開座位
但你會打開便當
但你打開雜誌
你打開網頁
你坐下來
你在那裡排滿

全詩以「這本雜誌是這樣的」破題，雜誌依不同欄位，切割成不同區塊，呈現在螢幕上，當也是一塊一塊。詩中以羅列中午的便當：「高麗菜排骨筍／滷蛋飯豆芽菜」、辦公桌「水壺空白電話螢幕筆筒／筆記本文件滑鼠咖啡杯」、辦公室：「地板地板人手地板地板」，這些詩句，在形象的安排上，撤除主角的主觀情感介入，試圖讓物的本身呈現意義，然而便當、辦公桌、辦公室這些物象一但削減了人的身影，意義變得薄弱。在節奏聲音上，也不太順口，高麗菜排骨筍，乍看之下很日常，實際上又不符合口語節奏；水壺「空白」電話螢幕筆筒，也不知所指。更別說在意義上，「地板地板人手地板地板」完全違反日常語意。

進一步來說，乍看之下尋常的辦公室景象，實際上是一種沒有人、不合人體（口語）、意義古怪的狀態。在這樣的狀態底下，「你」在最後終於現身了，在一連串的祈使句底下，打開便當、打開雜誌、打開網頁，坐下來「在那裡排滿」。但究竟排滿的對象是什麼？排滿什麼內容？詩中卻語焉不詳，行爲就是意義，填滿就算達標，至於究竟是什麼意義，卻無從深究。

二、失神：無抗爭的對象

卡謬改寫了薛西弗斯的神話，將日復一日的懲罰，轉譯成存在的價值，即使生命的結局終歸徒勞，但是在生命的過程中卻能體現存在的意義，尤其是透過清明的自主意識，能夠一舉扭轉本質的荒謬：

> 薛西弗斯是諸神腳下的普羅階級，他權小力微，卻桀敖不馴，他明白自己整個悲慘狀態：在他蹣跚下山的途中，他思量著自己的境況。這點構成他酷刑的清明狀態，同時也給他加上了勝利的冠冕。蔑視（scorn）能克服任何命運。[10]

卡謬接著將薛西弗斯的命運，對比「今天的工人畢生做著同樣的工作」，認為二者相差無幾，主張命運的悲劇，導源於自我意識的朗現，而這也正是生命的可貴之處，因此，卡謬最終以極其昂揚的口吻宣示：「奮鬪上山此事本身已足以使人心充實。我們應當認為薛西弗斯是快樂的。」

然而當我們回頭審視薛西弗斯的神話，可以發現，即使卡謬最終否認諸神的懲戒，本質上，仍是建立在人神關係的大敘事底下，薛西弗斯的受苦、荒謬，最終是定位在生命的層次。其次，悲劇的前提，乃是狡猾機智的薛西弗斯與諸神勾心鬥角，甚至一度獲勝，才落得無止盡推石頭的懲罰，換句話說，薛西弗斯的悲劇，在於與諸神抗拮。

至於今天「畢生做著同樣的工作」的勞動者，是否完全如此，就可以再玩味了。至少，命運的操控者，在相當程度上，已經從飄渺的神靈化現為手頭的錢幣了。誠如齊美爾在論述中提到的[11]：「金錢是我們時代的上帝。」強調金錢能夠「超越看客觀事物的多樣性達到一

10　卡繆（Albert Camus）著，張漢良譯：《薛西弗斯的神話》（臺北：志文，1973），頁141。

11　齊美爾（Georg Simmel）著，顧仁明譯：《金錢、性別、現代生活風格》（臺北：聯經，2006），頁14。

個完全抽象的高度。它成爲一個中心，在這一中心處，彼此尖銳對立、遙遠陌生的事物找到了它們的共通之處，並相互接觸。」強調金錢能達成事物間的換算，因此具有超越性的中心價值。

相較之下就可以發現，以清明的個人意志，對抗擬人的、彷彿有具體對象的神靈，在勞動中克服神靈降下的命運，固然不易，但是，當上帝退位，資本成爲社會的主流價值，要在勞動中克服金錢的價值，身處在經濟網絡中討生活卻要對抗金錢，可能更加艱困。

簡而言之：我們可以在勞動中蔑視命運，但該如何在勞動中蔑視金錢？分別以陳柏伶〈被猜錯是很大的寂寞〉、魏安邑〈早晨房間之神〉來看，前者仍試圖與超越的存在對話、體證存在價值，但卻淪爲失神的狀態；後者則將上班視爲神的指令，將公司視爲「概念性的虛無存在」，工作就是價值，但是如果暫時擱置金錢不談，究竟還剩下什麼價值，就說不清楚了。先就前者來看：

今天星期三
神坐到
我對面
讀了一遍約伯記
刻意跳過一些些
撒旦的部分

我很感動
但有點愛睏
我跟祂說：
「下雨吧，下雨吧
淋濕我的信仰吧
雖然我
是一顆小石頭
即使全溼了
內心

還是會乾的。」[12]

在創世紀的第三日，神說：地要發生青草和結種子的菜蔬，並結果子的樹木，各從其類，果子都包著核。——這顯然和詩中所言，神在星期三現身並坐到我對面沒有關係。

神的現身何其殊勝隆重，然而在詩中卻失去了必然的價值脈絡，彷彿偶然，接著看似平常的，坐在主角對面讀〈約伯記〉。值得玩味的是，〈約伯記〉藉由上帝與撒旦的賭約，談生命的試煉、受苦的意義，然而在詩作中，撒旦的部分卻被略過了，隱瞞試驗的起因：偶然的現身、尋常的舉止、略過來由的試煉，神的神聖性被一再削弱。

在〈約伯記〉中，約伯親見神在旋風中臨現，於是坐在灰燼中懺悔，相較之下，陳柏伶詩中的神，既然喪失殊聖的臨在感，主角的反應也只剩感動但愛睏。醒與睡之間，代表意識的清醒與昏沉，分別指向現實與夢的兩個世界，當現實的感動無法維持意識的清醒，「失神」，遂成了雙重的指涉，一方面是意識的昏沉，一方面是神的退位。

神在，卻已失神；萬物間似乎有超越性的存在意義，但又無法確認其意義，似乎物的本身就是存在的意義；自主意識奮力想振作，對抗命運，但橫列在眼前的只有生活，不曉得該如何對抗生活。當抗爭的對象從命運之神，轉嫁到日常生活的本身，生活的意義就變得曖昧不清，魏安邑〈早晨房間之神〉這麼形容：

祂說去上班吧
就算沒辦法到達公司
也要去領悟機車廢氣的形狀
聆聽悠遊卡的每一次BB聲
在當作意義已在某個巨大的公司裡
被默默記下

---

[12] 陳柏伶：《冰能》（臺北市：一人，2016），頁93。詩原註：題目是偷用張娟芬為董啓章的《體育時期》寫的序裡的句。

神說
還是去上班吧
雖然往公司的路難以捉摸[13]

全篇以「祂說去上班吧」破題，在《聖經》中神無戲言，神的話語就是定律，神說有光就有光，然而在當代的詩作中，創世者下指令「去上班吧」，與其說是強化工作的神聖性，毋寧說是神聖性下降到世俗工作的層級。對應之下，與其說神像公司的老闆，不如說公司的老闆像神，崇高、權威、凡人難以理解，因此會說「雖然公司是這樣一個／無法達到的／概念性的虛無存在」。

換句話說，詩中將「公司」視之爲追尋的目標，因此才會說沒辦法到達公司，上班的路程成爲追尋之路，工作的日常似乎有其彷彿超越的意義，但實際的指涉但又難以捉摸。齊美爾認爲工作、金錢，「只是通向最終價值的橋樑，而人是無法棲居在橋上的」[14]。然而〈早晨房間之神〉描述的，卻是當代的日常生活，將過程質變爲目標的工作狀態，奮力，卻搞不清意義，於是只能默默記下機車廢氣的形狀、悠遊卡的BB聲，這瑣瑣碎碎的一切，「在當作意義已在某個巨大個公司裡／被默默記下」。

---

13 魏安邑：〈早晨房間之神〉《到下一個周日》，無頁碼。共分7段，全詩如下：「祂說去上班吧／寶寶／去說一個關於清醒的故事／／雖然公司是這樣一個／無法達到的／概念性的虛無存在／像是在醜惡的吐司上／一顆溫暖的蛋黃／幽幽升起／／想要形容公司／想要靠近就更加覺得遙遠／像一件被寒冷融化的襯衫／消失在棉被外面／／祂說去上班吧／就算沒辦法到達公司／也要去領悟機車廢氣的形狀／聆聽悠遊卡的每一次BB聲／在當作意義已在某個巨大的公司裡／被默默記下／／神說／還是去上班吧／雖然往公司的路難以捉摸／／我看見某個乖巧的女生／選擇用各種形式技巧更接近公司／我還滯留在上星期五的香甜餘味裡／但誰都不說誰太過分了／／祂說我們還是去上班吧／祂閉著眼／在床上／摸著我的頭／我記得祂的睡衣柔軟／頭髮散落如霧／我閉上眼／虔誠祈禱一切」。

14 齊美爾（Georg Simmel）著，顧仁明譯：《金錢、性別、現代生活風格》，頁11。

參、太委屈：敘述心態的風格

〈毛詩序〉認爲：「治世之音安以樂、亂世之音怨以怒、亡國之音哀以思。」將國之治亂，與藝文的形式手法繫聯，最終表現爲整體的時代風格。藝術反應現實當無疑義，然而，如何反應才是大哉問。現實環境、藝文風尚、藝術家的個人稟賦，個人與群體、藝術與社會，交織激盪，詩，該如何表現，才能呼應時代特質，不僅是題材的問題，有時還涉及風格的探索。

觀諸當前，跨國資本主義的約制力，就不在治世、亂世、亡國的劃分範疇內，相對之下，藝術的風格當然也不只安、怨、哀而已，也可以裝瘋賣傻、故弄玄虛、開開玩笑。

一、弱德：道德也是風格

看待世界的態度、藝術表現的風格，二者互爲表裡。

古典、現代詩的差異，不僅是的語體上文白之爭、題材對應的時代內容不同，連帶的，敘述聲音面對各自的壓力，各有不同的態度，當然也會呈現不一樣的風格。對此，我們先看古典傳統所推崇的姿態，再回頭審視當前現代詩的嘗試的可能。

先就中國的古典傳統來說，以內斂含蓄風格爲尚，主張言有盡而意無窮，以詞爲例，葉嘉瑩考掘詞學的發展變化，指出「雖然寫作的語言、寫作的內容和寫作的方式，都已經發生了種種的變化，但是由『花間』形成的，以富於幽微深隱的言外意蘊爲美的這一期待視野與衡量標準，一直沒有改變。」[15]

葉嘉瑩進一步闡釋，所謂「富於幽微深隱的言外意蘊爲美」，不僅表現在形象的安排，其深沉的內蘊，還在於創作者面挫折時的生命姿態。是以葉嘉瑩標舉「弱德」之說：

> 「弱德」，是賢人君子處在強大壓力下仍然能有所持守、有所完成的一種品德，這種品德自有它獨特的美。

---

[15] 葉嘉瑩口述，張候萍撰寫：《紅蕖留夢：葉嘉瑩談詩憶往》（臺北：大塊文化，2014），頁367。

> 「弱」是指個人在外界強大壓力下的處境，而「德」是自己內心的持守。「行有不得者皆反求諸己」、「躬自厚而薄責於人」，這是中國儒家的傳統。[16]

葉嘉瑩將幽微深隱的美學風格，導向作者論，有斯人也，有斯文也，修己以待人的內在道德，與寫作的風格美學相呼應。

相較於葉嘉瑩的作者論，蔡英俊在討論「含蓄」美典時，則偏向形式技巧、及風格效果的辨析，認爲言有盡而意無窮的含蓄之美，同時涵蓋了「情感內容」、「形式本身」兩個面向：

> 「含蓄」美典除了要求在情感意念本身的描寫刻畫上儘量有所節制之外，最重要的則更在於情感意念的內容如何與詩篇本身的章法結構相互搭配，因此所謂的情感內容的問題，其實也就是形式本身的問題。

> 基本上，「含蓄」與「寄託」等審美典式之所以能完成，都有賴於「作者意向」的積極引介以及「引譬連類」的程規化——[17]

由此觀之，蔡英俊從「作者意向」、「引譬連類」兩方面，詮釋言有盡而意無窮的古典審美範式，就前者來說，主體的意向性，朗現爲敘述者在此，同時也就是與世界的交涉。借用陽明先生的話來講，就是：「君未看花時，花與君同寂；君來看花日，花色一時明。」[18]人（君）與世界（花）的交涉（看），是雙向的展現，在敘述的當下，一方面體現爲主體的在此，一方面則是世界的部分展現；而主體的意向性，正是透過有限的展示，導向背後廣大的無限，以部分指向

16 葉嘉瑩口述，張候萍撰寫：《紅蕖留夢：葉嘉瑩談詩憶往》，頁369-370。

17 蔡英俊：《中國古典詩論中「語言」與「意義」的論題：「意在言外」的用言方式與「含蓄」的美典》（臺北：臺灣學生，2001），頁230、248。

18 王陽明：《傳習錄》

整體。

就「引譬連類」來說，則著眼於形式技巧，在形象描寫之際，靈活運用譬喻的組合、選擇雙軸，組織爲完整的形象畫面，情景交融，透過有機的整合，敘述的物類彼此支援，達成一整套意象的譬喻系統。因此，葉維廉會說，中國古典詩的特色，就是「自身具足」的世界[19]。

由是觀之，如果承認含蓄內斂、言有盡而意無窮的手法、風格、境界，是古典傳統的典範，進而標舉出弱德之美、作者意向、引譬連類、自身具足等特質，那麼，我們討論所謂的文白之爭、古今對比，在彰顯現代的特質時，就絕不能只是著眼表層的文言、白話，還必須層層推進：從環境面，談時代的政治、經濟、物質等環境背景；就作者面，談主體身處時代壓力，進退應對是否有別；就技術來說，隱喻雙軸的選擇與組合固然是語言學上基本的經緯，但是在引譬連類的手法之外，是否還有其他的嘗試；就風格面來說，除含蓄美典之外，是否還有其他美的手法。

對此，可以輕易發現當代師家敘述心態的差異，敘述聲音應對壓力的態度，不再以「躬自厚而薄責於人」爲惕勵的標竿，轉而更強調人性、個性的流露。以鯨向海〈倦極〉[20]爲例：

> 我們總是那麼努力生活著
> 譬如清晨五點
> 鬧鐘的聲音破空而來，射中夢境
> 我們頹喪地枯坐床沿
> 窗外大霧瀰漫，光影蹣跚
> 我們的意志搖晃如一顆松果
> 墜落途中

---

[19] 「中國詩中這一點正能『延長靜觀的一刻』，正能『使意象重疊和集中成一個深刻的印象』。中國詩這一方面的特色可以簡列如下：……（三）用『自身具足』的意象增高詩之弦外之音；」葉維廉：《從現象到表現：葉維廉早期文集》（臺北：東大，1994），頁88。

[20] 鯨向海：《精神病院》（臺北：大塊，2006），頁205。

終於又沉沉睡去

鬧鐘喚醒睡眠，固然是當代的日常生活經驗，值得注意的是，詩中起手即定調「我們總是那麼努力生活著」，但是努力的結果仍是看不到結果，「又沉沉睡去」。換句話說，詩作不僅描述當代晏起、賴床、又昏睡的生活經驗，從中更吐露出昏沉沉的疲倦感，在倦極、頹喪、枯坐、意志搖晃、墜落、沉沉睡去的生命狀況中，看不到生活／生命的目標。

因此，在內容面，描寫的是當代的日常經驗、生活感受，然而在表現的手法上，則兼具傳統的構圖技巧、以及現代心理空間轉換的手法，運用傳統隱譬連類的方式，讓畫面層層遞轉的同時，仍保有整體的連貫性，從室內的鬧鐘等擺設，聚焦在主角枯坐床沿，接著移向窗外的光影大霧，最後則指向夢境，形成一套動態的構圖，形成清醒與昏沉、現實與夢境的虛實銜接轉換，清晨的光影蹣跚、窗外大霧瀰漫，既可以是現實的場景，也可以是心理空間。

然則究其核心精神，則是坦露的表示：總是那麼努力生活著終於又沉沉睡去。在抒情的層面上，無所謂「躬自厚而薄責於人」，而是以人性化的趨勢，坦露地表述個人的感受。

二、雖小：我也只是笑笑

所謂的古典與現代，不僅僅是文言白話的對舉，同時包含了時代背景題材、心理態度、表現手法等諸多面向，彼此連動。尤其主角的心理態度，一方面與環境題材相應，一方面又直接影響的風格的走向、技巧的表現，更是題材與敘述之間轉化的樞紐。因此，在古典的美學範式中，含蓄內斂的風格，同時隱含著特定情感姿態，反過來講，掙脫特定的情感表現的姿態，連帶影響，就是風格與技術的探索，乃至於題材的面探勘。以鯨向海〈大糞〉爲例：

長長一生中
總有幾次不堪回首
在拉下褲頭

雙腿開開背後
表情生動
正好撞見
持續堆疊簇擁
黑暗內心
深裹且多形的夢
即使不斷
按下開關
仍必須前仆後繼
沾黏上去，噴湧出來
魂飛魄散前
這樣猛烈的情感
絕非就此一去不返
彼此支持著，掩護著，激勵著
輝煌而鬆軟
如塔高聳似沼蔓延
漸漸昇華
為一股沉默而永恆的哀怨
團團圍住了整個地表的山川壯麗
於最美好燦爛的時刻
撲鼻而來
任何人都不得不由衷發出驚嘆：
「SHIT！」[21]

「SHIT！」固然是糞便之義，但是在日常語境中，乃是採用其衍生義，在失利的情況下呼之而成爲髒話。本詩就是在中英文的對譯間，拉鋸出本義、延伸義轉換的樂趣——畢竟誰會在自己排泄的時候罵「SHIT！」，遊走在本義與延伸義之間，在本然的時候脫口而出，反倒有了奇特的衝突感。

21 鯨向海：〈大糞〉《犄角》（臺北：大塊文化，2012），頁180-181。

另外一項特色，就是詩中一本正經的，描寫汙穢之物，衝撞文化中對不潔的禁忌。值得注意的是，詩中對禁忌的觸犯，並非是決裂式的衝撞，而是一種帶著遊戲意味的挑釁，對文化習得不懷好意的諧擬，誠如《髒話文化史》所述，對汙穢的厭惡，未必全是一種自然反應，也參雜著後天習得的反應。大人一再教導小孩排泄物和嘔吐物是噁心的、冒犯的，排泄需要控制，排泄物必須被隔離，「當小孩被大人教得清楚意識到『骯髒』的力量，他或她怎麼可能不對糞便著迷？」[22]當原有的生理需求，蒙上了文化的禁忌，一旦反過來，接受骯髒的力量，再現生理狀態，就成了對文化的逗弄。詩中以「長長一生中／總有幾次不堪回首」破題，在人生的大敘事底下，描寫的，卻是排泄的過程，以低下諧擬崇高，在過於不對稱的類比中，與其說是以小搏大的悲劇感，過於懸殊的情況更可能是噗嗤一笑。

越假正經、貌似越悲壯就越好笑，因此，過去不堪回首的動機（黑暗內心／深裏且多形的夢）、行爲（仍必須前仆後繼／沾黏上去，噴湧出來）、情感（支持著，掩護著，激勵著）、結果（輝煌而鬆軟），原來只是一坨屎。生命創傷記憶的隆重感，在屎尿的諧擬中，自己爲自己塗抹上異味，自我嘲弄。

一本正經的遊戲，套用鯨向海的詩句來說，「忍住不笑／就會出現莊嚴氣氛」[23]。如果說含蓄內斂的敘述風格，其內裡是反求諸己弱德之美，那麼，現代詩的所拓展的邊界，就在嘗試各種情緒的可能，例如笑，讓悲劇變得可笑之後，彷彿悲劇也就不再那麼悲劇。誠如陳柏伶〈雖小〉的姿態：

麻雀雖小
也沒我小

因為我

---

22 露絲.韋津利（Ruth Wajnryb）著，嚴韻譯：《髒話文化史》（臺北市：麥田，2012），頁110。

23 鯨向海：〈莊嚴氣氛〉《大雄》（臺北：麥田，2009），頁141。

超雖小[24]

這篇作品完全捨棄了形象構圖，因此無所謂以此喻彼、引譬連類；也沒有大敘事的意圖，甚至可以說敘事的意圖十分薄弱，因此，不僅看不到生命、人性、社會等大題材，連日常生活的剪影也付諸闕如。在捨棄崇高美學、形象敘述之餘，剩下的，就是捕捉生活中片段的感受，不知道先前原因、不曉得後來的結果、不清楚當下的情境，就只聚焦在當下片段的情緒。

值得注意的是，不論是咒罵SHIT、雖小（衰潲／衰小），背後雖然都指向負向情緒，但是在寫下來之後，卻激盪出另一種可笑感——單純的髒話是指向憤怒，並不覺得可笑；將憤怒轉而可笑，才是全篇的關鍵所在。對此，鯨向海〈大糞〉以不相襯的類比諧擬人生如糞，中英文對譯；陳柏伶〈雖小〉則使用音近的諧擬，暗示自己小如燕雀，國臺語變頻。

透過不相襯的諧擬，轉換情緒，逗人一笑，正是當前現代詩試圖摸索的邊界之一。卡謬在詮釋薛西弗斯的命運時表示：「蔑視能克服任何命運」，事實上，不同文化、不同理念，對應命運的姿態也大異其趣。子曰：「君子有三畏：畏天命，畏大人，畏聖人之言。」莊子則稱「知其不可奈何而安之」。蔑視、畏之、安之，三種心態指向三種不同的宇宙、人生觀；不同的姿態、心境，落筆彰顯不同的風格，蔑視的俯視視角、畏之的仰視視角、安之的平行視角，以此考核敘述者的發聲位置，便可一窺敘述的基本風格。

進一步來說，蔑之，是以高視角觀看世界，同時也契合喜劇的訣竅，敘述者站在比主角更高的位置俯瞰，一方面比主角知道得更多，超越其條件限制，所以能笑世間可笑之人；另一方面，又總有意料之外的突發事件，「一旦期望與結局之間出現落差，這『出乎意料的事件』會引發哄堂大笑。」[25]。

---

[24] 陳柏伶：《冰能》頁221。

[25] 羅伯特・麥基（Robert Mckee）著，黃政淵、戴洛棻、蕭少嵫譯：《故事的解剖：跟好萊塢編劇教父學習說故事的技藝，打造獨一無二的內容、結構與風格》（Story substance,

因此，最後回頭來看鯨向海〈大糞〉、陳柏伶〈雖小〉，這類的詩作，敘述者都是站在超越、或者後設的位置，俯瞰主角，形成自嘲的語調，承認自己是魯蛇，在自嘲的同時，以清明的超越意識暗地裡扭轉了弱者的處境，安排了意料之外的衝突，將弱者的可悲扭轉為整個情境的可笑，也就迸發出一種特殊的喜感。對於喜劇，羅伯特意味深長的說：

> 在喜劇憤世嫉俗、嘻笑怒罵的表象下，其實心灰意冷的理想主義。喜劇要的是完美的世界，但環顧四下只見貪婪、腐敗、瘋狂。於是原本滿腔熱血的劇作家，變得憤怒消沉尖酸刻薄。[26]

肆、誰說的：這也是詩的可能

一、越界：傳統詩功能之外

翁文嫻〈臺灣現代詩在白話結構上的貢獻〉指出，古典詩寫風景多令景物位勢移動交錯，帶出豐富的宇宙秩序感，並此呼應敘述者的生命狀態，現代詩則嘗試新的可能：

> 詩的表達方式，自詩經起，都是景物呈現，以實物來表情達意，……卻歧出了這個傳統。白話詩有許多形容詞連接詞，又有主賓用法，句式早已不像古文，擅長將實物用得靈活，所以現代詩創作者，一定要善用白話的分析分辨性格，甚至是線性思考，才能充足它的表達力。但一般的讀者腦袋，對於詩的內容，還是很在意它寫了

---

structure, style and the principles of screenwriting）（臺北：漫遊者，2014），頁356。

26 羅伯特・麥基：《故事的解剖：跟好萊塢編劇教父學習說故事的技藝，打造獨一無二的內容.結構與風格》，頁353-354。

> 些什麼景物，或者有某些具體的劇情之類。[27]

文中先談「古典詩的傳統如何在白話世界理解」，接著歷數紀弦、林亨泰、黃荷生、洛夫、商禽等人的特色，認為「深於傳統的特性，便會對他們的歧出更有興趣」，隨後則以「八〇年代以後」為斷代。

由是觀之，白話詩的現代性，有兩條對應的線索，一是古典、現代的折衝與創新，二是現代詩內部的嚐試推衍。本文已然分別從社會環境與個人感受、主體心態與風格表現兩分面，分別討論古典、現代的畛界。

本節則進一步，討論現代詩內部的辯證創新。當此之際，則必須回歸詩學的大哉問：何謂詩。對此，本文單就語言學的層面來看，雅克慎曾提出「語言行為六面」[28]，以此對應六種功能，其中所謂的「詩功能」便與「話語」相對應。雅克慎希望以此解決「什麼東西使到一話語成為一語言藝術品這一個詩學上根本的問題」，古添宏在詮釋其學理時指出：

> 至於詩功能，這是雅克慎著力之處，他界定如下：「整個安排是以話語本身為依歸，投注在話語本身者，即為語言的詩功能。」……雅克慎指出，許多詩篇既沒有意象，也沒有由語彙構成的喻況語言，但這種詩篇卻往往卻為其豐富的「文法的喻況」所平衡。雅克慎稱之為「文法的詩歌」[29]

「以話語本身為依歸」定義詩功能，便直接與內容的指涉切割，換句

---

[27] 翁文嫻：〈臺灣現代詩在白話結構上的貢獻〉，《創世紀》（臺北：創世紀詩雜誌社，2005）第140-141期，頁104。

[28] 「語言行為六面」分別指：說話人、話語的對象、指涉、話語、接觸、語規。相應這六面向之偏重，衍生出六種功能：抒情功能、感染功能、指涉功能、詩功能、線路功能、後設語功能。見

[29] 古添宏：《記號詩學》（臺北：東大，1999），頁99-101。

話說，詩也者，固然兼具內容、讀者等面向，但其核心仍是在語言形式的表現。至於何謂詩語言表現形式的特色，雅克愼又著眼語言的選擇、組合雙軸，強調「詩功能者，乃把選擇軸上的對等原理加諸於組合軸上。『對等』於是被提升爲組合語串的構成法則」[30]。由是觀之，詩中的形象組合安排，在敘述次序的組合軸上，包括語音層、語彙層、語法層等，會相互滲透，共同激盪出一大套隱喻的關係，語言的歧義、多義性由是而生，而這也正是詩語言的特色。

由是觀之，雅克愼一方面從語言的形式表現，界定詩功能，另一方面，則闡釋所謂的詩語言，從語音、語彙、語法等層面，看選擇、組合軸的譬喻關係。就傳統的美學範式來看，大抵是以形象的語彙，透過選擇組合的隱喻轉喻關係，形塑出詩語言。

然而當代的現代詩作，不僅處理的題材與古代有別、心境態度與傳統殊異，相應之下，風格取向何妨哭之笑之，爭取更多的彈性；語言形式的層面上，也在形象語彙之外，嘗試衝撞出更多的變通。

對此，《吹鼓吹詩論壇》曾以「無意象詩．派」爲主題，開卷即由蘇紹連〈無意象詩．論——意象如何？如何無意象？〉[31]討論無意象詩的表現手法，歸納出四大類型：1.由現象構成難以言喻的詩意2.由意念與語意鋪設詩的藍圖3.搓揉詞語塑造語言的形式4.敘事說理撐住框架。

該文先在語彙層的範圍，界定形體、現象、形象三者的畛域，進而劃定所謂「無意象」所指的不同層面，然後再細部討論節奏、符號、代名詞、說理、敘事的表現方式。

簡言之：在詩中有畫、情景交融的古典美學範式之外，是否還有其他可能。

二、變奏：故事概念詩

限於篇幅，本文特別指出詩與故事的結合。傳統敘事詩源遠流

30　語出雅克愼，引自古添宏：《記號詩學》，頁100。

31　蘇紹連：〈無意象詩．論——意象如何？如何無意象？〉，收入《吹鼓吹詩論壇．13號》（臺北：臺灣詩學，2011），頁7-27。本文

長，大抵是以形象化的語言帶出故事的骨架，如許悔之〈遺失的哈達〉。有時也透過敘述主角的口吻，同樣藉由形象化的語言的語言，曲折道出事件的脈絡，同時也添增的主體抒情的感受，如楊牧〈寧靖王歎息羈棲〉。

大抵來說，詩與故事的融合，必須照料三個面向，一是詩質的形象化語言，二是故事的情節。三是敘述聲音的視角。因此，要探討現代詩的邊界，就必須環顧作者處如何處理這三個層面。以王宗仁〈公寓導遊〉、假牙〈鄉愁〉、廖人〈廖人是個愛笑的孩子〉三篇比較，便可看出拿捏的差異。王宗仁〈公寓導遊〉仍盡力表現出詩的形象化語言盡力與故事結合；至於假牙、廖人之作，既揮別形象化的語言，也沒有在腳色、情節面上多下工夫，而是將籠統的情節轉化爲敘述者的感受，嘗試衝撞出詩的另一種可能。

先以王宗仁〈公寓導遊〉來看，全篇以形象化的語言，組織爲情節的線索，最後歸諸於敘述聲音的感發：

方正的組件，絮聒地長滿各種線圈
復返的聲響又點滴造句，血管般嘈嘈切切
肉身為整座城市

在某棟隔音不甚良好的水泥與水泥之間
氾濫的劇情正快速流動：
（1樓）年輕夫妻相互丟擲鋒利的音節。客廳裡
3歲的雙胞胎慌握著彼此雙手，面面相覷
（2樓）有人敲錯房門，轉身後掉了一地寂寞
（3樓）1隻蟑螂張揚著鄉愁，失軌地飛翔
（4樓）老人茫然的用遙控器轉向一齣齣偶像劇
卻無法將死亡驅離
（5樓）主婦準時陷溺在洗碗槽裡
清理一家大小淡漠卻油膩的生活
（6樓）水泥工用力磨去壁癌，想起部落裡無堅不摧的
巫刀，卻怎麼都刮不清貧窮的晦祟

（8樓）少女在跑步機上撞擊脂肪，和魔鬼一起提煉
青春必要的原油
（9樓）政客熟練地瀝乾手裡的濾耳式咖啡
以及剛談妥的，工程裡更香濃的回扣
（10樓）陽臺上的綠緩緩滋長，卻永永遠遠
無法觸及，遙遠的藍
（11樓）單身女郎的鑰匙只咬住空洞，卻轉不開嘆詠
（12樓）詩人在文字中提煉，生命最冷冽的幽微
（13樓）富商的女兒正以重力加速度，往下證明
越想沉默，卻更無法沉默的自己
（中庭）由於從上而下流落了滿地污漬，因此
找不到任何一吋乾爽的地面（或者，靈魂）

而7樓的我來不及飛回夢裡，調整好被褥
躲開人生被逐漸揭露的隱喻
和層層疊疊的雨……[32]

本詩獲「100年好詩大家寫」參獎，該屆以「城市」爲主題，然本詩以「公寓導遊」爲名，首先聯想到的，當然是張大春的名作，就內容來說，也與朱德庸的著名漫畫〈跳〉神韻相近。

將王宗仁〈公寓導遊〉、張大春〈公寓導遊〉及朱德庸〈跳〉並列，更能彰顯現代詩在詩敘事的範疇，如何嘗試開拓邊界。本詩以「氾濫的劇情正快速流動」爲樞紐，當眞是層層細數，最後將焦點集中在十三樓「富商的女兒正以重力加速度，往下證明／越想沉默，卻更無法沉默的自己」，刻畫跳樓者最後的剪影，一灘血在中庭「流落了滿地污漬」、「找不到任何一吋乾爽的地面」成爲全詩聚焦的張力。

然而眞正可堪玩味之處，得從敘述視角切入。張大春的〈公寓導

32 王宗仁：〈公寓導遊〉，收入《2011愛詩網徵文活動得獎作品集》（臺南：國立臺灣文學館，2011），頁29-30。

遊〉，以全知道三者發聲，穿插後設的說明，在公寓導遊時，串起住戶層層偶然的連結，因此，雖然全篇片片斷斷，打破傳統主、配角的設定，但仍是一篇脈絡清晰的故事，只能說清晰的脈絡是建立在太多偶然的事件／背景之上，所以指向人與人之間未知的聯繫。至於朱德庸〈跳〉則以跳樓自殺者爲敘述視角，觀看各樓住戶不足爲外人道的私生活之後，後悔莫及，亡故的生命成爲被觀看者。

王宗仁〈公寓導遊〉則以「7樓的我」作爲觀看發聲的主角，逐一檢視住戶的生活動態。就敘述聲音來看，隨即彰顯一個問題：主角何以能導遊公寓？連帶影響，就是故事情節的問題，由是觀之，雖然本篇試圖以詩敘事，但終究沒有說出故事，只能說是事件觸發了主角的感懷，誠如陳義芝所言：「〈公寓導遊〉呈現公寓人生，各樓層的景象，是意象，可替換。」[33]而各樓層片片斷斷的意象，沒有必然的連結，當然也就鬆動了結構的必然性。

整體來看，本篇遊走在故事與詩之間，從小說來看，故事的敘述視角、情節，被替換成詩的意象；從詩來看，語言意象之間的連結性虛弱，意象、抒情的縫隙，改由故事的概念填補。簡言之，詩中呈現的，是一種故事的概念，由籠統的情節骨架爲發想點，展演成篇。

這種敘事傾向的寫作手法，在假牙〈鄉愁〉、廖人〈帶廖頭回家〉的篇章中，情節持續弱化、但是衝突的張力卻進一步誇張化，將詩推展到另一種前所未見的邊界。在他們的筆下，事件是弱化的背景，不知伊于胡底，看不清故事的情節，卻又同時昭昭在目，以事件爲觸發點，講得理所當然。只能說是以籠統情節的陌生感，對應敘聲音的個人化的感受：

> 那年去非洲旅行
> 他爸爸被獅子吃掉
> 他媽媽被鱷魚吃掉
> 他弟弟被黑豹吃掉
> 他妹妹被蟒蛇吃掉

---

[33] 陳義芝：〈生動・現代感・耐人尋味〉《2011愛詩網徵文活動得獎作品集・總評》，頁18。

現在每逢想家
他就去參觀動物園[34]

廖人撿起龜裂的廖頭
倍加呵護，帶回家
種在花盆
廖頭滲出黏液

廖頭發出可怕氣味
越長越大

廖頭伸出大根，撐開花盆
往地面插

廖頭伸出大莖，頂彎牆壁
分泌出
小的廖頭[35]

這兩篇作品，都逸離了傳統形象化的詩語言，敘述著難以廓清的事件，讓讀者越感陌生，表面上是在敘事，但實質上並沒有要講清楚，反而是以陌生化的新鮮感取勝。在這樣的情況之下，詩，既非語言的多義繁複，也不是抒情的深刻，而是一種閱讀上的新鮮感，成爲前所未見的邊界。

先就假牙〈鄉愁〉來看，若視之爲故事，則充滿情節上的缺漏；若視之爲詩，則與傳統的語言層的詩功能有相當的落差。全篇的特色，在於以籠統的故事情節、強大的事件衝突，營造出衝突的新鮮感，父母弟妹都被吃掉，想家就去動物園，在過於劇烈的對比下，以

---

34 假牙：〈鄉愁〉《假牙詩集——我的青春小鳥》（臺北：寶瓶，2016），頁41。

35 廖人：〈11-05帶廖頭回家〉《13：廖人詩集》（臺北：黑眼睛，2014），頁132-133。全篇共分9段。

荒誕的情緒轉折讓讀者眼睛為之一亮。

至於廖人〈帶廖頭回家〉同樣是以籠統的情節、奇特的張力，鋪演成篇。什麼是廖頭？陽具的隱喻嗎？廖人與廖頭的關係為何？這些都不可聞問，而諸如滲出黏液、頂彎牆壁、分泌出小的廖頭，這些奇詭的意象，成篇、成冊，各種荒誕跨篇交織，形成以冊為單位的隱喻系統，必須與現實世界對照才能彰顯其理念。對此，蕭振邦表示：「一開始廖人就十分不屑地明白攔阻閱讀者賦予其作品任何『意義定位』，換言之，他的作品正是一種『意義的自我流放』……，而且，畢竟多半是政治性的。不過，廖人的詩集《13》僥倖獲得了中華民國文化部藝術新秀創作發表補助，讓我看到了這齣怪誕奇航劇的邊界。」

由是觀之，這是一篇意義流放、情節模糊之作，在語言表現上，也缺乏選擇、組合軸的多義性——從各個層面上來看，都有別於傳統的詩的認知，暫且撇開政治詮釋的層面，就語言的表現來看，只在於一種新奇的感受。

有陌生感的語言就是詩的語言嗎？這是當代書寫者拋出來的問題，不斷試探詩語言的邊界。是以在詩的邊界，有一些書寫者，透過模糊的情節、概念化的故事，傳遞一種陌生、新奇的感受，只好暫時呼之故事概念詩，全新的變奏。

伍、結語

藝術的發展一方面受外部現實環境的影響，一方面則與內部審美觀念的辯證息息相關，現代詩的表現當然也是。即使起先的創新被視為異端，在典律化的過程中，也逐步形成了文體內部的傳統，爬梳其源流，從一開始，如何白話／如何現代，本即是一體兩面。換言之，白話詩從來就不只是文言、白化之爭而已，其潛在的肌理，是對「如何現代」的反覆叩問，諸如現代社會的議題、現代人的心態、如何是現代的手法，所謂現代，乃是動態的進程，如何突破、創新、彰顯個人化的風格，成為所有創作者的考驗，眾詩家遂共同逼顯另一個大哉問：如何是詩？

是以本文從時代背景、心態風格、形式技巧這三方面切入，分別是指向題材、心態、最後歸諸語言，在文、白對舉的大標目之下，探討如何現代？如何是詩？希望藉以闡釋，不論文言或白話，都是時間軸的積澱，諸多的沉積層有各自不同的成分，應當更細膩的廓清差異，如此文言或白話的語文教學，才能更貼近創作者努力的軌跡。

限於篇幅，本文以21世紀臺灣現代詩爲考察範疇，首先時代背景談題材的揀選，指出當代創作者致力呈現當代人無意義、無目標的生活窘境。其次從敘述心態談風格表現，指出在「躬自厚而薄責於人」的弱德美學之外，也可以有其他可能，例如開開玩笑。最後則從語言面，指出傳統對詩語言的認知，多聚焦在形象化語言、選擇組合軸的多義性，然而當前有一些書寫者，乍看之下以詩敘事，實則乃以情節模糊、概念化的故事爲發想，表達一種新奇、陌生的感受，以此爲詩。本文嘗試透過這三部分，一窺當代書寫者面對如何現代、如何是詩的考驗，從而詮釋，所謂白話詩，並非一固定的畛域，創作者正不斷從題材、心態、語言等層面，開拓其邊界。

面對詩學的大哉問，當然仍有許多問題留待後續解決，例如故事概念的詩與大環境的隱喻關係爲何？當詩的隱喻特質，從語言內部，轉向生存環境，該如何定位個別經驗、及其隱喻系統？詩的表現如果是理念的展現，又該如何經營語言面？又例如，詩中有畫、情景交融的古典美學範式，如何對應當代的議題與心態。乃至於日常／詩語言的界線日趨模糊，那究竟什麼是詩的語言。這些疑問之所以產生，也正是因爲當代藝術家不斷問：如何現代？如何是詩？一旦忽略這些努力，所謂白話，也就淪爲平面的色塊。

簡言之，文言白話應該是多層次的交鋒、匯流，在暢言傳統或現代之際，應該先釐清，究竟是哪個層面、哪種詩學理念。

官方課綱與教材體現

12年國教國語文課綱文白之爭的脈絡與文化析論

翁聖峰
國立臺北教育大學臺灣文化研究所教授兼所長*

摘要

12年國教國語文課綱在2018年1月25日正式公告，從研修到公告歷經3年多，這是12年國教所公告的第一個課綱，2017年教育部課審會審查時備受各界關注，特別是文言與白話所占的比率更成為各界關注的焦點。雖然各界都呼籲臺文、中文、華文應和諧相處，共同提昇我國的語文教育，不過，支持與反對降低文言文比率的團體與媒體為數眾多，形成強烈的對峙，甚至多次成為平面媒體的頭版頭條或社論的焦點。這些背後支持與反對的論爭有何脈絡發展？其背後潛在的因素又有哪些？有哪些是價值觀的差異？哪些源自語文教育？哪些是因文學觀念？哪些屬個人生命情境？哪些又是媒體效應的差異？這些複雜多元的文化因素，值得我們追蹤與分析，以做為未來修訂國語文課程綱要的參考。文言與白話比率僅占課綱內容的一小部份，各界為何多焦聚於此議題？至於語文教育尚有其他重要議題值得關切，較少被著墨的可能因素是什麼？這些都值得探究。期使減少對立，增加共識，以提昇我國語文教育的內涵，並做為未來我國課程綱要修訂的參考。

關鍵詞：12年國教、課綱、文白之爭、語文教育、文學論爭

---

* 翁聖峰，Blog頁首 http://singhong.blogspot.com/。E-mail：singhong@tea.ntue.edu.tw。

** 論文宣讀時承蒙臺灣大學臺文所黃美娥教授兼所長提出許多寶貴的評論意見，特此誌謝。

壹、前言：甚有意義的回顧與前瞻

2018年1月25日教育部公告了12年國教國語文課綱，爲時紛擾多時的課綱暫時畫上句點。回顧在課審會審查階段引起社會高度的關切與對立，期間在平面、網路媒體成爲熱議的焦點，各種不同話語引領大家焦聚課綱的內容，其中又以高中階段「文白之爭」成爲焦點中的焦點。以國內三大報社爲例，2017年8月1日至10月30日的「課綱」檢索，《自由時報》即有260則報導，《蘋果日報》有227則報導，《聯合報》系有226則報導，這些「課綱」報導大多數焦聚在12年國教的國語文課綱，而文白之爭更是媒體論爭的主軸。

不僅如此，這場論爭非只是單純的文白之爭。國臺辦籲文言文重要性：別只會藍瘦香菇。中國國臺辦發言人安峰山（2017年）9月13日表示，這「不是一場單純的『文白之爭』」，認爲文言文是無價之寶，希望人們遭遇情傷時能說「等閒變卻故人心，卻道故人心易變」，而不是只會說「藍瘦香菇」。安峰山認爲「中華文化是兩岸同胞的共同精神家園，是我們兩岸共同的根和魂」，並指出中華傳統文化是老祖宗留給我們的無價之寶。[1]由此可見「文白之爭」的複雜性，不僅臺灣內部的爭端，亦牽涉到中國國臺辦的關切。

然而課綱的內容甚多，相關值得討論的議題不少，爲何高中階段「文白之爭」成爲12年國教的爭議焦點？這是十分值得探討的議題。因此，逢甲大學此次所主辦的「第三屆建構／反思國文教學學術研討會——文白之爭」特別有意義：「以『文白之爭』爲標目，實乃指向形式、內容、教材教法三方。透過會議的平臺，塑造開放的對話空間，期能讓各方的意見在連署、表態之後，還能夠沉澱心思，爲自身的立場建構出厚實的基礎，進而回應時代的命題。」提供課綱爭議之後的一個大型的公開論述平臺，對於回顧過去，展望未來甚有意義與價值。

從2014年9月休假，在法國南部旅遊接到徵詢研修12年國教國語文課綱到2018年1月25日課綱公告，前後歷經了3年多的時間。課綱

---

1 〈安峰山秀詩詞感性挺古文〉，http://www.chinatimes.com/newspapers/20170914000479-260108。瀏覽日期：2018/3/1。

由國家教育研究院作業完成，到送教育部課審會審議，由底下「程序審議表」可以看到其間所經歷的程序甚爲用心與繁複：

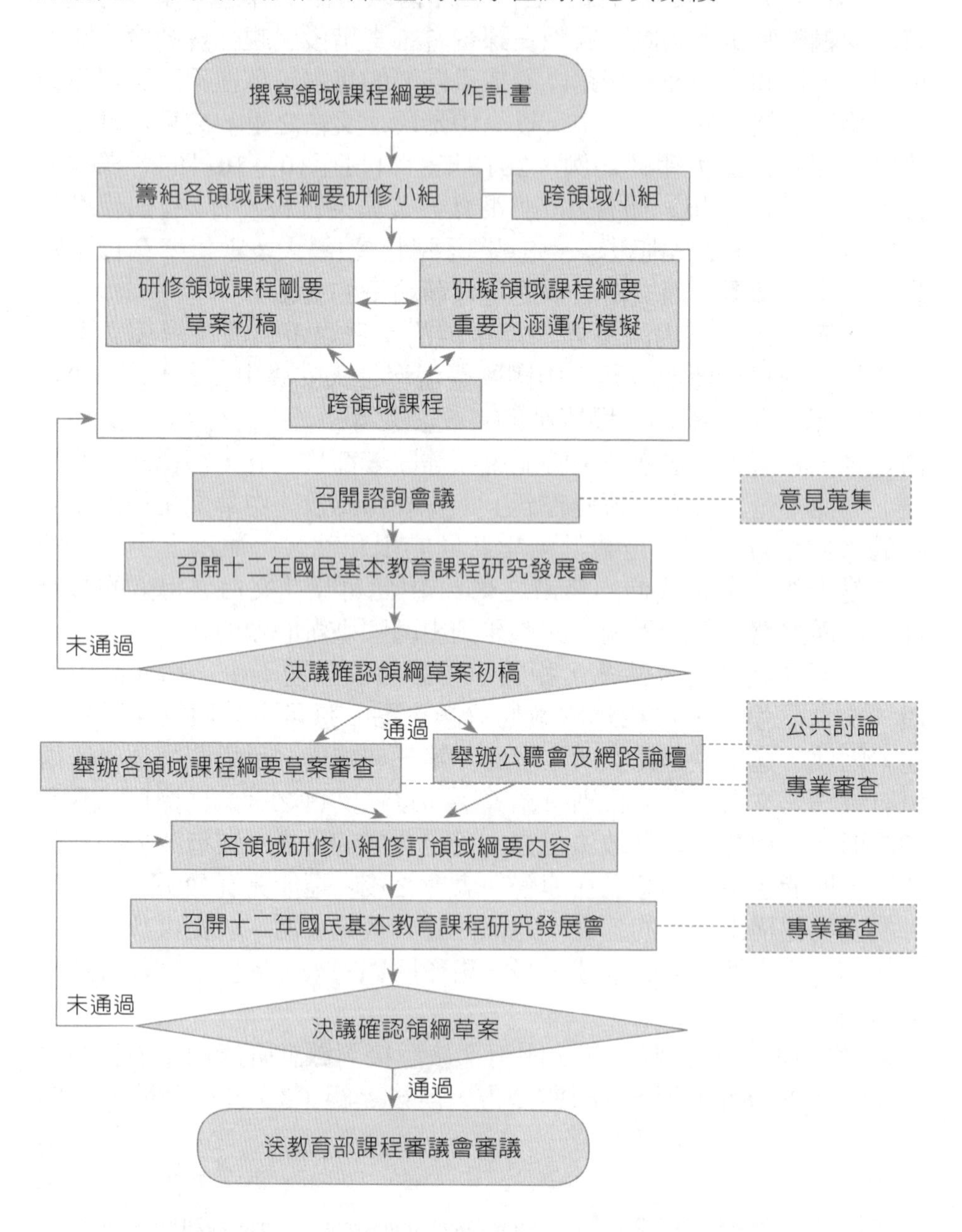

紮實、審慎的研發過程，從民國103年11月至106年6月送課審會查之間，共召開：12場次國語文課綱研修小組全體委員會議、10場次國語文課綱研修小組核心會議、42場次國語文課綱研修小組分組會議、2場次國語文課綱研修小組分區諮詢會議、4場次國語文課綱研修小組分區公聽會，總共投入約1,865小時的討論人力（尚未包括非正式會議人次及行政人力）。

即使後來在課審會審查面對許多不同聲音的檢討，不過，12年國教國語文課綱在進入課審會審查之前已有非常多人力的投入。其實各方不同的意見，正投射了社會各界紛歧看法，出現這些紛歧意見也是十分自然的。或許有時可能爲了紛紛擾擾的不同聲音感到煩憂，然而民主社會多元的聲音，也藉著眾聲喧嘩，歷經了各種矛盾、衝突以凝聚多數人的共識，最後所得到的結果是社會大眾多數的聲音，而不再流於一言堂，這過程的辛勞亦有其意義與可貴之處。

誠如課綱公告之後，國教院給課綱研修委員的信函：

> 各位委員還記得課綱研修期間，歷經多少個大大小小研修會議的討論，對於課綱文字的字字斟酌及思量，可能在吃飯時思考著……可能在開車、坐車時思考著……甚至可能在睡覺仍時時思考著……，多少次的諮詢、公聽會，以及課發會研議和課審會審議的持續來回修訂，這都代表著我們對於課綱的專業嚴謹態度，以及為成就每一個孩子，提供適性揚才課程及培養終身學習的核心素養的努力。

面對長久課綱運作「黑箱」的疑問，國教院建置「十二年國民基本教育課程研究發展會」（https://www.naer.edu.tw/files/11-1000-639.php）公開研修大會與課發會會議紀錄；審議階段，教育部也建置「高級中等以下學校課程審議會資訊公開平臺」（http://ccess.k12ea.gov.tw）公開本次課審分組及課審大會的歷次會議討論，歡迎各位委員上網參閱。國教院自104年開始研發各領域課綱課程手冊、議題融入說明手冊，以及各領域素養導向教材教學資源等，提供學校、教師、教科書編輯者參考，隨著課綱正式發布，將盡快完成課程手冊定稿領綱公播版簡報等相關資源，公布於該院的協力同行網站（http://12cur.naer.edu.tw）。國教院、課審會這些新做爲無疑爲彰顯課綱修訂的透明化，以示對大眾負責，不再重蹈「委員名單」不公告，被諷爲「黑箱」的質疑。

發生在2017年8月至9月的「文白之爭」並非文學史的特例，每當在文學發展的十字路口出現論爭，凝聚共識，再向前發展是常有的事。近代日本明治維新也出現文白之爭，文白之爭也是中國1919年五四運動的重要的內涵，臺灣在日治時期也曾發生激烈，且延續多年的論爭，近年杜正勝部長任內改革臺灣文史教育，也爆發激烈高中國文教材的文白之爭，筆者在2005年對2003年至2004年之間的高中國文課程暫行綱要的爭議做了析論，[2]2014年劉星倫的〈Bernstein教育論述分析——以高中國文課綱的「文白之爭」爲例〉，[3]該文針對高中國文課綱制訂時，爲何會選擇文白比例作爲論述競爭的焦點，其背後又有哪些社會團體如何藉由論述達成其對權力的掌握和競逐。劉星倫並提到論文重點：

> 相較起課程標準，課程綱要修訂上，官方乃是採取「提高語體文比例」以「增進學生語文能力」的教學性論述，而非官方場域的反對、贊同兩派，則分別將焦點置於維持（提高）或降低文言文比例，才能增進學生語文能力上。但在整個辯論中，可以發現正反雙方的論述終歸還是回到以國族意識型態為主的支配性論述，也就是用「傳承中華文化命脈」與「建立台灣主體意識」去關聯教學性論述的內涵，包括國文教學在語言教育上的「文言文」與「白話文」比例，以及文學教育上的「中國文學」與「台灣文學」比例；值得注意的是，在教育

2　翁聖峰，〈高中國文課程暫行綱要爭議析論〉，《2005臺灣文學教學學術研討會論文集》，國立臺北教育大學臺灣文學研究所主編，pp83～107，2006/1。

3　劉星倫，〈Bernstein教育論述分析——以高中國文課綱的「文白之爭」為例〉，臺灣師範大學教育學系碩士論文，2014。

再脈絡化場域的論述裡，由教學理論去調控文白比例的程度和空間反而不大。[4]

劉星倫的論述甚有意義，因為他所歸納的國族意識型態為主的支配性論述：「傳承中華文化命脈」與「建立臺灣主體意識」、「中國文學」與「臺灣文學」比例重要議題，這在2017年8月、9月的「文白之爭」也常被明確揭櫫或隱約潛伏可見。

由上例來看，2004年高中九五暫綱及2017年12年國教國語文課綱的「文白之爭」，可以了解文學論爭不完全僅是文學意識的論爭，其背後所蘊含的複雜因素十分值得探究，日治時期的「張我軍的舊文學打倒運動」為例，謝春木即將之並列為日治時期的七大社會運動之一，[5]對此議題黃美娥在《重層現代性鏡像：日治時代臺灣傳統文人的文化視域與文學想像》、筆者在《日據時期臺灣新舊文學論爭新探》有所專論。[6]由「文白之爭」入手可以見到包括文學在內及在外的許多面向，可以探究各個不同的文化內涵。因此，各界都呼籲臺文、中文、華文應和諧相處，共同提昇我國的語文教育，不過，支持與反對降低文言文比率的團體與媒體為數眾多，形成強烈的對峙，甚至多次成為平面媒體的頭版頭條或社論的焦點。這些背後支持與反對的論爭有何脈絡發展？其背後潛在的因素又有哪些？有哪些是價值觀的差異？哪些源自語文教育？哪些是因文學觀念？哪些屬個人生命情境？哪些又是媒體效應的差異？這些複雜多元的文化因素，值得我們

---

4 劉星倫，〈Bernstein教育論述分析——以高中國文課綱的「文白之爭」為例〉「摘要」，http://hdl.handle.net/11296/6tawtj，瀏覽日期：2018/3/1。

5 謝春木所列七大社會運動分別為：「1.臺灣青年會獲得新建的高砂寮（宿舍）的自由使用權運動，2.桃園、苗栗等地區調降電費運動，3.自由販賣芭焦運動、4.新民會的地方自治改正建議、5.設立婦女共勵會，婦女開始從事運動、6.無產青年的打破陋習運動、7.打倒張我軍的舊文學運動。」謝春木，《臺灣人の要求》，第6頁，臺灣新民報社，1931。

6 黃美娥，《重層現代性鏡像：日治時代臺灣傳統文人的文化視域與文學想像》，麥田出版社，2004，第一章〈迎向現代：臺灣新、舊文學的承接與過渡（1895－1924）〉、第二章〈對立與協力：新舊文學論戰中傳統文人的典律反省及文化思維（1924－1942）〉。翁聖峰著，《日據時期臺灣新舊文學論爭新探》，國立編譯館主編，五南出版公司印行，2007。

追蹤與分析，以做爲未來修訂國語文課程綱要的參考。

貳、「文」「白」之爭的前緣：定義與內涵

關於「文白之爭」議題的探討，對於「文白之爭」的內涵更不容忽略，如此所探討的主題焦點才能確實，不致流於各說各話的困境。2017年9月11日，課審大會結束，文言文的比例仍「暫時」維持在45～55%（2017年9月23日最終版改爲文言文的比例在35～45%），讓白話文派十分失望，但也隨即表示「會監督選文的方向」，不過研修的課綱同時把「古代作品中淺近文言」也列入白話文，作家廖玉蕙直言「很恐怖」，按照這樣的標準，四大奇書都能選入，「白話文跟文言文的界線就更模糊了」。[7]廖玉蕙接著說，課審會通過可以選淺近文言當成白話，那「紅樓夢、聊齋誌異是不是都可以算進去了？」廖玉蕙的質疑是很有意義的，因爲以往的國立教育研究院審查教科書時確實將《紅樓夢》、《老殘遊記》之類作品歸類爲白話。

2017年9月11日廖玉蕙的疑惑，到9月23日的課審會有重大的發展與改變：

> 第四及第五學習階段，白話文選以臺灣新文學作家（指日治時期中葉，臺灣新文學運動發生迄今，以白話文從事文學寫作的作家，含原住民族）之作品為主，兼及世界華文文學、翻譯作品、文學論述等，若遇與原住民族之相關作品時，應依據原住民族教育法第2條及第20條立法精神為之，文言文選包括文化經典中之古典文本及學習內容中所定韻文與非韻文之古典文本。[8]

7　〈「淺近文言」也列入白話選文！廖玉蕙：很恐怖〉，ETtoday新聞雲，https://www.ettoday.net/news/20170911/1008484.htm#ixzz5CWVDe9ar，瀏覽日期：2018/3/1。

8　〈十二年國民基本教育課程綱要國民中小學暨普通型高級中等學校語文領域-國語文〉，https://www.naer.edu.tw/files/14-1000-14031,r13-1.php?Lang=zh-tw，瀏覽日期：2018/2/1。

「可酌採古代接近語體之作」的源頭，其實可追溯到2004年的「普通高級中學課程暫行綱要」，當時所訂的內容「語體選文」即包括以下三項：「1.以臺灣新文學以降之名家、名篇爲主（應包含原住民作品），2.兼及其他近現代華文作家與優秀翻譯作品，3.並可酌採古代接近語體之作。」[9]。「普通高級中學課程暫行綱要」係在95學年實施，故有時以「九五暫綱」稱之，而99學年微調的「九九正綱」對語體文的定義仍然承襲「九五暫綱」的定義，所以2017年9月23日課審會的審查，2018年1月25日公告的12年國教國語文課綱，教育部門對文言、白話的重新定義，可謂對2004年以來的重大調整。

「可酌採古代接近語體之作」爲何納入「九五暫綱」當中，這在柯慶明，〈〈高中國文課程綱要〉之擬定〉的說明可以見其梗概，當時是爲回應維護文言派的質疑而不得不的權宜做法：

> （白話與文言）三年平均是55%比45%，容許5%酌量增減，加上了「文化經典教材」，再加上《紅樓夢》、《三國演義》亦計入語體文，高中國文語體與文言的比例其實仍以古典文學為重。[10]

當初爲了化解降低文言所引起的反彈，對「文白」定義的權宜性認定，從2004年到2017年的改變，也歷經了13年，在12年國教國語文課綱定義：「白話文選以臺灣新文學作家（指日治時期中葉，臺灣新文學運動發生迄今）……文言文選包括文化經典中之古典文本及學習內容中所定韻文與非韻文之古典文本。」《紅樓夢》、《三國演義》將被歸類爲古典作品，不再視爲現代的白話文。「第三屆建構／反思國文教學學術研討會——文白之爭」主要以「國文教學」爲出發點，會議討論主題包含文學、文化與教學三個面向，相關子議題含

---

9 〈普通高級中學課程暫行綱要：國文〉，https://docs.google.com/viewer?a=v&pid=sites&srcid=Y3locy50Yy5lZHUudHd8d2hvbGV8Z3g6NGYzNWMyODRlODU5YTYzNg ，瀏覽日期：2018/2/10。。

10 柯慶明，〈〈高中國文課程綱要〉之擬定〉，《文訊》228號，2004/10。

括：1、中國文學脈絡、2、臺灣文學脈絡、3、官方課綱、4、教學現場、5、跨域交流。從本研討會的主題與相關子議題可以為「文」「白」之爭的定義與內涵提供重要的觀察與反思。

《紅樓夢》、《三國演義》究竟屬於白話或是文言，這不只當代見其討論，早在日治時期的新舊文學論爭也可見到。張我軍，〈文學革命運動以來〉：「水滸三國西遊紅樓。這些小說的流行便是白話的傳播、多賣得一部小說、便添得一個白話教員。」[11]1925年張我軍即認為《水滸》、《三國演義》、《西遊記》、《紅樓夢》都是白話文，不過，吳敏敦則有不同的見解：

> 中國白話文之元祖。稱是曹雪芹。其所著紅樓夢一書。首創白話體於吾臺一般勞動界。及初學之人。竝不歡迎。如三國。七俠五義。説岳。彭公案等小説。不是白話文反大流行。[12]

吳敏敦僅承認《紅樓夢》是白話文，但並不被臺灣的普羅大眾所歡迎，反而不是白話的《三國演義》、《七俠五義》卻大流行，由此可見，張我軍主張《三國演義》是白話，但在吳敏敦則認為不是白話，相同的文本卻有不同的文體認定，這可能就近似「九五暫綱」所稱的「古代接近語體之作」。不僅如此，前非在〈臺灣民報怎樣不用文言文呢？〉還稱古樂府、古風、〈石濠吏〉、〈焦仲卿妻詩〉、〈木蘭辭〉、〈兵車行〉是白話，[13]從作品格律看，它們頂多是詩句較淺白而已，與時下白話詩的概念絕不相同，不過，署名「前非」的作者稱「就是不用深僻的典故、不要求齊整句子、不避俗字俗

---

[11] 張我軍，〈文學革命運動以來〉，《臺灣民報》3：6，1925/2/21。〈研究新文學應讀什麼書〉張我軍又指出：「白話小說如：1、紅樓夢、2、水滸傳3、儒林外史4、三國誌5、西遊記6、鏡花緣……又：胡適文存一二兩集、獨秀文存一集。」張我軍，〈研究新文學應讀什麼書〉，《臺灣民報》3：7，1925/3/1。

[12] 吳敏敦，〈文體論〉，《臺灣日日新報》，1932/3/28，第四版。

[13] 前非，〈臺灣民報怎樣不用文言文呢？〉，《臺灣民報》2：22，第十四版，1924/11/1。

語」，可見日治時期新舊文學論爭時的詩歌白話與否的觀念與當今亦有所差異。他們的觀念貼合中國五四時期胡適《白話文學史》的說法，胡適所指的白話有三個意思：

> 一是戲臺上說白的「白」，就是說得出，聽得懂的話；二是清白的「白」，就是不加粉飾的話；三是明白的「白」，就是明白曉暢的話。[14]

可見中國五四時期、日治時期白話的範疇較之今日更廣，除了從文體來看，亦包括淺近文言也都可能包括在內，前面廖玉蕙所言特別提到「淺近文言」也列入白話選文！那將「很恐怖」，現代白話文的空間將更受壓縮。

日治時期文體的多樣性及爭議性，由象鼎的〈新說難〉亦可見其端倪：「駢大儷四、以為太文、方言土語、以為太俗、古文體嫌摹古、白話文嫌不雅不駢不散、半文半白又都不合於規範？」[15]不僅如此，以往談臺灣現代詩論述的起源，往往焦聚於《臺灣青年》、《臺灣》、《臺灣民報》的相關論述，如1920年陳炘的〈文學與職務〉、1921年甘文芳的〈實社會と文學〉、1922年陳端明的〈日用文鼓吹論〉、1923年黃呈聰的〈論普及白話文的新使命〉、1923年黃朝琴的〈漢文改革論〉等，然而，若瀏覽張詩勤的〈臺灣新詩初現的兩條源流──由張我軍以前（1901-1924）的相關論述及創作觀之〉，[16]將有更深刻的觀察，將打破臺灣文學史既有的詮釋，張詩勤並從《臺灣日日新報》找到不少新體詩或是言文一致的論述，如半佛1901年在《臺灣日日新報》的〈新躰詩囈語〉、1902年〈全國師範學校と言文一致〉、1906年〈言文一致〉、1920年〈言文一致體で書く社務横書體も採用成績は何うか〉、〈小學言文一致〉（漢文

---

14 胡適，《白話文學史》〈自序〉，臺北：莊嚴出版社重印本，1980[1928]。

15 象鼎，〈新說難〉，《臺灣民報》2：14，1924/8/1。

16 張詩勤，〈臺灣新詩初現的兩條源流──由張我軍以前（1901～1924）的相關論述及創作觀之〉，《臺灣詩學學刊》22，頁149-176，2013/11。

版）。除了以往1920年以來《臺灣民報》列系的論述，《臺灣日日新報》自1900以來言文一致的論述亦不容忽略，才更能掌握日治時期言文一致論述的全貌。

2004至2006年國內曾因高中九五課程暫行綱要文言文與白話文的比例問題引起廣泛的論爭，當今的文白之爭與日治時期臺灣新舊文學論爭的現象頗爲相似，但兩者的語言環境差異頗大，日治時期臺灣熟悉北京話者寥寥無幾，這與目前多數人均懂北京話，推展中國白話文的環境前後有很大的不同，關於此問題可參考筆者的〈高中國文課程暫行綱要爭議析論〉，由此可見不同世代「文白之爭」的定義與內涵互有異同，必須詳細比對、分析才能精確掌握其特色，不致隨意比附。

不同時代與世代所面對的議題也有所差異，例如，戰後臺灣面對去日本化，再中國化的重大轉變，自1947年8月1日起創刊，至1949年4月12日止，出現在附於《臺灣新生報》發行的「橋副刊」，共223期，省內、省外文化工作者對於臺灣文學歷史、文學運動展望課題的討論也出現頗大的紛歧。發生在1977年4月至1978年1月之間的鄉土文學論戰，表面上是場文學的本質應否反映臺灣現實社會的論爭，實質上論戰卻是臺灣戰後在政治、經濟、社會、文學的總檢驗。進入1980年代之後，「鄉土文學」之名逐漸由「臺灣文學」所取代，中國結與臺灣結也更加浮出檯面來，隨著1987年臺灣的解嚴，一波一波本土化的浪潮，也衝擊臺灣既有的教育結構，近年來隨著（暫行）課程綱要的訂定或修訂也都遇到教育體制內及體制外的許多挑戰與對立，而背後所面對的不同「意識形態」的抗衡也常可見到，12年國教國語文課綱的論爭過程「意識形態」也成爲重要的論述與演繹。

參、「文白之爭」與意識形態的糾葛

各界都呼籲各語文應和諧相處，共同提昇我國的語文教育，不過，支持與反對降低文言文比率的團體與媒體爲數眾多，形成強烈的對峙，甚至多次成爲平面媒體的頭版頭條或社論的焦點。這些背後支持與反對的論爭有何脈絡發展？其背後潛在的因素又有哪些？有哪些是價值觀的差異？哪些源自語文教育？哪些是因文學觀念？哪些屬個人生命情境？哪些又是媒體效應的差異？這些複雜多元的文化因素，值得我們追蹤與分析，以做爲未來修訂國語文課程綱要的參考。

課審會大會審查之前，也經國小、國中、高中的分組會議，再送大會審查。各界向來關心的「文白之爭」在教育部課程審議會普通高中分組提案，把高中國語文文言文課數比例，由原本的45%到55%降爲每學期以30%爲上限，必讀古文由20篇降爲10或15篇，並有兩提案，其中「乙案」是推薦10篇文言選文，篇目列入高中國語文領域課程綱要附錄（〈七星墩山踏雪記〉、〈大甲婦〉、〈赤崁筆談：海船〉、〈送王君入監獄序〉、〈番社過年歌〉、〈桃花源記〉、〈赤壁賦〉、〈鴻門宴〉、〈岳陽樓記〉、〈望玉山記〉），引起高中老師的疑慮與反彈，有的高中國文教師表示：

> 乙案的推薦篇目在壓縮成10篇之後，已不能呈現中文的語文、文學、文化內涵，其中入選的新篇目詩文夾雜，多為記敘文、古詩，不足呈現中文的古典散韻文脈絡，更失去國語文的核心教育目標。[17]

「推薦10篇文言選文」是工作小組的建議，並未經高中分組會議所完全確認。選文除了涉及原住民的書寫，如同《臺灣通史．序》後來未列入推薦選文的質疑，上文「『中文』的語文、文學、文化內涵」，由其文脈來看「中文」是指「中國語文」，並未顧及臺灣語文脈絡的完整性，背後代表的不同意識與價值觀，2017年9月之後的論爭也常討論到臺文、中文、華文的位階與均衡性問題，顯然部份高中老師是顧及原有的教學領域「中國語文」脈絡的完整性，這點也是後來論爭直接被提出或間接存在的矛盾。

如同許多論爭一樣，強調自己一方是正確的康莊大道，言下之意

17　馮靖惠，〈老師慌：4篇古文如何架構文學內涵〉，《聯合晚報》A2版，2017/8/25，https://udn.com/news/plus/9395/2663510，瀏覽日期：2018/2/5。

是自己一方並無「意識形態」，常指控「意識形態」在對方一邊。「去中國化」、「文化臺獨」在許多政經議題常被引述，對於國語文教育的興革變化有時也被提到，做爲反對變革的訴求之一。〈當「去中國化」走向文化的深水區〉一文的論述即反映了這種觀點與指控：

> 在文白之爭中，種種詆毀文言文為宣揚封建、不符史實、不合現在價值觀的說法，就是最具體的例子。
>
> 當無法否認、淡化、詆毀時，民進黨便「創造」有別於中國的文化體系。例如，被稱為主要「臺灣母語」的臺語，無論如何都很難否認其源自中國；但為了有別於中國的「閩南語」、「河洛語」，於是以羅馬拼音制定自己的發音體系甚至文字。
>
> 從現實面看，比起「政治臺獨」，「文化臺獨」在血緣和文化上的割離，不僅太過荒謬，也將更令對岸難以容忍，勢必為兩岸和平投下更大變數。
>
> 文化是千百年累積而成的底蘊，不是速食麵，民進黨和獨派人士不能只顧著妖魔化「中國」，意圖除之而後快，而應務實面對中國大陸的方方面面，深思自己的政治文化戰略。否則，去中國化的腳步若繼續行涉進文化的深水區，最後溺死的，將是好幾個世代的臺灣人。[18]

以上將文化、文學、語言的興革與政治紛爭相互扣連的論述在當前並不少見，造成許多「剪不斷，理還亂」的困境。臺灣各族的本土母語在強大華語教育的威脅之下已呈奄奄一息的狀態，然而「母語教

---

18 〈當「去中國化」走向文化的深水區〉，《聯合報》「社論」，2017/10/21，A2版。https://udn.com/news/story/7338/2769816，瀏覽日期：2018/2/25。

育」卻仍成為某些媒體的罪狀，臺語羅馬拼音在臺灣至少有上百年的歷史，如果上溯新港文書更超過了300年，很遺憾在某些媒體的論述當中這都成為當前政府的「罪狀」。並且批判包括蔡總統出訪南太平洋友邦，宣傳南島國家「尋親」說法的錯誤。[19]這種批判完全無視於臺灣是南島民族起源論的重要論述之一[20]。由這些紛爭來看，有些固然源自不同價值觀所衍生的論爭，有些則是站在中國中心觀的角度，未能正視臺灣特殊歷史、語言文化的環境所所造成的誤解。

誠如〈國文課綱爭議的虛與實〉所言：

> 拿「去中國化」批判國文課綱，一如近年在其他領域的類似爭議，都出自見不得臺灣走向主體自立、認同這一土地與住民的心態。這一心態的來源，主要有兩端。其一是戰後專制威權的外來政權，長年獨尊中國、貶抑本土，且強加於教育及社會生活。轉型正義尚待完成的臺灣，以「去中國化」做意識形態鬥爭的陋習不改，尤常見於政媒之中的黨國殘遺；這一口號一再高喊，已成陳腔濫調。[21]

〈國文課綱爭議的虛與實〉一文除反對以「去中國化」做為反對改革的藉口，該文並主張：「新課綱以學生為本位，強調語文溝通能力，現今提出的高中課綱草案，從最有爭議的必修文言文、白話文比例，到文選、古典、詩歌、中華文化基本教材，無一不是以中文或漢

---

19 〈當「去中國化」走向文化的深水區〉，《聯合報》「社論」，2017/10/21，A2版。

20 「臺灣所能提供的語言、考古和原住民遺傳基因的資料，始終受到極大的關注這不僅是由於臺灣介於中國大陸和太平洋之間的陸橋位置，而且也因為臺灣所具有南島語言的複雜性，以及史前文化與現住南島族群之間的可能連結。」臧振華，〈再論南島語族的起源與擴散問題〉，國立臺灣史前文化博物館，http://www.nmp.gov.tw/uploads/tiny_mce/books2/3-4.pdf，瀏覽日期：2018/2/25。

21 〈國文課綱爭議的虛與實〉，《自由時報》「社論」，2017/8/29，http://talk.ltn.com.tw/article/paper/1130771，瀏覽日期：2017/8/29。

文書寫內容，表現方式並非外文，哪來『去中國化』？」可見對於同一事情，彼此解讀的差異是很大的，是否「去中國化」成爲拉鋸的焦點，也成爲是否爲「意識形態」的具體指控對象，成爲「12年國教國語文課綱文白之爭的脈絡與文化析論」的核心議題。2017年9月的課綱文白之爭如此，1980年代「中國結」、「臺灣結」之爭，更前面在戰後初期《橋》副刊的爭議也都同樣面對這些不同空間樣貌認同的拉鋸與糾葛。

另篇論述〈文言無罪，中國其罪〉也將問題上綱「中國」、「臺灣」的對立命題，如同1977鄉土文學論戰之後，進入1980年代「中國結」、「臺灣結」的論爭，可見對於「空間」意識與意象想像的差異性，長久以來成爲論爭的重要因素。於是除了具體的議題有不同觀點：「主張降低文言文比率者的論點，主要有三：一是文言文內容傳達的價值觀，已不合時宜；二是文言文的實用價值低，「學了也用不上」；其三是許多國文教師塡鴨式教學，只讓學生背誦，文言文徒增負擔。」[22]癥結點可能上綱到更高位階的意識形態之爭：「只要意識形態還在作祟，臺灣許多爭議就永遠無解。」

「意識形態」在文白之爭直接或間接占了重要的位置，這個重要議題有時會明確揭示出來，有時雖然未被直接提出來，也可能成爲彼此觀念拉鋸的重要潛在因素。在論爭初期由臺灣文學學會所辦理的「支持大幅調整12年國教國語文課綱」記者會，提出了三大訴求：

1. 國際閱讀評比落後，語文教育應大幅調整、強化。
2. 國語文課綱修訂和選文，不應淪為意識形態之爭，當回歸語文場域，面向世界。
3. 臺灣文學界本其專業，期待與中文、華文及語文教育者共同努力。[23]

---

22 〈文言無罪，中國其罪〉，《聯合報》，2017/9/14，A2版。https://udn.com/news/story/7338/2700337 ，瀏覽日期：2018/2/25。

23 臺灣文學學會記者會，https://www.facebook.com/formosa.literature/videos/1897092197210140/，瀏覽日期：2017/8/25。

臺灣文學學會的第2點訴求即提到「意識形態」對於課綱修訂的可能關係，呼籲就事論事，期待與中文、華文及語文教育者共同努力，強化語文閱讀教育。

教育部審課綱前夕，「王德威、曾永義等六位中研院士及海內外學者，昨聯合發表連署聲明，呼籲課綱拋開文白比之爭，不應淪爲意識形態的工具，應當泯除中文、臺文、華文領域差異，追求自由多元的語文教育。」[24]發起了「國語文是我們的屋宇：呼籲謹愼審議課綱」連署活動，這個訴求與臺灣文學學會都強調中文、臺文、華文的合作，也反對「意識形態」的介入，所不同的主張是支持國語文課綱研修小組方案，不含「中華文化基本教材」，維持文言比率在45%至55%，而臺灣文學學會認爲語文教育應改革，降低文言文的比率，支持課審會高中分組會議降低文言文的決議。雙方對文言文比率的主張不同，但對中文、臺文、華文的合作都持相同的看法，文白之爭雙方持相反的主張，但所宣稱的理想是相近的。

臺灣文學學會與「國語文是我們的屋宇：呼籲謹愼審議課綱」都反對意識形態介入課綱的修訂當中，在他們的語境當中意識形態是負面的，意識形態似別有居心的一種意識，探本尋源，對於該詞的探討也是很有意義，可以了解彼此論爭的癥結點所在。廖炳惠對「意識形態」（ideology）詞條的解釋：「在馬克思的觀點中，除了意味著扭曲和不眞實的再現方式，『意識形態』也是一種虛假意識，因爲這些被支配的底層階級，透過媒體和文化體制的制約，不斷在每日生活中吸收『虛假意識』，將剝削和異化視爲不容質疑，因此在這樣的意義下，『意識形態』和統治階級如何從屬與奴役其他階級，存在著十分密切的關連。」[25]可以看到扭曲和不眞實在意識形態與虛假意識的剝削和異化，意識形態於此自是負面的意義。

而John Storey的《文化理論與通俗文化導論》認爲：「『意識形

24　馮靖惠，〈國文課綱不應淪意識形態工具〉，https://udn.com/news/story/6885/2664721，瀏覽日期：2017/8/27。

25　廖炳惠，《關鍵詞200——文學與批評研究的通用辭彙編》，頁130，臺北：麥田出版社，2003。

態』難有定論。常常與『文化』一詞交互使用，經常與通俗文化相提並論。」[26]這個說法也彰顯了意識形態的複雜性，很難三言兩語就能完全精確定位，John Storey並條列了「意識形態」所包括的重要概念：

1.特定群體所連結起來的系統化概念體系。
2.隱含某種遮掩、扭曲和隱藏。
3.文本（電視小說、流行歌曲、小說、劇情片等）如何總是將世界做某一種特定形象的呈現。
4.每日生活實踐中所面對的，而不是在某些攸關每日生活的「觀念」中，才存在著意識形態的問題。阿圖塞：財富、身份、權利各方面明顯不平等的社會秩序中，某些儀式和習俗如何有效地將我們與這樣的社會秩序結合在一起。
5.羅蘭巴特，神話，意識形態是一個霸權鬥爭的場域。在英國社會中，白人、男性、異性戀、中等階級的關係都是不須標示的，因為它們都已被轉化為「正常的」、「自然的」、和「普遍的」。其他各種存在的形式都只不過是這種原始類型的變型。由「女性流行歌手」、「黑人記者」、「男同性戀喜劇演員」等名詞，尤其可見這樣的觀念。[27]

John Storey以上五種對意識形態的分析，意識形態有不同對象的中性顯現，意識形態亦可能造成對象的扭曲，並且引述了阿圖塞對社會秩序的不平等、羅蘭巴特認爲意識形態是霸權鬥爭的場域，有深入淺出的剖析。

由廖炳惠到《文化理論與通俗文化導論》來看「意識形態」的內

[26] John Storey著，李根芳、周素鳳譯，《文化理論與通俗文化導論》，頁3，臺北：巨流圖書公司，2003。

[27] John Storey著，李根芳、周素鳳譯，《文化理論與通俗文化導論》，頁3-8。

涵其實是十分複雜的，不必然僅是負面意義，因為不同的使用者對此詞義所賦予的概念亦有所差異。在討論文白之爭「意識形態」常被使用或引述，亦須留意不同使用者賦予「意識形態」的語境是否都相同，論述與分析時才有共同的對話，不致流於不同定義，各說各話，沒有交集。

上面劉星倫在〈Bernstein教育論述分析──以高中國文課綱的「文白之爭」為例〉所歸納的國族意識型態為主的支配性論述：「傳承中華文化命脈」與「建立臺灣主體意識」、「中國文學」與「臺灣文學」比例重要議題，這在2017年8月、9月的「文白之爭」也常被明確揭櫫或隱約潛伏可見。如果我們看史書美對於華語語系社群的形成涉及三個相互關聯的歷史過程：大陸殖民、定居殖民與移民／遷徙，[28]文白之爭當中的「傳承中華文化命脈」與（中國）大陸殖民的對象相同，「建立臺灣主體意識」與定居殖民相同，史書美所舉的是臺灣與新加坡，如以大陸殖民、定居殖民不同特性來看，這兩者的磨合可能尚須時間的洗鍊才能消弭其間的鴻溝。

史書美討論「華語語系研究對臺灣文學研究有哪些可能意義」，當中特別提到：

> 華語語系在臺灣涵蓋各種華語，如國語、河洛語、客家語等，也包括各種和這三種主流華語有不同關係的其他華語。……臺灣文學是一個超越華語語系的多語文學，包括殖民時日語，些許的英語書寫，拼音的羅馬字（包括南島語及臺語拼音等）以及新移民的各東南亞語等。[29]

史書美從華語語系討論到臺灣豐富而複雜的語文環境，對於12年國教國語文課綱的諸多論爭可提供我們從不同向度的差異性進一步去思考及反省，期使透過不斷對話，希望能去異求同，達到彼此可接受的方案，課綱當中的文白之爭也是可以從這角度其思考解決之道。

---

[28] 史書美，《反離散──華語語系研究論》，頁10-19，臺北：聯經，2017/6。

[29] 史書美，《反離散──華語語系研究論》，頁71。

肆、臺文、中文、華文仍待調適與合作

12年國教國語文課綱在2018年1月25日經教育部公告，將自108學年逐年實施。其中臺灣白話文學、臺灣古典文學占了相當的比率，較前一次課綱提昇了更多內容。如在白話文學部份：

一、12年國教國語文課綱「第四及第五學習階段（國中、高中），白話文選以臺灣新文學作家（指日治時期中葉，臺灣新文學運動發生迄今，以白話文從事文學寫作的作家，含原住民族）之作品爲主，兼及世界華文文學、翻譯作品、文學論述等，若遇與原住民族之相關作品時，應依據原住民族教育法第2條及第20條立法精神爲之，文言文選包括文化經典中之古典文本及學習內容中所定韻文與非韻文之古典文本。」

二、第4學習階段（國中）「文言文所占之比例宜逐年增加，第七學年10%-20%、第八學年20%-30%、第九學年25%-35%。」國中文言文占10%至35%，則白話文占65%至90%。

三、第5學習階段（高中）「文言文除中華文化基本教材外，其課數比率須符合3年平均35%至45%。文言選文以兼顧 同時代、 同作者、 同文類爲原則。」文言文課數3年平均在35%至45%，即高中白話文課數3年平均在55%至65%。

四、由上可知國中的國文白話文占65%至90%，高中白話文課數3年平均在55%至65%。白話文選以臺灣新文學作家（含原住民族）之作品爲主，現職國中、高中教師或未來教師的培育必須強化臺灣文學的能力，才能符應12年國教課綱的內涵。

在古典文學部份：

一、「第二、三階段（國小3至6年級）古典詩文應含本土素材。」

二、第四學習階段（國中）「選材應包含古今散文、古典詩詞曲選（含本土素材）、現代詩選、文化經典選讀及語文基礎常識等。」

三、第五學習階段高級中等校教育：每學年至少應選一課現代詩歌、古典詩歌（6冊中含本土素材）。

四、由上可知，自國小（二、三階段）、國中、高中的古典詩歌（詞）均須有臺灣本土素材，老師均須具備並強化此素養。

五、普通高中「推薦選文15篇」本土選文占了3篇，占20%，可見高中國文教師亦須強化臺灣古典散文與古典詩詞的能力。

六、普通高中選修科目「國學常識」的學習內涵「經、史、子、集部分應分別闡述其特色及流變，並介紹臺灣明鄭以降的漢學發展。」可見熟習「臺灣明鄭以降的漢學發展」才能因應十二國教「國學常識」的全部學習內涵。

由於臺灣白話文學、臺灣古典文學占了12年國教國語文課綱重要內涵，在實際比率上臺灣內涵也較以往更爲提昇。因此未來在現職專任教師培訓，教師檢定、甄試方面，教資培訓方面都應有所變革才能符應課綱的內涵。

前面我們對於12年國教國語文課綱文白之爭的脈絡與文化析論，了解歷次的文白之爭不完全僅是文學的內容之爭，背後所投射的不同價值觀、社會意識是甚爲複雜的。不過，2017年9月的文白之爭，對於臺文、中文、華文、語文教育的攜手合作則是共同的目標，然而在現有的體制不必能完全體現這種精神。例如，「附錄一：國立臺灣師範大學培育中等學校各任教學科（領域、群科）專門課程——『中等學校國文科』科目及學分一覽表」雖然應用於國文學系、臺灣語文學系、應用華語文學系、華語文教學系，然而最後的審核權，決定權仍然是「本任教學科之科目、學分由國文學系制訂、審核。」可見整個方案不只嚴重向國文學系靠攏，「科目及學分一覽表」當中的臺灣相關科目相對中國學科少的非常多，臺灣科目僅是象徵性的點綴，所謂的臺文、中文、華文、語文教育的攜手合作如果持續建立在這種不合理的規範之下，這對臺灣文學系所是嚴重不公平的。

特別是國中的國文白話文占65%至90%，高中白話文課數3年平均在55%至65%。白話文選以臺灣新文學作家（含原住民族）之作品爲主，現職國中、高中教師或未來教師的培育必須強化臺灣文學的能力，才能符應12年國教課綱的內涵，然而「附錄一」所呈顯的既有「科目及學分一覽表」並無法調和臺文、中文、華文的學科內涵，因應12年國教國語文課綱重大改變，「附錄一」內容必然須大幅修訂才能眞正回應12年國教國語文課綱的重大改變，以下並條列了「附錄二中等教師專門科目因應12年國教課綱建議案『中等學校國文科』科目及學分一覽表（芻議）」。關於現職教師或師資的培用與甄選攸關未來我國語文教育甚鉅，值得我們持續關注。

「12年國教國語文課綱文白之爭的脈絡與文化析論」有助於我們對於語文教育鑑往知來，由課綱在語文教育的爭論做爲借鏡，如何由前人的文白之爭及論述的軌跡，找到當前國小、國中、高中諸多學生的所需，語文教育的領域亟須我們群策群力，共創時代的新局面。

附錄一 國立臺灣師範大學培育中等學校各任教學科（領域、群科）專門課程「中等學校國文科」科目及學分一覽表[30]

102.1.24教育部臺教師（二）字第1020014188號函核定

科目名稱	中等學校國文科；高級中等學校國文科；國民中學語文學習領域國文專長				
要求總學分數	42	必備學分數	26	選備學分數	16
適合培育之相關學系、研究所（含雙主修及輔系）	國文學系、臺灣語文學系、應用華語文學系、華語文教學系				
類型	本校科目名稱	本校相似科目名稱		學分數	備註
必備科目	語言學概論			2	領域核心課程
	臺灣文學			2	
	中國文學史			2	

30 國立臺灣師範大學培育中等學校各任教學科（領域、群科）專門課程「中等學校國文科」科目及學分一覽表，http://140.122.64.68/upload/tep/specialized/522/91A_PDF/102A01.pdf ，瀏覽日期：2018/3/2。

	中國哲學史		4選2	2	
	文字學			2	
	聲韻學			2	
	訓詁學			2	
	閩南語概論、客家語概論			2	
	修辭學		2選1	2	
	國文文法			2	
	國學概論			2	
	文學概論			2	
	散文選及習作、現代散文及習作			3	
	詩選及習作、現代詩及習作			3	
	詞選及習作、曲選及習作			2	
	小計		26	32	
選備科目	詩經		至少修習1科	2	就左列選備科目至少修習16學分
	楚辭			2	
	左傳			2	
	史記			2	
	四書		至少修習1科	2	
	荀子			2	
	老子			2	
	莊子			2	
	墨子			2	
	韓非子			2	
	文心雕龍		至少修習1科	2	
	專家文			2	
	專家詩			2	
	專家詞			2	
	古典小說選、明清小說、現代小說選			2	

<table>
<tr><td rowspan="7"></td><td>應用文及習作</td><td></td><td rowspan="5">至少修習1科</td><td>2</td><td></td></tr>
<tr><td>作文教學指導</td><td></td><td>2</td><td></td></tr>
<tr><td>閱讀教學</td><td></td><td>2</td><td></td></tr>
<tr><td>演說與辯論</td><td>國音與口語表達藝術</td><td>2</td><td></td></tr>
<tr><td>書法</td><td>書法研究</td><td>2</td><td></td></tr>
<tr><td>易經、書經、禮記、文史通義、臺灣文化概論、淮南子、兩漢思想概論、魏晉玄學概論、佛學概論、宋明理學導讀、清代思想概論、中國哲學概論、思想方法、昭明文選、樂府詩、專家曲、古典戲劇選、現代戲劇選、現代文學史、文學批評、文藝美學、青少年文學、報導文學、編輯與採訪、國語語音學、論文寫作指導、詞彙學、中文電腦資料處理</td><td></td><td>擇 1 科修習</td><td>2</td><td></td></tr>
<tr><td colspan="3">小計</td><td>40</td><td></td></tr>
</table>

說明

1.本表應修必備科目26學分，選備科目16學分，共計至少42學分。

2.本表依據「普通高級中等學校課程綱要」、「普通高級職業學校群科課程綱要」內涵，以及「國民中學九年一貫課程學習領域任教專門科目認定參考原則及內涵」訂定。

3.選備科目每類至少修習1科，至少修習16學分。

4.必備科目之「文學概論」、「詩選及習作」、「詞曲選及習作」、「散文選及習作」之選材只要符合本國語文及文化皆屬相似科目。

5.選備「專家文」、「專家詩」、「專家詞」及「小說選」之選材只要符合本國語文或本國作家之文、詩、詞、小說皆屬相似科目，不限定特定作家。

6.102學年度起取得教育專業課程修習資格之師資生適用（102學年度起入學師資培育學系之師培生適用；102學年度起取得修習資格之教育學程生適用）。

註：本任教學科之科目、學分由國文學系制訂、審核。

附錄二　中等教師專門科目因應12年國教課綱建議案「中等學校國文科」科目及學分一覽表（芻議）

建議修訂以配合12年國教課綱

<table>
<tr><td colspan="2">科目名稱</td><td colspan="5">中等學校國文科；高級中等學校國文科；國民中學語文學習領域國文專長</td></tr>
<tr><td colspan="2">要求總學分數</td><td>42</td><td>必備學分數</td><td>26</td><td>選備學分數</td><td>16</td></tr>
<tr><td colspan="2">適合培育之相關學系、研究所（含雙主修及輔系）</td><td colspan="5">國文學系、中國文學系、臺灣語文學系、應用華語文學系、華語文教學系等</td></tr>
<tr><td>類型</td><td>本校科目名稱</td><td colspan="2">本校相似科目名稱</td><td>學分數</td><td colspan="2">備註</td></tr>
<tr><td rowspan="3">必備科目</td><td>語言學概論</td><td></td><td></td><td>2</td><td colspan="2">領域核心課程</td></tr>
<tr><td>臺灣文學史</td><td></td><td></td><td>2</td><td colspan="2" rowspan="2">就左列必備科目至少修習26</td></tr>
<tr><td>中國文學史</td><td></td><td></td><td>2</td></tr>
</table>

	中國哲學史、中國思想史		2選1	2	學分
	臺灣文化史			2	
	文字學		5選2	2	
	聲韻學			2	
	訓詁學			2	
	閩南語概論			2	
	客家語概論			2	
	臺灣語言學		3選1	2	
	修辭學			2	
	國文文法			2	
	文學概論			2	
	語文表達與傳播應用、區域文學、劇本選讀、母語文學、國學概論、旅遊文學、飲食文學、科普文學、地景文學（以上為結合普通高中4科選修科目）		至少修習1科	2	
	性別文學、海洋文學、環境文學（生態文學）、人權文學等（結合課綱19項議題相關主題文學，視各校開校相關議題文學）		至少修習1科	2	
	散文選及習作、現代散文及習作			2	

	詩選及習作、現代詩及習作			2	
	詞選及習作、曲選及習作、戲劇選與習作、民間文學與習作			2	
			小計	36	
	專家文		至少修習1科	2	就左列選備科目至少修習16學分
	專家詩			2	
	專家詞			2	
	古典小說選、明清小說、現代小說選			2	
	應用文及習作		至少修習1科	2	
	寫作教學指導			2	
	閱讀教學			2	
	演說與辯論	國音與口語表達藝術		2	
	書法	書法研究		2	
	易經、書經、禮記、臺灣文化概論、兩漢思想概論、魏晉玄學概論、佛學概論、宋明理學導讀、清代思想概論、中國哲學概論、思想方法、昭明文選、樂府詩、專家曲、古典戲劇選、現代戲劇選、現代文學史、日治時期臺灣小說選、臺灣古典散文、臺灣古典詩、文學批評、文藝美學、		至少修習2科		

	青少年文學、報導文學、編輯與採訪、國語語音學、論文寫作指導、詞彙學、中文電腦資料處、臺灣作家專題、詩經、楚辭、左傳、史記、四書、荀子、老子、莊子、墨子、韓非子、文心雕龍、西洋文學、世界文學、新移民與文化多樣性、客家文學選、原住民文學、身份認同與戰後小說、文學與電影、網路文學、臺灣歷史小說選、臺灣歌謠創作、自然寫作				
			小計	40	

1.本表應修必備科目26學分，選備科目16學分，共計至少42學分。
2.本表依據「普通高級中等學校課程綱要」、「普通高級職業學校群科課程綱要」內涵，以及「國民中學九年一貫課程學習領域任教專門科目認定參考原則及內涵」訂定。
3.選備科目每類至少修習1科，至少修習16學分。
4.必備科目之「文學概論」、「詩選及習作」、「詞曲選及習作」、「散文選及習作」之選材只要符合本國語文及文化皆屬相似科目。
5.選備「專家文」、「專家詩」、「專家詞」及「小說選」之選材只要符合本國語文或本國作家之文、詩、詞、小說皆屬相似科目，不限定特定作家。
6.108學年度起取得教育專業課程修習資格之師資生適用（108學年度起入學師資培育學系之師培生適用；102學年度起取得修習資格之教育學程生適用）。

註：

1.本任教學科之科目、學分由國文學系、中國文學系、臺灣語文學系、應用華語文學系、華語文教學系共同協商、制訂、審核。

2.中華文化基本教材、經典選讀的「實際內涵」已刪除，改由出版社訂定。故原《四書》、經典選讀相關科目改列選修。

12年國教國語文課綱研修歷程展演與反思

林淑貞
中興大學中國文學系教授

摘要

103年11月公佈十二年國民基本教育課程綱要（以下簡稱總綱）本著全人教育精神，希望成就適才揚性的終身學習，提出三面九向「核心素養」做為課程發展主軸，期能連貫、統整各領域及各科目。本文以親自參與國語文新課綱研修過程[1]，將重要理念、精神及內容展演，裨益大家理解整體概況，內容分述如下：一、從總綱到課綱的具體實踐，揭示學習重點呼應核心素養；二、釐析新舊課綱內涵與結構之異同；三、闡述核心素養、素養導向與議題融入之連結與實踐；四、提出課程架構與教學實務之具體建議；五、分析校訂選修課程與加深加廣課程之內涵；六、宣闡自學能力、學習評量與學習歷程檔案；七、說明考招方式連動與變革；八、佈示國文教師因應之道及如何實踐新課綱精神；九、針對新課綱文白之爭進行反思與建言。以上九項，冀能闡述國語文新課綱重要觀念及理念。

關鍵詞：國語文課綱、自學能力、核心素養、學習歷程

壹、從《總綱》到《課綱》的具體實踐

十二年國民基本教育課程綱要之總綱（以下簡稱總綱）於103年11月公佈，基本理念本著全人教育的精神，以「自發、互動、

1　國語文新課綱的研修委員包括總召集人一人，副召集人四人，副召集人包括國小、國中、高中及國教院指派之研究員一人。研修委員共分國小、國中、高中三組進行研議，每一組又包括現場教師及學者專家。進行方式先分組議定各組內容，再提到大會討論表決後通過，故而所有提出來的各項課綱展現的內容，皆經過層層討論後方始成形。

共好」爲理念；以「成就每一個孩子：適才揚性、終身學習」爲願景；以：「啓發生命潛能、陶養生活知能、促進生涯發展、涵育公民責任」爲課程目標；以「核心素養」之三面九向做爲課程發展之主軸，裨益各教育階段間的連貫以及各領域／科目間的統整。

準此，十二年國民基本教育課程綱要之語文領域—國語文（以下簡稱課綱）基於《總綱》之精神、理念、願景、目標、主軸制訂新課綱，經由近百餘人之國小、國中、高中現場教師及大學任教之學者專家所組成的研修團隊，歷經三年多的研議終於成形[2]。在研議的過程，尙得經過二個階段：程序審議及專業實質審議二個進程的審議。「程序審議」包括意見蒐集之諮詢會議、公共討論之公聽會與網路論壇等項[3]；「專業實質審查」則包括專家審查及課發會審查[4]，這些過程冗長繁複，且又不得疏忽，須一項項進行，在歷經北中南東等區域諮詢會議、課發會等審定之後，再提交國語文課審大會的分組會議審議，俟分組會議修改通過之後，再提交教育部長親自主持之課審大會議決之後才正式公佈。原訂於107年實施，因故延後[5]，預計於108年實施，茲將國語文新課綱研修的重要精神、理念及內涵以呼應總綱之內容簡示如下：

一、制定課程目標以應合總綱精神

108課綱以培育語文能力、涵養文學素質、薰陶文化教育爲基本理念，循序漸進地建構課程目標：一、語文能力，培養學生運用恰當文字與語彙，抒發情感，表述意見。二、文學素質，讓學生接收並創作各類文本，強化審美與感知的素養。三、文化教育，讓學生認識

---

2 其中，包括研修委員的分組會議及研修大會等大大小小會議之溝通交流，以及跨領域的大會討論，繁多細碎的會議林林總總進行各項次的討論，不計其數。

3 程序審議公開討論的內容包括書法教學、文白比例、選文標準等項。

4 專業審查的部份，給予修改的建議包括標注符號的統一；聽說讀寫用詞的統一；學習內容細碎之統整；文字、文本、篇章定義之釋義；減少文法、修辭等學習內容。

5 延後實施的原因很多，最大的原因乃是各科的進度不一，尤其社會科的公民、歷史備受爭議，無法形成共識，延宕時日。

個人與社群關係，體會文化傳承與生命意義的開展。這樣的進階是由：「語文能力」到「文學素質」再進到「文化薰陶」的過程，由簡而繁、由近而遠、由具體而抽象，期能有機建構整體的國語文學習內涵，也用來應合總綱的精神。

二、呼應核心素養，具現基本理念與課程學習目標

爲配合總綱制定的三面九向核心素養，新課綱特別結合國語文之基本理念與課程目標製成學習重點與核心素養呼應表，期能具現核心素養的具體內涵。

三、貫穿五個學習階段

將十二年國教擘分爲五個學習階段：第一階段爲國小一、二年級；第二階段爲三四年級；第三階段爲五六年級；第四階段爲國中七八九年級；第五階段爲高中十、十一、十二年級；並且以「學習重點」統貫各階段學習，使各學習年段各自獨立又有統整貫穿的整體性。

四、明訂學習重點的內容以落實學習

課綱的「學習重點」包括「學習表現」與「學習內容」二面向；「學習表現」又可分爲聆聽、口語表達、標音符號與運用、識字與寫字、閱讀、寫作六項。「學習內容」包括：文字篇章、文本表述、文化內涵三項，其中「文字篇章」體現語言文字的結構特性，內含標音符號、字詞、句段、篇章四項；「文本表述」之「文本」是指語言文學及其他符號，遵循語義規則所組成的句子、段落、篇章，依其體用又可分爲：記敘文本、抒情文本、說明文本、議論文本、應用文本五項；「文化內涵」是用以豁顯文本所蘊含的文化意義，包括：物質文化、社群文化、精神文化三項。

新課綱以「學習表現」與「學習內容」開展課程目標：「語文能力」、「文學素質」、「文化薰陶」三項具體內容。

五、確立必、選修學分內涵

新課綱明訂高中授課時數爲20個必修學分（內含2學分中華文化

基本教材），再加上4個加深加廣選修學分，共24學分。加深加廣課程包括：語文表達與傳播應用、各類文學選讀、專題閱讀與研究、國學常識四門。

六、規畫課程屬性，甄別異同

課程規畫，注重屬性之異同，包括學習主題的統整性、課程觀點的多元性、學習經驗的實用性、課程內容的差異性、學習階段的連貫性等項，裨益落實新課綱精神與理念。

七、制定教材選編原則，以尊重個別差異

「適才揚性」是總綱的願景，故而新國語課綱的教材編選原則也照應殊異性，冀能尊重、包含個別之差異性。其中，包括規畫自學篇章、教材應包含本土教材、教材應納入不同文學表述方式的文本、教材應選擇不同地區、年代及類型的文本、教材應融入重大議題、教材應鼓勵納入長篇課文等項，新課綱之所以如此明訂，乃希望編選教科書能注意自學、本土、不同文本、不同區域性、重大議題融入等項，使教材多元且能尊重個別差異性。

八、建議教學評量方式

新課綱是國語文教學的導覽圖，對於教學評量具體建議與規範，期能因地制宜、展開靈活多變的評量方式，並且能與時俱進、尊重學生的個別差異，這樣才能有效評量學習成果。

國語文新課綱爲呼應總綱精神，對於課程目標、核心素養、學習重點、教材編選乃至於教學評量皆提出對應之建議與實踐之內容，冀能發揮總綱培養全人教育之精神。

以上爲新課綱的重要理念、目標、內涵等項，茲統整臚列於下，裨益理解108國語文課綱具體內涵。

表一　〈108課綱內涵一覽表〉

項目	內容
基本理念	1.語文能力的培育 2.文學素質的涵養 3.文化教育的薰陶
課程目標	1.語文能力：學習運用恰當文字與語彙，抒發情感，表述意見。 2.文學素質：接收並創作各類文本，強化審美與感知的素養。 3.文化教育：認識個人與社群關係，體會文化傳承與生命意義的開展。
學習階段	第一學習階段：國小一二年級 第二學習階段：國小三四年級 第三學習階段：國小五六年級 第四學習階段：國中 第五學習階段：高中
學習重點　學習內容	文字篇章：標音符號、字詞、句段、篇章 文本表述：記敘文本、抒情文本、說明文本、議論文本、應用文本 文化內涵：物質文化、社群文化、精神文化
學習重點　學習表現	聆聽 口語表達 標音符號與運用 識字與寫字 閱讀 寫作

項目	內容
時間分配	20必修學分 4加深加廣學分
課程規畫	學習主題統整性 課程觀點多元性 學習經驗實用性 課程內容差異性 學習階段連貫性
教材選編	應規畫自學篇章 應含本土教材 應納入不同文學表述方式的文本 應選擇不同地區、年代及類型的文本 應融入重大議題 鼓勵納入長篇課文
教學與評量	因地制宜 靈活多變 與時俱進 尊重差異

貳、國語文新舊課綱異同

國語文九年一貫課綱與十二年國教課綱有何異同？茲從內涵及架構進行比對，商榷異同：

一、從內涵考察異同

㈠新課綱注重平衡取向

過去國民小學、國民中學課程強調能力導向；高中課程以學科為導向，新的課綱希望能融合二者所長，既有能力導向又能兼攝學科導向。

㈡新課綱注重統整連貫

九年一貫將國中小和高中分成二個學習階段，新課綱則以學習主題統整連貫不同教育階段之學習。

㈢新課綱注重素養導向

過去課綱著重國語文「帶著走的能力」，新課綱則重視學生的自學態度、能力與知識作緊密結合，並能充份反映學習歷程，善用資訊媒材，增進學習知能，貢獻所長。

二、從結構考察

㈠學分分配

現行課綱每學期四學分，六學期共有24學分。新課綱20學分（內含中華文化基本教材2學分），加上4個加深加廣選修學分。爲什麼新課綱要調整四個學分爲加深加廣課程呢？是爲了因應總綱「全人教育」，達到適材揚性、尊重差異，故而降低必選課程，落實學生自主學習的彈性課程。

㈡文白比例

現行課綱45-65%，新課綱改爲三年平均35-45%。

㈢課數

現行課綱1-5冊，每冊以十三課爲度（加減一課），新課綱考量不同學習階段，課量略有調整，1-4冊以十二課爲度（加減一課），5-6冊以八課爲度（加減一課），其中每冊必須包含自學篇目3-6篇，這是新舊課綱最大的不同，以自學爲素養導向的學習，讓學生能夠培養自主學習的態度與能力。

㈣古文建議

現行課綱古文推荐選文三十篇，經統整調查國文教師之建議，新課綱調整爲二十篇古文，經課審大會議決改爲十五篇。

㈤古典與現代詩歌比率

現行課綱古典詩歌每冊1-2課，現代詩每冊1課；新課綱將古典與現代詩歌調整爲每學年一課。

㈥新增重大議題之融入

在這個多元的社會裡，尊重不同族群與議題發聲，新課綱新增：性別平等、人權、環境、海洋教育……等十九大議題。議題具跨領域、跨學科性質，藉此突顯議題教育特色，拓展學習視域。

以上是新舊課綱的比較，爲方便參照，茲將新舊課綱異同臚列於次：

表二 〈舊新課綱對照一覽表〉

項目	現行課綱	108課綱
課程設計之導向	國中小能力導向 高中學科導向	融合能力導向與學科導向
課程階段	國中小與高中階段課程綱要分別表述	以相同學習主題連貫五個學習階段（國小三階段、國高中各一個階段）
素養導向	帶著走的能力	重視自學態度、自學能力的培養，俾能與知識緊密結合
學分	24學分	必修20學分 加深加廣4學分
文白比例	平均45-65%	調降35-45%
課數	1-5冊，13加減1課 6冊，11加減1課	1-4冊，12加減1課 5-6冊，8加減1課 自學篇目：由教師自定
古文建議	30篇	15篇
古典詩歌	每冊1-2課	每學年1課
現代詩歌	每冊1-2課	每學年1課
議題融入	無	重點學習融入議題

參、核心素養、素養導向與議題融入

108國語文新課綱重要理念是以「核心素養」替代過去「帶著走的能力」，冀能以「素養導向」作爲學習方向，並將當前重要議題融入教學之中，讓學生能具備生活知能並主動參與重要議題的認知學習與討論。

一、核心素養具體內容：三面九向

總綱揭示：「十二年國民基本教育之核心素養，強調培養以人爲本的『終身學習者』」。又昭揭：「是指一個人爲適應現在生活及面對未來挑戰，所應具備的知識、能力與態度。『核心素養』強調學習不宜以學科知識及技能爲限，而應關注學習與生活的結合，透過實踐力行而彰顯學習者的全人發展。」由上述可知《總綱》基本理念揭示十二年國教課程發展以全人教育爲主，據此可知「核心素養」的目的與功能，特別注重學生學習知能與生活密切結合，加強行動實踐能力，以融入日常生活之中。

「核心素養」適用的對象範圍包括國民小學、國民中學、高中等學校的一般領域或及科目。若是技術型、綜合型、單科型之高級中學則依各校的專業特性及群科特性進行發展。以「核心素養」貫穿十二年國教不同學習階段、不同類科課程之間的軸線，並作爲各學科課程發展的基礎。其內涵包括三面九向：

表三　〈核心素養三面九向內涵〉

A自主行動	身心素質與自我精進
	系統思考與解決問題
	規畫執行與創新應變
B溝通互動	符號運用與溝通表達
	科技資訊與媒體素養
	藝術涵養與美感素養
C社會參與	道德實踐與公民意識
	人際關係與團隊合作
	多元文化與國際理解

二、素養導向的連結

何謂「素養導向」？「素養導向」是根據「核心素養」而來，其主要的意涵在於：課程規畫強調個人的學習可以連結經驗世界，發揮潛能，增進知能，參與社群活動，展現學習信心，實現個人生活目標。素養導向必須以「文字、文本、文化」三大軸線爲主要學習內容，從基本的語言文字之運用，進而能閱讀欣賞各類文學作品，再能體契文本所蘊含的文化意涵。且不同的學習階段皆須導入自學能力，以培養學生主動深究文本的能力與思辨、批判的思維。

三、十九項議題實質內涵與如何融入課程之中

總綱訂定十九項議題，期能將各領域／科目課程適切課程之中，並能確實落實相關法律、國家政策綱領，其中，原定以性別平等教育、人權教、環境教育、海洋教育爲四大重要議題，後來經過各層級審慎討論之後，取消四個「重大議題」，改爲議題，不分輕重與先後，一律等同視之。

議題產生多來自社會現象或生活事件。國語文課程綱要「附錄二」臚列「性別平等教育、人權教育、環境教育、海洋教育等議題。將議題融入課程設計之中，可培養學生思考批判及解決問題的能力，藉以提升面對議題的思辨力與行動力，實踐「尊重多元、同理關懷、公平正義、永續發展」等核心價值。

至於議題如何融入課程之中？可將議融入國語文「學習重點」（內含：學習表現六項、學習內容三項）之中。以下舉例說明。

例如〈孔乙己〉一文，可融入「人權教育」之議題，學習主題爲「人權與責任」，融入課綱學習重點「Bd-V-1以事實、理論爲論據，達到說服、建構、批判等目的」。操作方式，可讓學生討論人權問題及知識分子的社會責任，藉以深化學生自省能力、關懷人我關係。

再如〈虯髯客〉一文，可融入「性別平等教育」之議題，學習主題爲「語言、文字與符號之性別意涵分析」，議題實質內涵爲「性U6解析各種符號的性別意涵及其性別權力關係，解決生活及工作中的問題」。融入學習重點示例：「5-V-5主動思考與探索文本的意

涵，建立終身學習能力」，讓學生討論紅拂女處理感情、婚姻之果敢勇氣，以及化解危機的智慧。

每一教材的選文皆可對應於議題融入教學之中，裨益學生體悟理解並深化思考教材的意蘊。

茲將十九項議題之內涵示之如下：

表四　〈十九項議題內容及學習主題與實質內涵〉

議題名稱	議題學習主題／實質內涵
性別平等教育	「性別氣質、性傾向與性別認同之多樣性」、「性別角色、刻板印象、性別偏見與性別歧視之突破」、「身體自主權的尊重與維護」、「性騷擾、性侵害、性霸凌之防治」、「語言、文字與符號之性別意涵分析」、「科技、資訊與媒體之性別識讀」、「藝術與美感的性別實踐」、「性別權益與公共參與」、「性別關係與互動」、「性別與多元文化之國際面向」等
人權教育	人權之基本概念、人權與責任、人權與民主法治、人權與生活實踐、人權違反與救濟、人權重要主題等
環境教育	環境倫理、永續發展、氣候變遷、災害防救、能源資源永續利用等
海洋教育	海洋休閒、海洋社會、海洋文化、海洋科學、海洋資源等
品德教育	品德發展層面、品德核心價值、品德關鍵議題、品德實踐能力與行動等
生命教育	哲學思考、人學探索、終極關懷、價值思辯、靈性修養等
法治教育	公平正義之理念、法律與法治的意義、人權保障之憲政原理與原則、法律之實體與程序的知識與技能等
科技教育	科技本質、設計與製作、科技的應用、科技與社會等
資訊教育	計算平臺、資料表示、處理與分析、演算法、程式設計、資訊科技應用、資訊科技與人類社會等
能源教育	能源意識、能源概念、能源使用、能源發展、行動參與等

議題名稱	議題學習主題／實質內涵
安全教育	安全教育概論、日常生活安全、運動安全、校園安全、急救教育等
防災教育	災害風險與衝擊、氣候變遷的災害趨勢、災害風險的管理、災害防救的演練等
家庭教育	人口與社會變遷對家庭的影響、社會對家庭生態系統的影響、個人與家庭發展、家人關係與互動、親密關係發展與婚姻預備、家庭資源管理與環境永續、健康家庭與家庭韌性、家庭活動與社區參與等
生涯規劃	生涯規劃教育之基本概念、生涯教育與自我探索、生涯規劃與工作／教育環境探索、生涯決定與行動計劃等
多元文化教育	認同自我文化、理解及尊重差異、跨文化能力、社會正義等
閱讀素養	閱讀的歷程、閱讀的媒材、閱讀的情境脈絡、閱讀的態度等
戶外教育	良好習慣、保育觀念、愛惜大自然與公物之養成，觀察研究大自然獲得啓示，登山健行、團體活動學習觀察、尊重他人、愛護、欣賞環境等
國際教育	國家認同、國際素養、全球競合力、全球責任感等
原住民族教育	民族語言文字的保存傳承、原住民族文化認同及多元文化理解、歲時祭儀的認識及參與、傳統領域土地及部落／社區的互動、自然環境及生態知識的探索等

四、課程架構與教學實務的建議

新課綱國語教育各階段時間分配如下：

表五　國語文各階段時間分配結構表

<table>
<tr><td>教育階段</td><td colspan="6">國民小學</td><td colspan="3">國民中學</td><td colspan="3">普通型
高級中等學校</td></tr>
<tr><td>學習階段</td><td colspan="2">一</td><td colspan="2">二</td><td colspan="2">三</td><td colspan="3">四</td><td colspan="3">五</td></tr>
<tr><td>年級
類別</td><td>一</td><td>二</td><td>三</td><td>四</td><td>五</td><td>六</td><td>七</td><td>八</td><td>九</td><td>十</td><td>十一</td><td>十二</td></tr>
<tr><td>必修</td><td colspan="2">6節／週</td><td colspan="2">5節／週</td><td colspan="2">5節／週</td><td colspan="3">5節／週</td><td colspan="2">16學分</td><td>4學分</td></tr>
<tr><td>加深加廣選修</td><td colspan="9"></td><td colspan="3">8學分</td></tr>
<tr><td>備註</td><td colspan="12">1.普通型高級中等學校必修含中華文化基本教材2學分。
2.普通型高級中等學校加深加廣選修8學分，學生選修至少4學分，課程規劃如下：
<table><tr><th>名稱</th><th>學分</th></tr><tr><td>語文表達與傳播應用</td><td>2</td></tr><tr><td>各類文學選讀</td><td>2</td></tr><tr><td>專題閱讀與研究</td><td>2</td></tr><tr><td>國學常識</td><td>2</td></tr></table>
3.加深加廣選修課程之說明詳參學習重點「三、高級中等學校教育階段選修課程說明」及實施要點「二、教材編選」。</td></tr>
</table>

此次課綱，研修與變革最多的高中課程，增列必、選修，其架構如下所示：

表六 〈十二年國民基本教育普通型高級中等學校語文領域-國語文課程架構〉

<table>
<tr><th colspan="2" rowspan="3">階段／年級
領域／科目</th><th colspan="3">普通型高級中等學校</th><th rowspan="3">備註</th></tr>
<tr><th colspan="3">第五學習階段</th></tr>
<tr><th>十</th><th>十一</th><th>十二</th></tr>
<tr><td rowspan="2">必修</td><td>國文</td><td colspan="2">14</td><td>4</td><td rowspan="2">1.國語文部定必修含中華文化基本教材2學分。
2.國語文（含中華文化基本教材）部定必修及選修至少須24學分。</td></tr>
<tr><td>中華文化
基本教材</td><td colspan="2">2</td><td></td></tr>
<tr><td rowspan="4">選修</td><td>語文表達與
傳播運用</td><td colspan="3">2</td><td rowspan="4">1.國語文加深加廣課程，學生至少須選修4學分。
2.本選修係為加深加廣選修，以滿足銜接不同進路大學院校教育之預備，由學生依其生涯進路規劃及興趣選修。
3.本選修課程可與其他學科目／領域合作，進行跨領域課程設計，亦可作為校訂必修與多元選修開設參考。</td></tr>
<tr><td>各類文學選讀</td><td colspan="3">2</td></tr>
<tr><td>專題閱讀與研究</td><td colspan="3">2</td></tr>
<tr><td>國學常識</td><td colspan="3">2</td></tr>
</table>

在新列課程架構之中，包括中華文化基本教材二學分、深加廣選修課程四學分，學校應如何規畫課程呢？建議如下：

㈠中華文化基本教材的實施

教育部明定高中（第五學習階段）國語文必修二十學分內含中華文化基本教材二學分。建議規畫在十年級或十一年級教授爲宜，以每學期一學分、兩學期連續排課爲原則。

㈡加深加廣選修課程規畫

教育部明定加深加廣選修課程可開設八學分，包含「語文表達與傳播運用」、「各類文學選讀」、「專題閱讀與研究」、「國學常識」四科目，每科目可開設二學分。學生應從八學分之加深加廣課程中，至少選修四學分。建議規畫置入三年級課程，減輕學習負擔，並深化、廣化學生之學習興趣，作爲進入大專院校選擇科系或職涯規畫之準備。

肆、校訂選修課程與加深加廣課程

新課綱明訂高中國語文課程，內含必修20學分（內含中華文化基本教材2學分）及4學分加深加廣課程。那麼，與校訂選修課程有何關連呢？

一、校訂選修課程

校訂選修課程是指什麼呢？對國語文而言，即是四個加深加廣學分的課程。學校應規畫八學分選修課程，讓學生依興趣及職涯規畫選修適性的課程四學分。

加深加廣課程是屬於選修學分，包括：語文表達與傳播應用、各類文學選讀、專題閱讀與研究、國學常識四門。目的在增進學生跨科／領域學習，滿足並銜接即將進入各大專院校教育之先修／預備課程，學生可依職涯規畫選修有興趣之課程，提升統整、思辨、解決問題能力之知能。而校方可針對個別差異、學校特色、師資結構與專長、教學設施，規畫並開設屬於各校特色的課程，再由學生自由選課修讀。

二、加深加廣課程的具體內涵

加深加廣課程內涵爲何？新課綱規畫「語文表達與傳播應用、各類文學選讀、專題閱讀與研究、國學常識」四門課程爲加深加廣的課程，供學校依特色、目標規畫課程，學生可依興趣深化、廣化國語文之學習。分述如下：

㈠語文表達與傳播應用

旨在培養學生能運用口語、文字、多元媒體等形式來進行表達、溝通進而參與公共論述。課程內涵包括「語文表達」與「傳播應用」二面向。

㈡各類文學選讀

旨在藉由各類文學選讀，提升學生鑑賞寫作能力，進而涵養情意、拓展情意。課程內涵包括區域文學選讀、原住民文學選讀、母語文學選讀、小說文學選讀、散文文學選讀、詩歌文學選讀、劇本文學選讀等多元課程。

㈢專題閱讀與研究

旨在培養學生閱讀素養及主動求知態度，以增進創造性思考及解決問題之能力。課程內涵可包括各類經典、當代議題之探討，亦可進行旅遊文學、飲食文學、科普文學、地景文學等各類主題文學進行探討。

㈣國學常識

旨在引導學生認識國學內涵，了解傳統學術源流，體認中華文化的價值。課程內涵包括文學演變及經、史、子、集之介紹與研讀。

加深加廣課程的設置是讓學校有更高的主自性，可依學校特色、地域殊異、學生需求等項，進行特色課程設置，以豁顯特色教學，強化學習遷移。

伍、自學能力、學習評量與學習歷程檔案

傳統教學以教多、教滿爲主，新課綱則在強化學生自學能力的培養。

一、自學能力

《總綱》以「自發、互動、共好」爲理念，其中的「自發」就是自動自發。強化自學能力是新課綱的重點之一，據此，108課綱也朝向培養學生自學能力爲導向，明定教材編選原則：「應規畫自學篇章」（可置於附錄之中）。此一自學篇章就是讓學生運用學習知能，進行自主性、能動性的學習，透過學習策略導向，藉由自學篇章，達到適性教育的目的。

二、學習評量

評量原則應注重整體性、多元性、歷程性、差異性，採多元評量方式，以了解學生之學習進展，進而調整教學內容、進度或課程設計、教學策略。至於評量概念應注重「形成性評量」、「診斷性評量」之搭配，將三個學習內容與六大學習表現具現在不同的學習階段之中，形成多元的評量，教師據此可了解學生的學習歷程，調整教學方向與策略。

三、學習歷程檔案的建置

重視學生學習歷程，讓學生循序漸進學習並逐次建立學習檔案，以達進階式效果。

學習歷程檔案包括在校學習表現之分數及個人學習過程之記錄。學生可將自己的學習過程一一記錄下來，包括課程學習、社團活動、幹部資料、校內外競賽、技能專長、專題製作、校內外實習或打工、在校閱讀紀錄、教育旅行等等，這些記錄可用來反思、了解自己的人格特質、興趣或潛能，進行職涯規畫，提昇升學或就業的競爭力。

陸、考招方式的連動與變革

因應108課綱之實施，大學招生方案略作調整。

一、變革與調整

新型學測及指考將選擇題與寫作題分開，國語文考科以選擇題爲主，新增國語文寫作能力，獨立施測，各校可依需要作爲審查標準。茲將考招可能之變革，示之於下：

表七　〈學測、指考之考招變革〉

105-107年度	108-109年度	110年度以後
舊型學測：1-4冊	新型學測： 1.1-5冊，全部選擇題 2.國語文寫作能力測驗，獨立施測	新型學測X+分科測驗Y+學習歷程P
舊型指考：1-6冊	新型指考： 1.1-6冊，全部選擇題	

二、選擇題研發

國文科選擇題研發方向旨在考察學生閱讀不同素材、篇章、長短篇幅文章的理解能力，重點如下：

㈠嘗試以教材選文設計爲閱讀測驗。

㈡研發長文閱讀測驗，選文字數以1500字以內爲原則。

㈢爲了讓語文學習與生活密切結合，嘗試納入各種社會、科學、藝術、文化等跨領域的素材，藉以考查學生理解與欣賞不同風格文章的能力，包括摘要、統整理解文章要義、擷取重要訊息等內容。

㈣開發多選題題組，擬以指考試卷爲主。

國文科選擇題試卷的架構，包括命題方向的難易度、考試時間、施測範圍、題數的題型，預測國文科選擇題試卷的架構，包括命題方向的難易度、考試時間、施測範圍、題數的題型，如下所示：

表八　〈國語文選擇題試卷架構一覽表〉

項目	學測國文	指考國文
命題方向	基礎、中偏易	進階、中偏難
考試時間	暫定80分鐘	80分鐘
測驗範圍	1-5冊	1-6冊
題數	暫定40-45題	暫定40-45題
成績計算（暫定）	1.選擇題和國語文寫作能力測驗各占總成績50% 2.採用「級分」制，換算成15級分	1.選擇題原始得分 2.採百分制

三、國語文寫作能力測驗趨勢、目標與研發

爲提昇寫作能力，將「國語文寫作能力測驗」獨立施測是重大的變革。目的爲考核學生的語文表達能力，測驗學生情意抒發、統整判斷、邏輯思辨、分析表達之能力，冀能更有效地評量學生抒發情志及思辨能力，而施測必須以閱讀能力爲實踐基礎，方能有效達成；至於寫作測驗取材可含括人文、社會、自然等跨領域的素材。成績計算可併入學測計算，或提供各校自訂審查標準之用。預計長程實施之後，擬一年兩試，推動爲招生管道之檢定項目。其具體的內涵與考題研發統整臚列如下：

表九 〈國語文寫作能力測驗考招研發示例一覽表〉

項目	內容
目標	1.知性統整判斷能力：能否正確解讀文字、圖表，作適當分析、歸納，具體描述說明，並針對各種現象提出自己的見解。 2.情意感受抒發能力：能否具體寫出個人生活經驗，並真誠地表述自己的情意或能充份發揮想像力。
取材	寫作測驗取材含括人文、社會、自然跨領域素材
成績計算	1.併入學測計算級分。 2.製作成績，供各校自訂是否作為審查資料之用。

柒、國文教師因應之道與新課綱精神之實踐

108課綱實施在即，勢必引發一波教學方法、學習策略、考招評量的變革。如何因應呢？身爲國文教師，要教什麼呢？如何教呢？

一、必修課程：以能力素養取代學科知識的學習

課堂節數雖然有所變易，基本上仍有教材可供使用，但是，必須改變的教學態度是：世界在變，教學方法也要有所變易，以前是以教師講授教科書爲主，此後，要翻轉教室，讓學生自主學習、行動學習。老師教多少不重要，而是學生從學習歷程中學到什麼？以前以考

試領導教學，過度重視評量分數，以致產生競爭式的學習，充滿了壓力，此後，應以「共生式」學習爲主，從量的學習轉向質的學習；讓原先充滿了「有目的」的教育，翻轉成「有意義」的教育，釋放、消解直線式的排名追逐，反轉成橫向探尋適性發展的可能性，讓學生由被動的教學活動中，反轉成主動性、能動性的學習過程。

二、加深加廣選修課程：多元、適性、跨領域的設計

加深加廣課程包括四大面向：「語文表達與傳播應用、各類文學選讀、專題閱讀與研究、國學常識」，可針對校定目標或發展特色，擬訂適才適性且多元、跨領域的課程，讓不同類組的學生皆能在適當的課程中開發興趣，提昇學習知能，裨益未來選擇科系、從事不同職業時，皆能以全人精神進行統整式的學習。

三、單打獨鬥不如善用社群力量

身處分工細密的時代，切勿做個單打獨鬥的孤獨英雄，善用社群力量，群策群力完成「共好」目標，才是上上之策。

其一，在學校裡先和同科教師組成社群，共同整合學校發展方向或目標、師資特色、教學資源等，釐定多元選修課程的方向，制訂能展現學校特色或讓學生適性學習的選修課程。

其二，新課綱雖以自主學習爲主，然而身爲教師者，若能糾合眾力，共同蒐集考試變革、考招聯動資訊、考題趨勢，可導引學生考招的新方向。

其三，善用學習策略，培養學生多元閱讀的能力，提昇學習興趣與知能。

其四，加深加廣課程若能統整教材，作爲核心素養能力之提昇，並與相關科目作對應，強化實作、專題或跨領域之探討，則能激化學生學習成效。

捌、課綱研修之反思與評議

國語文課綱研修完成之後，必須經過課審大會審議方能確認實施，身爲研修委員的我們僅能列席說明，並無投票表決權，有些內容

經課審大會討論研議、投票表決之後，與課綱精神相悖，但是，民主決議的結果，我們僅能尊重而無力回天，以下針對數項較具爭議的內容進行反思與評議。

一、文白之爭

課審大會爭議最激烈的是文白之爭，而且還引發社會主文言／主白話二派人馬各自表態論述的喧騰。

新課綱原定高中國文之文言文比例爲45-55%，這樣的設定是高中三年文白各半，讓學生有完整學習文言文的機會（比97課綱文白比率調降許多，原爲45-65%）。爲何要明訂爲45-55%，其理有數：

㈠108課綱國語文學分由原來的24學分下降到18學分，總課數減少，必須有足夠文言文比率、課數，才能照應五大文本的學習內容，兼及不同時代、作者、文類的選文原則。

㈡教育機會是公平的，如果調降文言比，則弱勢、偏鄉或文化不利的學生，將再失去競爭力。唯有將文言文納入正常的教學之中，才能使弱勢學生有公平受教的機會。

㈢文言文的學習難於白話文學，故而必須透過有效率、有策略、循序漸進的方式才能達成學習。堅持文言文比率之學習，就是要透過有效學習，才能達成遷移效果。

㈣文言文是一把閱讀古典文學的鑰匙，如果沒有辦法閱讀古典文學，縱使我們有豐富的資產，也形同虛設，沒有鑰匙如何開啓閱讀的契機呢？當全世界皆興起學習中文熱潮，並且解讀中國的典籍時，我們怎可讓學生自外於中文世之外呢？例如老子是全世界僅次於聖經，被翻譯最多語言的中文典籍，如果我們的學生不能跨越這層解讀文言文的障礙，則應如何和世界接軌？大陸學習古文七十篇與臺灣的十五篇相較，質與量皆未能相比，語文學習優勢，立見高下。

但是，經課審大會修改調整爲35-45%，也只能尊重最後的議決。

二、自學篇章

國中及高中原定自學篇章必須編入教材之中，爲何我們要規定自學課程編入教材之中呢？其理有數：

㈠自學篇章編入教材之中，可經由教科書審查機制保障教材之品質。

㈡明定自學篇章，才不會有過猶不及之弊病。

㈢開放自編自學教材固然可活化教學，並針對特色教學，然而，並非所有的教師皆有自編教材的能力與時間，爲維持一定的水平，置入教材較有公平學習的機會。

目前通過的國中教材仍原持編入自學篇章，而高中則取消，改由各校各老師自行編選及規定。

三、古文推荐選文

原定古文推荐選文有二十篇，經課審大會議決，裁定爲十五篇。身爲研修委員，仍必須說明二十篇選文的理由如下：

㈠選定固定的範文篇數，讓教、學、考皆有所依據。

㈡過去的推荐選文由六十篇、四十篇、三十篇逐漸遞降至二十篇（見附錄一），是照應新課綱學分數下降以及各朝代、各時期的平均分配。

在逐漸下降的文白比及範文課數，讓我們憂心忡忡學生程度日降。

然而，課審大會對於二十篇所選古文仍有意見，建議改爲十五篇，後經議決爲十五篇，且要重新調整所選的範文內容，最後釐定爲附錄二之十五篇。

對於所選之十五篇選文，筆者仍有意見說明如下：

㈠某些課審委員對於〈臺灣通史序〉被選入範文堅持反對意見，主要是個人政治立場所致，要求一定要抽換一篇能具現臺灣主體的文章，經過研修團隊努力，終於找到一篇〈鹿港乘桴記〉。但是，我們皆知道《臺灣通史》難道不能具現臺灣的主體性嗎？從二篇文章對照觀察，〈鹿港乘桴記〉是區域性的，《臺灣通史》全民性的通史，也是臺灣全民應知道的一本書，格局寬闊，內容豐富，身爲臺灣人能不知臺灣歷史嗎？相較而言，〈臺灣通史序〉之解讀自然優於區域性、偏於一隅之認知，然而，無力翻轉態勢，也徒呼奈何了。

㈡有委員表述，爲何選文皆是男性作家爲主？要求選出一篇臺灣女性作家的文章。經過研修團隊費力搜尋，終於找到張李德和的〈畫菊自序〉。這篇文章固然有意義，然而，只因爲是女性作家、是臺灣人，所以被提出作爲選文之一，事實上，無論從質與量皆不能與高中原有的任一選文相比，比如說，能與〈岳陽樓記〉那種襟懷相比嗎？有時，性別意識、主體意識作祟，亦有無力回天之慨。

筆者認爲推荐選文以意識型態作主導，或因爲是女性作家、或因爲是臺灣人，所以被提出作爲古文推荐選文之一，個人期期以爲不可。事實上，無論從質與量考量，皆應選擇具有代表性的範文，而不能以狹隘的偏見主導選文，才能建立學生宏觀的視野，不再侷限於小確幸的自我滿足之中。

雖然新課綱經過課審大會決議之後不盡如人意，但是，教育是百年樹人的工作，端視教學者如何靈活運用。我們期待在新課綱自發、互動、共好的理念下，可以引領新的學習風潮，朝向全人教育的坦途前進。

附錄一　原訂建議〈推薦選文二十篇一覽表〉（依時代先後排序）

編號	時代	作者	篇名
1	先秦	《戰國策》	〈馮諼客孟嘗君〉
2		李斯	〈諫逐客書〉
3		禮記	大同與小康
4		左丘明	燭之武退秦師
5	漢	司馬遷	鴻門宴
6	三國	諸葛亮	出師表
7	晉	王羲之	蘭亭集序
8		陶淵明	桃花源記
9	唐	韓愈	師說

編號	時代	作者	篇名
10		杜光庭	虬髯客傳
11	宋	范仲淹	岳陽樓記
12		歐陽脩	醉翁亭記
13		蘇軾	赤壁賦
14	明	袁宏道	晚遊六橋待月記
15		歸有光	項脊軒志
16	清	方苞	左忠毅公逸事
17		蒲松齡	勞山道士
18	臺灣古典散文	連橫	臺灣通史序
19		郁永河	北投硫穴記
20		鄭用錫	勸和論

課審大會之後十五篇推薦古文：

附錄二　〈普通型高級中等學校（第五學習階段）推薦選文15篇一覽表〉

項次	篇目	作者	時代
1	燭之武退秦師（左傳）	左丘明	先秦
2	大同與小康	禮記	先秦
3	諫逐客書	李斯	先秦
4	鴻門宴（史記）	司馬遷	漢魏六朝
5	出師表	諸葛亮	漢魏六朝
6	桃花源記	陶淵明	漢魏六朝
7	師說	韓愈	唐宋
8	虬髯客傳（太平廣記）	杜光庭	唐宋
9	赤壁賦	蘇軾	唐宋

項次	篇目	作者	時代
10	晚遊六橋待月記	袁宏道	明清
11	項脊軒志	歸有光	明清
12	勞山道士（聊齋誌異）	蒲松齡	明清
13	勸和論	鄭用錫	臺灣古典散文
14	鹿港乘桴記	洪繻	臺灣古典散文
15	畫菊自序	張李德和	臺灣古典散文

興趣、啓蒙以及規訓
1950年代國語教科書中的兒童文學[1]

蔡明原
成功大學臺灣文學系博士

摘要

戰後初期國語文教科書的編撰策略及其預設收穫成果為幫助兒童習得漢字並且要能以此為主要溝通的媒介。一方面是為了要洗去文化殖民的色彩，一方面則是要傳遞意識形態、重新建立國族的想像與認同。因此，哪種類型的文章或是文字內容可以引起最佳的學習效果就成了編撰者的首要考量。在此前提下，「兒童文學」便成為了一種策略被反覆提出、成為選文的標準之一。

本文將以1950年代的國語教科書為研究範疇，探討並析論兒童文學為何會受到教育體制認可且成為教學重要內容的過程。換言之，「兒童文學」本身具備了兩種特質：首先它可以引發兒童的閱讀興趣，其次它擁有容納差異價值觀的空間。例如出現在教科書中的兒童文學作品例如童話（西方），多是經由改編、改寫的方式呈現；這些作品在保留了核心元素外摻入了特定的理念。

本文希望透過分析揭示1950年國語教科書中兒童文學的面貌與內涵有著那些值得注意的發展以及發揮了那些功效，並且期待研究成果能補足現階段早期臺灣兒童文學史研究的空缺。

關鍵字：兒童文學，國語教科書，閱讀，興趣，規訓

---

1 本文承蒙會議評論人傅素春教授以及審查老師給予諸多寶貴修改建議，拓展了筆者的研究視野，在此致上誠摯謝意。

壹、臺灣戰後的國語推行運動

臺灣戰後兒童文學發展原因之一跟國民黨政府要在臺灣亟欲推行「國語運動」有密切關係。爲了讓臺灣民眾能夠迅速地認識並且讓「國語」普及化，「教育」就成了最有效率的方式。1948年「教育部國語推行委員會閩臺區辦事處」在臺北市成立，目的是爲了因應教育部國語計畫在臺灣的實施。委員會（臺北市）成員有魏建功（常委）、何容（專委）以及汪怡、王玉川、齊鐵恨等三位。組織規程的第三條內容說明了這個區辦事處的主要任務：

一、宣達本部有關語文教育之政策及標準。
二、輔導並督察本區推行國語之機構。
三、設計指導調查本區內之方音方言。
四、推動本區內注音識字運動。
五、協助本會在本區編刊「國語小報」及注音讀物。
六、視察本區內各級國民教學。
七、主持或協助本區國語師資訓練。[2]

臺灣省國語推行委員會（以下簡稱省國推會）的國語推行活動是全面性的，依據不同年齡、不同地區（平地／山地）編印教材。第五項中的「注音讀物」設定的閱讀對象是所有被日本政府統治過的臺灣民眾，但它不只是以認識「國語」爲目的而編撰的刊物，還肩負著文化傳承的責任。

在省國推會1946年的年度工作事項中可以更清楚認識到「國語」運動的全面性以及它是在那些程序、方法和方式中被標準化。透過加注方式讓注音符號出現在各級國語讀本以及生活場景中，還有傳播媒介宣傳、相關師資的引介以及營造競爭的氛圍，可見省國推會的作爲是相當全面的。不過，現實情境中卻有許多難題存在；在〈臺灣省國語教育施行概況〉一文中提到：「臺灣同胞恨不得立刻就能學會說國語，這已經是一種沒法兒滿足的心理要求；何況往深裏一想，本

---

2 方師鐸，《五十年來中國國語運動史》（臺北：國語日報社，1969.12），頁114-115。

省施行國語教育，還不僅僅是教臺灣同胞說國語，而是要『恢復祖國語文』。」[3]這意味著除了語言習慣之外，心理、精神等內在層次似乎是更值得關切的事情。因此在識字推廣的過程中，以廣義的故事作爲內容編撰讀物提供給民眾便有著將日本政府遺毒排除、重新注入「祖國」文化的期待。所以能夠擔任省國推會推行員必須要具備幾種資格（其一）：「國內外大學教育學系或文學畢業者」、「師範學院本科專修科畢業者」、「師範學校畢業或高級中學畢業，而有一年以上之教學經驗者」。這是1947年3月24日公布的「臺灣省行政長官公署令」，內容修正了省國語推行員的任用資格、待遇等條文。和1936年3月9日公布的辦法相較，任用資格嚴謹了許多、把門檻調高到高中學歷以上，而原本的條件是只要中學畢業（肄業）、會說國語（訓練）者就可以參加審核。

辦法越趨嚴格顯示的是戰後初期的國語推行運動面臨的困境，推行人員的短缺以及素質參差不齊以及諸如口音、教材等問題都使得推行成效難有大幅度進展[4]。在這種情況下，讀物編撰的重要性就被凸顯出來了。在省國推會於1948年2月5日舉行的會務會議討論的編輯工作要項裡特別把「兒童讀物」獨立出來，邀集專人從事編務工作。工作會議出席的人士有齊鐵恨、董長志、孫漢宗、鄭約澤、朱兆祥、王炬、洪槱、祈致賢、魏娜、張宣忱、王玉川、李劍南、方師鐸、郭寶玉，會中決議兒童讀物的編輯事務委由魏訥、魏廉主責，林良與林宗源負責插畫，注音標註工作則交由李振鵬承接。讀物的分類是歷史故事（忠孝仁愛信義和平爲主旨）、兒童話劇、名人傳記（世界名人）、寓言、本國歷史連環圖說、故事和歌謠[5]。

---

[3] 張博宇主編，《慶祝臺灣光復四十周年臺灣地區國語推行資料彙編（中）》（新竹：臺灣省立新竹社會教育館，1988.06）頁34。

[4] 方師鐸認為戰後初期臺灣民眾急於學習「國語」，於是有了下列幾種情況：有人在街頭以小黑板教授簡單的國語會話，向聽講的民眾收取費用。學校裡的本省教師無能經過專業訓練教授國語，只能「現學現教」。其目的可能是「純粹的『國語熱』」，或是「要為祖國服務」、「想做新官僚」等。

[5] 張博宇主編，《慶祝臺灣光復四十周年臺灣地區國語推行資料彙編（中）》（新竹：臺灣省立新竹社會教育館，1988.06），頁67。

魏訥（字兆祥）、魏廉（字兆璋）兩人合著有《兒童寓言版畫集》[6]、《方向》[7]、《趣味的成語》[8]等作品，前兩部著作分別獲得了「臺灣（1945-1998）兒童文學100」（文建會、國立臺東師範學院兒童文學研究所）入選、中山文藝創作獎（1968）的殊榮。1968年臺灣的國民義務教育由六年延長爲九年的同時私立復興初中應運而成立，北京師範大學畢業的魏訥被延攬爲該校的教務主任，被認爲是「帶領校風注重國學基礎的培養」。從內容分類中可以觀察到魏訥、魏廉負責編撰的兒童讀物的幾個特點：強調「品格」、注重「歷史」與師法「成功」。關於師法「成功」這一點的意思是，「不論是自然科學家、社會科學家、哲學家、文學家、革命家……都是和他們那一個時代有重大關係的人物」一定都有可供效法、「不論失敗或成功」的人生經驗。在魏訥、魏廉的想法中，「兒童」應該要事事反求諸己、力持「中庸」以及擁有「自治」的自覺。

臺灣省國推會在1946年4月成立、1959年6月裁撤，改由教育廳設立「國語推行委員會」；這段期間省國推會在國語推廣運動這方面有幾點貢獻，第一是「讀音示範廣播」。這項工作是透過廣播播送國語國字的正確讀音讓民眾學習，意味著當時從中國各省來臺的師資口音差距甚大，讀音無法統一。第二是制定了「臺語方音符號」；用意是藉由臺語（通行語言）來教導民眾學習「國語」。第三是「國語教材教法的改進實驗」。第三點的影響比較深遠，省國推會從初等教育著手進行語言改造的行動一方面也開啓了「反共復國」進入兒童視野的坦途。

其中最明顯的例子是以驗收國語推廣成效爲目的的朗讀、演講比賽活動的舉辦；1950年12月16日於臺北中山堂舉行的「第四屆全省國語演講競賽會」中程天放（時任教育部長）便說：「所以希望大家推行國語教育，增進互相的認識與了解，統一語言也就從推行國語上

---

6 魏廉、魏訥，《兒童寓言版畫集》（臺北：世界書局，1952）。

7 魏廉、魏訥，《方向》（臺北：臺灣商務印書館，1973）

8 魏廉、魏訥，《趣味的成語》（臺北：國語日報出版部，1974）。

著手，作爲統一中國的張本。」[9]參賽學生（國民學校）的演說題目有「共匪究竟是什麼東西」、「和老虎談和平」、「怎麼充實反共抗俄的力量」、「擁護蔣總統反共抗俄」等數項。這個活動一開始是由參賽者（包括社會人士）自備講題（內容），後來改爲現場抽籤決定題目，「好讓孩子從小就養成『講演』的能力，而不弄成『背稿子』的習慣。」背誦往往只需練習就能達成效果，臨場發揮需要的是對議題的深刻體悟，賽制轉變的意義證明了語言標準化之後目標在於達成思想的一致。

貳、兒童讀物與國語教科書的編撰策略

一、編撰的規範

由於兒童讀物的編撰是被納入國家政策的一環，所以對於這類型作品的創作、寫作有著相當詳盡的規範，國民黨政府在來臺之前便由教育部詳擬了「獎勵中心學校及國民學校教員編著兒童讀物辦法」。在這套於1943年8月31日公布的辦法中，相當詳細的規範了兒童讀物的種類、材料來源、選材標準（附錄）。在這五項準則中作品須具備道德規訓意涵是被放在能引起兒童讀者的閱讀興趣之前，而且得排除「離奇荒誕」這樣的內容。這一點頗爲重要，因爲童話的創作是建立在幻想、奇想這樣的基礎之上的。因此，「鳥言獸語」這樣的行爲根本不可能出現在兒童眞實生活當中，那麼童話如何能「順應兒童經驗」並且擁有「眞實性」就成了編撰者的難以迴避的問題。

在材料來源方面，「創作」和「蒐集」這兩個項目意味著主導權在作者手上，依靠的是對兒童的認識與了解、試著想像他們需要或喜歡什麼樣的內容進而撰寫出兒童「需要」、適合其「心理」的作品。而「重述」的題材來相當明確，它指的是發生於抗戰時期符合英勇忠義氣節之情事。值得注意的是這套讀物編撰辦法強調「興趣」是

---

[9] 張博宇主編，《慶祝臺灣光復四十周年臺灣地區國語推行資料彙編（下）》（新竹：臺灣省立新竹社會教育館，1988.06），頁21。

作品呈現主要的前提，但著重在國族情操的宣揚、家國觀念的形塑等以抗戰爲題材的作品必須在情節方面進行鋪陳與改寫，方能吸引兒童目光。在戰爭中值得「重述」的故事背後必然傳達出了符合某種價值觀、信念的意涵，面對這樣的作品討論的重心在於作者的立場以及如何塑造（修辭）「敵」、「我」雙方的形象。

二、教科書的收編

1946年4月4日教育部公布了〈印行國定本教科書暫行辦法施行細則〉，採用了政府部門編輯、民間書局印製的方法。細則第15項明訂違反規定者（公私印刷機關）吊銷執照：「㈡印售之教科書，擅自改易文字，貽誤教學者。㈢經部通知修訂課文一年內不遵照改版印製者。」在這個時期，教科書的編撰權利已經統一由政府機關掌握。1946年6月「第一屆全省教育行政會議」明定教科書改以「統編本」發行，全面性的收回了教科書編印權利，民間機構便失去了印製的機會。

「臺灣省立編譯館」、「國立編譯館」的設置決定了1950年代大部分兒童讀物的樣貌，不過兩者的功能性質雷同，因此於1958年省立編譯館撤銷，業務移轉給國立編譯館續行。在1946年8月2日公布的「臺灣省編譯館組織章程」中第3條明訂：「本館承本省行政長官公署之命，得審查左列各種圖書，及其他教育用品」，包括了「關於本省社會教育及一般民眾應用之圖書」。「審查」是編譯館的主要職責，審查委員都是由內部成員組成、不若其他委員會（編輯委員會、各類專門委員會）可以外聘專家學者加入，所以意見相對單一、封閉；但因爲是被動接受來件的關係多少會有漏網之魚。此外，館方也會呼籲社會大眾拒絕或檢舉在市面上流通的「敵僞教本」，藉此建立部訂版本教科書的正統性[10]。

10　1947年10月8日出刊的《中央日報》的新聞〈國立編譯館鼓勵讀者　隨時檢舉敵偽教本〉中有相當強烈的措辭：「本年暑假，又復通令各省市教育廳局轉令各校一律採用印有教育部許可執照之修訂部定課本，教育部禁止敵偽課本，不時三令五申，仍書局唯利是圖，將此類禁售之圖書，仍行發售」。言論中把非部定版本的教科全部歸類為「敵偽教本」，反映了當時政局之緊繃。

不過它另一項更值得注意的任務是主動邀集專家學者撰稿出版具有政令宣傳性質的讀物。1952年國立編譯館響應蔣介石的文化改造主張，邀集了黃建中、高明、崔書琴、梁實秋、張北海等人撰寫宣揚國策的著作[11]，目的是「以激發民族意識，提高民族道德，培育民主風範，加強青年反共抗俄及雪恥復國之犧牲奮鬥精神。」[12]同年，時任教育部長的程天放決議重新修訂「國語」、「社會」兩個科目的課程標準，原因是「不能和當時的『反共抗俄』政策以及〈戡亂建國教育實施綱要〉配合。」[13]而國語科目其中一條修訂項目是：「教材的選擇注重有關激發民族精神，增強反共抗俄意識和闡揚三民主義方面。」[14]此修訂政策施行後國民黨政府又認爲更動幅度不足以因應家國所需，時任教育部長的梅貽琦決定於再次進行課程修訂工作，列舉其中一項要點是：「加強民族精神教育、科學教育及生產勞動教育。在國語、社會、常識、史地、公民與道德等科內，充實民族精神教育的教材」[15]。從一連串的修訂過程可以看到國語與社會兩個科目性質（文章體例）之於國策推動的重要性，「而這也是在當時臺海緊張情勢下，國民黨政府爲奠立統治基礎所作的一項教育部門的緊縮控制工程。」[16]不過，即使各個科目課程的設計受到了政治因素的影響，修訂內容仍得要「符合兒童經驗發展之程序」。這裡特別指出的「兒童經驗發展」指的是課本裡收錄的文章作品內容的調配必須循序漸進、符合兒童生理成長包括識字、理解能力等。

---

11 書名依序是《民族道德與民族復興》、《中國民族之奮鬥》、《民主政治》、《美國是怎樣的一個國家》、《認識蘇俄與共產黨》。

12 《中央日報》3版（1952.5.19）。

13 引自司琦，《小學教科書發展史（下）小學教科書紙上博物館》（臺北：華泰文化事業，2005）頁2230。

14 同上註，頁2230。

15 同註13，頁2230。

16 石計生、李健鴻等著，《意識形態與臺灣教科書》（臺北：前衛，1995），頁17。

參、教科書與兒童文學（1945-1959）

一、戰後初期的國文教科書

戰後初期因爲政局尚未穩定，中國編審的教科書內容又不合乎臺灣所需（人文民情），解決之道便是委由民間機關編印教科書[17]。由新生教育會編撰的《初等國文　卷一　甲書》這本教科書雖無版權頁，但出版日期推測是在1945年8月14日之後、9月1日之前（開學日），應該是戰後初期爲了因應教學需要最早出現的教科書。其內容以教導兒童建立生活認知爲主，如動作、空間感、動物（習性）、親屬關係、食衣住行等。《初等國文　卷一　甲書》教科書的出現說明了戰後初期政局混亂、政權的移轉未能和國民教育即時銜接的景況，突顯出了兒童教育和讀物青黃不接的事實。這本尚未加注注音符號的教科書內容從圖文分陳（生活認知）至於圖文整合（閱讀能力），以此策略儘可能在有限的篇幅（資源）裡滿足兒童的學習需求。戰後初期的兒童面對的是無可避免的語言轉換以及百般匱乏的教育場域，教科書作爲普及度最高的兒童讀物，其編撰印製又必須以官方意志爲準則。在語言學習、培養國家意識的前提下如何能引發兒童閱讀興趣，這個問題背後涉及的是戰後臺灣兒童文學面貌是如何被形塑的。

出現具有童話特性作品[18]應該可以從由臺灣省教育處編纂、1945年12月25日出版的《臺灣暫用小學國語課本　甲續編　丙書》[19]開始

---

17 戰後初期教科書編纂、供應的問題頗為嚴重，主要有四種處理方式：「（一）自行編印國語文、本國史地等新教材；（二）翻印大陸部編本教材之適用於臺省者；（三）選用一部分內地各書局之審定小學教材適用於臺省者；（四）選擇一部分日人援用之數理技術學科教材。」

18 林守為的《兒童文學》（自行出版，1964）是臺灣戰後較早出現、具代表性的兒童文學研究專著。書中提到了童話有別於民間故事、神話、寓言和兒童故事，在符合兒童心理的前提下憑藉寫作者的想像力將事物「誇大得超出自然的範圍」並富含「奇突、驚險、滑稽、幻變的成分」。因此，相較之下「遊戲性」是童話能夠吸引兒童閱讀興趣的主要因素。

19 課目名稱依序是：〈在樹上〉、〈紅光的怪物〉、〈搬到山洞裏〉、〈鑽木取火〉、〈工具

談起。這本課本的課文內容是以人類進化發展史爲主，第31課〈在樹上〉敘述的是史前時代人類原始的生活情景，第32課的名稱是〈紅光的怪物〉，全文摘引如下：

> 一個劈雷打在樹上／樹林裏起了火／紅光的怪物飛來飛去吞吃樹木／人和野獸看見了／都嚇得乱跑／這樣的事經過了好幾回／有些人大著膽走近去看／想和那紅光的怪物作朋友／拿些樹枝給他吃／因此人就知道用樹枝引著火作火把／他們又看見野獸都不敢走近火邊去／知道人可以靠著火得到安寧[20]

這段文字敘述人類初見「火」與「燃燒」這兩種陌生事物時的驚慌反應；在這篇作品中「火」成了有生命的怪物，牠會自己「吞吃」東西、飛行。而人類則因爲好奇展現出冒險精神，最終學習到了和火共處的方式。此外，將機器擬人化的〈巨大的巨人〉一文也是一篇想像力、知識性兼備的文章：

> 機器替人工作／機器好像是個巨大的工人／一架挖泥機他有一條長臂和一隻大手／機器開動了／長臂伸過去／伸到地上／或者伸到河底／用大手抓起一大打把泥土來／機器再開動／長臂舉了起來／又移向後方／放開大手／一大把泥土都落下了／還有那起重機／他只有一條長臂／機器開動了／幾十個人扛不起的笨重東西／他一舉

和武器〉、〈古代的氏族〉、〈籃子與陶器〉、〈古代人打獵〉、〈畜牧和種植〉、〈從氏族到國家〉、〈從工具到機械〉、〈巨大的機器人〉、〈瓦特的發明〉、〈富蘭克林的實驗〉、〈人民要做國家的主人〉、〈我們的世界〉、〈全世界的人類〉、〈侵略的國家〉、〈兩次世界大戰〉、〈世界永久和平〉。

20　臺灣省教育處編纂，《臺灣暫用　小學國語課本》（臺北：臺灣省教育處，出版年不詳）頁1-2。

就舉了起來／好像一位大力士[21]

機器體積以巨大形容是相當平實的寫法，用工人比喻則是確立了它的身分：爲人類服務、效勞，負責處理各項困難的工作。各式各樣的機器機具透過這樣的描繪的確變得更爲生動，它們有何功用、效能也都清楚展現。不過作爲主要角色的「機器」缺少了性格／習性的鋪陳（和他人互動中產生），也因此不若〈紅光的怪物〉這篇故事所擁有的觸動讀者心理（好奇）的元素。

日本統治結束後如何讓臺灣人民能擁有識字、寫字（中文）的能力是國民黨政府在治理上的難題，識字後才能閱讀、語言習得後方可順暢溝通，官方的政令宣達就能透過各種形式達到瀰漫的效果。所以兒童文學便做爲能引發兒童閱讀興趣的對象，現身於國語教科書中。

二、教科書的編輯要旨

查閱1950年代各個版本國語課本編輯要旨，可以了解兒童文學引發閱讀興趣以及培養閱讀能力已經成爲共識。「兒童文學」作爲教科書編撰的思考方向之一，最早應是出現在1946年1月出版的臺灣省行政長官公署教育處主編的《高級小學國語課本》中，在編輯要旨的第三項寫到「本書主旨在指導兒童學習平易的語體文，並欣賞兒童文學，以培養期閱讀能力與興趣。」對教科書編撰者來說，強調兒童文學的重要[22]是因爲它是一種能夠引發兒童興趣以及養成閱讀「能力」的作品，和其他類型的文章明顯做出了區隔，此後兒童文學便存在於國語教科書編撰者的視野中。

綜查其他科目的教科書，唯有國語科會把兒童文學納入編撰考量。進一步考察，出現在國語教科書中的兒童文學作品多爲童話、寓

21 同上註，頁20。

22 在此要旨中，它的排序列在「本書取材標準，係遵照　總裁手著中國之命運第五章所指示之心理建設、倫理建設、社會建設、政治建設與經濟建設五項建國基本工作」這項條目之前，顯示了課文的形式類型重於內容。

言和少年小說。唐守謙在〈怎樣指導兒童閱讀〉[23]這篇文章裡提到了因為優質讀物的缺乏、導致兒童的目光都放在連環圖畫這類型的作品上，並且，他認為「閱讀」這件事情其實需要專業人士（教師）的指導才能真正獲得成效。因此唐守謙視「閱讀」為一種技術，是要透過觀察兒童習性、考察讀物價值、家長與家庭（環境）的支持，在按部就班的訓練過程中培養出這項可以「增進智能」、「陶鑄人格」、「培育發表力」的能力。

而童話的文類特性剛好符合兒童的需求，唐守謙是這麼說的：「凡屬遊戲之事，兒童都樂於為之，兒童對於讀物，其動機可以說就是尋求愉快。自然許多有價值的效果，便可以從這閱讀中得到。兒童喜歡圖畫和童話，原是自然之事，只問其內容和兒童讀後的效果如何了。[24]」這代表即便是最能引起兒童目光的童話作品，閱讀之後也必須具備某些反饋。唐守謙的這篇文章中說明了反饋的具體內容，分別是擁有「正確的愛國家愛民族愛人類的思想」、「要有正確的尺度去評衡人物」、「要有進取、同情、合作的精神」、「要避免個人主義和英雄思想」、「要消除兒童的迷信觀念和不勞而獲的幻想」等。

在劉佑訓的〈故事的價值及選擇〉[25]一文中歸納了各年級兒童所喜愛的故事類型，低年級學童偏好動物與神仙的故事，中年級學童喜好滑稽、生活類的故事，高級年學童愛好科學、英雄與探險的故事。他認為故事必定要有正向、積極的教育意味，並且排除一切「反教育目的的故事」。也就是說，兒童閱讀到的故事是經過選擇、篩選過後的結果，這樣才能確保兒童純潔的心靈不被汙染。

將兒童文學納入國語教科書這樣的編撰策略在當時受到相當程度的肯定，正川在〈新編國校國語課本應行修正各節管見〉一文中便提到國語教科書中一般性質文章對於讀者而言是「枯燥乏味」的，而「富有兒童文學趣味的題材」的作品「對於培養兒童閱讀興趣及欣賞

---

23 唐守謙，〈怎樣指導兒童閱讀〉，《中央日報》3版，1952.2.27。

24 同上註。

25 劉佑訓，〈故事的價值及選擇〉，《國語日報》3版（1955.9.18）。

能力，可以得到更好的效果。[26]」不過也有教材編撰的專家學者如艾偉、祁致賢以爲這樣的編輯準則過於空泛，必須要明確規範的意見出現[27]。像是閱讀速度（文字量）、詳細訂立學習目標等，他們更提出了每學期閱讀兒童文學作品應該要有一百冊的數量。這樣的建議進一步確認了兒童文學的價值，認爲在學校教育之外、這類型的讀物具備了幫助兒童成長的效能。

肆、閱讀兒童文學的目的與效用

一、兒童文學的教學策略

有別於國語教科書中一般性質的課文，兒童文學著重於欣賞與感受。因此對於在教學現場的人們，應該要怎樣教授這類型作品並且達到引發兒童的興趣與培養出良好的閱讀能力的日的呢？這個問題可以在《國民學校國語教學指引　初級第二冊》[28]找到線索；這是針對教師所編撰、可以在「教學時知所依據」的專著。在編輯要旨方面提到了教師在教學時要依照書中指示準備教具，並說明了教師在教學現場可依狀況應變、改變授課方式、內容，「不必拘泥」。在這套教學指引中安排、條列了在一節課的時間中的授課流程與細節，分別是「引起動機」、「觀察及報告」、「講述故事」、「課文研討」、「閱讀」、「推究」、「體味」、「綜合」等八項。

在〈大野狼〉這篇改編自《格林童話》〈狼和七隻小山羊〉[29]中的童話中，敘述寄住在外祖母家的小孩們被長輩告誡若大人不在、門窗一定要關緊，因爲山中有會食人的的大野狼。長輩出門後大野狼眞

[26] 正川，〈新編國校國語課本應行修正各節管見〉，《臺灣教育》53期（臺北：臺灣省教育會，1955.5）頁17。

[27] 紀海泉，〈修訂國民學校課程標準之各方意見〉，收錄在《教育部修訂國民學校課程標準參考資料》（臺北：教育部國民教育司，1959）。

[28] 臺灣省教育廳編審委員會主編，《國民學校國語教學指引　初級第二冊》（臺北：臺灣省教育廳，1958）。

[29] 版本參考對照自魏以新譯，《格林童話集》（臺北：光復書局，1998.6）。

的循味來到家門前，用著柔和腔調唱歌要誘使小孩開門：「小孩子乖乖，把門兒開開，快點兒開開，我要進來。」小孩沒有受騙，反而唱歌應和：「不開，不開，不能開，你是大野狼，不放你進來！」和原版的故事內容相較本篇有兩處更動，一是大野狼始終沒有進到家門內，反而被拿起大刀、長棍的小孩們給趕跑；二是人類（角色）取代了小羊。

「教學目的」依序是「使兒童知道大野狼的形態及其兇惡習性」、「使兒童處事謹慎小心，不受敵人欺騙」、「使兒童認識、瞭解、欣賞並能應用本課課文」、「使兒童知道利用武器來打擊兇惡的敵人」、「使兒童知到團結合作必可克敵致勝」。課堂實際教學所準備使用教具有「課文插圖放大圖」、「大野狼圖片」、「生字新詞卡片」、「實物－大刀和長棍」。「推究」指的是課文解析、分成「內容」和「形式」兩部分；前者以問答方式精進讀者對課文內容的理解程度，如大野狼的慣習地（住在樹叢或洞穴裏）、體型樣態、進食（吃小豬、小羊和小孩）、性情（凶暴）、性格（狡詐）、狼與人類之間的互動過程（辨別欺瞞話語）。這樣的資訊雖然簡潔易懂，但其實過刻板化動物的印象，例如「狼」這個生字的解釋是：「形狀像狗，性情兇惡。[30]」後者一一解釋了課文中標點符號使用的意涵以及故事的展演策略（歌劇、重複句、詞性）等延伸的學習內容。

上半部的情節營造出相當緊張的氛圍，但接續的內容則一改原先不知所措的情勢，開始宣揚、鼓吹奮勇殺敵的精神。故事裡的小朋友們（兄弟姊妹）在討論過後決定挺身面對：

> 小華就說：「一隻野狼有什麼可怕。我們這兒有四個人。家裏有的是大刀和長棍，我們拿了這些武器，和一隻大野狼作戰，還怕不能打死牠嗎？」小明舉起右手說：「我贊成華哥的意見，狼的形狀和大野狗差不多，牠的武器是利牙和長爪，我們的武器是大刀和長棍。我們四個人如能團結起來，來打一隻狼，一定會把牠趕走

30 同註29，頁182。

的。」[31]

趕走狼的關鍵是「武器」和「團結」，這也是故事的核心意義。即便是雙方的能力並不對等，但只要擁有這兩件要素，就可以展開對立的局勢。狼在故事情節的推進中逐步被轉化爲「敵人」這樣的概念，而不是一隻依本能行動的動物（覓食），代表了兩者的關係進入到另一種層次（爭鬥／勝敗）、不再只是單純的「求生」行爲。這一點在「體味」這項教學指引中有更清楚的說明；它指的是針對課文內容設計假設性的提問，像是「我們的共同敵人是誰？」和「我們見了敵人要怎麼樣？」這樣的問題。「敵人」的概念一出現，屬於動物的原始定義就被抽離了，因爲作品需要的只是一個形象負面的角色。

寓言作品的教學步驟、學習方式和童話相同；〈蚊子會咬人〉敘述一隻想要和其他昆蟲做朋友的蚊子，卻總是無法如願。原因是牠吹噓自己有著會傳染各種疾病的本領，並且鼓吹大家放下工作、一起玩樂：

> 蚊子說：「我在夜晚飛出來，趁人不注意的時候，就咬人，吸取人的血。我在吸血時，還會把瘧疾、黃熱病，大腳病傳染給人類，你看我的本領高強嗎？」…蚊子說：「你何必辛辛苦苦的工作，替小螞蟻做奴隸。你還是不要做事，跟我做朋友，和我一起玩吧！」[32]

這一課的教學目的是「使兒童知道蚊子的害處」、「使兒童知到蜜蜂和螞蟻做工的勤勞」、「養成兒童好勞動的習慣」，並且藉由蚊子不會有朋友（懶惰、害人）而蜜蜂螞蟻才會有朋友（勤勞）這樣的邏輯強化這幾種行爲的正當性。在教學指引裡提出了兩個問題，一是「蜜蜂和螞蟻會做什麼事情？」二是「蚊子會做事嗎？」問題本身預設了立場，「做事」的意義侷限在有利於他人的勞動這個層面上，因

31　同註29，頁192-193。

32　同註29，頁284-285。

此其設計的目的並不在於引導讀者思考。此外，這篇寓言明確傳達了蚊子可能對生命造成的危害，衛生宣導意義相當明顯。

〈幾粒稻種〉和〈稻子長大了〉敘述一頭「不但會拉車，還會耕田。家裏的人都非常愛護牠」的老牛從人類手上拿了優質稻種，準備開始一連串的工作。老牛遇見了在田邊玩耍的白羊和花狗，便鉅細靡遺的講解種植稻種的方式（播種、分秧、施肥、除草、除蟲、收割、碾米）和生長過程、希望牠們可以加入耕作的行列。老牛和白羊、花狗的個性形成了強烈對比，不肯參與耕作的牠們自然無法享受成果：

> 老牛把稻子碾成了米，磨成粉，蒸熟成糕，氣味很香。這時白羊花狗聞到糕的香味，就跑來對老牛說：「請你分些稻子給我吃吧！」老牛說：「你們不肯做事，我不給你們吃。」白羊說：「你的稻子很多，吃不完，分一些給我吧！」老牛說：「我要把多餘的稻米，送給前方將士吃，他們為國服務，可以享受我辛苦的收穫呢！」[33]

以「要怎麼收穫、先要怎麼栽」爲主旨的故事最後和「爲國服務」這項神聖任務連結，於是，讀者對務農這項需高度勞力的工作將有著更宏偉的想像。換言之，不耕作的人不僅得不到食物，更將失去了爲國奉獻的機會。

1950年代國語教科書中多數寓言的寓意皆是在強調勞動、做工的必要性，唯有如此才能確認自身的價值，而辛勤之後的成果所能發揮的最大值便是奉獻國家。或者是把願意工作視爲決定生死的條件，如〈豬與牛〉[34]中言明了勤勞者才能擁有存活機會，懶惰者會招致殺身之禍這樣的例子。〈螞蟻和蟋蟀〉[35]以昆蟲之間的對話和互

---

[33] 同註29，頁215-216。

[34] 臺灣省教育廳編審委員會，《初級小學國語課本（六）》（臺北：臺灣省政府教育廳，1951）。

[35] 國立編譯館，《國民學校國語課本初級第四冊》（臺北：國立編譯館，1958）。

動，說明團結的重要。這些寓言作品的寫作模式頗爲一致，雖然是以動物、昆蟲等非人類的生物作爲角色，但對白、詞彙的使用都是站在人類中心的立場上設想。換句話說，生物們的習性、生活型態以及行爲的意義被挪用爲賦予各種價值觀正當性的工具。

因此，國語教科書中的寓言作品的寓意多具有強烈針對性，例如1951年出版的《初級小學國語課本（六）》裡的課文〈烏鴉和狐狸〉，內容敘述相貌醜陋、聲音粗啞的烏鴉聽聞狐狸的讚美後掉漏了口中的肉，並且馬上被其叼走離開（結尾）。但在1958年出版的《國民學校國語課本初級第四冊》的〈貪吃的狐狸〉，其文句經過修飾但主要情節相同的內容中，增加了一段新的結尾：「有個獵人看見了，說：『這個壞東西騙人，眞是可惡。』就一槍把他打死了。」比較來看，〈烏鴉與狐狸〉的寓意有著相對開放的解釋空間，如烏鴉易信美言或是狐狸生性狡詐。〈貪吃的狐狸〉則聚焦在狐狸的行爲必定要受到嚴厲懲罰如此絕對的意義上，兒童閱讀過程中的可能會提出的疑問（思考）在這樣的作品中也就難以成形。

二、在旅程中認識世界與文明

國語教科書中的兒童文學強調身體必須要勞動、勇於禦敵以及懲奸罰惡等觀念，表現出了編撰者（官方）對於引起兒童的閱讀興趣背後的深刻期待。不過，也有以讓兒童獲取新知、拓展視野爲目的的兒童文學作品，而且多是以「旅行」作爲主要情節安排。旅行意味著遠離了家園的守護，過程中雖然會遭遇挫折、困難以及隨之而來無助、絕望的情緒，但可以預期的是它們最終都將成爲自身成長的養分。

具代表性的是改寫自丹尼爾·笛福的長篇小說《魯賓遜飄流記》的〈魯濱孫飄流記〉，這篇在1950年代國語教科書中少見的西方文學經典經過刪節後篇幅不到一千字。作爲國語教科書的課文，它的內容著重在描寫主角在荒島上，爲了生存一步一步重新建立起屬於自己家園的過程。像是如何使用工具以及現地物材製造食衣住行需要的一切事物，最後，他更能搭建木船繼續自己長久以來的航海興趣。

1950年臺灣省政府教育廳主編的教科書版本的這段文字「凡人生日用必需的工作樣樣都得自己親手做，這樣一日一月一年的過去，他畢竟還是生存著」的最後一句話，在1953年國立編譯館主編的版本中，修改為「他真正成了雙手萬能的人。」在文意上後者顯得更為積極並帶有一種讚許的意味，而不是迫於無奈待在此地；說明了即便是無法回到文明世界，他仍可以安然自在的「生活」，「生存」早已不是問題。

充滿冒險犯難精神是這篇小說出現在國語教科書的原因之一，而主角面對困境時展現出的勇氣與作為對應日後收穫的成果，使得作品發散出正向、無畏的能量。不過，有一點值得注意，在魯濱孫眼中島嶼是「荒無人煙」的，因為他把「野人」視為和野獸同等的生物。這樣的描述傳遞出的訊息是，擁有刀材器械以及工藝技術並能讓自己保持在文明的狀態中，才有資格以「人」自稱。

〈小水點〉[36]這篇童話敘述小水點想要離開大海到世界各地去遊玩，但不會行走、飛翔的他找不到願意幫忙的對象。就在失望想要放棄之際太陽伸出了援手，小水點得以完成願望在空中遨遊、俯瞰大地的景色。這篇童話透過主角想要「遊戲」的念頭作為故事主軸，將蒸發、凝結與降雨等自然現象轉喻為旅程中的夥伴如「風力士」、「雲車」以及遭遇到讓他跌落地面的突發狀況如「霹靂」，讓兒童認識這些現象的形成因素。賦予自然界的諸多現象如水、電、石炭，人體構造（眼耳口鼻舌）以及非人的生物生命，並以它們的視角闡述理念以及解釋己身有何作用（功能）是1950年代國語教科書裡的兒童文學作品慣用的寫作模式。這些現身說法的「事物」多是從對現況感到匱乏、不安作為故事開展的主因，進而透過自身的努力或是尋求外力的協助解決問題以及完成目標。

所謂的目標可以分成兩部分來談，一是突破侷限，把自我提升到更高的層次。除了上述的〈小水點〉之外，〈小金魚想看海〉和〈小金魚看到海了〉[37]這篇童話內容敘述在池塘優游的眾多魚類中，唯有小金魚想要親眼目睹大海的模樣。即便被告知路途遙遠且充滿危險，他仍毅然啟程，因此獲得了獨一無二的世界觀。二是為文明做

---

36 魏冰心、朱翊新、蘇兆驤，《初小國語讀本第七冊》（臺北：世界書局，1950）。

37 兩篇課文收錄在國立編譯館，《國語課本初級第四冊》（臺北：國立編譯館，1958）。

出貢獻，欣於成爲人類追求生活便利、進步不可缺少的力量，像是〈我的名字叫電〉[38]、〈電的自述〉、〈煤的話〉[39]等篇。

伍、小結

1950年代的兒童文學進入教科書是爲了引起兒童閱讀興趣、達到識字學習目的，此外，這些兒童文學作品多數有著一定功能導向，透過制式的教學步驟確保兒童可以在兒童文學裡獲得既定的價值觀。首先是對身體的規訓，強調勞動勤作是日常行事準則，而且具備產值（自主）不僅是生活延續的保證，也將擁有奉獻國家的機會。此外，生活中若發生危險的狀況時，兒童被要求挺身面對，透過使用器具以及團結同伴的方式解決問題，並且使其得以進一步展現出值得誇耀的英勇氣質。

因此，傳達科學新知、解釋現象成因和構造功能等幫助兒童理解、認識世界的演變進程，以及生命奧秘的兒童文學面貌便顯得相對多元。以此爲主題的作品透過具有層次感的情節設計，在歷險、突圍的過程中爲讀者演現了成長的契機。因而當人們嘗試著帶領兒童從未知、懵懂的狀態往不同階段前進的同時，在採行的方法方面得先精確掌握兒童的智識程度及其心理需求。

所以，1950年代的兒童文學受到教科書編撰者的青睞不代表就有穩定、獨立發展的空間，因爲作品在各種意識形態、價值觀與教學方式的拉扯中，其內涵有著逐漸趨向單一的態勢。透過作品的分析更能清楚知道，當教科書的編輯要旨多番談論到要以適應兒童生活作爲編撰依據，「生活」兩字眞正指涉的是國家整體需求。換言之，教科書編撰者發現兒童喜歡閱讀兒童文學這件事情後，彷彿找到一條能讓意念順行的路徑；而實際上卻是兒童要適應由時代、社會所帶來的緊張感。

---

[38] 出處同註32。

[39] 〈電的自述〉與〈煤的話〉收錄在臺灣省政府教育廳編審委員會，《高級小學國語課本第三冊》（臺北：臺灣省政府教育廳，1951）。

附錄　獎勵中心學校及國民學校教員編著兒童讀物辦法

<table>
<tr><td rowspan="2">種類</td><td>文藝讀物</td><td colspan="2">童話故事、遊記、劇本，及兒歌、雜歌、新詩、謎語等國語科之補充讀物。</td></tr>
<tr><td>常識讀物</td><td colspan="2">公民、衛生、歷史、地理、自然等常識科之補充讀物。</td></tr>
<tr><td rowspan="4">材料來源</td><td>創作</td><td colspan="2">由作者自出心裁，題材新穎，文字活潑，而適合兒童需要者。</td></tr>
<tr><td>重述</td><td colspan="2">近代書報所載關於抗戰時期前線戰士、戰區義民，忠勇抗敵之事實，重行描寫，加以敷暢或刪節，而適合兒童興趣者。</td></tr>
<tr><td>翻譯</td><td colspan="2">取材於我國經、史、子、集及歷代名人筆記中之寓言故事、軼事等，用淺近之語體文敘述；或取材於外國名著，用淺近之語體文意譯，
而適合兒童程度者。</td></tr>
<tr><td>蒐集</td><td colspan="2">蒐集各地民間口頭流傳之傳說、歌謠、農諺、謎語，及鄉賢故事等，分類撰述，加以修飾或整理，而適合兒童心理者。</td></tr>
<tr><td>選材標準</td><td>內容方面</td><td>文藝讀物</td><td>㈠須遵照部頒小學國語科課程標準，而能用作補充讀物者。
㈡須適合我國教育目標，而能喚起民族意識，增進國家觀念或富有道德訓練之意味者。
㈢須適合我國社會環境與自然環境等一般情形，而不背時代潮流者。
㈣須順應兒童經驗與閱讀興趣，而不離奇荒誕或凶暴殘酷者。
㈤須具體奇警而有充分之真實性與深切雋永之趣味者。
㈥須有「學習指引」，而能使兒童自力閱讀，並須提供想像思想製作發表等問題者。</td></tr>
</table>

<table>
<tr><td rowspan="2">選材標準</td><td>內容方面</td><td>常識讀物</td><td>㈠須遵照部頒初級小學常識科及高級小學社會、自然科課程標準，而能用作補充讀物者。
㈡須為現代國民生活上所必備之常識，而適合兒童環境需要者。
㈢須能發揚三民主義之精神或表現我國固有文化，而足以激發兒童愛護國家、復興民族之情緒者。
㈣須能指導生產與鼓勵生產，而為實際生活上可應用者。
㈤需有學習指引，而能使兒童自立閱讀研究。並須提供觀察、調查、蒐集、參考、試驗、實習、製作、紀錄等各種活動者。</td></tr>
<tr><td>文字方面</td><td colspan="2">甲、需用純粹國語，而不雜土語方言。（詩歌韻須遵照中華新韻，完全用國音韻。）
乙、語句要明白、簡潔，合於語言之自然順序。
丙、措詞要生動，而不呆板；敘述要曲折，而不平直；描述要真切，而不浮泛。
丁、章法要一線貫注或層次井然，結構要嚴密完整而不散奇零。
戊、標題要警策動目，而不含糊抽象。
己、所用生字詞類，須根據部頒小學字彙、詞彙（在小學字彙詞彙未頒布前，以初級小學國語、常識教科書國訂本各冊生字為標準）。
庚、各冊文字須比照同程度、同性質之教科書略淺。低年級用之讀物，至多不得超過二千字；中年級用之讀物至多不得超過一萬字；高年級用之讀物至多不得超過二萬字。
辛、文藝讀物，得匯集同一體裁之作品若干篇，合成一冊。例如兒歌集、謎語集、抗戰故事集等常識讀物，須以每一問題編成一冊。例如：精忠報國之岳飛、長江流域記、昆蟲世界等。</td></tr>
</table>

資料來源──司琦，《兒童讀物研究》（臺北：臺灣商務，1993）。

不同體系的教學現場

國文教師的教學主體能動性

潘麗珠
國立臺灣師範大學國文系教授

摘要

文白之爭，本非無因。然政策已定如是，在比例上爭執，各有論點，徒陷膠著。近年來教育界頗為主張「以學生為中心」，似乎逐漸忘記課室中的教育主體實則有二：教師與學生。教師之能動性比學生理當更為明確，畢竟學生之總體學習內容必須經由教師安排、設計、引領、教導、補充。職是之故，如若教師願意連結課文素材內容指導文言文、詩歌、戲劇，或者口語表達、閱讀策略、寫作應用，正是掌握發揮教師能動性的契機，何懼文言文比例降低！

有心耕耘國文教學者，正好藉助新課綱倡導素養之際使力，掌握教師教學能動性，不受文言文調降比例之綁架，發揮能動性，將應該教給學生、想要教給學生的素材，教導之以開拓學習視野，進而提升人文素養。本文依據此一立論觀點，運用課文實例實踐操作示現說明，提供學界思考。

關鍵字：教育主體、國文教學、能動性、文言文、白話文、觀察學習

壹、前言

本文撰寫於2018年，明年新課綱即將施行，中學國文領域的文白比例始終是各界關注的焦點、爭論的要因。即使降低文言文比例之反對聲浪頗大，然政策已定如斯，教師徒陷焦慮絲毫無益，不如思考面對新局應該如何因應以對，方爲上策。

近年來教育界頗爲主張「以學生爲中心」，似乎逐漸淡忘課室中的教育主體實則有二：「教師」與「學生」。教師之能動性（Agency）比學生更爲明確、重要，畢竟學生之學習內容總要倚靠教師安排、設計、引領、教導、補充，而且教師的教導往往是學生「觀察學

習」[1]（Observational Learning）的對象，具有潛移默化的效果，這是因爲：「觀察學習的歷程主要包括五個步驟，首先是學習者注意到示範者的行爲；其次是學習者將所觀察到的知覺經驗貯存到記憶系統中；再次是學習者發展出複製此行爲的能力；第四是有類似的刺激情境或相當的激勵時，學習者會從記憶中提取此種行爲；第五是將提取出來的行爲付諸實際行動。」[2] 職是之故，如若教師願意聯結課文素材內容，指導文言文（古典詩歌屬之）、戲劇，或者口語表達、閱讀策略、寫作應用，正是應對得宜的措施。在教師身教的引領之下，學生漸漸習慣、熟悉聯結古典文學的閱讀，習以爲常。如此一來，何懼文言文比例降低？眾所周知，長年以來高中國文課除了國文教科書，還有一本《古文觀止》在教師的囑咐下經常陪伴學生左右，吾人多半是這樣走過來者。因之，「教師的能動性」頗具關注的價值與實踐的參考。

所謂「能動性」，意指個人能夠獨立行動，作出他們自由選擇的能力，與「自主權」關係密切。相較於教材的結構硬性與安排限制，教師的能動性可以擁有選擇和擴大機會，有心耕耘者，正好藉機使力，掌握教師教學能動性，不受教材結構束縛，發揮自主性，調度長年積學之古典文學瑰寶，將應該教給學生、想要教給學生的素材，教導之以開拓學習視野，進而提升「系統思考與解決問題」（相同主題與題稱，作法不同進而辨其分殊）、「身心素質與自我精進」（理智與情感諧和，理解夫妻深情自古有之）、「符號運用與溝通表達」（寓言符號與詩歌體裁的運用意義，人與社會、他人的溝

---

1 觀察學習，又稱為「替代學習」，是美國心理學家阿爾伯特・班杜拉（Albert Bandura, 1925—）在二十世紀六〇年代提出的一個概念。由於人有通過語言和非語言形式獲得訊息及自我調節的能力，使得個體通過觀察他人（榜樣）所表現的行為及其結果，不必事事經過親身體驗，就能學到複雜的行為反應。直言之，是學習者觀察到示範者的行為及該種行為的增強過程，可因模仿示範者的行為而完成學習。（參考國家教育研究院「雙語詞彙、學術名詞暨辭書資訊網」，網址：http://terms.naer.edu.tw/detail/1315778/?index=2，2018.04.18瀏覽）

2 引自國家教育研究院「雙語詞彙、學術名詞暨辭書資訊網」，網址：http://terms.naer.edu.tw/detail/1315778/?index=2，（2018.04.18瀏覽）

通）之人文素養[3]。

本文依據此一立論觀點，運用國中與高中課文教材示例，實踐操作加以說明，企盼提供教育現場探索思考。

貳、教學示例

國高中的國文教學，注重考試分數與實踐教師理念並不衝突，也非兩難，思考慣性爾。教師很容易依據教材之編制內容，從事教學，校方訂定考試範圍也多依照教材課序的安排區分，然而在此一硬性結構規範下，做為在課堂實踐的教學媒介，實際有多元展現的可能，這可從近幾年筆者始終參與的「教育部中等學校暨國小階段跨領域美感教育實驗課程開發計畫」[4]見出端倪。在此計畫執行過程中，國高中國文教師聯結了書法、音樂、美術、藝術生活、地理、生物、科技資訊，乃至餐飲，進行課程設計，展現出活潑多元的教學面貌。然則，國文領域自身何獨不能？

又，從歷史的脈絡觀察，古人禮樂射御書數並進學習，清人家學八歲開始學習四書、《孔子家語》、《孝經》[5]，雖有先後次第，溫故知新豈非不同篇章一以觀之？程端禮《讀書分年日程》說道，讀書除了留心篇章主意，還看「裨揚、輕重、運意、轉化、演證、開闔、關鍵、首腹、結末、詳略、淺深、次序」[6]，這些多半是針對謀篇、立意、作法而言，便已經提供了國文教學許多可發揮之處，但左宗棠所言應該更值得深思：「讀書時，須細看古人處一事、接一物，是如何思量？如何氣象？及自己處事接物時，又細心將古人

---

3 見教育部公布108課綱「三面九項」中的核心素養。（十二年國民基本教育課程綱要總綱。發布日期：106.05.10，發布字號：臺教授國部字第1060048266A號令）

4 參見官方網址：http://www.inarts.edu.tw/teams（2018.04.23瀏覽）

5 參見「古人學習的書籍」，網址https://www.zhihu.com/question/20901379（2018.04.26瀏覽）。

6 參見「古人讀書方法輯錄」，張明仁〈古今名人讀書法〉，網址http://blog.sina.com.cn/s/blog_5d6cf0360102e3m2.html（2018.04.26瀏覽）

比擬。設若古人當此，其錯置之法，當是如何？」[7]仔細體會揣摩其意，主動設想，處事接物（待人），與新課綱精神所標榜的「自主行動、溝通互動」兩個面向有關。如是，從擴充學生文言文閱讀層面出發，以下教學示例爲筆者諸多構想的其中之一，國中、高中分而述之。

一、國中的教學示例：胡適〈差不多先生傳〉

〈差不多先生傳〉是一篇類傳記體裁的寓言白話文，內容的安排依照傳記體例：以「先綱後目」的手法來敘寫人物，並以貼近生活的事例作爲佐證，構成一篇趣味盎然、含義深遠的寓言。在技巧上，巧妙的運用誇飾、排比、反諷等修辭法，以淺顯生動的語言，因事顯理的方式，讓讀者在荒謬逗趣的文字背後，領略作者嚴肅的創作用心。

選擇本文原因在於，學生常有書寫自傳的機會，但本文的「傳」卻有不同，可以提醒、比較。筆者連結東晉陶淵明〈五柳先生傳〉和唐代柳宗元〈種樹郭橐駝傳〉兩篇文言文進行統合教學[8]：前者通常也被選入國中教材，較近於正式「傳體」；後者則在文言文比例未調降前被某些版本選爲教材，同爲寓言體性質。雖則內容難易有分，但因標題都有「傳」字（與「傳」的性質雖相屬卻殊異），又有人物和故事支撐，教師以說故事方式帶出，不鎖定傳統字、詞、義細訴，以幫助學生了解篇章內容爲要，比較何以〈差不多先生傳〉、〈種樹郭橐陀傳〉是寓言，〈五柳先生傳〉是近「史傳」體手法，各有何不同的寫作技巧。一方面從國學知識層面提高國學素養，另一方面從寫作側重點切入促進比較思維。茲以表格並列呈現如下：

---

7 同上。

8 教師依據教學時間思量，若覺〈種樹郭橐陀傳〉篇幅過長，也可以採用韓愈〈毛穎傳〉。

*表一 「差不多先生傳、五柳先生傳、種樹郭橐陀傳」教學統合

作者、篇名	篇章內容	教學要點與統整
民國胡適 〈差不多先生傳〉	（略）	擬傳記體寓言。 本文既名為「傳」，所以作者仿擬的是《史記》紀傳體寫法：先敘主角的背景及為人，後依時間順序敘述其生平事蹟。這種先交代人物特質，再以事例作為佐證的方式—也就是「先綱後目」的安排，可以使讀者由故事中主角一再重演同樣的錯誤，而加深印象，以達到作者諷諭的目的。
東晉陶淵明 〈五柳先生傳〉	先生不知何許人也，亦不詳其姓字。宅邊有五柳樹，因以為號焉。 閑靜少言，不慕榮利。好讀書，不求甚解，每有會意，便欣然忘食。性嗜酒，家貧不能常得，親舊知其如此，或置酒而招之。造飲輒盡，期在必醉，既醉而退，曾不吝情去留。環堵蕭然，不蔽風日，短褐穿結，簞瓢屢空。——晏如也。常著文章自娛，頗示己志。忘懷得失，以此自終。	近傳記體散文。 本文以五柳先生的思想性格、生活情態、愛好、志趣等方面，塑造了一位安貧樂道的隱士形象，實際是陶淵明的自傳。本文取正史紀傳體的形式，重在表現生活情趣，帶有自敘情懷的特點。作者以簡潔的筆墨表達不同流俗的性格，並不提及姓甚名誰，而用「黔婁之妻」的話來側面稱頌主人翁，既具有史傳體筆法，也增加了形象塑造的說服力。

作者、篇名	篇章內容	教學要點與統整
	贊曰：黔婁之妻有言：「不戚戚於貧賤，不汲汲于富貴。」極其言，茲若人之儔乎？酣觴賦詩，以樂其志。無懷氏之民歟！葛天氏之民歟！	
唐代柳宗元〈種樹郭橐駝傳〉	郭橐駝，不知始何名。病僂，隆然伏行，有類橐駝者，故鄉人號之「駝」。駝聞之曰：「甚善，名我固當。」因舍其名，亦自謂「橐駝」云。 其鄉曰豐樂鄉，在長安西。駝業種樹，凡長安豪富人為觀游及賣果者，皆爭迎取養。視駝所種樹，或移徙，無不活；且碩茂，早實以蕃。他植者雖窺伺效慕，莫能如也。 有問之，對曰：「橐駝非能使木壽且孳也，能順木之天以致其性焉爾。凡植木之性，其本欲舒，其培欲平，其土欲故，其築欲密。既然已，勿動勿慮，去不復顧。其蒔也若子，其置也若棄，則其天者全而其性得矣。故吾不害其長而已，非有能碩茂之也；不抑耗其實而已，非有能早而蕃之也。他植者	擬傳記體寓言。 本文雖提為「傳」但並未是一般人物傳記，也就是未必真有其人其事，而是一篇兼具寓言和政論色彩的傳記散文，屬於諷諭性質極強的寓言故事。 作者藉本文揭露當時地方官吏擾民、傷民的現象。以郭橐陀的「種樹、養樹」之理，推論出「養人」的道理，指出為官治民不能「好煩其令」，而應該讓老百姓「蕃生安性」。 寫作手法運用了「對比」——種植的當與不當、管理的善與不善，以及「類比」——長人者與他植者，兩種寫作技巧。 此文開頭與〈五柳先生傳〉的開頭「先生不知何許人也」異曲同工，和〈差不多先生傳〉的「是各省各縣各村人士」實為

作者、篇名	篇章內容	教學要點與統整
	則不然。根拳而土易，其培之也，若不過焉則不及。苟有能反是者，則又愛之太恩，憂之太勤。旦視而暮撫，已去而復顧。甚者，爪其膚以驗其生枯，搖其本以觀其疏密，而木之性日以離矣。雖曰愛之，其實害之；雖曰憂之，其實讎之：故不我若也。吾又何能為哉？」 問者曰：「以子之道，移之官理，可乎？」駝曰：「我知種樹而已，官理，非吾業也。然吾居鄉，見長人者好煩其令，若甚憐焉，而卒以禍。旦暮吏來而呼曰：『官命促爾耕，勖爾植，督爾獲，早繅而緒，早織而縷，字而幼孩，遂而雞豚。』鳴鼓而聚之，擊木而召之。吾小人輟飧饔以勞吏者，且不得暇，又何以蕃吾生而安吾性耶？故病且怠。若是，則與吾業者其亦有類乎？」 問者曰：「嘻，不亦善夫！吾問養樹，得養人術。」傳其事以為官戒。	模糊不清的面貌，彷如有「不知何許人」之意趣。不過，〈五柳先生傳〉「不知何許人」和〈種樹郭橐陀傳〉的「不知始何名」其實都有針對性，「差不多先生」則屬廣泛概括。其間幽微：差不多先生「罵」到許多人，「五柳先生」指稱自己，「郭橐陀」是引喻，頗可引導學生思辯知之。

〈差不多先生傳〉的生難字詞之字音、字義，先行要求學生預習，教師於課堂上昭示重點，請學生畫線標記，然後進入「說故事」時間，再將課文之外的兩篇文章明白指出其「傳」之不同與寫作手法，析辨何以爲「寓言」、近「史傳體」和三篇文章的立傳旨要。以故事方式說明陶淵明的爲人，以及〈種樹郭橐陀傳〉，學生的接受度和吸收力都可提升。三篇「傳」文章，指稱人物有異，寄意有別，很可以帶領學生討論，某種程度也融合了「翻轉教學」[9]的概

[9] 翻轉教學來源於「翻轉教室」，（英語：Flipped classroom），又譯為翻轉課堂、顛倒教室，是一種相對於傳統較新的教學模式，2007年起源於美國。翻轉課堂會先由學生在家中看老師或其他人準備的課程內容，到學校時，學生和老師一起完成作業，並且進行問題及討論。由於學生及老師的角色對調，而在家學習，在學校完成作業的方式也和傳統教學不同，因此稱為「翻轉課堂」。「翻轉教室」的出現雖具有積極意義，但仍有著教師進行數位課程轉化的挑戰、落入強化追求標準化教育目標的可能、忽略影響個體學習成效因素之複雜性、以及教育與商業過度緊密結合的潛在危機等問題，有待釐清與克服。「翻轉教室」的理念與批判教育學中理想的「賦權增能教室」有幾分相似之處，對照傳統教室之比較如下表所示。（引自蔡瑞君〈數位時代「翻轉教室」的意義與批判性議題〉，《教育研究與發展》第十卷第二期，2014年6月，頁115-138）

	翻轉教室	賦權增能教室	傳統教室
知識來源	專業領域定義的客觀知識	個人經驗轉化為知識	專業領域定義的客觀知識
教師角色	引導者和協助者	啓發者	知識傳授者
學生角色	主動參與者與探究者	主動參與者與探究者	被動接收者
師生關係	互動、共同探究	互動、共同探究	單向、上對下的關係
教學方式	混合式學習、自主學習、同儕合作	辯證性的對話	囤積式教學

念，同時具有批判思維在內。

二、高中職的教學示例：洛夫〈因爲風的緣故〉

選擇現代詩作爲示例，原因在於根據筆者長時間觀察教育現場，教師普遍對這樣的文本相對不擅長。究其原因，師資培育的過程中，相關科目學習，機會較少、興趣較弱，除非本身熱愛現代詩，參與社團，否則比較不易說出門道。

洛夫〈因爲風的緣故〉是由兩個小節構成的現代詩，詩人以日常生活中所見所遇表現對妻子的摯愛。教學時聯結漢代蘇武〈留別妻〉、唐代元稹〈離思〉與宋代蘇軾〈江城子・乙卯正月十二夜記夢〉四篇詩歌，[10]彰顯夫妻之深厚情愛自古有之，即使表現的形式不同，意象各殊、技巧各異，「溫柔敦厚」則一，詩旨趨歸相似。茲同樣以表格並列呈現如下：

	翻轉教室	賦權增能教室	傳統教室
設備需求	科技設備、網路	不需任何設備	不需任何設備
教育目的	運用科技促進學生能自主學習，所有人具有平等的競爭力	教育是一種批判性的實踐，達成民主社會為目標	培育符合社會需求的人才

筆者案：關於上列表格，對「傳統教室」有關學生角色「被動接收」，師生關係「單向」，教學方式「囤積式教學」，設備需求「不需任何設備」，筆者頗不以為然。

10 此處舉例而已，亦可以杜甫〈望月〉或其他授課教師感覺合適之詩歌作品統合而教之。

*表二　「因為風的緣故、留別妻、離思、江城子」教學統合

作者、篇名	篇章內容	教學要點與統整
洛夫〈因為風的緣故〉	昨日我沿著河岸 漫步到 蘆葦彎腰喝水的地方 順便請煙囪 在天空為我寫一封長長的信 信是潦草了些 而我的心意則明亮一如你窗前的燭光 稍有曖昧之處勢所難免 因為風的緣故 此信你能否看懂並不重要 重要的是 你務必要在雛菊尚未全部凋零之前 趕快發怒或者發笑 趕快從箱子裡找出我那件薄衫子 趕快對鏡梳你那又黑又柔的嫵媚 然後以整生的愛 點燃一盞燈 我是火 隨時可能熄滅 因為風的緣故	現代詩。 洛夫此詩寫於一九八八年，後記有言：「太太一直要求寫詩送給她，說了很多次了，也沒有寫，要知道給自己身邊的人寫詩是很難寫出好詩的，往往是一件出力不討好的事情。但是太太不高興了，正是我六十歲生日的前夕，她就說再不寫就不給我過生日了，沒辦法，就把自己關進書房裡，來回度步，腦子裡都是蛋糕和鮮花呵，卻沒有靈感，那天不知道為什麼突然停電，我就點了個蠟燭在書桌上，窗戶沒有關，有風吹進來，把蠟燭吹滅了，這時，靈感就一下子來了，很快就寫出了這首詩。」 由此可知，這是詩人寫給妻子的詩作。情感並不轟轟烈烈，也非刻骨銘心的相思，而是溫馨的相惜、恬淡的情長，在日常生活中有滋有味。

作者、篇名	篇章內容	教學要點與統整
漢代蘇武〈留別妻〉	結髮為夫妻，恩愛兩不疑。 歡娛在今夕，嬿婉及良時。 征夫懷遠路，起視夜何其。 參塵皆已沒，去去從此辭。 行役在戰場，相見未有期。 握手一長歡，淚為生別滋。 努力愛春華，莫忘歡樂時。 生當復來歸，死當長相思。	五言古詩，「齊齒音」韻腳未換韻，深具離情依依之感。[11] 蘇武出使匈奴和妻子分離之際，寫下此詩。十九年後回國，妻子已然改嫁。此詩以賦筆的方式，鋪陳抒發情意，第一人稱的敘寫方式更見情感真切。
唐代元稹〈離思〉	曾經滄海難為水， 除卻巫山不是雲。 取次花叢懶回顧， 半緣修道半緣君。	七言絕句平起式，首句不用韻。 此詩是詩人寫給妻子韋從的深情之作，韋從二十歲嫁給元稹，二十七歲辭世。詩歌前兩句對學生而言應時有所聞，一二句隱喻，三四句直敘。
宋代蘇軾〈江城子・乙卯正月十二夜記夢〉	十年生死兩茫茫，不思量，自難忘。千里孤墳，無處話淒涼。縱使相逢應不識，塵滿面，鬢如霜。 夜來幽夢忽還鄉。小軒窗，正梳妝。相顧無言，惟有淚千行。料得年年腸斷處，明月夜，短松崗。	宋詞中調。 唐圭璋說「此首為公悼亡之作。真情鬱勃，句句沉痛。」 上片記實，下片記夢。白描手法如話家常，卻自然深刻、情調動人。

11 此一說法引自黃永武先生《中國詩學》（巨流出版社）的研究。先生以《詩經・小雅・採薇》「昔我往矣，楊柳依依。今我來思，雨雪霏霏。」及唐代詩人王維〈送元二始安西〉詩作為例證之。

詩歌作品可以從句式所構成的節奏，引導學生了解所謂「韻律感」，讓學生明白詩歌與散文的大不同處。這方面可以借助讀誦吟唱，以聲情來提升文情的閱讀理解，讓學生明白整齊句式和長短句式不同的韻律感，不押韻和押韻的意興分殊。四首形式各異的作品，有內容相似的情長。

洛夫〈因爲風的緣故〉之作，鍾愛妻子的心情是老夫老妻的細水長流，所以是「長長的信」，是「潦草」，是「窗前燭光」，是「又黑又柔的嫵媚」結髮，是「整生的愛」可以「點燃一盞燈」。燈是愛的見證，也是寫詩發光的詩人，日常的生活滋味，因爲「風」的緣故。風，可清揚，可狂暴，可溫暖，可恬淡，是詩人與妻子一路相伴。蘇武的詩明明白白的懇切情意，元稹之作隱喻（象徵）深刻，東坡之詞虛（夢境）實（生活）相生。古典詩詞吟誦日久滋味橫生，現代詩誦讀玩味情意自在。

參、結語

上述國、高中的教學示例，野人獻曝，略去詳述教學流程，留給國文教師進一步深思探索空間。實際上跨文本之課程建構概念，跨領域課程之教學策略，運用多元生活元素與文化資源，連結文言文白話文的共同學科知識，規劃啓發學生思辨、統合概念與經驗的教學設計……這些都是國文教師作爲教學主體，可以「能動」的自主構思，可以安排的課堂教學實踐。教材是死板的，教學是靈活的，教師以身作則靈動教學，組織統合古今教材以之爲媒介，不自困於現行規範的牢籠裡，運行課堂操作過程的潛在邏輯，積蓄教學的時日一久，帶給學生的「觀察學習」效能，影響深遠。

文言文潛在我們的生活、文化之中，篇章閱讀至關緊要，《古文觀止》始終是中學國文教師指定學生伴隨在側的重要研讀書籍。文言文被硬性規定縮減比例，固屬遺憾，但只要教學實踐時教師掌握能動性，自主安排將之融入各類文本教學過程之中，評量考校也安排入內，無疑便是發揮了教師作爲教學主體的能量。

梁啓超先生曾經說過：「吾不患外國學術思想之輸入，吾惟患本國學術思想之不發明。」如今我們也可以說：「吾不患文言文之比例降低，吾惟患中學國文教師教學能動性之不張揚。」謝冰瑩教授也曾經在《冰瑩懷舊》[12]說過，新舊不是問題，它們都是文學。依此，本文以為：文白不是問題，教師主體的能動性方為關鍵。

---

12 三民書局1991年月5出版。

多元選修跨域教學
以南湖高中「經典藝次元——經典詮釋與文創美學實踐」爲例*

王慧茹
南湖高中國文專任教師、輔仁大學中文系兼任助理教授

摘要

十二年國教基於「自發」、「互動」、「共好」之課程理念，關注學習者的全人發展，於選修課程中，分設「多元選修」及「加深加廣選修」課程兩類。其中，多元選修課程，旨在導引學生適性發展，盼望透過素養導向的課程教學，強化學生通識與跨領域的統整應用，故未設有科目、課綱，交由各校開課教師自訂，但此並不意味著，這類課程與領域科目各自分立，甚至斷裂。

筆者於南湖高中高一多元選修，開設「經典詮釋與文創美學實踐」課程，結合國文、美術師資，融入當代多元議題，提出「以學生為主體、教師為主導、課程設計為主軸」的「三主教學」，強調以核心課程為經、為主，選修課程為緯、為輔，如此之課程設計，不僅可收國文教學、美感教育經緯相輔、脩游共成之功，亦可提前培養臺灣軟實力人才，併見跨領域選修教學之效。

關鍵詞：跨領域（學科）教學、美感教育、經典詮釋

---

* 本文曾發表於「2018第三屆建構／反思國文教學學術研討會—文白之爭」，（臺中：逢甲大學國語文教學中心．逢甲大學中文系），2018.05.25-05.26。經二位外審委員審查，另修改於此。

壹、問題的提出

12年國教自103年11月公告至今，已有近五年時間，其中挑戰最鉅者，首當爲課綱及課程設計。教育部雖已明定新課綱實施時間，延後自108學年度，依照不同教育階段逐年實施（教育部，2017），但對高中（職）學程的教師及行政端來說，其所牽動者，並不在課綱實施的法定期程，而是國教政策改變，新舊課程如何與考招變動楯接？新課綱中，以素養導向取代能力培養的教學，是否眞能具體、有效提升學生競爭力？故可以說，新課綱正式實施期程雖然重要，但眼前更緊迫的是，在第五學習階段，各校如何吸引學生眞正投入學習？

復次，自教育部公告「十二年國民基本教育課程綱要總綱」後，雖陸續有許多高中（職）投入多元選修課程研訂，然因側重「專題、實作（實驗）及探索體驗」，反而間接導致跨域選修課程的開設目的不彰。學生普遍認爲多元選修課等同社團活動，可以直接在課堂上「玩」，而且不必回家複習，也無需課後留校訓練；授課者則囿於選修名目，多未安排課後作業，總讓學生高分通過；此外，選修課程開設，也常與核心課程各自「斷裂」；換言之，學生在選修課上製肥皀、做飛機、看電影、玩遊戲、烤餅乾，師生認眞而盡興地共樂二節課，卻「不知所歸」。於是，學生雖看似擁有選擇權，多修習一門選修課，卻是浪費了兩小時的青春；執教者雖致力開設各種課程，卻是事倍功半；凡此，均是目前選修課程，最大的困結所在。

回到開設「多元選修」的目的來考察，此類課程之安設，原係爲了提供學生自主學習、多元探索的可能，期盼學生自高中入學初始，便能自行規劃學習地圖，期許自己能終身學習。以選修方式開課，旨在提供學生自由開放的選擇權，而多向度、跨出大考學科的課程安排，則是性向探索及趣味培養，普通、技術、綜合、單科型的高中，其偏重面向或有差異，但基本上，仍需在各自的領域課程架構中，或輔導、或側助於分科教學；其次才是透過跨科選修，強化跨領域的統整應用。

是以，從課程開設的一面來看，執教者必須高度覺察，個人所開設的多元選修課，和領域課程、核心課程，甚至大考科目，是否可互相聯繫？其各自分立及融通處爲何？就學生端來說，授課教師亦須反覆說明該課程或實作探索，其所欲檢核達成的「核心素養」爲何？所被賦予的作用及目的爲何？「選修課程」雖然看似與「核心課程」未直接相關，但並非完全無關；而是以選讀、輔強方式，作爲核心課程的橫向延伸與縱貫探深，如此，以「核心課程」爲經、爲主，「選修課程」爲緯、爲輔，才能收經緯相輔、脩游共成（孫希旦，1968）之效。

貳、課程設計的始點

伴隨著高中教育義務化，大學教育普及化，意味著高中學生來源更趨「多元」且「差異化」增大，因此，如何在確保學生基礎學力的前提下，提供學生以自主學習、性向探索、適性揚才的優質課程，是各高中學校所面臨的重要挑戰之一。

一、多元選修課程之現況說明

目前各校之「多元選修」均開設在高一，高中教師首先須回應的是，選修課程須緊扣著學生的學習趣味，否則就會因選課人數未足停開；其次是在內容設計上，必需符應考招變動，配合大學選才需求辦理，具備相當的工具性特徵；最後才是教育部課綱中，所期待的多元智能（才藝）的「素養提升」（范信賢，2016）。

當然，與其評議素養提升太過「境界形態」，毋寧說，新課綱意義下的素養導向，其實涵括了過去強調「基礎知識、技術能力、涵化培育」指標，同時涵蓋competence及literacy概念（蔡清田，2014），試圖在「認知、技能、情意」三者之外，強化不同學生的學習特徵；以學生表現說明個人的學習歷程，而此學習表現，既可來自考科本身，又非僅來自測驗考試而已。或者可以說，此強調「核心素養」的學習，是勾串了素養與統整能力，強調學習者的知識（knowledge）、能力（ability）、態度（attitude）實踐，且此一實踐，是環繞著12年國教「自發」、「互動」與「共好」之課程理念，關注學習者的發展而來（教育部，2014）。

雖然課綱中載明，高中學程是承上啓下的接楯階段，明列課綱研修目標與重點為：透過素養導向之課程與教學，強化學生通識與跨科（領域）統整與生活應用能力，提供多元選修及補強性課程，以導引學生適性發展，期盼通過課綱課程的轉化實踐，提供相應的支持手冊與實作案例，俾便各校規劃課程參考（員林高中，2016），確保12年國教課綱順利實施。

只不過，面對輿論囂囂，延長國教的課綱表述：欲「培養具有終身學習力、社會關懷心及國際視野的現代優質國民」（教育部，2017），仍被高度懷疑。且不獨是執教者，一般大眾也普遍質疑：新課綱下的課程，眞能培養出優質國民嗎？或者說，如此的理念擘劃，其施作成效良窳的根本問題，仍然出在做為學習主體的學生，如何看待自己？如何思考未來？特別是在全球化情境下的現代公民，關於個人生活、自家生命的安立，如果不由基礎知識奠基，不關注能力檢核，又該如何展開？

職是之故，南湖高中在「十二年國民基本教育課程綱要總綱」頒布之初，即著手籌設一連串的多元選修課程，結合「優質高中（職）．教師專業發展」計劃，進行選修課程之開發研議，且由初始之15個班，開設15門課；到目前固定開設18-20門課；106年，更新增6門跨校選修課；可以說，不論在總體之課程開設、各領域課程之內容設計上，已有相當累積。多元選修課程，在新課綱中，未列有課綱建議，南湖高中的課程精進，目前已漸趨穩定發展，不僅有跨領域課程之開設，教師協同備課、授課的比例，亦占總選修課程近20%。猶有甚者，由於選修課的門類太多，授課教師亦需透過「同儕競爭」，才有機會通過校內課發會機制，順利成功開課；凡此，皆是本校多元選修課程，有進於其他學校之處。

以下即以筆者開設之多元選修課程「經典藝次元－經典詮釋與文創美學實踐」為例，說明該課程之規劃設計及實施步驟，結合「跨學科領域」的學習，著重培養學生於生活情境中之核心素養，藉以達成領域知識、應用能力與態度實踐之目的；試圖建構「多元選修跨域教學」國文經典與美感教育，一個新創及研深的可能。

二、本課程設計之理論依據

此一跨域選修課程設計，係採取以「學生為主體，教師為主導，課程設計爲主軸」的「三主教學」設計（王慧茹，2014）。一方面奠基於傳統經典的文化養分，以提升國語文素養爲主，採取多元議題融入經典詮釋，不僅可活化傳統經典內涵，賦予國文教學新思維；同時，來自古典文本的轉化創新及應用，亦可開啓當代社會軟實力、文化創意的能量。是以此跨域教學，雖以傳統經典爲核心，卻不會是一種「博物館」式、死屍式的討論，而是具備汲古開新、不斷進步的活力生長；而此生長之爲可能，當然是來自執教者於課程建構的認識理解，來自教學法的創新變革，同時也來自一份對生活世界、生命價值的感知交融。

強調跨領域、多元議題融入課程，其方法學的理論基礎，係借用伽達默爾（Gadamer Hans-Gerorg, 1900-2002）「哲學詮釋學」中「理解、詮釋、應用的合一」概念而來。按照伽達默爾的觀點，詮釋學包含了一種開放的「問答結構」，文本的整體表現出一種意義視域，一種意義活動空間，一種世界，如果我們解釋某個文本，我們也就開啓了文本得以運動的意義整體或意義活動空間。通過詮釋學經驗，我們和文本的視域得以相互對話聯繫，因此理解始終是一種「相互的理解」，是「我向文本」、「文本向我」的提問回答和對話。任何一個傳承物，在每一個新時代中，都面臨新的問題和具有新的意義，傳承物透過不斷更新意義、表現自己，對新問題做出回應，而我們的解釋，便在每一次「視域融合」（Horizontverschmelzung／fusion of horizons）的歷史過程中不斷展開（洪漢鼎，2005）。此一對話理解的展開，不僅是闡明或揭示眞理，也是對現時存在的回答；因此，伽達默爾說：「理解不只是一種複製的行爲，而始終是一種創造性的行爲」、「如果我們一般有所理解，那麼我們總是以不同的方式在理解，這就夠了。」（Gadamer, 1960／2007）放在課程設計上說，正因文本做爲一個傳承物，在每一時代中表現其自身，透過合適的範文揀擇與講讀繫聯，對文本的理解詮釋，便不只是對歷史、過去事物的修復，而是對現在、當下的提問和回答。只要我們探究文本中所呈現出來的語文、文學與文化意義，對這份價值眞理的探究，也就迫使我們進行意識的反省批判與重建。

從課程設計上著手，將當代議題融入範文講讀，因作者、文本、讀者的「視域融合」而步步走向眞理，如此的課程設計，便是如何在「批判地繼承、創造的開展」中，繼續研深、研精，提供現代生活養分。另從價值挺立上說，一個理想的教學，本已包含理解與應用層次，透過意義的闡明論述，賦予新的詮釋與開創，參與生活世界，這樣的課程設計與詮釋應用，便不是一份平鋪的理解，而是由「入其壘，襲其輜，暴其恃，而見其瑕」（王夫之，1975），能經由不斷反省批判，而能創新重建與生長。

此一隱含著引導反思基礎的課程設計，也是型構、育成自家生命的過程，故是理論建構、概念應用的，當然也是理想實踐的，筆者更盼透過各種不同指標意義的跨域課程設計，得以說明並證成，國文、美術雖被劃屬於不同的分科領域，然此結合文化經典與美學設計的共構實踐，不僅是培育新時代跨域人才的奠基試探，更可與大學「通識教育」課程直接接軌。所謂創意，不是「無中生有」的抽象幻思，而是「有中生有」的後出轉精；帶著傳統經典跨越時空，走向未來，正是臺灣學生獨步全球之處，而此文化源泉，自是來是古典文本的訓練陶鑄；臺灣位處亞太地區文化及地理的關鍵位置，全球化人才的培育，即在此經典文化、多元創意的訓練中培成。

參、課程設計與議題融入示例

前文已指出，本課程設計係以「三主教學」爲核心，借用「哲學詮釋學」理論，採國文及美術科教師協同教學方式展開。在學生選課初始，筆者即已先行錄製課程說明，上傳youtube（王慧茹，2017）提供有興趣修習的學生參考，經加退選後，選讀人數爲18人。

筆者以「禮」爲課程論述主軸，自先秦經典——《論語》、《詩經》、《左傳》中，精擇若干單元，融入當代專門議題，討論「禮」之禮意、禮文、禮容、禮制、禮儀、禮法、禮與理的拉扯……等，藉以闡明並呈現傳統經典於文學、社會學、倫理學、文化風俗等向度。以下分列課程規劃及活動安排如下：

一、課程目標及教學計劃

臺北市南湖高中多元選修（高一）教學計畫

課程名稱	經典藝次元－經典詮釋與文創美學實踐	授課時間	每週五第一、二節
授課教師	王慧茹、賴宛瑜	使用書籍	自編教材、另詳本課程參考書目
本校課程目標與教學理念	☑宏觀 ☑進取 □健康 □活力 ☑資訊 ☑生活 □樂於服務 ☑善於合作 ☑視野前瞻		
核心素養	☑語文 □數學 □科學 ☑數位 ☑美感		
課程說明	1.培養閱讀經典的理解及鑑賞力，活化經典的理解詮釋，提升學生的思辨力及文學想像。 2.兼顧基礎訓練及創意思考，加強文化美學及數位設計之聯繫。 3.涵化人文與美學襟懷，體會藝術創作與歷史文化的關係，發展跨領域的學習能力。 4.理解並領會「創意即是生活、經典即是價值」，結合傳統經典及生活美學的產出實踐，培養T型人的才能，在地全球化（logloblization）的思維模式，以經典詮釋、多元創意，參與全球倫理的共善對話。		
與十二年國教課綱對應之「三面九向」核心素養	U-A3具備規劃、實踐與檢討反省的素養，並以創新的態度與作為，因應新的情境或問題。 U-B1具備掌握各類符號表達的能力，以進行經驗、思想、價值與情意之表達。 U-B3具備藝術感知、欣賞、創作與鑑賞的能力，體會藝術創作與社會、歷史、文化間的互動關係，透過生活美學的涵養，對美善的人事物，進行鑑賞、分析與建構。 U-C3尊重欣賞多元文化，具備國際化視野，主動關心全球議題。		

	週次	教學大綱	教學法及評量	備註
教學大綱與進度	一	課程說明 —經典是一個生活世界	講述	1.本表內容所列之講授單元及內容，將視上課進程及學生吸收程度，隨時調整。 2.每單元另訂有延伸閱讀篇章，另依教學內容，於講授該課時補充。
	二	知人論世—先秦經典之為語言載具及其傳意效度	問題導向、講述	
	三	儒家經典詮釋 —國學常識、《論語》原典講讀	講述、問答討論	
	四	儒家經典詮釋—《詩經》	講述、問答討論	
	五	儒家經典詮釋—《詩經》	講述、問答討論	
	六	框欄式學習單—《詩經》	紙筆測驗、討論、問答	
	七	我的創意館—創意的發想	資料蒐集、討論	
	八	儒家經典詮釋的側面—《左傳》	講述、問答討論	
	九	儒家經典詮釋的側面—《左傳》	講述、問答討論	
	十	影像閱讀—《左傳》	講述、問答討論	
	十一	框欄式學習單—《左傳》	紙筆測驗、討論、問答	
	十二	校外參訪	資料蒐集、觀察討論	
	十三	禮文傳意（應用文寫作） —感恩與告白	講述、活動、實作	

教學大綱與進度	十四	我的創意館— 文創產品設計的延伸與研深	講述、分組討論、實作	
	十五	有中生有—文創的產出與實踐	問答、分組討論、實作	
	十六	經典的創意應用與實踐—成果分享與觀摩	作品觀摩、討論	
	十七	經典的創意應用與實踐—成果分享與觀摩	作品觀摩、討論	
	十八	圓桌論壇及教學省思	討論問答	
重大議題融入	生命教育、人權教育、性別平等教育、多元文化、文化美學教育			
評量方式	小組討論10%、成果發表30%、課堂參與10%、紙筆測驗及作業50%			
預期成效（量化與質化）	1.認識先秦經典特徵，理解文化思想內涵，進行詮釋、賞析與建構。 2.培養將經典話語概念化的思辨力，結合美學設計技巧，掌握語言及圖像化符號之表達，產出並完成作品。 3.培養多元視野，體會創作設計與社會、歷史、文化之勾連，提升語文及美學素養。			
資源配合	國文科教室、美術教室			
選課條件	對經典思想、美術設計有興趣，國中會考寫作測驗4級分以上的同學。（上限20人）			

原典內容，由筆者進行講授梳理，每一單元結束後，搭配「框欄式學習單」，提供該單元之歸納整理及施測使用；每一份學習單中，皆隱含著「點→線→面」的語文讀寫歷程，採取「文本檢索→理解統整→闡釋評鑑→辯證省思」層層遞進，國文教學本來所包含的語言、文學、文化層次，亦同時在各單元及活動中呈現。限於篇幅，以下僅擇取《詩經》部分單元以爲說明。

二、議題融入示例及說明

筆者將《詩經》單元列爲儒家經典「詮釋集成」類型（王慧茹，2015），選定「國風」中的〈木瓜〉、〈溱洧〉、〈靜女〉、〈丘中有麻〉，及「小雅」中〈鹿鳴〉、〈彤弓〉等詩歌，進行說解。前揭詩歌，除在形式特徵上均具備「迴環往覆」、「一唱三歎」基調外，均是生活中，人與人的情意互往之作：〈木瓜〉可解爲男女互探心意；〈溱洧〉寫春日出遊；〈靜女〉爲男女約會；〈丘中有麻〉談情感依歸選擇之難；至於〈鹿鳴〉、〈彤弓〉則記廟堂的宴飲酬酢，君臣宴饗，同歡共樂。這些看似尋常的人際交流，背後皆包含「溫柔敦厚」的禮教傳統，透過文本講讀，筆者詳述詩歌中所呈現的人際互動，讓先秦經典得以進入學生生活，再現其風華。

據筆者觀察及統計顯示，以上諸作皆各有愛好者，六首詩中，〈木瓜〉最受歡迎。全詩三章，反映衛國風土民情：

> 投我以木瓜，報之以瓊琚。匪報也，永以為好也！
> 投我以木桃，報之以瓊瑤。匪報也，永以為好也！
> 投我以木李，報之以瓊玖。匪報也，永以為好也！（屈萬里，1988）

女子對心儀的男子，投贈「木瓜、木桃、木李」暗示情意，男子回贈以「瓊琚、瓊瑤、瓊玖」，表達善意，詩人以雙方禮物互往互贈，寫男女的情誼投合。不過，非常特別的是，若從詩中男女互贈禮物的物用價格上觀察，二者顯然並不對等；女子投贈男子「木瓜、木桃、木李」是瓜果農物，和「瓊琚、瓊瑤、瓊玖」作爲君子的莊重配飾，兩相比較，不論在價格或價值上，都有一定程度的差距，但詩人卻反覆唱誦「匪報也，永以爲好也」，這是爲什麼呢？

其實，先秦時代，女子對自己感情及婚配對象，是有選擇權的，女子在路上得見心儀的男子，主動投以瓜果，表達善意，如果得到男方回禮，就表示男子接受這份感情，願意終身相守以報；行路中的男子，不意遭逢如此美好的探詢，於是立刻解下身上佩玉，回應女方厚愛，以示定情。而女子送出瓜果，已是當時個人農家日常中，所可獲得的最好農產物，男子雖回饋以美玉，仍滿心歡喜地表示，難以回報這份珍貴的感情，故再三表示「永以爲好也」。這首詩不僅表現出，當時男女的互動模式，衛國的風土民情，也眞實記錄小農社會中，先民對階級地位泯而未分的眞淳情感。

今人多訾議傳統社會下，女性備受宰制，其實古代男女地位改變，有其時空背景的遷易移轉，應分別觀察，不宜以偏概全，通過筆者說明梳理，講讀分析原典，其中所涉及有關生命教育、情感教育、女性自覺、性別平等、社會觀察等議題，自亦包含在其間了。〈國風〉中的十五國天下，有近於今日的「邦聯」，〈木瓜〉中衛國的風情，與他國亦有異同，此詩無疑也呈現出多元文化的向度。

《禮記．曲禮上》：「禮尙往來。往而不來，非禮也；來而不往，亦非禮也。」（孫希旦，1968）透過筆者所選詩歌，學生可以學會贈禮時之「禮物」、「禮制」籌設，所呈現的「禮容」、「禮分」，目的皆是爲了傳達「禮意」、「禮情」；「禮」做爲哲學論述，是一種行事爲人上的分寸節度，可表現個人的文化教養、生活情貌，亦可得見當時總體社會的普遍觀照；儒家始終強調「仁禮不貳」、「禮之用，和爲貴」，其意在此。

三、教學活動設計

搭配本課程文創實作產出，筆者分別進行一次校外參訪，及「禮文傳情——應用文寫作」活動。前項係扣聯著原典講讀結束後，學生以雷射切割，進行「拼圖賀卡」設計；後者則純是選課同學彼此「告白與感恩」。授課其間，恰逢臺北松山菸廠展出「臺北設計之都國際設計大展」，筆者與學生同賞共覽，激發創意，無限歡喜。

另略述「禮文傳情」活動流程，如下：

禮文傳情（應用文寫作）一告白與感恩　備忘單
1. 每人發下一張卡片，寫上自己對他方的感謝與祝福。署明姓名、日期。 （教師於此時同步進行應用文寫作指導） 2. 請學生簽署姓名在小紙條上，繳入籤筒。 3. 由教師抽出第一名同學上臺。教師讀出自己卡片上的句子，選出一顆教師預先準備的巧克力，感謝同學。

（教師示範贈卡儀式——由教師先抽出第一位要祝福的對象，被抽到的人上臺接受告白和祝福。教師示範需強調說明程序：如，書明字體處需朝上、雙手奉送賀卡、 提稱語朝對方、向對方誦讀祝福語、將糖果及卡片送給對方等）

4. 獲得教師賀卡者，再於籤筒中抽出下一位同學，向對方感謝及告白，餘此類推。

由師生共同參與活動，學生可學會贈禮時的儀軌、內涵，包含形而下的禮器、禮物，形而上之禮意、禮義，都可透過「禮文傳情」活動習得，特別是獲得來自「最熟悉的陌生人」的祝福小卡，更是生命與生命的交輝與照亮，師生情誼也可透過活動本身，進一步深化滋長。

本活動施作期間，恰逢本校教學訪視，筆者順邀其他觀課人及訪視教授參與活動，學生意外獲得來自校長、教授、觀課老師的小卡，成爲本次活動的高潮，學生也因爲這些驚艷之得，紛紛表示很想考進知名大學，誠筆者意外之獲。

四、實作產出設計及展覽

筆者於講授《詩經》單元結束，曾針對《詩經》原典所提及之禮物，進行一次創意發想草圖設計，此初步起草，一方面可延續課程，幫助意象形構及實物產出思考，亦可爲《左傳》單元暖身。《左傳》選錄〈鄭伯克段於鄢〉，牽涉「禮分」與「倫理、道理」的糾結，偏重思辨、分析、闡釋，施作學習單後，進入設計展參觀及「感恩告白」活動，然後接續設計課程之產出。

㈠我的創意館—文創發想設計圖稿

從學生首次創意發想的圖稿，可得見學生學習及應用《詩經》的狀況。學生必須先就課堂所學，思考「文創」的內涵，爲其下定義；然後針對個人所欲應用的詩語，製作相關產品。

由學生手繪圖稿的情況可以發現，學生於詩語內容意義展開聯想，應用於生活小物的標誌、圖騰，乃至器物外型設計，多數均能達到一定程度的扣合。

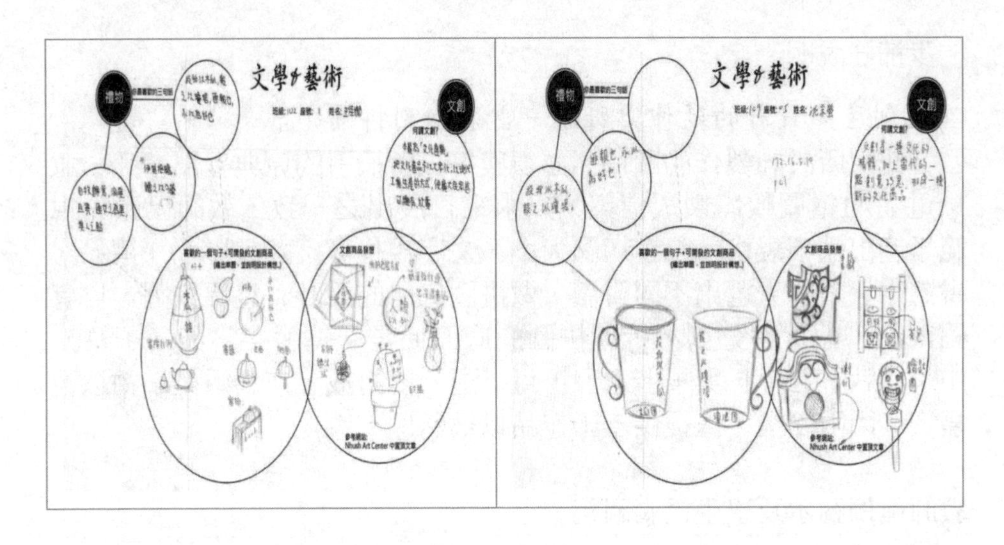

以上二例中的右圖，學生運用〈木瓜〉詩中「投我以木瓜，報之以瓊琚」，製作對杯；或繪製「瓊琚、瓊玖」等玉飾圖騰，成爲掛耳式茶包的掛件、喇叭音箱的外型、衣服圖案、鑰匙圈配飾等，深能把握原典內涵。該生表示：「『文創』來自文化精髓，是人們加上當代創意巧思，所形成的新概念。」通過圖稿發現，他將抽象的文化意義，具體演繹爲當代生活創意的呈現，且予以商品化特徵，是他本次實作的目的所在。

左圖的學生定義「文創」二字表示：「文創指『文化產業』，把文化產品予以大眾化，以現代工業生產的方式，使廣大民眾可以擁有欣賞。」在如此的設意基礎下，學生設計了針插、吊飾、包裝紙、花瓶及蓋杯，比較特別的是，該生雖也同樣以〈木瓜〉詩爲設計重點，但在設計蓋杯的部件上，特別各自做了圖稿說明及設計，足見他對此詩的理解鍾愛。

因限篇幅，本文僅能就全數圖稿中，擇其一二略加說明，其實學生的圖示產品發想非常多元，幾乎生活中可茲使用的器物，均可妥適融入筆者講授的詩語，舉凡窗簾、餐布、寢具、背包、耳環、書夾、拖鞋等，不一而足；學生定義「文創」二字，雖未臻設意完滿，但基本上，也幾乎都和產業化、商品模組化相連，本課程將古典元素以商品設計呈現，旨在提供學生一種「建模」的概念，透過此次繪製圖稿活動，於原典詮釋及商品客製化、建構模組的流程，正可進一步補強說明。

㈡文創產品設計的延伸與研深—雷射切割拼圖

　　此次所設計製作的圖稿，必須與每人所摘引的原典互爲發凡，並以電腦AI繪圖軟體製成檔案，爲求來日展出之一致，教師已預先規範了產出品項規格，包含切圖大小、文字規格等；並就歷代「禮」字書體中，請學生選出不同書體，做拼圖底層的設計；整幅拼圖，自有圖案的一面拆解分割，拆開拼圖的底面便是「禮」字。如〈子衿〉中：「執子之手，與子偕老」，可搭配一雙對戒，作爲婚禮小物以贈嘉賓。因限篇幅，僅提供若干作品以爲示例。

教師範例圖示及學生電腦圖稿

拼圖上的語句，皆取自筆者上課所講授的原典，配合學生設計的圖說而成，此文創小物可爲贈禮，亦可搭配其他禮物做禮卡使用，經由電繪實作及雷射切割的應用產出，經典教學、美感教育、文創設計等領域，可說高度彌合。

全學期課程結束後，筆者假本校圖書館，爲修課學生舉辦展覽，邀請全校師生自由參觀，方替本課程劃下句點。

肆、學生回饋與教學省思

本課程結合國文經典與美術設計專長，欲培養跨領域學習的素養，其所採取的評量標準，除傳統紙筆測驗外，更兼及討論及實作產出，尤其重視學生的課堂參與，彈性運用觀察、問答、活動教學法，以有效提升學生的學習趣味。

一、學生回饋

本校於選修課程，均訂有評鑑指標，其中學生評鑑教師的項目，有八項；學生自評項目計三項。學生於期末的評鑑回饋表示：

1. 學生於「教師能依進度有系統地講授課程內容、教學內容有助延伸至相關科目學習」二項指標，其認同滿意度，高達九成。
2. 學生針對「教師教學方法、教師教學品質、提升學習興趣、教師於學生發問及問題解答、教師與學生之互動」五項指標，認同滿意度，有八成六。
3. 學生自評「你（學生）能充分理解本課程教師之教學、同學間的學習氣氛」二項指標，認同滿意度，爲八成六。
4. 針對「本課程教師對學生學習之評量方式」之滿意程度，占比最低，僅81.2%。
5. 學生自評「反思個人在課堂上的參與投入」不足八成。
6. 綜括所有評鑑項目，屬於教師的八項評鑑指標，學生於「整體教學啓發」認同滿意度，平均爲86.4%；屬於學生的指標，平均爲81.15%。

學生另回饋表示：

1. 沒想到古書並不無聊，對我讀國文很有幫助；拼圖製作實在很讚，我會大推這門課。（徐〇賢）
2. 第一次用電腦設計作品很新鮮，去看展覽也很好玩，做拼圖雖然很「厚工」，但很有成就感，謝謝老師。（陳〇宣）
3. 除了國文課外，還能學到其他的東西，老師每次講解原典都很有趣有哏，沒想到古人這麼奔放大膽，大大顛覆我原本的想像。（周〇安）
4. 將詩經與電腦繪圖結合，我覺得很酷，希望高二可以再開類似的課程。（林〇幀）

二、教學省思

㈠針對本課程學生評分回饋，「本課程教師對學生學習之評量方式」，指標滿意度最低。經筆者與賴宛瑜老師商議後發現，本課程由二位教師協同授課，雖於授課初始，已於課綱及課堂上，分別說明評分方式，但學生於期末仍然忘記配分比例，教師或可針對各項作業及成績配當細目，再詳列子目告知學生，或製成表單發交每位學生。

(二) 新世代學子創意活力無限，但學習意願普遍不足，然而空乏意義說解的文本，畏懼相應的文化知識，亦是無效的學習。筆者開設本課程，原初定名爲「今天你FB了嗎？——經典詮釋與文創美學實踐」，盼能透過載具平臺，操作「Double A」的學習，亦即採取At home & At School雙向學習模式，利用FB平臺繳交作業、進行討論，然因學生難予配合，筆者只得改由課堂紙本查驗繳交，並修改課程名稱爲「經典藝次元——經典詮釋與文創美學實踐」，以「藝／異」諧音雙關，代表跨域課程的經典藝文創意特色。獨於期末時，學生多表示，雖授課內容相同，但偏愛「今天你FB了嗎？」更勝「經典藝次元」，此亦顯見筆者與學生於課程思考上之差異。

(三) 本課程每次授課結束，即搭配相關之國學常識，或內容相應之語體文，請學生回家閱讀，於下次授課時測驗或檢查註記，以檢核學生是否具體閱讀。班上學生雖多勉力配合要求，然授課期間，筆者仍不斷受到學生「抱怨」；雖於期末，學生多表示此課程頗有進益於未來學習，然此不免是筆者一憾一喜之得，亦值一記。

(四) 跨域選修課程，不論在不同領域教師專業之磨合、融通及課程內容設計方面，均需耗費極大量心力，以本課程爲例，施作拼圖之「雷射切割」，在器械使用、試作耗材上，實花費教師時間、金錢甚多，所幸產出尚讓人滿意，暫可慰己。

(五) 類似之多元選修課程，因課程施作困難、耗費心力甚鉅，故授課內容過程雖見火光燦美，收效非凡，但也容易煙花一時，不易麗日輝光；建議行政端可於資源、經費、師資（業師）安排，多予協助。目前關於跨域授課，教師之鐘點費雖已鬆綁，可核定二位跨域教師之鐘點費支出，獨各校核撥情況不一，多數均僅採一人鐘點計算，亦可藉此提醒各校配合修正。

伍、結語

當代「哲學詮釋學」最重視理解、解釋與應用的合一，迦達默爾（Hans-Georg Gadamer）指出：「理解總是解釋，因而解釋是理解的表現形式」、「如果要正確地被理解，即按照文本所提出的要求被理解，那麼它一定要在任何時候，即在任何具體境況裡，以不同的方式重新被理解。理解在這裡總已經是一種應用。」（Gadamer, 1960/2007）若從課程設計、文本講讀上說，教師學生共同參與課程討論、面對課程，所重視的側面或有不同，教師更偏重教，學生更偏重學，不同範文提供不同的解釋理解，其實都隱含了應用的解釋。課程總體在教學過程中，扮演著中介者的任務，這種中介的任務，即是在當時（過去、今天），在教師與學生間進行中介，即所謂「應用」。而此應用總是回應當代的，不論所擇定的領域分科是哪一種，一名教師所要傳達致力的目標，只有在課程設計、操作實踐的具體情境中，才能被具體化和臻於完滿，而這種工作完全受課程設計和教學情境所制約。

回到國文教學的本懷來說，課程內容本應兼重語文、文學、文化等不同層次，透過課程的經權設計，將學生原本的「游藝」興趣，結合美學教育的跨域選修，幫助學生樂學。從課程設計上看，筆者以為，一個理想的國文教學，必須讓教師、學生、課程三者，共同參與對話，不應只是傳統主客二分的觀點，主張「教」、「課程設計」隸屬於教師，「學習」、「應用」隸屬於學生；或教師、學生是主體，課程是客體，教師在課堂中占有主導權的面向；而應轉化為排除主客斷裂二分的思考，或者說，提供主客的融通或再結合，亦即整個課程規劃、教學活動，教師和學生都有重新參與建構的可能。換言之，課程設計必須作為我們再現的東西，才具有意義，課程安排雖需有一定程度的規範限制，但卻有無限變化的可能與自由。

正因課程必須由教師、學生共同參與，跨域選修課程之設置，便可因應各校學生特質的不同需求或表現而加以調整。由各領域課程之「核心學科」出發，以共同必修科目為「經」，另以「選修課程」為「權」，採行多元的課程規劃設計，從權變通、以權輔經，如此不僅可回應十二年國教中，強調探索、實作特質是否會與必修領域科目教學相衝突的問題，就實際的教學現場來說，一個讓學生在學習過程中感到趣味、受益豐富的教學，才有可能是一個有效的教學；而引起學生主動學習的動機、興趣，更是任何學程中的教學者，首先考慮的要素之一；此中，回應自己所處的時代、所面對的日常生活，當然是每一位教師、學生的共同關注。

從「課程內容再更新」、「教學方法再耕深」出發，將多元議題融入經典講述，結合美感教育特徵，以實作產出爲評鑑指標之一，不僅涵括了語文訓練、文學演繹、文化美學、商品設計等層面，透過對不同核心論題的深入探討，也同時開啓了教學的對話空間，因爲教育總是向上生長的，是生命根源的生長，而不只是信息的傳遞；教育也是參與體會的，是師生和課程的交流共構，而不只是「標籤式的理解」；職是之故，則此一關乎跨域課程設計的更新討論，便可透過師生在課堂上的投注灌溉，而有一不斷展開生命活水的可能。

文化經典在整個高中學程中，常處於「弱勢地位」，人們雖多認爲寫一篇通暢的文章是重要的，欣賞文學作品似乎也有需要，無益於個人專業發展，與現代社會扞格；至於美術學科，一般高中生的學養培育，遠不如西洋人，談技術更比不過高職生；之所以造成這種長期以來的偏見，實在是因爲「課程設計」長期乏人討論之故。

筆者提出「跨域課程的融通」規劃設計，結合傳統經典與美術設計特長，把握課程內涵的「經常之道」與「權宜設計」，重視講授單元與現代生活的楯接，重視理解、詮釋應用的合一，因應學生的興趣特徵，旨在提供「建模化」的文創概念導引，便是試圖導正長期以來對課程設計的忽視，讓學生在具備文化經典能量以外，由「興趣探索」而「創作」，甚至激發未來「創業」之可能。筆者並盼個人的行動式研究，可提供「一磚之見」，引來更多「玉石」的討論回響，共同爲跨域課程設計注入新契機、新能量。

108課綱技高*國語文教學的常與變
以臺中工業高級中等學校爲例**

萇瑞松
市立臺中工業高級中等學校國文科專任教師，
國立中正大學兼任助理教授

摘要

臺中高工作為全國技術型高中（以下簡稱技高）的領頭羊，每年應屆畢業生考取國立臺科大等前三志願的學生，皆逾三百人以上。即便如此，這群以技職群科為升學導向的學生，自國中以來，普遍在共同學科（國文、英文、數學）上的表現，不論在學習成效或是態度觀念上，與普通高中的學生存在明顯落差。因此技高的共同科目老師，無不絞盡腦汁、殫智竭力，以提升學生學習動機與落實教學目標為職志。當前國語文課綱中文白比例的調整，所引發各界激烈的論戰，相較於高中端與大學端的眾聲喧嘩、激論辯證，技職端則顯得異常靜默、一片沉寂，恍若於此毫無關涉、自絕於社會脈動之外？這弔詭的反差，凸顯了技職教育向來處於社會邊緣弱勢的不爭事實，更反映了課綱所謂文白之爭，其中所涉及的語文教育如何兼顧實用性與人文精神？語文到底是語言／文字？語文／文化？實用／人文？甚至衍生出臺灣／中國、國族認同的角力拔河？凡此種種標榜道德、藝

---

* 根據教育部於民國104年1月14日公布之《技術及職業教育法》第一章「總則」第三條第四款所示：「技職校院：指技術型高級中等學校、普通型高級中等學校附設專業群科、綜合型高級中等學校專門學程、專科學校、技術學院及科技大學。」一般而言，技術型高級中等學校，原稱「高級職業學校」，簡稱「高職」。本論文專論技術型高級中等學校，但凡論及技術型高級中等學校時，皆以「技高」代稱之。參見教育部官方網站：http://edu.law.moe.gov.tw/LawContentDetails.aspx?id=GL001405&KeyWordHL=

** 感謝兩位匿名審查委員細心審閱論文，提供精確允當的評論與建議，使本文內容得以更臻完善，謹此特申謝忱。

術、國族的文化符碼，不同理念多角競逐的社會場域等諸多議題，對技高的師生而言，未免過於玄遠，不僅包袱太過沉重，且遠遠悖離教學現場與學生實際所需，不如回歸現實層面，重新檢視現階段技高國語文教學真正問題所在，方不致淪為各方角力下的犧牲品。職是之故，本論文擬從108課綱技高國語文教學的常與變為題，論述老師在既定的教學目標下，如何因應瞬息萬變的教學環境與學生期待？既要傳道授業解惑，又要兼顧教材教法的創新求變？天秤的兩端，如何取得平衡？這些問題不僅考驗著技高的老師，也是當今所有國文老師無法迴避的嚴峻挑戰。

關鍵字：108課綱、文白之爭、國語文教學、臺中高工

壹、前言

原本預計107年實施之12年國教新課綱，因課審會分組委員發生比例違法而改聘爭議，課審程序都要從頭走一遍。106年5月，教育部宣布12年國教新課綱延緩一年，於108學年度執行（簡稱108課綱）[1]。12年國教新課綱被喻爲臺灣有史以來最大的課程教育改革，是第一次有機會統整從國小、國中到高中教育的12年一貫新課程。12年國教新課綱是以知識爲區隔，從「能力」變成以「素養」爲導向，用「領域學習」取代「單獨學科」的規劃，以提升學生自主學習力。整體而言，新課綱對國小衝擊最小；衝擊最大的是高中端，多出了校訂必修跟校訂選修的課程。全國的高中教育共分成普通型、技術型、綜合型、單科型四種，學生人數最多就屬技術型高中（106學年31萬5649人）[2]。無疑地，對

1　參見《行政院公報》第023卷第085期，2017年5月10日，〈教育科技文化篇〉。原文如下：「一百零三年十一月二十八日臺教授國部字第一〇三〇一三五六七八A號令發布之十二年國民基本教育課程綱要總綱，原定自一百零七學年度，依照不同教育階段（國民小學、國民中學及高級中等學校一年級起）逐年實施，修正為自一百零八學年度，依照不同教育階段（國民小學、國民中學及高級中等學校一年級起）逐年實施。」

2　詳見教育部統計處各級學校「歷年校數，教師，職員，班級，學生及畢業生數」統計表。教育部統計處網址：https://depart.moe.edu.tw/ed4500/cp.aspx?n=1b58e0b736635285&s=d04c7455 3db60cad

於下轄15學群、92個科別的全國技術型高中而言，由於科別眾多，12年國教新課綱的設計最爲龐雜，挑戰也最爲艱鉅。負責推動技高新課綱的臺師大機電系教授鄭慶民指出，技高學生既要跟普高學生一樣讀一般科目，又要修習各群科的專業科目，導致新課綱很難一步到位，僅能逐步落實。[3]由此可知其中的艱困。依照2017年《遠見特刊：一次看懂大學考招、108課綱》文中所述，總結12年國教新課綱，總共有五大特色以及四項差異。[4]簡言之，過去，各校的課程都長成一樣，將來則是每個學生都能選讀自己喜歡的課程，朝「一生一課表」的目標發展，有機會實現「成就每一個孩子」的願景。充滿理想的新課綱，總學分數減少，將開放更多選修

---

3 參見彭杏珠：〈高職教學現場——技術型新課綱最龐雜〉，《一次看懂大學考招、108課綱：升學制度又改了，全國老師、家長、考生必讀》（臺北：遠見天下文化出版股份有限公司，2017年），頁65。

4 特色一，加強實作、培養解決問題的能力；特色二，因應潮流、跨領域學習；特色三，課程彈性、發展辦學特色；特色四，降低必修、增加選修；特色五，減少傳統考科、增加非考科學分。另外，新課綱還有四個差異。首先，新課綱將學制分為五個學習階段，小學一、二年級為第一學習階段，三、四年級為第二學習階段，五、六年級為第三學習階段，國中七、八、九年級為第四學習階段，高中十、十一、十二為第五學習階段。其次，課程類型分成二大類：「部定課程」與「校訂課程」，部定課程由國家統一規劃，以養成學生基本能力。校訂課程由學校整合部定與校訂課程，自行規劃發展成校本課程。再來是學科領域做部分調整，從原先的七大領域變成八大領域。重新區分自然與生活科技領域，將「生活科技」從原先國中小的「自然與生活科技」領域及高中的「生活領域」中分立出來，與「資訊科技」重整，新增「科技」領域。剩下的物理、化學、生物及地球科學等「自然」領域，改稱為「自然科學」。調整後的八大領域分別為語文、數學、社會、自然科學、藝術、綜合活動、科技、健康與體育。小幅調整的還有語文領域，增加新住民語文，總共包含國語文、本土語文、新住民語文、英語、第二外國語文等科目。其中，本土、新住民語文在國小階段於同一教學時間開課，學生可任選閩南語、客家語、原住民語或新住民語其中一項進行學習。國中是在「彈性學習課程」中實施，假設學生有修習意願，學校才須開課。高中僅在普通高中開設選修課。參見彭杏珠：〈一次看懂大學考招、108課綱〉，《一次看懂大學考招、108課綱：升學制度又改了，全國老師、家長、考生必讀》（臺北：遠見天下文化出版股份有限公司，2017年），頁12-19。

課，期待擺脫「吃大鍋飯」的課表，給孩子更多自主空間。但是，如此崇高充滿理想性的願景，真能如願以償嗎？

多數人看108課綱，只見到課程的多元，包括校本課程與多元選修，卻忽略背後潛藏著許多的問題。先不論108學年度新舊交替的第一年，同一個學校兩套制度所帶來的衝突，是否會對師生造成困擾以及教師教學負擔過重等問題，就連多元課程如何評量？評量方式如何達成一致？以及學校行政資源與教室的分配調整等諸多挑戰，皆恐難立即解決，勢必面臨一段兵荒馬亂的過渡期。[5]

貳、現階段技高國語文教學的困境

一、技高學生定位不明

原稱「高級職業學校」的「高職」，自103學年度起實施《高級中等教育法》，高級中等學校始分爲「普通型」、「技術型」、「綜合型」及「單科型」等4種類型，其中高職改稱爲「技高」。[6]但

[5] 108學年度是新舊交替的第一年，學校內的一年級是新課綱，但是二、三年級是舊課綱；到了第二年，109學年度，三年級也還是舊課綱。因此這兩年是最混亂的，同一個學校兩套制度。而且這群使用新課綱的高中生，卻是舊課綱的國中畢業生，是否能夠完全銜接，辛苦是可見的。可以預期的是，從108到109，這兩年確實會出現有老師課數不夠，鐘點不足的問題。這部分，只要微調開課的學期，讓有些學科不是每一學期都有課，並且在導師、協助行政（副組長）、領域召集人、行政人員的職務上，進行適當的輪調，就能解決。這樣的安排也將各學科擔任導師、行政的比例做了合適的安排。期望未來能夠建立制度，減少每年在「找不到老師擔任行政工作」的內耗。參見藍偉瑩：〈十二年國教新課綱成功的10個關鍵〉，《親子天下電子報》（2016年1月22日）。網址：https://www.parenting.com.tw/article/5069787-【觀點】十二年國教新課綱成功的10個關鍵page=1

[6] 教育部《高級中等教育法》第五條：「高級中等學校分為下列類型：一、普通型高級中等學校：提供基本學科為主課程，強化學生通識能力之學校。二、技術型高級中等學校：提供專業及實習學科為主課程，包括實用技能及建教合作，強化學生專門技術及職業能力之學校。三、綜合型高級中等學校：提供包括基本學科、專業及實習學科課程，以輔導學生選修適性課程之學校。四、單科型高級中等學校：採取特定學科領域為核心課程，提供學習

改了名稱的技高，仍然擺脫不了社會大環境以升學主義掛帥、文憑至上的魔咒，國中端的畢業生，依舊選擇普通高中作爲他們的第一志願。即便新聞媒體經常以所謂的「放棄明星高中選擇高職」[7]等標題，強調12年國教「適性揚才」、「多元進路」的優點，但技職眞的較有出頭天嗎？還是這只是一種宣傳手法？導致這類的話題不斷地在每年國中大會考成績公布後的新聞中重複出現。事實上，技高所招收的學生素質，普遍還是距離一般高中有段明顯落差，這是不爭的事實。

以筆者所任教的市立臺中高工爲例，雖然在大前年（2016年），臺中市立大里國中畢業生洪翊方，當年以會考5A++及作文5級分高分，捨明星高中臺中一中，選技職龍頭臺中高工入學，消息傳出，喧騰一時。[8]但臺中高工大部分的學生入學成績，與往年並無太大改變（參見圖1）[9]。雖然教育部要求國中端的學生必須接受適性教育、職業初探，讓國中生找尋自己興趣，進而選擇高中或技高就讀，但過程似乎都只是表面，成效不彰，傳統士大夫觀念，仍深植人心，無法扭轉。很多明星學校，特別是都會型的學校，還是要求學生儘量考取理想的高中，榜單中也競相以錄取多少明星高中作爲主要的廣告效果。

性向明顯之學生，繼續發展潛能之學校。」參見教育部官方網站：http://edu.law.moe.gov.tw/LawContent.aspx?id=GL001143

7 黃偉翔：〈揭開「技職出頭天」的假面：放棄建中讀高職，因為比較容易考上明星科大！〉，《商周.COM》（2016年8月25日）。網址：https://www.businessweekly.com.tw/article.aspx?id=17618&type=Blog

8 詳見2016年7月18日《自由時報》電子報：〈會考5A++洪翊方捨臺中一中讀高工盼靠技職翻轉家境〉，網址：http://news.ltn.com.tw/news/life/breakingnews/1766752

9 市立臺中高工104～106各科最低錄取成績表，由臺中高工教務處註冊組提供。

科別	104年	105年	106年
機械科	2A3B(63)	2A3B(67)	2A3B(68)
汽車科	1A4B(54)	1A4B(55)	1A4B(61)
板金科	1A4B(57)	1A4B(61)	1A4B(58)
資訊科	2A3B(66)	3A2B(70)	3A2B(67)
電子科	2A3B(66)	2A3B(67)	2A3B(75)
控制科	1A4B(54)	2A3B(61)	2A3B(65)
電機科	3A2B(72)	3A2B(76)	3A2B(86)
冷凍科	1A4B(60)	1A4B(58)	1A4B(70)
建築科	2A3B(69)	2A3B(65)	2A3B(64)
化工科	2A3B(60)	2A3B(67)	2A3B(67)
製圖科	1A4B(63)	1A4B(58)	1A4B(64)
土木科	1A4B(63)	2A3B(61)	1A4B(68)
圖傳科	1A4B(63)	2A3B(67)	2A3B(65)

圖1　市立臺中高工104～106各科目最低錄取成績

或許基於上述原因，這群普遍在國中大會考遭受挫敗的學生，進入技高體系的學校後，開始嘗試接觸全新又陌生的技職課程，學習新技能與新知識，擺脫以往不愉快的陰影。原本在國中求學階段就對共同科目（國、英、數）學習成效不佳的學生，在技高注重技職實習課程的比例原則分配之下，又再次地錯失將共同科目打好基礎的機會。李家同（1939－）早在十五年前（2004年）就曾撰文〈技職生英文差先檢討義務教育〉[10]指出其中的問題癥結所在：技職生是以培養技職人才為目的，並非以升學為導向，英文當然不會好（同理可證，當然也包含國文與其他共同科目）。遺憾的是，十五年後的今天，情況並未改善。英文科如此，國文科的情況也是雪上加霜。

[10] 參見李家同：〈技職生英文差先檢討義務教育〉，《聯合報》，A15版「民意論壇」，2004年4月5日。李家同指出其中問題的癥結在於：「高職原來是職業學校，因此過去不是以升學為導向的，當然也不可能注重英文教育，最近高職教育的目標有了顯著的改變，學生對於技術其實興趣不大，只想升入技術學院或者科技大學，但是高職的課程卻又無法跟著調整，英文雖然已經比過去受到較高的重視，但是高職的英文老師顯然無法將他們學生的英文程度大幅度地提高。」

面對手機泛濫、媒體資源爆炸的網路世代，已故詩人余光中（1928-2017）早已指出臺灣年輕人國文程度低落是不爭的事實[11]；再加上技高學生相較於普通高中學生而言，家庭社經背景較差，屬於中低收入戶的比例遠遠高於普通高中學生。[12]他們從小缺乏良好的閱讀習慣，語文表達能力欠佳，技高又強調專業科目的培養、技能檢定的訓練，大部分學生實在難以兼顧各個科目。特別是國文，學生普遍認爲它是本國語言，無須耗費太多時間於此，難免輕忽。且國中國文教材以語體文爲主，文言文篇章比占甚少且篇幅短小，升上技高後，國文教材卻出現了大量的文言文，根據98課綱規定，文言文教材之比例，至少占課本內容一半以上。[13]國高中教材的深淺程度沒有一貫銜接，使得學生在升上技高後，突然要面對長篇艱深的古文時，常有力不從心之感，先備知識未臻紮實，加上錯誤的學習心態，又沒有培養良好的閱讀習慣，學習時程縮減，導致他們閱讀理解、語文表達能力常處於十分有限的狀況。

再者，大部分的應屆技高畢業生，將近八成（105年爲79.3%）選擇繼續升學，且以國立科大爲第一志願。[14]在考試引導教學及強調時間分配運用的心態下，青年學子的觀念裡，只有英文、數學及專業科目才是主科，對國文課所抱持的態度，除上段所言，大部分的學

---

11 譚中興、徐如宜：〈余光中：語言像河流，不能泛濫〉，《聯合報》，2005年2月14日。文中指出：「近年學生國文程度的滑落受到各界關注，而教育部國文教學方針的擺盪同樣令人擔憂。最近學界發起『搶救國文教育』運動，半隱居南臺灣的詩人余光中也參與發動，顯示詩人對學生國文程度低落的憂心。」

12 詳見教育部統計處「103學年高級中等以下學校學生家庭背景概況」統計表，教育統計簡訊《第47號》，105年3月17日。文中指出103學年高中（普通科、綜合高中）、高職（專業群科、實用技能學程）學生，其家庭屬於低收入戶者分別占2.4%及3.3%，高職比例明顯高於高中。

教育部統計處網址：https://depart.moe.edu.tw/ed4500/News21.aspx?n=B31EC9E6E57BFA50&page=2&PageSize=20

13 根據九八課綱明文規定，高職國文教材文言文之比例，不包含古典詩歌、小說，第一學年50%，第二學年55%，第三學年60%。

14 詳見教育部統計處：《教育統計簡訊第75號》（106年8月9日），頁1-2。

生是上課時，老師「讀」、「講」課，學生光「抄」，上課常常心不在焉，玩手機、聊天、趴睡者亦係尋常。國文考試，就變成了「背多分」，只要在考前背背注釋、默寫，看看參考書的翻譯似乎就能輕鬆應付，如此一來，便遠遠悖離了教育部所頒定的技高國文教學目標（參見圖2）[15]。

二、語文領域-國語文課程目標

（一）掌握學習國語文的基本方法，建立發展國語文能力應具備的知識。

（二）透過聆聽、閱讀掌握各類文本表述的要素，並運用於口語表達與寫作，使學生能發展思考和見解，注重理性和感性的溝通。

（三）理解古今多元文化，進行議題探究與思辨，以形成面對生活、社會、職場的反省力與創造力。

（四）認識國語文在智慧傳遞、文化創新上的價值，借助於當代科技，啟發學習動能， 善用以國語文開拓眼界、關懷並改善世界的力量。

圖2　《十二年國民基本教育課程綱要－技術型高級中等學校－語文領域－國語文》

二、現行技高國文教材編輯之商榷

㈠教材選文優點舉隅

目前本校三個年級的國文教材，乃採用東大圖書公司編選的高職國文教科書（簡稱東大版），另搭配由該出版社選編之《閱讀文

15 資料來源行政院公報資訊網：教育部令。《十二年國民基本教育課程綱要－技術型高級中等學校－語文領域－國語文》，頁1。中華民國107年1月25日臺教授國部字第1070007209B號。網址：http://gazette2.nat.gov.tw/EG_FileManager/eguploadpub/eg024018/ch05/type2/gov40/num11/Eg.htm。

選》，提供學生課外閱讀的教材[16]。除了教育部規定的三十篇經典選文之外[17]，教材中尚有中國歷代古典詩歌、古典小說、中國文化基本教材、現代新詩與散文……等作品。各冊架構，大致呈現四種範疇：「各類範文」、「中國文化基本教材」、「應用文」與「附錄」等四部分。依據東大高職國文教科書編輯目標，除配合課程綱要，提高學生閱讀、表達、欣賞與寫作之興趣及能力，啓迪固有文化意識，培養倫理道德觀念，砥礪愛國報國情操外，並重視配合時代需要，激發積極精神，陶冶職業道德，以開闊學生胸襟，使之更具智慧與發展潛力。[18]今以106學年度下學期（106-2），筆者曾任教的高一東大版第二冊的篇目為例（含《閱讀文選》），列舉如下（表1、表2）：

表1　東大版第二冊篇目

第二冊		
課次	篇名	作者
1	郁離子選　◎	劉基
2	詠物篇	張曉風
3	醉翁亭記　◎	歐陽脩
4	現代詩選：錯誤	鄭愁予

[16] 東大版本近三年市占率均為6成以上，104學年度東大67%、龍騰23%、翰林10%；105學年度東大61%、龍騰28%、翰林11%；106學年度東大67%、龍騰21%、翰林12%。資料來源：東大圖書股份有限公司編輯部。為提升本校學生語文閱讀能力，全校各班每週三早自習實施晨間閱讀，另採用翰林版本的《課前閱讀十分鐘》，依照進度，自行閱讀完畢，並搭配單元測驗卷，不定期由該班國文老師給予同學練習考試之用。劉姿吟：《課前閱讀十分鐘》（臺北：翰林出版事業股份有限公司，2017年）。

[17] 部訂之三十篇經典選文，請參照本論文其後所附之附錄一。臺中高工國文用書，以東大版本97課綱為主，三十篇經典選文，亦是高中課綱三十篇參考選文。

[18] 參見王基倫等：《國文I～VI》（臺北：東大圖書股份有限公司，107年2月再版2刷），「編輯大意」。

第二冊		
課次	篇名	作者
5	廉恥 ◎	顧炎武
6	髻	琦君
7	近體詩選：(1)從軍行、(2)旅夜書懷、(3)無題	(1)王昌齡(2)杜甫(3)李商隱
8	一桿「稱仔」	賴和
9	訓儉示康	司馬光
10	紅頭繩兒	王鼎鈞
11	文化教材：論語選讀㈡	
12	應用文：柬帖．對聯．題辭．會議文書．傳真	
附錄	范進中舉	吳敬梓
◎為部訂之三十篇經典選文		

表2　東大版第二冊《閱讀文選》篇目

第二冊閱讀文選		
課次	篇名	作者
1	近體詩選：登高／觀書有感	杜甫／朱熹
2	縱囚論	歐陽脩
3	指喻	方孝孺
4	祭十二郎文	韓愈
5	給我一個解釋	張曉風
6	鬥鬧熱	賴和

由以上所列舉的篇目視之，除應用文與文化教材外，經典選文有北宋歐陽脩（1007－1072）〈醉翁亭記〉、明劉基（1311－1375）〈郁離子選〉二則寓言故事、清顧炎武（1613－1682）〈廉恥〉等三篇，古文則爲北宋司馬光（1019－1086）〈訓儉示康〉，古典詩詞有〈近體詩選〉唐詩三首，古典小說有清吳敬梓（1701－1754）

〈范進中舉〉；白話選文方面，兼顧臺灣早期日治時期文學家與現代文學的作品，如賴和（1894－1943）〈一桿「稱仔」〉、琦君（1917－2006）〈髻〉、王鼎鈞（1925－）〈紅頭繩兒〉、鄭愁予（1933－）〈錯誤〉與張曉風（1941－）〈詠物篇〉等。

東大本國文教科書在選材方面的優點，尚能夠兼顧到國語文教育一「縱的傳承，讓古典文學往下紮根；橫的移植，使現代文學萌芽茁壯」的教學目標，並配合認識鄉土文學的語言運用，瞭解「臺灣話文」運用的方式。如賴和〈一桿「稱仔」〉，文中頗多方言俗語，甚或夾有日語漢字詞彙，充分反映了這篇小說的時代背景與意義。又如琦君在記人散文中常會運用小說筆法，藉外在具體的細節描寫，呈現人物的性格特徵和心理活動。〈髻〉文中母親和姨娘的互動，採取的正是此一手法。髮髻在文中的象徵作用，可讓學生閱讀文本時，一面接收其思想情感，一面觀摩其藝術形式、寫作技巧，最後應用到文章寫作之中。而鄭愁予的現代詩〈錯誤〉，除了教導學生認識現代派中植基於傳統及具抒情特色的詩人、詩作外，尤能試探學生的直覺反應及聯想能力，讓學生馳騁其想像力，引導他們嘗試寫詩，藉此也可讓他們偶爾擺脫「語言常規」的束縛，同時釋放他們的情感。文言文部分，明劉基〈郁離子選〉的寓言故事，透過生動的故事來針砭現實或宣傳主張。篇幅精簡短小，飽含幽默與機智，並將哲理概念藝術化，讓同學認識如何在短小的篇幅中，以詼諧生動的語言闡揚道理諷諭社會。而「寓言」短小精深且帶幽默諷刺的莞爾特質，深受學生的喜愛，在大部分老師的授課經驗中，寓言教學時，師生上課的互動性良好，學生的回饋也較多。[19]北宋歐陽脩〈醉翁亭記〉，除學習層層推進的寫作技巧外，尚可引導學生培養寄情山水、高尚豁達的胸懷。而〈近體詩選〉中的唐詩三首，分別介紹了王昌齡（698－756）的邊塞詩〈從軍行〉，杜甫（712－770）〈旅夜書懷〉，李商隱（813－858）〈無題〉。除了認識唐朝詩人時代背景與創作因素外，詩歌文字之美，本身也具有豐富的音樂性，老師若能搭配使用多

[19] 楊玫芳：《高職國文寓言選文教學研究》（臺中：靜宜大學中文系碩士論文，2014年），頁2。

媒體教學，示範古典詩歌的吟讀朗誦，可讓學生印象深刻，有助於情意的了解，學生反應普遍良好。以上爲針對高一東大版第二冊的篇目優點舉隅。

除此之外，爲了要加深學生對各家作品的瞭解，在每個學月的授課範圍進度內，尚會加入相關作家的作品選讀。例如古文部分，選讀了史上三大抒情文之一韓愈的〈祭十二郎文〉，歐陽脩有名的翻案文章〈縱囚論〉，以及方孝孺的〈指喻〉；古典詩詞部分，則有杜甫的〈登高〉與朱熹的〈觀書有感〉二詩；白話選文分別選錄了賴和的〈鬥熱鬧〉與張曉風〈給我一個解釋〉。期望增加學生的閱讀量，在深度與廣度方面，冀能有所加強。這也是當初指定《閱讀文選》所設定的宗旨。

㈡教材選文之缺點：問題不在文白比例，而是選文的趣味與實用性

依據97課綱高職國文領域教學目標[20]，在於培養學生閱讀與欣賞現代文學作品及淺近古籍之興趣及能力，東大版範文教材分配比例如下表3：

表3　各學年文言文（包含散文、詩歌、小說及文化教材）與語體文之比例

學年／文別百分比	一	二	三
語體文	50%	50%	40%
文言文	50%	50%	60%

[20] 東大國文課本是依照民國97年3月教育部修正發布之職業學校一般科目語文領域「國文」課程綱要編寫而成（可參課本之編輯大意）。發布課綱的時間為民國97年，故正式名稱為97課綱。原訂於民國98年實施，故有稱98課綱者。實際上延至99年實施，故亦稱99課綱。可參法規沿革： 中華民國94年02月05日教育部臺技(三)字第0940011888B號令訂定。 中華民國97年03月31日教育部臺技(三)字第0970027618C號令修正「職業學校群科課程暫行綱要」，名稱並修正為「職業學校群科課程綱要」，並自中華民國98年08月01日生效。 中華民國97年12月08日教育部臺技(三)字第0970241926B號令修正，並自99年08月01日生效。

由文白比例視之，各學年文言文所占分量頗爲平均，均爲50%左右，只有到了高三增加爲60%。技高的學生，對於108課綱文白比例之爭所討論的話題，恐怕是毫無興趣，他們反而比較在意的是，選文篇幅的長短與是否有趣味性？即便是白話文，篇幅內容如果過於冗長艱澀，仍然無法引起閱讀的動機；反之，淺白曉暢饒富興味的古文詩詞，一樣廣受學生的喜愛。中山女高國文教師黃月銀便曾經明白指出，文言文比例是個「假議題」，重點是可培養學生具備何種素養？她說：

> 拋開爭議不斷的文言文與白話文比例不談，學生喜愛白話文高過文言文嗎？只要放在國文課本裡的文章，都是考試範圍，通常學生都不太喜歡，然而，像是剛過世不久的余光中，或李白、杜甫、李清照等歷代詩人的作品，仍深受不少學生青睞。[21]

況且，學生語文能力低落，問題癥結根本不在文白比例，而是缺乏良好的閱讀習慣與讀書態度，如何提升他們的學習動機才是重點。[22]當然，這其中也牽涉到許多層面，諸如國文老師的教材教法、學生課程時數與考試引導教學等諸多問題，這部分待下章節再另予討論。

綜觀東大版六冊國文教材，在文言文選文部分，學生普遍反應不佳的篇目（由筆者任教經驗所得，並未具體調查），包含有第二冊司馬光的〈訓儉示康〉，第四冊魏徵（580－643）的〈諫太宗十思疏〉，第四冊「閱讀文選」中黃宗羲（1610年－1695）的〈原君〉，第五冊李斯（前284－前208）的〈諫逐客書〉，第五冊「閱讀文選」中丘遲（464－508）的〈與陳伯之書〉等篇章。而學生反應不佳的理由，不外乎是篇幅太冗長、典故甚多、內容艱澀冷僻與時

---

21 江羚瑜：〈從能力到素養〉，《騰／Turn》第一期（2018年3月），頁26-27。

22 參見楊蕓：〈學者：語文能力低落問題不在文、白而是缺乏閱讀〉，《臺灣醒報》，2017年9月1日。

代脫鉤，或是缺乏「引起閱讀興趣的動機」等等因素。至於白話選文部分，根據筆者的瞭解，由於受限於上課時數的不足，再加上學校既定的活動或是國定連假日的影響，在原有課程進度無法順利實施的情況下，許多老師有時候（視實際情況隨時調整，因人而異）會選擇讓學生「自讀」白話選文，也就是讓學生自行運用課餘時間閱讀的意思。當國文老師在每個學月的文言文授課範圍裡（本校每個學月以兩篇古文詩詞搭配兩篇白話選文，文白比例各占50%，臺中高工國文科106-2教學進度表請參照圖3），逐字講解文義，闡釋典故的由來與探究文理的奧義後，常常驚覺授課時間嚴重不足。[23]所以白話選文，經常是國文老師授課時數不足下的犧牲者，無關乎選文的優劣。但是有個現象值得我們省思，就是往往我們認爲是一代文學大師的詩文，諸如第三冊梁實秋（1903－1987）的〈下棋〉，第四冊余光中的〈尋李白〉，第五冊龍應臺（1952－）〈大山大河大海〉，第六冊蔣勳的〈石頭記〉等有名的篇章，當引導學生賞析課文時，他們不是反映課文頗無趣味，就是詩義太過於深奧無法理解等負面批評。是故，白話教材選文，在時代性與趣味性方面，似乎尚可再斟酌商榷。[24]

---

[23] 柯慶明提出對過去國文教育偏重文言的批判，認為文言文的教學既流於「文字」表面意義的「翻譯」，又不能深入「經驗與形式」的意義；而白話文教學則因「文字淺易」，也同樣使得教學過程中忽略「經驗」和「形式」的挖掘。參見柯慶明：〈二十一世紀的國文教育〉，「教育部普通高級中學新課程國文學科中心」，網址：chincenter.fg.tp.edu.tw/cerc/epaper/1_epaper/1-2.doc。

[24] 不容置疑地，國文教材也不能一味媚俗以迎合學生的脾胃，高中國文教育仍有其社會責任與教育目的。柯慶明曾撰文指出：「『文言』作為一種『語言』，早已因語音簡化，同音字太多，難於立即辨識而變成不能以『聽』『說』來溝通，而且除非長期的大量誦讀，泰半的人其實也不都能『寫』了。而我們仍然要在高中用國文課程一半以上的時間來教『讀』其作品，並不是為了學習這套『語言』，而是為了『人文教育』！同樣這也是為何即使是『語體』範文，我們也要求選『新文學以降之名家名篇為主』的緣故。使學生接觸、認識、涵泳於我們不論新舊文學所呈現的『人文』傳統，透過對話、參照而促進其個人精神人格的成長，正是高中『國文』所無法逃避的責任！」參見柯慶明：〈高中國文也應該是人文教育〉，《聯合報》，E7版，2005年6月29日。

臺中市立臺中高級工業職業學校 教學作業預定及實際進度對照表

科目	國文	每週時數	4	教材名稱	高職國文（二）	編者	王基倫	出版書局	東大	一年級各班	擔任老師

週次	日期	預定進度	教材	起止頁數	作業
1	01.21-01.24	2/21 開學	L1 郁離子選		
2	02.21-02.24	2/21.22 建教[illegible]期中考	L1 郁離子選		作文（一）
3	02.25-03.03	2/26-27 高三模擬	L2 詠物篇		
4	03.04-03.10	品德教育週	L3 醉翁亭記		*背第2、3段
5	03.11-03.17	3/12-16 高一公民訓練	L3 醉翁亭記		
6	03.18-03.24	3/22-23 建教期末考	L4 現代詩選－錯誤		
7	03.25-03.31	3/31 補課 3/26-27 第1次[illegible]考	L5 廉恥		
8	04.01-04.07	4/4-6 放假	L5 廉恥		作文（二）
9	04.08-04.14	4/9 建教一二年開學 4/9 高一高二[illegible] 4/9-10 高三第4次[illegible]考	L6 髻		
10	04.15-04.21	4/15 [illegible]	L7 近體詩選		*三首詩全背
11	04.22-04.28	4/27 英語文競賽	L7 近體詩選		
12	04.29-05.05	5/5-6 [illegible]	L8 一桿「稱仔」		
13	05.06-05.12	5/9-11 高三期末考	【應用文】柬帖、題辭對聯		
14	05.13-05.19	5/16-18 第2次[illegible]考	L9 訓儉示康		作文（三）
15	05.20-05.26	5/26 校慶	L9 訓儉示康		
16	05.27-06.02	5/28 校慶補假	L10 紅頭繩兒		
17	06.03-06.09	6/5 畢業典禮	【附錄】范進中舉		
18	06.10-06.16		【附錄】范進中舉		
19	06.17-06.23	6/18 端午節	【文教】論為政124 論教育2 記孔子為人23		
20	06.24-06.29	6/25-29 期末考	【文教】記孔門弟子123 論聖賢時人4		

106學年度第二學期 週次：1 2 3 4 5 6 7 8 9 10 11 12 13 14 15 16 17 1

圖3　市立臺中高工106-2高一國文教學進度表

參、技高國語文教學法改良芻議

一、現行授課時數不足，無法提升學生語文能力

根據臺中高工「106學年度群科課程綱要總體課程計畫書」[25]所示，本校教務處依據教育部97年3月31日臺技㈢字第0970027618C號令發布之「職業學校群科課程綱要」（也就是97課綱），成立學校課程發展委員會，研擬校訂必修、選修課程大綱及課程綱要。部訂必修國文第一學年6學分（一年級上、下學期各3學分），第二學年6學分（二年級上、下學期各3學分），第三學年4學分（三年級上、下學期各2學分）。因部訂必修授課時數嚴重不足，因此本校在校訂選修課程予以補強，於第一學年加入2學分（一年級上、下學期各1

25　臺中高工「106學年度群科課程綱要總體課程計畫書」，詳見於本校網頁教務處教學組「課綱」一欄。網址：http://www.tcivs.tc.edu.tw/ischool/publish_page/31/?cid=3314。

學分）的「國語文學概論」選修課目，第二學年加入2學分（二年級上、下學期各1學分）的「文法與修辭」選修課目，第三學年加入4學分（三年級上、下學期各2學分）的「國學概要」選修課目，在部訂必修與校訂選修學分數兩相加總之下，勉強維持每學期4學分，也就是每周4節的國文基本授課時數。即便如此，現行規劃的授課時數，不論在範文研讀賞析與文化教材的闡釋教學外，尚要訓練學生閱讀、表達、欣賞與寫作簡易語體文之興趣及能力，並指導學生熟習常用應用文書信、便條、名片等之格式與作法，以適應實際生活及職業發展之需要。雖然課程綱要皆有明確規範單元主題、分配節數與實施要點，立意良善但實際上卻窒礙難行。以一周四節的國文授課時數而言，明顯不足，而這些尚不包括每學期的既定活動與國定連假日、段考日程等，皆占用許多寶貴的授課時間，打亂了原本安排的教學進度。爲了要教完所有月考進度，每個國文老師幾乎都在趕課，與時間賽跑，即使有再好的教學計畫與活動，也只能暫時忍痛割捨，以完成進度爲優先。技高的學生素質原本就比較低落，老師煞費苦心，耳提面命，無非是希望學生能全盤吸收，瞭解課文大意。所以課文進度教授完畢之後，尙有習作簿練習本的回家作業，包括「字詞望遠鏡」、「文法指南針」、「詞語無線電」、「文學星座盤」與「語文航海圖」等單元，要求學生務必完成，還要挪出時間給學生考試「單元測驗卷」，並批閱與訂正。在極有限的時間內，要求學生發揮最大功效。老師之所以如此注重學生的學習回饋，亦是歷年四技二專統一入學測驗（簡稱統測）考試領導教學的必然現象。

自99學年度統測國文科試題加考「寫作測驗」以來，無論在題型、類別、題數分配上，試題內容皆分爲兩大部分。一是38題選擇題，類型爲單選題，每題2分，共計76分；二是一題「寫作測驗」，占24分。選擇題之模式，又可細分爲「㈠綜合測驗」、「㈡篇章閱讀測驗」兩種項次。前者爲20題；後者共18題。選擇題的測驗項目名稱雖曾調整，但內涵不變。試看「106學年度四技二專統一入學測驗國文科」考題，選擇題各題題型與出處一覽表，如下表4所示[26]：

---

26 參見林鍾勇：〈106學年度技術校院四年制與專科學校二年制統一入學測驗國文試題分析〉，「三民東大國文學習網」，頁1-3，網址：http://www.grandeast.com.tw/Chinese/PastExam?T=47。

表4 選擇題各題題型與出處一覽表

題號	測驗目標	題目類型	體例	命題出處
1	字形辨識與應用	改錯	語體文	(A)鍾理和〈我的書齋〉 (B)廖鴻基〈黑與白──虎鯨〉 (C)洪醒夫〈散戲〉（改寫） (D)劉鶚《老殘遊記．明湖居聽書》
2	字（詞）義辨識與應用	一字多義	文言文	歸有光〈項脊軒志〉 (A)袁宏道〈晚遊六橋待月記〉 (B)白居易〈琵琶行并序〉 (C)郁永河《裨海紀遊選》 (D)柳宗元〈始得西山宴遊記〉
3	字（詞）義辨識與應用	一詞多義	語體文	杜甫〈絕句〉六首之五、〈陌上桑〉 (A)金庸《神雕俠侶》 (B)白先勇〈滿天裡亮晶晶的星星〉 (C)瓊瑤〈煙鎖重樓〉 (D)張愛玲〈色，戒〉
4	詞語、成語辨識與應用	成語填空	語體文	張秀亞〈小花與茶〉
5	詞語、成語辨識與應用	詞語填空	語體文	
6	詞語、成語辨識與應用	成語辨識	語體文	
7	文句重組	文意判斷	語體文	焦桐〈榴槤〉

題號	測驗目標	題目類型	體例	命題出處
8	短文閱讀理解	文意判斷	語體文	方梓〈小卒過河〉
9	短文閱讀理解	文意判斷	語體文	杜白《動物的生死書》
10	短文閱讀理解	文意判斷 成語辨識	文言文	《孔子家語・好生》
11	詩組閱讀理解	詩旨判讀 成語辨識	文言文	鄭燮〈竹石〉、〈出紙一竿〉
12	文法結構辨識與應用	語氣判斷	語體文	(A)賴和〈一桿「稱仔」〉 (B)魯迅〈孔乙己〉 (C)曹雪《紅樓夢・劉姥姥進大觀園》 (D)琦君〈髻〉
13	文學知識	古人典故	文言文	
14	文學知識	詩詞判別	文言文	杜牧〈閑題〉、孫光憲〈浣溪沙〉
15	短文閱讀理解 （題組Ⅰ） 文法結構辨識與應用	文法、語法結構——條件複句	文言文	《戰國策・馮諼客孟嘗君》 (A)荀子〈勸學〉 (B)曹丕〈典論論文〉 (C)連橫〈臺灣通史序〉 (D)屈原〈漁父〉
16	短文閱讀理解 （題組Ⅰ）	文意判斷	文言文	《戰國策・馮諼客孟嘗君》
17	短文閱讀理解 （題組Ⅱ）	文意判斷	文言文	翟灝〈聚芳園記〉

題號	測驗目標	題目類型	體例	命題出處
18	短文閱讀理解（題組 II）文法結構辨識與應用	文法、語法結構——省略	文言文	翟灝〈聚芳園記〉 (A)司馬遷《史記・鴻門宴》 (B)劉基《郁離子選・工之僑為琴》 (C)《禮記・大同與小康》 (D)歐陽脩〈醉翁亭記〉
19	圖文閱讀理解（題組 I）	圖文意涵判斷	語體文	
20	圖文閱讀理解（題組 I）	圖文意涵判斷	語體文	(A)《孟子・王道之始》 (B)譚峭《譚子化書・仁化》 (C)魏徵〈諫太宗十思疏〉 (D)《金剛心總持論》
21	篇章閱讀理解（題組 I）	文意判斷	語體文	《料理・臺灣》
22	篇章閱讀理解（題組 I）	文意判斷	語體文	《料理・臺灣》
23	篇章閱讀理解（題組 I）	文意判斷	語體文	《料理・臺灣》
24	篇章閱讀理解（題組 II）	文意判斷	語體文	鄭志凱《地球村，還是全球化山村》
25	篇章閱讀理解（題組 II）	文意判斷	語體文	鄭志凱《地球村，還是全球化山村》
26	篇章閱讀理解（題組 II）	文意判斷	語體文	鄭志凱《地球村，還是全球化山村》

題號	測驗目標	題目類型	體例	命題出處
27	篇章閱讀理解（題組Ⅲ）	文意判斷	語體文	許進雄《古事雜談》
28	篇章閱讀理解（題組Ⅲ）	文意判斷	語體文	許進雄《古事雜談》
29	篇章閱讀理解（題組Ⅲ）	字（詞）義辨識與應用	語體文	許進雄《古事雜談》 (A)李斯《諫逐客書》 (B)《荀子・勸學》 (C)王元〈聽琴〉 (D)張翥〈周昉按樂圖〉
30	篇章閱讀理解（題組Ⅳ）	文意判斷	文言文	王士禎《池北偶談》
31	篇章閱讀理解（題組Ⅳ）	文意判斷	文言文	王士禎《池北偶談》
32	篇章閱讀理解（題組Ⅳ）	文句理解	文言文	王士禎《池北偶談》
33	篇章閱讀理解（題組Ⅴ）	文意判斷	文言文	《澠水燕談錄》
34	篇章閱讀理解（題組Ⅴ）	文意判斷	文言文	《澠水燕談錄》
35	篇章閱讀理解（題組Ⅴ）	文句理解	文言文	《澠水燕談錄》
36	篇章閱讀理解（題組Ⅵ）	比較閱讀理解	文言文 語體文	蘇軾〈赤壁賦〉、李一冰《蘇東坡新傳》
37	篇章閱讀理解（題組Ⅵ）	比較閱讀理解	文言文 語體文	蘇軾〈赤壁賦〉、李一冰《蘇東坡新傳》
38	篇章閱讀理解（題組Ⅵ）	字（詞）義理解	文言文 語體文	蘇軾〈赤壁賦〉、李一冰《蘇東坡新傳》

由表4可知，統測考題大致上已趨向測驗學生的綜合閱讀理解能力，逐漸擺脫已往瑣碎記憶式的傳統題型，成為一具備指標性的考題方向，但也因此學生更需具備多元能力來面對嶄新題型的挑戰，死記硬背顯然無法應付自如，無形中也增加了考生應試的難度。閱讀理解能力是一切學科的學習基礎，不只是統測，無論大學學測、指考，抑或國中會考，「閱讀理解能力」皆為大考測驗之主軸。但是，這並不代表除了閱讀能力外，其他的能力指標可等閒視之。因為「閱讀」可視為一種「邏輯推理」的能力訓練與應用，其能力養成包括「字彙理解」、「文章理解」等面向。「字彙理解」屬於基礎理解之層次，著眼於字彙解碼——當視覺感官接觸文本之字彙，同時進行解碼，故有字義之理解；其次為較高層次之「文章理解」，須以字彙理解為先備知識。有字彙之理解，始得解構句意（剖析語法）、文意、意境、延伸等，如是產生理解。因此，閱讀是應用背景知識，並配合相關的能力條件，構築而成的綜合能力呈現。[27]簡言之，統測國文考題，即是驗收技高學生三年來，對於國文閱讀理解的綜合判斷能力。另外，從近三年「閱讀測驗」試題統計表（參見表5）[28]，可看出閱讀內容屬於文言文或語體文（白話）的分布情形，大致呈現文言多於白話文的趨勢。將來新課綱調降文言文占比，衍生的現象，極有可能就是學生為了在大考取得高分，勢必得花費更多時間自學古文，以應付考試，如此一來，便會妨礙他們在彈性課程聽說讀寫的能力培養。[29]因

---

[27] 參見林鍾勇：〈106學年度技術校院四年制與專科學校二年制統一入學測驗國文試題分析〉，「三民東大國文學習網」，頁6，網址：http://www.grandeast.com.tw/Chinese/PastExam?T=47。

[28] 參見林鍾勇：〈106學年度技術校院四年制與專科學校二年制統一入學測驗國文試題分析〉，「三民東大國文學習網」，頁6，網址：http://www.grandeast.com.tw/Chinese/PastExam?T=47。

[29] 108課綱調降文言文占比，引發師生家長憂慮，「多數高中國文老師希望維持國文科文言文比例，維持原領綱的45%至55%，其中一個原因是，國文必修的文言文若刪減成30%，3年只剩14課，學生將花費更多時間自學，妨礙彈性課程的聽說讀寫能力培養。……一名北一女中三類組學生說，就算學測指考會因比例減少文言題目，但基於基本國文素養以及語文能力，學生仍需要自學文言文，相較於現在課綱自學白話文較多的模式，是比現在還更艱難的挑

此，針對課內的選文，不論文白，老師均希望學生能全部熟讀並習慣題型的作答方式，不斷反覆練習，縮短作答時間。倘若再加上占24分的「寫作測驗」作文訓練，技高學生所承受的壓力，堪稱沉重。

表5 近三年「閱讀測驗」試題統計表

項目	104學年度		105學年度		106學年度	
	題數	文白類型	題數	文白類型	題數	文白類型
短文（詩）閱讀測驗	6	4文2白	4	1文3白	4	2白2文
短文題組閱讀測驗	0		4題組 8題	4文	3題組 6題	2文1白
篇章閱讀測驗	6題組 18題	3文3白	6題組 18題	3文3白	6題組 18題	3文3白

因此師生常常在這樣的惡性循環（趕課、考試、習作、作文、閱讀課外選文）中，度過三年的國文課程，不僅老師疲累，學生也承受極大壓力，痛苦至極，毫無欣賞領略文學之美的可能。這不僅是筆者個人在教學現場所面臨的嚴峻挑戰，也是大多數技高國文教師的困擾。曾在技職高中任教多年的謝淑熙便撰文指出：

> 由於授課時數的驟減，任課老師常有「小學而大遺」之遺憾，所謂小學者，乃是一般學生在上文言文時，無非是認為只要能語譯文句、解釋語詞、了解成語典故即可；而「大遺」者，就是對於義理的探討、情意的陶冶、智能的啓發均等閒視之。……深究鑑賞篇章時，卻

戰。文言文至少還有約定俗成的概念，而白話文理解卻有見仁見智的可能，是比較不易分出鑑別度的。若文言文比例調降，國文科學習的難度將會提升，對於我們比較不利。」相關報導，詳見馮靖惠：〈新課綱少了基礎文言文教育的隱憂〉，《聯合新聞網》，2017年8月26日。網址：https://udn.com/news/story/7266/2665214。

> 有大半學生心茫茫、視茫茫，一問三不知，以致文言文的講述，無法突破傳統注入式的教學法。[30]

而在文化教材部分，更是每況愈下。中國文化教材以儒家學說為代表，技高三個學年度分別教授《論語》（第一學年上、下學期）、《孟子》（第二學年上、下學期）、《大學》（第三學年上學期）、《中庸》（第三學年下學期）。綜言之，也就是《四書》的部分章節選讀教材。當介紹孔子的仁愛學說、孟子的義利之辯與性善學說時，身為國文教師的我們，理應全面深入詳細闡述，方能讓學生略窺其中堂奧。但是受限於授課時數，只能擇要概論，無法逐一講解論述。此情況稱之為「走馬看花」或是「蜻蜓點水」，一點也不為過：

> 因為中國文化基本教材，在高職國文教材中，所扮演的角色，猶如大餐之中的清粥小菜，學生只是淺嘗則止，且所研讀的篇章，僅限於考試要考的範圍，未列入考試的篇章，往往是視而不見、見而不察……令人慨嘆儒家倫理道德教育，日漸式微，其來有自。[31]

至於應用文的教材內容，亦有許多地方不合時宜，在時間壓縮之下，此部分亦常被學生忽略。面對3C網路世代，如何教導他們認識並使用傳統書信，瞭解其中書信用語的方法，不僅是觀念上的溝通，更是社會禮儀與文化傳承的一環。但課文中的現代書信範例（參見表6），未免與青年學子平日的書寫習慣脫鉤甚遠。諸如：「提稱語」、「開頭應酬語」、「挪抬」、「側書」等用法，現代日常書信中，已少有人使用。雖然課文中有加註「通常會省略……」等用語，但效果不彰，學生往往望之卻步，難以引起興趣。倒不如改以

---

[30] 參見謝淑熙：《過盡千帆：向文學園地漫溯》（臺北：秀威資訊科技，2005年），頁250。

[31] 參見謝淑熙：《過盡千帆：向文學園地漫溯》（臺北：秀威資訊科技，2005年），頁250-251。

一般社會大眾書寫習慣的用法爲範例（不論是紙本書信或是網路郵件），提醒學生書信儀節，列舉錯用或誤用的日常有趣例子，相信會更能提升學生興趣與書信能力。

表6　現代書信書寫範例（摘錄自東大版國文I冊，頁171）

明德世伯 尊鑒：
稱謂　提稱語

許久沒有聆聽　您的教誨，非常想念。近日想必福體安泰，事業興隆，這是小姪衷心的祝禱。
開頭應酬語　挪抬　側書

寒假即將到來，小姪迫切想在假期中找到一份短期工作，一方面印證書本上的理論，一方面賺取部分學費，以減輕　家父的負擔。記得　世伯所經營的公司，往年寒暑假都會提供若干工讀名額予家境清寒的學生，不知今年是否援例辦理？小姪懇切希望　您能給予機會，屆時一定努力工作，以為報答。肅此，敬請
挪抬　結尾應酬語　問候語　結尾敬語

崇安

世姪王大展敬上　一月五日
自稱　署名　末啟詞　日期

二、技高國語文教學的創新與變化

㈠108課綱技高的規劃

108課綱注重多元開放、自主彈性的課程，結合在地元素，強調跨學科「核心素養」的養成，期許各校發展自己的特色，朝著規劃學生「一生一課表」的目標邁進，實現「成就每一個孩子」的願景。面對108課綱對教育的鬆綁與改革，勾勒出未來美好的教學藍圖與核心理念，我們心中既是期待又怕受傷害。期待的是，現行技高國語文教學，迫切需要翻天覆地的變革，學生才能擁有感知語文之美與學習表達能力的權利；害怕的是，這會不會又是另一個失敗教改的翻版？貽誤並扼殺青年學子學習成長的契機。

我們大致歸納技術高中108國語文課綱要點[32]，以下爲統整的內容：就學分數而言（參見表7），108課綱與99課綱大致相同。學分數依然不變（共計16學分），仍維持高一、高二每周3節，高三每周2節的配置。面對學分數不足的部分，將來勢必在校訂選修課程上予以增列，本校大致上維持每學期四學分（四節課）的比例，整體而言，108課綱技高的國文學分數並未增加。

表7　99課綱與108課綱學分數比較表

部訂必修		第一學年		第二學年		第三學年		總計
		一	二	一	二	一	二	
99課綱	A	3	3	3	3	2	2	16
	B	4	4	4	4	2	2	20
108課綱		3	3	3	3	2	2	16

而令外界賦予高度期待的「彈性課程」（或是「多元選修課程」），雖在總綱中已有提及（在總綱頁8的「陸、課程架構」中，將各階段學校的「課程類型」列表說明如下，參見表8及附註），但在技術型高中國語文課綱中，並未獨立提及「彈性課程」，只提到：「學校亦可於彈性學習課程／時間及校訂課程中據以規劃相關議題，……以形塑校園文化，提升學生學習成果。」[33]關於彈性課程的詳細規劃說明，尚付諸闕如。

---

32 參見行政院公報資訊網：教育部令，訂定「十二年國民基本教育課程綱要技術型高級中等學校語文領域－國語文」，並自一百零八學年度，依照不同教育階段（國民小學、國民中學及高級中等學校一年級起）逐年實施。

網址：http://gazette2.nat.gov.tw/EG_FileManager/eguploadpub/eg024018/ch05/type2/gov40/num11/Eg.htm。

33 參見行政院公報資訊網：教育部令，訂定「十二年國民基本教育課程綱要技術型高級中等學校語文領域－國語文」，「附錄二：議題適切融入領域課程綱要」，頁19。

網址：http://gazette2.nat.gov.tw/EG_FileManager/eguploadpub/eg024018/ch05/type2/gov40/num11/Eg.htm。

表8　各教育階段課程類型

教育階段＼課程類型		部定課程	校訂課程
國民小學		領域學習課程	彈性學習課程
國民中學			
高級中等學校	普通型高級中等學校	一般科目 專業科目 實習科目	校訂必修課程 選修課程 團體活動時間 彈性學習時間
	技術型高級中等學校		
	綜合型高級中等學校		
	單科型高級中等學校		

附註：一、在技術型高中階段，「彈性學習時間」屬於校訂課程，依總綱所述：2.「校訂課程」：由學校安排，以形塑學校教育願景及強化學生適性發展。(1)在國民小學及國民中學為「彈性學習課程」，包含跨領域統整性主題／專題／議題探究課程，社團活動與技藝課程，特殊需求領域課程，以及本土語文／新住民語文、服務學習、戶外教育、班際或校際交流、自治活動、班級輔導、學生自主學習、領域補救教學等其他類課程。(2)在高級中等學校則為「校訂必修課程」、「選修課程」、「團體活動時間」（包括班級活動、社團活動、學生自治活動、學生服務學習活動、週會或講座等）及「彈性學習時間」（包含學生自主學習、選手培訓、充實（增廣）／補強性課程及學校特色活動）。其中，部分選修課程綱要由領域課程綱要研修小組研訂，做為學校課程開設的參據。

在總綱頁23的「課程規劃說明」「(5)彈性學習時間」中，提到：

①彈性學習時間依據學校條件與學生需求，可做為學生自主學習、選手培訓、充實（增廣）／補強性教學及學校特色活動等之運用。彈性學習時間得安排教師授課或指導，並列入教師教學節數或支給鐘點費。全學期授課者列入教學節數；短期性授課或指導支給鐘點費。

②「彈性學習時間」在於藉由多元學習活動、補救教學、增廣教學等方式，拓展學生學習面向，減少學生學習落差，促進學生適性發展。

③「彈性學習時間」可由學校自行規劃辦理特色課程選修之增廣

教學、學校特色活動、服務學習、補救教學、學生自主學習等，學分核計依相關規定辦理。

二、技術高中國語文領綱中，未提及「彈性課程」。

在技術型高中國語文領綱中，只有「附錄二：議題適切融入領域課程綱要」中，提到：「學校亦可於彈性學習課程／時間及校訂課程中據以規劃相關議題，將議題的精神與價值適切融入學校組織規章、獎懲制度及相關活動，以形塑校園文化，提升學生學習成果。」其餘並未有關於彈性課程的規劃說明。

在教材編選內容方面，科目名稱由「國文」改爲「國語文」。文言文比例調降至35～45%（參見表9）。

表9　99課綱與108課綱語體文與文言文比例

項目	99課綱	108課綱
文言文比例	語體：文言 第Ⅰ、Ⅱ冊：50%：50% 第Ⅲ、Ⅳ冊：45%：55% 第Ⅴ、Ⅵ冊：40%：60%	文言選文以三學年的平均占比35～45%為原則，各冊可依學生學習能力酌量增減。

古典文選增列14篇推薦選文（見附錄二））。原本每冊必選一課現代詩、古典詩詞曲，改爲每學年至少一課。將原本獨立的古典小說選、文化教材併入古典文選，《論》、《孟》、《學》、《庸》非必選。新增「文化經典選」每冊至少一課，只要符合「具時代、思想流派及文體之多樣性」就可，未限定編選素材。取消指定應用文內容，改以「應用文本」概述，選材內容由編者衡酌。每冊宜增選2到4篇現代文選，提供學生自學。茲將以上所述，針對99課綱與108課綱在教材方面的差異，整理如下表10：

表10 99課綱與108課綱比較表

項目	99課綱	108課綱
教材單元	課文分為四部分：範文、文化教材、應用文、附錄。	1.「課文」分為五部分：現代文選、古典文選、現代詩歌選、古典詩歌選、文化經典選。 2.將文化教材併入「課文」；取消指定應用文內容，改以「應用文本」概述。

從99課綱教材單元的四部分，到108課綱的五部分，內容看似有所增加，實則改變不大，文白占比的增刪，才是課文選編的重點。文言文大幅縮減，白話選文增加，尤其又要凸顯臺灣文學的核心價值，讓單純的國語文教學，蒙上政治角力的陰影。日前教育部公布的網路票選普通高中10篇選文，像是〈大甲婦〉、〈送王君入監獄序〉與在臺日人中村櫻溪的〈七星墩山蹈雪記〉等文章，由於選文過於冷僻，用詞頗爲艱澀，雖說教材選文應以臺灣文學爲主軸，符合當今社會主流意識，但類似此種矯枉過正的現象，確實引發師生與家長不少憂慮。[34]

即便如此，108課綱的新增概念：諸如橫向統整、跨科教學、議題融入、素養導向與適性揚才等觀念，確實帶給國文老師很大的啓發與改變。可喜的是，近年來許多國文老師開始反思國文教學的方法與意義，在教育現場已經掀起一場前所未有的嶄新蛻變。諸如推動

34 參見楊蕓：〈學者：語文能力低落問題不在文、白而是缺乏閱讀〉，《臺灣醒報》，2017年9月1日。「汪詩珮強調，所謂經典文章是指『歷經時間淘洗的精華』，不一定獨指文言文或白話文。她舉例，大家從小學到大的李白、杜甫等詩文，都是公認的經典作品。對於教育部公布的網路票選10篇選文，汪詩珮認為像是《大甲婦》、《送王君入監獄序》，選文太過冷僻，不適合給普遍的高中生閱讀，『甚至有些文章很難在網路找到資料。』黃肇基也同意並舉例說，中村櫻溪的《七星墩山蹈雪記》，用詞較艱澀，學生恐難以消化，「連我都看不懂，更不知道怎麼教學生。」

「翻轉教室」的改革，像是王政忠[35]、張輝誠[36]、葉丙成[37]等人，默默深耕而卓犖有成，相關應用中尤以前臺北中山女中教師張輝誠提倡之「學思達教學」最負盛名。[38]再者，各校高中國文教師群，或自動自發，或因應時代潮流，皆積極籌組精進教學職能的國文領域社群，在共同備課與教學觀課中，提升教師自我專業發展能力，突破傳統國語文教學方法。以下小節，將擇要略述筆者近年來，蒐集統整的各種適合技高學生學習的創新教學法。原來國語文教學也可以這樣玩，深受師生的喜愛。

㈡創意教學fun手玩

1.《紅樓夢》桌遊

近年來風靡臺灣的「桌遊」（原文「Tabletop Game」或「Board Game」），已成爲全民運動，老少咸宜。廣義來說，凡指不插電在桌上進行的遊戲，都可以納入桌遊範疇。臺北市立松山家商國文科，率先將桌遊融入國文教學之中。他們以國文選文《紅樓夢・劉姥姥進大觀園》的單元內容爲基礎，設計出一套適合全班國文教學之用

---

[35] 南投縣爽文國中教導主任，曾獲Super教師、Power教師與師鐸獎肯定，十六年前便透過行政策略翻轉偏鄉學習，近年更聚焦於課堂內的國語文教學翻轉。

[36] 現任臺北中山女高國文科教師、學思達平臺創辦人。透過教師的專業介入，製作以問答題為導向、補充完整資料的講義（控制學生學習的最佳專注時間，不斷切換學習樣貌）、透過小組之間「既合作又競爭的學習模式、將講臺還給學生、讓老師轉換成主持人、引導者、課堂設計者，讓學習權交還學生。每一堂課、每一種學科都以促進學生學習興趣、增強學生各種能力、訓練學生閱讀、思考、表達、寫作、判斷、分析、應用、創造等綜合能力為主。

[37] 現任臺灣大學電機工程學系教授，歷任臺大大規模開放式線上課程計劃執行長、臺大教學發展中心副主任，開創各種翻轉教室的創新教學方法與思維。

[38] 學思達教學法由前中山女中教師張輝誠創建與推廣，是一套完全針對學生學習所設計的教學法，真正訓練學生自「學」、閱讀、「思」考、討論、分析、歸納、表「達」、寫作等等能力。該教學模式透過製作全新的以問題為導向的講義，並落實小組之間「既合作又競爭」的新學習模式，將講臺還給學生、讓老師轉換成主持人、引導者，讓學習權完全交還學生，藉此促進學生學習興趣、增加學生各種能力、增進學生閱讀、思考、表達、寫作等綜合能力的一種教學方式。

的教材。當初他們在研發桌遊教材時，即考慮與其他專業科目老師協同合作，結合廣告設計科老師，爲學生做美術設計指導，商業經營科和會計科老師策劃日後桌遊作品的行銷企劃案，應用外語科老師指導應用外語科學生翻譯英文版的桌遊作品，資料處理科老師指導學生設計桌遊網頁，國文科老師指導學生閱讀經典，發想桌遊的內容等等。眞正落實了跨科教學、協同合作的理念，並適時加入學生的意見回饋，展現學生的文創巧思。（圖4【紅樓夢桌遊示意圖】[39]）藉由【紅樓夢桌遊】教學計劃表（參見表11[40]），大致可瞭解整課的實施過程。但礙於授課節數的限制，老師能否精確掌握操作流程，成爲重要關鍵。

圖4　【紅樓夢桌遊示意圖】（示意圖右側有QR-Code，拿起您的手機刷一下條碼即可觀看）

---

39 截圖轉載自「龍騰高職國文」：桌遊「紅樓夢」遊戲過程示範。發布日期：2017年9月27日。YouTube：https://www.youtube.com/watch?v=hWDf7-wIiUE 。

40 參見王盈方：〈桌遊創作-紅樓夢〉，《國文多元選修+》第一期（2018年），頁16-18。

表11 【紅樓夢桌遊】教學計劃表

<table>
<tr><td rowspan="3">學習目標</td><td>認知</td><td colspan="2">1. 能瞭解中國古典小說的發展與文學知識
2. 能瞭解【紅樓夢】的思想內涵及其在清代章回小說中的價值
3. 能瞭解【紅樓夢】的內容與重要人物及情節</td><td>節數</td></tr>
<tr><td>情意</td><td colspan="2">1. 能體會劉姥姥進大觀園所見所聞的驚喜新奇
2. 能體會【紅樓夢】主要人物的言行與性格特徵
3. 能體會【紅樓夢】帶給現代社會文化的藝術陶冶</td><td rowspan="2">六節</td></tr>
<tr><td>技能</td><td colspan="2">1. 能以桌遊形式提升學生閱讀【紅樓夢】的動機與學習能力
2. 能透過桌遊加深學生對文本知識的理解
3. 能融合國文科與其他專業科目的知識，發掘學生對經典文學的再創造能力</td></tr>
<tr><td>週次</td><td>單元名稱</td><td colspan="2">教學方式及重點</td><td>評量方式</td></tr>
<tr><td rowspan="2">1</td><td rowspan="2">桌遊與先備知識的介紹</td><td>第一節</td><td>1. 說明本課程的進行方式
(1)古典小說介紹(2)紅樓夢介紹(3)桌遊競賽
(4)回饋單與學習單撰寫
2. 桌遊規則講解</td><td></td></tr>
<tr><td>第二節</td><td>1. 中國古典小說發展之介紹
2. 紅樓夢介紹：內容有主題思想、重要情節與重要人物之說明</td><td></td></tr>
<tr><td rowspan="2">2</td><td rowspan="2">文本討論與桌遊競賽</td><td>第三節</td><td>1. 文本內容之大略說明（播放紅樓夢電視連續劇—劉姥姥進大觀園片段），加深同學的印象</td><td></td></tr>
<tr><td>第四節</td><td>1. 將班級分成六組，每組六~七人
2. 遊戲時間30分鐘
3. 學生開始進行【紅樓夢】桌遊的試玩與競賽，教師則進行現場觀察及問題引導</td><td></td></tr>
</table>

3	評比頒獎與心得回饋	第五節	1. 各組的桌遊競賽過後，進行評比 2. 選出各組成績最高的組員進行公開頒獎	
		第六節	1. 進行回饋單的填寫	
輔助教材或參考書目			1. 多媒體教材：大陸中央電視臺版【紅樓夢】連續劇 2. 蔣勳老師主講：紅樓夢青年版系列（一～六）趨勢教育基金會 3. 參考書目： 《紅樓夢的兩個世界》余英時臺灣聯經出版社 《紅樓夢校注》（一～三）冊臺灣里仁出版社	

2.IG魅力無窮：圖文表達的絕佳策略

網路界流傳一句話：「FB留給老人用，IG才是年輕人用的。」當臉書已被時下年輕人視為落伍的老人專用平臺時，如何讓國文課變得活潑有趣又能兼顧實用性，善用社群網路，引導學生記錄自己心靈點滴或是成長日記，進而創作觸動人心的圖文，Instagram（為社交應用軟體，以下簡稱IG）確實能捉住學生的心。

士林高商的謝湘麗老師，利用自己擔任圖書館教師之便，推廣學生仿效網路作家在IG上的圖文創作，訓練學生掌握文字的力量，並適時推出國文科跨界閱讀的想法。

她認為，國文不該只是選文的賞析和考試的材料，更重要的是要走入生活，既然IG平臺廣受學生歡迎已是既定的事實，是學生獲得許多資訊來源之處；教師應思考如何引導學生在記錄自己心靈點滴時，能統整概念和資訊，設計出能傳達自己情感的好文句。尤其現在學習歷程檔案的自傳撰寫非常重要，在IG上的自我介紹，沒有固定的格式、內容與字數，但若能與IG上的圖文創作結合，學生會感到興味盎然。

目前IG上的作家跨界很大，有人氣超高的知名影星，也有許多熱衷經營自己的文學創作及生活品味的寫手，教師可選擇針對學生需求，找出與文本主題對應的素材，讓學生從中開展出多元的生活經驗。

在指導學生進行圖文創作、觀摩作家作品的同時，要適時引導學生反思自己是否能有相同觀感的體現，透過彼此的互動回饋與分享，小組報告，構思、討論及成果發表，都是讓學生學習成長不可或缺的元素。國文課變得豐富有趣，附加價值提高，亦可增加練習語文表達能力的機會，作文更加進步。如果傳統紙筆作文教學，已無法引起學生學習動機，IG圖文教學法，實爲一良策，可考慮試行，但仍不能完全取代長篇作文的論述形式。僅能偶一爲之，作爲輔助教案。以下爲四周八節課的教學進度表，請參看表12。[41]

表12　IG圖文設計教學進度表

<table>
<tr><td rowspan="3">學習目標</td><td>認知</td><td>1. 能認知自我介紹的內容及設定未來校系
2. 能瞭解選文作者的生平及創作背景
3. 能瞭解圖文創作中文學和情意的配合</td><td>節數</td><td>設計者</td></tr>
<tr><td>情意</td><td>1. 能了解自我並對同儕人格特質提出適切的建議
2. 能深入理解作者創作內涵
3. 能培養文字閱讀鑑賞與創作的能力</td><td rowspan="2">每週2節</td><td rowspan="2">士林高商謝湘麗老師</td></tr>
<tr><td>技能</td><td>1. 能寫出有創意的自我介紹及形容自己的一句話
2. 能綜論選文作者的生平及作品，並撰寫心得
3. 小組同學能共同完成圖文創作，並製作簡報與全班同學分享</td></tr>
</table>

41　參見謝湘麗：〈IG中的文學與情感一如何創作觸動人心的圖文〉，《國文多元選修+》第一期（2018年），頁2-5。

<table>
<tr><th>週次</th><th>單元名稱</th><th colspan="2">教學方式及重點</th><th>評量方式</th><th>備註</th></tr>
<tr><td rowspan="2">1</td><td rowspan="2">設計IG自我介紹</td><td>第一節</td><td>1. 請先分組：每一組4~6人
2. 教師說明：「IG自我介紹寫作練習」
3. 於表單上寫下自己的基本資料
4. 同學於各組小團體內，輪流傳遞他人的學習單，每個人皆在表單內，填下同儕的特點
5. 當學習單傳回自己手上時，請整理同學的回饋，並發揮創意，寫下一句形容自己的話（可著眼於姓名、現況特質、自勉的話……等）</td><td>實作評量

口頭評量</td><td>小組討論時教師須從旁協助指導。</td></tr>
<tr><td>第二節</td><td>1. 準備一張自己的照片（角度不拘），說明如何構思設計此相片
2. 寫下自己對未來的期許
3. 請同學們於各小組內，彼此相互分享，汲取同儕的優點，激盪出有創意的IG自我介紹
4. 教師評閱</td><td>實作評量</td><td></td></tr>
<tr><td>2</td><td>選文作者的IG設計</td><td>第三節</td><td>1. 教師說明：寫作者的故事
(1) 播放蔣勳老師談唐詩的影片
《殷瑗小聚20170611—說文學之美—品味唐詩—詩聖、仙、佛》透過觀看影片，更能瞭解杜甫在關懷社會，記錄時代的用心
2. 以曼陀羅思考法解構作家生平
<table><tr><td>職涯</td><td>親族</td><td>評價</td></tr><tr><td>居住地</td><td>杜甫</td><td>趣聞軼事</td></tr><tr><td>朋友</td><td>時代</td><td>作品</td></tr></table>3. 從網路上搜尋杜甫詩作，從其摘錄一句對你而言最有感觸的句子，並與小組同學分享</td><td>實作評量</td><td></td></tr>
</table>

		第四節	1. 教師說明：寫作品的故事 2. 針對杜甫的〈旅夜書懷〉找出與之情境配合的圖片 3. 讀完這首詩，寫下三百字的心情 4. 為這首詩下一句註腳	實作評量	
3	邀請圖文作家樂擎	第五節	聆聽作家分享其生命經驗，並與之互動回饋		
		第六節			
4	圖文撰寫	第七節	1. 觀摩樂擎三個圖文設計，自行挑選一則，進行改寫創作 (1) 寫一句話給你最在乎的那個人 https://www.instagram.com/p/BdX2lxUAVlV/?taken-by=luke7459 (2) 說個現在最困擾的問題，讓其他人能有機會暖你 https://www.instagram.com/p/BdIPWSrA9PL/?taken-by=luke7459 (3) 高三生的建議（學生可以改為：寫給高中生自己的建議） https://www.instagram.com/p/BdNSFMLg-j2/?taken-by=luke7459 2. 學生作品完成後，教師給予評價並進行佳作選讀	口頭評量 實作評量	
		第八節	1. 小組共同創作 (1) 決定主題 (2) 全組同學共同拍攝十二張照片，照片上須要有小組人員，其中要有三張團體合照	小組互評	可架設錄影機錄下學生發表作品。

<table>
<tr><td></td><td></td><td></td><td>(3) 每張照片要寫上符合此照片情境的句子
(4) 製作成PPT簡報
(5) 每組上臺報告五分鐘
2. 小組報告，同儕及師長回饋</td><td>分組報告表現</td><td>須留意學生工作分配情形。</td></tr>
<tr><td>輔助教材或參考書目</td><td colspan="5">1. 多媒體教材：
(1) 《殷瑗小聚20170611》 2'57"～12'05"
https://www.youtube.com/watch?v=SrK3YZX-2wI
2. 網路資料：
(1) 一樣在用INSTAGRAM，有人只會拍照討讚，有人用它寫出小說！
作者：黃彥霖2017.03.15 《閱讀最前線》https://news.readmoo.com/2017/03/15/170315-instagram-novel/
(2) 誰說網路稱不上文學？瑪格麗特．愛特伍為140字推特文學站臺
作者：白之衡2015.01 《閱讀最前線》
https://news.readmoo.com/2015/01/05/margaret-atwood-vs-twitter-lit/
(3) 社群平臺的轉移？青少年偏愛用Instagram
作者：創市際2016-02-17 《動腦新聞》
http://www.brain.com.tw/news/articlecontent?ID=22899&sort=#aiUU1ODS#R89VO3RA
(4) 圖文作家樂擎作品
A. 寫一句話給你最在乎的那個人
https://www.instagram.com/p/BdX2lxUAVlV/?taken-by=luke7459
B. 說個現在最困擾的問題，讓其他人能有機會暖你
https://www.instagram.com/p/BdIPWSrA9PL/?taken-by=luke7459
C. 寫給高三生的建議（學生可以改為：寫給高中生自己的建議）
https://www.instagram.com/p/BdNSFMLg-j2/?taken-by=luke7459</td></tr>
</table>

近年來，各教師社群與坊間出現許多創新教學法，令人驚豔，礙於篇幅無法逐一列舉，僅以上述兩例當作參考。任何教學方法，初衷均是希望能有效帶動學生學習動機，落實教學目標，但運用之妙，存乎一心。如何根據教學現場，適時修正調整，才能發揮最佳效果。

肆、結論

臺中高工作爲全國技術型高中的領頭羊，每年應屆畢業生考取國立臺科大等前三志願（臺科、北科與雲科大）的學生，皆逾三百人以上。[42]身爲培養全國技術人才的頂標技高國文老師的一員，肩負傳道授業解惑的重責大任，卻常有力不從心之慨歎。面對整體技職教育政策的紊亂，失序的社會，眾聲喧嘩的教學環境，唯一不變的是我們的教育理念與初衷。108課綱所衍生的文白之爭，討論的議題對技高的師生而言，並無多大實質意義。我們只希望有個單純明朗的教育目標，共同爲提升學生的國語文能力而努力。筆者撰寫本論文期間，正值107學年度的統一入學測驗，國文科考題甫出爐，便讓許多人「眼睛爲之一亮」，同時也遭致許多質疑。因爲在許多密密麻麻的文字裡，還夾雜了不少圖表，甚至是漫畫、時事及偶像入題，使題目更加生活化；但也引起不少老師與學生的焦慮，因爲面對嶄新的題型，誠如前文所提及的，「背多分」考題已走入歷史，學生從制式教育中，突然鬆綁，泰半會無所適從。顯然傳統的教學與讀書方式，實已走到了山窮水盡的地步。

整體而言，命題者企圖將閱讀的觸角向外延伸，並測驗學生是否眞能學以致用，用心値得肯定。其主要特色，包含了試題偏重閱讀理解，且素材多元；文白比例大致平均，文白結合的題型增加且靈活；試題多以題組的方式呈現，測驗面向多元廣泛；最後就是閱讀測驗取材跨領域，並體現「素養」概念。[43]但也有老師認爲，此次考題

---

42 歷年考取國立科大榜單，可查詢市立臺中工業高級中等學校網站。學校首頁，輸入關鍵字：榜單。即可查詢相關訊息。學校網址：http://www.tcivs.tc.edu.tw/ischool/publish_page/0/ 。

43 參見楊惠瑜：〈107年統一入學測驗國文科考情分析〉，頁1。網址：https://www.lungteng.com.tw/Web/Upload/Upload_File/Source14/107%E5%AD%B8%E5%B9%B

大多爲「素養」題，對認眞的學生來說，寫起來非常焦慮，壓力很大。乍看之下考題確實很有水準，出題老師眞的很有程度，希望一次把所有概念都給學生，但卻忘了這是國家大考，學生在有限時間內完成困難度極高。國文又是第一科，考生想必非常緊張，非常沮喪，自信心盡失，可說是「開遍繁花，一夕落盡」。[44]另外，全國教育產業總工會也發出新聞稿說，統測國文科試題若不包含漫畫、表格、作文說明，文字達8800字，不少考生抱怨國文科試題文字太多，光讀題就花上許多時間，教師們看到這分考卷都有「深深的挫折與無力感」；再者，非閱讀測驗的題目中有4格漫畫，也有表格，題目類型多樣，但學生要在短時間內完全看完所有文字非常吃力。出題方式與歷屆試題或模擬考題不同，似乎有統測學測化的傾向。如果說國文科考試是考「素養」，那麼課本與進度又算什麼？今年考試的課程全屬舊課綱，新課綱也還沒實行，技專大考中心如此急就章地投石問路，「呷緊弄破碗」，未免弄巧成拙？當入學考試國文科平均分數低於英數時，對於國文科老師與學生來說都是打擊。新課綱即將上路，升學考試又不得不面對，在這衝突之下，老師與學生又該如何自處？[45]

臺中高工素爲培養全國技職人才的搖籃，除一般學制進入國立科大的學生外，產學合作班與實用技能班，向來在傳統產業界口碑良好，也爲青年學子提供多元的升學與就業路徑。但是在偏重技職專業的訓練之下，技高學生欠缺人文素養的負評也從未停止過。12年國教新課綱，也就是108課綱，即將於明年度實施，各種變革與特色，我們賦予高度肯定與期待。希望這被喻爲臺灣史上最大的課程教育改革工程，能爲所有技高學校，帶來轉機與生機，眞正落實國語文教學的精神與內涵，培養學生成爲術德兼修、手腦並用的社會中堅。

4%E5%BA%A6%E7%B5%B1%E4%B8%80%E5%85%A5%E5%AD%B8%E6%B8%AC%E9%A9%97(%E5%9C%8B%E6%96%87).pdf

44 吳佩旻：〈統測國文科多為素養題，國文師批「對考生太虐心」〉，《聯合報》，2018年5月9日。

45 馮靖惠：〈統測國文試題文字近千字，全教產：老師都有深深挫折感〉，《聯合報》，2018年5月7日。

附錄一

東大版本I～VI冊高中課綱三十篇經典選文（以97課綱為主）			
編序	課次	課本選文	作者
1	第I冊第一課	〈世說新語選〉	劉義慶
2	第I冊第三課	〈師說〉	韓愈
3	第I冊第五課	〈左忠毅公軼事〉	方苞
4	第I冊第九課	〈桃花源記〉	陶淵明
5	第II冊第一課	〈郁離子選〉	劉基
6	第II冊第三課	〈醉翁亭記〉	歐陽脩
7	第II冊第五課	〈廉恥〉	顧炎武
8	第III冊第一課	〈燭之武退秦師〉	左丘明
9	第III冊第三課	〈始得西山宴遊記〉	柳宗元
10	第III冊第七課	〈岳陽樓記〉	范仲淹
11	第III冊第十課	〈出師表〉	諸葛亮
12	第III冊附錄二	〈項脊軒志〉	歸有光
13	第III冊閱讀文選四	〈虬髯客傳〉	杜光庭
14	第IV冊第三課	〈晚遊六橋待月記〉	袁宏道
15	第IV冊第五課	〈赤壁賦〉	蘇軾
16	第IV冊第七課	〈諫太宗十思疏〉	魏徵
17	第IV冊第十課	〈臺灣通史序〉	連橫
18	第IV冊附錄二	〈勞山道士〉	蒲松齡
19	第IV冊閱讀文選二	〈原君〉	黃宗羲
20	第IV冊閱讀文選四	〈勸和論〉	鄭用錫
21	第V冊第一課	〈漁父〉	屈原
22	第V冊第四課	〈勸學〉	荀子
23	第V冊第六課	〈鴻門宴〉	司馬遷

東大版本I～VI冊高中課綱三十篇經典選文（以97課綱為主）			
編序	課次	課本選文	作者
24	第V冊附錄一	〈諫逐客書〉	李斯
25	第V冊附錄二	〈北投硫穴記〉	郁永河
26	第V冊閱讀文選三	〈與陳伯之書〉	丘遲
27	第VI冊第一課	〈馮諼客孟嘗君〉	戰國策
28	第VI冊第四課	〈典論論文〉	曹丕
29	第VI冊第六課	〈大同與小康〉	禮記
30	第VI冊附錄	〈蘭亭集序〉	王羲之

附錄二

「古典文選」提供編選建議如下：

項次	篇目	作者	時代
1	《左傳．僖公三十年》——〈燭之武退秦師〉	左丘明	春秋
2	《莊子．養生主》——〈庖丁解牛〉	莊周	戰國
3	〈蘭亭集序〉	王羲之	東晉
4	〈桃花源記〉	陶淵明	東晉
5	〈師說〉	韓愈	唐
6	〈種樹郭橐駝傳〉	柳宗元	唐
7	《夢溪筆談》—— 「曲面鏡成像」、「乾式船塢」、「以工代賑」、「磁針指南」、「物態研判」	沈括	宋
8	〈岳陽樓記〉	范仲淹	宋
9	〈赤壁賦〉	蘇軾	宋

項次	篇目	作者	時代
10	《郁離子》——「魯般」、「鄙人學蓋」	劉基	明
11	《天工開物》—— 「舟車」緒言、「膏液」緒言、「殺青」緒言	宋應星	明
12	《紅樓夢》——〈賈探春敏慧興利〉	曹霑	清
13	〈臺煤減稅片〉	沈葆楨	清——臺灣
14	〈清代臺灣鐵路買票收費章程〉	《臺陽見聞錄》	清——臺灣

華德福教育中的詩性智慧
以莊子寓言爲例

盧其薇
麗水華德福教育教師、清華大學師培中心兼任助理教授

摘要

維科（Giovanni Battista Vico, 1668-1744）於1725著《新科學》，提出「詩性智慧」的概念，在哲學認識論與教育學方面提供新的視野。史代納（Rudolf Steiner, 1861-1925）在1919年成立第一所華德福學校，將人智學理念運用於教育。本文發現，維科的「詩性智慧」與史代納在教育學的諸多概念擁有某些共同的基本觀念。本文試圖呈現二者在教育學研究的發展脈絡，並找尋符合二者所啓示的精神意涵的經典文本：《莊子》寓言。分析《莊子》寓言中涵蓋「詩性智慧」與華德福教育的特性，以及如何轉化、運用於小學教育。

壹、詩性智慧與華德福教育的理論基礎

「詩性智慧」是Vico在《新科學》一書中提出的概念。他是對比於理性科學概念下認識世界的方式，提出另一種認識世界的路徑。他說：「過去哲學家們總是盡全力去研究上帝所創造而且只有上帝才知道的自然世界，他們卻忽略去研究這個由人類創造而且人類可以去認知的民族世界或民政世界。」（P.331）Vico所謂「由人類創造」意即人類透過自身的感知，運用想像來理解世界或創造事物。它脫離知識、理性的邏輯與論證，它是如詩性般象徵的、藝術性的創造。Vico將這種思維產物稱爲「詩性智慧」，並定義：「詩性智慧是經由詩意的想像，充份發揮人的理性，將原本沒有感受的事物賦予欲望或情感（Vico, 1999）。」有別於教育以說理、教授理性知識爲核心概念。「詩性智慧」從人的情感出發，關心人與事物之間的欲望與情感聯結，開啓教育（尤其是兒童教育）學的面向。

華德福教育以人的感受爲出發點，一切知識皆以感官爲認識媒介，由感官引發種種認同或離斥的感受。對兒童的學習而言，老師若能用象徵的、藝術性的方式傳遞相對抽象的知識概念，較容易引起兒童的認同感受，加深情感聯結。

吳靖國研究Vico「詩性智慧」的教育學時，將「詩性」與「智慧」分開探討，「詩性」是人面對自然現象（天意）引發的諸種想像，「智慧」則是「人類自己對天意的揣測而認識的結果。（P.10）」由於人類相信天意始終爲善，人們因著天意創造出來的智慧，也必然以善爲依歸。換言之，若「詩性」是人的想像，詩性智慧就是人的創造。例如神話傳說、寓言故事等。它是最早的人類祖先運用詩的想像創造出世界的圖像。吳靖國進一步提出，Vico揭櫫的「詩性智慧」是理性時代之前，原始人類的教育方式。這種教育方式具有五項特質。首先，它「呈顯出人內在蘊含的「完整性」，並用以在教育上預設「全人」發展的可能性（P.52）」。第二，「它顯示本性與環境之間的互動關係（P.52）。」在不同時代呈現不同的創造。第三，它尙未發展出「理性」，所謂「詩性」是「野蠻的、強力的、私欲的、想像的、熱情的（P.52）」，唯有宗教能馴服他們。第四，由於宗教性（天意）的調節，使詩性的發展偏向於人性中的英雄特質與人道特質，帶領人朝向於善。第五，「人類使用自己想像和認知的天意來調節自己的行爲、發展自己的本性，這種教育的方式是一種『自我教育』。（P.52）」

教育始終是導人爲善的教育，華德福教育在兒童教育中，借用許多帶有宗教意味的儀式，例如規律的學習節奏，大量詩、歌唱誦，重視合唱，大量取用世界神話故事爲教材，重視「聖者」形象，對造物主的歌誦等等。此非經由講述道理而形成的觀念，而是長期薰習之下，形塑一種「善向」內在的思維方式或意識型態。對於原始的素樸的神話原型，益以豐富的想像力，轉化爲更趨近於詩的眞實的、更生動的敘事內容。

歐用生在《課程研究新視野》（2010）一書，認爲詩性智慧運用於教學時，著重藝術及美學的層面，啓發一種具備創造力、想像力、原創力的教育方式。他援引Dewey的話「教學是藝術，教師是藝術家。（P.158）」藝術性的教學方式讓師生在當下皆獲得內在心靈的滋養。所謂藝術性的教學是讓所有課程以藝術的形式教學，包括美的呈現，課堂中想像、創意的激盪。師生都要具備足夠的敏感度發現課程當下的可能發展與彼此的感受，進而不斷自我發現、創造與反省。

同時，「詩性智慧」在天意的善概念下，在教育中創造「善」的可能。歐用生援引Eisner認爲有關教學的知識有三：技術性的知識（episteme）、實踐智慧（phronesis）、和藝術性的知識（artistry）。其中，「實踐智慧是種道德的知識，而且是以自我認識爲起點的道德實踐，是一種知性之德，也是培養其它德行的先備條件，不僅要有對現場的、特定的問題之知覺能力，還有知性的洞察力、想像力，以做明智的判斷，更要有道德的德性，取明智的行動，才能在不同的良善中，依相對的重要性作最適當之決定，以追求公共的善。（P.159）」

以「詩性智慧」做爲教學的概念，除了教學上藝術呈現之外，還涉及「靈性」啓迪的面向。「教學也要再魅化，重新發現其神秘的、靈性的意義，以提供不同的認知和存有的方式。（P.162）」

華德福教育在教學上與詩性智慧運用於教學的融通之處，可以區分爲幾個層次。首先，教師即藝術家，在不設限的範圍與孩子即興演出，重視每一次當下的表演與創造。其次，以「詩性」的內容帶入教學，重視神話、寓言故事啓發的想像與實踐實慧。最後，作品的以藝術的方式呈現，不論表演、戲劇、文字作品都展現濃厚的藝術形式。

「詩性智慧」的概念訴諸實踐智慧的教化作用。教師本身即道德的權威典範。教學最重要的不是教師教了什麼，而是教師是怎樣的人。在華德福教育中，透過大量詩性的儀式，建構生活的規範，塑造良善的心靈。也藉由大量聖人、英雄的傳說故事與童話故事，掀起孩童對至善至美人格的嚮往。

「詩性智慧」將教學視爲一趟靈性的旅程。華德福教育建基於史代納的「靈性科學」，肯定人的本質是一個靈性智慧的個體，當一個靈性的智慧來到人間，投身爲人類，他就走入一世修練之旅。教育的目的在啓發個體內在的靈性智慧，讓靈性在此世的修練繼續向前。每一課程主題必須涉及其本質內涵，從教學內容乃至於教室的氣氛，幫助孩子進入靈性的神聖及神秘領域。

貳、以詩性智慧的概念設計的語文課程內涵

「詩性智慧」肯定生命有一超越有形物的靈性存有，教育其中一個目的在啓發靈性的智慧。此一觀點亦爲華德福教育的根本觀念。華德福教育以「發展」的概念描繪人一生的入世經驗，「人的發展」即是一靈性存在落實爲個體的發展。史代納以靈性的觀點勾勒兒童發展軌跡，發現成長的每一階段，兒童在身體及心靈意識都因新的元素加入而不斷變化。教育的任務就是要在不同年段，針對兒童在身體及心靈意識的發展給予他們需要的內容，以充實他們的身體意志，滋養他們的內在情感。

「詩性智慧」運用於教育，訴諸於藝術性、創造力與想像力的教學。具備想像力的故事是華德福語文教育的主軸，在Peter Van Alphen & Catherine Van Alphen合著《兒童的發展》一書中提及：「老師必須通過想像性的故事介紹所有內容來培養這些品質。這個年齡的思考還不具有邏輯性，而完全圖景式的。……如果帶著好奇去學習，孩子就能體會造物主創造這個世界的美，並充滿感激之心。（P.49）」

根據史代納的兒童發展理論，想像力豐富的寓言故事能夠回應小學二年級（八歲）孩子的內在需求。八歲的孩子，開始感受到人的某些內在品質，包括善良、慷慨、仗義、驕傲、狡猾、自私等，這些特質形成人我的殊異。在寓言故事中，人的特殊性透過動物的形象表現出來，孩子從被轉化的動物形象中找到內在的共鳴。

參、莊子寓言的神話元素

《莊子》是先秦時代極富想像力作品，它將原始道家的哲理蘊含於大量寓言故事中。根據唐弘樹（2014）的研究，自王國維首先以「神話」向度看待《莊子》，開啓學者們投入《莊子》寓言的神話學研究。舉凡《莊子》寓言中的鯤魚、鵬鳥、混沌、黃帝、玄珠、崑崙山、神人意象，皆由原初的神話原型，易以作者的想像改編成富含哲思的寓言故事。廿世紀80年代，在湖北發現民間口傳漢族神話歷史

敘事長詩，引起學界關注。胡崇峻歷時十多年，深入民間蒐集各種相關口傳版本與民間殘抄本，整理成《黑暗傳》一書。根據劉守華的研究，《黑暗傳》一書與明代小說《開闢演義》與《盤古傳》的內容互涉，推斷二者應爲同時代作品（P.315）。在《黑暗傳》中，記載《莊子》寓言數個神話意象。

《莊子》首篇〈逍遙遊〉，以鯤魚化爲大鵬鳥的寓言開展逍遙的境界，《黑暗傳》中有一「江沽」的故事，江沽爲一大魚精，至北溟尋海水，得北溟老祖賜泥丸，化爲大鵬金翅鳥，「脫了魚皮化鳥形。展開雙翅騰空起，一翅飛起到崑崙。」（P.28）而《莊子》創造的鯤鵬寓言爲：「北冥有魚，其名爲鯤。鯤之大，不知其幾千里也；化而爲鳥，其名爲鵬。鵬之大，不知幾千里也；怒而飛，其翼若垂天之雲。是鳥也，海運則將徙於南冥。南冥者，天池也。」（P.1-5）在《黑暗傳》中，江沽化爲鵬鳥，爲了向北飛至崑崙山尋找玄光（火）來融冰成水。莊子寓言中的鯤魚化爲鵬鳥，爲了向南飛找尋理想之地（天池）。前者是找尋創造水的元素，創生天地之水。後者是以水（天池）象徵生命的理想境界。這種充滿神話想像式的寓言，恰恰成爲「詩性智慧」中，神話元素再創造的典型範例。

寓言的內涵能呼應八歲孩子的心靈意識，然而，八歲的孩子已不能滿足於輕薄短小的寓言敘述方式，他們需要更鮮明的圖像使寓言活靈活現地躍出語言。教師需要對《莊子》寓言創造新的敘事文本。以「鯤化爲鵬」的寓言爲例，「鯤之大，不知其幾千里也」，「不知幾千里也」對八歲的孩子是非常抽象的概念。筆者將之轉化爲「從來沒有人同時看過鯤魚的頭與他的尾巴，當人們看到他的頭，他的尾巴就在遙遠的另一端，看不清楚了；當人們看到他的尾巴，他的頭又在遙遠的另一端，看不清楚了。大概只有像北海那樣遼闊的海洋，才能讓鯤魚居住在其中。」相較於抽象的數字，此一敘述更具體顯現鯤魚之巨，同時在孩子心中留下清晰的圖像。

在《莊子・應帝王》有一「渾沌之死」寓言。「渾沌」或名「混沌」，係指神話中盤古開天闢地之前，天地渾元未分的狀態。根據吉瑞德的研究，「混沌」是中國古代神話的重要符號，其神話內容被記載於《山海經》、《莊子》、《左傳》、《呂氏春秋》等古籍。剛開始，「混沌」只是形容天地剛開始的渾元狀態。漸漸地，它被人格化的描述取代。《左傳》曾記載傳說古有「四凶」，其中一名身似豬，無頭無尾，生有翅膀的神獸爲「混沌」。《黑暗傳》記載二組「混沌」神話。在先天玄黃老祖神話中，「混沌」形象爲：「頭黑項綠毛色青，六足白色紅眼睛。長尾好似黃金色，二角五尺頭上生。其獸高有四尺五寸零，長有九尺三寸身。獠牙四顆如鋼劍，此獸名字叫混沌。（P.53）」神話中，混沌被玄黃老祖收服爲坐騎。另一「混沌」出現在盤古神話中，玄黃老祖死後，留下一顆面無七竅的頭顱，即是「混沌」，被划天老祖鑿開七竅成爲混沌老祖。混沌老祖在太荒山住了五百年，化身爲盤古。《莊子・應帝王》的渾沌寓言如下：

> 南海之帝為儵，北海之帝為忽，中央之帝為渾沌。儵與忽時相與遇於渾沌之地，渾沌待之甚善。儵與忽謀報渾沌之德，曰：「人皆有七竅，以視聽食息，此獨無有，嘗試鑿之。」日鑿一竅，七日而渾沌死。

寓言中，不僅渾沌成中帝王，還加入了「儵忽」二帝，吉瑞德認爲，「儵忽」在神話中原爲「閃電」，由自然現象轉化爲人形，象徵古代南方部族神話被漢化，「整合進了正統的宇宙演化詳和歷史秩序中（P.221）」。「混沌」做爲神話學意義下的「符號」，象徵世界的原初樣貌是一團混亂、無秩序的物質，這樣如蛋卵般渾圓而完整狀態，在被徹底破壞之後，世界就有了新的開始。在《呂氏春秋》對開闢神話的記載中，天地經歷了「混沌－破壞重構」的循環三次之後，才進入盤古的開闢神話。《莊子》裡，混沌被鑿七竅而死，是將「混沌－破壞重構」的神話題材賦予人格特質。饒有興味的是，「儵與忽謀報渾沌之德」一語，象徵此種「破壞重構」乃儒家式的社會秩序思維進入，取代了自然的混亂無序的狀態。從此以往，儒家爲了建構秩序的人倫社會，摒棄原始「混沌」神話的精神意涵，而此精神意涵由道家道教繼承。不僅先秦道家、黃老的經典予以發揚光大，延伸至道教的養生術，生命每隔一段時間，得閉關修煉，復歸於混沌。吉瑞德認爲：「這種體驗讓人意識到混沌並非秩序的對立面。……存在本將不僅產生於混沌，其延續也離不開混沌，祇有混沌始終占據優勢地位，秩序纔能得以延續（P.354）。」從道家「自然」的觀點而言，「混沌之死」係因儵忽二帝違背混沌的自然天性。從神話學觀之，混沌之「死」，象徵宇宙生命經歷一次「死生」（剝復）的循環，如果混沌終歸破卵後生，那麼鑿七竅就是必要的幫助。

以兒童的視角觀之，生命之「剝復」在此不甚突顯。然而，這種看似「錯誤的報答」的故事偶爾發生在兒童的社交中，藉由寓言故事，孩子能夠感受到，原來回報也需要考量對方的需要，而非純粹以自我爲出發點。在《莊子》寓言中的三位角色甚是模糊，筆者講述給孩子聆聽時，爲之創造對比明顯的人物形象：

> 在最遙遠的南海之濱，有一位國王名為儵帝。儵帝長得又矮又胖，陽光總是照耀他的國家，黑夜非常短暫，他的皮膚被炙熱的陽光照得黑黝黝的。儵帝有一位好朋友名為忽帝。忽帝長得又高又瘦，他住在黑夜比白天漫長的北海之濱，他的皮膚明亮白皙。儵帝跟忽帝有一位共同的朋友住在位於中央的王國，他的名字叫渾沌，渾沌的身材勻稱，不高不矮、不胖不瘦。中央國的白天與夜晚一樣長，渾沌有一身黃皮膚，他的臉上沒有眼睛、鼻子、嘴巴、耳朵，卻能看見事物、能聽聲音、能聞味道，也能說話。

藉由儵帝、忽帝與渾沌三位帝王身形的對比，結合地域的自然現象，加深孩子把握人物形象特質，增添故事的趣味。當孩子笑嘻嘻地聆聽三位有趣的帝王形象，突然，劇情急轉直下，渾沌受到朋友的報答而死。孩子驚訝地默然無語。諸如此類的寓言故事在孩子心中留下了種子，有朝一日，當孩子再次回顧文本，或遇到某種情境，喚起了曾經聆聽或閱讀的寓言故事，他的生命將提昇至另一層次。

肆、莊子寓言的教學運用

「詩性智慧」在教學上，期許老師成爲一名藝術家，不受制式教材制約，具備即席創作的能力，並由此帶動學生現場表演、創造的可能。華德福教育在低年級捨棄課堂使用紙本或文本教材，目的是鼓勵教師能夠內化優美的文本，進而創造屬於自己的文本，以溫暖而平和的方式講述。換言之，所有課程內容都是由教師「演說」出來的。學生專注聆聽之後，隔日，再重述教師的故事，務求遣詞用句的精確。下一步，才進入文字書寫與繪圖。其間，老師也引導學生分享對故事的感受與經驗、或敘說、或演繹，或從故事中安排語文的即席練習。深化學生對故事的圖像。

以「鯤化爲鵬」的寓言爲例，在學生重述故事之後，孩子自發地討論大鵬鳥最後到的地方是哪裡。經由文本再創造，《莊子》寓言中的「天池」被敘述成一個明亮又溫暖的國度，蔚藍的天空與碧藍的海水連成一條線，陽光照在海面上閃閃發亮。孩子感受到，那似乎就是我們居住的地方——臺灣。

寓言除了再創造爲故事的敘述文本之外，筆者也嘗試改編成劇本，帶領學生戲劇演出。戲劇是各種表演藝術的綜合展現，戲劇做爲學習方法，它融合了語言技術、肢體展現、文本內涵等，從構思、臺詞、動作、場景、道具、角色安排等等，都能夠激發學生豐富的想像及創造力，可謂學生在各方面學習的總合。

在《莊子·天地》寓言中，筆者曾改編「象罔尋珠」的寓言爲劇本，原文如下：

> 黃帝遊乎赤水之北，登乎崑崙之丘而南望。還歸遺其玄珠。使知索之而不得，使離朱索之而不得，使喫詬索之而不得也。乃使象罔，象罔得之。黃帝曰：異哉，象罔乃可以得之乎？

黃帝形象在《莊子》寓言中褒貶互見，有時是聖人的典範，有時又是引起混亂的禍首，還沒有到達《史記》那樣確立黃帝爲五帝之首的聖王形象。這代表《莊子》集結成書的過程中，也雜糅了不同地域文化，同時呈顯黃帝形象的演變過程。

本則寓言中，比黃帝更顯著的角色是象罔，《疏》言：「罔象，無心之謂。離聲色，絕思慮，故知與離朱自涯而反，喫詬言辯，用力失眞，唯罔象無心，獨得玄珠也（P.415）。」「罔象」意即無形相，形相指外顯的種種能力、欲求。然而，外在的「無」並不等同於內在的缺損，形況正恰恰相反，罔象看似一無所長，卻保留了原始質樸的眞性。原文中，知、離朱、喫詬皆顯其才，皆「索之而不得」；象罔無形跡（無才），不「索」，卻得到了玄珠。這樣的寓言，對孩子而言，饒富趣味，又耐人尋味。改編成劇本，能彰顯角色的特殊性。

筆者改編此寓言時，全劇五位角色，黃帝分別派「知」、「離朱」、「喫詬」、「象罔」至崑崙山找尋遺失的玄珠。四位角色分別代表四種特質，「知」代表才智，「離朱」代表敏銳，「喫詬」代表言說，「象罔」代表無形跡（愚形）。最後是看似無才能的象罔找到了玄珠。四位角色上崑崙山找尋玄珠的過程中，分別加入植物、動物、人三種元素。意即，「知」派兵搜索山上的草木，「全軍分爲十隊，兵分十路搜山，山上落葉與草叢，翻一翻，找一找，一分一寸不朦朧。」如動物般敏銳的離朱找尋山上所有飛禽走獸的巢穴，「貓頭鷹，你有一雙好眼力，樹上鳥類都歸你，趁著鳥兒覓食去，飛入巢穴找玄珠。」「你是最敏捷的花豹，與我一同上山去，趁著野獸覓食去，溜進洞穴找玄珠。」能言善道的「喫詬」探訪山上所有住家，「你是口才最好的辯者，你能分辨眞實虛假，是非黑白。」。最後，貌似愚昧的象罔無意間在溪水中尋得了玄珠。玄珠本爲礦石，爲了戲劇效果益以植物、動物、礦物、人類，合成天地間所有物質。學生依據各自的特質選擇劇中角色，有些孩子很快就從故事中找到自己的角色認同，在角色演繹中，更加突顯他們的個人特質。其中，象罔雖愚，卻找到了玄珠，恰能平衡八歲孩子對該角色的直觀感受。

伍、結語

維科《新科學》在理性主義的浪潮之下，揭示另一種認識路徑。這條以感受爲認識根據的方法並不新穎，它源自於幾乎被遺忘的古老的神話、巫術時代。人們以自己的感官，帶著好奇、恐懼、崇敬等種種情感，創造一篇篇動人的神話傳說，讓人們看到最初的世界樣貌與人類豐富的想像力。如果以哲學史的發展對應人的一生，啓蒙運動象徵著思想逐漸成熟的成年，那麼，古老的帶有豐富想像力的神話時代，大致就是童年了。如同中世紀的教會不能理解太陽中心論，神話時期的先民大概也難以理解純粹理性思維吧。以發展的宏觀角度觀之，相較於理性思維的教學方式，《新科學》啓迪的經驗、感受、想像力、詩性語言更能契入兒童的心靈意識，落實於教育現場亦然。本文在這樣的理論基礎下，致力於將古老的、片斷的神話智慧，轉化爲適合兒童的敘述文本。對兒童而言，不需要知性地理解故事背後的意義，在敘述情境中感受神奇與趣味，感同身受角色的處境，進而在遊戲中發揮創造，亦已足矣。

Vico《詩性智慧》揭露的宗教性與向善的教化特質，與華德福教育在種種教學氛圍的設計有相通之處。當《莊子》寓言成爲教學文本時，在八歲的階段，必須考慮的是他的神話特質與傳釋方式。至於《莊子》思想本身「忘善惡」、「遣是非」、「緣督以爲經」等思想，對於教學而言，都是孩子學習過程的良好滋養，適合在不同年段靈活運用。畢竟，華德福教育的宗旨在培養一身心靈自由的人，孩子將在成長過程中，體驗各種思維方式的激盪。

附錄一

渾沌

在最遙遠的南海之濱，有一個王國，它的帝王名爲儵。儵帝長得又矮又胖，陽光總是照耀他的國家，黑夜非常短暫，他的皮膚被炙熱的陽光照地黑黝黝的。儵帝有一位好朋友是位於北海之濱的帝王，他的名字爲忽帝。忽帝長得又高又瘦，他生活在黑夜比白天漫長的北方、他的皮膚白皙。在中央也有一個王國，它的帝王名爲渾沌，渾沌的身材勻稱，不高不矮、不胖不瘦。中央國的白天與夜晚一樣長，渾沌有一身黃皮膚，他的臉上沒有眼睛、鼻子、嘴巴、耳朵，卻能看、能聽、能聞、也能說話。

儵帝跟忽帝都很想念對方，南海與北海的距離太遙遠了，他們希望約在一個近一點的地方見面。儵帝說：「那就約在二國的中央，渾沌的國家吧。」渾沌在皇宮準備了盛大的筵席招待南海的儵帝與北海的忽帝，舒適的皇宮與美味的佳餚讓賓主盡歡。宴會結束後，儵帝與忽帝都想要報答渾沌的盛情款待。忽帝跟儵帝討論著：「我們都有眼睛、鼻子、嘴巴、耳朵，渾沌卻沒有，如果我們爲他臉上創造出雙眼、鼻子、嘴巴、雙耳，該有多好呢！」他們邀請渾沌坐在最尊貴的龍椅上，拿出各種形狀的鑿刀，爲渾沌打造了一雙圓眼、一個挺拔的鼻子和一對鼻孔、一張廣大吃四方的嘴巴及一對威嚴的長耳朵。大功告成之後，他們互相感謝，滿意的離開了。

七天之後，儵帝跟忽帝同時接到消息，渾沌的眼睛看不見事物，耳朵聽不到聲音，嘴巴嚥不下食物，鼻子聞不到味道也無法呼吸。最後離開了人間。

附錄二

鯤化爲鵬

在最遙遠的北方，有一大片黑色的海洋，它的名字叫做北海。海面上沒有風，卻能夠激起像山一像高的浪花。

北海裡住著一種魚，牠的名字叫做鯤魚。鯤魚大概是人們見過最大的魚了。鯤魚到底有多大呢？從來沒有人同時見過鯤魚的頭跟牠的尾巴。當人們看見鯤魚的頭，牠的尾巴就在遙遠的另一端，看不清楚了。當人們見到鯤魚的尾巴，牠的頭又在遙遠的另一端，看不清楚了。大概也只有北海那樣大的海，才能讓鯤魚在海裡生活。

有一天，鯤魚突然衝出海面，牠的頭愈伸愈長，長出尖尖的鳥嘴巴，牠背上的雙鰭愈拉愈長，愈來愈堅硬，變成一雙厚實的翅膀。牠的尾巴長出一根又一根羽毛，鯤魚變成一隻大鵬鳥。大鵬鳥衝出海面，他的翅膀像羊角一樣彎曲旋轉，筆直衝向雲霄。大鵬鳥站在雲端，牠似乎在尋找方向，當他找到了方向，牠就頭也不回地向前飛去。後來，人們發現，大鵬鳥是往南方飛行。大鵬鳥乘著風，不停地往前飛，一刻也不休息。牠越過一片又一片海洋，穿過一座又一座島嶼，牠感覺到，四周的空氣似乎不那麼寒冷，天邊似乎透出一絲絲光線。

當大鵬鳥飛過一大片陸地的上空，那是一座森林，森林裡有一棵榆樹，兩隻小麻雀站在榆樹的枝頭上，其中一隻小麻雀對另一隻小麻雀說：「你看，大鵬鳥飛得那麼高、那麼遠，都不能休息。像我們小麻雀，雖然只有短短的翅膀，但是，麻雀雖小，五臟俱全，只要我們輕輕鼓動雙翅，一下子就能飛到榆樹的枝頭上休息。有時候，一不小心跌落到地面，滾了好幾圈，也不會怎麼樣，何必要像大鵬鳥飛得那麼高、那麼遠，眞是太辛苦了。」

大鵬鳥聽到牠們說的話，並沒有理會牠們，繼續不斷地往前飛，足足飛了六個月之久。他感覺到，四周的空氣愈來愈溫暖，光線愈來愈明亮。牠慢慢下降，再下降。最後停在一大片沙灘的枯樹枝上。大鵬鳥收起雙翅，雙腳站在枯樹枝的枝頭上，牠抬起頭，看見蔚藍的天空與碧藍海海洋連成一條線，陽光照在海面上閃閃發亮。大鵬鳥心裡想：「我飛了那麼高、那麼遠的路，終於找到溫暖明亮的國度，我再也不要回去那寒冷黑暗的北海了。」

——《莊子・逍遙遊》

文白論爭外的國文教學
關於一個技專院校教師的實踐與思考

陳鴻逸
經國管理暨健康學院通識中心助理教授

摘要

審視臺灣文學史當中文白論爭的發展，往往和教育政策、教學實踐更迭有其繫聯，每次論爭代表一次文學典範的思省調整。2017年引發「文白（教材）論爭」似為調整白話文與古典文的比例，隱然涉及不同意識形態、知識背景、系科設置等議題。然而在政治社會論述之外，進入到實際的教學場域卻總有不同的調整空間。本文想從教學現場作為場域鋪陳，去探索教師與學生如何詮釋與審視文白相關教材，或許可能無法推翻舊有教材，然可思考處在於如何透過實際教學現場的反思，開拓更多的可能。

關鍵詞：文白論爭、國文、文本、生命、反思、情感

壹、前言

原訂於民國108年實施的十二年國民基本教育課程綱要，語文領域的國語文課綱，國家教育研究院課程研究發展會研修小組將文言文課數比例訂在45%-55%之間。後來進入教育部課審會程序，則因爲調降比例而引發了文言、白話之爭。其中鮮明者一以臺灣文學學會提出，支持高中國文課綱調整降低文言文比例，增選臺灣詩文；二者則以「國語文是我們的屋宇」連署的訴求，要求維持相關比例。最後在教育部課審會大會的討論下，高中國文課綱文言與白話比例，決議維持課發會草案，比例訂爲45%至55%，相關爭論告一段落。

文言、白話比例問題看似平息，可令人省思何以每過一段時日都會被提出來討論，而形成了一次又一次的論爭。對臺灣文學與文化發展有接觸者，必能理解文白論爭往往和文化認同、教育場域更迭有其

繫聯，每次論爭也代表了一次文學典範框限對立調整。2017年引發「文白（教材）論爭」似調整白話文與古典文的比例，涉及不同意識形態、知識背景、系科設置，進入到實際的教學場域卻總有不同的調整空間。[1]

限於篇幅，本論文可能無法推翻舊有教材，然可思考處在於如何透過教學現場的觀察反思，在教學現場與教材文本之間找到更多可能。本文的探析範疇，是從個人作爲技專院校教師的教學歷程作爲主軸，另包含了教學主體（五專部三年級學生）、教學內容（國文三年級的部分教材）、教學策略（問題討論、學習單書寫），最後再提出教學歷程的觀察反思。如此的分析取徑，意在從實際教學現場的景況回頭省思「選文」的部分課題。因爲技專院校展演的教學風景，不僅僅和一般大學不同，更多者以專業科目爲導向，學生待在課堂中，不見得能夠回應教師、教材。[2]很多時候學生並不見得就完全理解了教師在教材上的用心。[3]故以個人在教學現場域觀察的對象，包含五專部國文課的（近於高中職國文）文本，來探析學生在國文課程中，[4]是否就能夠眞正地貼近專業需求，若都無法呼應於學生的需求，或是被拒斥於文學範疇之內，那麼將遑論於文白論爭對於學生、文學教育的實質推展。

---

1 2017年文白論爭的源起過程，在許多的文章中已有相關討論，此處暫略不談而直接進入教學現場觀察。

2 以本校的國文課教學來說，教材文本的改革議題即便在社會、媒體上爭論不已，回歸教學現場，多數學生依然無所感，或是不理解事情脈絡。

3 由於筆者求學、任教經驗（大學、高職、國中），加上作為本校「探生命基點．談文學經典」實用中文革新計畫的協同主持人，進而得以在不同校際之間產生了聯結，獲得了不少團隊伙伴的支持。然時值課網文白論爭發生，除文白比例調整外，對於筆者的焦慮在於需回頭省思在技專院校、高職、五專部教學上衍發之課題，也就是除了文白比例外，還有學生對於語文教育、文學素養的提升、閱讀理解的能力等也都值得探析，因而提出此文。

4 這裡所談的「國文」多數專指本校五專部國文課本。然接合不同論述脈絡，有時更廣泛地延伸為「基礎語文能力」、「文學教育」、「閱讀」等統合性概念。

貳、文白教材內容的轉化

關於本校五專部三年級選用的高職國文課本（東大版本），被多數的高職、技專院校選用，篇章數雖然沒有其他版本（高中）選用的多，還是維持著一定比例的文言文以及白話文的比例。以下先分享三個三年級課文簡單的教學內容、學習單設計：[5]

一、由古而今——〈馮諼客孟嘗君〉

〈馮諼客孟嘗君〉收錄第六冊。文選自戰國策齊策，主旨是反應當時各國競爭激烈亟需各種人才，因而形成養士之風，其中孟嘗君門下食客數千，多奇才異能之士，與趙國平原君、魏國信陵君、楚國春申君合稱戰國四公子，是當時最富盛名的養士者。

若參照東大版本的課文賞析，旨在回應馮諼的特異、智謀和孟嘗君的器度、雅量。本文記述策士馮諼爲孟嘗君出謀獻策，巧營三窟，鞏固其政治地位的經過。文中以「先抑後揚」筆法刻畫馮諼的人物形象。首先描繪馮諼的無能、無好，並以三次彈鋏而歌的舉動，顯現輕狂之態。而他「焚券市義」爲孟嘗君收攬薛地民心，乃其形象的轉折點。接著遊說梁王使孟嘗君重登齊國相位，以及請立宗廟於薛，更展現馮諼的智略過人。馮諼的特異，從「客無好」、「客無能」的回答，「食無魚」、「出無車」、「無以爲家」的需索，到矯命燒券，一步緊似一步的達到極點。孟嘗君的雅量，從「笑而受之」、「食之」、「爲之駕」、「使人給其食用」的相對反應，及側筆襯映的「左右以告」、「左右皆笑之」、「左右皆惡之」，到強忍不悅的「先生休矣」，也層層推進，至於飽和。且反應出《戰國策》的敘事風格，乃善用生動對話，突顯人物形象，加以情節高潮

---

5 談論到的學習單，皆親自設計並曾實施於課程當中，提供不同系科學生在原有教材之外，能有更多思考想像與書寫發揮的空間。此外，筆者曾將部分內容撰寫成教案與論文，可參閱〈詩與動畫的情感教學雙重奏——以「蝴蝶夢」為詮釋對象〉（新北：真理大學105學年度教學實務研究成果發表會，真理大學）（2017年年6月23日）；〈石之物語．心之印記：談情感教育的延伸對話—以蔣勳〈石頭記〉與《送行者：禮儀師的樂章》為例〉（臺南：2017教學實務學術研討會，長榮大學）（2017年7月3日）。

迭起、層層推動下，看見了如馮諼一般的策士，運用智謀、聲口對話，爲自己爭取到最有利的位置。

本課程在教學上，除了〈馮諼客孟嘗君〉的文意及時代背景外，最重要的教案學習單設計，不從《戰國策》與〈馮諼客孟嘗君〉的敘事技法著手，[6]而是延伸至求職現場的模擬想像（如附件一），例如雇主希望找到什麼樣的員工？員工在工作職場又希望能夠遇見什麼樣的老闆。設計概念乃在於技專院校的學生們，在踏入職場前還有實習課程，不論是實習或實際職場經驗，都必然面對到自己要選擇什麼樣的工作、什麼樣的工作環境、與什麼樣的人員共事。從馮諼、孟嘗君的角度切入，恰可引導著學生在進入職場後，必須考量的不僅止於專業技能的提昇、考取到證照，重要的是學生個人特質是什麼，找到最吸引人的特質，好好地善用發揮必然能使工作更加順暢。又或者，在找公司、職位時也得考量雇主的需求、個性是否相合，或對工作目標願景差距太大，反而不利於個人謀職。相反地，職場上自己擁有什麼樣的人格特質？是否符合公司所需、能否承擔重責大任、自我的認識理解是否深入，都將影響未來的求職與工作表現。這也是使得原有國文課程直接聯結專業需求的一小步，期盼開展學生對國文課的不同認識。

二、互文敘事——現代詩選〈絕版〉、〈海誓〉

「現代詩選」單元收到在國文第六冊裡，主要編選了許悔之的〈絕版〉、〈海誓〉。「現代詩選」主要教學課題有二：學生對現代詩的喜好、舊故事（梁祝）與新世代的預想差異。爲符合學校課程教學目標，爲轉化教學現場的單向對話，使學生能夠「有感地」參與，從動畫影像、課後學習單等教學媒介作爲輔助教學。

單元裡，〈絕版〉乃是描述情斷後的思念，文句上可與圖書出版事項元素作聯結：

6　《戰國策》篇章多以敘事技法出名，例如人物形象、情節對話，無不生動活現。

〈絕版〉
妳我相遇於風中
彼此用手掌
小心翼翼地將這段相逢
呵護成唯一的序
早在遙遠的三千年前
便寫入蒹葭的傳說裡

如今
風翻開的每一頁
都不可圈點
是孤本，且永遠絕版

從你我的相逢、呵護再轉到序、孤本與絕版，象徵著兩人的遇合是一段難以抹滅的記錄，對我而言，妳的存在是唯一，點點滴滴留下都無可取代，故成不可圈點的記憶。詩語言的錯落美學，在於互文入〈蒹葭〉典故，梳理著相逢與追尋，對方成爲唯一既是美麗也是苦楚。

一般來說，〈絕版〉算容易理解，只要適度導引或用生活中的實例，大致都能理解內容所述。原因在於〈絕版〉可能和當前學生的情感生活、所觸所感較爲接近，較易觸發共鳴。至於〈海誓〉雖也是談論愛情，理解上較有難度：

〈海誓〉
大海說出誓約
願梁祝能聚首，到白頭
像波與濤合唱億萬年
高山回應了盟言：
願所有如山蓋頂的災殃
到了梁祝之前
都化做齏粉
散為煙塵

海誓和山盟
教天地屏氣止息
人身難得，今已得
真愛難遇幸得遇
蒼天，忘了應該壞空劫毀
厚土，忘了應該陷塌龜裂

原詩出自許悔之的「蝴蝶夢」組詩，配合《梁祝》動畫而作，與其他的〈分別〉、〈今生〉、〈化蝶〉題名貫穿「梁祝」，橫跨不同時代典故，指涉著永恆愛情的偉巨。〈海誓〉以堅貞的誓約開頭，埋設故事的核心價值，愛情不因各種挑戰、事物改變動搖。作爲組詩四首的第一首，標誌著自然萬物初發萌生的洪荒狀態，人們欲望想念的愛情亦如自然萬物般，充滿著希望直至永遠。裡頭運用的詞彙如「蒼天」、「厚土」，是人格化後的符碼，喻示著天地萬物的實存見證。這首詩作爲組詩首部曲，點名愛情沒有其他，就是無悔就是可貴。最末的「蒼天，忘了應該壞空劫毀／厚土，忘了應該陷塌龜裂」的「天」與「地」便是堅貞不移的代表象徵。

許悔之遵循著梁祝愛情故事的堅貞典範，動畫向著現代的閱聽者靠近了些。可就學生而言，舊有版本的梁祝形象深植腦海構織他們僵固的想像，又或者對他們而言，老式的愛情套路，遠早以前堅貞不渝的愛情模式，已不在新世代新時代的框範裡頭。以中國的情感敘事來說，「圓滿」是最重要的，相愛之人最終破除萬難在一起等等，都是朝向圓滿結局，這在中國的敘事傳統裡往往占有重要分量。然而對於現當代的學生而言，若無法理解中國敘事傳統，容易陷溺於奇幻故事的框架，無法理解詩人何以通過現代詩的句法雜融中國傳統故事的典故。

如此偏見不見得完全正確，可也提醒著教學現場的我們，拉近文本與現實讀者間的距離，產生某種程度的「互文性」是有必要的，也就是從現實生活找到介入閱讀的視角，才能對部分課題有所理解。因此現代詩選的教學就不能僅僅只是對於梁祝故事的回顧，而必須通過課題的再擬定，回應學生的現實需求，而這個需求可能就是情感教育。人們從彼此需求的關係中找到調整、應對的姿態，學習從締結關係、互爲彼此、溝通對話裡頭找到情感需求的必要性，只是一旦無法相戀到長久，也應學會放手或找到解決方式，讓自己能夠在一段關係裡成長，學習如何愛對方愛自己。（請見附件二）透過動畫與詩作的對應詮釋，再加上時代社會的多重影響下，將能夠重組作品裡留有的「空隙」與「意義」，造就出「梁祝」爲本、愛情敘事爲軸線的多向度文本，將更能貼合學生品味與理解範圍。

三、文類對話——〈石頭記〉

蔣勳〈石頭記〉選錄在國文第六冊，屬散文體式，看似容易閱讀實則不然。〈石頭記〉的字詞使用並不平易近人，可能造成學生閱讀上的困難，進而阻礙學習或破壞原有學習樂趣。

在配合學校國文科教學目標外，文學教育的實施對象有著知識背景、學習動機與記憶經驗等差異。對此，從〈石頭記〉作文本基礎不見得能有實質上的感受，故需藉由不同文本、媒材作爲導入工具，構建蔣勳一文帶來的情感意向。啓動情感有很多種形式與媒介，從「物件」著力實施情感教育很重要的方式之一。「藉物託情」、「藉物言志」在過往的國語文教材裡並未少見，但放到現代文學裡頭是否就毫無問題呢？因此，透過物件的聯想，先將自我與物件繫聯起來，再將物件可延伸的情感範疇描述出來，那麼「主體—物件—情感敘寫」也能初步形構，並達到看見主體敘說情感的可能性。

在本文操作上，除了理解蔣勳作家的書寫風格，教學策略上則輔以影像《送行者》，當作「物件—情感」的對話基礎。《送行者》雖然主要在描述主角成爲納棺師的過程，實者不斷地通過凝視他者的死亡，回應自己與父親、家人、妻子的情感關係，最後證成的就是早已離家多年、傳來死訊的父親手上，依然還握有主角小時候給的那塊石頭，石頭作爲情感物件的召喚力量於是澄明。相較於蔣勳運用「石頭一心」的象徵，《送行者》裡的「石頭」在戲裡有貫穿故事的呼應效果，實質成爲主角與父親能否「相認」的物徵，一個父親話語匱乏終於得到再對話的可能，多年間缺乏的對話繫聯上了。從〈石頭記〉到《送行者》裡的「物件」（即石頭）的聯結教學，以不同文本內的情感敘事作基礎對話與比較，透過不同教學形態引導學生、啓發討論。（請見附件三）

上述討論的三個篇章，雖然只占五專部三年級全學年國文課程的一部分，但對應於其他如〈漁父〉、〈花和尚大鬧桃花村〉等篇章，[7]已轉化出原有課文的框架限制，帶領學生從不同的角度、跨領域的對話、互文性找到更多課題與可能性，而已非文言、白話的思考，而是試圖貼近於現實生活所需，找到不同教學策略與切入觀點。

參、教材文本的擴充運用

討論了幾個範例，也試圖使用了不同的教學媒介，然實際限制可能有：

一、授課的限制規範

實際教學現場，課文內容的選擇除了國文課本版本（出版社）的選擇之外，也考量不同系科、不同班級在教學上、命題上需有一定規範可循，因此往往會規範出一定的教學內容、教學進度，文白比例往往在這樣的守門人機制下限縮，而形成了某一種框架。其次，實際授課時數一週二至三節，一節50分鐘，分配在十八週時間，一個學期能夠進行四到六課已屬不易。[8]因此即便選用版本（出版社）的課文數已較少，也無法全部依進度完成，再加上已排定應上的課程進度，在文章的選擇上勢必受到影響。

其次，選文長短不一，有的篇幅過長也會影響教授時間，在促發學生認識多元書寫議題、作者等考量下，必須有所割捨，因此也會限制挑選的授課文本，殊爲可惜。

二、生命情感的認知

不論〈馮諼客孟嘗君〉、「現代詩選」或是〈石頭記〉爲何種文

---

7 〈漁父〉、〈花和尚大鬧桃花村〉的教學上，筆者多以「性格分析」與事件發展、行動特徵作為聯結，同時請學生從個人性格找到自己的優缺點。

8 以教學現場而言，單一課的授課包含活動引導、課文講解、主旨分析，再加上習題演練、複習，整學期下來實緊壓授課內容及時間。

體，它們皆具某種經典元素，經典有其「典範」意義。寬泛地說，所謂的經典應是邀請學生一起參與，邀請每位學生個體一起帶著他們的生命故事，對應教材與自我覺察，與其他伙伴共享生命難忘經歷，唯有從各自生命的起點出發，才能夠眞正地體會到每個生命何以創造出美麗經典。

只是困難在於師生生命情境、閱讀視域的差異，能否在現有的文本基礎開創對話，這非文言、白話的差異，而是彼此對生命情感的認知、體悟不同所致。故造成即便如〈石頭記〉白話散文體式，也不容易引發學生閱讀。故重啓、建立學生對生命的理解、熱情，或許是國文課程在文學知識、素養培養外，值得投注的。

三、專業科目的導向

學生們認爲國文課與自身專業沒關係，而忽略了各種學科間有相通處，由於過往學習經驗的積累，反而忽略學習應具備跨領域、跨視野的，因此學生能力、學習動機也影響了拓展不同能力的機會。

加上多數五專部學生在修習國文後，並不見得有繼續升學的打算，這與一般高中、高職生未來邁向大學端必須歷經各種入學考試有所不同。五專部學生雖然免去大學入學考試，課程教學上教師似乎有較多的彈性。但實際上，也會讓學生忽略掉國文課程的重要性，而不認爲國文課訓練的邏輯思維、表述訓練、情感回饋，是不同學科共通的基礎涵養，能對專業科目訓練加分。也就是基礎的國文（或語文課程）絕對不單只是訓練聽說讀寫而已，而是跨向其他專業的橋樑媒介，才能深廣皆具地吸收專業知識，沒有好的語文能力作基底，專業能力的養成必然會有瓶頸。

綜觀來看上述三點，是否代表國文課除了文言、白話議題之外，早已從學生學習興趣中退出了呢？下一節提出反思回饋。

肆、反思在文白論爭內／外

對於技專院校所屬的五專部而言，課文的文白內容擇選已略爲脫離社會大眾所理解、所爭論的方向，而是教學現場的實際限制，而這樣的限制已使教學更趨向於與現實生活結合，好能夠喚起學生的專注、喜好。然而，這不表示在教學上毫無節制或無任何的收穫，以下提出幾點反思：

一、專業課程的輔助？

五專部學制在現今教育體制呈現曖昧狀態，學制上跨越了高中（職）到大學，反較趨近於技能訓練導向。[9]以此觀之，專業課程與國文（通識）課程對於五專學生來說，專業科目及實作課程才是學習重心。卻也引致五專部的國文課是否要爲專業課程服務的質疑？需要這麼多節數的國文課？長久下來，技專院校受到技術專業課程、學生求職需求的導向，國文課常不被重視，學分數甚至不斷地被調降。[10]

筆者談論的〈馮諼客孟嘗君〉便試圖從文言文課文內容跨轉到現代思維，結合學生職場求職的基本認知，如專長、性格的剖析，以及面對著不同老闆、應徵工作時可能遭遇的困境，期望能與未來就業有接軌的可能，學生能夠以語文敘述融入專業課程的可能性。

只是很多時候，學生不見得會視爲輔助專業課程，原因不外乎認爲憑藉著專業技術就能找到一份理想的工作，卻可能忽略敘事表達能夠增加助力而非阻力，拉鋸於專業課程與國文課程的，有時也非僅止於語文類群的教師們，也可能包含專業課程教師對於國文的不同期待。因此，如何找到中間的平衡點、合作機制，也是課程推動時需被納入考量的。

二、生活與情感的引導

國文課程一方面著重於文學知識的涵養累積，另一方面在激發學生的情感敘說與創意發想，然而這有許多訓練是必須通過生活經驗的

---

[9] 因為大學快速升格，導致技術人才的弱化、學用高度落差。因此教育部自2018年起的新學年度，核准三所國立科技大學（臺北科技大學、虎尾科技大學及高雄應用科技大學）設立4個五專菁英班，期望引進IBM「P-Tech」教育模式，再造技職新生命。

[10] 此一現象包含了學生學習意願、市場取向、專業技術教師與國文（通識）教師的協商合作、通識課程的時間減少等等。顯見的是，整體社會發展、教育政策、市場導向之下，國文有時只被當作是基礎能力的培育，忽略了背後還有博雅涵養、歷史文化視域的開展，方能使專業更深化、更具美學品味。

堆累再轉化而出，生活經驗不見得是知識量的計算，有時是經驗世界的多向接觸而來，生活細節有時提供我們意想不到的點子，這非在網路或遊戲世界可得。因此如何鼓勵學生積累生活經驗、碰觸不同的人事物，也是非常重要的課題，從國文課到專業課程若能視爲一種跨領域的學習，便可以理解跨領域的學習是一種趨勢更是一種態度，也就是在自己專業上增値。

再者，國文課終究是文學教育的一環，在情意、認知與技能的層次上，情意占有重要比例，例如對於學生來說，「愛」與「恨」的眞實究竟爲何？選看《送行者》即鋪陳出常民的生活、生活點滴，認識所謂的「愛」與「恨」究竟是什麼。

或如〈馮諼客孟嘗君〉只描述《戰國策》的敘事技法，必然無法觸動學生，若置換（放）成一種對於職場學習、自我性格的再認識，理解人與人互動、員工與老闆的互動，也會幫助學生找到呼應現實的切入視角，莫把文言文視之畏途。

三、教師的省思成長

教授國文課程雖貼近於自己的專業所學，然而面對著社會變遷、職場環境需求、學生素養的落差等因素，也不能單從自己的角度出發，而必須從更專業、更多元、跨領域的領域著手，才能切合教師、學生與學校目標。也就是從技專院校的學生爲出發點，較偏重於技術、實作，習慣於有步驟形態的操作，而較少於抽象思辨。且受限於評量，學生往往還是習慣背誦形式作答，要求有單一的答案，缺乏反思的能力。若能鼓勵學生多發言、導引學生多反思，從不同角度思辨各種可能性。當然或許有其困難度，可也是嚮往與實踐的啓端。

因此，教師能否在選文上，除了單純的文白比例外，能夠找到更寬廣、更適切、更能提供學生想像的選擇，或是也是教師能夠抉選的方式。當然，在既有的進度框架、時間壓力下教授篇章必然有限，但能否在有限之下創造無限呢？也就是從內容延伸出更多元的課題、活化文本，創造與當代社會環境的積極對話與想像，使得文本不僅僅只是文言、白話的文體樣態，而用新觀點、新視野，或生命情境的引領，是否也都能夠活化教室風景，帶來一些些不那麼討厭國文課的味道。

伍、結語

本文試從一個技專院校教師的教學現場，帶領著人們在文白論爭之外，是否眞實地感知理解跨越了不同的區域、學校、科系。當教科書（或選定的教材）無法滿足學生與學校所需時，還能將國文或文學教育帶到哪裡去？是與實用技能、就業技能結合嗎？還是在基礎的語文訓練之外，期盼學生能具自主性、動能性去探觸更多的文學作品，又或者能夠在不同文類基礎上能更眞實地認識自己、認識自我情感、建築一條生命新途徑。

回頭來說，文白論爭代表了某種時代典範移轉，也是對於世代感覺結構的統整。時代有時代的需求，我們已經很難從過去的種種來審視當前新世代、新時代、新思潮的需求。這不代表文白論爭毫無意義，通過對話或能幫助我們找尋到某種訊息，以及找到更多文學（或語文）教學的可能性。一如本文從五專部三年級的部分課程作分享，探尋現有教學模式之下，是否也受到類似的影響呢？教學現場上若只專注於專業（系科）課程，文學教育勢必受到影響，這也表示著無論文白論爭於課綱調整多少篇幅內容，在學校的專業課程、技術導向的考量下，都是次要課題。

若眞是如此，文白論爭應考量的是，也許社會並沒有如此重視文學、語文教育。學生眞的只單憑專業課程的訓練就足夠了嗎？只要有工作的技能訓練就已足夠了嗎？相信這也是從事語文、文學教育的教育工作者必須一起討論與思考的才是。

附件一：〈馮諼客孟嘗君〉學習單

讀完〈馮諼客孟嘗君〉之後，或許你（妳）會對馮諼和孟嘗君有不一樣的想法。他們兩人對應現當代社會，也很像是「雇主」（老闆）和「員工」的關係。以下針對各個問題討論：

第一題

課文中兩位角色的人格特質：			
孟嘗君		馮諼	
1		1	
2		2	
3		3	

第二題

現實中你（妳）認為雇主與員工所需要（好）的人格特質：			
雇主（老闆）		員工	
1		1	
2		2	
3		3	

第三題，請用20-50個字描述你（妳）的人格特質（不夠可翻至背面）

____

____

____

____

附件二：「蝴蝶夢」課後學習單

一、現在的新聞報導裡，往往都有恐怖情人的傷人事件，會造成恐怖情人原因為何？該如何避免呢？
二、在情感關係裡，若遭遇到「不圓滿」是否有較好的處置方式呢？
三、閱讀完〈海誓〉或《蝴蝶夢》的影片後，是否有可以挽回悲劇的可能？若是你（妳）會怎麼做呢？
四、在《蝴蝶夢》動畫中，若是你（妳）會怎麼編排劇情？一樣是悲劇嗎？或是有其他的可能性呢？

附件三：《送行者》影像心得

一、請寫下你（妳）印象最深的一個片段，請說明爲什麼？

二、請寫下你（妳）印象最深的一句話，原因爲何？

三、社會上需不需要「禮儀師」（或殯葬工作）呢？若是你（妳）願意擔任「禮儀師」之類的工作嗎？原因是什麼？

四、你（妳）認爲劇末最後主角的父親手裡的「石頭」，代表的意義是什麼呢？

五、蔣勳〈石頭記〉和〈送行者〉都談到「石頭」的意義？若請你（妳）寫下（或畫下）代表你（妳）最近一段時間的「石語」，那會是什麼模樣呢？

多元觀點，跨域發聲

「國語」教學的本質

陳達武
空中大學人文學系副教授

摘要

臺灣中小學的語文教育在最近二十年頗有變化，先是增加了英語課程和母語課程，高中國文課綱每次修訂都陷入文言與白話文的比例之爭；2018年，行政院長宣布，2030年英語成為臺灣的第二官方語言；而未來母語課程也要增加。

語文教育多元化的表象下產生二個問題：(1)總上課時數不變，語文教育的時數一方面受到其他科目的排擠，同時又要分配給「國語」、「母語」和「英語」；(2)語文教育的定位和「聯合國教科文組織」在過去七十多年在全球推動的Literacy頗難符應，也和歐美等先進國家在中小學的語文教育政策背道而馳。

先進國家及「聯合國教科文組織」皆將Literacy視為教育的核心，Literacy從中小學的國民教育，向上貫穿終生教育；而語文教育是Literacy的重要部分，其核心為閱讀及寫作。

Literacy這個字的意思從十九世紀開始演變，從原本一個簡單、籠統的「能讀書寫字」，到二十一世紀已經演變成了一個「複雜且動態的」概念。「國家教育研究院」翻譯為「素養」，然而，「素養」只涵蓋Literacy這個字的高端層面，尚有基礎層面的意思未能顧及，這是翻譯的無奈。

本文試圖追溯Literacy這個概念在過去一個多世紀的演化過程；看這個概念，如何從歐洲工業強國建立國民教育開始，直到二次世界大戰後由「聯合國教科文組織」接手在全球推廣。一者藉此釐清這個字的確切「意思」；同時也從其演化的背景瞭解，先進國家為何如此重視Literacy在義務教育中的功能。

臺灣或可由此得到一些「多元化」的思考角度，重新思考語文教育從中小學的教育到終生教育的定義及功能。

關鍵字：語文教育、國語文教育、修辭學、義務教育、進步主義教育運動、Literacy、FunctionalLiteracy、聯合國教科文組織

壹、前言

臺灣的國語文教育在近二年面臨強烈的衝擊，先是高中國文教材的文言文比例之爭，接著2018年，行政院賴院長宣布，未來要將英語列爲第二個「國語」，或是「第二官方語言」，其具體的做法是從幼稚園開始增加英語教學的時數，教育部旋即宣布，鼓勵中小學開設全英語的課程；簡單說，臺灣企圖用行政力量來創造一個新的「國語」。接著，同年底，立法院又通過了「國家語言發展法」，未來的中小學都要增加「母語」的教學。

行政院和立法院分頭並進，期望未來的國小和國中學童能夠學得多元的語文能力，希望未來的臺灣能像歐洲的比利時和瑞典等實行多元國語，國民皆具備二種以上官方語言的能力。然而，在今天這個殖民時代早已消逝的時代，我們會疑惑：一個「外語」可以憑空橫向移植成「國語」嗎？

簡言之，國語文教育面臨著內外的夾擊，各方勢力都對國語文教學賦予超過教育的期望，語文教育變成了可以隨意揉捏的政策工具。然而，我們必須先鄭重思考，語文教育，或者是「國語文教育」的本質是甚麼？

貳、語文教育的緣起

歐洲從希臘羅馬開始，「修辭學」就是教育的核心，那是專爲培養統治菁英的教育；而自黑暗世紀開始，拉丁文成爲歐洲的宗教、政界及學術界的官方語言（陳綺文，民104；陳達武，民91），因此，以拉丁文爲官方語言的「修辭學」教學主宰了歐洲的語文教育一直到二十世紀初。

而「國語文教育」，這是工業革命後才有的觀念。一者是工業化社會競爭發展的需要，必須普及教育；另一者是文藝復興後，天主教會和拉丁文主宰整個歐洲的政治與文化的枷鎖逐漸鬆弛，各國文藝界用「非官方」的語文創作成爲風氣，博得大眾的喜愛，加上民族國家

的意識甦醒，更凸顯了拉丁文官方語言教學與各個國家的本土語文的隔閡。

十六世紀英國的莎士比亞就是最突出的例子，他受的是以拉丁文的正規教育，但是以英文創作，成爲英語文學界的宗師，至今聲譽不輟。其實，在當時的環境下，莎士比亞的戲劇不過是今天我們講的野臺戲。莎士比亞受尊崇的演變就充份反映出這樣子的官方語言和大眾文學的涇渭分明、菁英階層和普羅大眾的對立，他生前儘管聲名大噪，從未受到「學術界」的推崇，也未曾得到官方任何形式的表揚，至死仍是一個「平民」[1]；他的地位得到全國一致性的尊崇是到了十八世紀末和十九世紀初了[2]。

普及國語文教育這股風潮到了1945年聯合國成立後才成爲一個全球性的、正式的國家政策。1946年，聯合國的「教科文組織」（UNESCO）成立，致力於推動教育普及，目的是藉著消滅文盲以解決貧窮和戰爭的威脅，「聯合國教科文組織」正式提出Literacy爲其理論和實踐的核心。

然有關Literacy之中文解釋紛歧，字典通常翻譯爲「讀寫能力」，國家教育研究院則翻譯Literacy爲「素養」，張一蕃（民86）引經據典認爲古文講「素養」「其中隱含了道德和價值的觀念」[3]，故主張解爲「識能」。翻譯難爲，特別是這個字在不同時代和不同環境下有不同的意義。

而「聯合國教科文組織」在2005年的報告（UNESCO, 2005）也指出：「Literacy的概念已經被證實爲既複雜且動態的，繼續被用多種不同的方式解讀和定義」（頁147）[4]。報告指出其根源爲：

---

1 在英國被稱為「平民」（a commoner），對自認有點身分和地位的人是一個侮辱，因此，許多「力爭上游」的英國人要學「國王的英語」（King's English）。直到二十世紀中葉後才逐漸改善。

2 摘自「維基百科」網站：https://en.wikipedia.org/wiki/William_Shakespeare

3 摘自http://cdp.sinica.edu.tw/article/origin36-4.htm

4 原文是：……literacy as a concept has proved to be both complex and dynamic, continuing to be interpreted and defined in a multiplicity of ways.

> 英文Literate多數時間是指「熟悉文學」或是「有學識的」，到了十九世紀中葉才包含能夠讀書和寫字。這個字較廣泛的意思「熟稔或是學究某個領域」一直都存在的。故而，Literacy的原始意思和好幾個其他語言翻譯出來的意思不同（頁148）。

中文的翻譯的確不易拿捏，故本文只用原文Literacy，以免造成先入爲主的偏差。讓讀者在後續的介紹中，去了解這個字在不同背景所涵蓋的意思。

從語文教育的角度來看「國語」，國家語文教育的本質必須兼顧二個觀點：(1)聯合國爲了藉由教育普及以增進人類福祉，在全球推動的Literacy；(2)進步主義從個人成長的角度所強調的，兼顧學生個人的興趣和發展需要的語文教育。

聯合國「教科文組織」在2005年的報告將Literacy定義爲：「運用各種情境下的印刷及文字的材料的能力，以辨認、理解、詮釋、創造、溝通以及運算的能力。Literacy涵蓋了持續的學習，以使個人得以達成他們的目標，發展他們的知識與潛能，還有可以充分地參與社區與社會」（頁147）。次年，該組織（UNESCO, 2006）說明這樣定義的動力，一部分來自於「試圖回應國際化和因國際化而產生的朝向知識爲基礎的社會（knowledge-basedsocieties）轉變」（頁187）。

簡單的說，照「百科全書網站」（Encyclopedia.com）的資訊，Literacy通常被當作是衡量一個地區「經濟和社會發展的關鍵指標」[5]；而依據「維基百科」（Wikipedia.com），Literacy傳統的定義是「讀和寫的能力」，而廣義的定義則是「在某個特定領域的知識和能力」[6]。由此可見，語文教育的本質在當今的世界是隨著社會的經濟與社會發展的步調而演變的。故而國家的語文教育必須和國家對

---

5 摘自https://www.encyclopedia.com/history/modern-europe/british-and-irish-history/literacy#1O29LITERACY

6 摘自https://en.wikipedia.org/wiki/Literacy

Literacy的本質的概念產生緊密的關聯，而隨著時代的進展，這個概念的涵義就隨著調整以符應新的挑戰。

回顧歷史，每一個歷史悠久的文明都有類似Literacy的概念，例如中國早在戰國時代的《禮記》卷十八：「君子如欲化民成俗，其必由學乎！」、「是故古之王者，建國軍民，教學爲先。」以及「古之教者，家有塾，黨有庠，術有序，國有學。比年入學，中年考校。」。在農業社會，教育只是針對菁英階層的，因此，「萬般皆下品，唯有讀書高」。中國古人讀書，不是「富貴必從勤苦得，男兒需讀五車書。」，就是「粗繒大布裹生涯，腹有詩書氣自華。」

而看歐洲，所謂的語文教育基本就是以拉丁文教學爲核心的菁英教育（陳綺文，民104；陳達武，民91）。在多數人仍是文盲的農業社會，Literacy是指能讀書和寫字的人，這時的定義涵蓋從略通筆墨的到飽學之士。這類似中文說的：「略識之無」或是「粗通文墨」，可以是謙遜之詞也可以是據實之詞。對大多數人而言，Literacy的重點是閱讀，主要是和農業生產有關的典籍，另外，能閱讀聖經有特殊的意義。至於更深層次的閱讀，還有寫作的能力，對一般人則沒有太多誘因。

有一點可以確定的，不論中西，飽讀詩書是社會中少數的菁英階層的事情，不論是因爲個人的社會經濟或是資質的原因，普遍的觀念都認爲讀書，對個人或是國家社會的發展，都是很重要的條件。因此，不論中外，在那種年代對有學識的人都是尊重的。可以說，Literacy這個概念從很早開始就和個人以及社會的發展相連在一起的。

本文試著簡略地回顧Literacy這個概念如何從十九世紀的歐美國家開始演變，然後到二十世紀中葉由聯合國「教科文組織」接棒在全球推動的歷程，以瞭解語文教育和Literacy以及國家與個人的發展間的緊密關係。

參、國民義務教育興起

歐洲大陸最早推動國民教育的是法國，原本是天主教會在各教區辦理教會學校，意在鞏固教會的勢力；查理曼大帝在789年下令教會爲非教友也辦理學校[7]。在當時的環境，教育仍僅限有權有資產的人，而教育的內容則仍遵循希臘羅馬以降的「修辭學」傳統，依據可考的資料顯示，十四世紀時，歐洲人讀書必修的七個科目是：文法、邏輯、修辭、幾何、天文、和音樂（Tuchman, 1978）。很明顯的是貴族菁英教育。

1698年，路易十四下令法國家長將小孩送入學校，直到14歲爲止。天主教會和帝制王朝的關係密切，教會教導服從和道德，這正合統治者之意，因此，路易十四此舉和中國的科舉制度限考四書五經異曲同工。因爲地方的教育經費和師資仍是仰賴教會，社會經濟條件差的或是信仰不同的人仍無法入學。

十八世紀後期，歐洲國家進入工業化，也加劇了歐洲國家間的競爭，導致對中高級人力的需求殷切。工業化的社會需要的人力從高端的科技人才、中層的「中產階級」到有技術的勞工，以塡補新興的專業人力需求；而大量農村人口湧入城市後造成的社會問題，也需要一股教化的力量來撫平。也就是說，不僅要求提升教育的普及程度，同時，對教育的核心：Literacy的涵義也要求更多，除了基本的讀和寫的能力外，還要能應付工業化社會的挑戰。

因此，歐美社會開始重視國民教育，有二個重要功能：(1)提升國民的基本教育，以獲得更多有技術的人力；(2)教育「現代公民」以提升整體社會的素質。

一、法國

法國是歐洲最早實施國民教育的國家，然而王權與教會密切掛勾的教育制度[8]卻和歷經四百年的文藝復興所揭櫫的人文思想難以協調，因而，進入十八世紀後，法國的國民教育就一直在偏帝制的教會

---

7 天主教會在法國的各個教區擁有龐大的土地資產，教會自有財力辦學，而神職人員是當時社會上少數有學識的人，因而學校教師大多是神職人員。這些都是王權所不能企及的。

8 天主教會自黑暗世紀起成了歐洲政治和文化的中心，各地的統治者都需要教會的勢力支持，這是後來歷次政治和文化改革中的衝突點。

教育和偏共和思想的「世俗」[9]教育間拉鋸，從十八世紀末起一直到二十世紀中的幾次革命和共和改制，每一次教育制度的改革都圍繞著和教會爭奪教育經費和課程內容的主導權。

教育改革的焦點有二個：削弱天主教會主導中小學教育以及設立科學技術導向的中等教育和學院。例如：1789年法國大革命後，革命政府沒收教會財產和開革大批在中小學任教的神職人員；在公立大學外另外成立科學技術學院，專注培養科技人才；拿破崙於1802年在法國推動11-18歲的中等教育「lycées」[10]，高中階段分流為三個途徑：就業、升一般大學或是進入職場或是科技大學；拿破崙二世倒臺後的第三共和，1880年通過設立女子中等學校、1881年通過免費教育、1882年通過義務教育以及教育與宗教脫鉤之改革[11]。

總之，法國從十八到十九世紀所推動的國民教育的特色就是教育的「世俗」化。為了培育工業化時代國家競爭所迫切需要的各級人才，就必須普及教育和打破傳統菁英教育的窠臼。基本上這就是一個和天主教會爭奪教育主導權的過程，將沒收來的天主教會財產做為推動義務教育的經費[12]，使得教育得以普及；加上強調發展科學和技術人才的教育方式，使得法文和法國文學在中學的語文教育中的分量明顯的增強[13]，連帶的也降低了拉丁文的角色。

二、普魯士

全民義務教育起源於十八世紀銳意奮起的普魯士，普魯士當時和法國類似，天主教會勢力龐大。普魯士國王腓特烈一世在1736年命令各地的社區必須要有一所學校。1740年腓特烈二世（Frederick the Great）繼位，採取的一連串廣泛的改革。在教育方面，他重啓了被

---

9 原文是「Secular」，中文翻譯「世俗」實在不得已，中文的「世俗」有貶意，原文無此意。

10 摘自「維基百科」網站：https://en.wikipedia.org/wiki/Secondary_education_in_France#Lyc%C3%A9e

11 摘自「維基百科」網站：https://en.wikipedia.org/wiki/History_of_education_in_France

12 同註11。

13 同註10。

他父親因爲經濟原因關閉的「普魯士科學院」（Prussian Academy of Sciences），爲了能夠延聘當時歐洲有名的學者特地規定法語爲科學院的官方語言[14]，這是後來的「柏林科學院」（Berlin Academy）的前身。

「哲學」和「歷史」是科學院的二個主要科目，腓特烈二世延攬了歐洲知名的哲學家來思索和辯論，爲普魯士的各項改革提供了理論的基礎，當然包括了教育的改革。腓特烈二世指派和他友好的哲學家Johann Ignazvon Felbiger遊歷歐洲各國考察他們的教育，提供改革的藍圖。

普魯士在1763年頒布命令，規定所有6-13歲的孩童，不分男女一律接受8年的小學教育，經費由政府、地方教會和地主分擔，即使窮人的小孩也能受教育。小學教育的內容除了攸關職業技能的閱讀和寫作外，還有唱歌和宗教[15]。其教育宗旨除了爲培養國家發展所需要的中高級人力外，還包括培養個人「對於責任、節制和紀律的一個嚴格的信念」（astrictethosofduty, sobriety, anddiscipline）[16]。同時，爲了確保教育的成效，普魯士對於師資的訓練和小學畢業生的資格也都有一套制度，小學的畢業考試（Abitur）從1788年開始實施，1812年延伸到中學畢業生，這個資格測驗制度一直沿用到今日的德國。

到了1830年，普魯士的義務教育制度有以下的特色[17]：

1. 免費義務教育
2. 受過專業訓練的師資，有保障的薪水以及被認可的社會地位
3. 爲照顧農家小孩而延長教育一年
4. 政府負責建校經費
5. 全國性和全校性的監督以保障教學品質
6. 課程灌輸強烈的國家認同，同時涵蓋科學與技術
7. 世俗教育爲主，宗教只是課程，不是教育的主體。

---

[14] 摘自「維基百科」網站：https://en.wikipedia.org/wiki/Frederick_the_Great#Berlin_Academy

[15] 普魯士的教育雖然包括宗教，但是只是課程中的一部分，排除了宗教主導教育。

[16] 摘自「維基百科」網站：https://en.wikipedia.org/wiki/Prussian_education_system

[17] 同上。

普魯士在教育的改革，爲普魯士在十九世紀的崛起提供了優良的人力和經濟資源，也凝聚了國家的認同，終於導致於1871年建立統一、強盛的德國。它的這套義務教育的制度深深影響到了英國、法國、美國和日本。今日臺灣和中國大陸今日所實行的義務教育也是循著這個模式。

三、英國

在階級制度森嚴的英國，教育原本都是私人性質，貴族和中產階級子女都各有不同的管道入學。勞工階層子女能有學習的機會，始於1780年代由地區教會在周日開設的Sunday Schools（主日學校）[18]，用意在教勞工階層的子女基督教意，兼帶教導識字、閱讀和寫字，參加者從稚齡到青少年皆可，後來甚至連成人也可。這種非正式的教育是勞工階層子女唯一可以學習的管道，算是英國最早的近似國民教育的做法。

隨著工業化的進展，加上鄰近的法國和普魯士先進的做法也給英國很大的壓力，國民教育的重要性益形迫切。英國在1833年通過「工廠法案」，規定在工廠工作的孩童每天強制上課2小時；1845年通過「博物館法案」，授權都會區設立公共博物館，用意是讓成人除了酒館外還有其他可以消遣的地方；1870年通過「小學教育法案」，授權地方政府視需要設立小學，以供5-13歲無法上私立小學的學生的需要（據當時的人口調查，在英格蘭和威爾斯地區的學齡兒童約四百三十萬人，其中二百萬人未入學[19]）；1880年修正「小學教育法案」，明文規定國民義務教育到10歲；同時，在1883年，Literacy正式被定義爲：能讀書和寫字；1902年修正「教育法案」，設立了中等學校教育，以延伸基礎教育；1900-1909年創建了6所以科技教育爲主的「紅磚大學」；1918年的「教育法案」則明定小學教育免費[20]；1943年的「教育法案」則將免費教育延伸到中等學校。

---

18 摘自「維基百科」網站：https://en.wikipedia.org/wiki/Sunday_school

19 摘自https://en.wikipedia.org/wiki/Elementary_Education_Act_1870

20 摘自https://en.wikipedia.org/wiki/Education_in_England#History_of_English_education

此外，1917年，英國成立了「中等學校測驗協會」（Secondary Schools Examinations Council, SSEC），專責「協調各項測驗以及和各個專業團體交涉認可證書之事宜」[21]，次年起開始辦理「聯合王國教育證書」（United Kingdom School Certificate）。在16歲時考6個科目，6科都過才發給證書[22]。

值得一提的是，1943年，第二次世界大戰進入第五年，英國考量到戰後經濟和社會重建的需要，通過了「教育法案」。將因爲不同體系和功能的中等教育制度所造成的標準不一予以統一，將戰後的中等教育分爲三種途徑[23]：文法學校（Grammar Schools）、中等職業學校（Secondary Vocational Schools）和現代中等學校（Secondary Modern Schools），讓不同性向和志趣的學生選擇適合的途徑，而每一種途徑的證書考試也予以統一標準[24]。文法學校是升大學導向，課程偏學術性；中等職業學校則以企業界所需的科學和技術知識導向；現代中等學校則針對職場的實務技能加上一般學科[25]。

英國這個中等教育分流的制度以及資格測驗制度應該是參照了法國和普魯士的作法。在第二次世界大戰後，英國、德國和法國都各自做了更細的改革，這個中等教育的資格證書測驗持續到今日。

四、美國

而美國在這個階段經歷的是另一種路徑。聯邦的體制使得教育是各個州的地方事務，地域的特性加上各種宗教力量，教育大多是私人性質，聯邦政府無權置喙；到十九世紀後半時，美國仍是一個向西部拓展的國家，因此，各個州對教育的態度和推動教育的步調不同。

---

21 摘自https://translate.google.com.tw/?hl=zh-TW#view=home&op=translate&sl=en&tl=zh-TW&text=negotiate。名稱及文字為作者暫譯。

22 摘自https://en.wikipedia.org/wiki/School_Certificate_(United_Kingdom)

23 摘自https://en.wikipedia.org/wiki/General_Certificate_of_Education。

24 英國這個高中分流為三個途徑的作法很有可能是參照法國在拿破崙時開始的做法。

25 摘自https://en.wikipedia.org/wiki/Tripartite_System_of_education_in_England,_Wales_and_Northern_Ireland

推動基礎教育是從最早開發的東北部開始，Horace Mann於1837年擔任麻塞諸塞州的教育廳長後推動仿效自普魯士的國民教育：Common Schools，就是今天的Public Schools（公立學校）[26]。用意是給麻塞諸塞州公民的基礎教育建立一套從就學年齡、分級制度、學期長度、課程內容、經費來源、教師資格以及畢業資格的標準，以統一以往國民教育因爲各地區、各學區、各校和個別教師各自的地域和宗教的特性而造成分歧的教育方式。課程內容的重點是3個Rs：Reading, Writing, Arithmetic（閱讀、寫作和算數）以及歷史和地理。

麻塞諸塞州首先於1839年建立「師範學校」[27]（Normal School），以確保中小學教育師資水準；於1848年建立年級制度和由州政府出資建設地方的學校教室；接著於1852年通過麻塞諸塞州的強制義務教育法案。麻塞諸塞州的做法引起鄰近各州的仿效，到了1900年，美國共有34個州有強制義務教育（此時美國共有45個州），其中30個在北方[28]；而有30個州的義務教育是到14歲（少數州超過14歲）；到了1918年，每一個州都要求至少完成小學的義務教育。

對義務教育的關注逐漸往上延伸到中等以上學校教育，依據維基百科[29]的資料，1890年時，只有7%的14-17歲的青少年入中等學校就讀，到1920年，這個比率上升到了32%；而高中教育也同步地逐漸受到重視，1910年開始，越來越多的城市開始設立高中；1910年時只有9%的美國人有高中文憑，1929年開始的經濟大恐慌促使聯邦政府和地方政府投注資源於教育，以解決失業問題和社會問題，促使留在高中就讀的學生增加（Applebee, 1974），1935年時有高中文憑的比率升到40%，到了1940年，美國年輕人中有一半領有高中文憑。此階

---

26 摘自「維基百科」網站：https://en.wikipedia.org/wiki/Prussian_education_system

27 英文原文用Normal這個字，用意就是這個學校教育出來的人，不論是資格或是教授學科的知識，都符合一套「正規的」標準，藉此使各個學區和學校的教學有一致的標準。

28 摘自https://en.wikipedia.org/wiki/History_of_education_in_the_United_States#Compulsory_laws

29 同註5。

段的美國人口是在快速增加中的，也就是說，全美各地增建了許多中小學和師範學校。

美國正式的針對國民義務教育通過一個全國性的法案是在1965年，詹森總統提出的「向貧窮宣戰」（Waron Poverty）政策，說服國會通過了「小學及中學教育法案1965」（Elementary and Secondary Education Act of 1965），是美國第一個由聯邦政府全面性地以經費支助和引導義務教育，此法案在2001年和2015年各由小布希總統及歐巴馬總統提出修正。

五、資格測驗制度

如前所述，德國從1788年開始實施小學的畢業考試（Abitur），1812年延伸到中學畢業生，今日仍持續此一制度；拿破崙於1802年在法國實施的「lycées」中等教育，高中三年結束時辦理資格認證的考試制度[30]，這個資格認證和就業或是升學（升一般大學或是科技大學）都有關；到了1959年改成類似英國的三種考試：Classical（經典）, Modern（現代）, Vocational（技術職業）[31]；英國中等教育結束的資格測驗制度始於1918年，也持續到今日。

美國由於聯邦的體制，對於這種由國家推動的全國性的測驗一直頗有爭論，聯邦政府推動有困難，推動全國性一致的教育水準的工作就由民間的組織擔下，如「全美州長協會」和企業領袖在1996年成立一個機構AchieveInc.（達標企業）[32]，這個機構和民間教育組織以及聯邦的教育部合作，推動了一些專案計畫，重點就是委託製作了Common Core State Standards（各州共同核心標準）[33]，透過州長協會與民間組織向各州推廣，有42個州加入，後來歐巴馬總統時期又有4個州退出。這套核心標準的重點在英文和數學二科。

小布希總統在2001年推出Nobody Left Behind（有教無類法

---

30 摘自https://en.wikipedia.org/wiki/Secondary_education_in_France#Lyc%C3%A9e

31 摘自https://en.wikipedia.org/wiki/History_of_education_in_France

32 摘自https://www.achieve.org/。名稱為作者暫譯。

33 摘自https://www.achieve.org/presentations/understanding-common-core-state-standards

案）[34]，是繼1965年的「小學及中學教育法案1965」後進一步強化聯邦政府對教育的影響力；此法案效期5年，2007年因為爭議太大而未得到「再授權」（Reauthorization）。

歐巴馬總統於2015年終於通過Every Student Succeeds Act（人人皆成功法案）[35]，責成各州擔起教育達標之責任（Accountability），聯邦政府的經費支援則與各州達標之責任相連；2017年，川普總統將各州執行此法案之責任予以解除；等於拔去此法案的虎牙（Ujifusa, 2018）。

肆、Literacy在強國的國民教育

歐洲和美國從十八世紀一直到二十世紀中葉推動的國民義務教育，很明顯的是為了建立國家在國際舞臺上競爭的實力。前面所舉的四個國家，都是工業化過程的競爭者，也都是國際政治的角逐者。可以說，國民義務教育的發展過程，是和工業化、民族國家興起、歐洲國家爭奪霸權和在海外掠奪殖民地以及民權思想的興起都是息息相關。

在這個過程中，除了體制的變革外，教育內容的變革也同步進行。這個教育改革的內容，從中小學到高等教育一以貫之，因而，義務教育的內容和目的，已不同於傳統的菁英教育，也就是對於Literacy要在教導認字讀書與飽讀詩書之間逐漸摸索出更明確的內容。

一、Literacy的內容演變——由因應國家發展需要轉型為兼顧個人發展

㈠十九世紀末到二十世紀初

隨著工業化以及十九世紀時國際間的弱肉強食，大國的競爭帶給國家和社會激烈的挑戰，而普魯士崛起成統一的德國讓歐美各國深刻地體認到提升教育（基本工作就是普及Literacy）和國家發展的強烈

---

34 摘自https://zh.wikipedia.org/wiki/有教無類法案。

35 摘自https://www.ed.gov/essa

關係。本文就以美國爲例。

在美國，這種對教育和國家發展關係的深刻認知是分成二個管道去推展，而最後又匯爲一致的標的。在中等教育就是前一段中提到在美國推行的「CommonSchools」，十九世紀末到二十世紀初時，美國的中小學教育隨著國家的擴張而快速增加，然而，大學入學考試仍然依循「修辭學」傳統的考試方式嚴格的箝制了高中的課程，以致高中的教育和新興的移民社會脫節；同時間，菁英大學也深爲傳統「修辭學」和當代講究實用的寫作課間的衝突苦惱，大學就企圖建立「英文」爲正式的學門，以解決著重古籍經典的「修辭學」和強調經世致用的寫作課程的衝突（Applebee, 1974）。

源頭是哈佛大學一向著重「能力導向」（Meritocracy）[36]，因而學生都必修英文寫作課三年，這個要求也是源自希臘文化流傳下來的「修辭學」，目的是訓練未來的社會精英能夠振筆寫出鏗鏘之作和開口能夠雄辯滔滔。因此，「修辭學」的課程除了飽覽古籍經典外，還要能寫以及能演說辯論。唯一的問題是，「修辭學」課程也是拉丁文的課程，到了十九世紀末，中產階級興起，拉丁文主宰歐洲學術和政治的勢力逐漸萎縮，大學校園的語文教育課程當然也面臨到挑戰。

「修辭學」主導當時大學的語文教育，但哈佛大學飽讀古籍經典的「修辭學」教授不願意教低階且繁瑣的英文寫作必修課程。一個理由是批改寫作課的作業勞神費力；另一個理由是精通拉丁文的學者去教英文寫作課程，等於是不務正業，導致滿腹經綸的「修辭學」教授都視教寫作課爲畏途[37]。

另一方面，「修辭學」的菁英教育傳統也貫徹到大學入學考試的書單中，導致高中的英語課程分成「升學班」（Fitting School）與

---

[36] Meritocracy一般翻譯為「任人唯賢」，然而，「任人唯賢」適用於政府或企業用人的原則，用來說明大學教育的精神則欠妥，所以暫譯為「能力本位」。Meritocracy在大學中就是教授依據能力升遷，而學生則依據才能被挑選，入學後依據成就進入「榮譽」團體和挑選主修（美國大學通常入學不分系，大三才選擇主修學系）；大學的教育宗旨就是為社會培育精英。

[37] 在臺灣的大學中，不論英文系或是中文系也一直存在同樣的現象。

「淑女養成班」（Finishing School）[38]。升學班專攻考大學必讀的古籍經典，而淑女養成班則只教英文，教材則是「通俗的」和「當代的」英文作品。

深入地看，這種不同的課程標準的骨子裡潛藏著如何定義「文學作品」的爭議，這個爭議在歷史上一直未曾停歇，也一直有修正；但是以當時的「修辭學」傳統，「文學作品」僅限於古籍經典。

實用的英文寫作課最直接衝擊到「修辭學」的傳統，爲了解決教授「寫作課」的困擾，哈佛先是在1864年成立「英文系」以解決師資問題，但困擾依舊，接著於1874年採取了2個措施：

1. 推出「大一英文」，以寫作教學爲主（Steinman, 1965）；另有一門Modern Language則以語言及文學爲主（Berlin, 1987）。
2. 新生入學考試新增寫作科目。

哈佛的這二個措施有二個重大的意義（Berlin, 1987）：

1. 將寫作教學的壓力往下推給高中，在這之前，寫作教學是大學的責任。
2. 正式確立英文爲大學的官方語言，打破拉丁文主宰的傳統。

這個爲「英文」在大學爭取正名的風潮也向下影響到高中升大學的語文課程。如前所述，十九世紀末起，高中教育隨著人口增加而逐漸普及，十九世紀中葉時那種以升學爲導向、強調學術菁英的高中教育已不合時宜，此時Common Schools的概念獲得更多的重視，就是「以民爲主的學校，它主要的功能是教導學生爲人生作準備」（Applebee, 1974, p.46）[39]。

這種思潮的轉變的一個代表人物是Percival Chubb，他在1902年闡述了語文教育在新時代的二個必備特性：第一個是「青少年心智的特性、需求和興趣」；第二個是「職業的需求和社會的要求」

---

[38] 筆者暫譯。Finishing School不是「就業班」，Finishing原意指「最後的加工、打磨以使產品完美」。因為那種年代高中畢業已經算是學歷不低，而且能讀高中的大多家境不錯，因此許多女子高中就是如此設計，這種班級課程的重點是出社會後能適應成家立業和相夫教子的需求。

[39] 筆者暫譯。

（Chubb, 1902, p.239）。值得注意的是，推動這股語文課程改造的推手，有不少是大學「修辭學」傳統訓練出來的學者，Percival-Chubb就是其中之一；有的提出新的論述，有的則參與各地高中英語教師組織的協會，從基層推動改革。

Chubb的哲學源自二個看法：

1. 當代的教育不再是將教育當成是菁英的訓練場，每一個學生依照學校的制式規定學習，期望達成學校設定的目標；新時代的教育是學校課程要去符合學生的「個人的和社會的」（Chubb, 1902, p.241）需求。
2. 語文課程是這波新舊哲學衝突的焦點，因爲這是二個截然不同的「理想」的衝突：強調嚴格學術訓練的傳統對抗「文化內容和多邊發展」（Chubb, 1902, p.239）[40]。

這種觀念在今天看是理所當然，在那個年代算是劃時代的新思潮，源自於當時正在蛻變的美國的社會和政治背景。在十九跨到二十世紀時，美國還在向西部開疆拓土的同時，東部的美國也正跨入工業社會；而在國際上，美國在1898年發動「美西戰爭」[41]，代表美國正式將目光瞄準國際版圖，向海外擴張政治和經濟勢力。一個在內部和向外都在展現強烈企圖心的國家，對國民教育有更深切的期望是很自然的。

接在Percival Chubb之後也有多位學者從不同的角度提出新的教育觀念，例如Stanley Hall和Edward Lee Thorndike（桑代克）從心理學的角度；而較知名的John Dewey（杜威）則是融合了教育、哲學和心理學提出新的論述。這些人引領的風潮被稱爲「進步主義教育運動」（Progressive Movement）[42]。這個運動的哲學，簡言之就是打造一個　「以人爲主的學校」（A School for the People）；這個風潮在二十世紀前期催促美國的教育從傳統、從上往下的菁英教育，轉型爲由下往上、以學生的個人發展需求爲主的哲學。

---

40 原文是「culture-content and many-sided developmen」，後者譯為「多元發展」應當也可以。

41 這是第一次由國會批准的對外戰爭，而國會歷經了2個月的辯論方才定案。

42 依據「國家教育研究院」翻譯。

「進步主義教育運動」最明顯的影響還是彰顯在語文教育上，影響最著的變革就是解除了大學入學考試的統一書單對高中語文教育的箝制。這個努力從十九世紀後期，菁英大學建立英文為正式的學科開始，經過多年的努力，到1931年，終於廢除了大學入學考試採行多年的「精選書單考試」[43]（Restricted Examination），只採「綜合測驗」[44]（Comprehensive Examination）。「綜合測驗」是在1916年被採納爲「精選書單考試」以外的另一個選擇，當作改革入學考試方式的過渡方案；到1931年終於成爲唯一的考試方式；新的方式沒有指定的書單，學生考試時展現「他有閱讀、理解和賞析相當數量的文學作品」（Hays, 1936, p.80）。

這項變革有二個意義：(1)高中語文教育擺脫「修辭學」傳統的主宰，「英文課」不再是二等公民的配角；(2)正式斬斷了大學入學考試霸占高中語文教學的現象。這等於爲禁錮的池塘開闢了一個通道引進活水，讓高中的英文課程得以照著各地的需求搭配各種教育的理想去設計，「進步主義教育運動」的理想在這個背景下而廣受青睞。當然，新的自由同時也意味著，從教育哲學、教學目標、教材、教法到展現學習效果，一切都要自行摸索出可行的方式，這是一個永不止歇的實驗。

在這個氛圍下新推出的課程構想，其中一個主要的聲音是要賦予語文教育一個孕育「公民教育」（Citizenship）的使命，因而，文學課程的功能就轉變成「道德發展」，例如前面提到的Hall就說明文學教育的功能爲：「愛國心、敬畏之心、自重、誠實、敬業和知足」（Hall, 1886, p.36）。

從教材的角度看，也就是給「文學作品」較寬廣的定義，容納更多樣的作品，而關注的焦點就在是否和如何接納「當代作品」，這個議題在後來的歲月中一再的出現。差別就在於，傳統的菁英教育方式

[43] 這種傳統的入學考試方式是以大學公布的一份精選書單為準，學生精讀書單上的書籍後，考試時展現他對這些書籍內容的精通程度。所以在此稱之為「精選書單」。

[44] Comprehensive Examination照字面解是「綜合考試」，原意是指考試的範圍不是以前指定的書單，而是廣泛的閱讀各種材料。配合我們的習慣，這裡稱之為「綜合測驗」。

下，「修辭學」有神聖的傳承道德和文化的使命，文學教材挑選的自然都是經典古籍，是當作縝密的閱讀和分析的材料，教學方法著重學術性的分析；而在「公民教育」的新哲學下，教育哲學更看重學生個人的「特性和興趣」，而且對於所謂的「傳統文化」的定義也不再墨守一千多年的定見；因此，文學材料是當作一個個的實例讓學生去「體驗」和「探索」（Applebee, 1974, p.107）[45]，所以挑的教材就會偏向和當代的議題有關的，教學方法著重和學生親身的體會聯結。

因此，不同類型的語文課程就出現了，如「媒體研究」、「新聞英語」、「戲劇」、「口語訓練」或「演講與辯論」，以及一些以當代作品爲主的課程等。這類課程不過十年前都是難登大雅之堂的，現在紛紛出現在英文課程中。

㈡二十世紀初到二次世界大戰

1929年的經濟大蕭條席捲各國，全美各地愁雲慘霧，許多學生因爲家道中落而輟學，而許多學校因爲財政來源短絀而關閉，教育的前景黯淡，更加深了社會問題。這個時刻，對教育的功能有分歧的看法，其中有一派主張「社會重建」，簡單講就是藉著教育來重建社會的次序，國家的發展和社會穩定的需要強過學生個人的興趣和需要；從這個背景，就不難理解爲何大學入學考試會在1931年完全放棄「精選書單考試」，在這種艱難的時刻要堅持菁英教育的傳統是很突兀的。「進步主義教育運動」也被捲入了這場無休無止的論戰，因而語文教育的功能就卡在兩個極端之間。

就在1929，「全美英語教師協會」（National Council of Teachers of English, NCTE）責成哈特菲爾德（Wilbur W. Hatfield）組成一個「課程委員會」以發展一個「課程的模式」（pattern curriculum），以供各地的學校參考。歷經6年的努力，在1935年公布了「英文的體驗課程」（An Experience Curriculum in English, 1935）。

---

[45] 原文是：Experience和Exploration。

哈特菲爾德個人對語文教育的觀點是：「學生的一生中會經歷許多次重大的社會變遷，幫學生準備面對未來的適當方式是教他們思考，而不是灌輸思想給他們」（Applebee, 1974, p.117）。哈特菲爾德在「英文的體驗課程」開宗明義就說：

> 經驗是所有學校中的精粹……理想的課程包含精選出的各種經驗……是那種對學生們最有益但又自己無法得到的（頁3）。

這個「課程的模式」將各種「經驗」分類爲：「文學經驗」、「閱讀經驗」、「創意表達經驗」、「演講經驗」、「矯正教學」和「選修」等六大類。另外，這個藍本也正式地放棄文法教學[46]，轉而強調「功能性教學」（Functional Instruction），正式的文法教學只提供給高三學生當選修課。至於文學課程的實際教學，這個藍本只強調廣泛閱讀；距離大學入學考試放棄「精選書單考試」，改採「綜合測驗」才4年而已。

這個「課程的模式」立即成爲全美許多教科書的出版指南，然而，它的內容還不足以涵蓋如何具體的落實這個課程理想；接著，「全美英語教師協會」在1939年公布了「在英文課實踐體驗」（Conducting Experiences in English）[47]。這份更詳細的文件的重點是將「教學法和內容的聯繫藉著以讀者的回應爲中心而強化了」（Applebee, 1974, p.122）。具體而言就是：「讀者將書本盡可能地吸收，然後，重寫它，好像是照著他自己的經驗的反射」（Broening, 1939, p.4）[48]；而教師的功能就是孕育一個「自然、活潑的討論作者所分享的經驗」（Broening, 1939, p.6）。

---

[46] 文法教學是一個拉丁文傳統的科目，因此，這個課程藍本的做法也可視為延續從十九世紀末對「修辭學」傳統的反動。

[47] 作者暫譯。

[48] 作者暫譯。原文是：He takes as much of the book as he can, rewriting it, as it were, in the imagery of his own experience.

戲劇課（Drama）堪稱爲代表之作，「進步主義教育運動」在語文教育最具體且醒目的貢獻就是推動戲劇課，還有連帶相關的朗讀活動（Oral Reading）；推動戲劇課的用意在於訓練學生的自我表達（Self-expression），而戲劇課所要孕育的就是「教室民主化、培育人格的發展和推動合作以及群體工作所能達成的社會目標」（Applebee, 1974, p.63）。「進步主義教育運動」的重要人物杜威本人就很推崇戲劇課的功能。

當時提的許多充滿理想的課程，到了二十一世紀仍然在各國的中學和大學中使用；這些努力，是企圖具體實踐一個信念：語文課所關注的焦點不再只是嚴肅、高不可攀的學術殿堂，而是轉到以協助眾多的學生個人的成長爲主體的教學。因此，對Literacy的看法有了轉變。

國民教育的使命是爲國家和社會的現代化奠定基礎，除了要培養現代化國家所需要的知識與技能，也還要照顧到學習者個人的發展需求和興趣，因爲社會大多數個體的素質的提升才能反過來促進社會整體的和諧發展；而什麼才是Literacy？怎樣的Literacy才能造就現代的國民？是這時期重要的課題。

美國經歷了1930年代的經濟大蕭條，還有1940前半期的二次世界大戰，美國各界從軍方到企業界都深刻體會到了所謂的「生存所必需的Literacy」[49]（Survival Literacy）或是「Literacy的基本組成份子」[50]（Reductionist Literacy）的重要性[51]。例如美國在第一次和第二次世界大戰時，軍方發現許多徵來的新兵目不識丁，連基本的使用說明都無法閱讀，根本無法在現代化的軍隊中發揮功能。僅1942年，美國軍方就必須讓43萬多人辦理緩徵，因爲他們根本無法理解

---

[49] 正確的意思應該是：「生存必須的基本識字和算術能力」，此時如將Literacy照今日的翻譯「素養」，可以感到太高調了。

[50] Reductionism是指，任何複雜的事情都可以簡化成基本的組成份子，以便容易瞭解。Reductionist Literacy的意思應該是：「Literacy最基本的組成份子」。

[51] 同註25。

「執行基本軍事功能或工作的文字說明」[52]。

因此，在每一次的危機中都讓有識之士更深刻地審視Literacy的定義和功能。在波濤洶湧的二十世紀，這一個Literacy聯結個人與國家、社會發展的信念又一再地在每一次危機和挑戰中被強化和修正。

㈢二次世界大戰後——向全球推廣Literacy

在1942年，世界大戰正酣而勝敗尚猶未可期，歐洲同盟國檢討戰爭的起因和未來如何避免慘劇再發生，在倫敦召開「同盟國教育部長會議」（Conference of Allied Ministers of Education，簡稱CAME），討論大戰結束後如何藉著重建教育以恢復各國的社會次序，更重要的是促進國際持久的和平。1945年11月，聯合國成立後，這個會議再度召開，宗旨是「成立聯合國教育科學與文化組織之研討會」（Conference for the Establishment of the United Nations Educational, Scientific and Cultural Organization），提出了一份「聯合國教育與文化之組織草案」（Conference of Allied Ministers of Education, 1945）。

伍、「聯合國教科文組織」的努力

「同盟國教育部長會議」提的草案，旋即由聯合國於同年11月通過爲「聯合國教科文組織」（UNESCO）的憲章，其宗旨爲：「藉由教育、科學和文化以推動國際和平以及人類共同福祉的目標」；揭櫫了「和平，如果不讓它夭折，必須建立在人類智能的和道德的一致立場」（頁107）[53]。

1946年經超過半數創始會員國的審查通過後[54]，於11月正式成立

[52] 摘自「百科全書」網站：https://www.encyclopedia.com/humanities/encyclopedias-almanacs-transcripts-and-maps/functional-literacy

[53] 原文是：……and that the peace must be therefore founded, if it is not to fail, upon the intellectual and moral solidarity of mankind (p. 107).

[54] 聯合國的創始會員為37個國家，1946年有20個國家通過UNESCO的憲章，超過半數。

了「聯合國教科文組織」。這個組織的使命就是推動：⑴所有人公平和完全受教的機會、⑵無限制地追求客觀的眞相、⑶自由交流意見和知識。以消弭因爲無知、猜忌和不信任而造成的衝突。

「聯合國教科文組織」致力於推動教育機會，1948年呼籲各國將小學教育列爲義務教育；1962年聯合國提出「開發的十年——行動方案」；1964年「教科文組織」的大會通過宣言：「消滅文盲」[55]，次年，在伊朗首都德黑蘭召開「世界消除文盲教育部長會議」（UNESCO, 1965），這個會議區分了「Schooling」是針對學齡孩童，「Literacy training」則是針對以前沒有機會充分就學的成人；這二者是「相輔相成」（p.1）。會議的總結報告正式提到Literacy的重要性分二個層面，首先是Literacy和「經濟和社會的發展」有緊密關係，其次，Literacy和人們能夠充分參與國家的和國際的公民生活息息相關（p.4）。

該會議報告指出：「Literacy不是一個目的，Literacy不只是基本的訓練的閱讀寫作的教學，而應該被視作爲一個人準備他的社會、公民及經濟的角色」（p.1）；因此，伴隨著Literacy還有一個比較不醒目的觀念：「成人教育」（adulte ducation），意味著，Literacy不僅限於學齡兒童受的學校教育，也針對因爲戰亂或者貧窮而未能充分受教的成人的補救教育。

準此，這次會議提出一個更具體的概念：「Functional Literacy」，這個概念和美國在40年代時提的「Survival Literacy」或是「Reductionist Literacy」是同樣的內涵。「Functional Literacy」在臺灣翻譯爲「功能性素養」，但是，依據該會議報告的內涵，在那個年代，Literacy主要針對文盲或是未完成基本學業的成人，針對這樣的背景，Literacy翻爲「掃盲」較恰當。

「Functional Literacy「在此時還只是一個新起的概念，因此，1967-1973年，「教科文組織」推動Experimental World Literacy Programme（暫譯爲「世界掃盲實驗計劃」），這個計畫的核心項目是「functional literacy pilot projects「（先導型計畫）（UNESCO,

---

55 再一次證明，Literacy翻譯為「素養」之窘促。

1969, p.1）。該報告陳述，Literacy Programme主要工作就是掃盲。

「教科文組織」在1968年回顧1965-1967年推動Literacy工作的報告中明白指出當前Literacy和functional literacy[56]的意義（UNESCO, 1968）：

> Literacy教育對成人，就是人口中有生產力的區塊，越來越成為不僅是教育人員也是負責發展的政府所關注的，現在人盡皆知文盲是低度開發的原因，而Literacy教育是發展的條件就受到越多的肯定，這就是functional literacy的意義所在，而「教科文組織」則採用為一個指標（頁10）。

因此，「教科文組織」在同一個報告中明確指出「要轉變傳統的教育方法和內容，才能使得Literacy能發揮功能性……functional literacy的專案計畫必須設計成能夠衡量——一個具體的衡量——而這個將手段配合目標和實際狀況的調適將對教育方法產生長遠的影響」（頁63）。

至此可以清晰見到，「教科文組織」承襲了前述歐美各國推動國民義務教育過程中的基本精神和做法。不同之處是將Literacy從義務教育擴大延伸到了成人教育；而更進一步的詳細定義「Functional Literacy」爲可以「具體衡量」的內容，一方面沿襲了德國、法國和英國等國實施的資格認證測驗的精神，另一方面，也將Literacy明顯的區隔爲二種不同的層級。

一、英國的做法

以英國爲例，自二戰結束後英國的國勢江河日下，在1970年代採取的變革措施中包括掀起一個「閱讀權利運動」（Right-to-Read），企圖藉著推動讀寫能力以提升國民的競爭力；爲此，將「Functional Literacy」定義爲：⑴相當的閱讀能力以能成功的執

56 中文翻譯為作者暫譯，文中的Literacy和functional literacy暫以原文呈現。

行工作；⑵理解「印刷的訊息」[57]。將「閱讀能力」的定義從「文書的」資訊（written information）擴大為「印刷的」資訊（printed materials）。

而為了擴大推動「閱讀權利運動」，又導入了一個正式的機構：Adult Basic Education Service（成人基本教育機構，簡稱ABE），這個機構的明確主旨就是協助16歲以上、已經離開學校教育的人提供「職業訓練」[58]（Hamilton, Mary&Merrifield, Juliet, 1999, p.1）。1992年的「深造和高等教育法案」（Further and Higher Education-Act of 1992）正式將ABE納入到英國終生教育的體系中。

在我們這裡講「職業訓練」，大家想到的是職場實際的技術和手藝，但是，在英國和美國，學習一技之長是屬於apprenticeship（學徒）或是jobtraining（工作訓練）的層次，所謂的「職業訓練」的基礎是Literacy，特別是以讀寫和算術能力為主體的「Functional Literacy」。如Hamilton, Mary&Merrifield, Juliet（1999）的說明：

> 有關Literacy的政策的核心焦點，不論是針對成人或是在學兒童，是要提升國際競爭力的技能（頁3）。[59]

英國推動Literacy的步調和「教科文組織」所公布的綱領是一致的：⑴將Literacy定位為「Literacy教育是發展的條件」（UNESCO, 1968）；⑵推動「成人教育」以銜接或是彌補學校教育不足之處。

是以，英國的教育政策中，Literacy的教育和Skills「技能」、Vocational Training「職業訓練」、Apprenticeship「學徒制」和Employment「就業」是息息相關的。而「成人教育」的概念和Lifelong-

---

[57] 摘自「百科全書」網站：https://www.encyclopedia.com/humanities/encyclopedias-almanacs-transcripts-and-maps/functional-literacy，所謂printed messages不限於文字，計算及圖表皆涵蓋。

[58] 原文就是vocational training。

[59] 作者暫譯。原文是：The central focus of literacy policy, too, whether for adults or schoolchildren, is on upgrading skills for international competitiveness (p. 3).

Learning「終生學習」、Further Education「深造教育」以及Higher-Education「高等教育」的概念都有重疊，充分涵蓋了國民在義務教育之後的所有可能終生教育的途徑。

英國政府的組織就充分展現了務實的作風，英國政府在1995年將「教育部」合併Department for Employment「就業部」改組爲Department for Education and Employment「教育及就業部」；2001年改組爲Department for Education and Skills「教育及技能部」，將就業的業務移轉給Department for Work and Pensions「勞動與年金部」；2007年將成人教育、深造教育和高等教育移轉給Department for Innovation，Universities and Skills「創新、大學和技能部」，「教育及技能部」改組爲Department for Children，Schools and Families「兒童、學校及家庭部」；2010年的新政府又改回Department for Education「教育部」；2016年合併原屬於「商業、創新及技能部」[60]的深造教育、高等教育和學徒制的業務，仍稱「教育部」。

二、美國的做法

美國鑑於第二次世界大戰時仍有相當多的新兵是文盲，這些人不僅給軍方也給社會造成困擾。因此，第一步就是先訂一個簡單的區分Literacy的方式，美國的人口調查局在1947年將「受教育少於5年」的人定義爲「功能性的文盲」（Functional Illiterate）[61]，用一個簡單的計算來區分；進而在1962年通過「成人教育法案」，規定12年義務教育，並以此爲Literacy的基本標準。

1988年，美國國會要求教育部門提供關於Adult Literacy相關的資訊，接著，國會在1991年通過The National Literacy Act of 1991，立法的宗旨爲：

> 增強成人的Literacy和基本技能，確保美國所有的成人獲

---

60 所有名稱皆是作者暫譯。

61 Illiterate意思是「文盲」，是Literate的反義字；Literate是形容詞，Literacy是名詞，這是為何本文不輕易翻譯Literacy的原因之一。

> 得的基本技能足以有效地運用，並獲得工作上和生活上最大可能的機會，以及強化和協調各種成人Literacy的計畫。[62]

這個法案給Literacy的定義是：

> Literacy……能夠閱讀寫作和説英語、還有能計算和能解決問題，以應付職場和社會所需要不同層級的能力，以能夠達成個人的目標以及發展個人的知識與潛能。[63]

Literacy的關鍵不僅僅是能應付日常工作和生活所需，更重要的是俱備能開發個人的知識和潛力（develop one's knowledge and potential）的條件。

通過The National Literacy Act of 1991的次年由教育部的National Center of Education Statistics（NCES，國家教育統計資料中心）委託進行The National Adult Literacy Survey（NALS，全美成人Literacy調查），針對Functional Literacy細分爲三個指標：

1. Proseliteracy（散文，一般文章）
2. Documentliteracy（公文、文件）
3. Quantitativeliteracy（計算）

調查評估的能力分五級，第一級是最低的，約相當於美國小學一至三年級的閱讀能力，調查發現21%-23%的成人的Literacy水準屬於第一級。但The National Governors Association（全美州長協會）在接下來的年會中通過的報告中認定成人必須俱備第三級以上的Literacy能力（約相當於高中畢業後到大學二至三年的程度）才能在美國正常的生活。

2003年NCES又委託做了National Assessment of Adult Literacy

---

[62] National Literacy Act 1991, An Act.摘自美國國會網頁：摘自https://www.congress.gov/bill/102nd-congress/house-bill/751/text.作者暫譯。

[63] National Literacy Act 1991, Section 3 Definition.作者暫譯。

（NAAL），這次改爲分成四個等級：below basic, basic, intermediate, and proficient，但經過換算後，調查結果發現整體的表現，特別是低程度的比例與1992年的調查結果沒有顯著的差異。

1992年的調查發現第一級程度的成年人沒法完成下列四個評量題目：

1. 沒法在一份員工福利表中找到自己適用哪一條；
2. 沒法在社會福利卡的申請書上塡寫本人的身份背景資料；
3. 沒法在一篇體育新聞中找到二個重要的資料；
4. 沒法計算一次採購的總金額。

第一和第二題都是針對Document literacy，第三題則是針對Prose literacy。

2010年起，美國改採取「教科文組織」在全球推行的The Program for the International Assessment of Adult Competencies（國際成人[64]能力評量，PIAAC）[65]，配合PIAAC的進程在2014年和2017年又做了2次調查。

美國從1992年開始做的The National Adult Literacy Survey，和2010起做的PIAAC，可以說是迂迴繞過前文提及的，地方反對聯邦政府執行全國性的能力測驗，藉著這類測驗的成績以提供各州政府思考對策。

三、Literacy近年的發展

聯合國在2001年通過了United Nations Literacy Decade（聯合國Literacy的十年行動）[66]，從2003-2012年；2005年「聯合國教科文組織」針對Literacy發表了二個重要的聲明，一個是本文開始時提到的Literacy for Life（UNESCO, 2005），該報告指出了Literacy所涵蓋的較廣義和狹義的認知，也指出Literacy「這個字較廣泛的意思『熟稔或是學究某個領域』一直都存在的」（頁148）。

---

64 「成人」指16-65歲。

65 「聯合國經濟合作發展組織」網頁：http://www.oecd.org/skills/piaac/aboutpiaac.htm

66 作者暫譯。

在2005年的另一個關於評估Literacy的專家會議的報告（UNESCO, 2005），爲了能夠具體地衡量Literacy的成效，將Literacy定義爲：

> 能夠使用各種情境下的文書資料以辨認、理解、解讀、創造、溝通和計算。Literacy涉及持續地學習以使個人能達成個人的目標、發展他們的知識和潛能以及充分參與社區和社會。（頁40）

「聯合國教科文組織」的Education for All Global Monitoring Report of 2006（2006全民教育全球觀察報告，UNESCO, 2005），闡明爲何如此看重Literacy：

> 「聯合國教科文組織」聚焦於Literacy的部分動力，來自它要回應國際化，還有國際化所帶來的「轉向以知識為基礎的社會」。（頁187）[67]

該報告也解釋了Literacy這個概念的複雜之處：

> 為了Literacy的意思和定義，還有Literacy如何和廣義的教育和知識產生關連，來自心理學、經濟學、語言學、社會學、人類學、哲學和歷史學等廣泛領域的學界人士，都參與了有時非常激烈的辯論。（頁148）[68]

2010年，「聯合國教科文組織」發表了Belém Framework for

---

[67] 作者暫譯。原文是：Part of the impetus for UNESCO's focus on literacy is a broader effort to respond to globalization and "the shift towards knowledge-based societies" that it has produced.。

[68] 作者暫譯。原文是：Academics from such wide-ranging disciplines as psychology, economics, linguistics, sociology, anthropology, philosophy and history have engaged in an ongoing and, at times, highly contested debate over the meaning and definition of the term 'literacy' and how it is related to the broader notions of education and knowledge.

Action（Belém[69]行動綱領），這份綱領對Literacy的看法是：

> 我們重申，Literacy是所有年輕人和成人用以建構一個全面的、包容的和完整的終生及全方位的學習的基礎（頁5）[70]

2015在南韓仁川召開World Education Forum 2015（2015世界教育論壇），大會發表了：Education 2030-Incheon Declaration and Framework for Action（2030教育願景——仁川宣言及行動綱領）。這個綱領（UNESCO, 2016）宣示要達成的目標是：Transforming Our World：the 2030 Agenda for Sustainable Development.（轉變我們的世界：爲2030永續發展的待辦事項）[71]。這個綱領對Literacy的看法是：

> Literacy是受教權的一部分，也是一個公益事情。它是基本教育的核心，也是獨立學習所不可或缺的基礎。（頁46）[72]

這份文件明顯地將Literacy和「永續發展」及「獨立學習」聯結，它進一步說明Literacy：

> 為達此目標所採取的原則、策略和行動都是基於當前我

---

[69] 2009在巴西Belém開的The International Conference on Adult Education VI (第六屆國際成人教育研討會)。

[70] 作者暫譯。原文是：We affirm that literacy is the most significant foundation upon which to build comprehensive, inclusive and integrated lifelong and life-wide learning for all young people and adults.

[71] 作者暫譯。原文是：Transforming Our World: The 2030 Agenda for Sustainable Development.

[72] 原文是：Literacy is part of the right of education and a public good. It is at the core of basic education and an indispensable foundation for independent learning.

> 們瞭解，Literacy不僅是簡單的「文盲」對比「非文盲」的二分法，而是一個連串的熟練程度的展現，而每一個特定的情境都決定了所需要的程度，以及如何運用閱讀和寫作的能力。（頁47）[73]

除了宣示目標外，這個綱領也承襲了實證的精神，要求：

> 發展一個評估Literacy的架構和工具，以依據學習成效來考核熟練的程度。這就需要為一系列的情境定義熟練，這包括工作及日常生活所需的技能。（頁48）
> 建立一套制度來收集、分析與分享和Literacy程度及Literacy和計算能力的需要有關的相關且即時的資料。（頁48）[74]

以上的簡報清楚地呈現出，「聯合國教科文組織」對於過去七十年來在全球推動Literacy的執著。也可以看出來，這個組織對於Literacy的工作重點已經從開始的以掃除文盲爲主，逐漸演變成推動永續發展。這個演變自然也反映在這個組織對於Literacy的概念上，現在對Literacy的概念已經無法用七十年前「文盲」對比「非文盲」的簡單對比去理解，或是能勝任「職場和生活的技能」，而是已經進化到了「一個連串的熟練程度的展現」。

所謂的「一個連串的熟練程度的展現」，英文原文是：a continuum of proficiency levels。acontinuum依據韋氏字典的解釋是：a coherent whole characterized as a collection, sequence, or progression of values or elements varying by minute degrees[75]（一個連貫的

---

[73] 作者暫譯。原文是：The principles, strategies and actions for this target are underpinned by a contemporary understanding of literacy not as a simple dichotomy of 'literate' versus 'illiterate', but as a continuum of proficiency levels. The required levels, and how people apply reading and writing skills, depend on specific contexts.

[74] 作者暫譯。

[75] 摘自韋氏網路字典：https://www.merriam-webster.com/dictionary/continuum。

整體，其特質是由只有微小的程度差異的價值或是元素所組成的一個集合體、序列或是前進的動能）[76]。也就是說，Literacy不是一個靜態的能力表現，而是一個「既複雜且動態的」（UNESCO, 2005, p.147），依據情境的需要而演變。

陸、給我們的啓示

Literacy從一個字演變成了一個概念，從讀書和寫字演化成了一組能力：語文、計算、圖形識別等，現在又有提議要加入資訊能力，已經不限於語文領域了。

而單就語文能力看，所謂的閱讀和寫作的能力，從傳統的、籠統的「能力」演進成能符應職場、生活及參與社會所需的能力。而且，歐洲強國從十八、十九世紀就開始的資格認證測驗也進化成了今天「聯合國教科文組織」在全球推廣的「國際成人能力評量」（PIAAC），這些都指出了，語文能力的驗證方式要針對「職場、生活及參與社會」的各種情境，而且，所謂的「語文能力」是「一連串的熟練程度的展現」。

反觀我們傳統的「國語文教學」，長期以來一直遵循「不言可喻」的傳統，雖然科舉考試於1905年廢除，然而，有關「國語文教學」從課程設計到教材與教法等的研究，至今仍未建立如英美等國自成一個結合文學、語言學、心理學、哲學與教育學的專業領域，更別論將「國語文教學」和「職場、生活及參與社會」的各種情境結合，也沒有將語文教育向上連接終生教育。

僅以近二年陸續有部分大學科系[77]在甄選新生時不採計「國文」成績，就可以感到和國際的趨勢相逆而行的荒謬。臺灣在很多地方努力趕上國際潮流，唯獨在語文教育上，我們卻能振振有詞地獨樹一幟。

---

76 作者暫譯。

77 依據大學招聯會資料，108學年共有19個系不採計國文科學測成績，包括臺大4個系，另有成大、政大、清華、北醫等。

一、名實相符的作法

在美國和英國的大學，「閱讀」和「寫作」是重要的課程，在英文系和教育學院都有開設，也都有專門的師資。英文系偏重創意，教育學院重在如何教學；「閱讀」和「寫作」教學都是專門的領域。另外，美國每一個中、小學都會有一種專業的教師：「閱讀專家」（Reading Specialist）；職責就是輔導閱讀能力落後的學生學習如何有效地閱讀。

很多大學或學院也都有這類的人員和組織，專門輔導學生學習如何有效地閱讀和寫作，有的叫Reading Lab[78]、或是Academic Support Reading Lab[79]等等。這些都是非學分的課程，有的免費。

連世界頂尖的哈佛大學都提供至少3個非學分的管道輔導學生精通閱讀：

1. Harvard College Writing Center[80]（哈佛學院寫作中心），以教導寫作爲主，閱讀爲附帶的教學；
2. 在春季和暑期開短期課程：Harvard Coursein Reading and Study Strategies[81]（哈佛閱讀和研讀策略課），另有網路課程：Strategic Readers（有策略的讀者）；
3. 在圖書館提供的「研究指引」服務中輔導Reading Strategies[82]（閱讀策略）。

能入學哈佛已經是佼佼者，能讓這些出類拔萃的學生就讀哈佛後感覺到有需要去尋求輔導如何有效地閱讀和寫作，不難想像，在高等學府對於閱讀和寫作能力的要求是另一個層次。

---

78 摘自https://www.grinnell.edu/academics/arc/reading-lab

79 摘自http://www.ecsu.edu/academics/department/general-studies/reading-lab.html

80 摘自https://writingcenter.fas.harvard.edu/

81 摘自https://bsc.harvard.edu/readingcourse，這是由Harvard College Bureau of Study Council (哈佛學習顧問局，作者暫譯)負責。

82 摘自https://guides.library.harvard.edu/sixreadinghabits

柒、結論

綜上所述，Literacy是一個國家基本教育的核心，「語文教育」或是「國語文教學」是Literacy教育的中心，但不是全部。這是全世界的共識，然而，我們以國際化和多元化的名義，努力增加英語課程的份量，卻繼續忽略自己的語文教育以及語文教育和Literacy的聯結，很難讓人認同這是「國際化」的潮流。

本文前面描述，美國在十九世紀末及二十世紀初時的語文教育經歷了一段辛苦的改革過程，簡單概括爲三個重點成就：

1. 確立英文爲大學的主要語文，爭取將大學入學考試和「修辭學」的傳統脫鉤，使英文課在高中脫離次等的地位。
2. 課程設計的哲學從尊崇學術導向，逐漸轉化爲以學生個人的生涯與身心發展爲核心，因此而導致教材與教法的更新。
3. 教材從僅限古籍經典藉著重新定義「文學作品」而擴大爲學生個人能夠產生共鳴的當代與現代作品。

這一段改革的過程中，參與者有原本在大學教授古典文學、心理學或是哲學的教授、從高中到小學的教師，還有社會各界有識之士。

臺灣最近幾年的高中國文課綱更新，每每陷入文言與白話的比例之爭，以本文的立場觀之，這是偏失焦距的爭執，誠摯期望關心「國語文教學」之士能夠參照「聯合國教科文組織」對Literacy教育之期許和觀點，換個角度來審視我們的語文教育。

華語文言文教學的翻轉
以〈五柳先生傳〉爲例

江惜美
銘傳大學華語文教學系教授

摘要

在華語教學系中，有一門「歷代文選」，除了認識歷代文章體例之外，最重要的是讓學生學會如何教華裔青少年學習文言文，因此筆者申請校內課程重構，進行翻轉教學的嘗試。為了活化文言教材，使學生除了了解文言字詞、語法、課文結構之外，我們有必要加入現代語言的情境，教學生可以活用。文化的思維也是學習重點之一，因此，本文將以〈五柳先生傳〉為例，說明如何將古代的思維傳承給現代學子，讓學生的人生觀朝正確的方向發展。本文除解析〈五柳先生傳〉之體例外，更進一步拆解其架構，分析其內涵以及教學方法，俾使華教系學生除了解文意之外，還知道如何教學，尤其是針對華裔青少年。華裔青少年的程度參差不一，程度高者如新加坡、馬來西亞僑生，對文言文的理解並不低，未來華教系學生若面對這群青少年，必須具備能教學的能力。本文擬以翻轉教學的方式，讓學生分組解析字詞、上臺試教，共同討論，改進教學方式，以便提升華教系學生教文言文的基本能力。〈五柳先生傳〉可說是陶淵明的自傳，藉由本文，也可以教導學生撰寫自傳，以作為撰寫自我介紹的基礎。本文預期可提供所有大專院校華語教學系學生的文言文教學示例，並供華教系教師教學「歷代文選」時做為參考。

關鍵字：五柳先生傳、文言文教學、翻轉教室

壹、前言

近幾年來，國內語文教育有許多不同的主張。傳統中文教育的學者及專家、教師們，認爲文言文不可廢，因爲文言文代表中華文

化，是我們最寶貴的文化資產，主張臺灣在國際社會要做「中華文化的領航者」[1]。另一方面，12年國教高中國文課綱主張調降文言文比率，認爲很多老師一直在教「虛字」的用法，國學常識也考很多，「背這些之乎者也，到底有什麼用？」[2]這兩派的立場，到底孰是孰非？

科技數位時代，很多知識的確是一查就有，但如何解讀也就見仁見智了。文言文是精練的語言，許多東南亞國家的華僑子弟，在學了語體文之後，覺得某些文言文看不懂，也苦於無人教導，所以來臺學習[3]。本校在規劃華語文教學課程時，也注意到華語教學不可缺少文言文教學，因此有「歷代文選」、「詩歌選讀」等課程。就華語教學的對象而言，外籍人士有的已經學會語體文了，但對於熟語、成語、《論語》、《孟子》等，仍舊陌生，更不要說陶淵明的〈桃花源記〉和〈五柳先生傳〉這些簡易文言了。當外籍人士嚮往我們語言的多元性和豐富性時，我們怎能自外於現實，而不多加學習呢？

文言文在我們的語言學習上，至少有以下的幾項功能：一、提供語料，多學字詞、多識字，可以豐富語文的內涵，提供不同的趣味，尤其中文同音字，可提供更大的想像空間。二、增添語文的活潑性，「誰對誰錯」可替換爲「孰是孰非」，還可延展爲「孰優孰劣」，在寫作時，有時爲了避免重複字詞，使語言精練，可以採多樣化的替代，使文義粲然，增加可讀性。三、提供思考的深度和廣度，藉由文言文了解古人的思維，擷取思想的精華，做爲立身處世的參考。綜言之，文言文是理解古人的敲門磚，不理解古人如何立身處世，也就無法「見賢思齊，見不賢而內自省」，這樣的人在現實生活裡，想法狹隘，思慮也難以周全，會造成社會的紛爭日熾，動盪不安。

文言文裡傳達的是忠孝節義、爲人處世的方針，還有作者個人鮮

---

1 參見TVBS官網，搜尋日期：2018年3月17日，網址：https://news.tvbs.com.tw/fun/762375

2 參見臺灣日日新生報，搜尋日期：2018年3月17日，網址：https://udn.com/news/story/7266/2680022

3 好比新加坡、馬來西亞華裔青年，每年回臺灣參加華語研習班，以接受文言文的教學。

明的色彩和經歷，最重要的，是提供我們寫作的指引。古人一生鑽研寫作，各種文體具備，各式範文俱全，用語精煉減省，若能從中借鏡，必能將文章寫好。就以陶淵明的〈五柳先生傳〉爲例，可提供寫自傳時之參考，對現代人求職具有重大的意義。我們想遴選的人才，應是具有文化素養的、懂得人情義理的人，學習文言文對現代生活可說有百利無一害。

貳、〈五柳先生傳〉文言文的結構

文言文的結構可拆解爲用字、詞彙、句法、段落，了解它與語體文的不同，就可以精確的翻譯，掌握其思想的精髓。本文以陶淵明〈五柳先生傳〉爲例，說明其結構。

> 先生不知何許人也，亦不詳其姓字。宅邊有五柳樹，因以為號焉。閑靜少言，不慕榮利。好讀書，不求甚解，每有意會，便欣然忘食。性嗜酒，家貧，不能常得。親舊知其如此，或置酒而招之。造飲輒盡，期在必醉，既醉而退，曾不吝情去留。環堵蕭然，不蔽風日；短褐穿結，簞瓢屢空。——晏如也。常著文章自娛，頗視己志。忘懷得失，以此自終。
> 贊曰：黔婁之妻有言：「不戚戚於貧賤，不汲汲於富貴。」極其言，茲若人儔乎？酣觴賦詩，以樂其志。無懷氏之民歟！葛天氏之民歟！[4]

文言文的特定用字，在本文有「也」、「焉」、「之」、「其」、「曾」、「以」、「曰」、「茲」、「乎」、「歟」，這些字學會之後，用途甚廣。即以「之」爲例，可以用在代詞，可代人、代事、代物，在本文有「或置酒而招之」，其中的「之」代表「陶淵明」，又如：〈兒時記趣〉的「昂首觀之」，「之」借代爲

4 收錄於蕭統〈陶淵明傳〉、晉書本傳、宋書本傳亦收錄。

「蚊子」，「項爲之強」，「之」借代爲「看蚊子這件事」；可以用在介詞，如「物外之趣」，「之」做「的」的意思；還可做爲助詞，如「久之」的「之」[5]。因爲文言文的虛字可以「以一代多」，所以它是精練的語言。

多學文言文，可以拓展字彙，在形容事物時，充分地展現才學。好比：茲是「現在」的意思，因此我們在推薦某人、某事、某物時，我們會把它當作發語詞，而有「茲推薦（某人）」、「茲有（某事）」、「茲發現（某物）」，如果不會使用這個字，就要一直用「現在」這個詞，豈不累贅？因此一般文書、證明文件，仍沿用這個字的用法，至今不墜。

文言文不同於白話文的特殊詞彙，在本文有「何許」、「以爲」、「知其如此」、「造飲」、「去留」、「蕭然」、「晏如」、「自終」、「戚戚」、「汲汲」、「若人」等，而四字詞語皆可單獨應用，「不慕榮利」、「不求甚解」、「環堵蕭然」、「簞瓢屢空」、「忘懷得失」、「酣觴賦詩」等甚至廣爲人知，爲成語的來源。還有黔婁之妻所言的「不戚戚於貧賤，不汲汲於富貴」，除了是熟語，其意涵也可以做爲立身處世的圭臬，對現代人也提供了可貴的價值觀。透過了解這些詞彙，我們無論是在口語言談或是文章寫作上，有更豐富的詞彙，也精練了語文，傳達美好的人生價值，正應該感謝前人的智慧結晶，提供我們口說和寫作的素材。

中華民族是個「現實」的民族，因此重視道德精神，而道德乃是一種人類之躬行實踐，經歷長時期經驗，獲得多數人之共同認證而成立。[6]「不戚戚於貧賤，不汲汲於富貴」，即是一種平淡的生活態度，唯有腳踏實地、細水長流的躬行實踐，才能體悟幸福快樂的眞諦。貧富有可能是一時的，其中還有許多機遇的問題，文言文中除體現作者的體會，同時提供一種生活的選擇，讓大家都能安身立命，

---

5 參考李清筠〈文言文教學方法及技巧——從兒時記趣出發〉，搜尋日期：2018年3月17日，網址：http://ch.ntnu.edu.tw/files/archive/410_959b429c.pdf

6 見於錢穆〈中國文化與科學〉，這裡所指的「現實」是指精神層面上，中國一向重視現實與應用，錢氏認為此點亦即是中國文化的精神。

不被困窘的環境所苦，也不爲追求富貴苦心勞神，爲名轠利鎖所綑綁。因此，從本文的用語中可以了解，詞彙本身就代表了更深一層的意涵，在其中有對人生的褒貶。

仔細品評本文的句法，會了解陶淵明在行文時，用字精審、思路清晰，短短的173字，道出了五柳先生命名由來、個性、愛好、生活態度、思想理念，充滿了詩人鮮明的個人色彩，也讓我們認識「隱逸詩人」與一般人最大的不同。從「不知……亦不詳」、「有……因以爲」、「好……每有……便」、「性……不能……或」、「常……以此」、「極其言」等句法的轉折，可以看出文章的波瀾起伏，它們串連起陶淵明的思維，也凸顯了他所嚮往的人物——無懷氏、葛天氏，願意做他們的子民。了解文言文的句法轉折，就了解古人表情達意的方法，對於現代人要如何清楚的表達意念，具有啓迪之功。

這篇文章可分三段，第一段說明五柳先生命名的由來，第二段說明五柳先生的個性、愛好以及平日生活情形，第三段說明詩人陶淵明嚮往的生活，間接也說明了自己的生活態度、人生觀。文章結構圖示意如下：

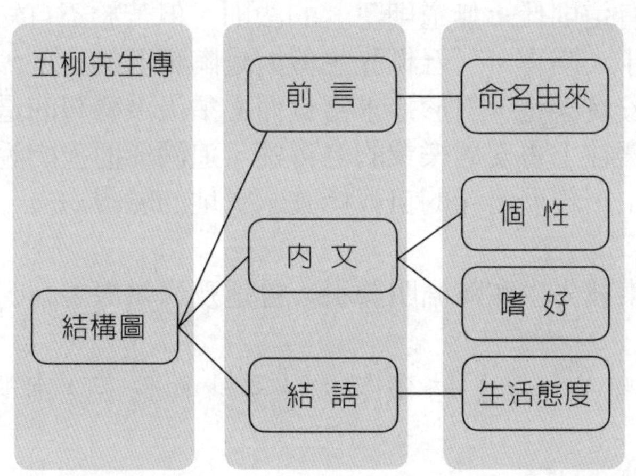

資料來源：作者自製

段落結構由形式面構築了思想的面向，符合由淺入深、由易而難的理解層次。段與段之間，銜接得十分的緊湊，可以使我們在閱讀時，引人入勝，有想看下去的意願，這就是文學作品的魅力。現代社會裡，有許多人言不及義，說話也不說重點，左閃右躲，就是說不出重點，表達時也漏洞百出，前言不顧後語，更甚者，思慮不周密，讓人摸不著頭緒，這些都是不學之過，如果能潛心研究古人如何表情達意、思慮如何周全完密，應能有所改善。

文言文架構不難懂，難在看懂文言字詞、句式，觸類旁通。將文言文的字、詞、句拆解後再組合，會發現就像拼積木一樣，有法可循。重點在於教師如何教文言文，可以引發學生學習的興趣。本文即採翻轉教學的方式，引導學生了解字詞、句法，討論文章中指引的生活態度，再化爲實際的自傳習寫，期許銜接文言文與語體文，汲取古人的思想精華，化爲現代人合理的生活態度。

參、〈五柳先生傳〉的文化思維

陶淵明自述的創作背景，是劉裕將篡晉稱帝，因爲他不齒劉裕的作爲，因而有〈五柳先生傳〉之作，藉以明志。子曰：「篤信好學，守死善道。危邦不入，亂邦不居。天下有道則見，無道則隱。邦有道，貧且賤焉，恥也；邦無道，富且貴焉，恥也。」[7]古代士子一向遵循「邦有道則仕，無道則隱」的法則，但苦於不自知，因此恃才傲物，常遭小人陷害。〈五柳先生傳〉是陶淵明的自剖，他明白自己性非矯利，安貧樂道，對於追求富貴而必須汲汲營營的這件事，他引以爲戒，且嚮往上古安居樂業的老百姓。追溯形而上的說法，華人常在現實生活中，經歷潛深的自我修養，實地的驗證功夫、透過體悟而證得心性[8]。

蘇轍〈東坡先生和陶淵明詩引〉曾述及蘇軾深羨淵明，且曰：

> 淵明臨終〈疏〉告儼等：「吾少而窮苦，每以家弊，東

7 參見《論語・泰伯》，意指君子應好學、堅持善道，並隨機應變。天下有正道，君子卻不為所用，以致貧賤，則是恥辱；天下不行正道，自己卻富貴滿堂，這也是恥辱。必須靜待為國所用的一天，懂得用捨行藏，才是智慧的君子。

8 同註6。

> 西游走，性剛才拙，與物多忤。自量為己，必貽俗患，俯仰辭世，使汝等幼而飢寒。」淵明此語，蓋實錄也。吾真有此病，而不早自知，平生出仕以犯世患，此所以深愧淵明，欲以晚節師範其萬一也[9]。

一個人貴在有自知之明，明白自己的性情、喜好、能力和理想，而後選擇自己的生活方式，終生不悔。蘇軾在晚年幡然悔悟者，即在於自己個性剛直，容易得罪他人，卻選擇了仕宦之路，以至於被群小圍攻，黨爭不已。當他和陶淵明詩時，對於陶淵明能有自知之明，選擇辭官歸隱一事，深深的覺得自己不如陶，竟不知趨吉避凶，以至於晚年困窘。這是蘇軾經歷潛深的自我修養，實地的驗證功夫、透過體悟而證得自己的心性，也是我們對古人理解後的自我反思。

兩位大詩人的選擇不同，命運也大不相同。陶淵明所代表的，是重視精神的自由，將自己投身在大自然裡，一切的行爲追求「天人合一」，因此「酣觴賦詩，以樂其志。」期許自己過著無懷氏與葛天氏時代的純樸生活。而蘇軾選擇實事求是，在躬行實踐中體悟有得，理想乃建立在人生的實踐上，所以，當順境時，他展現才華，享受人生；逆境一來，他超然物外，以自解脫。這兩種截然不同的人生觀，也成爲華人思維的底蘊，一是消極以避世，一是積極以應世。

〈五柳先生傳〉即是消極以避世的寫照，他代表陶淵明對人生的看法，對傳統文化思維的一種反思。從不知名姓、不慕榮利、不求甚解、不能常得、曾不吝其去留、不蔽風日，到不戚戚於貧賤、不汲汲於富貴，這些否定詞代表的是人生不如意事十之八九，重要的是保有心境的任情自然，則無往而不自得，進而人們要從逆向來思考，若是培養凡事「隨順自然」、「安貧樂道」，就算是貧苦度日，也能自在逍遙。

人生之苦，在於對物質生活的重視，嚮往錦衣玉食、山珍海味，一旦必須粗茶淡飯、節衣縮食，自然無法釋懷；然而有一種快樂，建

---

9 參見王文誥《蘇文忠公詩編註集成》（三）總案卷41（臺北：學生書局1979年8月），頁1388。

立在精神的無罣無礙、逍遙物外，讀書作詩、安貧樂道，上與古人交心，中與自然相應，下與內心對話，「精騖八極，心游萬仞」，那是何等的暢快啊！繁華的滋味，容易感受，但孤獨的享受，很少人可以體會，陶淵明提供了一種文化的思維，那就是簡單的生活著。

教師在指導學生學〈五柳先生傳〉時，不獨是了解文言文字詞、句段的形式，更重要的是文學的手法與精神意涵的充實，也就是身爲華人的文化思維。我們從這篇文章學習的，有文學的趣味和勾勒人物的手法，還可引導學生如何思辨、如何判斷、如何選擇，這些都是人們立身處世很重要的能力。

這篇文章充滿文學的趣味，因不知名所以以五柳爲號，既鮮明又充滿趣味。現代的許多歌手在命名時，即是不以本名，而以此意象命名。好比五月天、浩角翔起，或以其熱情似五月天爲名，或以兩人名字中之一字鑲嵌，其中的聯想與意象的聯結，都有文言文的啓發，蘊含的更是華人的文化思維。陶淵明愛菊、林和靖愛梅、周敦頤愛蓮、東坡愛竹，這些意象深入人心，而他們都是文章、學問俱佳的君子，值得我們效法。

〈五柳先生傳〉勾勒了一個閑靜少言、好讀書、性嗜酒、安貧樂道、著書自娛的文人形象，純粹從內涵面描寫一個人，而不重視外貌的描寫，這也是高明的敘述手法。孔子勸我們不以貌取人，而有「以容取人乎？失之子羽。以言取人乎？失之宰予」[10]之說。重要的是陶淵明自述其出處進退，要如何達到適當呢？當親友置酒而招之的時候，他「造飲輒盡，期在必醉，既醉而退，曾不吝情去留」，知道即時起身，能不製造親友的困擾，這才是爲人應有的態度。他的才華展現在爲文賦詩，這一點與眾不同，是不能等同於俗士的。

全文在自述其性情、個性與愛好後，提出了他的處世哲學。陶淵明著眼在「不戚戚於貧賤，不汲汲於富貴」，願意像無懷氏、葛天氏上古之民，過著純樸的生活，指出了「物質生活」應該越簡單越

---

10 參見《韓非子・顯學》。原文為：「澹臺子羽，君子之容也，仲尼幾而取之，與處久而行不稱其貌。宰予之辭，雅而文也，仲尼幾而取之，與處而智不充其辯。故孔子曰：『以容取人乎？失之子羽。以言取人乎？失之宰予』」。

好，然而從文中卻看出了他精神生活的富足，以及他對自己的了解是十分深入的。處在亂世的陶淵明，以消極避世的態度避禍遠害，是不得已的作法，但他做了聰明的抉擇，過著自己想要的生活，爲後人提供了「安貧樂道」的生活方式。

肆、〈五柳先生傳〉的翻轉教學

讀書的益處眾人皆知，但爲何要讀文言文，一部分人可能不知。宋太宗每天讀《太平御覽》等書，說出了「開卷有益」四個字，道盡了多看書的好處[11]。黃庭堅更進一步說：「士大夫三日不讀書，則義理不交於胸中，照鏡覺面目可憎，向人亦語言無味。」[12]讀文言文可以尚友古人，薰陶於書卷之間，可以改變氣質、提升境界、開闊胸襟，臉上自然多一分書卷氣[13]。當然，讀書的好處不僅止於文言文，讀白話體也一樣可以達到，然而載體不一樣，氛圍自然不同。何況若可以不經過翻譯，就直接獲得訊息，那是最好不過的。

以〈五柳先生傳〉而言，不到兩百字的內容，表達的是等同一個人的自傳。他質樸的話語，不矯飾的個性，任情天眞的想法，以及嚮往桃花源，在在都顯示在所處時代的處事態度，簡直就是文人處於亂世的縮影。其間所用的字詞，成爲後世成語的出處，語法也具有特色，更何況文學的筆觸之外，文化的思維更是深刻。若將他透過白話翻譯，不但費詞，且讀不出這篇文章的韻味，思慮也有所阻隔。試將本文翻譯成語體：

> 先生不知道是哪裡人，也不清楚他的姓名。因為屋子旁邊種了五棵柳樹，所以就用五柳先生做為他的稱號了。

---

11 參見（宋）王辟之《澠水燕談錄》卷六，見「中國哲學書店子化計畫」，取自於：https://ctext.org/wiki.pl?if=gb&chapter=270156。

12 參見張志烈、馬德富、周裕鍇主編：《蘇軾全集校注》，〈記黃魯直語〉，（石家莊：河北人民出版社，2010年6月）。

13 參見〈讀書與不讀書，過的是不一樣的人生〉，搜尋日期：2018年3月31日，網址：http://www.how01.com/post_MeA4o3qprJp23.html

> 先生的個性閑靜，很少説話，不羨慕世俗的榮華利祿。他喜歡讀書，但不會拘泥於對字句的了解，每當讀書有所體悟，就高興得忘了用餐。他喜歡喝酒，家裡貧窮，不能常常買酒，親朋舊友知道了，有的就買酒招待他。他到了親友家，就盡情地喝酒，期望喝酒一定要到醉為止，喝醉了就回家，不會捨不得離開。環顧他的家裡，擺設簡單，也不能遮蔽風雨；他穿的衣服破了就打結，鍋碗瓢盆常常是空的，但是他仍然安然自得。他常常寫文章自我娛樂，很能表現自己的心志。他忘懷一切的得失，打算就這樣終其一生。
> 贊語説：黔婁的妻子説過：「不要憂慮貧賤的生活，不要費心追求富貴。」仔細思索這句話，不就是五柳先生的為人嗎？飲酒寫詩，滿足自己的心願，這就是無懷氏的子民啊！這就是葛天氏的子民啊！

原文譯成語體以後，字數多了一倍，而且只是盡量做字面的解釋，無法達到趨近原作者的意旨，加上每個人對文章的體會不同，翻譯的字詞、句法，有會有些許的出入[14]，若能直接閱讀文言文，是比較理想的方式。

〈五柳先生傳〉提供的文言句法，經過替代，應用廣泛，且可測得一個人的人文素養。例如：「何許」的用法，代表「何處、地方」，用在「何許人」，除此之外還有「何時」的意思，例如「良辰在何許？凝露霑衣襟。」又有「爲何這樣」的意思，例如「歛眉語芳草，何許太無情」，更有「怎樣」的意思，例如「姑蘇臺下煙波處，西子近來何許？」隨著上下文的不同，語義也有出入。它可與「知」合稱「知何許」，可與「今」合稱「今何許」，可與「在」合稱「在何許」，可與「竟」合稱「竟何許」。

---

14 就以「不求甚解」四個字為例，有人解釋為「讀書著重理解義理，而不過度鑽研字句上的解釋。」有的譯成：「學習或工作的態度不認真，只求略懂皮毛而不深入理解。」兩者的意思天差地遠，翻譯必須留意，以免誤解。

古人讀文章、詠詩詞，大多透過聲朗的方式，體會古文詩詞中的語感，涵詠其中的韻味，將讀書視爲一種樂趣。透過文言虛字的轉折，揣摩古人的意境，可以尙友古人，遙想創作時詩人作家的心情，而發思古之幽情。試想：讀的古文不夠多，怎能觸類旁通，引發對古人的嚮往，進而創作美好的文學作品？當我們已熟知白話文體，若能進一步讀簡易文言，進而欣賞長篇的文言文，境界自然提升，體會自然深入，而語文能力也在不知不覺中，漸漸地培養起來了。

我們從華裔青少年回臺學華語文，且要求要學文言文，可以了解到「文言」的重要性。要多識字、多學詞，進而精簡字句、豐富文義，捨文言未由！要廣拓胸襟、增進視野、涵詠趣味、提升語文素養與能力，捨文言未由！要節省心力、了解文化、改變氣質，捨文言未由！既然文言文那麼重要，要如何進行教學，才能收其實效呢？採翻轉教室的方式來進行教學實驗，應是不錯的方式。

我如何進行〈五柳先生傳〉的翻轉教學？約略有幾個步驟，概述如下：

1. 讓學生預習課文內容：課前，讓學生預習〈五柳先生傳〉的內容，先看懂課文的注釋、翻譯，了解陶淵明的生平事蹟，作爲上課討論的基礎。學生上臺之前，筆者會要求他們先就課文內容分組討論，做ppt，製作ppt的過程，他們會把Moodle的補充資料看過，摘取重點來敘述。
2. 上臺進行課堂活動：設計分段大意，對照自傳的寫法，讓學生明白自傳的撰寫有哪些要點。學生除了上臺試教，筆者也要求設計課堂活動讓學生互動，筆者不斷提醒教學對象是外籍生，專有名詞必須解釋，而且要以淺近的口語來做爲課室語言，避免學生聽不懂的窘境。
3. 共同討論：筆者和學生討論如何寫自傳，第一段要寫姓名由來、家庭背景，古人有取字號的習慣，我們也可以試著爲自己取字號，方便熟識的人稱呼。第二段寫學習過程，並轉化成一位外籍生如何敘述自己的學習過程。第三段寫成長經歷，將成長中最難忘的事跡略作說明，讓別人留下深刻的印象。第四段寫對人生的看法，也就是人生觀。最後可補充自我期許，告訴別人未來努力的方向。經過師生共同討論，每一位學生都能明白自傳的寫法，也知道如何指導外籍生寫簡單的自傳。

4. 改進教學方式：師生共同討論的成果，做為來年改進教學的依據。實施以來，看到學生在解釋字詞、分段摘取大意、設計課堂活動方面，都有很大的進步。

從以上論述，我們知道「翻轉教育」的精神，就是讓學生從做中學，再與同儕的相互學習中，體會出如何設計生動活潑的課堂活動，達到有效的教與學。

伍、後記：華教系「歷代文選」翻轉教學

筆者有感於華語教師有時須面臨教外籍生要求學文言文，但華教系學生苦無方法，對教文言文充滿疑慮，因此在華教系開設「歷代文選」課程，想協助華教系的學生們知道教文言文的方法。以往在中文系開設此一課程，重點在了解歷代文章的體裁、寫法，懂得欣賞歷代的文學作品。華教系的歷代文選，重在解析文言文結構，引導學生了解文義，同時學會教文言文的技巧。

爲了達到解析文言結構以及教文言文的技巧，筆者以時下流行的教育改革——翻轉教室，設計「歷代文選」課程，讓同學八人一組，蒐集網路資源、自製ppt教材、上臺試教、同儕回饋，然後由教師示範教學、帶領學生設計語文學習活動，即時反饋，讓學生既學得文言文的正確解讀方式，且知道如何教外籍生透過語文活動，深化所學的內容。

按照時代的先後，學生分別上臺教了韓非子〈老馬識途〉、列禦寇〈愚公移山〉、世說新語選〈陳元方答客問〉、崔瑗〈座右銘〉、劉禹錫〈陋室銘〉、周敦頤〈愛蓮說〉、蘇軾〈記承天寺夜遊〉、岳飛〈良馬對〉、三國演義〈空城計〉、劉蓉〈習慣說〉，爲使學生也學會長篇文言文，因此在課堂最後筆者也解說〈學記〉的教學方法，以收統整之功。

每一篇文言文要傳達的意旨不同，可以設計的語文活動也不一。當學生教〈老馬識途〉時，筆者提示的是：借助經驗豐富的智者，可以解決問題，可以讓學生分組上臺表演。教〈愚公移山〉時，筆者提

示的是：有恆爲成功之本，可以讓學生分組討論「有恆」的成語，然後上臺報告。教〈陳元方答客問〉時，筆者提示陳元方對禮的看法，讓學生設計十個問題，以kahoot即時反饋的方式進行搶答遊戲。依據不同的內容，設計不同的語文遊戲，不僅可以提高學生學習的樂趣，同時，分組討論也可以腦力激盪、集思廣益。

對於文體的介紹，除了寓言故事、「對」、「問」的體裁，還有「銘」、「說」、「記」等，當學生教到〈良馬對〉時，筆者提示良馬代表好的人才，好的人才有什麼特徵？我們如何成爲好的人才呢？「對」與「問」性質相似，然而對象不同，面對不同的對象，就必須採取適當的應對，〈陳元方答客問〉可以請學生分享機智的故事，作爲擴充思維的補充教材。〈良馬對〉則可以讓學生上臺寫出良馬與駑馬的不同，進而辨認好的人才應有什麼作爲。

至於「銘」這種體裁，可以用於警戒自己，也可以用來歌功頌德[15]。〈座右銘〉是「銘」的一種，這類作品，以崔瑗的座右銘爲最早，後代陸續有人仿作。當學生教到〈座右銘〉時，筆者提示這是一篇爲人處事應有之道。可以設計讓學生找出勉勵自己的一句話，並上臺與同儕分享。至於〈陋室銘〉主要是托物言志的銘文，面對朝廷的貶謫，劉禹錫獨居陋室，化滿腔悲憤爲抒情之作。這篇短文中有對偶、有排比，有敘述、描寫、抒情、議論，既簡練又清新，是不可多得的佳作。可讓學生分組寫出對偶句、排比句，並找出押韻之處，以體會哲理詩的韻律節奏。

「說」這種文體用來發表議論、辯證可否，以及表達想法。〈愛蓮說〉在說明自己喜愛蓮花，以及爲什麼會喜愛蓮花的原因，它也是一托物言志的佳作。既是托物，就要對所托之物觀察入微，曲盡描寫，能勾勒物的形神，還要能與人事結合。學生教〈愛蓮說〉時，筆者提示「梅蘭菊竹」號稱四君子，請擇一述說自己所好者何？請描述一下它與爲人處事有什麼相稱之處，做爲個別的平時成績。〈習慣說〉，除了了解它是先敘後議，同時要傳達對於習慣養成的看法。筆

15 參見〈讀古詩詞網〉，搜尋日期：2018年3月31日，網址：https://fanti.dugushici.com/ancient_proses/70528/prose_appreciations/7366

者提示「習慣」是如何養成的？那些是好的習慣？然後讓各組想想好的習慣有哪些，各自表述。

「記」的文體，一是蘇軾〈記承天寺夜遊〉，一是三國演義〈空城計〉。〈記承天寺夜遊〉敘述蘇軾夜訪張懷民，共賞明月的情形。文中清楚點明夜遊的時間、地點和緣由，又描繪了月光朗照、樹影搖曳的景致，並藉此反映出作者曠達的胸襟和平靜的心情，是一篇記敘兼抒懷的小品。當學生教到這篇小品文，筆者會提示如何以文章結構圖，解析它完整的架構，找出它記敘和抒懷的部分，化爲自己寫作的技巧。〈空城計〉則是章回小說的節錄，教到本文時，筆者會提示以表格整理的方式，讓學生將諸葛亮和司馬懿對立的心境、作法，做一對比，了解彼此的想法和做法。學生若提到三十六計，筆者也會提示有些常用的策略，可以製成小卡片，用來提點學生不要中計。

筆者在學期末，講授〈學記〉，主要是借鏡古代的教育方法，以化爲學生終身學習的動力。〈學記〉從離經辨志、敬業樂群、博習親師、論學取友，直到知類通達，強立而不反，告訴我們不同年齡層，所應關注的重點。同時，教師要讓學生一心向學，必要讓學生心存敬意，知所收斂，存心不語，學不躐等。除了給予正課，教師還必須教導生活的技藝，並出學習單、練習題等作業，讓學生專心向學。教師不能只懂得灌輸知識，而要因材施教，使各盡其材。教學技巧無它：依序教學、事先預防、及時學習、互相觀摩，懂得應用這四大原則，教學自然成功。學生有四種學習的缺失：有的貪多務得、有的囿於所見，有的見異思遷，有的淺嘗則止，教師要仔細觀察，針對學生的心理對症下藥，教學才有實效。整篇〈學記〉，重視教師對學生的啓發誘導，是每一位要當教師的人，必須熟讀的篇章。

一學期的「歷代文選」，筆者設計了十篇文言文教學，依時代的先後、不同的文體，讓學生準備授課內容、上臺試教、優點轟炸、同儕觀摩、分組討論，再提供語文活動的方式，讓學生具有教文言文的能力。每一次上課之前，筆者先上網搜尋資料，製成補充教材，放在Moodle供學生閱讀理解，上課時記下學生待改進之處，提出建議，課後要學生到學校的Moodle寫上課的心得和感想，列入平時考評。

期末得到學生正面的回饋，他們認爲老師上課態度認眞，學生有疑難問題，老師能詳予回答，且能鼓勵學生提出問題。學生獲得實用知識，認為作業適量，因此對本課程感到非常有興趣的占百分之41.46，有興趣的占百分之46.34[16]，總成績達94分，可說給予極高的肯定。

教學是師生互動的過程，由於「歷代文選」是華教系一學期的選修課，因此，只能在有限時間內，兼顧「歷代」及「文體」，同時提供學生上臺教學的體驗。至於期中考與期末考的設計，則是在期初先教〈五柳先生傳〉，說明一篇自傳的要素是：介紹姓名、家庭狀況，說明學、經歷及成長過程，敘述自己的個性、興趣與愛好，最後是說明自己的生活態度與理想，期中考前筆者請學生撰寫一篇800字自傳，上傳到Moodle讓教師批閱，做為期中考成績。期末則考一篇短文——〈張釋之執法〉的翻譯、分析文體結構、設計語文活動，以及翻譯三小段〈學記〉。總計評量的方式：有上臺報告、分組討論、同儕評量、寫課後心得、寫期中報告、紙筆測驗等，相較以往的考試，既多元且能因材施教，給予不同的考評。

陸、結語

學習文言文，不但可擴充中文字詞，豐富語文的內涵，也可以提供不同的趣味，拓展學生的想像空間。那些之乎也者哉，早已充斥在我們的生活中，如：海「之」歌、無乃不可「乎」、神來「也」麻將、來「者」是誰、大「哉」問等，我們從文言的應用中，感受幽微的趣味，同時也產生無限的想像。

多讀文言文，可增添語文的活潑性，許多形容詞有異曲同工之妙，為了避免重複字詞，使語言精練，我們可採多樣化的替代，使文義燦然，增加可讀性。好比形容一個人「一無所有」，可以說「家徒四壁」、「兩袖清風」、「阮囊羞澀」、「衣不蔽體」、「環堵蕭然」、「簞瓢屢空」，不但將抽象事物具體化，讓人印象深刻，且短短四個字，已足以形容，不必多費唇舌。

16 參考銘傳大學106學年度第1學期歷代文選教學反應問卷結果分析。

喜愛文言文的人，思考的深度和廣度與眾不同。藉由文言文了解古人的思維，擷取思想的精華，做爲立身處世的參考，日積月累的功夫，可以培養書卷氣。提筆寫書法，許多文言文如：〈洛神賦〉、〈蘭亭集序〉、〈定風波〉（莫聽穿林打葉聲）等，提供了對人生的想像和深思，這些美文，透過藝術的手法，既賞心悅目，且引人深思，我們若有幸多讀文言文，在人生路上遇到困境，定能超然面對。

陶淵明的〈五柳先生傳〉表現一種生活態度，即是淡泊名利、不與人爭的思維，他給汲汲於富貴的人們，提供了反思。我們若能不透過翻譯，直接閱讀原文，可以感受一種悠然的氛圍，那是他人格鮮明的展現。我們以這篇文章做爲自傳的解析，教學生如何寫自傳，即是化文言爲白話體的實務運用；何況這篇文章用字精審、結構嚴謹，現代人寫作時仍可做爲借鏡，換言之，無論在用字、造詞、語法、段落、篇章各方面，都提供最好的示範。

當我們採翻轉教室的概念，實際運用在華教系「歷代文選」這個課程裡，會發現學生接受度極高。原因是華教系學生面對要教外籍生學文言文時，必須具備文言文的知識和教學能力。讓學生實際上臺教文言文，從中指導如何設計語文活動，以提高外籍生的學習興趣，學生學得教學技能，也對解析文言文更有信心，足見學生可以接受文言文，還具備教文言文的潛能。

本文針對華教系「歷代文選」設計翻轉教室的課程，爲的是達到兩個目標：提升學生解析文言文的能力，以及教學生如何設計文言文的語文活動，增進外籍生學習的興趣。期望藉此呼籲教育當局，文言不可廢，文言篇章不可少，提倡學習文言文有百利而無一害，願教育當局在制定文言文篇章政策時，能保持中庸之道，不偏不倚！

義務教育和古文必修的合理性[1]

朱家安
沃草烙哲學主編

摘要

國文課程改革是當今臺灣教育改革的重要部分，近年來，國高中職國文課的目的和教學方式，都被重新檢視和修正。本文從國文課作為義務教育必修課程的角度出發，討論我們可以合理地使用國家和社會壓力逼迫未來的公民學習哪些內容。我將試圖說明：

1. 義務教育的合理性需要證成。
2. 「公民責任」可以證成義務教育的合理性，並且足以支持目前臺灣義務教育和高中職教育的大部分內容。
3. 然而「公民責任」並不足以支持古文必修教育。
4. 大部分支持古文必修教育的論點，若不是預設了沒有根據的經驗前提，就是預設了有爭議的價值前提。

關鍵字：義務教育、國文教育、古文

正文

任何關於教育的爭議，不論是文言文、多元性別、本土意識，還是建構式數學，在正反多方論戰之餘，總有人提出「得要回到教育的目的來看，才知道什麼內容恰當」。我同意這個主張，教育政策是爲了達到特定目的的工具，要知道教育應該怎麼做，必須知道辦教育的目的是什麼。

上述教育爭議，是出現在國小至高中。這個階段在過去分成兩個

---

1 在此感謝兩位匿名審查人的指正與修改建議。本文改寫自我於2014～2017年間在《readmoo閱讀最前線》、《udn鳴人堂》和《立報》發表的諸篇文章，感謝這些平臺讓我有機會發展這些論證。

部分：

1. 國民基本教育
2. 其他（中等教育、為了上大學準備的銜接教育）

隨著臺灣社會教育程度逐漸提昇，第二部分逐漸被第一部份吸納。六零年代，我們從六年國教進展到九年國教。而我們眼前的十二年國教雖然在法律上不強迫學生要念高中職，但是在社會壓力上人們確實被迫念：大家普遍相信如果不讀高中職，很難上大學，不上大學則找不到工作。因此，雖然目前高中職在法律上不是義務教育，但實質上相差不遠，一般人民並沒有不念高中職的自由。

義務教育是所有現代政府的現實。義務教育為政府帶來許多好處，例如讓人民變得好管理、增加競爭力、灌輸特定意識形態、避免短視的父母叫小孩去打工等等。這些「好處」當中有些可以受到大眾認同，有些未必。

壹、義務教育必須有好理由

義務教育本質上是限制青少年的自由，強迫他們去做特定的事情，而且持續很長一段時間，不管你主張哪種政治觀點，應該都會同意限制自由需要有好理由支持。

說到政府支持義務教育的動機，我們容易想到國家競爭力和意識形態這些「從政府出發」的理由。但如果是說到那些眞正足以說明義務教育合理性的好理由，大家最容易想到的應該是某些「從個人出發」的家父長主義（paternalist）說法，例如，「中文」帶來的識字和口語能力讓人能生活；「理化」帶來的基礎科學知識則讓人能在大學獲得將來吃飯的技能；理想上，「公民」和其他社會科目讓人了解社會規範，不至於在毫無準備的情況下被丟到社會叢林；綜合而言，如果一個人剛好在社會上屬於弱勢，各種學科帶來的能力提昇能讓他更有辦法保護自己、跟其他人競爭。

值得注意的是，同樣一部分教育內容，可能不僅僅只有一組理由可以支持。例如，不管我們「從政府出發」還是「從個人出發」，都可以支持有助於培養市場需要的能力的科目。

然而，這並不代表這些理由都同樣合理。從政府出發的動機，不見得符合個人的期待和利益，而歷史也證明，在那些容許使用教育灌輸價值觀的社會，國家往往難以受到誘惑，而跨過界用教育來鞏固政權。並且，允許「從政府出發」來設計教育，也會在政治實務上，讓教育成爲政治黨派的兵家必爭之地。[2]不過如果要「從個人出發」去設計教育，則預設了政府知道人民需要些什麼，並且考慮到資本主義下的人類處境，可能會有「把教育當成職業訓練」的爭議。[3]

我並不是在主張說，「從政府出發」和「從個人出發」我們都不可能有合理的理由來支持義務教育。然而以上顧慮至少顯示：這兩個方向都需要進一步說明，才有機會成爲好理由去支持義務教育。以下我將試圖說明，我們有另外一個方向可以支持現行義務教育大致上的規劃：公民責任。公民責任不是爲了政府，也不純粹爲個人，而是爲了社會整體成員。

一、公民責任及其蘊涵

臺灣是民主政體。民主的特色之一是公民有參政權。我們有權競選公職和代議士，也有投票權和言論自由。值得注意的是，這種參政權不但是法律上的權利，也是道德上的義務：我們有權利影響國家政策，所以我們有能力影響國家政策，這意味著，如果國家決定執行錯誤的政策，造成天理不容的結果，我們責無旁貸。

若獨裁政府倒行逆施，我們很難說人民有道德責任阻止，因爲賭上性命革命起義的門檻很高。實務上，比起被獨裁者宰制的人民，我們通常會認爲，周邊的其他民主國家更有責任做些什麼。然而，在民主國家事情就不同了。就算人民選擇不投身於政治，依然有投票權和言論自由，行使這些權利來監督政府，不需要人拋頭灑血，在這種情況下，若政府做錯事，很難說人民完全沒責任。

---

[2] 謝世民於2017年在《上報》發表〈解放學習　何不廢考國文〉一文，提出「大考不考國文」這個實驗性的想法，背後的動機之一，就是為了避免讓意識型態之爭持續發生在教育體制的層次上。

[3] Gary Gutting 2017〈What Work Is Really For〉https://opinionator.blogs.nytimes.com/2012/09/08/work-good-or-bad/

當然，通常民主社會並不採取直接民主，而是採取代議制：我們選出代議士，讓他們代表我們的意見，來降低溝通成本、分散認知負擔。代議制讓一般公民不需要對所有法案和行政瞭若指掌，身爲選民，我們在最低限度上依然要有辦法判斷，代議士是否做了有違我們想法的選擇。對於社會現況、政策、法案，我們不可能完全懂，但要做出恰當的政治決策，也不能完全不懂。

如果民主社會的公民有道德責任行使最低限度的參政權去監督政府，那麼，他們就有責任讓自己成爲有能力做到這件事情的人，例如：

1. 語言：人必須要有足夠語言能力，可以跟同一個民主政體的其他公民討論政治議題。
2. 社會：人必須對於這個民主政體的政策所及的範圍內的社會和族群有了解，才能辨認哪些政策會恰當。
3. 法律：人必須要了解政府體制和相關法律、立法規則，才能有效監督法案和政策及其執行。
4. 科學：人必須要有科學素養：懷疑精神、科學推理、資料蒐集與判讀的能力。來判斷那些關於科學和技術的議題。
5. 歷史：人必須要了解，自己現在享有的生活，是奠基於哪些人在政治上的付出和犧牲。也必須了解從社會上各種族群立場出發的歷史觀，這有助於偵測和分析現代既有的不公。同時，如此一來，人才能順利參與（不管是以哪一方的立場）現代民主社會普遍重視的轉型正義討論（以臺灣的例子來說，例如黨產、原住民受迫害、二二八議題）。
6. 文化：人必須了解社會上和自己不同背景、文化、性別、信仰和各種認同的其他人的生活樣貌和價值觀，才能有尊重多元、對歧視敏感的素養；能夠和不同立場的人交換意見，並且在那些關乎國內所有人（包含移民移工）的政策上，做出正確判斷。

上述分類，其實包含了現有高中職大部分的共同課程分類。而要爲它們作爲義務教育提供合理性，我們只需要依賴一個小而基本的前提：民主社會公民有道德責任監督政府。

二、公民責任會支持怎樣的義務教育？

為了不讓政府做出道德上錯誤的決定，人民有責任關心社會、監督政府，在必要的時候成為壓力的一部分逼迫政府改變。

這不容易，要完成上述任務，公民得要有能力和其他公民順暢溝通；了解這個社會；了解政府、法律和立法；有科學素養；還得要了解這個社會的其他人如何過生活、知道哪些轉型正義尚未完成，甚至還在爭議當中。義務教育應該協助人培養這些能力，但基於公平，應該盡量避免灌輸人們特定價值觀。對於那些在價值上有劇烈爭議的議題，或者在詮釋上有價值爭議的歷史，則應該盡量開放討論。

上述這些公民應有的素養所需的能力，跟現在高中職的基本課程分佈很像，但並不完全相同。例如說：

1. 基於公民責任去設計的數學課程，應該著重於判讀政策所需的（其實也就是日常決策所需的）數學知識和能力。可以預期，在基本的簡單運算之外，我們會重視機率和統計，減少三角函數、微積分等在教學意義上跟重要的數學原理比較無關，並且可被機器取代的運算技巧。
2. 史地會採取同心圓規劃，在時間和空間上由近而遠。除非有那種能連結到當代社會議題的理由，否則了解臺鐵系統，會比了解中國東三省鐵路重要非常多。這並不是因為我們要灌輸本土意識，讓學生認為自己不是中國人。而是因為，我們的參政權事實上無法控制中國政府，因此也不對中國政府的錯誤政策負有責任。中國歷史可能會退出義務教育，不過關於「現代中國」和「現代東亞」的課程可能會增加。
3. 以參與公共事務的能力為目標，涉及政體、法律、立法，公民課的時數可能會增加。
4. 可能需要增加「當代文化」課程，讓人了解臺灣各族群（那些會被你我的政治決定影響的人）的生活型態、歷史、傳統、價值觀。並且特別介紹目前各種轉型正義意義的各方說法供學生反思，例如：為什麼中文課是教普通話，而不是原住民語言？
5. 物理、化學、生物課程應該提供最泛用的科學常識和科學推論能力，讓人在遇到違反科學的說法時能產生疑慮，並有能力進一步找資料判斷。人無法全知，但至少要懂得懷疑。

6. 中文課的目標是培養當代溝通所需的能力，讓人在其它科目的輔助下，能有效理解、分析、批判其他人的說法，而不是文學創作或傳承中華文化。

三、公民責任作爲正當性來源的優點

義務教育的代價是人的自由，面對「爲什麼人應該犧牲自由接受義務教育？」這個問題，其中一種答案是：「爲了盡人身爲民主社會公民的道德責任」。有些人認爲這個答案只能支撐很貧乏的義務教育：讓人會說話、有基本常識。我不同意這種說法。以上我試圖說明，光是預設公民責任，我們就足以證成非常豐富的義務教育內容，幾乎跟現有的高中職共同科目一樣豐富。用公民責任來證成義務教育，有幾個好處：

1. 公民責任以很少的前提，推出很豐富的結論，並且可以支持目前高中職大部分的共同科目安排。
2. 公民責任不預設特定的價值觀（例如中華民族主義、臺灣民族主義），在現代社會可以更恰當回應來自多元議題的挑戰，並協助我們面對政府藉由義務教育洗腦、灌輸意識形態的疑慮。
3. 公民責任支持的教育內容非常豐富且泛用，可以跟其他可能的義務教育理由互相融貫，例如說：「當代溝通能力」也常是找工作、活出美好人生（不管你選哪一種美好人生）所必須；當你了解社會上的各種族群與文化，也會更了解自己繼承的文化傳統，或者能夠選擇自己喜歡的文化生活。
4. 藉由強調公民責任，我們可望培養出更關心社會並尊重他人的公民，這些人會讓你我有更好的餘生。

貳、我們有好理由強迫青少年學古文嗎？

綜上所述，從公民責任出發，我們有好理由強迫青少年學習當代所需的溝通能力、基本科學素養、在地史地、政治、法律和經濟。青少年之所以該學這些東西，是因爲他們身爲民主社會的公民，有政治責任使自己成爲一個有能力參與政治和監督政府的人。從公民責任出

發，我們可以發現，現行高中職教育的必修內容，大多確實是青少年有義務學的，即使教法需要調整。

然而，我們有好理由強迫青少年學習古文嗎？接下來，我會檢視近幾年的公共討論中常出現的一些支持古文必修的論點，並說明我的看法。

一、語文能力

有些人主張，學習古文可以增加人的語文能力，甚至可能是語文能力的核心。我同意學習古文可以增加人的語文能力，畢竟，如果你不學習古文的措辭、語法和典故，是看不懂古文的。然而，古文帶來的語文能力，若成爲義務教育的理由，其基礎大概不會來自公民責任。公民責任要求人成爲具備當代溝通能力的人，而一則教材被歸類爲古文或文言文，就意味著這則教材使用的措辭和語法，比起其他沒被如此歸類的教材，離現代人的溝通方式更遠一些。

確實，嚴格來說，現代人使用的白話文和文言文難以區分。我們完全可以想像文言文的措辭和語法出現在當代對話和訊息裡。不過這並不表示文言文教材和白話文教材在教育上無法區分，理論上，我們可以統計一篇文章裡的措辭和語法在三十年內被使用的頻率，來算出這篇文章能多大程度代表當代人實際使用的溝通工具。如果語文教育的目標是養成有能力跟當代人溝通的人，那麼在教學上，當代人最常使用的措辭和語法，當然比冷僻的措辭和語法更急迫和重要。

當然，這意思並不是說學習古文對於精熟中文毫無幫助。我相信古文蘊藏的豐富字彙和語言變遷的歷史，都能讓我們更了解自己使用的語言。不過要以語文能力來支持古文進入必修，我們不僅得證成古文教育能增強學生的語文能力，還得證成古文教育比它的替代方案好。

有些人認爲古文教育能帶來一些白話文教育缺乏的好效果，例如精準和簡要。這種宣稱是經驗宣稱，可以藉由社會科學研究得到答案。不過我懷疑這種宣稱符合事實。如果這個宣稱是對的，那我們應該可以觀察到，學校裡讀了較少古文的人（大學裡中文系師生之外的人、高中校園裡國文科之外的老師），在日常溝通上更加含糊累贅。我自己並沒有明顯觀察到這個區分，不過實際上如何，必須留待社會科學一步確認。古文教育對人際溝通的效果，在經驗上有待驗證。

當然，我同意中文系師生和國文老師一般來說更有能力使用典故和有文學美感的語言。不過這些能力的持有和發揮是一種品味，一般人都有責任要努力養成這個特定品味嗎？這個價值前提也有待證成。

二、道德素養

有些人認爲，古文教育是道德修養的重要來源。道德是人組成社會、互相合作的前提，也是人能夠恪盡自身公民責任的前提，因此我同意人有義務接受有效的道德教育。然而，古文教育是否眞的有道德教養效果，從文獻上來看是有疑慮的。[4]

哲學界曾有個爭議，討論道德哲學（moral philosophy）課程是否有助於讓人更道德。爲了進一步確認，加州大學的幾個哲學家自2008年起進行了一系列研究，觀察道德哲學家和其他哲學學者在行爲上的差別，例如參加研討會時會不會在座位上留下垃圾自己走人、會不會回覆學生寄來的email等等。最後他們發佈資料，主張從統計上看不出來道德哲學家眞的有比其他哲學領域的學者更道德。（Schwitzgebel 2011, Rust 2013）

古文教育有沒有提昇道德的效果，這是經驗問題，可以藉由社會科學研究得到答案。不過我懷疑這種效果眞的存在，因爲如果它眞的存在，那我們應該可以觀察到，學校裡讀了較少古文的那些人（大學裡中文系師生之外的人、高中校園裡國文老師之外的其他老師），在道德上表現更差。古文教育是否有提昇道德的效果，在經驗上有待證成。

---

4 2011年臺灣哲學學會舉辦「四書納入高中必選教材是否合宜？」哲學論壇，邀請各界賢達參與討論，現場與會及提供發言稿參與的人士包括時任課綱委員，佛光大學中文系教授謝大寧、清華大學中文系副教授祝平次、嘉義女中教師卓翠鑾、中正大學哲學系教授謝世民，以及時任臺灣大學社會系教授的范雲。在現場，連推動《四書》必修的謝大寧，也不認為《四書》這樣的古代經典能解決道德教育的問題。參見臺哲會論壇 2012。

三、傳承文化

有些人認爲臺灣的高中生有責任傳承中華文化。在這種看法下，若古文涵養是中華文化傳承所必須，那麼高中生就有義務要學。在近代，自胡適、陳獨秀、魯迅等人提倡「新文化運動」開始，人是否有責任傳承文化，就是社會議題之一。現今文白之爭，文化傳承的意識型態問題，依然是主要戰場（臺哲會論壇2012）。文化問題龐大，不過可以確定的是，任何主張臺灣高中生有責任傳承文化的觀點，都必須處理下面這些問題。

首先，說人有責任傳承文化，並不是在說人有責任要傳承一個隨意選擇的文化，而是有責任要傳承他所屬社群的文化：如果一個人剛好出生在中國、圖博、新疆或臺灣，就有義務要傳承中華文化；如果他剛好出生在日本，就有義務要傳承日本文化，然而，這不是一件很奇怪的事情嗎？如果他拒絕爲了傳承這些文化做任何努力，他到底犯了什麼錯？

或許有人會主張說，當我們生活在某個環境，我們就無法避免地會傳承那個環境的文化。我同意這種說法，不過即便它成立，也只代表人無法避免自己一定程度上傳承特定文化，不代表人應該傳承特定文化。而且這個論點，反而可能會支持不把文化傳承當成教育目標：既然文化傳承不可避免，那需要教育推動的必要性就降低了。

有些人會問：如果沒有自己的文化，跟來自其他文化的人相處時，要以什麼面貌示人？這讓我想到之前看到的新聞：在一次國際聚會中，來自臺灣的大學生穿戴原住民服飾表演舞蹈，然而，他們並不是原住民，而且衣服也穿錯了。這件事情給我們的啓示應當是：讓人自己眞心選擇自己要傳承什麼文化，可能會比較好。臺灣人必須接受古文教育，因爲臺灣人有義務傳承中華文化，這個價值前提有待證成。

四、美好人生

有些人認爲，具備足夠的國學和中國文學素養，讓人有機會進入一種很可貴的美好人生：對生命有深刻的體悟，也能欣賞中文經典和思想的巧妙。在這種說法底下，人有生命意義上的理由爲了自己去讀古文。我同意這種說法，但我也同意，除了具備古文涵養的這種美好人生之外，至少還有另外一百種美好人生，而這些美好人生的支持者，都有辦法規劃一套十二學分的必修課程給高中生。當我們僅僅基於某種價值觀，就讓某些課程成爲高中必修，這樣的選擇偏頗且霸道，且對於其他種類美好人生的追求者不公平。

對我自己來說，能理解複雜的哲學理論、欣賞哲學家之間精巧的論辯，是一件很美好的事情。我知道目前的高中教育對於養成相關的哲學能力沒有什麼幫助，但我也不會僅僅因爲自己覺得這種「哲學愛好」的人生很美好，就主張高中應該要有十二個學分的哲學必修。

美好人生有很多種，到底哪種才是對的，涉及尙無結論的哲學爭論，在這個意義上，任何偏袒都難以證成。例如說，我們很難說明說，沒涉獵儒家思想對人生來說會是一種遺憾，而沒玩過PS4遊戲《血源詛咒》則不是。在這種情況下，最合理的做法，應該不是把自己認可的美好人生觀灌輸給學生，而是讓學生成爲有能力獨立思考、發想、選擇自己想要的美好人生的人。

當然，我可以同意高中應該提供資源，讓學生「淺嘗」各種常見的人生嗜好，但提供資源讓學生有機會選擇，跟成爲必修強迫學生學，是兩回事。

參、結論

在本文裡，我試圖論證：

1. 要證成義務教育的合理性，公民責任會是好選擇，它提供了一般人無法拒絕的理由，並且足以支持現行豐富的高中職課程。
2. 然而，公民責任無法支持古文必修。
3. 市面上常見的幾種支持古文必修的理由都有疑慮。

我的結論並不是決定性的，我同意在公民責任之外，可能有其它理由能夠支持義務教育，而那些理由，也有可能能夠同時支持古文必修。然而，藉由分析公共領域常見的支持古文必修理由，我認爲以目前來說，在公共討論上，古文必修教育的支持者並未善盡舉證責任。

從出版社角度來看多媒體在國中國文教學的運用——以南一書局爲例

王嘉弘
南一書局編五處副處長、東海中文系博士

壹、前言

臺灣教改自1990年之後，陸續從法令頒布、師資培訓、課程教學、教科書鬆綁等各方面切入與施行，規章變動之劇烈、措施配套之多元，堪稱數千年來未有之變局。教育變革的同時，官方爲回應民間團體對於教育改革的訴求，教育部自民國78年（1989）起，開放部分科目由民間出版社編印，成爲教科書鬆綁的濫觴。但教育部政策是開放「與聯考無關、較不重要」的科目，國文、史地等，仍由教育部掌管[1]。民國90年（2001）後可以編寫國中聯考科目。而國立編譯館也在民國91學年度（2002）起全面退出教科書編纂，「統編本」教科書正式成爲歷史。

南一書局從事教科書市場的經營與服務，自民國83年（1994）起，中華民國教育部調整教科書政策，逐年將教科書由國立編譯館版本改爲民間審定本，迄今已二十餘年。而南一進入多媒體教學素材的開發領域，從民國90年（2001），因應學校資訊融入教學的需求，成立電子媒體部門，推出題庫光碟。從民國94年（2005）開始，極力培養媒體後製人才，開發教學影片、Flash動畫相關影音素材製作。96年（2007）因應數位出版需求，電子媒體部門改制爲數位媒體部門，首創教學用翻頁式電子教科書e-book，數位教學館系列。民國97年（2008）更搭配電子白板或電腦的電子教科書，依教師各科教學需求，創新設計輔助電子教科書的教學工具列，使電子教科書的發展逐漸成熟。民國98年（2009），爲研發數位教材，編制數位企

1 周祝瑛《誰捉弄了臺灣教改？》心理出版社，臺北，2003年。

劃、數位編輯。民國100年（2011），更因應平板電腦硬體設備的成熟，配合開發行動數位教材APP及電子書包實驗課程。時至今日，仍不斷地開發各式多媒體教學素材、軟體，與建置網站、平臺，加值服務教科書，以迎合數位教學時代的來臨。[2]

多媒體教學的運用，從最基本的輔助教學的動畫、影片，到逐漸地發展成可以記錄學習歷程，數位學習與找出學生弱點，加強補救的分析系統。儼然已經成爲教學現場的教師，越來越不能或缺的一塊。多媒體教材的製作，從教科書出版商的角度來看，在實際的運用與市場面推廣的雙重考量下，有自身不同於教師的想法與策略。教科書出版社除了必須考量教材的開發成本，又須顧慮教師在運用多媒體的實際情況下，逐漸發展出一套多媒體教學的運用策略。即市場上的教師實際聲音，回饋到出版社後，會經過一系列的評估，再來依據需求開發、並且實際到教學現場去觀察，不斷地修正產品，採取滾動式的開發策略。

本文將以南一書局國中國文多媒體爲例，從製作到運用層面，來討論出版社如何依據教師需求，來製作開發多媒體教學產品。並從目前發展的功能與內容，來推測未來教師對於多媒體運用的方向。

貳、南一書局製作多媒體的依據

教科書編輯從業務回饋、或是親自訪校帶回教學現場的使用意見之後，必須先將問題歸類後，進行編修的討論會議，對於重大缺失問題必須即刻改善，對於建議改善則會依據公司內部討論的成本來規畫修改的時程。因此教師的意見，是教育出版社提升編輯品質的重要依據。多媒體的品質提升也是依循這樣的模式開展。教師對於多媒體素材的運用，可以分爲幾個面向。從時間點來看，分爲課前、課中。從目的來看，分爲事先備課、自製教材、引發學習動機、提升教學品質等面向。教師使用出版社提供的多媒體素材，不論是何種目的，多半會對於多媒體教材內容與功能，提出相當多的建議。以下就針對一些

---

2 參考南一官網，南一大事紀。https://trans.nani.com.tw/Nani_1/#/NaniCentury

國中國文教師常提到的多媒體使用意見，以及回饋後，編輯如何調整來做說明：

一、依據國文課本教學的需要

㈠課前

1.事先備課

一般而言，大多數的教師，會有事先備課的習慣。對於有使用多媒體融入課程的教師，會先了解出版社所提供的多媒體素材，動畫影片的內容與播放時間長度是否能符合一堂課所能負荷的範圍。對於這類的意見，編輯實際詢問現場使用多媒體的教師，教師多以學生的專注度爲考量的情況下，多半是回覆影片長度爲三到五分鐘。另外是評估多媒體目前是輔助正式授課的方式進行，大多採多媒體輔助課堂授課的教師，不會希望影音讓學生分心。對於這類需求，出版社多半會採取影片分段落的方式、或是動畫採用內嵌式的撥放器，讓教師能更方便的使用這些多媒體素材。

此外，對於使用電子教科書的教師，事先備課，將備課時所畫的筆記與重點，運用儲存的方式，來達到以隨身碟的方式，帶到各班的配置電腦中使用，就是教師所提出的需求。面對校園硬體設備與網路環境的限制，電子教科書的使用，儲存方式的便利性就是出版社需要克服的重點。上述兩點是針對事前備課的教師，對於多媒體的內容與功能提出的修改建議。

另外對於事前備課時，有試題出卷的需求，題庫光碟多半能解決大部分教師的需求。但對於教師能快速挑到屬於課習題，以提供學生能在課中測驗，這類的選題需求，則會透過題庫介面的優化與欄位的調整來達成題庫品質的改進。以上幾點，是教學多媒體發展時，不斷地透過現場教師的反映，而逐步修正產品的案例。

2.自製教材

對於喜好自製多媒體PPT，來做爲授課模式的教師，多媒體素材取用的便利性，就成爲這類教師的需求。了解出版社所提供的資源列表，便是編輯與業務要跟教師說明的重點。另外，因應翻轉教學的興起，南一本身也造訪許多進行翻轉教學的教師，提供他們翻轉教學的策略與運用工具，並且透過影片訪談的方式，來呈現翻轉教學時，如何引導學生成爲課堂的主角。

自製教材也同時發生在電子教科書當中，教師對於出版社所安排的多媒體，覺得不適合自身的授課方式或是進度，可自行調整或是插入次頁，達到本身的教學需求。對此，編輯必須了解教師的實際需求，進而開發相關自製教材的功能。

㈡課中

1.引發學習動機

對於多媒體的教材發展，從一開始編輯尋找教師，討論動畫、影片相關規劃後，完成第一版的動畫、影片。隨著多媒體的技術越來越進步，多媒體不再只是輔助國文教師了解課文情境、解說古代器物的功能而已。換句話說，教師希望出版社能研發出更多提升學生興趣的多媒體。如〈論語選〉是國中生必修的選文，但許多教師在授課時，無法提起學生興趣。對此，編輯透過時下流行音樂，與錄音室合作，編寫成南一國中國文〈論語選〉[3]。此外，〈夏夜〉、〈負荷〉兩首新詩，也是透過編寫歌曲或是與作家之子[4]授權歌曲，藉以達到學生能透過歌曲，來引發學習動機。

鳥瞰文學，則是另外一個運用視角的變化，以空拍的角度，來引導〈我在臺東，心情晴〉這篇選文，讓臺東壯闊的美景，配合課文的朗讀，帶領學生進入旅遊文學的領域。對於文學的教育，國中生需要更多影音的協助，來領會文學的美感。

動畫的風格與趣味化教學，也是教師引發學生學習動機的需求。對於此類需求的回應，編輯對於畫風的進步與改善、腳本的趣味化，便從最初開始較制式的教學式動畫，逐步改善爲畫風精緻及趣味性較高的動畫。

---

[3] 南一國中國文〈論語選〉https://www.youtube.com/watch?v=PgUpBIiSafE。

[4] 與吳晟之子，吳志寧取得〈負荷〉一曲的授權。

2.提升教學品質

走動式教學，讓教師能邊講課，邊顧及個別學生的學習，進而能了解全班情況，有效地提升學生的專注力。此爲目前教學的趨勢，也是有助教師掌握班級情況與經營班級的教學策略之一。

對於走動式教學，多媒體能幫助教師比輕鬆地達成這個目的。然而使用平板電腦連接投影機的教學方式，對於學校硬體環境來說，並非易事。因爲對於平板電子教科書APK傳輸檔案的大小、速度要求，就是目前較難克服的部分。如何讓平板電子書的檔案便利傳輸，或是透過網路來撥放多媒體資源，又不會遲緩（lag）就成爲編輯改善產品的重點。另外使用習慣的轉移，也是教師反映的重點。這幾點成爲編輯在開發平板電子教科書時，需要列入考慮的重點。

目前出版社多有Android、IOS版本的平板電子教科書，這兩種平板開發的系統，使用的技術就有不同。編輯與開發工程師交流意見後，將平板融入原本桌機板電子教科書的操作工具列，再配合平板使用的習慣來改進。另外會請教師試用，提出回饋意見之後，加以修正改善。最後再由編輯親自與使用平板授課的教師，交換意見，找出最適合的使用方式。透過教科書業務跟全臺有使用平板的國中教師宣導，推廣走動式教學與多媒體結合的新型教學模式。

多媒體結合行動載具，以手機來操控桌機板電子教科書，也是教育多媒體發展的新趨勢。透過手機APP，進行操控電子書相關功能。甚至運用手機原本的功能，結合課堂使用，如課堂直播、實物投影、遠端操控等，提升教學品質。

二、依據未來發展趨勢的推測

未來多媒體教學的趨勢推測，除了上述所提到的多媒體素材需與時俱進，配合國文教學的新趨勢，往閱讀素養、文意理解、寫作策略等的面向發展能輔助學校教師的素材。另外，配合校園軟硬體設配的更新，網路傳輸越來越便利的客觀條件之下，多媒體教學資源如何整合到各別教師，形成客製化的服務，也是未來多媒體服務的一大面向。兩千年前孔夫子提倡「因材施教」的精神，相信可以透過學習歷程紀錄、學習數據分析、配合拔尖扶弱、教育人工智慧等多面向的發展多媒體教學，來達到此目標。以下就針對數位化時代來臨，多媒體與雲端化、數據化、教育人工智慧要如何來幫助教師達成提升每個學生的國文素養：

(一)教育雲端化

「雲端」，就是將大眾使用的軟硬體、資訊平臺等相關的網路服務，使用者僅付出租賃費或維護費，或甚至是免費註冊登入等，不用花費相當昂貴的費用來建置對應環境，即可接受該服務。而教育在雲端技術之開發應用，則稱爲「教育雲端」。雲端教育打破了傳統教育的限制，透過資訊的方式讓以往訊息的傳播更便利、更即時。可汗學院、均一教育平臺都是此類教育雲最著名的國內外成功案例。

通過教育走向資訊化，使教育環境的各種參與者，如教師、學生、家長、教育部、教育出版社等在教育平臺上進行教學、評量、溝通等功能。同時可以通過影片對學校特色教育課程進行錄製與傳播。建置教育雲的單位，可以隨需因應服務項目、快速重新規劃與建置相關資訊，並且可監控量測的相關數據。使用教育雲端的用戶，則可隨時以任何網路裝置存取、共享資源。以臺北酷課雲[5]爲例，就是官方所建置的教育雲。網站架構有教師上傳的課程、影片，另外閱讀履歷、智慧組卷，校務系統等，將教學、評量、行政等多面向的功能，整合於此服務平臺上。另外臺南飛番教學雲[6]、高雄Dr.Go[7]、教育部教育雲[8]等，都是臺灣官方教育雲的實際案例。

多媒體內容的豐富性，是教育出版社應對未來雲端化的時代，能立於不敗之地的重點。在公有教育雲的架構之下，一般人可能會存疑，教育出版社是否有足夠的資源來架構自身的教育雲。但如果從內容研發層面，出版社仍是會最早了解教育政策的團體。多媒體內容的研發，如教育議題的討論、觀課採訪與側錄與課程相關影音的開發，仍是教育出版社能大力著墨的重點。然而出版社仍是會以線上題

---

5 臺北酷課雲http://cooc.tp.edu.tw/

6 臺南飛番教學雲http://hahay.tn.edu.tw/

7 高雄Dr.Go http://drgo.kh.edu.tw/drgo/

8 教育部教育雲https://cloud.edu.tw/

庫、備課雲與自身官網整合的形式，發展自身的教育雲。除了自身的經營策略考量之外，私有教育雲能更靈活的打造教師需要的內容，與客製化以滿足使用私有雲的教師需求。

教育雲如何幫助國文教學，相信是諸多國文老師關心的議題。除了透過教育議題的討論，讓教師、家長、學生三方面能對於國文素養如何養成，進行溝通之外。數位化時代的國文學習，必須導入多媒體來輔助教學。例如從學生如何看完動畫、影片來寫評論，討論劇情結構，來分析或抒發個人心得。或是各教師之間，透過上傳培養閱讀寫作素養的方法，彼此交流溝通，更能打破地域性的限制，比較能平衡城鄉差距。同時，特色化教學、翻轉教學也是教育雲可以協助教師們彼此交流或是觀課的可行性方式。閱讀理解、寫作策略是未來108新課綱的國文重點項目，國文素養如何能提升，教育雲可以整合所有教師的發想與經驗，達到提升臺灣中學國文教學的重要目標。

㈡教育數據化

數據化，是雲端的下個階段。數據的收集，是爲了大數據（Big Data）分析運用。各項數據的蒐集，是目前各家教育出版社所積極進行的工作。從教師習慣使用的題目、喜好選取的多媒體資源、教學資源，到學習、教學、評量等歷程的紀錄與分析[9]，都是教育數據可以分析討論的部分。從偏鄉學校到都會學校，教師使用雲端平臺的各項數據紀錄，對於各出版社而言，都是很珍貴的數據。這些數據可以清楚的了解教師對於各項教學素材的使用情況，從成本與需求的層面來說，教育出版社可以更精準的投注在開發教師常用的多媒體資源或是教學素材。另外各家出版也可以透過建置社群網站或是教育雲端平臺，來分析教師們討論或是關注的議題。透過社群網站編輯分析議題發布時候的流量、討論的熱烈程度，來規劃未來提供教師們多媒體素材的方向。

電子教科書，是可以記錄學習歷程的重要工具。目前各出版社多以發展教用電子教科書爲主。然而學用電子教科書可能因爲諸多教育

---

9 孫逸明〈大數據改變未來教育樣貌的三種可能〉，https://www.thenewslens.com/article/1970。

政策面或是家長端考量的因素，至今尚未能有良好的發展。學生使用電子教科書來進行學習的話，相關使用的參數，都可以分析學生是否對於某些知識點、教學主題不清楚，進而教師可以提供更精確的方式，補救學生不足的地方。未來新課綱也要推動學習歷程的部分，學用的電子教科書，是未來教育主管機關可以思索的面向之一。

數據分析要如何來輔助國文教學，這是一個很大的議題。對此，筆者只能粗略的點出部分。如對於學生的常用錯字詞，可以透過教學平臺或是學用電子教科書來記錄，並且分析是否爲誤用或是不清楚字詞用法，並給予輔導教學。或者是透過各學校上傳建議閱讀書目，來分析臺灣地區國文教師的推薦書目情況，進而推論出國文閱讀理解這塊運用的數據。

教師端的推薦策略，並且結合學生反應的情況，如寫作成績或是書評情況，來推論出推薦書目的有效情況。此外透過記錄每屆學生的國文評量情況，如段考、平時考等試題通過率或是各選項的選塡比率來改善試題的品質，並進而了解各屆學生的國文程度，來研擬教學的改善策略。這些作爲都可以運用數據收集、探勘與分析的方式，進而達到國文教學改善之目的。

㈢教育人工智慧

人工智慧（AI），在未來數年之間，將衝擊各領域，也包含教育產業。李開復[10]認爲當人工智慧時代來臨之後，人類只有創造性、有愛心的工作是不會被取代。對於教育人工智慧的來臨，適性化的學習運用會是教育人工智慧的發展重點。當知識地圖建構之後，內容重新規劃、設計會是出版社與教育單位的新挑戰。當學生的學習歷程持續累積，並且化爲數據，分析後回饋給機器人，機器人運用大量的學習歷程數據，來強化其深度學習，並藉由統計、推論，建立回應機制的模型，進而回饋適性的學習方式或是補救教學的資訊。但目前教育人工智慧的發展仍在相當初始的階段，目前推論都是理論上可行的做

---

10 李開復，現任創新工場的董事長兼執行長，著作《人工智慧來了》。

法[11]。

人工智慧如何運用在國文教學，這是一個未來可能發生，但現行仍無法窺探的領域。但如果從機器深度學習[12]的角度來看，只要能夠以龐大的資料，來訓練機器，就能達成國文教學的某些目的。如學生作文的批閱、從答題的反應狀況來分析國文程度的好壞，並提供適合學生補救的試題。而寫作策略或是閱讀理解強化，同樣地也能透過人工智慧來協助學生能力的提升，如提供大量的修辭文章語句，就能訓練機器來判斷學生寫作的修辭運用，並且給於修改的建議，或是文章編排方式，也能訓練機器來輔導學生。同樣地，閱讀理解的強化方式，也是透過讓機器深度學習來培養其能力，進而來提供學生訓練閱讀理解的服務。

教師的功能，似乎在人工智慧的發展之後，被取代了不少。就筆者來看，實際上，教師會往更高端的方面前進，就是要訓練機器，並且提供機器無法給予學生的創造性。大部分機械性的教學工作被取代之後，教師就要用教育熱忱給學生機器無法取代的創意思維。

參、南一書局製作輔助國文教學之多媒體類型

教學多媒體的製作，就出版社的角度來看，可以分成多媒體素材編輯（音檔、動畫、影片）、多媒體整合運用（如題庫光碟、電子書光碟、平板電子書）、雲端多媒體資源（影音網站、備課雲）。以106學年度爲例，南一書局的光碟盒當中，就包含南一電子書、教學動畫影片、全方位備課素材、朗讀吟唱CD、成語佳句雙核心、題庫光碟等。目前這些相關的多媒體資源都在南一書局提供的「數位達人

---

11 參考〈當教育遇上人工智慧—借鏡歐美市場〉一文，網站資料來源：http://chinese.classroom-aid.com/2017/01/education-with-ai-international.html/。

12 機器學習最基礎的用法，是通過演算法來分析數據、從中學習，以及判斷或預測現實世界裡的某些事，並非手動編寫帶有特定指令的軟體程序來完成某個特殊任務，而是使用大量的數據和演算法來「訓練」機器，讓它學習如何執行任務。參考〈人工智慧、機器學習與深度學習間有什麼區別?〉，網站資料來源：https://blogs.nvidia.com.tw/2016/07/whats-difference-artificial-intelligence-machine- learning-deep-learning-ai/

光碟盒」與相關網站平臺上。以下就以這些教學多媒體的製作方式與校對流程進行說明：

一、多媒體素材編輯

㈠音檔

對於國文科教學，使用課文朗讀的音檔，來加強學生在學習文章閱讀時抑揚頓挫的方式、文學情境掌握有很大的幫助。編輯在執行音檔的製作時，需要有給錄音員的錄音稿。其中朗讀情境、讀音標註、朗讀速度、聲線選擇等，就是編輯與錄音員、錄音室之間溝通的重點。編輯選擇適合的錄音員之後，將相關的腳本與錄音室溝通，錄音之後進行音檔的校稿，並且於音檔確認之後，加上配樂，讓整個音檔不會太過單調。執行完音檔的校正之後，配合不同的格式，來輸出成WMV、MP3等形式，燒錄成CD或是網路傳輸使用。

㈡動畫

教學動畫的製作，目前就南一國中國文來看，分成課文朗讀動畫、古代作者介紹、相關教學補充動畫（成詞語、國學常識、課文重要補充概念）。透過對於課文情境的了解，讓學生能藉著影音的方式吸收知識。編輯在執行動畫編纂時，首先會是腳本的發想、規劃與確認，接著透過發稿給教學現場的教師，經過作者與編輯之間，寫審稿不斷往返、討論，以確保動畫腳本的知識性與相關文章背景都是符合備課用書的內容之後。動畫腳本確認才算完成。

接著是美術設定的部分，編輯透過尋找適合的美編或是動畫公司，將腳本上所提到的人物、場景等，逐一繪製、校對，確保要製作的動畫，符合時代設定。相關注意的人物特徵、服裝場景等細節，就是數位編輯校對的重點。接著最後是動作的設定與音檔的串連。當腳本與美術設定完成之後，動作跟音檔的串接，是完成動畫的最後工作，也是最後動畫製作完成前的最後關卡。當數位編輯拿到動畫完成檔時，必須要確認動作是否為腳本上所設定，相關的聲音配合與場景的轉換都要符合腳本的設定。

目前動畫有2D與3D動畫，所使用的軟體也相當多，而出版社目前多用Flash、MAYA這些軟體來進行製作。3D動畫的製作相當繁瑣，開發的時間與成本也相當昂貴，基本上，能有3D動畫的教學素材，各家出版社普遍不多。

㈢影片

影片製作的部分，就教育出版社來說。通常製作現代作家訪談、作家親自朗讀課文（如吳晟、余光中）、相關教學補充的影片。影片的製作，要先從訪談的提問稿開始。首先要確認問題，讓被訪談的作家了解提問的方向。接著是約時間訪談，數位編輯對於拍攝流程、現場取景、問題提問等相關的細節都需要掌握。取材之後，流程類似於動畫製作的部分。要撰寫剪輯腳本、選取素材（圖片、音效、配樂）、再由剪輯人員配合腳本製作影片，同時進行校對、師校（作者親校）、修改等繁複的流程之後，影片才算完成。

目前影片剪輯的軟體相當多，出版社並無常用的軟體，取決於各家出版社的剪輯團隊或是外包廠商。但對於影片的輸出格式，要求比較多。影片格式多爲MPG、MP4、AVI、WMV、FLV、MOV等，端看教學影片使用的載具，來進行格式的轉檔。

二、多媒體整合運用

㈠題庫光碟

題庫是各家教育出版社，最早投入資源研發的多媒體產品，也是最被教師廣泛運用的多媒體資源。它是透過程式系統，以巨集的方式，結合出版社本身的題目資源，經過選取欄位、文字訊息、表格圖檔結合的形式，來產生教師需要的題目與試卷。試題的編纂形成，不在本篇論文的論述範圍之內。這裡只提出，各家題庫都是由有系統的資料庫，去拉取要形成題庫的資訊。並且透過定義試題欄位如章節、題幹、選項、答案、解析、難易度、能力指標、認知歷程向度等諸多方式，選擇出處，勾選所需要的版面、出卷方式等，來形成教師所需要的測驗卷。

編輯透過系統，將試題倒入預備形成題庫光碟的資料檔案中，並經過校對確認試題的正確性之後，將資料交給數位編輯封包成光碟的格式。經過測試出卷、安裝、卸除等重要功能的檢測之後，正式出片。題庫光碟容易受到Office系統版本的限制，故在出片之前，需要檢測的項目相當繁複。內容的正確性與功能的完善，是各家出版社希望能達到的雙重目標。

㈡電子書光碟

電子書爲南一書局多媒體產品之中，製作最爲複雜、運用資源最多的品項。電子教科書的製作，需要集結許多的動畫、影片、音檔與教學資源做爲內容，並需要搭配工具列來使用。工具列作爲電子書的核心工具，其開發的需求來自於學校教師的使用。編輯在每年度討論編修電子教科書工具列時，功能開發爲首要項目。因爲工具列使用順暢與否，會直接影響使用電子教科書的教師授課的意願。但是工具列的開發，是程式、數位編輯共同討論的結果。本文不對此多做著墨。但基於市場的機制之下，教育出版的各家業者，功能漸趨一致。產品高下則漸漸地以內容豐富和創新與否來決定。

紙本教科書通審之後，相關課本、習作與教師手冊、備課用書的資料，會同步的送到數位編輯，進行規劃稿的討論。規劃出符合使用多媒體教師需求的產品。同時，相關的動畫、影片製作，或是配合課綱來重新編修、勘誤等，就會展開。即南一書局的所有多媒體素材，大多發動於電子教科書的製作。

規劃稿完成之後，透過數位製作，形成電子書的初稿。編輯依據規劃稿與課本進行校對，檢視所有的連結是否正常，檔案是否能正常開啓等。最後透過程式人員封包，進行安裝測試。另外需要在不同規格、等級的電腦上、電子白板上測試，以便於在各種環境下都能順利運作。

㈢平板電子書APP

因應行動載具的普及，與走動式教學的興起，對於平板電子書的需求，從桌機版電子教科書，透過平板開發的技術，從Android、IOS兩大系統，轉換成以APP下載的方式，產生平板電子教科書。它與桌機版的電子書，差別在於檔案格式不同、檔案容量小、便利下載，教學多媒體資源都需要透過網路連結的方式下載或是串流。工具列也相對桌機版的部分，簡單許多。其製作與編輯的流程，與桌機版電子書大同小異。

無線網路的環境，是關係著平板電子書使用的流暢與否。由於大多資源是透過網路平臺串流，因此學校的無線網路環境是否友善，投影機是否支援平板投影等，就是此項產品是否能夠普及的關鍵因素。

三、雲端多媒體資源

㈠影音網站

由於網路的普及性越來越高，對於相關的教學資源，採用網站直接瀏覽，成爲教師們更喜歡採用的教學模式。WIFI在校園當中，也逐漸成爲教學資源的一環。教學資源網站整合在平臺上，就成爲各家出版社的經營策略之一。FB、LINE、YOUTUBE等社群網站，都是選用的工具。然FB、LINE是著重於行銷面的部份，本文不做討論。對於教學資源的整合，南一採用建立YOUTUBE的頻道，來上傳或是串流相關的影音，支援教學使用。

南一國中國文頻道[13]，是於2015年1月建立，由數位編輯建立、維護。依據國中國文各冊次建立相關播放清單，另外會列出一些翻轉教學（翻轉學習未來）、精選朗讀動畫（畢仙蓉教師朗讀動畫）以及相關眞人解題影片等多媒體資源播放清單，供教師方便使用、參考。

編輯在建立、維護網站播放清單時，會先參考備課用書，並請到網站挑選適合搭配課文的影音，加入播放清單。同時，對於出版社自身多媒體資源的部分，也會選擇版權無疑慮的動畫、影片上傳，豐富頻道內容。對於播放清單，編輯需要逐支影音確認，是否有不適合教師授課使用的內容。另外在上架之後，定期需要維護播放清單是否因爲侵權而下架、或是更新最新的議題。如文學大師余光中逝世的消息，在南一頻道上，有關其生平回顧的相關報導、影音的素材，就可以加入播放清單之中，以利教師與同學得到最新的教學內容。

南一各社群網站目前均有設置專業編輯經營，如FB、LINE有社群網站編輯、YOUTUBE有數位編輯，對於未來教育社群網站的浪潮，編輯需要有了解教育議題、引起討論動機等諸多洞悉教育出版

13 南一國中國文YOUTUBE網址，https://www.youtube.com/channel/UCOx6BhF5UYjLZqG8faLIDfA。

業與客群（教師、家長、學生）關聯的能力，才能迎合未來教育雲端、數據分析的時代。

㈡備課雲

因應無光碟化的時代，資料存取逐漸要轉爲網路空間存取的需求。數位編輯會將相關多媒體教學資源，如教學檔案（教材圖文檔、PPT、相關延伸資源）上傳到備課雲。透過帳號的控管，確認教師身分，即可以下載資源。

數位編輯會在所有多媒體產品製作快結束的時候，安排時程來上傳相關教學資源。在每學期展開之前，這些資源必須要上傳完畢。上傳的格式與檔案大小會決定傳輸的速度，因此，數位編輯需要將檔案經過處理、壓縮上傳，以求使用端的下載檔案時，能迅速完整。流程上，編輯不需要再次校對，而是須確實測試相關檔案是否能完整下載。

肆、結語

教育出版社對於多媒體教材的研發與投入，來自於一線教師於教學現場的需求與回饋意見。然而以出版社永續經營的立場而言，精準地發展多數教師的需求，跟上數位發展趨勢，更是出版社與學校教師，互蒙其利的方式。開發多媒體內容、建構網路平臺，運用相關技術回收數據等，都是相當昂貴的投資，需要大量的研發成本。

然而多媒體教學，目前仍未在校園中形成主流，原因爲多數學校軟硬體設備不足，教師資訊能力待加強，或是出版社開發的教學多媒體仍無法達到教師的需求等因素。然而內容始終是出版社最重要、最核心的部分，內容的發展，從紙本到數位，更需要使用教材（紙本、數位）的教師，一同討論、研發，才能達到精準的投資在教師需要的內容開發上。市場是否拓展決定出版社的生存，而內容（多媒體教學素材）的開發與工具（雲端平臺、數據分析）的使用，是保障有限資源投在必要的產品，兩個必須考量的條件。

中學國文的教學，本身就是挑戰。對於家長期待與升學壓力的雙重考量之下，多數學校以提高國文成績的方式作爲考核教師教學成效的依據。多媒體教學與成效仍未受到多數教師的肯定，而選擇不導入課堂之中。然而出版社必須有不同思維，極力地去開拓與研發多媒體，讓數位化的教學，更能輔助教師能提升學生學習成效，不論是班級經營、適性教學、學習歷程或是拔尖扶弱等，都能全面性的支援教師。如此，多媒體在國文教學的運用，才能更普遍、更提升。

語文教育背後的國族構圖

人文主義與「不涉政治」的高中國語文課綱修訂爭議

游勝冠
成功大學臺灣文學系教授

摘要

去年9月23日底定的106課綱修訂，又因為文、白比率的調整引來學界的爭議，保守派與變革派之間的對話，雖然一人一把號，各吹各的調，但彷彿早有默契似的，雙方的言論都非常節制，儘量不碰觸統獨這種政治立場的爭議。我認為只就文、白進行爭議，是學院內不涉政治的人文主義習性使然，本文將對這種學院內的慣習進行考察，在清理出論戰雙方，不管是保守派，還是變革派，他們合理化自己主張的論述都小心翼翼避開政治意識形態的鬥爭之後，我將進一步指出，這種將爭議限定在文化，神秘化背後的統獨政治對立關係的文化主義，從戒嚴時期以來，就是主流人文主義避免其權威被挑戰、既得利益現狀被破壞，最為倚賴的鬥爭手法，當變革派也有樣學樣、自我設限，唯恐太陽花運動中的反中情緒、統獨對立模糊掉問題焦點，因為避談臺灣主體的正當性之後，變革派能取得的進步幅度就非常有限，所以，即便經歷95課綱之後的各次修訂的爭議，正因為歷年課綱修訂推薦的文言、白話選文，還是沿用自戒嚴時期的部編本選文，臺灣高中的國語文教育不僅未曾解嚴，臺灣史、公民教育課綱修訂所達成的民主化變革，當然更談不上了。

壹、序論

高中國文課綱經過兩次政黨輪替、多次修訂，每次修訂過程，文言、白話文比率就成爲不同國族意識形態爭議的焦點。去年9月23日底定的106課綱，因爲有委員在課綱審查會議提議把文言文的比率從最多55%下修到30%，並把推薦選文從20篇減爲10篇，文、白比率就再一次成爲各方爭執與角力的焦點，歷經9月10日課審大會拍板定案「文言文比率維持在45%到55%」，但因爲外界認爲程序有問題，原本應該表決的草案，因程序問題未表決，引發外界黑箱作業的質疑的波瀾，最後，終在23日教育部再度召開的第9次課審大會中，經委員提出，當時未表決的課發會草案也應該表決，重新表決的結果，「文言文比率35%到45%」版本獲得過半同意，文言文比率確定調降，一連番的爭議，方告一個段落。

這次的課綱修訂，在文言文比率的調降上及推薦選文只選了12篇等方面，雖有一定的進步，但放在臺灣社會已日趨民主化，正視臺灣不是中國一部份，並有其不容剝奪的主體性的社會氛圍來看，高中國語文教育實踐轉型正義的進步幅度，遠遠不如透過太陽花運動的衝撞後，臺灣史、公民教育所取得的來得大。近來中國崛起後對臺灣國際生存空間的壓迫，其實造成了臺灣社會對中共政權的不滿，這種威脅臺灣生存的中國霸權，不僅強勢地取代了島內自戒嚴時期以來虛構的中國正統意識，也一再戳破解嚴後所謂一個中國意識「各自表述」的謊言，因此，臺灣是臺灣、中國是中國這種區別意識也越來越強烈，再加上對岸中國霸權時不時在國際場合，惡意抹煞臺灣的國際人格，臺灣社會每反彈一次，主體意識的強度就提升一次，最近，在以抗拒中國霸權的內外夾攻與收編爲動能而興起的太陽花運動刺激下，臺灣主體意識更儼然成爲臺灣社會大多人的共識，上述這種的政治、社會形勢，其實非常有利於這次課綱修訂進行大幅度的變革，連保守派學界人士的發言，都不像過去，將臺灣是中國一部份的政治神話，自然化爲討論高中語文課綱、選文時不容挑戰的前提，引領反對調降文言比率輿論風向的王德威所謂「不該把中國的問題無限上綱到意識形態」[1]的說法，可以看作主流人文主義的保守派其實已經意識到臺灣非中國的現實意識的強度之高，已不容許他們不顧現實睜眼說瞎話，只能以「文化中國」爲名進行辯護。

明明新的形勢那麼有利，這次高中國文課綱的修訂爲什麼沒有像

---

1 馮靖惠：〈獨家／王德威：文言文課數比例下降戕害弱勢學生〉《聯合報》2017-08-25 11:25。

歷史課的臺灣史、公民教育的民主化改革取得那麼大的進步幅度？雙方的爭議為什麼繼續聚焦在文、白比率如何調整的問題上？文言文、白話文孰優孰劣？文言文不是問題，問題在教學……等形式、技術性的問題上？這些太陽花運動中爭議的教育民主化與轉型正義的重要價值，為什麼沒有也成為雙方爭議的焦點？激化太陽花運動的反中情緒、臺灣未來走向的統獨對立，為什麼很少成為學界人士爭議過程互相齟齬的衝突點？進而成為推動臺灣語文教育的解殖民化與在地化的動能？要解答這些疑惑，我認為還是要先從戰後國民黨政府長期戒嚴，在官方立場的學者主導下逐漸發展、成形、鞏固的人文主義學術生態入手，才能找到問題癥結的所在。

筆者近來致力於戰後學院內人文主義批評的溯源、清理工作，在〈戰後臺灣新人文主義文學批評傳統的起源——以梁實秋的文學批評論為主要的考察對象〉[2]、〈冷戰與臺灣學院派人文主義批評傳統的形成——以《文學雜誌》為中心的初步考察〉[3]等論文中，我初步清理了戰後因為冷戰、長期戒嚴等政治因素，在學院內由親國民黨政府的學者主導下，逐漸形成的「不涉政治」的人文主義學術體制，在〈2014-2015臺灣文學史研究回顧與展望（討論範圍——1949迄今）——「檔案工作」與「理論思考」等視角所進行的考察〉[4]一文，則進一步考察了臺灣文學研究在進入學院之後，受到主流人文主義學術體制的馴化，在研究上也取徑文化主義的發展現象。愛德華・薩伊德在《人文主義與民主批評》一書，對戰後新人文主義主導下美國學院

2 游勝冠，〈戰後臺灣新人文主義文學批評傳統的起源——以梁實秋的文學批評論為主要的考察對象〉，中文大學香港文學研究中心主辦，「戰後香港、臺灣、馬華文學場域的形成與變遷2015」國際學術研討會，香港沙田，2015年7月30日。

3 游勝冠，〈冷戰與臺灣學院派人本主義批評傳統的形成——以《文學雜誌》為中心的初步考察〉，嶺南大學人文學科研究中心主辦，「冷戰時期中港臺文學與文化翻譯」國際學術研討會，香港嶺南大學，2015年3月6、7日。

4 游勝冠，〈2014-2015臺灣文學史研究回顧與展望（討論範圍— 1949迄今）——「檔案工作」與「理論思考」等視角所進行的考察〉，中央研究院臺灣史研究所、國立臺灣歷史博物館合辦，「2014-2015臺灣史研究的回顧與展望」研討會，臺南：國立臺灣歷史博物館，2016年12月9、10日。

內的人文學科做了如下的分析：

> 它們對眼前的現實表現出一種非政治、非現世，並且健忘（有時甚至是操縱）的態度，與此同時，始終頑固不化地讚頌過去的美德，經典之遙不可及，以及「我們過去怎麼做」的優越性[5]

美援時期以來，臺灣學院的建制就是以美國學院爲典範，保守派的反變革論調基本上也「對眼前的現實表現出一種非政治、非現實，並且健忘（有時甚至是操縱）的態度」，他們對文言選文的堅不退讓，不也出自愛德華．薩伊德所謂「始終頑固不化地讚頌過去的美德，經典之遙不可及，以及『我們過去怎麼做』的優越性」的高姿態嗎？本文想以此分析視角，對這場爭議對話雙方的人文主義文化習性進行考察，在清理出論戰雙方，不管是保守派，還是變革派，他們正當化自己主張的論述，都非常小心翼翼避免意識形態的對立、鬥爭之後，我將進一步指出，這種不讓文化上的爭端涉入統獨的政治對立，從戒嚴時期以來，就是主流人文主義避免其統治權威被挑戰、現狀被破壞，最爲倚賴的鬥爭手法，當變革的要求也有樣學樣，自我設限，深恐太陽花運動中的反中情緒模糊掉「純屬」文化問題的焦點，因而避談臺灣主體的正當性，那麼白費心力後所能得到的結果就只能是：即便經歷了95課綱之後的各次修訂爭議，因爲歷年的課綱修訂推薦的文言文、白話文選文多沿用自戒嚴時期，目前的高中國語文教育，可以說還未曾解嚴，自然談不上什麼進步性。

貳、作為霸權思想的文化主義

愛德華．薩伊德所批判的戰後新人文主義，其實也就是阿里夫．德里克在〈作爲霸權思想和解放實踐的文化主義〉一文清理的「文化

---

5 愛德華．薩伊德（Edward W. Said），朱生堅譯，《人文主義與民主批評》，北京：新星出版社，2006年7月，頁15。

作爲霸權的手段」、「作爲意識形態的文化主義」，他在本文中以E.P.湯普森對文化的釋義：「文化不是一件事物，而是一種關係」作爲分析視角，由此推論說：文化與政治社會關係之間，存在著「雖然文化不可以還原成意識形態，但是文化問題從根本上講卻是思想體系的問題。雖然它不可被還原成社會政治關係，但是從批評角度講（而不是從意識形態角度講）也不能把它理解爲與這些關係不相干」，因此，既然文化是政治社會關係的產物，政治社會關係對文化就具有優先性。然而，「作爲意識形態的文化主義」顚倒了文化之於政治社會關係的從屬性位置，認爲文化有自主性，文化就是組織社會整體的結構原則，身處社會政治關係之外，卻又邏輯地優先於它們。因而，當文化主義「把文化變成這樣一種自主原則，必然要求這樣一種思想活動，即把牽涉其產生過程之中的社會政治關係的優先性加以神秘化。」[6]

主流保守派人文主義在爭議中，片面只在文化上談文言文的優點、文言文可以怎麼教得好，只說文言文選文是文化經典，卻神秘化他們所謂的文化經典，如果沒有戒嚴統治及其透過國家機器強迫臺灣人接受中國正統意識形態的政治社會支配關係，根本就不可能成立的事實，這就是德里克所謂將文化作爲一種霸權的手段的操作，在95課綱的爭議之後，因爲中國正統意識形態越來越禁不起現實基礎的檢驗，這種意識形態手段，越來越成爲保守派確保其中國文化霸權不墜的論述策略。當然，被這種霸權手段二元對立成只是主張白話文的變革派，也有對立於中國正統意識的意識形態，不過由於他們也深受戰後學院內新人文主義薰陶的變革派，與保守派對詰時，也選擇神秘化自己的臺灣主體意識形態，以免陷入被主流人文主義污名化的「意識形態之爭」，這樣自綁手腳的變革派，也陷在文、白之爭這個泥巴戰，最終連高中國語文教育應以臺灣文學爲主體這個主張，也不敢大聲提出了。

儘管文、白爭論的雙方都有特定的政治立場，但從近幾次高中國

6　阿里夫・德里克，〈作為霸權思想和解放實踐的文化主義〉，王寧等譯，《後革命氛圍》，北京：中國社會科學出版社，1999，頁184、185。

文的課綱爭論過程來看，主流人文主義面對國語文教育民主化、現實化的變革要求時，除了不再公開標舉右翼中國民族主義作爲對話的前提，其應對策略還是跟過去的臺灣文學論戰一樣：一面將自己必然涉及政治社會立場的主張，神秘化爲純文化主張，一面則將任何威脅其既得利益的變革要求，即便變革派已經委曲求全，謹守人文主義的邏輯，只就文化談文化了，一律加上出自意識形態的罪名。由此，保守派所神秘化的中國正統意識形態，就不需要再拋頭露面接受現實的檢驗，其流失殆盡的正當性，因爲被變革派輕輕放過了，它經由戒嚴統治所鞏固起來的權威，甚至還成爲雙方對話的前提。

因而反對調降文言文比率的王德威，在問題爆發之初，接受記者訪問時，一發言，就先將「中國經典」去意識形態化，所以，雖然事實上他是以中國正統意識作爲發言的前提，但這種政治立場因爲被文化主義的「經典」神秘化了，不再需要拋頭露面；一方面則以「文化歸文化、政治的歸政治」的文化主義邏輯，把變革派調降文言選文的主張，以「中國經典」純粹是文化的大義，扣上「意識形態」化的罪名：不該把中國的問題無線上綱到意識形態，因爲中國經典有許多國家、朝代和思考的互相衝撞，讓讀者認識複雜而廣義的中國[7]。「中國經典有許多國家、朝代和思考的互相衝撞」這種空話是不需要邏輯的，「讓讀者認識複雜而廣義的中國」是合道理的，但爲什麼非要在建構國民國家認同的語文教育中進行呢？所以究其實，保守派的論調就是：我的中國立場是天經地義，沒有一絲一毫意識形態色彩，相對關係中的你的臺灣立場，因爲威脅了我中國立場的文化統治權威，所以必然是非文化的政治意識形態。

之後雙方的論爭，就在這種不對等的關係中進行，變革派的任何主張都被保守派打上意識形態化的標籤，毫不留情地進行攻擊，本來應該破、解構主流文化霸權的變革派，卻選擇守勢，對保守派神秘化的中國正統意識形態，採取一種視而不見的態度。臺文學會會長向陽，在支持調降文言比率的記者會上，支持降低文言文比例的主張，針對推薦選文中有在臺日本人的作品所引發保守派有「皇民意

7 同註1。

識」的意識形態攻擊，他的辯護是：推薦選文只是「建議」，是否會採用都還沒有下定論，認爲選文引發各界「意識形態」爭論，已經搞錯方向了[8]。這也是嚴守文化主義原則的一種回擊，還是沒有質疑中國立場在當下臺灣社會的正當性，避免涉入了他們認爲會搞錯方向的意識形態爭論，而錯過了讓文化主義成爲解放實踐的契機。

8月課審會關於課綱文言文的選文做了程度有限的在地化調整，選出六篇臺灣古詩文，消息一出，就招來保守派選的是「沒文采的文章」、「政治意識形態作祟」的指控，其中蔣渭水的〈送王君入獄序〉因文中談及嫖妓，中村櫻溪的〈七星墩山到雪記〉因作者是灣生？是日人？都成爲保守派吹毛求疵的攻擊點。國立臺灣文學館館長廖振富因在臉書上發文澄清中村櫻溪的身分，成爲保守派攻擊的標的，他接受媒體訪問時的回應，所謂「〈七星墩山蹈雪記〉使用許多中國古典詩文典故，描寫臺北盆地百年前的地景，很貼近臺灣學生的生活經驗，老師上課時甚至可以帶著學生實際走一趟。臺灣現代作家劉克襄就曾隨著中村櫻溪的步伐，導覽陽明山古道。」[9]的說法，其實是根基於語文教學理當在地化（亦即臺灣化）的教育原理[10]，保守派當然也認同這個基本原理，他們之所以不接受選入日人作家中村櫻溪的作品，不也出自這個教育原理嗎？但因爲這個教育原理的實踐，必然帶來語文教育的在地化，亦即臺灣化，這當然是保守派所不能容忍的。

所以，既然正反雙方都接受這個根本原理，卻導出互相對立的論點，那麼，保守派和變革派的主張之所以分歧，出自於國家認同的不同這個問題癥結，就是再也掩蓋不住的事實。保守人文主義當然不會

8　記者楊蕓／臺北報導，〈國語文課綱調整臺灣文學學會支持教育部〉，《臺灣醒報》，2017年8月25日。

9　〈高中國文選文爭議臺文館長澄清：中村櫻溪非灣生〉，《中央社》，臺北24日電，2017年8月24日。

10　江寶釵的說法，中央社嘉義市28日電，2017年8月28日。記者引述江寶釵的說法是：她說，全世界沒有任何一個國家會以不在日常生中使用的語言做為國語文選材的核心，因為國語文教育的首要目的，是要教導還子人我溝通、回應生活問題等思維。

自曝其短，但對於「貼近臺灣學生的生活經驗」、「國文教學應喚醒學生在地經驗，進而啓發共鳴、增加學習的興趣」這些說法中的臺灣意識，自然是不會輕輕放過，所以，當廖振富接受中央社訪問繼續澄清「灣生」的誤解的報導刊出後，保守派的意識形態攻擊便隨之而來，《風傳媒》引述廖的說法，並評論說這是「愈澄清描得愈黑」，稱「國文」課綱的「國家」是中華民國，選灣生作品已經沒頭沒腦，但至少是出生在臺灣的作者，選到日本漢學家的作品，「要把自己的國家推到殖民時期的日本」嗎？[11]

以臺灣爲主體來看它被重層殖民的歷史，日本，正如戰後強加給臺灣的中華民國，的確曾經是日治時期臺灣人的國家，面對《風傳媒》這種關於國族認同錯亂的質疑，如果臺灣主體意識夠清楚、夠強的話，我們要回嘴質疑的，難道不是中華民國並沒有比日本更有正當性，對臺灣來說它們是同等的外來統治政權，由此，要進一步檢驗的不正是被保守派神秘化的中國正統意識的正當性問題嗎？由戰後治權只及臺澎金馬的中華民國，以雙方都接受教育在地化的原理來看的話，我們的語文教育，即使接受了中華民國這個國名，難道不該以中華民國現實上治權所及的這些土地上的作家及其文學作品作爲語文教育的主體嗎？國民黨政府在臺灣虛構的中國正統意識形態，從來就沒有過統治全中國的現實基礎，臺灣社會只是受迫於戒嚴體制，才承認其正當性。在臺灣與國際社會互動越來越頻繁的當下，臺灣跟對岸中國不是同一個國家的政治現實，也越發不可能不正視，堅持主張沿用中國文言文做爲國文教育的主體，如果不是認同對岸的中國政權，難道是要讓死透了的虛構中國正統意識起死回生？一個經不起現實檢驗而被臺灣社會唾棄的統治意識形態，保守派還能寄望它守護，從戒嚴時期透過它所鞏固的文化統治地位與既得利益嗎？

不過，對長期受到學院內主流人文主義薰染的變革派來說，擴大意識形態衝突、鬥爭的作法，對他們來說，並不符合他們溫柔敦厚的處事原則，中央社報導說：「廖振富今天再向中央社澄清，他並沒有強烈主張高中國文一定要收入日本人的漢文作品，只是論述該文的

---

11 〈臺文館長：未堅持高中國文收日人作品〉，《中央社》，臺北25日電，2017年8月24日。

文學和教育價值。如果他的立場是認同日本人，就不會在同一段訪問中，爲蔣渭水的抗日文章〈送王君入監獄序〉澄清，也不會寫過關於日治時期監獄文學、治警事件的論文。」[12]廖振富的回應，因爲沒有質疑保守派的中國正統意識形態的正當性，陷入了保守派設定的臺灣是中國一部份的中國正統意識形態的陷阱之中，只有自我設限於這種戰後國民黨政府強加給臺灣社會的漢賊不兩立的對立框架中，上述這個問題才需要澄清，臺灣主體意識夠清楚的話，日本和中華民國對臺灣人來說，同樣都是外來統治者，一輩子沒來過臺灣的中國作家的作品都可以選了，來過臺灣，也寫臺灣的日本人作品爲什麼不行？臺灣人有必要透過右翼中國民族主義的價值視角來定位日本人嗎？

學院內「不涉政治」、「不干預」的人文主義原則，始終制約著變革派的思考，廖振富接受訪問，在爲課綱新選入臺灣散文做辯護時，不只一次提到了跟這次爭議關係密切的「轉型正義」，報導說：「廖振富表示，臺灣現在在講『轉型正義』，蔣渭水的文章就很適合放進國文課教學。」、「廖振富認爲，臺灣社會近來談及『轉型正義』，這類文章就很適合拿來在課堂上討論。〈熟蕃歌〉說『人畏生番猛如虎，人欺熟番賤如土』，作者身爲清朝官員，卻對漢人移民欺壓臺灣原住民，有很深刻的反省和批判，值得現代人深思。」這種說法，自動將「轉型正義」[13]設限於過去，迴避當下後解嚴時期的轉型正義問題，還是很人文主義，歷史人物不會回嘴，自然可以正義凜然地大加撻伐，文、白爭議、國語文教育的去中國霸權化……等等議題，不正是「轉型正義」的一部分？不該據「轉型正義」之理力爭嗎？這種避免衝突的人文主義話語，對「轉型正義」的實踐，一點幫助也沒有，孫慶餘擁護文言文就是反「轉型正義」的說法，所謂「這些文言文擁護者的『食古不化』『不通時務』，更是可想而知！他們要傳承、保護的，恐怕不是古文古書，而是整個封建、極權、反民主反現代、反『轉型正義』的文化！」[14]的說法，雖然露骨

---

12 同上。

13 同上。

14 孫慶餘，〈文言文教育過來人談「文、白爭議」〉，新公民議會newcongress.tw，2017年9月22日。

了些，但至少直接面對了問題，揭露了保守派以「文言文」掩蓋他們擁護封建、極權、反民主的意識形態立場，這些話語沒有一點學院氣，因此也更能一針見血揭露文、白混戰的問題癥結。

當保守派透過神秘化把文化主義作爲一種霸權實施時，變革派的作爲不是像這樣也認可文化自主的原則，自我設限在文化上的爭議，我們該做的是「破解這種用法的神秘化」，因爲「這種神秘化對理解文化作爲霸權手段在社會政治關係中所起的作用是很關鍵的。破解這種用法的神秘，對文化作爲活動的意義加以再確定，可以使文化活動的再現成爲一種解放實踐。」非常遺憾，爭議過程，因爲變革派的回嘴，也受制於人文主義的思維模式，論述上更擺脫不了文化主義的制約，既然迴避了文、白爭議的根源：統、獨政治社會對立關係，所以這些說法不僅不能揭穿保守派就文化論文化所神秘化的政治立場，成爲一種解放實踐，甚且，因爲很有默契地把神秘化當作雙方對話的前提，還成了保守派實施文化主義霸權的幫手。

參、「推薦選文」是國語文教育的緊箍咒

當我們認清，變革派正是在這種人文主義所採取政治「不干預」的立場制約下，因爲不去碰敏感的政治問題，而一再錯過解構被神秘化的中國霸權的時機，臺灣文學學會於8月24日召開的記者會，除了對課審會大幅調整的12年國教國語文課綱表示支持外，發言支援廖振富的主張時，並沒有針對保守派不管歷史是非，只要是正視日治時期歷史的言論，一概將之污名化爲「皇民化」、「日本化」的指控，明辨歷史是非，學會會長所謂的「反對課綱審定淪爲意識型態之爭」，就是迴避意識形態鬥爭的遁詞，前文已指出，複製的正是保守派的人文主義思維邏輯。

課綱爭議的本質就是國家認同的分歧衝突，但95課綱修訂以來，變革派就一直被綁在保守派策略性圈定的戰場中，就經典、文、白比率，文言、白話文孰優孰劣、教學技術……等等看似語文教育應該關心的文化問題，徒勞無功地自說自話。只要參照臺灣史、公民教育的變革派如何對抗馬政府的「課綱微調」，怎麼直接在反中、臺灣主體性、民主普世價值等政治議題上與統派學者對決，怎麼

不惜造成社會動盪，堅持與走極權回頭路的政治、教育體制決裂，對頭衝撞，最後也因爲這種不辯不明的解放實踐，而取得教育民主化的巨幅進步。95課綱修訂之後，國語文課綱之所以不必麻煩馬政府動手進行微調，不正因爲95課綱以來的幾次課綱修訂，從沒逾越過保守派劃定的界線，從沒威脅到保守派的文化統治地位與既得利益嗎？

曾任95課綱研修小組召集人的陳萬益，於8月24日接受中央社的訪問時，對當時選出40篇推薦選文的決定表示後悔，其初衷原本是擔心「一綱多本」各出版社的選文不同，總篇數太多，學生準備考試時壓力會太大，才有推薦40篇的決定，沒想到最後是「參考選文，卻變成考試必讀」，「參考選文讓一綱多本變回一綱一本」，他坦承當時決策錯誤的同時，也不無爲當初的決策錯誤緩頰補充說：

> 這40篇也不是無中生有，很多都是部編版課本選過的文章。委員們也注意到性別問題，刻意挑了2、3篇女性作者，也首度選了臺灣文學作品。當初的目的只是方便出版社挑選的參考性質，並非認定這些文章是文學史上最重要的經典，也不見得是該作家的代表作品。[15]

的確，95課綱透過「一綱多本」讓語文教育更開放、更多元的美意，基本上因爲注意到了性別問題，刻意挑了2、3篇女性作者，並首度選了臺灣文學的作品，而取得一定的進步性。不過，原本參考用的40篇選文，也因爲升學考試爲了公平而演變成各出版社不敢選獨家的選文，這40篇選文因而成爲各出版社不敢不選，即便只有25篇當正式課文，剩下15篇也一定列作考試必讀的補充教材[16]，而辜負了一綱多本的美意。

儘管陳萬益訴諸「部編本」的權威來爲這40篇選文背書，但這種將「部編本」中性化的說法，顯然又是文化主義作祟下造成的

15　〈推薦選文變考試核心課綱召集人懊悔〉，中央社臺北24日電，2017年8月24日。

16　同上。

盲點，部編本的權威，並不與生俱來，而是來自禁錮思想的戒嚴體制，95課綱的修訂之所以要以一綱多本取代一綱一本，不正希望從這種思想禁錮中解放出來嗎？95課綱修訂後高中國語文教育的改革步伐之所以停滯不前，關鍵不就在部編所推薦的40篇選文嗎？這40篇選文帶有強烈的封建色彩，並被賦予養成順民的政治目的，正如孫慶餘批判指出的：

> 不根據（包括傾聽）主體需要，只根據專家甚至國家需要擬訂教育計劃，那是國家主義、封建主義專制，或是專家獨裁，不是現代教育。國民黨蔣家政權在臺灣培養了許多『順民』，愚忠愚孝而不慣獨立思考，到廿一世紀還在迷信領袖主義、迷信法師宮廟（這兩種迷信都是極權及父權教育剝奪了人的主體性、將依賴及盲從『內化』後的產物）、迷信文言比白話更富美感及中華文化，就是現代教育失敗的證明。[17]

孫慶餘這些話說的還是露骨了些，不過都是實話，我們只要看看保守派由王德威院士領銜發出的「國語文是我們的屋宇」的宣言，面對變革派有人提議取消推薦選文以落實一綱多本的開放精神時，他們是怎麼遷就陳萬益接受訪問時已經幫忙疏通過的「考試領導教學」的邏輯，把保留「推薦選文」當作主要訴求之第二點，就可以知道這40選文多麼事關重大，儘管話說得好聽：「考試引導教學的狀況一時難以改變，推薦選文篇目的作法，實有保護學子學習之必要（一推薦，就是那些經年不變的所謂經典又被用來教育）。」，但這些話還是很文化主義，這些「經年不變的所謂經典」與戒嚴統治的關係還是被神秘化了，這些源自戒嚴時期，由統治者精挑細選的文言選文，對保守人文主義延續他們在戒嚴時期就已鞏固起來的「文化統治」，不知有多重要，所以一絲一毫都不能讓步，課綱的修訂，什麼「基本理念」、「課程目標」、「核心素養」等等綱目，要修訂得多麼多元開

---

17 同註13。

放、多麼民主化，隨便你天花亂墜的寫都無妨，只要這些文言選文在解嚴後能繼續被沿用，推薦選文的制度不被取消，這些被保守派神秘化的「推薦選文」的權威性，就能繼續發揮教忠教孝的作用，繼續扼殺莘莘學子的主體性及獨立思考，這樣，當然也就不會有人啓疑：解嚴不是已經很久了，民主時代的國文教育爲什麼還是沿用戒嚴體制推薦的選文？只要文言選文中君君臣臣、父父子子之道，還能繼續發揮馴化的教化作用，養成順服的下一代，文化界的保守人文主義的文化霸權，當然就不會受到挑戰，他們作爲文化統治者的地位及既得利益，自然可以一代又一代傳授給自己人。

由以上的分析來看，95課綱修訂之後的高中國語文教育，主體還是沿用自部編本的40篇選文，新加選的女性、臺灣作家、原住民作家作品，由於篇數非常有限，只是聊備一格。因而，它所能達成的變革，頂多只能算是一種所謂「附加性多元主義」，克莉斯汀・L・布諾斯在〈追蹤核心知識運動——自上和自下得來的歷史經驗〉一文，分析美國捍衛主流文化形式的核知會透過「右翼多元主義」收編邊緣文化，讓邊緣文化看似得到主流文化的價值認可，實際上卻依然臣服於主流文化的困境，看來就是95課綱修訂之後，高中國文教育迄今在面對的，她分析說：策略會的策略是實現某種特定形式的妥協，它能吸引處於邊緣的社會群體的文化感受力，同時有能將這種感受力導向主流文化的方面，這顯示出了一種新興的、更有「成功」潛力的霸權策略，這種策略可被稱爲「右翼多元文化主義」。相比之下，附加性多元文化主義（addictive multiculturalism）常被視爲一種保守的文化策略，它能做的只是在課程中「粗略提到一些有限的、零散的有關弱勢群體的歷史與文化」。[18]

95課綱修訂後，女性、原住民文學與臺灣文學在高中國文課本中的存在，如何聊備一格，有多「有限」、有多「零散」，眾所周知，不必我詳加指摘。一綱多本教育開放的美意之所以遭到這樣的

---

[18] 克莉斯汀・L・布諾斯，〈追蹤核心知識運動——自上和自下得來的歷史經驗〉，收於邁克爾・W・阿普爾等編，《被壓迫者的聲音》，上海：華東師範大學出版社，2008年9月，頁54。

踐踏，追根究底，還是要歸因於變革派無法識破、揭露神秘化後的「部編本」、「40篇選文」的意識形態位置，既然變革派改革的腳步，只是隨著保守派「作爲意識形態的文化主義」邏輯起舞，改革原地踏步，當然也就是必然的結果。克莉斯汀·L·布諾斯批判這種右翼多元主義策略說：「統治者按照鮮明的保守路線重新定義多元文化主義的表現形式並把多元文化主義視作一種確定無疑的妥協。通過這種妥協，統治者的一些改革可以照顧到被壓迫者的部分利益，因而前者經常能夠贏得後者的認同，但是這些改革仍在延續現有的文化統治。」[19]變革派主導的95課綱的修訂，既然自己畫地自限，並「仍在延續現有的文化統治」，當然不受政黨輪替的影響，繼續被馬政府沿用，更不必勞動「課綱微調」來刪刪減減了。

肆、所謂「經典」

歷次課綱修訂所引發的文、白爭議，保守人文主義總是操作文化主義的手法，將這些文言文選文神秘化爲「文化經典」，藉此來掩蓋他們所謂的經典與戒嚴統治、中國正統意識形態的政治社會關係。這次自然也不例外，保守派「國語文是我們的屋宇」的共同宣言的第三點，就不厭其煩地重彈這個舊調：「文化經典是一國文明素養的重要內涵，如何讓它們自然融入在地的社會環境，讓學生不只藉由它學習語文，更能從中陶鑄審美與想像的能力，宏觀的視野與思想，成爲具有文化素養的現代公民，宜有更爲詳細的規劃。」[20]做這樣宣示，當然有引領輿論風向的企圖，圈定爭論焦點的用意，果然，此後「經典」之說四起，好像臺灣學子不讀這些文言選文，不感染一下這些戒嚴體制精挑細選的選文中的封建性格，就成不了「具有文化素養的現代公民」一樣。

保守派的頭人王德威，8月25日接受《聯合報》獨家訪問時，就

---

19 同上，頁52。

20 記者馮靖蕙，〈全文／多位院士、教授連署：課綱文類比例不宜任意裂解限縮〉，《聯合報》，2017年8月25日。

標舉「經典」來引領保守派的防守與攻擊的方向，報導轉述他的說法：「『經典沒有時代跟國籍分別。』王德威說，在西方中學以上和大學本科，都有原文經典的課程，從柏拉圖、亞里斯多德開始讀，學習的國家和文化也涵蓋法國、英國到北美。很少人拿經典的時間性，以及民族和國籍認同大作文章。」[21]所謂的「經典」，眞的如王德威所論，沒有時代與國籍之別嗎？西方人文學科的胸襟，眞的大到沒有民族和國籍的的界限嗎？顯然不是，王德威所舉的希臘、法國、美國和北美，都含括在廣義的，相對於東方的歐洲的範圍之內，愛德華．薩伊德在〈俗世批評〉一文，分析、批判了王德威所津津樂道的歐洲人文學科的建制，在他眼中，歐洲人文學科，並沒有王德威引以爲典範的開放性，他分析說：「支撐歐洲人文學科的課程結構是顯而易見的證明：了不起的文本、了不起的教師、了不起的理論具有一種逼你肅然起敬的權威，未必是憑內容吸引關注，而是因爲它們資格老或有勢力。這些課程結構經久地傳遞下來，似乎不受時間影響，一向都如神職者、科學家、高效率的官僚教導那樣備受尊崇。」[22]這段描述，確實有王德威在意的不受時間影響的「時間性」，然而，在愛德華．薩伊德看來，所謂的「不受時間」影響是有問題的，經典之所以被經典化成不受時間影響，只不過是爲了樹立「逼你肅然起敬的權威」而已。

正如愛德華．薩伊德所指出，歐洲人文經典的「權威」是歐洲中心主義的產物，既然以歐洲爲中心，對非歐洲文化的排除，就是鞏固歐洲人文經典權威的必要手段，那麼，所謂的「經典」，不僅不是「不會」，而是更會「在民族與認同大做文章」，歐洲人文學科的排他性格是這麼強烈，因此，近來雖然有很多「新文化，新社會，新興的社會、政治、美學秩序願景」，都想要「爭取人文主義者的注目，但是，基於十分易懂的緣故，它們還是被拒於門外」，因此，由

---

21 記者王靖蕙，〈獨家／王德威：文言文課數比例下降戕害弱勢學生〉，《聯合報》，2017年8月25日。

22 〈俗世批評〉，愛德華．薩伊德，薛絢譯，收於《世界、文本、批評者》，臺北：立緒，2009，頁37。

排除機制所鞏固的歐洲人文學科的教育現狀，在愛德華・薩伊德的描述下，不僅不是沒有民族與認同的問題，反而是「我們的學生學習『人文學科』的時候幾乎被告知，這些經典文本所體現、表達、代表的是我們的傳統——也是唯一的傳統——的精華。此外學生也被教導，人文學科這類學門和『文學』之類的分支都生存於相對中性的政治環境裡，它們應該被欣賞、受敬重，它們——就文化而言——界定了什麼是可接受的、恰當的、合理的。按這關係，隸屬我們的就是好的，因此才有資格併入，納入我們的人文學科研讀方案，根據這種偏狹觀念斷定不隸屬於我們的東西一律排除在外。」[23]

「代表的是我們的傳統唯一的傳統」、「它們應該被欣賞、受敬重」等等說法，似曾相識，回頭看這場爭議，不就是保守派有樣學樣，東施效顰的不正是這種歐洲中心主義的排他、偏狹觀念，這種以中國中心取代歐洲的中國正統意識，在以我性界定了什麼是可接受的、恰當的、合理的標準之後，便啓動文化排除機制，按這是屬於我們的，所以是好的標準，即便是戒嚴時期完全基於政治考量，爲了灌輸中國正統意識形態，惡名昭彰的部編文言選文，還是最有資格作爲高中語文教育的經典教材；因爲是我們的，不被認爲隸屬於他們的臺灣文學，因此一律被排除在外。這是95課綱爭議以來，在學院、教育界盤據統治地位的保守派持續進行著的，不問是非，只問你、我，持續進行的文化霸權排除他者的行動。這種文化排除不是現在才啓動的，早在戒嚴時期，本來就是國民黨政府及爪牙警總、教育機構、官方文藝團體最爲拿手的把戲，中國正統意識、中國文言選文就是國家通過各種國家機器的強制力，將一切異己排除於文化之外後，強加給臺灣社會的。

因此，並沒有保守派從戒嚴時代就能琅琅上口的「文化的歸文化、政治的歸政治」那回事，「文化經典」就是一種非常政治化的文化主義論調，愛德華・薩伊德提醒我們說：「文化」不折不扣「是一套區分差別與評價高下的系統」，這套文化系統：

---

23 同上，頁37。

> 並不因此就比較不強勢、不專橫，這是政府裡特定階級可以認同的一套系統。此話的意思也是說，文化是在體制之上制定卻在整個體制之內貫徹的一套排外系統，按這個系統確認何謂無政府、騷亂、非理性、低劣、粗俗、敗德，然後把這些惡質放在文化之外，並且用國家政府的力量把它們留在文化以外。從另一方面看，也就是把一切非最好者斥為異己的負向信條。……
> 文化得到統治社會的霸權所憑藉的自我加固、自我確認的辯證，是以不斷區別自己與非我族類為基礎。這種區別行為經常是藉著把評估了的文化與「他者」對比而完成的。[24]

通過戒嚴，國民黨政府如何「用國家政府的力量」，通過國家機器的強制性壓迫力量制定，並在整個體制之內貫徹的右翼中國正統意識形態這套文化排外系統，在政治上將左翼，在身份認同上將臺灣認同，在文化上將臺灣、原住民文化……等他者，確認爲無政府、騷亂、非理性、低劣、粗俗、敗德，而將這些所謂的惡質排除於文化之外，又如何通過中國正統霸權的自我加固、自我確認的辯證，確認了右翼的、古典的中國文學、高中國語文的中國文言文選文……才是文化、才是經典，才能登上國語文教育的大堂。這種自我確認的歷史的另一面，則是少數者文化被排除、文化價值被低估、尊嚴被踐踏的一段屈辱史，解嚴、民主化後的臺灣社會，大概就只剩下這群還眷戀著文化統治地位、仍然受制於「族裔中心主義」的保守派學者，還不肯承認這段排除他者的歷史，不願面對少數者在文化上要求的「轉型正義」，這種「轉型正義」其實並沒有什麼過分奢求，他們的心願很小，只是要求臺灣社會重估長期被主流人文主義的文化強權排除了歷史在場的少數者文化的價值，回復他們長期被主流人文主義玷污的文化尊嚴而已。

因此，保守派之所以說文化經典不干民族、國籍，只是在要弄戒

---

24 同上，頁24。

嚴以來他們就十分嫻熟的「文化的歸文化，政治的歸政治」的兩手策略而已，「文化往往牽涉一種含攻擊性的國家、社群、歸屬的意識」[25]，王德威當然知道文化、經典有民族、國籍，95課綱的40篇文言選文，除了最後三篇涉及臺灣歷史經驗，其他37篇都中國作家的作品，這些中國古典文學反映的中國的歷史文化經驗，而被污名化的臺灣歷史文化，既已被中國文化霸權排除在歷史現場之外，這些被徵用來建構臺灣人國族認同的中國古典文學，當然起著建構臺灣人是中華民族，在臺灣的中華民國才是正統中國的意識形態效力。保守派勸變革派「文化經典」不要有「民族」、「國家」的說法，只是勸誘論敵自己放下反抗武器的一種手段而已，不是站在對立的國族立場上，將文言文與保守派的中國立場劃上等號，他怎麼判斷白話文的主張者有「他者」的民族、國籍呢？中國正統意識形態當道的戒嚴時期，主流人文主義徵用了這些文言選文，他們之所以成爲所謂的「文化經典」，只不過是因爲它們能起維護右翼中國的民族、國籍的界限這種政治效用而已。所以，我們就不必那麼在意保守派冠冕堂皇的論述：比起淺薄白話文，文言文有多深邃、優美，古文中的封建等級意識可以涵養國民的現代文化情懷的說法，認眞跟這些說法對話，只是浪費時間，只要揭露這些宏論所要鞏固的政治社會支配關係，這些「文化的歸文化」的文化主義論調，只不過是用來神秘化其政治支配企圖、國族立場的煙霧而已。

伍、結論

不過，文、白之間還是有是非的，語文教育還是要借重當代的、在地的文學最有效力，尤其這種保證出自保守派的學者，那當然更有公信力了，更值得保守派的學者放下意識形態的身段，讓文化的眞正的歸文化，認眞地面對語文教育的學習效率的問題。保守派學者須文蔚受訪時，以中國近年來的國語文教育的變革爲師，主張還是文言文更有助於表達能力的養成，報導引述他的說法：「『臺灣丟掉的，大

[25] 同上，頁24、25。

陸現在要撿！』東華大學華文文學系系主任須文蔚指出，大陸從小學開始加強文言文教育，甚至在高中升大學的入學考試中，還要考文言文默寫，且陸生的閱讀量非常大，導致臺生跟陸生的語言能力差異大。縱使是讀理工科的陸生，書寫和表達能力都高於臺灣文學院的學生，『古典詩詞或散文的譬喻，陸生都是隨口引來。』」[26]中國最近才開始加強文言文的教育，是不是在向國民黨政府的戒嚴統治透過儒家思想爲中心的文言文教育進行思想控制學步，在馬克斯主義失去整合中國社會的力量後，想回頭以文言文、古典文學中的封建等級意識統合愈趨紛亂的中國社會？那是以中國爲師的須文蔚不會想去辨明的，然而，他所謂「縱使是讀理工科的陸生，書寫和表達能力都高於臺灣文學院的學生」的說法，是自己搬石頭在砸自己的腳，他爲文言文有利於語文表達的養成背書的這段說法，存在著不可克服的邏輯錯亂，因而也反打了文言文一個巴掌。

第一個邏輯錯亂是，如果文言文爲主的語文教育，如須文蔚所言，那麼有助於書寫和表達能力的養成，那麼戰後迄今都以文言文爲主養成的臺灣學生的語文表達能力，怎麼會比才剛要強化文言文教育的中國學生還差呢？第二個邏輯錯亂是，就現在來臺灣就讀的這個世代的學生大概20歲上下的年紀來看，他們接受的並不是中國最近才啓動的，增加文言文比率的語文教育，反而應該是政策改變之前，以魯迅爲代表中國現當代作家的白話文學的語文教育，如果須文蔚上述的觀察可信，臺灣文學院學生的書寫和表達能力，連中國理工科的學生都比不上的話，那麼不正是因爲臺灣學生接受的主要是文言選文，而中國學生接受的主要是白話文學爲主的語文教育，才造成他們之間語文表達能力非常懸殊這種結果嗎？所以，到底是文言還是白話有助於表達能力的養成？是非黑白，其實已經被須文蔚這種錯亂邏輯證明了，剩下的只是保守派願不願意正視、接受這個事實而已，如果立場比是非重要，任由意識形態凌駕一切是非，那爭論再多，也只是各是其是、各非其非，並無助於問題的解決。

---

[26] 記者馮靖惠，〈東華教授：理工科陸生的語言能力比文學院臺生好〉，《聯合報》，2017年8月20日。以下須文蔚的發言皆出於此。

須文蔚接受媒體訪問時的發言，也支援王德威的「文化經典」說，從古典文學是經典的角度，反對文言文比率的調降，「他認為，理解古典文學，是不妨礙臺灣自主和臺灣整體性的。有臺灣精神、一些晚清的士大夫，其實都是精通古文，像是賴和。語文和文字是認識文化的工具，不需要全部都砍掉，就像美國是一個新興國家，但也沒有拋棄莎士比亞。『文學經典或語文經典文本的閱讀，不應淪為意識形態的爭奪。』」，須文蔚上述的說法，也是一種去政治化的文化主義論調，他小心翼翼地只說古典文學，神秘化了政治性的中國國籍，如果我們讀的古典文學經典眞的像他所說，或如王德威所謂是無民族、國籍的，那得出理解古典文學，是不妨礙臺灣自主和臺灣整體性的結論，是合邏輯的，但很不幸的，他所謂的古典文學，正如前文已辨明的，既有民族、也有國籍，並帶有強烈的排他性，過去，這個民族與國籍曾為了樹立其霸權地位，傾全力打壓臺灣性，當下，則有另一個崛起並取而代之的中國霸權，不斷透過各種管道封殺臺灣的生存空間，這種被「古典文學」這種文化主義掩蓋不見的政治社會壓迫關係，是無法用不符合政治現實的「無國籍」一筆勾銷的，所以，「理解古典文學，是不妨礙臺灣自主和臺灣整體性的」的說法，追根究底還是一種霸權話語，只要說法符合保守派的政治利益，合不合邏輯，根本不重要，這是他的說法邏輯錯亂之三。

宣言以我們「屋宇」這個意象來定位用「國語文」包裝的「文言文」，其實並不怎麼高明，這顯示出多少文言文的優勢，不得而知，但既然是有形的屋宇，高度有限是可以確定的，同時，屋宇也是家的換喻，屋宇固然能遮風避雨，但保守派之所以選擇屋宇這個意象，雖可以看出他們想大庇天下學子的善良用心，不過，屋宇所鞏固的家，也不光只有父慈子孝的光明面，由這個宣言的目的就在樹立文言選文的經典權威這種霸權企圖來看，「屋宇」也不免流露出管束未成年的小孩的這種家父長心態，這讓人不得不正視，家同時也是父權施展控制欲望，壓制個人自由的空間場域，參戰的雙方都很喜歡將這場文、白論爭比附為中國五四新文化論戰，因此，如果由中國新文化論戰中封建與反封建的對抗關係來看，保守派所欲撐起家這個「屋宇」，只會讓人聯想到「自由戀愛」想要擺脫的封建家庭中父權的支配慾望，以及透過遮蔽天空的屋宇欲蓋彌彰的霸權意識而已。

王德威所謂「不該把中國的問題無限上綱到意識形態」[27]的說法，其實已透露出不認同被左翼中國統一的立場，言外之意，其實也相當程度地接受了臺灣並非中國一部份的政治現實，就如上文一再證明的，文化與政治是無法二分的，文化主義所謂「文化中國」既然是一種政治認同，不是指向彼岸的中國政權，就是暗指臺灣內部右翼中國正統的舊統治意識形態，而國民黨中國正統意識的正當性、合法性，如何因爲臺灣社會臺灣是臺灣、中國是中國的現實意識越來越強烈，以及彼岸中國霸權崛起對臺灣生存空間的排擠而逐步瓦解，也是王德威這樣的保守派不得不面對的現實，既然中國正統的舊統治意識形態越來越難以用來合理化臺灣的國語文教育應以中國文言選文爲主體的主張，所以保守派在爭議的過程，如何將爭論的焦點圈定在純文化的「文、白之爭」，爭論過程也盡量避談，過去臺灣文學論戰中總是標舉爲不可挑戰的對話前提：政治上既然臺灣是中國的一部份、文學上臺灣文學也只能是中國文學一部分的官方意識形態，這些動作都可以看到保守派在政治立場上的左支右絀。由此，正面一點看，「文化中國」的說法，未嘗不是保守派初步正視政治上臺灣不屬於中國的現實的一種進步，不過，進這麼一步，還遠遠不夠，正視臺灣重層殖民的歷史，進一步不這麼唯「文化中國」是尊，進一步爲「文化中國」在臺灣重層殖民歷史所造就的多元文化系譜中，爭取它作爲前統治者該有的一席之地，也可以是保守派在塵埃稍告段落，如果再有爭議，可以進一步考慮的轉變，也說不一定。

---

[27] 同註1。

當代中文語境的文白之爭與紙本時代終結的語文倒退

萬胥亭
成功大學中國文學系副教授

摘要

一，吾人嘗試從一種「書寫的語用學」之中立觀點，超越統獨之爭，考察文言文在當代中文語境的實用價值。中文是一種非拼音的文字書寫系統，說與寫差距極大。中文的句法結構較鬆散，須借助文言文與古典詩詞之句法語彙，文章才能寫得精練漂亮！所以當代中文的實際書寫狀況是「文白夾雜」。而「文白夾雜」反證文言文仍是活的語言，包括臺獨正名運動亦遙承孔夫子的「必也正名乎」！

二，語用學作為更廣義的「語境學」，同時即涵「語言政治學」。語言的確不是一種中立的媒介與載具，使用一種語言同時就是在傳承延襲此語言所承載的文化傳統與民族記憶之沉積結晶。語言的連結就是文化的聯結、民族的聯結！可以理解臺獨作為民族獨立運動何以亟欲藉由「去文言文」來達至「去中文化」與「去中國化」！但何妨參照美國獨立並未訴諸「去英文化」，更不會說莎士比亞是造神！

三，置於當代媒介環境之巨變轉型，正如麥克魯漢預言，我們正從文字印刷媒介所造就之「啓蒙現代性」之「紙本時代」走向電子媒介時代。而「媒介即訊息！」電子媒介環境不利於文字媒介溝通表達更複雜深刻之意義與感覺。紙本的終結導致文字讀寫能力倒退，以文字為主要載具的概念思維與語感也一起退化。這一波文白之爭論述水準之狹隘浮淺、虛矯粗鄙，正反映了紙本時代終結的語文倒退與思維退化，以及更深層危機之人文式微與啓蒙終結！

關鍵詞：書寫的語用學、文化領導權、民族主義／種族主義、印刷現代性、電子媒介環境

壹、導論

關於「文白之爭」，持「去文言文」或「反文言文」立場者所持的理由不外乎兩大端：

一、實用的理由：文言文沒有實用性，純屬老朽腐化的語言，甚至死去的語言，與臺灣當下的生活語境嚴重脫節，甚至對臺灣社會的改革進步造成極大障礙。

二、政治的理由：文言文是中國人的傳統語言，臺灣人不是中國人，沒有理由繼續使用文言文。臺灣人作爲追隨美日現代化文明之現代公民，繼續使用文言文，不啻是繼續接受中國文化的殖民，無法建立臺灣文化的獨立自主性！

所以，獨派發動「文白之爭」，有意或無意、自覺或不自覺地沿襲套用了五四時期胡適發動「白話文運動」將「文言文vs.白話文」類比爲文藝復興時期歐洲民族國家興起，反抗羅馬教廷之「拉丁文vs.方言」模式！此一「文言文：白話文=拉丁文：方言」之類比公式，同時涵攝今日獨派「去文言文」的兩大理由：

一、實用的理由：文言文一如拉丁文，是老朽僵化與死去的無用語言！

二、政治的理由：文言文一如拉丁文，是外來異族殖民霸凌我族之神權帝國官方語言！

所以文言文作爲一種「拉丁文」，不只應「棄如敝履」，根本就是「死人骨頭」，「非去之不可」、「必去之而後快」！

針對獨派「去文言文」的兩個理由，吾人嘗試從三個層面切入，重新析論定位「文白之爭」的眞正旨趣所在：

一、吾人嘗試從一種「書寫的語用學」（pragmatism of writing）之中立觀點，超越藍綠統獨的意識型態之爭，考察文言文在當代中文語境是否仍具實用價值？

二、從語用學作爲一種更廣義的「語境學」與「語言政治學」的角度，考察臺獨發起「文白之爭」沿襲套用胡適白話文運動之「拉丁文vs.方言」模式，實乃「藍綠之爭」與「統獨之爭」的延伸！吾人嘗試超越「意識型態」鬥爭模式，提出一種「文化領導權」（hegemony）競逐之新模式，將「文白之爭」定位爲一種

「語言政治學」的文化戰爭與理念戰爭！

三、置於當代媒介環境之巨變轉型，吾人嘗試從麥克魯漢（Herbert Marshall McLuhan）的《理解媒介》（*Understanding Media: the Extensions of Man*）預言「電子媒介興起vs.文字印刷媒介式微」之更宏觀的時代精神背景，看待這一波「文白之爭」實只是電子媒介環境的衝擊覆蓋下，印刷紙本時代急速衰退式微，發生在文字媒介環境本身的「茶杯內的風暴」！

貳、從「書寫的語用學」看文言文的「存在的理由」

關於「文白之爭」，有沒有可能跳出藍綠統獨的意識型態之爭來看待文言文的存廢問題？有的，我建議採取一種「實用主義／語用學」（pragmatism）的觀點，從臺灣當下的中文實際使用狀況來評估文言文的實用價值。

二十世紀西方哲學發生一「語言學轉向」（linguistic turn），從笛卡爾、康德之現代主體哲學之「意識典範」轉向「語言典範」。此「語言學轉向」至二十世紀下半葉，更進一步發展爲「語用學轉向」（pragmatic turn），發端於後期維根斯坦的「語言遊戲說」（language game），強調「意義即使用」，語言的意義須置於語言使用的實際脈絡語境（context）來理解，不同的語言使用方式有如不同的遊戲規則，一種「語言遊戲」對應著一種「生活形式」。英國哲學家奧斯丁繼而提出「言說—行動」理論（speech-act），將語言的使用脈絡與吾人日常實踐的行動脈絡直接連結起來，使西方哲學之「語用學轉向」進一步發揚光大。

但無論維氏或奧氏所設想的語用情境幾乎都是口語說話。其實語用學的研究對象不應局限於「說」，也應涵蓋「寫」，所謂「語言」本就是「語／文」，應同時涵蓋口語說話（speaking）與文字書寫（writing）。關於文言文存廢，吾人建議從一種「書寫的語用學」觀點（pragmatics of writing）來超越藍綠統獨的意識型態之爭，將問題表述如下：

無論你認為臺灣人是不是中國人，只要仍使用中文（或

> 曰「華文」、「漢文」）來書寫，就必須多讀文言文，才寫得出好文章。

這裡當然涉及中文本身的特性。眾所周知，西方語言是拼音符號系統，以語音之差異來區別語義之差異。中文則是非拼音之書寫符號系統，以字形之差異來區別語義之差異。因爲中文不是拼音系統，同音字很多，所以無法在電腦上直接拼音書寫，看中文電影亦需有字幕。因此中文之符號指意模式（signification）自然會偏向以文字書寫之字形辨識爲主導模式。華人學習西方語言時，習慣以中文書寫之字形辨識記憶模式來學習西方拼音符號，往往事倍功半，不得要領。就中文的實際使用狀況，口語與書寫的差距遠大於西方語言。

環顧當代的中文書寫狀況：胡適推行白話文運動以來，今日中文媒體上的各類書寫，請問有幾篇文章是用純粹口語寫成的白話文，恐怕只有給兒童看的童書符合胡適的白話文標準。絕大多數的文體都是「文白夾雜」，報紙社論是「文白夾雜」之中文作文典範。

且容本文來一個「自我指涉」、「自我反身性」（self-referential, self-reflexive）的提問：

> 在今日這場「文白之爭」的學術研討會中，請問，有哪篇論文可以用純粹的口語白話寫成？有哪一篇不是「文白夾雜」？
> 強烈主張「去文言文」的學者，請為我們示範用純粹的口語白話寫一篇中文學術論文！

關於中文書寫很難完全口語化、白話化，我因爲學習法文的經驗而有另一層體會。我發現法文的句法結構較英文嚴謹，英文又較中文嚴謹（據說德文與拉丁文最嚴謹）。正因爲中文的句法結構較鬆散，所以在書寫表達上，須廣泛借用文言文與古典詩詞的句法與詞彙，文章才能寫得精練漂亮！

在當代中文的日常用語中，人們仍常講「有條不紊」，其實語出中國最古老典籍《尚書》！（〈盤庚上〉：「若網在綱，有條而不紊。」）或是「小心翼翼」（《詩經・大雅・大明》：「維此文王，小心翼翼。」），「自暴自棄」（《孟子離婁章句上》），「飛揚跋扈」（《北史·齊高祖紀》，杜甫《贈李白》）、「炙手可熱」（杜甫《麗人行》），仍是當代中文書寫的常用成語。至於孔夫子的「是可忍孰不可忍？」（《論語八佾篇》），孟子的「雖千萬人吾往矣！」（《孟子公孫丑章句上》），太史公的「成一家之言」（司馬遷〈報任安書〉），不僅仍是中文書寫的常用句型，即使在日常口語中也是琅琅上口。

包括臺獨最愛講的「正名運動」，不也是直承自孔夫子「必也正名乎！」之思想旨趣？有什麼比「正名」二字更能精煉濃縮傳神地表達「改國號，立正朔」之臺獨建國精神！換言之，「正名」一詞是不折不扣的文言文！這證明文言文仍是一種活的語言，活的中文，活在當代中文語境的日常使用中！獨派要徹底「去文言文」，恐怕得先給「正名運動」換個名字。叫「正名」，不嫌儒（魯）味太重，太封建了嗎？

記得數年前的一波文言文存廢爭議中，五月天樂團的主唱阿信曾站出來肯定文言文的重要性。五月天的深綠光譜自不待言，所以阿信的立場頗能代表一個具有中文創作經驗者跨越統獨的中肯發言，也印證本文的「書寫語用學」立場：

> 無論你認為臺灣人是不是中國人，只要仍使用中文書寫，就必須多讀文言文，才寫得出好文章。

參、「文白之爭」作為「文化領導權」競逐的文化戰爭

> 我們說同一種語言，我卻聽不懂你在說什麼。
>
> ——卡夫卡

吾人從當代中文書寫狀況的「文白夾雜」現象來闡明文言文的實用價值，證明文言文仍具有「存在的理由」，因爲「實用的理由」就是「存在的理由」。但獨派爲何要一筆抹殺文言文之「實用的理

由」？理由很簡單，因爲「政治的理由」！獨派正是基於「政治的理由」而刻意漠視否認文言文的「實用的理由」，發動「去文言文」的「文白之爭」。那麼，什麼又是獨派的「政治的理由」？眾所周知，當然就是藍綠統獨的意識型態之爭！文白之爭就是藍綠統獨之爭的延伸！然則，何謂「意識型態」仍有待闡明。

今日大家掛在嘴邊的「意識型態」一詞，很明顯已非馬克思所說的ideology之本意（統治階級所建構的一套觀念體系作爲灌輸給被統治階級之錯誤世界圖像，藉以掩飾美化其階級利益其實是建立在眞實生產關係中對被統治階級的不公平剝削宰制）。所以藍綠統獨之爭作爲一種意識型態鬥爭，已非馬克思所說的階級鬥爭，而是以省籍爲座標軸的族群鬥爭。就此而言，臺灣當前所謂的意識型態鬥爭其實更接近施密特（Carl Schmitt）的「政治概念」（concept of the politic）所界定的劃分「敵／友」，黨同伐異的生死鬥爭。正如知識領域要劃分「眞／假」，道德領域要劃分「善／惡」，經濟領域要劃分「利／害」，美學領域劃分「美／醜」，政治領域則要劃分「敵／友」。所謂「泛政治化」就是讓「敵／友」之劃分凌駕於一切文化價值關於「善／惡」、「眞／假」、「美／醜」之劃分，甚至凌駕於經濟上之「利／害」。換言之，在政治領域中，一切眞假、對錯、善惡、美醜之文化價值都只是手段與藉口，都是爲了服務於劃分敵我，黨同伐異之政治鬥爭之最高目的。因爲政治的本質就是誓不兩立的殊死戰，不是你死，就是我亡！沒有什麼價值比攸關生死的敵我鬥爭更爲迫切重要，任何文化價值——眞假、對錯、善惡、美醜，都必須服從於「是敵是友？」之最高原則！今日蔡政府之「雙重標準」正是在貫徹執行「是敵是友？」之最高政治原則！

今日綠營臺獨之操作模式，可視爲施密特「政治概念」之「道成肉身」（incarnation）。正如施密特指出，爲了將敵友鬥爭推到最強度，甚至可以不顧經濟利害，「甚至與政治敵人擁有商業往來會更佳有利。然而，政治敵人畢竟是外人，非我族類。」（施米特，21）蔡政府不承認「九二共識」，導致陸客來臺銳減，臺灣觀光產業瀕臨崩盤之巨大經濟損害，但蔡政府仍堅持不鬆口，因爲不承認「九二共識」是臺獨劃分敵我之基本底線！蔡政府證明政治上之劃分敵我可以完全凌駕於經濟利益考量之上！

理解到「文／白」之爭在本質上就是施密特的畫分「敵／友」之殊死鬥爭，則一切乖言謬論皆可迎刃而解。因爲一切關於「文言文／白話文」之知識、文化、學術討論都只是藉口與手段，乃至實用性、功利性考量亦屬次要，重要的是將「文／白」之爭納入當前臺灣政治範疇之「藍／綠」、「統／獨」、「中／臺」、「外省／本省」之「敵／友」劃分，形成「文言文=藍=統=中=外省vs.白話文=綠=獨=臺=本省」之基本政爭格局。

所以，文白之爭作爲藍綠之爭的延伸，當然也延伸了藍綠之爭的所有屬性。吾人已見證實際戰況：藍營被軟土深掘，兵敗如山倒。何以致此？因爲綠營是施密特「政治概念」之最佳傳人，貫徹奉行劃分敵友之「泛政治化」鬥爭，藍營則自行「去政治化」，完全喪失戰力鬥性，所以只能「人爲刀俎，我爲魚肉」之任人宰割。這一波文白之爭的兩造陣營一挺文言文與反文言文，亦完全延伸此「去政治化vs.泛政治化」之藍綠政爭格局。中研院院士王德威、曾永義、孫康宜、李惠儀、李歐梵、何大安6人，反對「十二年國教課程綱領」降低文言文比例，發起聯署「國語文是我們的屋宇：呼籲謹慎審議課綱」，就展現出泛藍「去政治化」之謹小慎微，猶豫支吾，欲振乏力。且看其支持文言文舉出的第一個理由：

> 一、白話／文言不應有如此巨大分別，從國語演變史（國語文法、現代漢語史）的發展觀察，國語是20世紀初以來我們詮釋古典、創作新文學的工具，其中包含新舊、跨地域的語文或文學演變，將古典文學與現代文學一刀兩斷，實則忽略彼此交織的事實。

何謂「國語演變史」？誰又跟你是「同一國」？「國語文是我們的屋宇」又是什麼名堂？這場文白之爭作爲藍綠之爭的延伸，文言文陣營之畏縮怯戰，不敢爭鋒，已未戰先敗！

在此，我們可回過頭來檢討獨派之「泛政治化」操作模式。我們發現獨派「去文言文」所持之「政治的理由」其實包含兩套論述策略與戰術。

一套用襲取胡適「白話文運動」之「白話文vs.文言文=方言

vs.拉丁文」類比公式，文言文不僅被打成像拉丁文一樣老朽僵化死去的無用語言，更被妖魔化爲外來異族帝國殖民霸凌我族之官方八股語言！「文／白」之爭從「藍／綠」之爭昇高爲「外來中華帝國vs.臺灣民族國家」之民族獨立戰爭！

但弔詭的是，臺獨一方面視國民黨爲外來殖民政權，視中共爲異族帝國霸權，另一方面卻認同日本殖民統治。所以其「去中國化」亦模仿效法日本明治維新之「脫亞入歐」，深具「脫中入日」之意圖傾向。在這意義下，「文／白」之爭亦含「東方專制野蠻落後vs.美日現代文明民主進步」之思路方向：

去文言文→去中國化→脫中入日→現代文明進步

二、雖將文白之爭操作爲「泛政治化」的敵我鬥爭，獨派卻總是偏愛訴諸一種「去政治化」與「中立化」的論述姿態！這是臺灣政治的一個特有現象：無論藍綠，皆愛訴諸「去政治化」與「中立化」的論述姿態來故作清高無辜狀！

耐人尋味的是，藍營的「去政治化」與「中立化」形同自廢武功與自宮，綠營的「去政治化」與「中立化」則是欺敵愚民的煙幕障眼手法，以掩飾遂行其「泛政治化」操作！這一波文白之爭，反文言文陣營就是戴著「去政治化」與「中立化」的文化假面，對政敵殘餘勢力進行最後的整肅清洗，一如黨產會與促轉條例！在綠營獨派心目中，「去文言文」本就是「轉型正義」的一部分。

箇中原因不難理解，因爲無論藍綠，其基本的政治意識型態與道德光譜皆不脫英美自由主義民主法治之思考框架，以胡適、殷海光爲祖。而正如施密特指出，自由主義作爲一種「權利」原則（right principle）的個人主義與法治主義，自然會導出「去政治化」與「中立化」之基本傾向。藍營的「去政治化」與「中立化」已使其成爲自廢自宮之「自己被自己打敗的人」，無須多論。綠營以「去政治化」與「中立化」姿態來掩飾遂行「泛政治化」操作，則更使其奪權成功，無役不與，全面收割，亦不得不令人怵目驚心，駭異莫名，不可思議！其不可思議就如日本A片之「馬賽克」：A片之旨趣就在於直接拍攝呈現男女性事以滿足觀眾之窺淫欲，但日本A片卻偏要在女優胴體私密處之「第三點」打上「馬賽克」當作遮羞布，彷彿就可以假裝沒看到，當作沒那回事，AV優人與觀眾就可自我道德化、自我除罪無辜化。要如何的掩耳盜鈴，睜眼說瞎話，才能達到這樣一種「馬賽克化」的自欺欺人！臺獨的「去政治化」與「中立化」姿態卻正是這樣一種不可思議的「馬賽克化」！

「馬賽克」反映了日本AV文化中一種獨特的bad conscience與bad faith作爲自欺欺人的假道學遮羞布！[1]其虛矯彆扭，乖戾錯亂，當然是凡人無法理解的神邏輯：既然看A片就要看眞槍實彈的愛情動作片，爲什麼又要打上馬賽克大煞風景？既然要搞政治鬥爭，爲什麼又要裝出一副清純無辜狀？施密特會對自由主義之「去政治化」與「中立化」痛加撻伐，大概就如A片迷之痛恨「馬賽克」吧！

要如何理解此一「馬賽克化」的日本假道學心態？日本理論家丸山眞男探索日本人的法西斯心理提供了一部分解答：「德國人中的潛在的看法是：政治本質上是非道德的，殘忍的。而日本人是達不到這種透徹認識的。我們那裡既缺乏那種對眞理與正義堅貞不渝地追求的理想主義，同時也找不出像凱薩博吉亞那種充滿無敵氣概的英雄。所以一切看似喧囂不已，同時卻又小心翼翼。從這一意義上看，東條英機可以說是日本政治的象徵。這種所謂權力的矮小化不僅反映在政治權力上，大凡所有以國家爲背景的支配都具有這一特徵。」（丸山眞男，12）日本戰犯被控告毆打俘虜，卻異口同聲訴說他們是如何致

1 且看沙特對「自欺」（bad faith）的經典分析：瑪莉一心嚮往真愛，卻發現每個交往的男人都只想和她上床，哪有半點真心？但瑪莉還是會自我安慰：今晚約會的皮爾和上次那個保羅不一樣，會對我付出真心，而假裝沒看到皮爾色瞇瞇的眼神。一般的欺騙是自己知道真相，而對他人掩蓋真相。自欺卻是把自己知道的真相對自己掩蓋起來，自己騙自己，騙子和被騙者是同一人。自欺乃成為一種不可思議的「意識半透明狀態」（translucency of consciousness），意識自我遮掩、自我蒙蔽有如半透明的「毛玻璃」，不就是AV馬賽克？為什麼要自欺？因為人生有些真相是痛苦不快的，令人無法直面，不遮掩一下，日子過不下去。「自欺」其實是對「自我感覺不好」的拙劣遮掩，一如「掩耳盜鈴」！有各種「自欺」類型：白雪公主童話每天照魔鏡的壞心皇后是自我催眠的bad faith原型。阿Q精神勝利之無上心法是另一種bad faith。（〈柯P與中間選民的AV馬賽克〉一路況的網誌〈再見河左岸〉-udn部落格http://blog.udn.com/loukwan/11688545#ixzz5DIweN2w0）

力於改善收容所的設施，丸山指出：「我並不認爲這是他們爲了苟且偷生而做的詭辯，肯定在他們主觀意識中，確實是相信自己努力改善了俘虜的待遇，他們只是在改善的同時還加上拳打腳踢。慈善義舉與暴虐行徑不經意間並存。」（丸山眞男，13）丸山的分析點出了日人「馬賽克」式假道學自欺心態的基本原型！

無論如何，對於一心嚮往「脫中入日」的臺獨，一種日式的「馬賽克化」論述已成爲自我除罪化、自我道德化的安身立命之道[2]：一切知識、道德、藝術，甚至宗教信仰都可成爲「去政治化」與「中立化」的「馬賽克化」論述，藉以遮掩粉飾「泛政治化」操作。「反核」、「廢死」、「同婚」皆充分發揮「馬賽克化」之煙幕障眼效果！蔡政府的文青語言則是最新流行的「馬賽克」論述典範！至於中華民國的國號與憲政體制則更是務實的臺獨工作者最愛用的一塊「超級馬賽克」！[3]

此次文白之爭當然也充分「馬賽克化」，只是掩人耳目、欲蓋彌彰的手法藉口更加「蓋棉被，純聊天」！例如，某中文系教授女作家說偏鄉學童學文言文眞的很辛苦，壓力好大！既然這麼「佛心來的」，那麼，偏鄉學童學英文更辛苦，壓力更大，英文的比例豈不是更該降低，或乾脆取消算了？

面對「馬賽克化」的「去政治化」與「中立化」姿態，同樣訴諸「去政治化」與「中立化」姿態來反擊當然毫無戰鬥力，已未戰先敗，一如中研院院士連署之疲軟無力。

在此，吾人提出「非此亦非彼」的另一種可能立場：政治作爲一種意識型態鬥爭，並不只是馬克思的階級鬥爭，也不只是施密特的敵友鬥爭，而是一種「文化領導權」（hegemony）之競逐。

2 多年前逛夜市，一色情光碟片的攤位向我推銷，我隨口問：「有沒有解碼的？」老闆答道：「人家日本人很文明，打馬賽克是保護女優。」我感到非常錯愕，至今都無法明白這位老闆的「日本文明說」。為什麼打上馬賽克是保護女優？一位朋友指出：如果真要保護女優，應該是在女優臉部打馬賽克，而非第三點。

3 參閱路況：波卡、天皇、馬賽克I——從日本的「有禮無體」到臺客皇民的「無體更無禮」，路況的網誌〈再見河左岸〉—udn部落格http://classic-blog.udn.com/loukwan/29377019

「文化領導權」意味著：一個政權的成立，不能只是訴諸武力政治力之強權威脅與權謀詐術之欺騙，還需建立「道德與思想之領導」（moral and intellectual leadership），才能獲得人民普遍的認同支持。中文學界將hegemony譯爲「文化霸權」並不恰當。因爲hegemony正是指超乎武力霸凌之外的某種「道德與思想之領導」，正如中文常講的「以德服人」、「以理服人」。（路況，136-7）

任何政權作爲對人民的領導與統治，必須時時面對一個「大哉問」：「何爲則民服？」此「大哉問」可進一步表述爲中國最古老君王論提問：「何德何能？」

「何德何能？」就是競逐「道德與思想」的文化領導權，領導人以其德性與能力樹立「以德服人」之道德典範，開創「制禮作樂」之思想文化創制，引領提升人民之德性與能力！

吾人同意施密特批判自由主義之「去政治化」只是逃避對於眞實價值生死以赴之追求奮鬥，苟活在一個沒有敵人也沒有朋友的無聊冷漠世界混吃等死。吾人同意，政治必然是一場鬥爭與戰爭，但必須是一種「文化領導權」競逐的文化戰爭！政治作爲一場劃分敵友的生死戰，必須進一步追問「爲何而戰？」與「爲誰而戰？」說是爲了「劃分敵我」而進行「敵我戰爭」，是無意義的套套邏輯。政治絕不可能只爲了「劃分敵友」而戰！而我們都知道「爲何而戰？」的標準答案當然是「爲理念而戰！」「爲誰而戰？」當然就是「爲人民而戰？」什麼是理念？一種思想與理想的高度、廣度、深度，足以作爲道德與思想之領導的制高點——眞理、正義、美善、公益、創造性。文化領導權的競逐就是爭取占據理念之制高點！人民又是誰？家族、氏族、鄉親、黨派、同胞、種族、民族、階級、全人類，無論是誰，這個「誰？」作爲「我群」、「我族」，同時必須是跨越「自己人」、「自家人」私心偏袒之血緣地域與朋黨派系，具有理念之高度與廣度，不斷自我提升德性與能力之眞正人民。簡言之，唯有爲理念而戰的人民才配稱「人民」，唯有爲追求理念之普世性而跨越種族疆域界限的「人民」才是眞正的「人民」，如馬克思的「無產階級解放」同時也是全人類之解放，雅斯培的「軸心民族」在實現民族獨特發展方向的同時也爲世界歷史樹立人類普遍座標。施密特之劃分敵友最後亦訴諸中世紀天主教會之「大公主義」。簡言之，政治是爲了捍衛實現理念而進行敵友鬥爭，而非爲了敵友鬥爭而將理念當作鬥爭的藉口與詐術。換言之，所有的政權、政黨都必須是孟子所說的「王師」與「仁義之師」，或列寧的「先鋒政黨」，爲了實現理念，啓蒙群眾引領人民而戰！

「爲何而戰？」之「理念」就是「政治的理由」，「政治的理由」作爲「國家的理由」與「人民的理由」，必然是「文化的理由」，超越「以力服人」之強權威脅與權謀詐術，換言之，超越馬基維利主義的獅子與狐狸。政治作爲劃分敵友的文化戰爭與理念戰爭，就是一場「何德何能？」的文化領導權競逐，比誰更有德更有能，以領導人之「何德何能？」來提升人民之「何德何能？」到達理念之高標準。任何一個政權、政黨之領導人及其支持群眾，皆必須以「何德何能？」之理念高標準來檢驗評判！政治鬥爭作爲文化領導權之競逐，須以「何德何能？」來檢驗「是敵是友？」，而非以「是敵是友？」來取消或扭曲「何德何能？」之檢驗！自由主義之民主選舉常標榜要「打一場高格調選戰」！所謂「高格調選戰」其質內涵就是「文化領導權之競逐」，一場「君子無所爭，必也射乎！」的文化戰爭與理念戰爭，政治人物以展示「何德何能？」來爭取人民之認同支持，贏得代表「人民主權」之「領導權」（即「政府」）！任何政府形式之「領導權」最終都必須是「何德何能？」之「文化領導權」！

> 就讓我們從「文化領導權之競逐」來重新檢視「文白之爭」！

首先讓我們重新檢視胡適版的「文白之爭」。胡適發起白話文運動有其時代需求之必要性，居功厥偉。但將歐洲近代民族國家興起之「方言vs.拉丁文」之獨立革命模式硬套於中文語境，憑空掀起一場「文化內戰」，則是昧於中文書寫語境之特質，而失之矯枉過正，偏頗粗暴。云何偏頗粗暴？眾所周知，「方言vs.拉丁文」不只是「地方方言vs.官方語言」，亦是「本土民族語言vs.外來帝國語言」。胡將「白話文vs.文言文」類比爲「方言vs.拉丁文」，就變成「民眾方言vs.專制王朝士大夫之官方八股語言」，呼應五四運動之

「打倒孔家店，全盤西化之民國新青年vs.守舊國粹派」。這顯然不符中文語境之實際歷史狀況：白話文／文言文之關係不能簡單化約爲方言／官方語之僵化二分，方言與官方語之關係也絕非簡單的二元對立（「北京官話」其實是今日之「國語白話」或「普通話」之前身）。白話文／文言文之關係更不是兩個不同語系的異質宰制關係，而是同一中文語系的兩種書寫方式，同一中文語法結構下相對程度之「淺白／精練」、「通俗／文雅」。

今日獨派襲取套用「白話文vs.文言文=方言vs.拉丁文」之類比，自是較胡適更爲偏頗粗暴，不僅延續「白話文vs.文言文=民眾方言vs.士大夫官方八股語言」之「文化內戰」模式，還進一步誇大激化爲「本土民族語言vs.外來帝國語言」，於是，臺版「文白之爭」竟偷渡藍綠之爭的省籍情結，將同文同種的「外省人／本省人」之省籍差異扭曲激化爲兩個不同語系民族，不同國不同種的「國族戰爭」！

前文已指出，就「實用的理由」而言，文言文絕非像拉丁文那樣與時代生活脫節的僵化死去的官方語言。文言文的處境如果眞的像拉丁文一樣，則何勞獨派力推「去文言文」，文言文自己就會沒落式微，一如傳統戲曲之平劇與歌仔戲！

但就「政治的理由」而言，語言的確是一個政治戰場，因爲政治就是一場文化戰爭，語言是最重要戰場！正如法國哲學家德勒茲與瓜達利的《千高原》指出：語用學作爲更廣義的「語境學」，必然就是「語言政治學」！語言不是資訊的傳達溝通，而是命令的傳遞！所有的語言表述都是一種廣義的命令句。語文課老師教授文法，不只是傳授中立的語言使用規則，因爲文法本身就是一種權力的標記，標記著語言運作系統的內在強制性，學習一種語言就是接受其「指令」！德勒茲與瓜達利乃導出其語言哲學方程式：

語言學＝語用學＝語境學[4]＝語言政治學

4 語境學是吾人對德勒茲&瓜達利的pragmatism的另一譯名。就語言的意義即使用，須置於使用的脈絡語境（context）才能產生意義。語言的脈絡語境同時指向行動的脈絡（action-context）。在這意義下，pragmatism不只是「語用學」，更是「語境學」。

語言的確不是一個中立的媒介與載具，使用一種語言同時就是在傳承與延襲此語言所承載的某種文化傳統與民族記憶之沉積與結晶，無論使用者自覺或不自覺。當代中文書寫狀況的「文白夾雜」現象，正反顯證明文言文仍是一種活的語言，活的中文，活在當代中文語境的日常使用中！而根據德勒茲與瓜達利，語言的使用不是個人的各自表述，反之，個人表述都是從「人們說」的集體表述中擷取「自由間接表述」之片段，所有的個人表述都是從一個公共語庫擷取片段的引述，如引述套用「是可忍孰不可忍」、「雖千萬人吾往矣」之慣用句型。這個公共語庫就是一個集體發言裝置，無間斷地生產提供所有個人表述可以自由引用之句庫詞庫。（Deleuze & Guattari, 1980:100）語言的基本單位不是「字」，而是「句子」。當前臺灣文青流行的「字思維」純屬簡化淺陋無知的井蛙夜郎之見，完全誤解語言之本質。語言的使用作爲一整體性的系統運作，是由無數「自由間接表述」之集體發言裝置所構成的「語言連續體」。（Deleuze & Guattari, 1980: 119）

語言問題的確是一個政治問題，因爲語言的使用不是個人之事，而是眾人之事，人民之事。一種語言的使用關乎一個民族的文化創立與傳承，使用一種語言就會構成一個集體表述的文化連續體。語言的聯結就是文化的聯結，文化的聯結就是民族的聯結！因此不難理解，獨派操作「去文言文」，正是欲透過切斷與傳統中文的聯結，來切斷與中國的文化聯結與民族聯結，藉以凸顯臺灣民族獨立與臺灣文化自主。「去文言文」無非是爲了「去中文化」進而「去中國化」的一種政治宣示與獨立宣言：臺灣人不是中國人，臺灣人拒絕使用中國語言！

此處凸顯另一關鍵點：「民族」（nation）不是「種族」（race）。「種族」只是生物性的血統膚色與地域的血緣地緣連結，「民族」則是語言風俗傳統的文化連結。「人民」不是一個抽象的群體，而是一個存在於具體歷史地理時空中有特定膚色語言的「民族」！民族主義（nationalism）就是一個「有理念的人民」在歷史時空血緣地緣語系中創造自己文化之「道成肉身」（incarnation），一種制禮作樂的民族文化創制。一種主權獨立運動必須同時表現爲一種民族主義的文化領導權建構！這是一個民族證明自己「何德何能？」必須承擔的龐大艱鉅之文化使命與理念工程！否則，一旦棄守文化領導權之理念高度，一種主權獨立運動就會從「民族主義」墮落異化爲「種族主義」（racism）。種族主義放棄任何道德尊嚴與思想創造之奮鬥追求，純以「血統地域」來劃分「非我族類」，進行最簡易廉價操作，也最愚昧殘酷血腥的敵我殊死鬥爭！種族主義沒有任何「何德何能？」的文化理念追求，但是會爲了敵我鬥爭爲而冒充誤用理念，把理念當成欺民竊國的西洋鏡幻術，如義大利法西斯主義的「古羅馬人光榮」，德國納粹的「雅利安主義」，日本軍國主義的「大東亞共榮圈」！

眞正的「民族主義」必然同時指向一種「世界主義」，如國父孫中山所言。或如雅斯培所言，一個創造理念的「軸心民族」，在追求自己民族獨特發展方向的同時也爲世界歷史樹立人類普遍座標！以血統地域劃分敵我的種族主義則必然走向偏狹排外的地域主義與幫派主義！

李義山詩云：「江海三年客，乾坤百戰場。」杜甫詩云：「三年笛裡關山月，萬國兵前草木風。」文白之爭見證政治就是一個無所不在的「百戰場」，但這個「百戰場」的最後決勝必須打一場風聲鶴唳，草木皆兵的文化戰爭與理念戰爭。文白之爭作爲統獨之爭的延伸，本該是一場民族主義的文化戰爭，一場中華民族主義與臺灣民族主義競逐文化領導權的理念戰爭！吾人聯想起青年毛澤東的《沁園春・長沙》：

> 鷹擊長空，魚翔淺底，萬類霜天競自由。悵寥廓，問蒼茫大地，誰主沉浮？恰同學少年，風華正茂；書生意氣，揮斥方遒。指點江山，激揚文字，糞土當年萬户侯。

文白之爭作爲中華民族主義與臺灣民族主義的文化領導權戰爭，不正該展現「問蒼茫大地，誰主沉浮？指點江山，激揚文字」之大氣與高蹈？很遺憾，我們看不到兩造陣營展現出任何「指點江山，激揚文字」之壯志飛動、文采飛揚！文言文陣營在「去政治化」與「中立化」姿態下自宮自廢，早已自動棄守中華民族主義的文化領導權建構。反文言文陣營作爲綠營獨派側翼，固然戰力十足，鬥性堅強，但同樣棄守臺灣民族主義之文化建構，放棄任何道德與理念的追求奮鬥，轉而採取最簡易廉價的否定排他性操作。至於蔡政府擅長的文青語言則除了「馬賽克化」效應外，其毫無實質內涵的草包空心更使得整個臺獨文化建構「草包空心化」，徒留笑柄，貽笑大方！臺獨乃從「民族主義」墮落異化爲以血統地域劃分敵我的「種族主義」，而且是種族主義中最荒誕無稽惡質者，一種不成其爲種族主義的「省籍主義」。我們已看到，反文言文陣營的最大貢獻就是汙名化「文言文＝士大夫官方八股語言＝外來中華帝國殖民語言」，將同文同種的省籍差異扭曲激化爲「非我族類」的種族仇恨與國族戰爭！正如卡夫卡說的：「我們說同一種語言，我卻聽不懂你在說什麼。」

以「去文言文」來達成「去中文化」與「去中國化」，或許是最簡易有效的否定排他操作。但單憑「去文言文」並不足以建構出一套臺灣民族語言。理由很簡單，因爲文言文很實用，仍是當代中文書寫語境中一種活的語言，活的中文。而一種語言的「實用的理由」同時就是「政治的理由」，「政治的理由」就是「文化的理由」與「民族的理由」。因爲使用一種語言，就構成一種「集體表述」的「語言連續體」與「文化連續體」。文言文是一筆無限豐富的文化遺產與精神資源，從《尚書》、《詩經》、《論語》到毛澤東詩詞，文言文永遠是中文書寫者得以「指點江山，激揚文字」之無盡寶藏！

問題在於，臺獨作爲建構臺灣民族語言與文化的民族主義運動，難道只能訴諸「去中」、「反中」之切斷文化聯結的否定排他操作？美國獨立提供一參照典範。美國人與英國人同文同種，但美國人要證明自己是一獨立的新民族，並無須訴諸「去英文化」，更不會拒讀莎士比亞與培根！而美語與美國文化，就在不與英文與英國文化切斷聯結並持續吸收其養分的藕斷絲連狀況下，逐步興起發展，茁壯自主。今日的美國人絕不擔心世人會將美語與英文混爲一談，將美國人誤認爲英國人。

這如何可能呢？德勒茲與瓜達利給出解答：所有的語言創造都是「在自己母語中創造出一種外來語！」因爲從來就不存在純粹的單一語系，所有的語言在本質上都是雙語系與多語系！語言的使用與創造都是在「一種語言中創造出另一種語言」的「自由間接表述」！

（Deleuze & Guattari, 1980: 107）

方言口語與文字官語並非截然的二分與對立。即使是不同的民族語系，也是相互滲透交融。美國人可以在英文母語中創造出美語與美國文學，臺獨爲什麼不可以在中文母語中創造出一種新的臺灣中文與臺灣文學？當然，說得好聽，可談何容易！「在自己母語中創造出一種外來語！」需要何等深厚的文化底蘊，以及「興於詩，立於禮，成於樂」之高遠宏大心志與堅毅卓絕之努力奮鬥！

如果臺獨沒有美國獨立的氣量與格局，只能選擇「去中文化」與「去中國化」的否定切斷之路來爲自己「刷存在感」，那只會導致更嚴重的文化底蘊不足，陷入更缺乏文化自信之浮誇自欺膨風的自卑與自大！而且，既然要選擇「去中」、「反中」的否定切斷之路來「刷存在感」，那麼「去中文化」就不該僅止於「去文言文」，應該連臺語都要去掉，因爲臺語就是閩南語，俗稱「鶴佬話」，古稱「河洛話」。河洛者，中原也！所以臺語比目前的北京普通話保留了更多漢語的中原古音與古義。講臺語根本就是在不自覺的傳承延襲中原文化心態，是可忍孰不可忍？簡直就是「臺奸」！

只是「去文言文」未免太客氣！ 臺獨如欲徹底「去中國化」，應該連臺語都不要講，才能徹底切斷與中國文化的連結！當效法新加坡將英語訂爲國語！或問：爲什麼不奉日語爲國語？答曰：不可，因爲日語仍保留太多漢字，無法徹底「去中國化」！

肆、文白之爭作為「紙本印刷世代vs.電子媒介世代」的文化內戰

前文將文白之爭置入臺灣政治的藍綠統獨之爭，在此，吾人將文白之爭置入當代媒介環境巨變轉型之更普遍背景。正如麥克魯漢《理解媒介》的經典預言：當代媒介環境正處於從「文字印刷媒介」走向「電子媒介」之巨變轉型。有趣的是：一旦置入當代媒介環境之巨變轉型背景，我們發現文白之爭竟也反映折射了「文字印刷媒介vs.電子媒介」兩種媒介之屬性類型，尤其是「反文言文」陣營更是充分體現了麥克魯漢所界定的電子媒介世代之「非線性」的感知思維模式。

首先，我們須對麥克魯漢的媒介理論有一概要的理解。麥氏的「文字印刷媒介vs.電子媒介」對比，蘊含了一套「現代性／後現代」理論！在西方學界的各式現代性理論中，麥氏版現代性看起來最平凡無奇，也最獨樹一格，他提出了一套「印刷的現代性」：十五世紀歐洲，德國人古騰堡發明活字版印刷，文字印刷之紙本書籍大量印行，推動促進了知識觀念廣泛傳播與教育普及，現代啓蒙運動於焉興起壯大。文字印刷的書籍閱讀模式主導了整個西方人的感知模式與思維模式：視覺主導，文字概念與序列邏輯之線性思考，中心化，分工化，工業化，機械化，個人主義，民族主義，去部落化……。

所謂「啓蒙現代性」就是「印刷現代性」，也就是「工業現代性」，整個現代啓蒙運動與工業文明可定義爲一環繞著印刷活字版之「古騰堡星系」！一本印刷書籍竟可包羅涵攝整個西方現代文明的奧秘！吾人想起馬克思《資本論》的著名開場白：「資本主義生產的社會財富表現爲龐大的商品堆積。」麥克魯漢則可改寫爲「啓蒙主義的知識觀念革命與工業革命表現爲龐大的印刷書籍流通。」更不可思議的是，麥氏在《理解媒介》界定了「啓蒙現代性=印刷現代性=工業現代性」之紙本時代，竟是爲了哀悼紙本時代的終結，歌頌歡呼電子媒介時代的來臨！

> 憑藉分解切割的、機械的技術，西方世界取得了三千年的爆炸性增長，現在它正在經歷內向的爆炸（implosion）。在機械時代，我們完成了身體在空間範圍內的延伸。今天，經過了一個世紀的電力技術發展之後，我們的中樞神經系統又得到了延伸，以至於能擁抱全球。（麥克魯漢，20）

一切驚世駭俗之論都是建立在麥氏媒介理論的兩個基本命題：

一、媒介是人的延伸。

二、媒介即訊息。

這兩個命題可謂麥氏的媒介人類學或媒介本體論的兩個基本公理。

「媒介是人的延伸」意味著：媒介是人的身體的延伸，某種媒介是人體某一器官的延伸，模擬該器官之功能，例如，輪子是腳的延伸，衣服是皮膚的延伸。

「媒介即訊息」意味著：媒介之形式並非單純呈現內容，無關痛癢之中立載體，媒介之形式實際上主宰決定了訊息的內容。一種媒介以另一媒介為「內容」，任何媒介的「內容」都是另一種媒介。印刷物的內容是書寫，書寫的內容是口語，口語的內容是非語言的思維過程。（麥克魯漢，34）

最重要的是：某種新媒介之發明與普及，會創造出一新的媒介環境。新媒介環境以舊媒介環境為「內容」，「任何技術都逐漸創造出一種全新的人的環境。環境並非消極的包裝用品，而是積極的作用過程。」（麥克魯漢，25）

技術的影響不是發生在意見和觀念的層面上，而是要堅定不移、不可抗拒地改變人的感覺比率和感知模式。只有能泰然自若地對待技術的人，才是嚴肅的藝術家，因為他在覺察感知的變化方面，夠得上專家。（麥克魯漢，46）

「媒介即訊息」的真正意思是：媒介不只是一個孤立的工具或物件，某種新媒介的普及運用會形成一個整體性的新媒介環境，新媒介的形式會主導改變人們整個的感知模式與思維模式。用電子時代的話說，「媒介即訊息」的意思是，一種全新的環境創造出來了（當代的講法叫「平臺」）。這一新環境的「內容」，是工業時代陳舊的機械化環境。這一新環境對舊環境進行徹底的加工。

機械媒介模擬延伸身體器官，產生「外爆」，形成中心化、集中化之現代都市。電子媒介模擬延伸吾人之意識本身，產生「內爆」，形成「去中心化」與「再部落化」之地球村。

麥克魯漢乃提出一套「文字印刷媒介vs.電子媒介」的文化類型學

文字印刷媒介	電子媒介
視覺文化	聽覺文化
文字讀寫文化	口語文化
線性思考，系列推論	非線性、多重感知

中心化	去中心化
分工專業	非專業化
抽象分裂支解	具體性、一體化
專家	感性全人
工業機械文明	游牧民
個人主義	整體主義
民族主義	種族主義
去部落化	再部落化
民族國家	地球村
外爆	內爆

麥克魯漢可說是美式後現代主義的祖師爺，他所界定的電子媒介之文化類型特質，幾乎皆成爲今日後現代主義奉爲圭臬的陳腔濫調（去中心化、去文字化、再口語化、影音視聽媒介打破視覺主導，聽覺、觸覺多重感官全方位開放，反民族主義，部落主義，遊牧民），進而成爲今日網路鄉民、臉書推特部落格之口頭禪（地球村，部落客）！

麥氏的理論漏洞是顯而易見的，他對文字發明前的史前初民部落社會的口語文化懷有一種盧梭式「高貴野蠻人」的浪漫鄉愁！對口語傳播模式之語音聲音媒介又有一種巴洛克式崇尚人工媒介性的矯飾主義執迷（mannerism）。今日的美式後現代主義對啓蒙現代性之反對批判，正是訴諸一種粗淺浮濫的浪漫主義與巴洛克矯飾主義。

麥氏的最精采洞見則是指出文字印刷媒介與電子媒介之衝突形同一種「精神內戰」狀態：

> 「我們大半輩子的生活中，藝術界與娛樂界的內戰連綿不斷……電影、唱片、廣播、有聲電影各界都爆發內戰。」這是廣播媒介分析家唐納德·麥克惠尼的觀點。同時，這一內戰多半都深刻地影響著我們的精神生活，因為策動內戰的力量，是人的延伸和放大。事實上，媒

> 介的相互影響，正是這場內戰的另一種說法。它在社會上、在人的心靈中激烈進行著。（麥克魯漢，82）

前文指出，文白之爭作爲藍綠統獨之爭的延伸，形同一場國族主義的文化內戰。在此，借用麥克魯漢的「媒介內戰」之說，文白之爭亦可視爲發生在文字媒介本身的精神內戰或文化內戰。但更有趣的是，一旦置入當代媒介環境的巨變轉型，文白之爭更是反映折射了「文字印刷媒介vs.電子媒介」兩種媒介之文化內戰！文言文陣營與反文言文陣營也分別反映了兩種媒介世代的屬性類型。

文言文陣營當然屬印刷紙本世代，而散發出前朝遺民遺老之氣息。反文言文陣營則反映了電子媒介世代的屬性特質，麥克魯漢所描寫的「去文字化」、「口語化」、「非線性思考」、「再部落化」，在他們身上展現爲對文字媒介本身的反感敵視與不耐不屑，思維邏輯的跳躍脫線，無稽不文的網路流行語以及鄉民式爆粗口：「唐宋八大家是造神」、「余光中夕鶴」、「花媽懷念余光中是垃圾」。對自己之欠缺人文素養，思想觀念貧乏之粗鄙無文加腦補，卻懷有一種「高貴的野蠻人」之自大自驕！所以，反文言文陣營之眞正旨趣不在於擁戴白話文，而在於電子媒介新世代對於文字媒介舊世代之前朝遺老的清算鬥爭。然則，反文言文陣營有不少學者文人很明顯是屬於紙本時代之文字媒介舊世代啊！所以更確切的講法應該是：反文言文陣營的論調主張其實是在迎合討好電子媒介世代。所以即使是紙本世代的學者文人，在面對文字媒介問題與中文書寫狀況，也展現出和電子媒介世代同樣的膚淺無知與粗鄙無文！

在此，我們可透過麥克魯漢的洞見與錯誤更深一層探討文白之爭作爲兩種媒介之精神內戰或文化內戰究竟是爲何而戰？所爲何來？

麥克魯漢的基本洞見是：媒介環境可以主導決定人們的思維與感知模式。新媒介環境可以改造舊的環境。電子媒介環境的興起已逐步改造摧毀文字媒介環境，導致紙本時代的終結，書的終結，文字的終結。換言之，在電子媒介環境的衝擊包圍下，人們已逐漸喪失對文字媒介的掌握能力，無論是閱讀能力或書寫能力。

正如《理解媒介》指出，新的媒介會以舊的媒介爲「內容」，重新加工改造此「內容」。今日的「電子書」正是一範例中的範例：新電子媒介的網路平臺以舊印刷媒介的紙本書爲「內容」，構成了今日所謂的「電子書」。就文字的內容而言是一樣的，但電子書與紙本書究竟有何不同呢？根據「媒介即訊息」，新媒介的「形式」會改造舊媒介的「內容」。電子網路媒介的形式是如何改造決定「書」的文字內容呢？答案是一個出乎意料的「腦筋急轉彎」：電子網路媒介的形式對「書」的文字內容的改造方式就是一步步排斥摧毀書的文字內容！表面上看，電子網路媒介的形式可以承載包含「書」的文字內容的「訊息容量」是無限量如恆河沙數，完全沒有傳統印刷紙本的「篇幅有限」問題。可弔詭的是，電子媒介的形式是「反文字」、不利於閱讀的！在電子媒介環境的衝擊覆蓋包圍下，已沒有人想大量深入閱讀。所以，電子書與紙本書的最大差別就是，紙本書有人讀，電子書沒有人讀！電子媒介世代基本上是不讀書的，只讀「臉書」。今天還想讀書的是中老年的印刷紙本世代，但這些大叔大嬸級的前朝遺老往往讀不慣電子書！

在今日，古今中外的經典名著幾乎都可以在網路上免費下載，《聖經》、《論語》、《詩經》、《吠陀經》、《奧義書》、荷馬史詩、希臘悲劇、《老子》、《莊子》、《左傳》、《史記》、柏拉圖、莎士比亞……，但誰有空去下載閱讀呢？一支手機或平板電腦都可以隨身攜帶全套《資治通鑑》或《康德全集》，但今日的手機世代隨身攜帶的當然是手遊電玩。

看書長大的紙本世代不得不面對的時代狀況：「洛陽紙貴」的時代已一去不返矣！麥克魯漢的確是先知，在網路尚未發明之前就預見了電子網路時代的來臨，宣告紙本時代的終結。但有些狀況處境仍需親身經歷，身在其中，才知冷暖究竟。先知仍屬隔岸觀火，閒話風涼。紙本時代的終結作爲書的終結，文字的終結，會將人們導致什麼狀況？

一如通俗劇臺詞：人總是要在失去之後，才意識到所失去的可貴與不可或缺！借用康德哲學的「先驗的對象 = X」，我們也設定有一個「文字的對象 = X」，這個對象 = X唯有以文字爲媒介載體，透過讀與寫，才能被表達與傳達？失去文字媒介，人們就會永遠喪失這個「對象 = X」！

一、第一個「文字的對象 = X」就是概念之分類解析與邏輯推理論證之思維能力，即康德所說的「知性」（understanding）與「理性」（reason）。概念與邏輯即西方傳統的「哲學」或中國傳統的「義理之學」。文字書寫誠然是人們進行概念解析與邏輯推理之主要媒介，如果不是唯一媒介。人們當然也可以透過口語來進行概念邏輯思辨，但要達到更爲複雜曲折精微之解析推論，則無法不使用文字書寫進行長篇大論的論辯推演與系統建構。很難想像，除了透過文字書寫，還有什麼方式可以進行與表達高度複雜的概念邏輯思辨？口語或圖像都只能是輔助性的次要手段。柏拉圖的對話錄「總已經」置入德希達的「原書寫」場景（archi—writing scene）。

表達高度複雜的概念邏輯思辨之文字書寫，就是廣義的寫「書」。「文字的對象 = X」就是「書的對象 = X」。這個X就是「概念與邏輯」，印刷術的發明使這個「書的對象 = X」從傳統的羊皮紙或竹簡的局限束縛中解放出來，創造了知識普及，思想觀念啓蒙的「啓蒙時代」！

喪失文字媒介的人們喪失了什麼？喪失了概念分類解析與邏輯推理論證之基本思維能力！

二、文字不只表達概念與邏輯的基本思維，也表達人類的感覺。第二個「文字的對象 = X」就是「感覺」。德勒茲與瓜達利界定藝術就是透過材質媒介組構而成的感覺體（sensation），是只存在於材質媒介中的某種「知覺風景」與「情感變化」，如中國古典詩論的「情景交融」。當文字本身成爲藝術表現的材質媒介，也有一種只存在於文字媒介中的「情景交融」之「文學感覺」。NBA籃球的播報員常講某球星「手感發燙」。（可爲什麼足球球星就不能講「腳感火熱」？）吾人亦何妨提出「語感」一詞來命名此「文字的對象 = 情景交融之文學感覺」。詩是「語感」的典範，在此，口語與文字的差異並非截然二分，更非對立。如《詩經》之「昔我往矣，楊柳依依。今我來思，雨雪霏霏」，或唐詩之「白日依山盡，黃河入海流。欲窮千里目，更上一層樓」與「江海三年客，乾坤百戰場」，其「情景交融」之詩意詩情詩味只存在於格律化之「語感」中，譯成白話，則詩意詩味盡失！

所以，喪失文字媒介，不僅喪失了「概念邏輯」之思維能力，同時也喪失了「語感」之文學感覺能力！

電子媒介環境不利於語言意義之更深刻複雜的溝通表達。印刷紙本的式微導致文字讀寫能力的倒退，以文字爲主要載具的概念邏輯思維與「語感」也一起退化。這一波文白之爭論述水準之狹隘浮淺、虛矯粗鄙，正反映了紙本時代終結的文字讀寫能力倒退導致的思維退化與語感退化，當然更是整體人文素養的低落崩壞！不僅是概念混亂，邏輯不通之腦補、沒腦之「無思」狀態，同時也是一種蒼白貧乏的「無感」狀態，如尼采批華格納是「觀念的混淆，感官的錯亂」。蔡政府的文青語言：「用愛發電」、「勞工是我心中最軟的那塊」、「自自冉冉」、「乾淨的媒」、「務實的臺獨工作者」（文青也常自稱是「謙卑的文字工作者」），皆反映了電子媒介時代文字能力退化之沒腦、無感狀態以及人文素養崩壞！

這一波文白之爭從表面上看，是電子媒介環境之衝擊覆蓋包圍下，發生在文字媒介環境本身之「茶杯內的風暴」，因爲無論是文言文或白話文之「文字工作者」皆屬沒落過氣的印刷紙本世代，是沒落過氣的中文讀寫工作者在爭論文言文是否還有「存在的理由」。然則，如將視野拉廣拉高到當代媒介環境之巨變洪流，那麼，文白之爭只是「茶杯內的風暴」或「水溝管噴洩的激流」，因爲電子媒介環境對文字印刷媒介環境之衝擊覆蓋包圍，已衝擊動搖到文字本身之「存在的理由」，整個語文本身的存在根基都在崩解流失！如果連文字本身都喪失「存在的理由」，去爭論文言文的「存在的理由」當然純屬多餘！

所以這一波文白之爭，反文言文陣營之電子網路世代固然自暴其短地展示了沒腦、無感與粗鄙無文，並充滿「高貴野蠻人」之自大自驕。文言文陣營之紙本世代則展現出前朝遺老氣息，其文字能力之退化程度並不亞於反文言文陣營，展現出同等的沒腦、無感狀態，所以對文言文的「存在的理由」提不出任何有力辯解，一如五四時期的「國粹派」與「國故派」之抱殘守缺，難逃「選學遺孽，桐城謬種」之譏。記得在網路上看到一名中學國文老師，竟然自己先說文言文是「死人骨頭」，然後再以一種自責懺悔的心態來爲這堆「死人骨頭」辯解開脫請命，有如祈請骨灰奉准還鄉歸靈！

而莫要忘了，麥克魯漢所定義的「古騰堡星系」之「印刷現代性」就是「啓蒙現代性」。印刷紙本帶來知識流通、教育普及、思想觀念革命之啓蒙時代。電子媒介環境更加速資訊之大量生產、流通開放，教育更爲普及，人人皆識字，文盲比率趨近於0。然則，這個電子媒介環境所創造的「0文盲」時代卻反而造就一個讀寫能力嚴重倒退，不閱讀，不思考，人文素養近乎0之「類文盲／反啓蒙」世代。所以，古騰堡星系的終結：

> 印刷紙本的終結→書的終結→文字的終結→啓蒙的終結→思想的終結

而思想的終結豈非「人的終結」？爲什麼當人喪失了文字本身的「存在的理由」，也就喪失了人自己的「存在的理由」？在此提出進一步之哲學思索。讓我們回到亞里斯多德的古老定義：「人是理性的動物。」理性的古希臘文logos，本義是說話、言說。「人是理性的動物」之最原初意義是「人是會說話的動物」、「人是語言的動物」。根據海德格的詮釋，Logos的原義是「收集、聚集、集合、集結、凝聚」。人是透過語言來聚集集中凝聚存有，說出存有之意義。所以海德格開創的哲學本體詮釋學界定人是「語言的存有」（linguistic being），而存有就是經驗與理解。海德格說：「語言是存有的屋宇」迦達瑪說：「擁有一種語言，就是擁有一個世界。」英美語言分析學派之巨擘維根斯坦亦說：「一種語言遊戲對應著一種生活形式。」語言儼然成爲「人之所以爲人」的安身立命之道。如果人的本質就是語言的存有，語言的本質就是存有經驗的「聚集集中凝聚」，那麼，文字書寫應是語言狀態之最爲「聚集集中凝聚」者，相對於口語說話之鬆散重複與較不嚴密。換言之，文字書寫是最本質之語言狀態。

在中文語境中，「道」既指宇宙人生之「整體」運作與「本體」狀態之「大道」，亦指人之「言說道白」，呼應了西方哲學之「存有（Being）= 語言（Logos）」。當人喪失語言文字，也就喪失了人得以安身立命的屋宇與道路，喪失了人所擁有的世界，喪失了人聚集在一起的共同生活方式。

語言作爲存有經驗之凝聚集中，類似宋明理學家喜談「道心惟微」之「惟精惟一，允執厥中」。翻成白話就是「專注力」（attention）！持久深入之專注力，是人類文化之創造進步不可或缺的主觀條件。所以孟子強調「專心致志」，荀子強調「虛壹而靜」。電子媒介衝擊導致文字讀寫能力之喪失，最大症候就是人們喪失專注力，今日之「滑手機」世代堪爲表徵。其狀態正如孟子所說的「一心以爲有鴻鵠將至」，不可能達成任何眞正複雜深刻之成就。喪失文字而喪失專注力的當代人性狀況，正陷於「上失其道，民散久矣」！這才是電子媒介內爆之「去中心化」眞相：一種喪失專注力，無思無感，「民散久矣」的「滑手機」世代，面對大數據的瀑流沖擊，只能在臉書、推特上不斷蜻蜓點水般飛旋棲息。彼等注定成爲知識文化素養的井底之蛙，思想觀念視野的夜郎自大。

麥克魯漢最激動人心的「先鋒主義」就是提出「媒介雜交能量」：一種新媒介發明伊始，對舊有的媒介環境產生衝擊，造成失衡。新舊媒介之相互衝突激盪，釋放出各種「媒介雜交能量」，是人類創造力爆發的黃金時代：

> 媒介的相互影響，正是這場內戰的另一種説法。它在社會上、在人的心靈中激烈進行著。有人説：「對盲人來説一切事情都很突然。」媒介雜交釋放出新的力量和能量，正如原子裂變和聚變要釋放的巨大核能一樣。只要知道有值得觀察之處，我們在這些事情中就不必像盲人那樣感到突然了。（麥克魯漢，82）

> 很早的時候，艾略特就精心利用了爵士樂和電影來創作詩歌。其長詩《普魯夫洛克情歌》從電影形式和爵士樂的相互滲透中獲取了巨大的感染力。這種交融的威力在《荒原》和《斯威尼阿家尼斯特》兩首詩達到了頂峰。《普魯夫洛克情歌》不只是運用電影形式，而且運用了卓別林的電影主題。…正如蕭邦成功地使鋼琴適應芭蕾舞的風格一樣，卓別林匠心獨運，將芭蕾舞和電影媒介美妙地揉合起來，發展出一種類似巴甫洛娃狂熱語搖擺交替的舞姿。（麥克魯漢，88）

此「媒介雜交」理論直接啓發了南韓白南準的VIDEO錄像藝術以及當代的複合媒材裝置藝術。但老麥忘了一點：這些迎向電子媒介衝擊，爆發出媒介雜交創造能量的天才文星：喬哀、艾略特、卓別林、畢卡索、艾森斯坦，都是文字媒介的卓越掌握者，具有敏銳的文字思辨與語感以及深厚人文素養的印刷紙本世代，包括麥克魯漢本人，堪稱「電子媒介時代的波特萊爾與班雅明」。「媒介雜交能量」之形成絕非不同媒介的任意拼湊雜燴，一如當代大多數欺世盜名的多媒體藝術。眞正的「媒介雜交能量」應是以文字概念思辨與語感爲軸心基底，來吸收轉化融合其他電子媒介之影音特質。

> 愛森斯坦在〈一位電影導演的筆記〉中寫道：「無聲電影大聲呼喚聲音，有聲電影又大聲呼喚色彩。」這種觀察可以有條不紊推而廣之地用來去研究一切媒介。他又說：「印刷術大聲呼喚民族主義，收音機大聲呼喚部落主義。」這些媒介是我們的延伸，同時它們的相互作用和衍化發展又要依靠我們。它們相互作用、繁殖後代的事實，是一代又一代人迷惑不解的根源。（麥克魯漢，82）

這才是從文字印刷媒介爆炸之「中心化」到電子媒介內爆之「去中心化」之眞相：印刷術大聲呼喚民族主義，電子媒介大聲呼喚部落主義。

這也是「文白之爭」作爲「媒介內戰」的眞相：文言文陣營之紙本世代已成前朝遺老，他們心目中所欲召喚的中華民族主義已成故國神遊之荒煙廢壘，荒墟丘墓。文言文乃至文字媒介本身對他們皆已「死人骨頭化」與「化石化」，喪失任何概念思辨與語感之生機活力，當然早已棄守中華民族主義之復興重建！

反文言文陣營作爲僞裝的白話文陣營，其實是電子媒介「反文字」世代之「天然獨」網軍，當然從來不想也沒有能力去建構臺灣民族主義，臺獨乃墮落異化爲種族主義。麥氏指出「電子媒介召喚部落主義」，部落主義是理解天然獨網軍之關鍵字！正是電子媒介摧毀文字讀寫能力，造成「上失其道，民散久矣」的「無思」、「無感」狀態，使得天然獨網軍得以將省籍意識扭曲激化爲種族仇恨，召喚原始部落戰爭之血祭復仇衝動。部落時代是人類文明發展的童年階段，種族主義或法西斯主義作爲一種部落主義的童蒙返祖現象，印證今日網軍最常講的：鄉民暴動了！

而「鄉民暴動」作爲一種「暴民」現象，首先是一種「愚民」現象！然而，在這個資訊流通開放，教育普及的電子網路地球村時代，「愚民」現象只能是一種拒絕啓蒙的自我童蒙化、幼稚化[5]，自我封閉鎖國的井蛙夜郎化，由此導致一種自我殖民化與自我倭奴化，正如麥克魯漢引述精神分析家榮格：

每一位羅馬人都生活在奴隸的包圍之中。奴隸及其心態

5 參閱路況〈太陽花小小兵或兒童法西斯〉：動畫片《小小兵》此一「衰神小弟不斷在尋找一個壞蛋老大來追隨，胡搞瞎搞，帶衰搞垮一個老大後，再投靠另一個老大……」之情節公式，看似無厘頭搞笑胡鬧，其實觸及了一個「永恆追尋」之人類故事原型：一群蒙昧群眾永遠在尋找一個邪惡領袖來追隨，否則就失去人生的目標與方向！這不就是民粹、法西斯？不會長大也不會變老死亡的「小小兵」不正象徵著人性中最原始永恆的「法西斯傾向」與「民粹衝動」？（當然，故事為求戲劇性，往往與實際狀況相反。歷史告訴我們：不是愚昧群眾在胡搞瞎搞，帶衰搞垮邪惡領袖，而是邪惡領袖在胡搞瞎搞，愚民操弄，把群眾推向亡國滅種。）作為一個拒絕長大，拒絕啓蒙的永遠的蒙童，「小小兵」揭露了法西斯的童蒙本質：所有的法西斯都是一種「兒童法西斯」，一種拒絕成熟自主，自甘幼稚化的自我愚民狀態。相對於鄂蘭提出「惡之平庸性」，「小小兵」更指向昇級版的「惡之幼稚性」。如果法西斯的「極端之惡」並非來自邪魔妖孽，而是產生於普通人懶於思考，逃避判斷之怠惰怯懦。此怠惰怯懦正是產生於拒絕啓蒙的自我童蒙化、幼稚化。《小小兵》的「惡之幼稚性」直接展現為法西斯的卡通化，喜鬧化，無厘頭化！匈牙利共產理論家瓦伊達指出另外幾個重點：法西斯主義作為群眾運動，必然要有「衝鋒隊」組織來為其奪取政權。其成員基本上來自小資產階級，但知追求一點小市民生活之小確幸與鄉愁懷舊，提不出自己的政治綱領，所以亟需依附於某個權威人格的領袖與政黨來區別敵我，黨同伐異。但彼輩卻常訴諸某種「偽民主」、「偽革命」姿態來掩飾其「有組織的不負責任」，自甘充當邪惡領袖的奪權工具。所有的法西斯運動都是「小小兵」之「兒童法西斯」，拒絕長大，拒絕啓蒙，拒絕思考，有組織的不負責任，自甘充當邪惡領袖的奪權工具！出處：太陽花小小兵或兒童法西斯—路況的網誌〈再見河左岸〉—udn部落格http://blog.udn.com/loukwan/25771377#ixzz5FTHiV1in

> 在古義大利氾濫成災。每一位羅馬人在心理上——當然是不知不覺地一變成了奴隸。因為他經常不斷生活在奴隸的氛圍之中，所以他也潛意識受到了奴隸心理的侵染。誰也無法保護自己不受這樣的影響。（麥克魯漢，50）

正如古人亦云：「與善人居，如入芝蘭之室，久而不聞其香，即與之化矣；與不善人居，如入鮑魚之肆，久而不聞其臭，亦與之化矣。」（《孔子家語》）

伍、小結

法文表達中有raison d'être，意指任何事物之「存在的理由」。這一波「文白之爭」就是論戰文言文是否還有「存在的理由」。本文「壹」從「實用的理由」來論證文言文是否具有「存在的理由」。「貳」則探討反文言文陣營否認文言文之「實用的理由」，是基於什麼樣的「政治的理由」！「參」則探討當代電子媒介環境對文字印刷媒介之衝擊覆蓋，已不只是衝擊文言文之「存在的理由」，更是直接衝擊文字書寫本身之「存在的理由」！

本文主張，文言文很實用，仍是當代中文書寫語境中一種活的語言，活的中文。而一種語言的「實用的理由」同時就是「政治的理由」，「政治的理由」就是「文化的理由」與「民族的理由」。使用一種語言，就構成一種「集體表述」的「語言連續體」與「文化連續體」有如一公共語庫。文言文是一筆無限豐富的文化遺產與精神資源，從《尚書》、《詩經》、《論語》到毛澤東詩詞，文言文永遠是中文書寫者得以「指點江山，激揚文字」之無盡寶藏！

而當代電子媒介環境不斷衝擊文字媒介本身之「存在的理由」，同時也衝擊到人類本身之「存在的理由」！

所以這一波文白之爭可視爲在電子媒介環境的包圍下，印刷紙本時代急速衰退式微，發生在文字媒介環境本身的「茶杯內的風暴」！電子媒介環境不利於文字媒介溝通表達更複雜深刻之意義與感覺。紙本時代的終結導致文字讀寫能力倒退，以文字爲主要載具的概念思維與語感也一起退化。這一波文白之爭其論述水準之狹隘浮淺、虛矯粗鄙，正反映了紙本時代終結的語文倒退與思維退化，以及更深層危機之人文式微與啓蒙終結！

其實，站在電子媒介環境的新浪潮上，不只是文言文變成「死人骨頭」，而是整個文字書寫本身都已成「死人骨頭」與「化石」！就這點而言，這一波文白之爭作爲媒介的「文化內戰」亦頗具「懷古」之興味！一如杜甫詩云：

側身天地更懷古，回首風塵甘息機。
共説總戎雲鳥陣，不妨遊子芰荷衣。
《將赴成都草堂途中有作先寄嚴鄭公五首》其五

文言文之必要？國族建構、民主體制與本土化浪潮的糾葛

謝世宗
清華大學臺灣文學所副教授

摘要

根據安德森（Benedict Anderson）的說法，由於印刷資本主義的發展，地方性的語言（如英語、法語等）取代了更早期的拉丁文，成為西方各個現代民族國家的官方語言與書寫系統。同樣的情形發生在二十世紀初期，中國作為現代國家的建立之初：以北京官話為基礎的白話文取代了文言文，成了官方、文人及一般民眾的書寫媒介。儘管在大多數情況，文言文在現代中國不再作為溝通的媒介，而只是作為單方向閱讀古代經典的工具，但仍在現代國族建構的過程中扮演關鍵的角色。就如同其他的國族主義，中國國族主義將國家的起源推至遠古，並建構出國族的連續體：從夏商周到秦漢唐宋元明清，再到中華民國，一段浩浩湯湯、綿延不絕的國族歷史。文言文既作為國族傳統的「再發現」與「再發明」的工具，亦以文字的統一與傳承見證國族的一統與延續。文言文在戰後臺灣的威權體制中扮演的角色，卻在近年來本土化與民主化的浪潮下受到挑戰，最終引發文白之辯。一方面，民主制度強調的對話、溝通與論述能力，主要透過白話文進行，而僅僅作為閱讀工具的文言文自然無法擔負起同樣的任務。另一方面，強調臺灣主體性的本土化人士，批判文言文在建構中國國族主義過程中扮演的角色，並試圖建立另一種國族傳統。透過國族主義的理論框架，本文試圖釐清文白之辯中，各個不同立場的政治位置與利益糾葛。

關鍵字：文言文、臺灣、中國國族主義、本土化、民主化

壹、導論：文白之辯與國族建構的文化脈絡

2017年9月，臺灣教育部準備審議2019年實施的12年國民教育課綱，其中高中國文課綱涉及文言文比例的可能調降，不只導致文壇和學界的重量級人物在此之前紛紛出面表達支持或反對，也在網路平臺上引發一場規模空前的文白論戰。在這場論戰中，支持或反對方各有不同的立場與理由，難以一概而論，但從中可以觀察到兩個主軸：一個涉及臺灣長久以來存在的國族認同的爭議，另一個則涉及國民教育的目的與民主體制的關係。兩條看似分離的主軸，事實上交錯在國家這樣一個現代體制之中，尤其國家主導之下的教育機構，其存在目的與功用的反思。本文試圖透過民族主義的理論框架，釐清在文白論戰中涉及國族認同與民主體制的爭辯。

根據安德森（Benedict Anderson）的說法，由於「印刷資本主義」的發展（包括機械複製的技術、市場經濟的導入），地方性的語言（如英語、法語等）取代了更早期的拉丁文，成爲西歐各個現代民族國家的官方語言與書寫系統。[1]類似的取代現象發生在二十世紀初期，中國作爲現代國家的建立之初：以北京官話爲基礎的白話文取代了文言文，成了官方、文人及一般民眾的書寫媒介。一個統一的書寫系統，透過現代資本主義與印刷媒介的輔助，有效形成安德森所謂的「想像共同體」（imagined community）：儘管國家領土中的國民無法認識大多數其他的國民，但透過報紙與小說等大量印刷的書寫媒介，現代國家的全體國民得以「想像」一群人共同生活在同一個歷史切面上的「共同體」或「社群」（community）。[2]

儘管在大多數情況下，文言文在當下的臺灣已經不再作爲溝通的媒介，而只是單方向閱讀古代經典的工具，但仍在現代國族建構的過

---

1 根據安德森的說法，一但拉丁文的市場飽和，以營利與擴展市場為邏輯的資本主義自然轉向只會說方言的廣大讀者，而藉由印刷術大量複製的能力，賦予特定方言一種「固定性」（fixity），降低語言隨著時間而變化的程度。班納迪克・安德森（Benedict Anderson）著，吳叡人譯，《想像的共同體：民族主義的起源與散布》（新版）（臺北市：時報出版，2010），頁82，87-88。

2 班納迪克・安德森，《想像的共同體：民族主義的起源與散布》，頁55-71。

程中扮演了關鍵的角色。如同世界上其他的國族主義，伴隨國民黨輸入臺灣的中國國族主義，將國家的起源推至遠古並建構出國族的連續體：從夏商周到秦漢唐宋元明清，再到中華民國，一段浩浩湯湯、綿延不絕的國族歷史。文言文作爲一套綿延千年的書寫系統，和以文言文寫成的古典文獻，正好成了建構此一國族傳統的文化資源。傳統的綿延不絕證成王朝或帝國的接續不斷，並與現代民族國家建立後的中國接軌。文言文既作爲國族傳統的「再發現」與「再發明」的工具，亦以文字的統一與傳承見證國族的一統與延續：同一國族意味著擁有共同的文字、文化與傳統，甚至血緣，如「我們都是炎黃子孫」之類的口號，成了現代國家可以視爲同一「民族國家」的基礎。

然而，文言文在戰後臺灣的威權體制中的地位，在近年來本土化與民主化的浪潮下受到挑戰，最終引發關於高中國文課本文言文比例多寡的文白之辯。爲了建構一個理論框架以理解這次的文白之辯，本文首先援用美國漢學界有關漢語發展史的研究成果，釐清白話、白話文與文言文等概念，以及各自的文化指涉與歷史脈絡。其次，藉由西方國族主義的理論，釐清白話文與文言文在作爲民族國家的現代中國所發揮的功能，並在此一「文白雙軌」的框架中，檢視當前文白之辯中幾個不同的發言位置。一方面，強調臺灣主體性的本土派人士，批判文言文在建構中國國族主義過程中的共謀角色，並嘗試透過課綱的改革，建立另一種更傾向於臺灣國族的文化與文學傳統，延續了1970年代的鄉土文學論戰、1980年代的「臺灣結」與「中國結」之爭、1990年代後殖民理論演繹的譜系。另一方面，當代民主制度強調對話、溝通與論述能力，而僅僅作爲閱讀工具的文言文，自然無法擔負起在公民社會中白話文的任務，也使文言文在教育功能倍受質疑。此外，獨尊中國古典文言文經典的態度，在臺灣政治日益民主化以及族裔日益多元化的情況下，也值得進一步反思與檢討。整體而言，本文除了提供一個理論框架，檢視與釐清文白之辯的部分議題外，也希望其結論對於教育決策具有一定的參考價值。

貳、漢語史中的白話、文言文與白話文

「語言」（language）一詞在嚴格的定義下指的是口說的語言。依此，漢學家一般將漢語分為「上古漢語」、「中古漢語」、「近古漢語」與「現代漢語」。現代漢語指的是中國所謂的「普通話」或臺灣的「國語」，而「上古漢語」包含晚期殷商到東漢，約西元前十二世紀到第三世紀初期；中古漢語從三國時期到南宋，約西元三世紀到十二世紀末；近代漢語從元帝國到清帝國，從十三世紀到二十世紀初民國成立。當然，語言的演變是連續的，所有分期都是後人研究的構作；雖然分期並不精準，卻可以呈現漢語在歷史上的大致流變。譬如，語言學家認為比上古漢語更早的漢語原型，屬於沒有聲調的漢藏語系；上古漢語可能也沒有聲調，直到中古漢語才發展出聲調；聲調在歷史中也不斷產生變化，譬如中古漢語的入聲字在現代漢語中便已經消失。[3]

「文字」自然是記錄語言的符號或書寫系統。根據柏拉圖（Plato）的《斐得羅》（*Phaedrus*），發明文字的目的在記錄語言以彌補人類有限的記憶力，文字因此都是為了再現語言或語音。[4]西方的拼音文字是典型的代表，而中國的漢字雖非拼音文字，卻也具有再現語音的功能，如漢字中占大多數的形聲字就是例證。但漢字書寫並非自始就記錄或再現口說的語言。許慎的〈說文解字序〉如此說明漢字發明的緣由：

> 古者庖犧氏之王天下也，仰則觀象於天，俯則觀法於地，視鳥獸之文，與地之宜，近取諸身，遠取諸物，於是始作《易》、八卦，以垂憲象。及神農氏結繩為治，而統其事，庶業其繁，飾偽萌生，黃帝之史倉頡，見鳥獸題蹏迒之跡，知分理之可相別異也，初造書契。百工

---

3 Hongyuan Dong, *A History of the Chinese Language* (London: Routledge, 2014), p. 7.

4 Derrida, "Plato's Pharmacy," in *Literary Theory: An Anthology*, ed. Julie Rivkin and Michael Ryan (London: Blackwell, 1998), p. 431.

以乂，萬品以察，蓋取諸夬。[5]

不同於柏拉圖的說法，許慎並未提到文字的發明是爲了記錄語言，而在中國漫長的歷史中，語言與文字分離的現象確實延續了上千年。此種言文分離的現象，漢學家稱之爲「言文雙軌」（diglossia）。[6]漢語與漢文是否有言文合一的時候？學者有不同看法。一說是從未合一，如今看到的上古漢文並非記錄當時的語言；另一說是本來言文合一，到東漢之後才逐漸分離。根據後一種說法，上古漢語與漢文仍是言文合一，如孔子的《論語》即是記錄孔子的口語，而此種口語當時稱之爲「雅言」。[7]到了中古時期，言文分離已經是公認的事實；如果中古漢語指的是當時人的口語，則中古文人所寫的漢文卻是延續上古漢文（雅言）的書寫體系。[8]此一書寫體系一直由官僚體系與文人階層沿用到清末，直到民國初年才受到白話文運動的挑戰。

此一延續千年的書寫系統稱之爲「文言文」。「文言文」暗示的不只是富有「文采」（文言文比較華麗、精緻）與「文化」（用文言文比較有學問？）而已，也指出文言文是一種「書面語」。所謂書面語是一種只用來閱讀與書寫的符號系統，並沒有相對應的語言或口語。舉例來說，韓愈的〈師說〉以文言文寫成，但韓愈在日常生活所說的並不是「文言話」，而是當時的中古漢語。文言文因此跟十七世紀歐洲的拉丁文類似，如笛卡爾（René Descartes）的哲學著作原是以拉丁文寫成，但他在日常生活中使用的卻是法語方言，而現今的法國人要讀懂笛卡爾的作品同樣必須透過法文的翻譯。由於文言文跟口語分離，因此其字彙、字音、字義與文法，都和日常生活通用的白話大不相同。儘管沒有任何書寫系統是不會隨時間而變化的，文言文的好處是不容易隨著口語的改變而產生劇變，因此清帝國的文人雖然沒辦法跟唐人以口語溝通，但的確可以透過文言文了解前人的書寫。

---

5 許慎著、段玉裁注、魯實先補正，《說文解字注》（臺北市：黎明文化，1991），頁761。

6 Hongyuan Dong, *A History of the Chinese Language*, p. 101-102.

7 Hongyuan Dong, *A History of the Chinese Language*, p. 81.

8 Hongyuan Dong, *A History of the Chinese Language*, p.102.

既然古人在生活中說的仍然是「口語」、是「白話」，則除了與語言分離的「文言文」外，有沒有一種書寫系統是記錄當時的「語言」的？目前流傳下來的文獻多是以文言文寫成，並且在唐以前的文獻資料非常有限；唐朝之後才有比較多系統性的文獻資料，可以呈現當時口語的概觀。大體而言，以上古漢文與文言文書寫的作品以哲學與歷史爲大宗，其次則是章奏表議之類與政治有關的實用性文類。不論是書寫或閱讀，以上兩類作品主要屬於少數的知識菁英。二十世紀初西方的考古學家與漢學家在敦煌發現的變文，提供了一些研究當時民間口語的材料；由於受眾是一般的老百姓，所以其書寫的文字包含了當時的口語，如改寫佛經故事的變文，便常用口語而非文言的風格寫成。此外，唐宋時期禪宗的對話錄，或如朱熹的《朱子語錄》，亦記錄了許多當時的口語。除了宗教典籍以外，中古時期白話文文獻的大宗來自大眾化的通俗小說（如宋朝著名的話本），其所用的語言應該相當接近當時的口語，[9]根據漢學家羅傑瑞（Jerry Norman）的說法，南宋時期的白話文在文法上已經接近現代漢語，而清朝中期（約1750年左右）之後的白話文不只在文法上，甚至其發音方式也跟現代的普通話或國語非常相似。[10]簡單來說，白話就是一般人日常生活中透過口語溝通的語言，而白話文既然已經是書寫系統，自然不會與實際的口語完全相同，但在理論上仍可視作口語的「反映」或「記錄」，而不像文言文並不對應任何實際的口語。[11]

---

9 Hongyuan Dong, *A History of the Chinese Language*, p. 103.譬如〈錯斬崔寧〉一開始：「卻說故宋朝中，有一個少年舉子，姓魏名鵬舉，字沖霄，年方一十八歲。娶得一個如花似玉的渾家，未及一月，只因春榜動，選場開，魏生別了妻子，收拾行囊，上京取應。臨別時，渾家分附丈夫：「得官不得官，早早回來，休拋閃了恩愛夫妻。」魏生答道：「功名二字，是俺本領前程，不索賢卿憂慮。」別後登程到京，果然一舉成名……」以上的文字約莫一千年前寫成，對現代漢語的讀者而言不免有些隔閡，但經過一定的閱讀訓練，現代讀者至少可以掌握故事的大意。

10 Jerry Norman, Chinese (Cambridge: Cambridge University Press, 1988) cited from Hongyuan Dong, *A History of the Chinese Language*, p. 79.

11 例如，現代白話文雖然由於文化的累積，已經滲入許多文言文的詞彙，甚至混入日文與英語翻譯，但依舊可作為口語溝通的工具，因此在概念上仍屬於白話文。

到了清帝國後期，中國不只存在著多種語言，更至少有兩種主要的書寫系統：北京話文與文言文。當時北京的滿清官吏彼此溝通的口語主要是北京方言，因此也叫「官話」。官話的英文爲大寫的「Mandarin」，小寫的「mandarin」原意指的就是「滿大人」（滿清官吏）。自然，官話（北京話）不限於當官的人使用，亦通行於中國北方的民間以及南京一帶。除了官話（北京話）之外，中國尚有吳語、廣東話、湖南話、客家話、贛語、閩南語與閩北語，通常稱之爲地方方言。[12]事實上，地方方言可以被視爲不同的語言，因爲即使都是漢人，閩南語的使用者也無法與客家人溝通；相對的，如果同一種語言因爲地域的差距而略有不同，但使用者仍然可以彼此溝通才能稱之爲「方言」（dialects），如美語（美式英語）、澳洲英語與英國本土的英語。[13]除了以上八種華語，中國尚有少數民族的語言如藏語、蒙古語、維吾爾語等等，這些不同語言的使用者，彼此之間無法用口語溝通，自然也無法跟講官話的漢人溝通。[14]就書寫系統而言，與口語分離的文言文，仍然是清帝國官僚與文人階層使用的主要書寫系統，而以北京話寫成的白話文在清帝國後期已經相當成熟，如在十八世紀末期寫成的《紅樓夢》可爲例證。除了北京話文外，亦有以漢字書寫其他語言的白話文書寫，如《海上花列傳》（1894）便是以吳語寫成的。[15]對不懂吳語的讀者而言，《海上花列傳》不僅有作者自創的文字，角色對話使用的口語也如天書一般難懂。

參、從清帝國到現代民族國家的轉換

在清帝國時期，並沒有一種單一的語言可以讓境內的所有臣民據此溝通。雖然清帝國的官吏以北京話作爲官方語言，但也不是所有官

---

[12] John DeFrancis, *The Chinese Language: Fact and Fantasy* (Honolulu: University of Howaii Press, 1984), p. 58.

[13] Victor Mair, “What is a Chinese ‘Dialect/Topolect’? Reflection on Some Key Sino-English Linguistic Terms,” Sino-Platonic Papers 29(1991): 1-31.

[14] John DeFrancis, *The Chinese Language: Fact and Fantasy*, p. 65.

[15] 韓邦慶著，姜漢椿校注，《海上花列傳》（臺北市：三民書局，1998）。

吏都會說或說得好北京話。清帝國的官吏在所屬的地方，與當地百姓溝通的媒介還是當地所通用的地方方言。因此，清帝國的官吏扮演了地方百姓與中央的中介與翻譯者的角色，而朝廷或許沒有能力，或許沒有意圖，使帝國裡的所有臣民以單一的語言溝通，更別提使所有的人都識字。[16]事實上，一般老百姓不識字、不會讀書，反而有利於統治者的統治。因此不管是文言文或是白話文的書寫系統，在清帝國時期其實都是少數菁英壟斷的知識權力。

1912年民國成立，爲了團結中國人對抗西方帝國主義，第一件事就是要統一全國的語言。爲了解決各族群之間無法溝通的問題，國民政府學習西方民族國家統一語言的政策，在1913年將北京官話定爲「國語」，並設計了一套「注音字母」標誌國語發音。因爲「字母」兩個字聽起來像是洋人的玩意兒，所以「注音字母」在1930年更名爲「注音符號」。[17]稱北京方言爲「國語」的習慣，隨著國民黨撤退來臺，便一直在臺灣沿用下去，如國中小教科書的語文課本叫「國語」或「國文」課本，注音符號也成了小學生學習「國音」與「國字」的工具。其次，在訂定全國統一的共用語言之後，國民教育要做的是掃除文盲，並推行一套單一的書寫系統。文言文自然是一套現成的書寫系統，但不同於白話文有其相對應的口語（白話），文言文只用於書寫與閱讀。文言文雖然還是使用漢字，但與日常口語有相當大的距離，所以對一般人而言極爲困難。有鑑於此，一套統一的白話文書寫系統成了另一種選擇。胡適、陳獨秀等人在1920年代發起的白話文運動，強調「我手寫我口」，以「白話文」作爲記錄日常口語的書寫系統。既然口中所講的語言（北京話）是統一的，那麼書寫系統經過標準化之後，自然也應該是全國一致的。[18]

---

[16] Hongyuan Dong, *A History of the Chinese Language*, p. 131.

[17] Hongyuan Dong, *A History of the Chinese Language*, p. 132.

[18] 不過1920年代以降，正當白話文運動風起雲湧之際，當時偏左翼、親共產主義的知識份子卻批評以北京話為國語的政策，認為北京話乃是舊時期官僚的口語，是屬於菁英的、統治階層的語言。他們因此提出「大眾語」或「普通話」的概念，認為統一的語言不該以北京話或北京方言為準，而應該融合中國一般民眾的口語，尤其城市裡頭的無產階級的大眾語言，並尊

一個統一的書寫系統，透過現代資本主義與印刷媒介的輔助，有效形成安德森所謂的「想像共同體」。根據他的說法，現代國家作爲一個想像的共同體，除了有一個明確的地理疆界，尙且需要「與此同時」（meanwhile）的時間向度。換言之，現代國家的全體國民必須感知到共同生活在同一個時間長河的波段上，一種共享的、並時的、水平的時間軸，而報紙（尤其是新聞報導）正提供一個「共時」且「日新又新」的平面媒體。[19]一方面，報紙跨越想像共同體中的地理區隔，使生活在他方的人、事、物得以與在地的個體發生關聯；個體雖非親身經歷他方的人、事、物，但至少能夠透過新聞媒體參與「媒介化的事件」（mediated events），與大多數不知名的他者產生「媒介化的假性互動」（mediated quasi-interaction）而將之想像爲自己的同胞。[20]另一方面，共同參與事件的國民在創造出共享的時間波段之後，每日不斷發生的新聞事件，也將事件的直接與間接的參與者不斷往未來推進，有如一個命運的共同體在時間長河中一起航行。報紙要發揮以上的功能，前提自然是全體國民必須具有基本的閱讀能力，而相對簡單易學的白話文就取代了文言文，成爲全民賴以閱讀與書寫的文字系統。

就以上的理論架構來看，文言文似乎在建立現代民族國家的過程中失去了功用，但事實卻非如此，而這涉及文言文與建構中國國族歷史的密切關聯。就西方的現代民族國家如法國與英國而言，地方語言的書寫系統（如英文與法文）取代拉丁文，乃是建立民族國家不可或缺的程序，如赫德所說的：「因爲每一個民族都是一個民族；它有它

重、保留其他漢族群的口語和少數民族的語言。但共產黨在1949年建立中華人民共和國之後，不久便在1955年訂出了單一國家語言的政策，依舊以北京的官話作為統一的官方語言，只是不叫「國語」，而是沿用「普通話」一詞。其實，普通話並不普通或普遍，它的來源仍是舊帝制時期清朝官吏所用的北京方言，儘管它的使用人口在眾多語言裡占最多數。相關的討論見黃錦樹，《文與魂與體：論現代性中國》（臺北市：麥田出版，2006），頁44-46。

19 班納迪克・安德森，《想像的共同體：民族主義的起源與散布》，頁61、69。

20 John B. Thompson, *The Media and Modernity: A Social Theory of the Media* (Stanford: Stanford University Press, 1995), pp. 85-87.

的民族文化，例如它的語言」。[21]同樣的，現代中國以地方語言（白話文）取代了文言文，但與西歐國家不同的是，文言文仍然在國家建構的過程中起著重要的功能。其中的原因安德森已經敏銳地指出，西歐在西羅馬帝國瓦解後四分五裂，意味著沒有一個君主能夠壟斷拉丁文，使之成爲專屬於他的國家語言；相對的，帝制時期中國的官僚系統與文言文的使用範圍基本上是吻合的（雖然使用漢字的還包括日本、韓國、越南），因此現代中國在取代清帝國之後，得以壟斷文言文並視之爲中國的專利。[22]如同其他國族主義溯及既往的傾向，中國國族主義將國家的起源推至遠古，並建構出一個國族的連續體：不只夏商周秦漢唐宋元明清是連續不斷的政體，甚至作爲民族國家的中華民國亦是清帝國的繼承者。安德森所謂的「官方民族主義」一詞，正可以用來描述二十世紀初期中國國族主義的特徵，「一種同時結合歸化與保存王朝的權力」，「一種把民族那既短又緊的皮膚撐大到足以覆蓋帝國龐大身軀的手段」。[23]文言文既是現代國民理解、承繼傳統文化的工具；作爲一套書寫系統，文言文也以其統一性與綿延不絕見證國族「自古以來」的同一性與延續性。

就現代中國國族主義的建構而言，白話文與文言文構成一套相互補充的雙軌書寫系統。統一的語言與白話文有助於現代國家作爲想像共同體的形成，亦即在有限的國家疆界內的所有國民，理論上可以用同一種語言溝通，並透過同一種白話書寫系統閱讀與寫作（其中報紙與小說是兩個重要的媒介）。自然，在統一的官方語言（亦即國語）之外的種種「方言」，可能遭受不同的命運。方言有可能在獨尊國語的政策下受到壓抑與排擠，也有可能與國語並行，最終構成一個多語言的民族國家。很顯然的，戰後臺灣在國民黨的統治下，走的是獨尊國語的路線。相對與白話文，文言文本是帝制時期統治階層與文人壟斷的書寫系統，在現代民族國家確立後，卻成爲現代國民藉以理解國族傳統與過往歷史的媒介。換言之，現代民族國家爲了將其

---

[21] 班納迪克・安德森，《想像的共同體：民族主義的起源與散布》，頁116。

[22] 班納迪克・安德森，《想像的共同體：民族主義的起源與散布》，頁84。

[23] 班納迪克・安德森，《想像的共同體：民族主義的起源與散布》，頁136。

國族歷史往前追溯，必須構作出所謂的「被發明的傳統」（invented tradition），並且掩蓋此一傳統乃是爲了回應新的歷史情境而構作、發明，並試圖與過去形成（想像的）連續體的事實。[24]文言文作爲一套綿延千年的書寫系統，和文言文寫成的古典文獻，正好成了建構此一「被發明的傳統」的文化資源。傳統的綿延不絕證成王朝或帝國的接續不斷，並與現代民族國家建立後的中國接軌。總的來說，白話與白話文建構一個與此同時的、水平軸上的想像共同體，並不斷向未來延伸；文言文則往前追溯，建構一個由古至今、綿延不絕的國族傳統，因此在垂直的時間軸上構築出一個歷時性的「文化共同體」。透過文言文的中介，後人不只見證傳統的傳承與延續，並得以參與此一文化共同體，形塑出一種「古今同一」的時間感。

肆、教育體制中文言文的合法性危機：本土化與民主化的挑戰

以上的理論框架自然無法涵蓋在眞實歷史中，不論是白話或文言文產生的種種繁複的演變與衍生的矛盾，如康有爲、梁啓超以至於民國初年國粹派的反思，或者日治時期臺灣話文多語混雜的情境。[25]雖然在實際上未必沒有緊張關係（詳下），但白話文與文言文各司其職，分別形塑「想像共同體」與「文化共同體」的架構，卻可以幫助我們理解2017年修改高中國文課綱所引發的文白論戰中的部分爭議點，尤其是文言文在教育體制中的功能，已經在本土化與民主化的浪潮下面臨質疑與挑戰。底下所選擇的分析案例除了兩則政治立場不同的連署宣言外，將聚焦在網路上進行筆戰的文章；自然，網路文章成千上百，不可能一一論及，因此本文只能選擇性地擇取相對而言較有論述性與代表性的文章，並依次就本土化與民主化兩個層面進行檢

---

[24] Eric Hobsbawm, "Inventing Traditions" in *The Invention of Tradition*, ed. Eric Hobsbawm and Terence Ranger (Cambridge: Cambridge University Press, 2013), p. 2.

[25] 此處的重點在提出一個以簡馭繁的理論架構，至於相關的史述可參考木山英雄著，趙京華編譯，《文學復古與文學革命：木山英雄中國現代文學思想論集》（北京：北京大學出版社，2004）與陳培豐，《想像和界限：臺灣語言文體的混生》（新北市：群學，2013）。

視。

一、國族認同與本土化的挑戰

就本土化的層面而言，臺灣文學學會的公開宣言與所引發的反對意見，正可以作爲思考的起點。〈國語文是我們的屋宇：呼籲謹愼審議課綱——一份來自海、內外學界的聲明〉雖然是反對文言文調降的宣言，但用字遣詞不可不謂溫柔敦厚，並試圖避免挑起兩造激烈的對立。因此他們的許多主張，說是正反兩方的共識似乎也不爲過，如「國語文是我們的屋宇」大概沒有人會反對；「謹愼審議課綱」的呼籲也是全民所贊同的；聲明中「支持本次『十二年國教課程綱領』中注重多元發展、重視本土文化、迎向世界挑戰、加強溝通表達的革新理念」，不也是支持降低文言文比例的立場者的主張？[26]不過，一旦落實到細節的論述，國族主義立場上的差異性便十分鮮明。〈國語文是我們的屋宇〉的聲明認爲：

> 文化經典是一國文明素養的重要內涵，如何讓它們自然融入在地的社會環境，讓學生不只藉由它學習語文，更能從中陶鑄審美與想像的能力，宏觀的視野與思想，成為具有文化素養的現代公民，宜有更為詳細的規劃。[27]

聲明中未言明的預設是「文化經典」（幾乎）等於文言文經典，「一國文明」指的則是自1945年以來統治臺灣的中華民國以及所傳承（建構）的文化傳統，而此一文化傳統可以自清帝國遠溯至歷史邈遠的春秋戰國時代，甚至更早的夏商周。

相對的，文學臺灣雜誌社在連署的宣言中，力主「強化臺灣文學作品在語文教科書的份量，讓本國國民文化人格的養成與臺灣同

---

26 〈國語文是我們的屋宇：呼籲謹愼審議課綱——一份來自海、內外學界的聲明〉，2017年8月25日上網。https://sites.google.com/view/guoyuwenshiwomendewuyu/首頁

27 〈國語文是我們的屋宇：呼籲謹愼審議課綱——一份來自海、內外學界的聲明〉。

步，讓本國的國民心靈與臺灣這塊土地相連。」[28]宣言中不斷出現的「本國國民」一詞同樣表現出國族主義的意識形態，只是在此國家作爲想像共同體的範圍只包含臺灣（「臺灣這塊土地」），不再包含中國大陸以及相對應的歷史文化。如同中國國族主義，臺灣民族主義一樣透過回溯的方式，重新發現、發明與建構出其專屬的國族歷史與文化傳統。目前臺灣學界的臺灣文學史著作，如葉石濤的《臺灣文學史綱》（1991）、彭瑞金的《臺灣新文學運動40年》（1997）、陳芳明的《臺灣新文學史》（2011），都意在重新建立一個專屬臺灣的國族文學與文化傳統。[29]不管國族立場爲何，建構國族歷史與文化傳統乃是建立現代民族國家必經的步驟，所不同者在於立基中國國族主義的歷史與文化傳統已然建構完成，因而常常讓人忽略了它在本質上是一個「被發明的傳統」，而且是「經過選擇的傳統」（selective tradition）。[30]相對的，立基臺灣國族主義的歷史與文化傳統仍在建構的過程當中，也不可避免地對已經建構完成的中國文化傳統，產生話語權上的爭奪與挑戰。

對臺灣國族主義者而言，國民教育體制中大量的文言文教材，乃是國民黨統治下所建構、強加的中國文化傳統；在現今社會的臺灣社會，堅持文言文的高比例不免成爲「在臺灣的殖民意識、不合時宜的中國結再現」。[31]1945年日本戰敗，國民黨開始統治臺灣，力行「去日本化」與「再中國化」的文化與教育政策；[32]1949年之後，國民黨政權因爲內戰失利撤守臺灣，除了延續「再中國化」臺灣民眾的

---

[28] 文學臺灣雜誌社，〈支持調降文言文比例，強化臺灣新文學教材——對本國語文教育改革的主張〉，2017年9月6日上網。參見自由時報的轉載http://news.ltn.com.tw/news/life/breakingnews/2185789

[29] 葉石濤，《臺灣文學史綱》（高雄：文學界，1991）；彭瑞金，《臺灣新文學運動40年》（高雄市：春暉，1997）；陳芳明，《臺灣新文學史》（臺北市：聯經，2011）。

[30] Raymond Williams, *Marxism and Literature* (Oxford: Oxford University Press, 1977), pp. 115-116.

[31] 文學臺灣雜誌社，〈支持調降文言文比例，強化臺灣新文學教材——對本國語文教育改革的主張〉。

[32] 參見黃英哲，《「去日本化」「再中國化」：戰後臺灣文化重建（1945-1947）》（臺北市：麥田，2017）。

政策外，更因應中國共產黨1966年開始的文化大革命，在同年推出「中華文化復興運動」。[33]1967年九年國民義務教育開始實施，其政治目的在「提高國民知能，充實戡亂建國力量」，因而民族精神教育成爲核心，並與中華文化復興運動互爲表裡。從歷史脈絡而言，著重中華文化的教育與文言文的教材，乃是國民黨作爲一個外來的殖民政權，遂行其殖民統治的意識形態國家機器的一環。更進一步的，大量的文言文教材與強調背誦、記憶的塡鴨式教育與考試方式正好互相配合：文言文提供幾乎無窮無盡的背誦與考試的素材，塡鴨式教育強調的記憶與背誦，一方面不鼓勵學生進行思辨、質疑與批判，一方面暗示所記憶與背誦的內容爲舉世不易的眞理。[34]從教材、教法到考試一以貫之地培養學生的中國認同與對經典的崇敬，與解嚴前的威權體制「再中國化」的教育政策，以及服從黨國權威的要求可謂沆瀣一氣。

從1960年代末期到1970年代，國民黨的國家機器內有所謂「國語派」與「國文派」的爭辯。[35]國語派主張學生全部說國語、用注音，並以言文一致的白話文寫作，而國文派則主張多讀文言文。換言之，國語派強調語言的統一對國家統一的重要性，亦即形塑一個橫向的想像共同體；國文派則希望透過文言文建立一個縱向的文明共同體。兩派的意見不同，甚至產生爭論，如國語派強調教白話文要「先語言後文字」，並且要統一語言（排除所謂的「方言」），而國文派則主張只要書寫系統以文言文統一，則臺灣方言盛行並非關鍵問題。[36]由此可見，白話文與文言文的雙軌體制未必沒有內在的緊張關

---

[33] 楊聰榮，〈文化建構與國民認同：戰後臺灣的中國化〉（國立清華大學社會人類學研究所碩士論文，1992），頁38-63。

[34] 關於學校的考試制度、知識生產與主體規訓的關係，參見Michel Foucault, *Discipline and Punish: The Birth of the Prison*, trans. Alan Sheridan (New York: Vintage Books, 1995), pp. 184-187.

[35] 莊珮柔，〈文學作為一種文化載體：你以為文言與白話文之爭是文學之爭嗎？〉，2017年9月11日上網。https://www.civilmedia.tw/archives/68085

[36] 莊珮柔，〈文學作為一種文化載體：你以為文言與白話文之爭是文學之爭嗎？〉。

係，但結果是國小教育採用國語派的主張，大力推行國語，也因此壓抑、邊緣化了臺灣的地方語言，如臺語、客語與原住民語；國文派的主張則落實在中學以上的教育體制，因此形成國高中國文課本大量採用文言文選文的結果。

不管是以國語爲尊的語言政策，或是透過文言文建構中國文化傳統，對臺灣國族主義者而言，都是外來的國民黨政權「再中國化」臺灣人的殖民手段，與日本殖民臺灣時推行的皇民化政策有許多類似之處。尤其早期的中學國文課本既忽略了學生生活在臺灣的事實，也忽視了世界上的其他文明（如日本與西方文明）對臺灣這塊島嶼的影響，因此隱含了強烈的中國中心主義（Sinocentrism）。因此，文學臺灣雜誌社在宣言中認爲「本國語文教育，長久以來偏重文言文，形成國民文化養成的枷鎖，阻礙國民心靈的開展」也就不令人意外。在批評臺灣的國語文教育偏重文言文的同時，大多數堅持臺灣爲主體的論者，並未主張完全廢除文言文，因爲對清帝國統治下的臺灣文人而言，文言文經典的閱讀本是其教育養成的重要部分，也就構成了臺灣的傳統文化之一。不過，以臺灣立場衍生的主張至少有兩方面：一是降低文言文在國文教育中的比例，以便有空間可以容納更多元化的教材；二是即使選擇文言文作爲教材，也應該選擇臺灣文人的作品或與臺灣相關的著作，以符合以臺灣爲中心的理念。

二、現代社會與民主化的挑戰

白話文與文言文構成的雙軌書寫體制，就算不受臺灣國族主義的挑戰，在日益民主化的臺灣也不能免於各種質疑。在文白論辯之中，除了本土化的挑戰外，尙有無關國族認同（至少在理論上），而是攸關民主化、多元化與國際化的層面。事實上，臺灣或中華民國作爲一個現代的民族國家，國家認同已經逐漸從「國族」的基礎（具有相同的語言、文化，甚至血緣）轉移到對國家體制的認可，亦即認可特定的社會、政治、經濟與文化體制以及相應的生活方式，所謂的「公民國族主義」（civic nationalism）。如史密斯（Anthony D. Smith）所描述的，其特性包含：一、「領地主義」（territorialism），強調居住的土地而非血緣或傳承；二、「公民參與」，以此土地與公民身分爲基礎，參與國家的運作；三、「公民權優先」，亦即公民作為身分認同遠高於其他如族群與種族認同；四、「公民教育」（或國民教育），亦即教育的目的乃是在培養現代國民／公民。[37]依循此一特性，支持調降文言文比例的一方，強調國民教育最重要的目的，不在傳承特定的文化傳統，而是培養適合現代民主社會的公民。例如，朱家安認為語言文字除了作為人與人溝通的媒介外，更是現代公民進行公共論述不可或缺的工具。[38]如前所述，白話與白話文已經取代文言文，成為一般大眾溝通、對話、論述的唯一工具；即使是支持文言文的一方，在進行公共論述時，也不得不依賴白話文。因此，為了促進臺灣的民主化、提昇人民公共論述的能力，朱家安一方面主張削減文言文在教材中的比例，甚至完全排除文言文（有必要時以文言文的白話文翻譯代替），另一方面主張中學的教材與教法，都應該以提升學生（用白話文）的論述能力為目的。[39]

除了溝通與論述的能力，依循類似的實用邏輯，似乎也應該教導學生應用文的寫作，如自傳、履歷、文案，以符合現代社會的實際需求。支持文言文的網路論者厭世哲學家，一方面同意「目前國文課本中的「應用文」仍然停留在老舊的書信、對聯等內容，已經一點都無法『應用』了」，但一方面又認為反對方要呼籲的應該是「減少文學的比例，增加應用文的比例才對，吵文白比例根本是焦點錯誤」。[40]厭世哲學家的說法，在邏輯上自然言之成理，但在課程內容總量不增加的情況下，增加應用文的比例，不只必然壓縮了文學的比例，同時也必然減少文言文的比例。就現代公民所需的素養而言，增加的應用文自然是能夠符合現代學生未來畢業之後的使用需求，而不是增加古代的應用文，如章奏表議之類的以文言文寫成的文書。換言之，在實際的教學現場裡，增加現代應用文的教學，意味著減少文言文的教

[37] Anthony D. Smith, *National Identity* (Reno: University of Nevada Press, 1991), pp. 116-119.

[38] 朱家安，〈高中國文必修學分應砍半〉，2014年8月25日上網。https://phiphicake.blogspot.com/2014/08/blog-post_25.html

[39] 朱家安，〈高中國文必修學分應砍半〉。

[40] 厭世哲學家，〈回應「批判文言文運動」（上）：國文課的文學價值與人文素養〉，2017年9月8日。https://opinion.udn.com/opinion/story/11478/2689954

授時數。不過，古代的「應用文」與「文學」並非完全沒有交集，如古代文人的應用文書如書信、序跋等，本身就可以具有極高的文學價值，但現代的應用文如果偏重實用價值，那是否具有文學性就不具有必然性。[41]以上的討論並不意味支持調降文言文比例的一方，都是語言文字的工具論者與實用論者。朱宥勳本身是小說家，又是畢業於文學系所，自然不會否定人文素養的重要性，尤其文學素養作爲其核心組成。如果將人文素養的培養歸結成文、史、哲三個領域，則歷史自有中學的歷史課負責，但哲學則因爲沒有相對應的中學課程，因此在目前的體制下只能勉強塞進國文科的領域。至於文學素養一直以來就是國文教育的目標之一，也是文白論戰雙方都重視的，只是對培養學生文學素養的方法有不同的意見。

國高中的文言文教學一直以來爲人詬病，其中的原因不難理解：國文老師在上課花了大半時間註釋與翻譯文言文，而學生爲了應付考試又花了許多時間記憶文言文的形、音、義與翻譯。相對的，課本上的白話文似乎不用教（或是老師不會教？）；老師往往簡單帶過，或要求學生自行閱讀。針對國文教育長久以來的陋習，朱宥勳提出以「能力指標」爲導向的看法，並認爲應該此爲原則選擇中學課本的範文。[42]譬如，「象徵手法」作爲重要的文學知識與能力指標，則選擇的範文不只必須要有「象徵手法」的例證，而且教師在授課時也必須教導學生解讀「象徵手法」的方法。厭世哲學家的批評來自兩方面，一方面是能力導向的教學，可能使國文課本淪爲「作文技巧學習大全」，而使「人文素養退居次位」。[43]厭世哲學家指出，教授魯迅的〈藥〉如果只是爲了學習象徵手法，可能忽略了「其中蘊含的

---

41 關於古典應用文的美學面向，參見柯慶明，《古典中國實用文類美學》（臺北市：臺大出版中心，2016）。

42 朱宥勳，〈找到能力指標，就不必迷信經典：國文科課審會的爭議〉，2017年8月22日。https://opinion.udn.com/opinion/story/7344/2656728?from=udn-referralnews_ch1008artbottom

43 厭世哲學家，〈回應「批判文言文運動」（下）：教學不止目標導向，經典教育仍有必要〉。

『魯迅對時代的批判與對革命志士的同情』」。[44]這樣的擔憂並沒有不合理，就像教授文言文只著重註釋與翻譯，也會使「人文素養退居次位」。不過，就像註釋與翻譯是爲了理解作品的內容，學習象徵手法的運用也是爲了更周全地理解作品。讀者懂得魯迅筆下的象徵手法，才能在「對時代的批判與對革命志士的同情」之外，閱讀到魯迅對中國革命與啓蒙所抱持的悲觀態度。另一方面，能力導向的教學方式，可能導致範文取代了經典，而「『人文素養』應該作爲最主要的選文導向，而不是『文學技巧』或『文學知識』」。[45]這樣的擔憂並沒有不合理，就像教授文言文只著重註釋與翻譯，也會使「人文素養退居次位」。不過，就像註釋與翻譯是爲了理解作品的內容，學習象徵手法的運用也是爲了更周全地理解作品。讀者懂得魯迅筆下的象徵手法，才能在「對時代的批判與對革命志士的同情」之外，閱讀到魯迅對中國革命與啓蒙所抱持的悲觀態度。另一方面，能力導向的教學方式，可能導致範文取代了經典，而「『人文素養』應該作爲最主要的選文導向，而不是『文學技巧』或『文學知識』」。

以能力指標作爲選文標準，事實上並未擱置文白的比例問題。所謂「人文素養」或「文學素養」從來不是鐵板一塊，也不能抽象地放置在「文學」這把大傘下討論。進一步的問題不免是「什麼文學」的素養：是現代文學？古典文學？中文文學？還是中文文學之外的世界文學？例如中國古典小說幾乎都以第三人稱進行敘事，而現代小說（不論中文或其他語言）則不乏第一人稱、第三人稱，甚至第二人稱敘事者的經典範例。在小說這個文類的演進上，現代小說與古典小說具有相當多不同的美學特質。因此，「什麼文學」的素養首先遭遇到的是時間上的現代與傳統的拉鋸。此外，什麼樣的文學或人文素養也涉及地理空間的面向，亦即國文課本是否要納入世界文學的經典，以

---

44 厭世哲學家，〈回應「批判文言文運動」（下）：教學不止目標導向，經典教育仍有必要〉。

45 厭世哲學家，〈回應「批判文言文運動」（下）：教學不止目標導向，經典教育仍有必要〉，2017年9月8日。https://opinion.udn.com/opinion/story/11478/2690269?from=udn-referralnews_ch1008artbottom

培養學生的世界觀與國際觀，並反映臺灣學生逐漸多元化的族裔身分（如新住民子女）？國高中國文課本納入翻譯文學並非是什麼新鮮事；麥克阿瑟的〈麥帥為子祈禱文〉、都德的〈最後一課〉都曾選入國文課本（儘管其政治目的再明確不過）。然而，如果去除政治性而純就人文素養而言，荷馬的史詩、但丁的《神曲》、莎士比亞的戲劇、西方現代經典小說，甚至東南亞的文學經典是否也可以選入國文課本？如果選入的外國經典文學不是翻譯成文言文而是白話文，那麼依然跳不開文白的比例問題。因此，關於選文的許多議題一旦落實在教學情境，則文白比例不但不是假議題，可能還是改革國文教材與教法的前提。

伍、結論：國民教育中的文言與白話

從本文簡單的漢語史勾勒，並參照文白之辯的爭議點，我們可以得到如下的結論。白話文相對容易學，不只因為白話文與生活中的口語相對應，也因為白話文在現代生活當中的廣泛應用，使用者也比較不容易忘記白話文。文言文則不然，一方面文言文難學，就有如學習閱讀另一種相關的語言，如以英文為母語的人學習閱讀法文，但也可以說不難學，因為英文與法文有很多共同的單字（甚至文法都有些類似），就如同文言跟白話都有許多共用的漢字。不過，問題不只在難不難學，也在於容不容易遺忘。臺灣的高中生畢業後，除了再上一年的大一國文，可能就再也不會接觸文言文。可想而知，學生對文言文的閱讀能力也不免隨著時間而消逝。識字率（literacy）不是固定的，而是隨著閱讀與寫作的頻率，有所提升或下降；文盲可以學會識字，但識字的人也可能再度淪為文盲。在此前提下，文言文在現代國家的教育體制中所承擔的任務與發揮的功能，難以不受到一定的質疑。

就現代中國國族主義的建構而言，白話文與文言文構成一套相互補充的雙軌書寫體制。一方面，統一的「國語」與白話文有助於現代國家作為想像共同體的形成，亦即在有限的國家疆界內，所有國民理論上可以用同一種語言與書寫系統溝通。民國成立初期，文白之爭早已如火如荼地展開，當時的文言與白話的雜誌依舊並行，而文人亦有擅長兩種新舊語體者，[46]但經過長年的白話文運動與基礎義務教育的推廣，文言文失去了主導地位，而留下的唯一「不可取代」的功用，僅只是透過文言文閱讀古代文獻，不管是詩詞歌賦或是哲學與歷史著作。但現代民族國家爲了將國族歷史往前追溯，必須構作出所謂的「被發明的傳統」（invented tradition），而文言文作爲一套綿延千年的書寫系統，和文言文寫成的古典文獻，正好成了建構此一傳統的文化資源。總的來說，白話與白話文建構一個與此同時的、世俗的、水平軸上的想像共同體，並不斷向未來延伸；文言文則往前追溯，建構一個由古至今、綿延不絕的國族傳統，因此在垂直的時間軸上構築出一個歷時性的「文化共同體」。[47]

然而，臺灣的國族認同的分裂，衍生不同的「文化共同體」或「國族文化傳統」的想像。就中國國族主義者而言，「國族文化傳統」指的則是自1945年以來統治臺灣的中華民國以及所傳承（建構）的文化傳統，並可以自清帝國遠溯至歷史邈遠的遠古。相對的，臺灣國族主義者的「領地主義」強調在臺灣這塊土體上所發生、創造的一切文化。因此，主張降低文言文比例的一方並非主張完全廢除文言文，因爲文言文已經是臺灣文化的一環，而這包括中華民國教育體制的移入與清帝國時期文人所受的傳統教育。依此邏輯，臺灣本位的想像亦必須包含日本時代日人或臺人以中文或日語進行的創作、清帝國時期的漢文與漢詩（自然是文言文）、鄭氏父子甚至荷蘭人有關臺灣的書寫；當然原住民自始就是臺灣的主人，不管是原住民的神話或現代原住民作家的作品，都應該在臺灣的國族文化傳統與國民教育中佔有相當的比例。贊成或反對文言文的雙方，因其國族認同的差異而有不一樣的國族文化的想像，也自然影響到各自對文白比例的不同主張。

如果暫且擱置國族認同上的歧異，而聚焦臺灣的民主體制與國民

---

46 例如周瘦鵑（1895-1968）在民國初期便同時以文言文與白話文從事小說創作，而他的狀況在當時並非特例。參見陳建華，〈論文言與白話的辯證關係及中國現代文學之源〉，《清華中文學報》第12期（2014年12月），頁309-371。

47 此一觀點受益於施懿琳教授在會議上的發言，特此標誌，不敢掠美。

教育的目的，則論者如朱家安強調公民參與公共論述的重要，而文言文因爲無法作爲論述工具，因此應該減少或根本廢除文言文在高中國文教育中的必修時數。自然，反對者會質疑此一實用主義的傾向，而強調閱讀文言文可以提升人文素養、吸收古人智慧、知古以鑑今等等其他價值。然而，以上這些伴隨著閱讀中國古代文獻而來的附加價值，一來不是不可以被其他經典所取代（如其他文明經典或現代白話作品）；二來也不見得必須由親自透過文言文的閱讀習得，例如白話翻譯或現代專家學者的研究著作也可以達到類似的目的。[48]同樣的，朱宥勳認爲教材的選擇反而其次，重點在培養文學素養爲主導的教學方式。事實上，文學並非「先驗」的集合，因此何謂「文學素養」在不同時代、不同的社會亦會有不同的定義。因此，獨尊中國傳統經典的選材方向，是否符合民主多元的臺灣社會，就值得進一步深思。

就國民義務教育的而言，要花多少時間與精力在一個難學、易忘、功用單一的文字書寫系統上，事關整體教育的資源分配、文化傳統的保存與國家的競爭力等等面向。如果本土化與民主化的趨勢不變，國文教材的本土化（增加更多關於臺灣與臺灣多元族群的內容）、民主化（強化公共論述的能力、增加現代應用文的實例）、多元化與國際化（納入世界上不同文明的經典）的呼聲可能日益升高。在不增加學生總體的課業負擔，又要增加新教材的情況下，佔有高比例的文言文教材似乎難以避免成爲改革者的箭靶。因此，文白比例不但不是假議題，而且是在教學的實際現場具有急迫性的大前題。

---

48 自然翻譯無法存留文言文獨特的文字美感，就如同有人宣稱詩歌是沒有辦法翻譯一樣，不過文字的美感只是文學的一部分，閱讀翻譯文學仍然有其價值。

跋

疑義相與析：會議理念暨論文集結說明

一、會議理念

一代有一代之文學，一代當然也會有一代語文教育的理念。不僅形式上，有特定的審美觀，在內容面，也有特定的價值觀。

因此，在形式面上，為了更精準的溝通、更深刻的表達，語言的習得必然需要藝術形式的鍛鍊。言文而行遠，朝藝術美感的方向發展，不再只是讀得通、讀得懂，更進一步追求能打動讀者，具備深刻的溝通功能，而這也正是形式的實用性。

就內容面來說，語文的教學同時涵容了理念的傳達——因此情況變得更複雜了，語文教學涉及道德、文化、國族等理念的薰陶。

除此之外，當然還包含教材教法的面向。受到高度影音化的影響，閱讀、表達日趨片段化，語文教育如何對症下藥，乃是當前的時代命題。

由是觀之，形式、內容、教材教法，三方彼此牽動，最後以「文白之爭」為爆發口，揭開了當前語文教育一系列的討論。

為此，逢甲大學國語文教學中心於2018年5月25日（週五）、26日（週六）舉辦「第三屆建構／反思國文教學學術研討會——文白之爭」學術研討會，以「文白之爭」為座標，指向形式、內容、教材教法三方，回應時代的命題。

1.形式與內容：語文教學的兩端

語文的教學，以符號具的習得為形式，同時滲入符號意義的傳達。語文的教學，涵蓋了雙重的意義：

首先，就符號具來說，語言學者雅克慎就特別強調表達形式的藝術功能，「是以話語本身為依歸，投注於話語本身者」。換句話說，為了更精準的溝通、為了更深刻的表達，語言的習得必然需要藝術形式的鍛鍊。誠如孔子所言，言文而行遠，朝藝術美感的方向發展，不僅是抒懷而已，同時具備深刻溝通的功能。

其次，就符號義來說，形式與內容相互依附，因此，語文的教學同時涵容了理念的傳達，可能涉及道德、文化、國族、宗教；還可能涉及傳達者目標、或者受眾的讀者反應，有時可能是希望接納、有時是期許反思。

由是觀之，語文教育，從來不只是教語文而已，符號具與符號義，涉及表現形式的鍛鍊、內容理念的薰習，無論特別強調何者，另一端都是相應的伏流，無從割捨。

2.語文教育：不同理念拔河的場域

乍看之下，語文教育是爲了溝通、表達能力的鍛鍊，強調形式面的精熟，實際上，同時滲透了理念的傳達，因此，語文教育成爲不同理念多角拔河的場域。

誠如上述，「語文教育」一向與「文學形式」、「教育理念」相扣合，扮演多樣的功能，諸如溝通表達、美感薰陶、灌輸都灌入其中，乃至於在社會功能方面，還肩負啓蒙大眾、國族凝聚、道德教化、文化傳衍種種使命——語文之用可謂多矣，因此，在歷史的進程中，語文教育往往與國家政策、群體認同，有著千絲萬縷的牽絆。

將眼光放遠，從歷史的縱深來看，針對語文的形式、內容兩端，文以貫道、文以明道、文以載道諸說，形成了文、道之辨。

除此之外，詩用之說，則強調語文藝術的表現，兼具個人抒懷與社會功能，因此有「故正得失、動天地、感鬼神，莫近於詩」之說。

再加上政治上的士教育，以往中國傳統六藝、六經、四書、詩賦、明經諸科的教學內容，不僅是士子們進學讀書識字的教材，有的是志於道據於德的修身圭臬，有的是游於藝的藝術美學，但通過科考的篩選，語文教育質變爲仕宦的階梯，也同時承載了稻粱謀的考量、治國安邦的重擔。

黃仁宇先生曾討論，「四書」以修身爲本，本是個人內化的道德修養，何以成爲科考的內容；並且透過特定的八股文體，將語文的鍛鍊與道德的闡述相結合，並以此作爲掄才的標準。箇中涉及時代通訊的局限、帝國統治的需求，外部的時代條件、內部的政治社會需求，同時匯入語文教育之中。

即便到了近代，語文的社會功能，在帝國主義的魅影下，演繹得更爲繁複。中國「詩界革命」、白話文運動，內在的肌理，體現出救亡圖存的國族焦慮感，從文言到白話，涉及東方與西方、傳統與現代如何接軌的時代大命題。

將目光移回臺灣本地，在乙未割臺以後，日人對臺灣的殖民教育，不僅重新形塑新的文化與民族認同，當然也改變了既有的語文教育、文學風景。當時一批傳統士紳以古典詩相互唱和，激盪成複雜又曖昧的政治姿態；而日本統治階層對待傳統漢詩的態度，也隨著局勢不斷移位。

現今大力推行的母語教學，在日治時期，便有人提出「臺灣話文」的倡議。一時之間，日文、漢文、白話文、臺灣話文，各自指向不同的政治理念。

二戰結束後，國民政府接收臺灣，爲了消除日語在臺灣常民生活的影響力，在雷厲風行的手段中，導致了日治時期作家成爲「失語的一代」；並且設立「臺灣省國語推行委員會」（簡稱國語會），大力推行國語文運動。國語文教育方針與政治環境相呼應，不僅止於語言的學習，兼及文學、文化與思想教育，一時之間，文統、道統、政統，三者打包處理。

有鑑於此，早在1985年，《國文天地》雜誌社，便針對大學國文教學的困境與問題，舉辦一連串會議討論。二十幾年來，陸續有學者關注國文教學的困境、定位、目標、教材與教法等問題，從不同層面提出建言。

近幾年在教育部「中文閱讀書寫課程革新推動計畫」的帶動下，大專院校的國文課程，以「生命教育」的教學目標，因此閱讀教材的選擇、教學的形式、寫作的題材，當然也會有相應的取向。平心而論，閱讀書寫、生命教育，當然可以有貫通互融之處，但是箇中的罅隙也不容迴避。

誠如上述，語文教育是不同理念拔河的場域，即便將目光限縮在形式面的表達力，也會另外激起語文的實用性與人文精神的辨證。

3.文白之爭：如何兼顧實用性與人文精神

回望近代的文言白話之爭，當時的時代背景，乃是呼應傳統、現代的轉型期，並摻入了救亡圖存的危機意識。尤其在臺灣，語文教育更多了一層複雜的國族認同感在彼此拔河。

相對之下，當前的文言、白話之爭，表層的時代背景，是因爲在高度影音化的環境中，文字的閱讀、表達日趨片段化，文字表達能力低落已是不爭的事實。因此，語文教育如何對症下藥，便成了現前的時代命題。

暫時將眼光收束在閱讀、表達的範疇。事實上，語文課程兼具工具性與人文性，工具性是語文用於溝通表達的實用價值，無論抒情、說理、敘事，都希望獲得清晰精準的訊息，進而希望有生動、深刻的表現方式。

然而所抒何情？所論何理？所述何事？便涉及語文教育的內容端，希望能體現更深刻的人文精神。因此，工具性是「表」，是訊息的憑藉和依託物；人文性是「裡」，是語文的內容和靈魂。如何在工具／人文、表／裡之間取得平衡，是各大學編寫教材的思考重點。尤其如何在語文教育中體現人文價值，又能同時傾聽時代的心聲，了解社會的需求，與時俱進，將傳統文化與社會脈動緊密結合，迎接人類未來的發展，則是近幾年來人文教育者思考的問題。

由是發軔，觸及到「語文」的內涵，便衍生出一連串複雜的問題：語文教學到底該著重口語、文字、或文化？如何將口語及肢體的表達納入？如何拿捏藝術、實用的分寸？如何在聽、讀中，訓練理解能力及審美素養？言人人殊，最後以文言／白話爲破口，掀起陣陣波瀾。

換句話說，既然我們認爲語文教育必然包含人文精神，兼具藝術美學的鍛鍊、人文關懷的薰陶、工具性的運用，便再現了以往的文／道之爭。再加上政治因素摻入，背後充滿著國族魅影，齗齗不休，爭論不已。

他山之石，可以攻錯，海峽彼岸的中國也在反思語文教育的方法、目標，想要扭轉重文輕語、重讀寫輕聽說的狀況，加強語、文二端的連結，並且強調實用性，希望切合日常應用的功能。前中國教育部新聞發言人王旭明更指出，當前中國存在問題最多的學科是語文，最該改的也是語文，並稱「現在的語文課，至少有一半，甚至一半多是不應該學的內容。」然而該如何改？近些年，古詩詞在中國語文教育中的分量逐步降低，也同樣引起各界爭論。「中國語文教材的變遷與爭議」還曾登上BBC版面，格外引人注意。

完美的語文教材從不存在。

值此眾聲喧嘩之際，學術界有責任回應社會的議題，透過「第三屆建構／反思國文教學學術研討會——文白之爭」學術研討會，希望塑造一個開放的對話空間。

語文教育的取向，一向與時代的脈動相呼應，然而，只有當國家強大的政治力縮手之時，才有機會各言爾志。而這也正是時代之幸。因此，學術界當挺身而起，召集各家共同會商，彰顯語文教育內涵的同時，也能開展出源源不絕的文化生命力。

二、論文集結說明

本研討會共分專題演講、論文研討、座談會三部分。

專題演講分別邀請陳昌教授、陳萬益教授，暢言其參與課綱擬定之經驗、觀察、及反思；並感謝廖美玉教授、施懿琳教授擔任主持人。演講紀錄經講者、主持人同意，儘量保持演講之口氣，並考慮篇幅及行文流暢，在盡力如實的前提下加以調整。

「學術、文學、教育三角座談會」則由李威熊教授主持，邀請陳萬益教授、道禾實驗教育機構創辦人暨執行長曾國俊先生、《閱讀理解》雜誌創辦人黃國珍先生，三位與談人交流分享。然礙於篇幅，本集未能收錄。

論文研討的部分，開放投稿，總計來稿32篇，經籌備委員會之審查，共有24篇論文發表。會議論文經作者同意，各送交2位校外委員匿名審查，本集共刊登19篇。

本集以「國文教學」爲出發點，會議包含文學、文化與教學三面向，原定五項子議題：1.傳統文學脈絡的語文反思；2.臺灣／當代文學脈絡的語文反思；3.官方課綱與教材體現；4.不同體系的教學現場；5.多元觀點，跨域發聲。後因應論文內容取向，集結時加開子議題；6.語文教育背後的國族構圖。

在各項子議題中，不同立場的觀點容有差異：容有差異也正是最爲可貴之處。

從會議的籌辦到論文的集結發行，歷經許多門檻，幸賴眾人的協助方能一步步邁進。首先要感謝學校及科技部的支持，有了行政的支援才能挺身向前。其次要感謝許多前輩的提攜，本次研討會由「國語文教學中心」主辦，中文系師長同樣也提供許多奧援，特別感謝李威熊老師、廖美玉老師、余美玲老師，不僅指引方向，讓人力物力逐步到位，更是直接投身出力，解救關鍵的時刻。第三要感謝臺陽文史研究學會、五南圖書公司共襄盛舉，從會議到出版，無一不需資源。第四要感謝國語文教學中心的同仁包含王惠玲老師、林俞佑老師、曹靜嫻助教，在緊繃的環境中協力彈奏出美妙的樂章。

最後當然是要感謝各位發表、講評、與會貴賓，從會議到集結付梓，已然延宕甚久，特此致歉。今承五南圖書公司慨允出版，希望會議的成果能裨益來年——教育是百年大計，所以更該站在累積的成果之上，逐步挺進。

逢甲大學國語文教學中心

徐培晃敬上

Note

Note

Note

Note

國家圖書館出版品預行編目資料

文白之爭：語文、教育、國族的百年戰場／逢甲大學國語文教學中心主編. -- 初版. -- 臺北市：五南, 2019.09
面； 公分
ISBN 978-957-763-545-7（平裝）

1.漢語教學 2.語文教學 3.文集

802.03　　108012136

1XGW 五南當代學術專刊

文白之爭
語文、教育國族的百年戰場

作　　者— 逢甲大學國語文教學中心主編
發 行 人— 楊榮川
總 經 理— 楊士清
總 編 輯— 楊秀麗
副總編輯— 黃惠娟
責任編輯— 高雅婷
校　　對— 蘇禹璇
封面設計— 姚孝慈
出 版 者— 五南圖書出版股份有限公司
地　　址：106台北市大安區和平東路二段339號4樓
電　　話：(02)2705-5066　　傳　　真：(02)2706-6100
網　　址：http://www.wunan.com.tw
電子郵件：wunan@wunan.com.tw
劃撥帳號：01068953
戶　　名：五南圖書出版股份有限公司

法律顧問　林勝安律師事務所　林勝安律師

出版日期　2019年9月初版一刷
定　　價　新臺幣680元

凝煉知識品味閱讀